古典名著释读丛书

施耐庵与《水浒传》

石麟 著

中州古籍出版社
·郑州·

目 录

导　言 | 1

第一讲　迷雾重重的施耐庵 | 3

一　施耐庵的记载与传说……………………………3
二　施耐庵在何地写《水浒传》……………………6
三　施耐庵与罗贯中的关系…………………………9
四　金圣叹与《水浒传》……………………………12
五　"施耐庵的本"与《水浒传》版本……………16

第二讲　扑朔迷离的水浒故事 | 19

一　宋江与三十六人…………………………………19
二　水浒英雄的根据地………………………………26
三　舞台上的好汉……………………………………32
四　从"三十六"到"一百零八"…………………45

第三讲　争论不休的水浒精神 | 51

一　"强盗"与"忠义" ……………………52
二　农民还是市民 ……………………58
三　鱼龙混杂的"乌托邦" ……………………79
四　打尽不平方太平 ……………………87

第四讲　异彩纷呈的梁山好汉 | 97

一　灵魂人物宋江 ……………………97
二　读者最喜爱的那几位 ……………………120
三　亚英雄人物群 ……………………170
四　不得已的凑数 ……………………211
五　雄性化的裙钗 ……………………218

第五讲　黑白分明的男男女女 | 225

一　苦海中的可怜虫 ……………………225
二　与大英雄对立的淫妇 ……………………233
三　市井各色人等 ……………………244
四　地方豪强与贪官污吏 ……………………251

第六讲　出神入化的写人艺术 | 259

一　植根于泥土 ……………………259
二　搏击在激流 ……………………267

三　有比较才能有鉴别……………………………274
四　多重性格的组合………………………………288
五　不要小看绰号和兵器…………………………295

第七讲　欲罢不能的可读性 |315

一　浓烈的传奇色彩………………………………315
二　令人牵肠挂肚的悬念…………………………326
三　无巧不成书……………………………………332
四　就是要让读者着急……………………………340
五　一样人，便还他一样说话……………………349

第八讲　如火如荼的水浒文化 |363

一　水浒系列小说…………………………………363
二　不灭的侠义精神………………………………379
三　梁山好汉的文化"穿越"………………………393
四　水浒传说与旅游文化…………………………414

附　录　本书参考资料 |423

导 言

金圣叹有言:"不读《水浒》,不知天下之奇!"①

作为明代"四大奇书"② 之一的《水浒传》,究竟"奇"在哪里?

或许是因为关于它的作者问题被蒙上重重迷雾?

或许是水浒故事本身的扑朔迷离?

或许是这部小说的主题被长时间争论不休?

或许是梁山好汉性格的多极指向?

或许是在那个男人的世界里竟有那么多不可思议的女人?

或许是英雄好汉们的故事让你听得废寝忘食?

或许是那些惊险的场面让你惊出一身冷汗?

或许是在水浒文化的海洋中徜徉有一种奇特的快感?

……

或许都是!

但,亲爱的读者,你能知其然而又知其所以然吗?

尤其是 ——

许多被忽视的问题,其实会让你出乎意料而又兴味倍增:

宋江手下到底是三十六人还是一百零八将?

林冲长得像谁?

---

① 陈曦钟,侯忠义,鲁玉川. 水浒传会评本 [M]. 北京: 北京大学出版社,1981: 485.
② 栾星. 歧路灯研究资料 [M]. 郑州: 中州书画社,1982: 94.

梁山上最大的"官迷"是谁?

"一丈青"为什么忽男忽女?

谁是最纯洁的见义勇为者?

玉麒麟是否玉石麒麟?

宋江的根据地是梁山吗?

为什么大家喜爱的几位英雄都死在杭州?

武松能打死活虎何以拖不动死虎?

宋江上梁山为什么那样难?

如此等等,不一而足。

还有一些大的问题,都在目录上面躺着。

如果你想重视它们或唤醒它们,那就走进这本书。

这本书——

它是你跨入水浒的舟楫,

它是你登上梁山的手杖,

它是你心灵休憩的港湾,

也是你文化积累的加油站。

第一讲 迷雾重重的施耐庵

我们对一部小说作品及其相关问题的研究，其实多半出自三个层面：文献的、文学的、文化的。这里对迷雾重重的《水浒传》作者施耐庵的研究，主要是从文献出发，兼及文化方面的资料。

一　施耐庵的记载与传说

《水浒传》的作者是谁？一般说来有三个答案：一是施耐庵，二是罗贯中，三是施作罗续。笔者比较赞同第三个说法。

罗贯中的问题，我们下面再讲，这里先说施耐庵。

关于施耐庵写《水浒传》，历史上有不少记载，较早的有以下几条：

三国、宋江二书乃杭人罗本贯中所编，予意旧必有本，故曰编，宋江又

曰"钱塘施耐庵的本"。①(郎瑛《七修类稿》卷二十三《辩证类·三国宋江演义》)

忠义水浒传一百卷。钱塘施耐庵的本，罗贯中编次。宋寇宋江三十六人之事，并从副百有八人，当世尚之。周草窗《癸辛杂识》中具百八人混名。②(高儒《百川书志》卷六)

今世传街谈巷语，有所谓演义者，盖尤在传奇杂剧下。然元人武林施某所编《水浒传》，特为盛行。世率以其凿空无据，要不尽尔也。余偶阅一小说序，称施某尝入市肆，绀阅故书，于敝楮中得宋张叔夜禽贼招语一通，备悉其一百八人所由起，因润饰成此编。③(胡应麟《少室山房笔丛》卷四十一《庄岳委谈下》)

郎瑛、高儒、胡应麟都是明中晚期的著名学者，他们的记载，应该有相当的可信度。综合以上几条资料，他们给我们以下信息：第一，施耐庵是《水浒传》原始作者，所谓"的本"，其实就是"底本"的意思。第二，施耐庵是元代杭州人，所谓"钱塘施耐庵"，所谓"元人武林施某"，都是这个意思，钱塘、武林都是杭州的别称。第三，施耐庵写《水浒传》是有根据的，不过大多是民间传说，所谓"施某尝入市肆，绀阅故书，于敝楮中得宋张叔夜禽贼招语一通，备悉其一百八人所由起，因润饰成此编"就是这个意思。但这些资料中也有错讹之处，如第二条中"周草窗《癸辛杂识》中具百八人混名"这句话就有问题，因为周草窗就是周密，其《癸辛杂识》中只有宋江等三十六人姓名绰号的赞语，而不是一百零八人。

关于施耐庵的材料，还有一些，但均属于后人追记，而且产生的时间较晚，究竟是确有其事抑或是传说附会，很难确定。因此，只能将其作简单排列，提

---

① 郎瑛. 七修类稿 [M]. 上海：上海书店出版社，2009：246.

② 高儒. 百川书志 [M] // 续修四库全书：第919册. 上海：上海古籍出版社，2002：361.

③ 胡应麟. 少室山房笔丛 [M]. 北京：中华书局，1958：571.

供大家参考。

王道生《施耐庵墓志铭》略云:"公讳子安,字耐庵。元末赐进士出身。官钱塘二载。以不合当道权贵,弃官归里。闭门著述,追溯旧闻,郁郁不得志,赍恨以终。……先生之著作,有《志余》《三国演义》《隋唐志传》《三遂平妖传》《江湖豪客传》(即《水浒》)。每成一稿,必与门人罗贯中校对,以正亥鱼。其所得力于罗贯中者尤多。……"① 这篇墓志铭最早揭示于1928年11月8日上海《新闻报·快活林》栏目,后来,又见于1934年出版的《兴化县续志·补遗》。《兴化县续志》的记载更加细化,如开篇处:"公讳子安,字耐庵。生于元贞丙申岁,为至顺辛未进士。曾官钱塘二载。"② 在《兴化县续志》中,还有一篇记载施耐庵事迹的《传记》。

此外,还有清咸丰四年修的东台县白驹镇《施氏族谱》中的一些材料,如《故处士施公墓志铭》等。还有大丰白驹镇的神主、兴化施家桥的墓碑等与施耐庵相关的文物。

针对上面这些材料和其他材料,许多小说研究的专家学者纷纷发表自己的看法,有信以为真者,有认其伪讹者,还有半信半疑者。笔者的看法是,尊重材料发掘者的劳动,但要慎重对待,不能轻易相信。

如果说以上关于施耐庵的材料还算"文献"记载的话,那么,下面这些关于施耐庵与《水浒传》的"传说"就属于"文化"范畴,便只能姑妄言之,姑妄听之了。

例如:"柳下祭林冲""下笔前的吴用""醉汉画天罡""十字坝与十字坡""天罡地煞仿罗汉""徐麒与祝太公""打'虎'""恨透'潘'姓女人""'黑旋风'喊冤""狱中续《水浒》"③。

再如:"三打祝家庄""潜心著作""遇贼写时迁""梦写李逵""书名《水

---

① 江苏省社会科学院文学研究所. 施耐庵研究 [M]. 南京:江苏古籍出版社,1984:376.

② 朱一玄,刘毓忱. 水浒传资料汇编 [M]. 天津:百花文艺出版社,1981:133.

③ 马春阳. 施耐庵的传说 [M]. 南京:江苏人民出版社,1984:1-3.

浒》""一夜'封神'""《水浒传世》"①。

综上所述，目前关于施耐庵和《水浒传》的材料，主要是以下两类：一是文献记载，又分为可信度较高的和需要慎重对待的两种；二是口头传说，那当然就只能作为《水浒传》研究的外围文化资料了。

无论是文献的还是文化的，给我们留下的都只是一个重重迷雾遮盖的神秘的施耐庵。

二 施耐庵在何地写《水浒传》

在承认《水浒传》是施耐庵写作的前提下，进一步的问题是：施耐庵在什么地方写的这部伟大作品？

无论施耐庵的籍贯是苏北大丰、兴化一带还是浙江杭州一带，他不是北方人应该是可以肯定的，甚至他可能没有去过北方。因为，在《水浒传》中写到北方地名的时候，往往会发生一些常识性的错误。举一个例子：

《水浒传》第三十六回，写宋江因杀阎婆惜一事，在郓城县被捕，押送济州听断，"本州府尹看了申解情由，赦前恩宥之事，已成减罪。拟定得罪犯，将宋江脊杖二十，刺配江州牢城"。这本来是一件极为正常的事，在叙事方面不应该有问题，但接下来作者却做了错误的描写。首先是宋江的父亲和宋江本人都说过从济州到江州要路过梁山泊的话，宋太公对儿子说："你如今此去，正从梁山泊过。"② 宋江也对解差张千、李万说："实不瞒你们两个说，我们明日此去，正从梁山泊边过。"③ 结果，宋江也真的在半路上被刘唐抢上梁山。那么，梁山、郓城、济州、江州之间的地理位置是怎样一个关系呢？如果作实地考察，就可清清楚楚地知道：梁山在郓城东北五十里，济州州治在今巨野县南面，而

---

① 张袁祥，胡永霖. 施耐庵 [M]. 石家庄：河北少年儿童出版社，1984：3-4.

② 施耐庵，罗贯中. 水浒传 [M]. 北京：人民文学出版社，1975：485.

③ 施耐庵，罗贯中. 水浒传 [M]. 北京：人民文学出版社，1975：486.

巨野在郓城东南五十里处、在梁山正南七八十里的地方。江州即今之九江,更在济州遥远的南方。因此,宋江从济州起解,被押赴江州,应该是一直朝南的大路,根本不需要经过梁山。《水浒传》中这种描写的严重失误应该可以说明施耐庵对梁山周围的地理环境完全不清楚,他怎么会是山东一带的北方人呢?

进而言之,施耐庵既不是北方人,也不可能在山东一带写成《水浒传》,那么,他是在苏北还是在浙北写的《水浒传》呢?笔者认为应该是后者,而且是在杭州一带。

就《水浒传》本身而言,我们很难看出作者对苏北有多大的感情,而要谈到他对浙北的情感,那简直就是一种深厚的依恋情结。

读《水浒传》,一般读者最喜爱的人物主要有林冲、鲁智深、武松等。李逵太嗜杀,宋江有些虚伪,因此有些人不太喜欢他们。至于吴用、杨志、石秀、张顺、刘唐、秦明、三阮、二解等人物形象,较之上述五人就显得稍逊一筹。此外的梁山好汉,从人物塑造的角度,更是等而下之了。然而,如果我们注意这些英雄人物"消逝"的地方,就会发现一个有趣的现象:那些最可爱的英雄人物多半死亡于浙北,或者被作者留在了杭州一带。

首先是张顺,《水浒传》第九十四回写道:"可怜张顺英雄,就涌金门外水池中身死。"① 至今西湖边涌金门还有手持鱼叉的张顺塑像"活跃"在水池之中,可见广大读者尤其是杭州民众对这位英雄人物的喜爱。

随后是刘唐,《水浒传》第九十五回写道:"原来杭州城子,乃钱王建都,制立三重门关。外一重闸板,中间两扇铁叶大门,里面又是一层排栅门。刘唐抢到城门下,上面早放下闸板来,两边又有埋伏军兵。刘唐如何不死。"②

接下来,阮小二、解珍、解宝、史进、石秀、秦明、阮小五等梁山好汉都战死于杭州、富阳、桐庐、建德、淳安一带征方腊的战斗过程中。

大战之后,留在杭州的更有鲁智深、武松、林冲这三位最受读者喜爱的英

---

① 施耐庵,罗贯中. 水浒传 [M]. 北京:人民文学出版社,1975:1296.
② 施耐庵,罗贯中. 水浒传 [M]. 北京:人民文学出版社,1975:1309.

雄人物。不过，他们的"留"法却不大一样。

当鲁智深听到钱塘江潮并认为正好符合他的师父智真长老为他所诵的偈语"听潮而圆，见信而寂"之后，他选择了无异于自杀的方式结束了自己在尘寰世界的世俗生命，从而飞升为一个新"我"。请看作者笔下这段极富情感而又充满禅机的描写：

> 问寺内众僧处，讨纸笔写下一篇颂子。去法堂上，捉把禅椅，当中坐了。焚起一炉好香，放了那张纸在禅床上，自叠起两只脚，左脚搭在右脚，自然天性腾空。比及宋公明见报，急引众头领来看时，鲁智深已自坐在禅椅上不动了。看其颂曰："平生不修善果，只爱杀人放火。忽地顿开金枷，这里扯断玉锁。咦！钱塘江上潮方知我是我。"①（第九十九回）

鲁智深圆寂之时，真正实践了佛门中所说的最高境界——赤条条往来无牵挂："众僧诵经忏悔，焚化龛子，在六和塔山后，收取骨殖，葬入塔院。所有鲁智深随身多余衣钵金银并各官布施，尽都纳入六和寺里，常住公用。"② 在对《水浒传》梁山一百零八人最终"下场"的描写中，施耐庵将最洁净、最高尚、最富有诗意和哲理的境界献给了花和尚鲁智深。而《水浒传》的读者们也牢牢记住了这一点，杭州六和寺内那尊鲁智深活佛般的雕像就像鲁智深这个人物形象一样，鲜活地刻在人们心中。

作为鲁智深最要好的朋友，也是在战争中丧失了一条胳膊的英雄武二郎，主动要求给花和尚守灵，这也是一段十分动情的描写：

> 当下宋江看视武松，虽然不死，已成废人。武松对宋江说道："小弟今已残疾，不愿赴京朝觐，尽将身边金银赏赐，都纳此六和寺中陪堂公用。已作清闲道人，十分好了。哥哥造册，休写小弟进京。"宋江见说："任从你心。"武松自此只在六和寺中出家，后至八十善终，这是后话。③（第九十九回）

---

① 施耐庵，罗贯中. 水浒传 [M]. 北京：人民文学出版社，1975：1369.
② 施耐庵，罗贯中. 水浒传 [M]. 北京：人民文学出版社，1975：1369.
③ 施耐庵，罗贯中. 水浒传 [M]. 北京：人民文学出版社，1975：1369.

鲁智深的另一位好友就是林冲,他也因为客观原因留在了杭州,留在了六和寺:"宋江等随即收拾军马回京。比及起程,不想林冲染患风病瘫了。……林冲风瘫,又不能痊,就留在六和寺中,教武松看视。后半载而亡。"①(第九十九回)

鲁智深、武松、林冲都"留"在了杭州六和寺,加上前面所写到的战死在杭州一带的张顺、刘唐、阮小二、解珍、解宝、史进、石秀、秦明、阮小五等英雄人物,作者将他们全部留在了自己所熟悉的土地上,这实际上是将《水浒传》主要英雄人物的"魂"留在了钱塘江畔!

能将梁山主要英雄人物之魂留在杭州的,只能是钱塘施耐庵;而施耐庵也只能用钱塘江水磨墨、洗砚才能使英雄之魂在杭州留下!

唯此情此景才能化为此般境地、此般呕心沥血之作!

更何况,郎瑛、高儒、胡应麟这些从时间上距离施耐庵较近的著名文人在谈到《水浒传》的生产地时,都异口同声地指向一个地点:钱塘或杭州或武林!

更何况,诚如有的学者详细考证以后所得出的结论那样:"《水浒》中关于江南尤其是浙江境内杭州地区的地理描述,不论是大的城镇,还是小的村庄、桥梁、山头以至庙宇等都很具体、详细而且准确。"②

本节结论:《水浒传》乃钱塘施耐庵写作于钱塘。

三 施耐庵与罗贯中的关系

施耐庵与罗贯中的关系,多数人认为是施耐庵年长于罗贯中,甚至有人说他们是师生关系。对于《水浒传》的写作而言,他们的这种关系就演变成"施作罗续"说。

在前面引用的材料中,郎瑛和高儒都是这样看的。他们都涉及"钱塘施耐

---

① 施耐庵,罗贯中.水浒传[M].北京:人民文学出版社,1975:1370.

② 马成生.水浒通论[M].杭州:浙江古籍出版社,1994:80.

庵的本，罗贯中编次"的问题。但也有罗贯中写《水浒传》的说法：

> 钱塘罗贯中本者，南宋时人，编撰小说数十种，而《水浒传》叙宋江等事，奸盗脱骗机械甚详，然变诈百端，坏人心术。其子孙三代皆哑，天道好还之报如此。①（田汝成《西湖游览志余》卷二十五）

这段话虽然是骂罗贯中这些通俗小说作家的，但在客观上却提供了《水浒传》作者的又一种说法。与此说法相近的还有明代王圻《续文献通考》中的两段话，因相似度太高，此不赘录。

至于施、罗二人之关系，在上文引用的王道生的《施耐庵墓志铭》中其实也曾涉及，即所谓"每成一稿，必与门人罗贯中校对"。而在民间传说中，施耐庵与罗贯中的师生关系更是被编成了故事：

> 贯中说："先生之言正合学生所想，日后还想请您多多指教，如若先生不嫌弃，恳请老师受弟子一拜。"贯中说着，就向施耐庵深深叩拜。施耐庵性格豪爽，见贯中诚意，早已喜欢，他捻须微笑，忙把贯中扶起，说道："快快请起，你我今日一见如故，也算前世有缘，我施某今日喜得高徒了，哈哈……"②（啜希忱编撰《罗贯中传奇》）

在这本书的后面，作者还写下了一个"黑旋风托梦结水浒"的故事。说"罗贯中为继承老师的遗愿，在续写《水浒全传》时，却又常常犯了难"。尤其是怎样写李逵的结局，他"想来想去，没有个好主意，便伏在桌上睡着了"③。后来，是受到李逵梦中的提示，他才完成了《水浒全传》这部鸿篇巨制。

这些故事当然只能作为一种"水浒文化"来接受，要去考证其历史真实性是不太可能有什么结果的。但这种说法也并非空穴来风，在施作罗续《水浒传》问题上，不仅民间传说如此，就是在文人记载中，也有这方面的资料：

> 《水浒传》相传为洪武初越人罗贯中作，又传为元人施耐庵作，田叔

---

① 田汝成. 西湖游览志余［M］. 杭州：浙江人民出版社，1980：414.

② 啜希忱. 罗贯中传奇［M］. 北京：中国文史出版社，2011：62.

③ 啜希忱. 罗贯中传奇［M］. 北京：中国文史出版社，2011：121.

> 禾《西湖游览志》又云此书出自宋人笔。近金圣叹自七十回之后，断为罗所续，因极口诋罗，复伪为施序于前，此书遂为施有矣。予谓世安有为此等书人，当时敢露其姓名者，阙疑可也。定为耐庵作，不知何据?①（周亮工《书影》卷一）

清代的周亮工列举了《水浒传》作者的四种说法，罗作、施作、宋人作、施作罗续，虽然他最后也没有判定哪种说法最为合理，而是来了个"不可知论"，但起码可以证明施作罗续在当时是《水浒传》作者的多种说法之一。而下面这一位的说法就更为明确一些了：

> 明郎仁宝《七修类稿》云："《三国》《水浒》二书，皆杭人罗本贯中所编。"然三国虽出罗手，已经诸人修改，至本朝查声山而遂极完备。《水浒》实元季施耐庵先生所撰，罗所编者，特征四寇之后《水浒》耳。前、后《水浒》，大抵空中结撰，寄姓氏于有无之间，然博考之，则又未尝无因也。②（钱静方《小说丛考·水浒演义考》）

钱静方是清末民初人，其所著《小说丛考》有琐尾生民国元年（1912）的序。可见一直到这个时候，学术界对于《水浒传》的作者是谁仍然众说纷纭，但"施作罗续"之说却很有市场。相对而言，现今人们涉及《水浒传》作者问题时，这也是最为常见的说法之一。

《水浒传》作者以及"施作罗续"之说的基本情况已见上述，至于施罗二人之间是不是师生关系的问题，我们还是作为一种"传说文化"放置在"资料夹"中吧！

笔者基本倾向于《水浒传》"施作罗续"的说法，但认为还得加上一点，从某种意义上讲，金圣叹也是《水浒传》的作者之一。因为他不仅评点了前七十回的《水浒传》，而且还续作了最后一回，并且，就是对前七十回中的文字，他也做了一定程度的增删修改。

---

① 周亮工. 书影[M]. 上海：上海古籍出版社，1981：16.

② 钱静方. 小说丛考[M]. 上海：古典文学出版社，1957：94-95.

四 金圣叹与《水浒传》

金圣叹的生平，笔者曾做过最为简明的概述：

> 金圣叹（1608—1661），原名采，字若采，后更名人瑞，字圣叹，苏州府长洲县[《辞海》（第6版）著录为"吴县"。——编者按]人。明诸生，入清后绝意仕进，因"哭庙案"被清政府杀头。金圣叹平生喜好评点书文，曾评点《离骚》、《庄子》、《史记》、"杜诗"、《水浒传》、《西厢记》，并依次称之为"第一"至"第六"才子书。其中，尤以评点《第五才子书施耐庵水浒传》和《第六才子书王实甫西厢记》最为著名。①

"金人瑞删定水浒传七十回"最早为明崇祯间贯华堂大字刊本，题"东都施耐庵撰"，七十五卷。正文从第五卷开始，前有金圣叹假托施耐庵序言一篇以及金圣叹署名序言三篇。其中，《序三》之末署"皇帝崇祯十四年二月十五日"，崇祯十四年为1641年，由此可知此书出版的大致时间。三篇序言之外，金圣叹还有《宋史纲》批语、《宋史目》批语、《读第五才子书法》等与《水浒传》评论相关的文字。金评本《水浒》对后世影响极大，诚如冯镇峦所言："金人瑞批《水浒》《西厢》，灵心妙舌，开后人无限眼界，无限文心。"②（《读聊斋杂说》）

金圣叹爱读《水浒》，也十分钦佩《水浒》作者施耐庵。他曾经由衷赞叹："天下之文章，无有出《水浒》右者；天下之格物君子，无有出施耐庵先生右者。"③（《水浒传序三》）"夫古人之才也者，世不相延，人不相及。庄周有庄周之才，屈平有屈平之才，马迁有马迁之才，杜甫有杜甫之才，降而至于施耐

---

① 石麟. 中国古代小说评点派研究 [M]. 北京：中国社会科学出版社，2011：31.
② 蒲松龄，张友鹤. 聊斋志异会校会注会评本 [M]. 上海：上海古籍出版社，1978：12.
③ 陈曦钟，侯忠义，鲁玉川. 水浒传会评本 [M]. 北京：北京大学出版社，1981：9.

庵有施耐庵之才,董解元有董解元之才。"①(《水浒传序一》)

金圣叹之所以推崇《水浒传》,首先是因为对该书的艺术水平、审美价值极感兴趣。他认为《水浒传》的艺术水平不是其他小说可以相提并论的:"《三国》人物事体说话太多了,笔下拖不动、蜇不转,分明如官府传话奴才,只是把小人声口替得这句出来,其实何曾自敢添减一字。《西游》又太无脚地了,只是逐段捏捏撮撮,譬如大年夜放烟火,一阵一阵过,中间全没贯串,便使人读之,处处可住。"② "《水浒传》不说鬼神怪异之事,是他气力过人处。《西游记》每到弄不来时,便是南海观音救了。"③(《读第五才子书法》)与盛赞《水浒传》的艺术成就相比,金圣叹对《水浒传》思想内容的把握和评价却体现出一种矛盾心态。一方面,他认为《水浒传》不能冠以"忠义"二字,梁山造反者的行为也与"忠义"不相干;另一方面,他又认为梁山英雄的行为出于不得已,是"乱自上作"的结果。一方面,他在整体上、理论上否定梁山英雄的造反行为,说他们的罪恶当"比而诛之",如若不然,就会出现"已为盗者读之而自豪,未为盗者读之而为盗"的可怕局面;另一方面,他又在许许多多的具体批语中肯定梁山英雄的造反行为,并指出他们之所以造反,是因为"乱自上作",是"有迫之必入水泊者也"。笔者认为,金圣叹之所以对梁山造反抽象否定、具体肯定,并非涂上什么"保护色",也不是蒙上什么"外衣",而是一个封建时代的知识分子对封建统治既不满又维护、对绿林好汉以暴抗暴的行为既恐惧又赞扬的复杂思想的真实反映。谓予不信,请看金圣叹在《宋史纲》批语中的一段话:

> 盖盗之初,非生而为盗也,父兄失教于前,饥寒驱迫于后,而其才与其力,又不堪以郁郁让人,于是无端入草,一啸群聚,始而夺货,既而称兵,皆有之也。然其实谁致之失教,谁致之饥寒,谁致之有才与力而不得

---

① 陈曦钟,侯忠义,鲁玉川. 水浒传会评本[M]. 北京:北京大学出版社,1981:5.

② 陈曦钟,侯忠义,鲁玉川. 水浒传会评本[M]. 北京:北京大学出版社,1981:16.

③ 陈曦钟,侯忠义,鲁玉川. 水浒传会评本[M]. 北京:北京大学出版社,1981:17.

自见？"万方有罪，罪在朕躬"，成汤所云，不其然乎？①

由此可见，金圣叹对江湖好汉的暴力行为是既指责又同情，并且还洞察到了其中深刻的原因。

在艺术水平方面对《水浒传》赞誉有加，在思想内涵方面则处于一种矛盾心理，这就是金圣叹对《水浒传》的基本态度。从这一基点出发，金圣叹在评点《水浒传》时涉及许多问题，而其中最得《水浒传》精髓且最能体现金圣叹艺术眼光的，则在于他对《水浒传》的写人艺术和叙事艺术的评价。

金圣叹对《水浒传》写人艺术的高度赞扬可归纳为以下几点：其一，艺术夸张与生活真实；其二，人物形象的共性和个性；其三，人物的外在化描写和内在化描写；其四，对比中塑造人物；其五，"格物""物格"与"因缘生法"。前面四点，我们将在以下评论《水浒传》的文字中逐步涉及，第五点稍微深奥，故于此处稍作介绍。

《大学》有云："古之欲明明德于天下者，先治其国；欲治其国者，先齐其家；欲齐其家者，先修其身；欲修其身者，先正其心；欲正其心者，先诚其意；欲诚其意者，先致其知；致知在格物。物格而后知至，知至而后意诚，意诚而后心正，心正而后身修，身修而后家齐，家齐而后国治，国治而后天下平。"②在传统儒学者的心目中，格物、致知乃是齐家、治国、平天下的根本。

金圣叹在《水浒传序三》中说："施耐庵以一心所运，而一百八人各自入妙者，无他，十年格物而一朝物格，斯以一笔而写百千万人，固不以为难也。"③此所谓"格物"，就是推究事物的原理；而所谓"物格"，就是事物的真谛被掌握。具体到小说创作中的人物塑造而言，"格物"应被理解为对社会生活和人物进行深入的观察、分析和研究。只有经过长时间的观察、分析、研究并对社会中形形色色的人物了然于胸之后，方能"物格"，方能按照生活的本来面目刻画

---

① 陈曦钟，侯忠义，鲁玉川. 水浒传会评本 [M]. 北京：北京大学出版社，1981：12.

② 夏延章. 大学中庸今译 [M]. 南昌：江西人民出版社，1983：2.

③ 陈曦钟，侯忠义，鲁玉川. 水浒传会评本 [M]. 北京：北京大学出版社，1981：9.

出活生生的人物形象。

然而,"十年格物而一朝物格"还与另外一种理论有着深刻的联系。金圣叹在要求作家须"十年格物"的基础上,还提出了"因缘生法"的理论。

因缘生法,本是佛教哲学命题。佛教认为事物生起或坏灭的主要条件叫作"因",辅助条件叫作"缘",万事万物都由因缘和合而成,因缘和合然后生"法","法"即通指一切事物和道理。金圣叹借用这一佛教理论来说明文学创作中的人物塑造问题,他说:

> 经曰:因缘和合,无法不有。自古淫妇无印板偷汉法,偷儿无印板做贼法,才子亦无印板做文字法也。因缘生法,一切具足。是故龙树著书,以破因缘品而弃其篇,盖深恶因缘。而耐庵作水浒一传,直以因缘生法,为其文字总持,是深达因缘也。夫深达因缘之人,则岂惟非淫妇也,非偷儿也,亦复非奸雄也,非豪杰也。何也?写豪杰、奸雄之时,其文亦随因缘而起,则是耐庵固无与也。或问曰:然则耐庵何如人也?曰:才子也。何以谓之才子也?曰:彼固宿讲于龙树之学者也。讲于龙树之学,则菩萨也。菩萨也者,真能格物致知者也。①(第五十五回回前总批)

此处提及的龙树,是印度古代高僧阿周陀那的号。他是南天竺人,初奉婆罗门教,后皈依佛教,大弘佛法,摧伏外道,使大乘教在南天竺大行。著有《大智度论》《中观论》《十二门论》等佛教经典著作。金圣叹借助龙树之学想要说明的是:施耐庵在《水浒传》中写了各色人物,如豪杰、奸雄、淫妇、偷儿等,但并不等于他自身一定当过豪杰、奸雄、淫妇、偷儿,而只要他掌握构成这些人物心理、行为的"因"、"缘",然后将它们结合在一起进行深入研究,便可揣摩到种种人物的心理,写出形形色色的人物。这才是格物致知的最高境界和纯真功夫,也是写好小说、塑造好各色人物的必备条件和基本过程。

人物塑造以外,对《水浒传》叙事艺术的评价是金圣叹最为得意的笔墨之所在,这多半集中在他对"文法"的提倡。

---

① 陈曦钟,侯忠义,鲁玉川. 水浒传会评本 [M]. 北京:北京大学出版社,1981:1018.

金圣叹在《读第五才子书法》中对《水浒传》的"文法"进行了较为全面的总结。他说:"《水浒传》有许多文法,非他书所曾有。"① 接着,一口气列举了十五条:倒插法、夹叙法、草蛇灰线法、大落墨法、绵针泥刺法、背面铺粉法、弄引法、獭尾法、正犯法、略犯法、极不省法、极省法、欲合故纵法、横云断山法、鸾胶续弦法。其中,除了"背面铺粉法"属于人物塑造理论,"绵针泥刺法"具有对人物进行讽刺意味而外,其他十三条,基本上都是叙事方法。这些文法,我们在后面将会陆续涉及,此不赘述。

总之,金圣叹对《水浒传》的评点几乎是全方位的:从思想内涵到表现技法,从情节结构到文学语言,从人物形象到审美效果,他形成了一整套精彩言论。这些言论,既相当准确地把握了《水浒传》的精神实质和艺术价值,又充分体现了金圣叹在小说批评方面的远见卓识。

五 "施耐庵的本"与《水浒传》版本

目前所知《水浒传》最早的版本是高儒《百川书志》著录的"钱塘施耐庵的本""罗贯中编次"的一百卷《忠义水浒传》。这个版本我们今天实际上没有看到。诸如此类的一些我们今天看不到的早期《水浒》版本还有不少,如"旧本罗贯中水浒传二十卷",如"都察院刊本水浒传",如"郭勋刊水浒传",等等。那么,我们今天能看到的《水浒传》版本情况如何呢?

这是一个很复杂的问题,因为《水浒传》的版本现存的很多。但从最大层面划分,有繁本与简本两大系列。下面,对这两大系列中比较完整而有代表性的版本略作介绍。

繁本系列的版本有两大共同特点:第一,都是一百回本;第二,都是文繁事简。其中,影响最大的应该是"天都外臣序本水浒传"(一百卷一百回)、"忠义水浒传"(一百回不分卷)、"李卓吾先生批评忠义水浒传"(一百卷一百

---

① 陈曦钟,侯忠义,鲁玉川. 水浒传会评本[M]. 北京:北京大学出版社,1981:20.

回)、"芥子园本李卓吾评忠义水浒传"(一百回)、"锺伯敬先生批评忠义水浒传"(一百卷一百回),等等。

简本系列的版本也有两大共同特点:第一,多于一百回;第二,都是文简事繁。而所谓"事繁"者,主要是增加了关于田虎、王庆的故事。其中,主要版本有"新刊京本全像增插田虎王庆忠义水浒全传"(二十四卷一百二十回)、"京本增补校正全像忠义水浒志传评林"(二十五卷不计回数)、"新刻出像京本忠义水浒传"(十卷一百十五回)、"水浒传"(二十卷一百十回)、"水浒全传"(十二卷一百二十四回),等等。

一般的繁本、简本以外,还有两种本子至为特殊:

一是"李卓吾评忠义水浒全传"(一百二十回不分卷),且看孙楷第先生的著录:

> 李卓吾评忠义水浒全传一百二十回不分卷(后来有别本题水浒四传全书者)存。明袁无涯原刊本,引首题"李氏藏本《忠义水浒全传》",发凡题"《出相评点忠义水浒全传》"。精图六十叶。有"刘君裕刻"字样。正文半叶十行,行二十二字。无界。有旁批,眉评。每回后有总评。字加圈点旁勒。【北京大学图书馆】郁郁堂本。板心题"郁郁堂四传"。图行款并同上本。【南京图书馆】【日本内阁文库,静嘉堂文库】宝翰楼本。图六十叶。行款亦同袁无涯本。【日本宫内省图书寮】除原刊初印本外,余皆易得。
>
> 题"施耐庵集撰","罗贯中纂修"。首李赞序,杨定见小引,又《宋鉴》,《宣和遗事》(摘录),《发凡》,《水浒忠义一百八人籍贯出身》。改百回本第一回前半为引首。
>
> 右杨定见改编本,即百回本增加二十回。演征田虎、王庆故事,略同文简事繁本,而加以润色。①

这个版本最大的特点是在一百回繁本的基础上从简本系列中抽出"田、王

---

① 孙楷第. 中国通俗小说书目 [M]. 北京:人民文学出版社,1982:215-216.

故事"加以润色、糅合而成，实际上是繁本与简本"杂交"而成的一种版本。

二是"金人瑞删定水浒传七十回"本，这个版本上节已经论及，属于繁本系列的删改本，后人称之为"金本水浒"。其制作过程为：金圣叹将百回本的第一回改作"楔子"，而将此后的每一回都提前一个数字，如金本第一回即百回本第二回，第二回即第三回，依此类推，直至百回本的第七十一回"忠义堂石碣受天文，梁山泊英雄排座次"在金本中就变成了第七十回。同时，金圣叹又将梁山英雄排座次之后的"菊花会"宋江题词等情节以及此后三十回内容一并删去，自己重新撰写了第七十回"忠义堂石碣受天文，梁山泊英雄惊恶梦"，从而以卢俊义的一个"梁山好汉被斩尽杀绝"的恶梦归结全书。"金本水浒"在此后相当长的一个时期，成为最流行的版本之一。

综上所述，《水浒传》的版本有繁本、简本两大系统。繁本多为一百回，但却有与简本交集的一百二十回的"李卓吾评忠义水浒全传"，又有金圣叹删改的七十一回本。现在市面上通行的各种版本的《水浒传》，多半分别是上述三种版本的后裔。而简本系统的回数多少不定，有一百一十回、一百一十五回、一百二十回、一百二十四回等多种，但市面上它们的后裔极为罕见，这些版本基本上都躲在某些图书馆、资料室中"睡大觉"。

第二讲 扑朔迷离的水浒故事

《水浒传》并非最早记载水浒故事的作品，这一点，现在已经是一个常识。然而，《水浒传》中的宋江起义与历史上的宋江起义之间的关系如何？水浒故事在流传过程中有着什么样的发展演变？在历代扑朔迷离的水浒故事中又发生了一些什么样的趣事？

所有这些，都将在第二讲中得到解答。

一 宋江与三十六人

史书记载，宋江起事在宣和元年。宋朝李埴的《皇宋十朝纲要》载，宣和元年十二月，"诏招抚山东盗宋江"①（卷十八《徽宗纪》）。

---

① 李埴. 皇宋十朝纲要 [M] // 续修四库全书：第 347 册. 上海：上海古籍出版社，2002：577.

那么,宋江手下的骨干成员有多少呢? 宋朝王偁的《东都事略·侯蒙传》云:

  于时宋江寇京东,蒙上书陈制贼计曰:"宋江以三十六人横行河朔、京东,官军数万无敢抗者,其材必过人。不若赦过招降,使讨方腊以自赎,或足以平东南之乱。"①

这里明确告诉我们,宋江手下的骨干成员是"三十六人"。后来,宋江等三十六人一起接受朝廷招安,全部都当了朝廷命官,宋代李若水有诗为证:"去年宋江起山东,白昼横戈犯城郭。杀人纷纷剪草如,九重闻之惨不乐。大书黄纸

---

① 王偁.东都事略[M]//景印文渊阁四库全书:第382册.台北:台湾商务印书馆,1963:670.

飞救来，三十六人同拜爵。"①（《忠愍集》卷二《捕盗偶成》）元代陆友《题宋江三十六人画赞》亦云："忆昔熙宁全盛日，百年曾未识干戈。江南丞相变法度，不恤人言新进多。蔡家京下出门下，首乱中原倾大厦。睦州盗起势连北，谁挽长江洗兵马。京东宋江三十六，白日横行大河北。官军追捕不敢前，悬赏招之使擒贼。后来报国收战功，捷书夜奏甘泉宫。楚龚好古作画赞，不敢区区逢圣公。我尝舟过梁山泺，春水方生何渺漠。或云此是碣石村，至今闻之犹褫魄。"②（顾瑛编《草堂雅集》卷十）

然而，上述材料只是涉及宋江的骨干成员有三十六人，而没有标明这三十六人的姓名、绰号、性格、行为等信息。我们只好到史籍乃至野史杂记中去继续寻找这三十六人的踪迹。

寻找结果是，目前所知最早记载宋江三十六人具体名单和基本情况的有两则材料，一是宋代画家龚开的《宋江三十六赞》，二是元代刊刻的讲史话本《宣和遗事》。

《宋江三十六赞》中的三十六人的姓名绰号以及赞语如下：

呼保义宋江

不假称王　而呼保义　岂若狂卓　专犯讳忌

智多星吴学究

古人用智　义国安民　惜哉所予　酒色粗人

玉麒麟卢俊义

白玉麒麟　见之可爱　风尘大行　皮毛终坏

大刀关胜

大刀关胜　岂云长孙　云长义勇　汝其后昆

---

① 李若水. 忠愍集［M］//景印文渊阁四库全书：第1124册. 台北：台湾商务印书馆，1965：686.

② 顾瑛. 草堂雅集［M］//景印文渊阁四库全书：第1369册. 台北：台湾商务印书馆，1965：382.

活阎罗阮小七

地下阎罗　追魂摄魄　今其活矣　名喝太伯

尺八腿刘唐

将军下短　贵称侯王　汝岂非夫　腿尺八长

没羽箭张清

箭以羽行　破敌无颇　七札难穿　如游斜何

浪子燕青

平康巷陌　岂知汝名　太行春色　有一丈青

病尉迟孙立

尉迟壮士　以病自名　端能去病　国功可成

浪里白跳张顺

雪浪如山　汝能白跳　愿随忠魂　来驾怒潮

船火儿张横

太行好汉　三十有六　无此火儿　其数不足

短命二郎阮小二

灌口少年　短命何益　曷不监之　清源庙食

花和尚鲁智深

有飞飞儿　出家尤好　与尔同袍　佛也被恼

行者武松

汝优婆塞　五戒在身　酒色财气　更要杀人

铁鞭呼延绰

尉迟彦章　去来一身　长鞭铁铸　汝岂其人

混江龙李俊

乖龙混江　射之即济　武皇雄争　自惜神臂

九文龙史进

龙数肖九　汝有九文　盍从东皇　驾五色云

小李广花荣

中心慕汉　夺马而归　汝能慕广　何忧数奇
　　　　　霹雳火秦明
霹雳有火　摧山破岳　天心无妄　汝孽自作
　　　　　黑旋风李逵
风有大小　不辨雌雄　山谷之中　遇尔亦凶
　　　　　小旋风柴进
风有大小　黑恶则惧　一噫之微　香满太虚
　　　　　插翅虎雷横
飞而食肉　有此雄奇　生入玉关　岂伤令姿
　　　　　神行太保戴宗
不疾而速　故神无方　汝行何之　敢离太行
　　　　　急先锋索超
行军出师　其锋必先　汝勿锐进　天兵在前
　　　　　立地太岁阮小五
东家之西　即西家东　汝虽特立　何有吾宫
　　　　　青面兽杨志
圣人治世　四灵在郊　汝兽何名　走旷劳劳
　　　　　赛关索杨雄
关索之雄　超之亦贤　能持义勇　自命何全
　　　　　一直撞董平
昔樊将军　鸿门直撞　斗酒肉肩　其言甚壮
　　　　　两头蛇解珍
左啮右噬　其毒可畏　逢阴德人　杖之亦毙
　　　　　美髯公朱仝
长髯郁然　美哉丰姿　忍使尺宅　而见赤眉
　　　　　没遮拦穆横
出没大行　茫无畔岸　虽没遮拦　难离伙伴

拼命三郎石秀

石秀拼命　志在金宝　大似河鲀　腹果一饱

双尾蝎解宝

医师用蝎　其体贵全　反其常性　雷公汝嫌

铁天王晁盖

毗沙天人　证紫金躯　顽铁铸汝　亦出洪炉

金枪班徐宁

金不可辱　亦忌在秽　盍铸长殳　羽林是卫

扑天雕李应

鸷禽雄长　惟雕最狡　毋扑天飞　封狐在草①

  以上《宋江三十六赞》，见于宋末周密《癸辛杂识续集上》。而《宣和遗事》在九天玄女的天书中也排列了三十六人姓名绰号："那三十六人道个甚底？智多星吴加亮、玉麒麟李进义、青面兽杨志、混江龙李海、九纹龙史进、入云龙公孙胜、浪里白条张顺、霹雳火秦明、活阎罗阮小七、立地太岁阮小五、短命二郎阮进、大刀关必胜、豹子头林冲、黑旋风李逵、小旋风柴进、金枪手徐宁、扑天雕李应、赤发鬼刘唐、一撞直董平、插翅虎雷横、美髯公朱同、神行太保戴宗、赛关索王雄、病尉迟孙立、小李广花荣、没羽箭张青、没遮拦穆横、浪子燕青、花和尚鲁智深、行者武松、铁鞭呼延绰、急先锋索超、拼命三郎石秀、火船工张岑、摸着云杜千、铁天王晁盖。"② 其中，立地太岁阮小五在《宣和遗事》故事中作阮通，大刀关必胜在该书故事中作关胜。

  将这两个名单作一比较，就可发现有三十三人是相同的，所不同者只有三人。《宋江三十六赞》中有宋江、解珍、解宝，《宣和遗事》中则有公孙胜、林冲、杜千。另外还有一点须说明，《宣和遗事》天书名单中虽有晁盖，但在宋江上梁山时，"晁盖已死"。因此，后来宋江题诗于旗上所谓"来时三十六，去后

---

① 周密. 癸辛杂识 [M]. 北京：中华书局，1988：145-150.

② 佚名. 宣和遗事 [M] // 宣和遗事等两种. 南京：江苏古籍出版社，1993：34-35.

十八双"，应该是将他自己顶替了晁盖的。除上述截然不同的三人名字之外，还有几人的姓名、绰号在两则材料中略有不同。如：卢俊义与李进义，关胜与关必胜，尺八腿与赤发鬼，张清与张青，船火儿张横与火船工张岑，阮小二与阮进，李俊与李海，杨雄与王雄，一直撞与一撞直，等等。

《水浒传》中的三十六天罡，基本上是采取的《宋江三十六赞》，但与《宣和遗事》也大同小异。而且，在姓名、绰号等方面，三处也有些相异。下面，将这三处的三十六人之间的差别列表为示：

人物	《水浒传》	《宋江三十六赞》	《宣和遗事》
病尉迟孙立	入地煞	有	有
铁天王晁盖	已去世	有	有，后去世
入云龙公孙胜	有	无	有
豹子头林冲	有	无	有
智多星吴用	有	智多星吴学究	智多星吴加亮
赤发鬼刘唐	有	尺八腿刘唐	有
短命二郎阮小五	有	短命二郎阮小二	立地太岁阮小五（阮通）
双鞭呼延灼	有	铁鞭呼延绰	铁鞭呼延绰
立地太岁阮小二	有	立地太岁阮小五	短命二郎阮进
病关索杨雄	有	赛关索杨雄	赛关索王雄
双枪将董平	有	一直撞董平	一撞直董平
没遮拦穆弘	有	没遮拦穆横	没遮拦穆横
金枪手徐宁	有	金枪班徐宁	有
摸着天杜迁	入地煞	无	摸着云杜千
呼保义宋江	有	有	无，后顶替晁盖
两头蛇解珍	有	有	无
双尾蝎解宝	有	有	无
玉麒麟卢俊义	有	有	玉麒麟李进义
混江龙李俊	有	有	混江龙李海
浪里白跳张顺	有	有	浪里白条张顺
美髯公朱仝	有	有	美髯公朱同
没羽箭张清	有	有	没羽箭张青
船火儿张横	有	有	火船工张岑

续表

人物	《水浒传》	《宋江三十六赞》	《宣和遗事》
大刀关胜	有	有	大刀关必胜
九纹龙史进	有	有	九文龙史进

上述之外，三十六天罡中尚有霹雳火秦明、小李广花荣、小旋风柴进、扑天雕李应、花和尚鲁智深、行者武松、青面兽杨志、急先锋索超、神行太保戴宗、黑旋风李逵、插翅虎雷横、活阎罗阮小七、拼命三郎石秀、浪子燕青十四人的姓名、绰号在三处完全相同。

最后需要说明的是，所谓"宋江三十六人"，在更多的时候，其实指的是包括宋江本人在内的三十六人。

二　水浒英雄的根据地

如果要做一个小小的问卷调查：水浒英雄的根据地在哪儿？我想，许多读者都会回答：梁山。是呀，所谓"水浒"可不就是"水泊梁山"的意思吗？然而，这个问题却存在很大的"问题"。

其实，早已有人发现了这个问题。民国间人邱炜萲在其《菽园赘谈·梁山泊辨》中说："宋江事，见《徽宗本纪》《侯蒙传》《张叔夜传》者，大略相同。三十六人，除宋江外，皆不著姓名，更何有于梁山泊？其属杜撰可知。"①

历史上宋江起事根本就没有根据地，他是流寇，到处流动作战。对此，宋元文献多有记载：

王偁《东都事略·侯蒙传》载侯蒙上书："宋江以三十六人横行河朔、京东，官军数万无敢抗者。"②

---

① 朱一玄，刘毓忱. 水浒传资料汇编[M]. 天津：百花文艺出版社，1981：117.
② 王偁. 东都事略[M]//景印文渊阁四库全书：第382册. 台北：台湾商务印书馆，1963：670.

方勺《泊宅编》卷五亦云："京东贼宋江等出入青、齐、单、濮间。"①

汪应辰《显谟阁学士王公墓志铭》记载："河北剧贼宋江者肆行，莫之御。既转掠京东，径趋沭阳。公独引兵要击于境上，败之，贼遁去。"②（《文定集》卷二十三）

张守《左中奉大夫充秘阁修撰蒋公墓志铭》记载："宋江啸聚亡命，剽掠山东一路，州县大震，吏多避匿。公独修战守之备，以兵扼其冲。贼不得逞，祈哀假道。公哃然阳应，侦食尽，督兵麇击，大破之。余众北走龟蒙间，卒投戈请降。"③（《毗陵集》卷十二）

以上为宋代文献中的记载，下面我们再来看看元人修的《宋史》中的记载：

一之曰："淮南盗宋江等犯淮阳军，遣将讨捕。又犯京东、河北，入楚、海州界，命知州张叔夜招降之。"④（卷十九《徽宗纪》）

二之曰："宋江起河朔，转略十郡，官军莫敢婴其锋。声言将至，叔夜使间者觇所向，贼径趋海濒，劫巨舟十余，载卤获。于是募死士得千人，设伏近城，而出轻兵距海，诱之战。先匿壮卒海旁，伺兵合，举火焚其舟。贼闻之，皆无斗志，伏兵乘之，擒其副贼，江乃降。"⑤（卷三百五十三《张叔夜传》）

根据以上官方材料，可以看出，宋江带领手下干将三十六人，到处"横行""出入""剽掠""转略"，其主要活动区域是今天的山东、河北、淮南一带，没有看到建立根据地的记载，更不要说聚义水泊梁山了。

但民间的传说可不一样，宋江等人可是有根据地的。但宋元间传说中的宋江等英雄好汉的根据地却不止一处，至少有三个：太行山、太行山梁山合为一

---

① 方勺. 泊宅编[M]. 北京：中华书局，1983：29.

② 汪应辰. 文定集[M]//景印文渊阁四库全书：第1138册. 台北：台湾商务印书馆，1965：807.

③ 张守. 毗陵集[M]//景印文渊阁四库全书：第1127册. 台北：台湾商务印书馆，1965：814.

④ 脱脱等. 宋史[M]. 北京：中华书局，1977：407.

⑤ 脱脱等. 宋史[M]. 北京：中华书局，1977：1141.

体、梁山。

《宋江三十六赞》中，至少有五位英雄人物的赞语中涉及"太行山"。他们分别是：

> 玉麒麟卢俊义："白玉麒麟，见之可爱，风尘大（太）行，皮毛终坏。"浪子燕青："平康巷陌，岂知汝名，太行春色，有一丈青。"船火儿张横："太行好汉，三十有六，无此火儿，其数不足。"神行太保戴宗："不疾而速，故神无方，汝行何之，敢离太行？"没遮拦穆横："出没大（太）行，茫无畔岸，虽没遮拦，难离伙伴。"

可见，在早期水浒故事流传的过程中，至少有一派认为宋江等三十六人的根据地在太行山。

另一派的说法则认为水浒英雄落草于太行山梁山泺，将两个地名合为一体。这以宋元讲史话本《宣和遗事》为代表。

《宣和遗事》首先简略叙述一笔："又宋江等犯京西、河北等州，劫掠子女金帛，杀人甚众。"①请注意，这里所说已与官方文献不一样，主要是将"京东"改成了"京西"。接着叙述"花石纲""杨志卖刀"故事，最后结局："这李进义同孙立商议，兄弟十一人往黄河岸上，等待杨志过来，将防送军人杀了，同往太行山落草为寇去也。"②接下去，又写"生辰纲"故事、"宋江救晁盖"故事，最后结果："且说那晁盖八个，劫了蔡太师生日礼物，不是寻常小可公事，不免约杨志等十二人，共有二十个，结为兄弟，前往太行山梁山泺去落草为寇。"③接着，又写宋江将杜千、张岑、索超、董平四人介绍到梁山泺。最后写"宋江杀惜"后题诗："杀了阎婆惜，寰中显姓名。要捉凶身者，梁山泺上寻。"④后来，宋江也上了梁山泺，一直到三十六人聚义。

---

① 佚名. 宣和遗事[M]//宣和遗事等两种. 南京：江苏古籍出版社，1993：29.
② 佚名. 宣和遗事[M]//宣和遗事等两种. 南京：江苏古籍出版社，1993：31.
③ 佚名. 宣和遗事[M]//宣和遗事等两种. 南京：江苏古籍出版社，1993：33.
④ 佚名. 宣和遗事[M]//宣和遗事等两种. 南京：江苏古籍出版社，1993：33-34.

到了元代杂剧和散曲中间，情况又发生了变化，戏曲作家们几乎异口同声地说：水浒英雄聚义在水泊梁山。

元代杂剧中的"水浒戏"保留到今天的剧本一共只有六个：康进之《梁山泊李逵负荆》、高文秀《黑旋风双献功》、李文蔚《同乐院燕青搏鱼》、李致远《都孔目风雨还牢末》、佚名《争报恩三虎下山》和《鲁智深喜赏黄花峪》。最有意味的是，这六个剧本对于宋江等人的根据地的说法居然高度一致。请看：

某姓宋名江，字公明，绰号顺天呼保义者是也。曾为郓州郓城县把笔司吏，因带酒杀了阎婆惜，迭配江州牢城。路经这梁山过，遇见晁盖哥哥，救某上山。①（《梁山泊李逵负荆》第一折）

这里只是告诉我们，水浒英雄的根据地是梁山，但缺乏对水泊梁山的具体描写，而在高文秀笔下，宋江向我们介绍的水泊梁山可就细致多了：

某聚三十六大伙，七十二小伙，半垓来小偻罗，寨名水浒，泊号梁山。纵横河港一千条，四下方圆八百里。东连大海，西接济阳，南通巨野、金乡，北靠青、齐、兖、郓。有七十二道深河港，屯数百只战舰艨艟。三十六座宴楼台，聚几千家军粮马草。②（《黑旋风双献功》第一折）

你看，梁山首领宋公明将自己的根据地大大吹嘘了一通，四通八达，纵横广阔，有旱寨，有水寨，有粮草，有战船，占据了这样的地方，谁都不怕！在其他几部"水浒戏"中，写到宋江的根据地梁山泊，基本上大同小异：

某姓宋名江，字公明，绰号顺天呼保义者也。曾为济州郓城县把笔司吏，因带酒杀了阎婆惜，一脚踢翻烛台，延烧了官房，被官军拿某到官，脊杖了六十，迭配江州牢城军营。因打梁山经过，遇着晁盖哥哥，打开枷锁，救某上山，就让某第二把交椅坐了。③（《同乐院燕青搏鱼》楔子）

---

① 康进之.梁山泊李逵负荆［M］//臧晋叔.元曲选.北京：中华书局，1958：1518.

② 高文秀.黑旋风双献功［M］//臧晋叔.元曲选.北京：中华书局，1958：687.

③ 李文蔚.同乐院燕青搏鱼［M］//臧晋叔.元曲选.北京：中华书局，1958：229.

我乃宋江是也，山东郓城县人。幼年为把笔司吏，因带酒杀了娼妓阎婆惜，迭配江州牢城。路打梁山泊经过，有我结义哥哥晁盖，知我平日度量宽洪，但有不得已的英雄好汉，见了我时，便助他些钱物，因此天下人都叫我做及时雨宋公明。晁盖哥哥并众头领让我坐第二把交椅，哥哥三打祝家庄身亡之后，众兄弟让我为头领。①（《都孔目风雨还牢末》楔子）

（冲末扮宋江引偻罗上）（宋江词云）只因误杀阎婆惜，逃出郓州城，占下了八百里梁山泊，搭造起百十座水兵营，忠义堂高搠杏黄旗一面，上写着"替天行道宋公明"。聚义的三十六个英雄汉，那一个不应天上恶魔星。②（《争报恩三虎下山》楔子）

我聚三十六大伙，七十二小伙，威镇于梁山。俺这梁山，寨名水浒，泊号梁山，纵横河阔一千条，四下方圆八百里。东连大海，西接咸阳，南通巨野、金乡，北靠青、济、兖、郓。有七十二道深河港，屯数百只战艘艨艟。三十六座宴台，聚百万军粮马草。③（《鲁智深喜赏黄花峪》第一折）

虽然我们列举了以上六个剧本中宋江的自白，用以说明在元杂剧作品中水浒英雄的根据地已经移到了水泊梁山，但这里却有一个小小的问题：这六个剧本在元代的"出版物"我们全都没有看到，上面所引的全部都是明代或明代以后出版的本子，而元杂剧的宾白在很大程度上带有演员临场发挥的性质，很多保存到今天的元刊本杂剧都是只有唱词而没有宾白的，徐沁君先生校点的《新校元刊杂剧三十种》就有大量的例子。如《关张双赴西蜀梦》从第一折的第一支曲子【点绛唇】的第一句"织履编席，能勾做大蜀皇帝，非容易"④，一直唱

---

① 李致远. 都孔目风雨还牢末 [M]//臧晋叔. 元曲选. 北京：中华书局，1958：1608.

② 佚名. 争报恩三虎下山 [M]//臧晋叔. 元曲选. 北京：中华书局，1958：156.

③ 佚名. 鲁智深喜赏黄花峪 [M]//隋树森. 元曲选外编. 北京：中华书局，1959：934.

④ 徐沁君. 新校元刊杂剧三十种 [M]. 北京：中华书局，1980：3.

到第四折的最后一支曲子【随煞尾】的最后一句"强如与俺一千小盏黄封头祭奠酒"①，这中间是没有任何一句宾白的。如此说来，上面所引那些明代或明代以后刊印的元杂剧作品中宋江的宾白是否为后人所加呢？如果是后人所加，那就不能说明元杂剧剧本中已经将宋江等人的根据地确定在了水泊梁山。幸而我们还有辅证材料：某些元杂剧剧本的唱词已经将"梁山泊"当成"强盗窝"的代名词使用，且看几例：

【牧羊关】怕不"晓日楼台静，春风帘幕低"。没福的怎生消得！这厮强赖人钱财，莽夺人妻室，高筑座营和寨，斜挩面杏黄旗，梁山泊贼相似，与蓼儿洼争甚的！②（关汉卿《包待制智斩鲁斋郎》第二折）

【六幺序】那里面藏圈套，都是些绵中刺，笑里刀，那一个出得他捆打挞揉，止不过帐底鲛绡，酒畔羊羔，嫔人的玉软香娇。半席地恰便似八百里梁山泊，抵多少月黑风高。③（秦简夫《东堂老劝破家子弟》第一折）

【七弟兄】你怎不察知就里？这总是你家门贼。怎将蓼儿洼强猜做蓝桥驿？梁山泊权当做武陵溪？太行山错认做桃源内？④（杨景贤《马丹阳度脱刘行首》第四折）

三则资料，全都是元杂剧中的唱词，对此，后人是很难改变的，尤其是最后一则，不仅指出"梁山泊"，而且还有"蓼儿洼""太行山"，根据《水浒传》的描写，"蓼儿洼"就在梁山泊中，而《宣和遗事》又使用了"太行山梁山泺"的概念，可见在元杂剧作家心目中，这三者是一致的，故而杨景贤要用"鼎足对"的方式让它们代表"强盗窝"。说到这里，基本可以肯定元人杂剧是将宋江等人的根据地固定在梁山泊了。但有人或许还会提出问题：上面这三段唱词中并没有"宋江"等人字样呀？既然如此，那我们就拿出一个铁证：元末明初贾

---

① 徐沁君.新校元刊杂剧三十种［M］.北京：中华书局，1980：22.

② 关汉卿.包待制智斩鲁斋郎［M］//臧晋叔.元曲选.北京：中华书局，1958：847.

③ 秦简夫.东堂老劝破家子弟［M］//臧晋叔.元曲选.北京：中华书局，1958：213.

④ 杨景贤.马丹阳度脱刘行首［M］//臧晋叔.元曲选.北京：中华书局，1958：1333.

仲明的散曲中也将水浒英雄的根据地放在了梁山泊。贾仲明有【凌波仙】组曲哀悼元代戏曲作家，其中《挽红字李二》写道：

> 梁山泊壮士病杨雄，板达儿掐搜黑旋风，打虎的英俊天生勇，窄袖儿猛武松。是京兆红字李二文风。才难尽，兴未穷，再编一段《全火儿张弘》。①

贾仲明一口气提出了杨雄、黑旋风、武松、张弘（横）等水浒英雄的名字或绰号，但前面却冠以"梁山泊壮士"，并且告诉后人，这些都是"红字李二"这位民间艺术家的杂剧创作。如此，元代戏曲家将宋江等人的根据地确定在水泊梁山就毫无疑问了。

据上所言，历史上的宋江三十六人并没有确定的根据地，他们的根据地是"民众"赐予的：首先是南宋人传说的太行山，随后是宋元话本中的太行山梁山泺，最后，由元曲家们定格在水泊梁山。

三　舞台上的好汉

《水浒传》成书以前，水浒英雄的故事早已在民间流传，上面讲到的《宋江三十六赞》就是典型的例证。同时，这些英雄的故事很快又被民间说唱艺术所吸收，前面涉及的《宣和遗事》就是讲史话本。此外，水浒英雄还有一个闪亮登场的去处，那就是元杂剧舞台。

元代杂剧有专门的一类，被后人称之为"水浒戏"，根据相关书籍记载，元代不少作家都写过"水浒戏"。关于这一点，我们从《录鬼簿》②《录鬼簿续

---

① 谢伯阳. 全明散曲 [M]. 济南：齐鲁书社，1994：180.
② 钟嗣成. 录鬼簿 [M] //中国古典戏曲论著集成二. 北京：中国戏曲出版社，1959：106-115.

编》①《太和正音谱》②《古典戏曲存目汇考》③ 开列的剧目中可以看到如下情况：

高文秀：《黑旋风诗酒丽春园》《黑旋风大闹牡丹园》《黑旋风敷衍刘耍和》《黑旋风斗鸡会》《黑旋风穷风月》《黑旋风乔教学》《黑旋风双献头》《黑旋风借尸还魂》《双献头武松大报仇》

李文蔚：《报冤台燕青扑鱼》《燕青射燕》

杨显之：《黑旋风乔断案》

红字李二：《病杨雄》《板踏儿黑旋风》《折担儿武松打虎》《全火儿张弘》《窄袖儿武松》

康进之：《黑旋风老收心》《梁山泊黑旋风负荆》

佚名：《张顺水里报冤》《争报恩三虎下山》《鲁智深大闹黄花峪》《还牢末》《一丈青闹元宵》《销金帐》

仅从以上剧目中，我们就可以看到一批梁山好汉的名字或绰号，但要真正了解他们的故事，还得走进元杂剧剧本。

元杂剧"水浒戏"的剧本，今天能看得到的只有六个：

高文秀：《黑旋风双献功》

李文蔚：《同乐院燕青搏鱼》

康进之：《梁山泊李逵负荆》

佚名：《争报恩三虎下山》《鲁智深喜赏黄花峪》《都孔目风雨还牢末》

其中，《都孔目风雨还牢末》在明代臧晋叔《元曲选》中署名李致远。

那么，在这六本"水浒戏"中，活跃着哪些梁山好汉呢？他们又是怎样

---

① 佚名. 录鬼簿续编 [M] //中国古典戏曲论著集成二. 北京：中国戏曲出版社，1959：295-296.

② 朱权. 太和正音谱 [M] //中国古典戏曲论著集成三. 北京：中国戏曲出版社，1959：42-43.

③ 庄一拂. 古典戏曲存目汇考 [M]. 上海：上海古籍出版社，1982：196-301.

"表演"的呢？

高文秀《黑旋风双献功》，叙郓城县孔目孙荣准备带着妻子郭念儿前往东岳庙进香还愿，为安全起见，到梁山找旧友宋江，请派一好汉护送，宋江派自告奋勇的李逵前往。原来郭念儿早与白衙内有奸情，趁孙荣不备，白衙内偕郭念儿逃走。孙荣告官，不料反遭白衙内诬陷下狱，命悬一线。李逵乔装改扮前往探监送饭，暗中将蒙汗药混于食物之中，麻翻狱卒，救出孙荣，又杀了白衙内与郭念儿，以两颗人头上梁山献功。该剧基本情节诚如第四折最后宋江断语所言："白衙内倚势挟权，泼贱妇暗合团圆。孙孔目反遭缧绁，有口也怎得伸冤？黑旋风拔刀相助，双献头号令山前。宋公明替天行道，到今日庆赏开筵。"①

李文蔚《同乐院燕青博鱼》的主人公是梁山好汉燕青。他因为重阳节违背将令被责，怒而失明，宋江令其下山治疗。话分两头，东京有燕和、燕顺兄弟，燕和妻王腊梅与杨衙内有奸情，在同乐院约会。适逢燕青流落东京，沿街乞讨，被杨衙内的马撞倒，并遭殴打。燕青碰到燕顺，燕顺会针灸，为燕青治好眼病，二人结为兄弟。第二年清明时节，燕青贩鱼为生，在同乐院"博鱼"。燕和本来赢了燕青，然怜其贫苦，归还其鱼。不料，杨衙内亦到此，强夺燕青之鱼。燕青得知夺鱼者恰是去年殴打自己的仇人，遂痛打杨衙内。燕和喜欢燕青人品武艺，结为兄弟并带回家中。半年后，杨衙内与王腊梅在花园私会被发现，他逃跑后回过头来反将捉奸的燕和、燕青打入囚牢。此时，被哥哥赶出家门的燕顺已投奔梁山，听说哥哥、义弟陷入牢房，前来相救，适逢燕青、燕和逃出监狱，兄弟三人合力抓住杨衙内和王腊梅，同上梁山惩办之。还是宋江"词云"说得好："则俺三十六勇耀罡星，一个个正直公平。为燕大主家不正，亲兄弟赶离家庭。杨衙内败坏风俗，共淫妇暗约偷情。将二人分尸断首，梁山上号令施行。这的是与民除害，不枉了浪子燕青。"②（第四折）

康进之《梁山泊李逵负荆》，写清明时节梁山好汉李逵下山，在杏花村酒店

---

① 高文秀. 黑旋风双献功 [M] //臧晋叔. 元曲选. 北京：中华书局，1958：704.

② 李文蔚. 同乐院燕青博鱼 [M] //臧晋叔. 元曲选. 北京：中华书局，1958：245.

饮酒，得知店主王林的女儿满堂娇被宋江、鲁智深抢走的消息。李逵闻听大怒，跑回梁山，大骂"梁山泊有天无日"，并"拔斧斫旗"，要找宋江、鲁智深算账："走不了你个撮合山师父唐三藏，更和这新女婿郎君。哎！你个柳盗跖，看那个便宜。"①（第二折）宋江发誓没有此事，李逵不信。宋江只好和李逵赌人头以辨真假。随即，宋江、鲁智深与李逵一起下山找王林对质，发现是一场误会。李逵十分后悔，向宋江负荆请罪。原来，抢走满堂娇的是恶棍宋刚、鲁智恩，他们冒充宋江、鲁智深。当他们再次来到杏花村酒店时，王林稳住他们，自己上山报信，而此时宋江正准备责罚李逵。王林说清原委后，宋江命李逵将功折罪，与鲁智深一起下山捉拿歹徒，最后，两位头领完成任务，得胜而回。

在明人臧晋叔的《元曲选》中，《都孔目风雨还牢末》乃是李致远的作品。该剧叙宋江差李逵到东平府将两位五衙都首领史进、刘唐招上梁山，不料，李逵在街市上打抱不平惹出命案，幸亏六案孔目李荣祖同情，免除死罪，流放沙门岛。而刘唐因为"误了一月限期"而请求李荣祖说情，李未能帮忙，致使刘唐被"脊杖四十"，遂怀恨李荣祖。后来，李逵报恩，拜见李荣祖，二人结为兄弟，并暗留一对金环相别而去。不料，此事被李荣祖小妾萧娥得知，她暗中告诉相好的赵令史，并到衙门出首。东平府尹派史进、刘唐前去捉拿李荣祖，史进有意庇护之，而刘唐公报私仇，将李逮捕。府尹严刑逼供，将李荣祖打入死牢。刘唐在牢房中一再侮辱、折磨李孔目，并接受萧娥贿赂盆吊死李荣祖。李的尸体被抛死人坑，风雨中复活，又被萧娥发现，令刘唐重新抓捕入牢房。宋江又派阮小五招安史进、刘唐，刘唐转变立场，三人一起救出李荣祖。路遇李逵，又一起拿住赵令史和萧娥，押上梁山。宋江下断："俺梁山泊远近驰名，要替天行道公平。忠义堂施呈气概，结交尽四海豪英。差李逵下山探听，到东平偶见相争。只一拳将人打死，被官司拷打招承。论律法本该抵命，李孔目搭救残生。李山儿知恩图报，送金环聊表微情。被小妇当官出首，将孔目熬尽严刑。阮小五入牢打探，兼请他刘史同行。萧行首剜心剖腹，赵令史号令山城。今日

---

① 康进之.梁山泊李逵负荆［M］//臧晋叔.元曲选.北京：中华书局，1958：1523.

个英雄聚会,一个个上应罡星。早准备庆喜筵席,显见的天理分明。"①(第四折)

佚名《争报恩三虎下山》,写济州通判赵士谦之妾王腊梅与丁都管有奸情,街头吃酒。适逢关胜受宋江之命往东平府侦查,因病流落街头卖狗肉为生。双方冲突,丁都管被打,用闭气法诈死。赵通判妻子李千娇审理此事时,得知关胜是梁山好汉,因佩服梁山"只杀滥官污吏,并不杀孝子节妇"②(楔子),不仅不治罪,反而与关胜结拜为姐弟,赠金凤钗放走。又有徐宁奉宋江命令接应关胜,亦因病沦为乞丐,在赵家稍房夜宿,被丁都管、王腊梅抓住,李千娇帮助徐宁蒙混过关,认作表弟。后亦结拜为姐弟,赠金钗放走。随后,花荣亦奉命下山接应关胜、徐宁,被人追赶跳入赵通判后园,又被李千娇撞见,问明真情后结为姐弟。不料,此事被王腊梅发现,诬其通奸,告诉赵通判来捉奸。匆忙间,花荣砍伤赵通判而逃走。于是,李千娇被诬以通奸伤夫死罪,打入囚牢。关胜、徐宁、花荣相会于粥摊,互诉与李千娇结拜事,三人同劫法场,救了李千娇,并劝赵通判夫妻和好。同时,捉拿王腊梅、丁都管上山,斩之。

佚名《鲁智深喜赏黄花峪》,叙重阳节济州秀才刘庆甫与妻子李幼奴在酒店饮酒,蔡衙内调戏李幼奴并毒打刘秀才,恰被下山"赏红叶黄花"③(第一折)的梁山好汉杨雄撞见,他怒打蔡衙内,并嘱刘秀才如有厄难可到梁山告状。旋即,刘秀才的妻子又在路上被蔡衙内抢走。刘庆甫只好到梁山去告状,宋江派李逵前去水南寨打探李幼奴消息。李逵假扮成货郎,救出李幼奴,打败蔡衙内。蔡在逃跑途中又与梁山泊前来接应的鲁智深相遇于云岩寺,被鲁智深抓上梁山处死。

根据以上元杂剧剧目和剧本所反映的情况,我们可以得知,在元杂剧舞台上活跃的梁山好汉至少有如下人物:李逵、武松、燕青、杨雄、张弘(横)、张

---

① 李致远. 都孔目风雨还牢末 [M] //臧晋叔. 元曲选. 北京:中华书局,1958:1624.
② 佚名. 争报恩三虎下山 [M] //臧晋叔. 元曲选. 北京:中华书局,1958:157.
③ 佚名. 鲁智深喜赏黄花峪 [M] //隋树森. 元曲选外编. 北京:中华书局,1959:934.

顺、宋江、吴学究、燕顺、鲁智深、史进、刘唐、阮小五、关胜、徐宁、花荣、戴宗、李俊、雷横、卢俊义、王矮虎、呼延灼、杨志等。其中，宋江为总头领，吴用为军师自不待言，其他英雄，也有在剧中点明座次者，如：

"我是梁山上宋江哥哥手下第十一个头领，大刀关胜的便是。"①（《争报恩三虎下山》楔子）

"行不更名，坐不改姓，某宋江哥哥手下第十二个头领，金枪教手徐宁是也。"②（《争报恩三虎下山》第一折）

"我是宋江手下第十三个头领，弓手花荣。"③（《争报恩三虎下山》第二折）

"则我是宋江手下第十五个头领，浪子燕青的便是。"④（《同乐院燕青搏鱼》第二折）

"某宋江手下第十七个头领病关索杨雄是也。"⑤（《鲁智深喜赏黄花峪》第一折）

上述英雄人物中，最为成功的艺术形象是黑旋风李逵。

元杂剧"水浒戏"中，李逵的出场率最高。元代"水浒戏"今存剧目二十种以上，其中把李逵作为主要人物或重要人物来写的至少有十四种。在现存的六本"水浒戏"中，《李逵负荆》《还牢末》《双献功》《黄花峪》四本都是以李逵为主人公的，可见这位"黑旋风"在元代的舞台上是一个十分活跃的人物。

关于李逵的基本情况，这些剧本中有详细的描写：

"（正末扮李逵做带醉上，云）吃酒不醉不如醒也。俺梁山泊上山儿李

---

① 佚名. 争报恩三虎下山［M］//臧晋叔. 元曲选. 北京：中华书局，1958：157.
② 佚名. 争报恩三虎下山［M］//臧晋叔. 元曲选. 北京：中华书局，1958：158.
③ 佚名. 争报恩三虎下山［M］//臧晋叔. 元曲选. 北京：中华书局，1958：163.
④ 李文蔚. 同乐院燕青搏鱼［M］//臧晋叔. 元曲选. 北京：中华书局，1958：238.
⑤ 佚名. 鲁智深喜赏黄花峪［M］//隋树森. 元曲选外编. 北京：中华书局，1959：935.

第二讲 扑朔迷离的水浒故事

逵的便是。人见我生得黑，起个绰号叫俺做黑旋风。"①（《梁山泊李逵负荆》第一折）

"（搽旦云）那人身材长大，面皮黑色，一部胡髯。（赵令史云）可不是梁山泊贼人黑旋风山儿李逵！如今上司画影图形排门粉壁，捉拿他哩。"②（《都孔目风雨还牢末》第一折）

"（宋江云）兄弟休惊莫怕，则他是第十三个头领、山儿李逵。这人相貌虽恶，心是善的。"③（《黑旋风双献功》第一折）

李逵在梁山排名第十三位，这似乎与花荣有所冲突，但那是因为出自不同作家之手，故而小有出入而已。至于李逵的长相、爱好，所有的作家几乎众口一词：黑皮肤、大胡子、爱喝酒，还有就是性格暴躁，经常惹事，动不动就打架斗殴、杀人放火。

当然，如果要说"水浒戏"中李逵的主要性格特征，那还是八个大字：疾恶如仇，为民除害。他路见不平，拔刀相助，英勇战斗，除暴安良，诚如他自己在舞台上高声歌唱的那样："理会的山儿性，我从来个路见不平，爱与人当道撅坑。我喝一喝骨都都海波腾，撼一撼赤力力山岳崩。但恼着我黑脸的爹爹，和他做场的歹斗，翻过来落可便吊盘的煎饼。"④（《双献功》第一折）正是出于这种疾恶如仇、为民除害的基本性格，在《双献功》中，他杀死了害人的白衙内和郭念儿；在《还牢末》中，他消灭了凶残的赵令史和萧娥；在《黄花峪》中，他不仅救了遭劫的李幼奴，还暴打了横行霸道的蔡衙内。尤其令人眼前一亮的是在《李逵负荆》中，他为了替一个酒家女儿做主，竟然打上忠义堂，要把自己一向敬重的大哥宋公明抓住治罪。在"水浒戏"中的李逵心里，正义、公平、良善压倒一切，权豪势要、恶霸高官都不在话下，甚至就是心中的太阳、

---

① 康进之. 梁山泊李逵负荆 [M]//臧晋叔. 元曲选. 北京：中华书局，1958：1519.

② 李致远. 都孔目风雨还牢末 [M]//臧晋叔. 元曲选. 北京：中华书局，1958：1612.

③ 高文秀. 黑旋风双献功 [M]//臧晋叔. 元曲选. 北京：中华书局，1958：688.

④ 高文秀. 黑旋风双献功 [M]//臧晋叔. 元曲选. 北京：中华书局，1958：691.

梁山的旗帜，只要毁坏了正义、公平、良善，黑旋风就要"刮倒"他，就要跟他过不去！

然而，以上所分析的只是一个外在化的李逵，而这位"黑旋风"爷爷的内心世界同样是金子般灿烂、宝石般晶莹的。当他知道误会了宋公明哥哥以后，却敢作敢当、勇于认错，于是上演了"梁山泊李逵负荆"那流传千古的一幕：

【搅筝琶】我来到辕门外，见小校雁行排。（带云）往常时我来呵，（唱）他这般退后趋前，（带云）怎么今日的。（唱）他将我佯呆不睬。（做偷瞧科，云）哦！元来是俺宋公明哥哥和众兄弟都升堂了也。（唱）他对着那有期会的众英才，一个个稳坐抬颏。我说的明白，道莽撞的廉颇请罪来，死也应该。（见科）（宋江云）山儿，你来了也？你背着甚么哩？（正末云）哥哥，您兄弟山涧直下砍了一束荆杖，告哥哥打几下。您兄弟一时间没见识，做这等的事来。（唱）【沉醉东风】呼保义哥哥见责，我李山儿情愿餐柴。第一来看着咱兄弟情，第二来少欠他脓血债。休道您兄弟不伏烧埋，由你便直打到梨花月上来。若不打，这顽皮不改。（宋江云）我元与你赌头，不曾赌打。小偻罗，将李山儿踹下聚义堂，斩首报来。（正末云）学究哥，你劝一劝儿！智深哥，你也劝一劝儿！（学究同鲁智深劝科）（宋江云）这是军状。我不打他，则要他那颗头。（正末云）哥，你道甚么哩？（宋江云）我不打你，则要你那颗头。（正末云）哥哥，你真个不肯打？打一下是一下疼，那杀的只是一刀，倒不疼哩。（宋江云）我不打你。（正末云）不打！谢了哥哥也。（做走科）（宋江云）你走那里去？（正末云）哥哥道是不打我。（宋江云）我和你打赌赛。我则要你那六阳会首。（正末云）罢、罢、罢，他杀不如自杀。①（《梁山泊李逵负荆》第四折）

这里不仅有敢于认错的勇气，甚至还有些许紧急状况下的幽默。而在"水浒戏"中的李逵身上，他的幽默有时又是和智慧紧密关联的，这就形成了一种较为高级的趣味性。例如，他为了救出孙孔目，故意在"羊肉泡饭"上面大做

---

① 康进之.梁山泊李逵负荆［M］//臧晋叔.元曲选.北京：中华书局，1958：1529.

文章。

（牢子云）你便这一张匙打甚么不紧？你喂你哥哥饭去。（正末云）哥哥，你吃些儿波。（孙孔目云）我吃不得了也。（正末云）哥哥不吃，我自家吃。（牢子云）兀那呆厮，是甚么东西？（正末云）一罐子羊肉泡饭。哥哥不吃，我自家吃。（牢子云）你哥哥这几日吃死囚的饭，他不吃，拿来我吃。（正末云）你真个要吃？管山的烧柴，管水的吃水，管牢的吃我脚后根。（牢子云）这厮他倒伤着我，将来我吃。（正末背科，云）我随身带着这蒙汗药，我如今搅在这饭里。他吃了呵，明日这早晚他还不醒哩。叔待，你吃你吃！（牢子云）将来我吃！（做吹科）（正末云）叔待，吹甚么哩？（牢子云）将来，我吹去了些砒霜、巴豆。（牢子吃饭科，云）倒好饭儿。乡里人家着得那花椒多了，吃下去麻撒撒的。哎哟，麻撒撒的。（牢子倒科）（正末云）兀那牢子起来！这厮麻倒了也，到明日也还不醒哩。我解放了俺哥哥，则不俺哥哥一个人，我把这满牢里人都放了。我开开这门，你每各自逃生去。哥哥，我指与你一条大路，你一径先上梁山寨，见俺宋江哥哥去。我晚间杀了白衙内，回来献功也！①（《黑旋风双献功》第三折）

李逵这种"粗人弄细"的表现，证明了舞台上的他不仅是一个正义的人物，还是一个喜剧人物。那一份幽默诙谐，那一份大智若愚，确实让所有的观众和读者对这位"黑旋风"刮目相看。然而，这还不是李逵身上最可爱的地方。"黑旋风"甚至还有细腻温柔，充满童心童趣的一面。

（云）人道我梁山泊无有景致，俺打那厮的嘴。（唱）【醉中天】俺这里雾锁着青山秀，烟罩定绿杨洲。（云）那桃树上一个黄莺儿，将那桃花瓣儿唼阿唼阿，唼的下来，落在水中，是好看也。我也曾听的谁说来？我试想咱。哦！想起来了也。俺学究哥哥道来，（唱）他道是轻薄桃花逐水流。（云）俺绰起这桃花瓣儿来，我试看咱，好红红的桃花瓣儿。（做笑科，云）你看我好黑指头也！（唱）恰便是粉衬的这胭脂透。（云）可惜了你这

---

① 高文秀. 黑旋风双献功［M］//臧晋叔. 元曲选. 北京：中华书局，1958：701.

瓣儿，俺放你趁那一般的瓣儿去。我与你赶，与你赶，贪赶桃花瓣儿。（唱）早来到这草桥店垂杨的渡口。①（《梁山泊李逵负荆》第一折）

梁山，就是李山儿的性命！梁山的一切，在李逵这个粗莽的黑汉子眼中，都是那么美好。他爱梁山，爱梁山的一草一木、一鸟一花。他能够与梁山的自然美景融为一体，就像儿子睡在母亲的怀抱里。"李逵下山"这个片段充分地体现了这一点，他绰起桃花、释放桃花、追赶桃花，纯然是一个天真无邪的大孩子！现在的京剧舞台上还经常演这出折子戏，听某些内行的人说，用"架子花"演李逵是本色当行，但最好要糅进小旦的妩媚，因为这个粗莽的黑大汉不仅要美得阳刚，而且还要美得俏丽。

毫无疑问，根据现有的资料，元代"水浒戏"舞台上最风姿绰约的形象就是黑旋风李逵。尽管他时而莽撞，时而机智，时而风趣，时而天真，甚至有时候蛮不讲理，但万变不离其宗，李逵身上的这许多特点加在一起，所体现的其实就是一个"真"字。李逵，是元杂剧舞台上第一"纯真"人物形象！

李逵之外，还有些梁山好汉在元杂剧舞台上也很有风采。如鲁智深作战之英勇、武艺之高超，也写得活灵活现。且看《鲁智深喜赏黄花峪》中正末扮鲁智深痛打蔡衙内一段：

（正末唱）【出队子】卖弄你玲珑剔透，美也，撞见爱厮打的都领袖。（云）我打三颗头。（蔡净云）我还你六条臂那三颗头。（正末唱）打你个软的欺硬的怕镶枪头，你是个无道理无仁义酒魔头。打你个强夺人家良人妇，你是个吃剑头。（蔡净云）这厮利害，一对拳剪鞭相似。我可怎末了。（正末唱）【刮地风】你性命当风秉蜡烛，俺似水上浮沤。病羊儿落在屠家手，咱两个怎肯平休？这厮更胡寻歹斗，故来承头。（蔡净云）打杀我也！寺里和尚，都来救我。（正末唱）怕有那寺院中埋伏着，您都来答救。我着这莽拳头，向这厮嘴缝上丢。泼水难收，则一拳打你个翻筋斗，来叫爹爹

---

① 康进之.梁山泊李逵负荆［M］//臧晋叔.元曲选.北京：中华书局，1958：1519-1520.

的呵休。①（第四折）

你看，多么干净利落，多么大快人心！《水浒传》中的"鲁提辖拳打镇关西"恐怕也受到这一段描写的启发。正因为鲁智深有如此精湛的武功，所以，派他去执行任务，梁山泊的军师吴学究是很放心的。且看下面这段看似随意实则刻意的对话。宋江："学究兄弟，怎生李山儿同鲁智深到杏花庄去了许久，还不见来？俺山上该差人接应他么？"学究："这两个贼子到的那里？不必差人接应，只早晚敢待来也。"②（《梁山泊李逵负荆》第四折）吴学究真正是知己知彼，一方面他高度蔑视宋刚、鲁智恩这两个贼子，他们那点三脚猫的本领算得了什么？另一方面，他又极其相信自己的兄弟鲁智深、李逵，打这两个毛贼，不费吹灰之力。这就在写活了李逵、鲁智深的同时，也展现了吴学究胸有成竹的军师风度。

其他英雄，也写得各有性格。如："兄弟是燕顺，生的须发蓬松，只因性子粗糙，众人起他一个混名，叫做卷毛虎。"③（《同乐院燕青搏鱼》第一折）这是粗糙耿直的汉子燕顺。再如："（史进云）你看刘唐挟那旧仇拿哥哥去了，争奈嫂嫂染病，我亲自看哥哥走一遭去。"④（《都孔目风雨还牢末》第一折）这是情感细腻的英雄史进。还有："（宋江云）燕青兄弟，这桩事我遣神行太保戴宗打探明白，早已知道也。"⑤（《同乐院燕青搏鱼》第四折）这里突出了专门传递信息的神行太保。再如："某乃宋江手下头领，绰号活阎罗阮小五的便是。"⑥（《都孔目风雨还牢末》第四折）这位凶悍的汉子，他的绰号在《水浒传》中却与自家兄弟互换。当然，有些在英雄落难的时候也会显出可怜兮兮的样子，燕

---

① 佚名.鲁智深喜赏黄花峪[M]//隋树森.元曲选外编.北京：中华书局，1959：947.
② 康进之.梁山泊李逵负荆[M]//臧晋叔.元曲选.北京：中华书局，1958：1531.
③ 李文蔚.同乐院燕青搏鱼[M]//臧晋叔.元曲选.北京：中华书局，1958：230.
④ 李致远.都孔目风雨还牢末[M]//臧晋叔.元曲选.北京：中华书局，1958：1612.
⑤ 李文蔚.同乐院燕青搏鱼[M]//臧晋叔.元曲选.北京：中华书局，1958：245.
⑥ 李致远.都孔目风雨还牢末[M]//臧晋叔.元曲选.北京：中华书局，1958：1621.

青、关胜、徐宁、花荣等都曾有过这种不堪回首的经历。且以关胜为例：

（关胜在古道，云）卖狗肉，卖狗肉！这里也无人。某乃大刀关胜的便是。奉宋江哥哥的将令，每一个月差一个头领下山打探事情。那一个月肯分的差着我，离了梁山，来到这权家店支家口，染了一场病，险些儿丢了性命。甫能将息，我这病好也，要回那梁山去，争奈手中无盘缠。昨日晚间偷了人家一只狗，煮得熟熟的，卖了三脚儿，则剩下一脚儿。我卖过这脚儿，便回我那梁山去了。①（《争报恩三虎下山》楔子）

《水浒传》描写的梁山泊五虎大将之首的大刀关胜，在元杂剧舞台上居然有如此窝囊不堪的表现！还有比关胜更为不堪的，不过那不是行为的窝囊不堪，而是思想的龌龊不堪。这个人物就是刘唐，《都孔目风雨还牢末》中的刘唐。

根据剧情，孔目李荣祖因为没有帮犯错的刘唐说情，刘唐因此怀恨在心，随即对李孔目实行了一连串的近似疯狂的报复。这种丧心病狂的行为，就连同僚好友史进再三劝阻都没有丝毫的效果。且看这令人不可思议的一幕幕：

（刘唐拿锁条，史进随上云）刘唐哥，李孔目哥哥一时间不是了，哥哥休记旧仇。（刘唐云）史进，这是他自犯下来的，教我怎生回护他？早来到他门首，我唤门去。（史进云）等兄弟唤门去。哥哥开门来。（刘唐怒云）怕惊了他家产妇？过来等我叫。李孔目，开门！开门！②（《都孔目风雨还牢末》第一折）

（刘唐上，诗云）手拿无情棒，怀揣滴泪钱。晓行狼虎路，夜伴死尸眠。自家刘唐便是。今日李孔目结勾梁山泊强贼山儿李逵，受了他一付匾金环，招伏已定，下在牢里。当初我误了假限，直厅打了我四十。今日他也犯下来了，下在牢里。与我拿出来！（史进拿正末上）（刘唐云）旧规犯人入牢，先吃三十杀威棒。（史进云）这三十杀威棒就打死了。看史进面皮，饶了他罢。（刘唐云）他今日也有哀告我的日子！（正末云）哥哥休记

---

① 佚名.争报恩三虎下山［M］//臧晋叔.元曲选.北京：中华书局，1958：157.
② 李致远.都孔目风雨还牢末［M］//臧晋叔.元曲选.北京：中华书局，1958：1613.

旧恨。(刘唐云) 我不和你一般见识,且入牢去。(正末入牢科)(刘唐云) 兀那李孔目。我这一回有些闷倦,你唱个曲儿我听。(正末云) 我有甚么心肠还唱曲儿?(刘唐云) 你若不唱,我一顿棍子就打死你!①(《都孔目风雨还牢末》第二折)

(搽旦云) 刘唐哥哥,我央及你,我与你两锭银子,你把李孔目盆吊死了可不好?(刘唐云) 你放心,都在我身上。(搽旦云) 你若盆吊死了李孔目,我再相谢。若死了时,和我说一声儿。(下)(刘唐云) 要活的难,要死的可容易。那李孔目如今是我手里物事,搓的圆,捏的匾,折得将他盆吊死了,一来赚他几个银子使用,二来也偿了我平生心愿。②(同上)

这样的罪恶行为,一直到将李孔目害得死去活来,又重新入狱。直到最后,阮小五奉命招安史进、刘唐,三人在一起当面戳穿了均与梁山有来往的隐私,刘唐才回过头来与史进等人一起去救李孔目:"(史进接书科)(刘唐撞上扭住云) 好也,你原来结交梁山泊好汉!(史慌科云) 不是,不是。(阮小五云) 此位是谁?(刘唐云) 在下刘唐。(阮小五云) 宋头领也有书与哥哥。(史扯刘科,云) 好也,你原来结勾梁山泊强人!(刘唐云) 罢、罢、罢,俺一同到牢中救了李孔目,同上梁山见及时雨去来。"③(《都孔目风雨还牢末》第四折)然而,在这里,刘唐的转变太过突然,带有很大的偶然性,不符合人物性格发展的逻辑。故而,笔者认为,《都孔目风雨还牢末》中刘唐这一形象如此塑造是剧作者的败笔。

由上可知,在小说《水浒传》出现之前,元杂剧舞台上早已涌现出一大批梁山英雄形象。当然,这些形象塑造成功的程度是不一样的。如李逵,可算最为光彩照人的形象,甚至可以说舞台上的黑旋风绝不亚于小说中的李铁牛。而其他人物,有些可以看作《水浒传》同名人物的雏形状态,有的却不如《水浒

---

① 李致远. 都孔目风雨还牢末 [M] //臧晋叔. 元曲选. 北京:中华书局,1958:1616.
② 李致远. 都孔目风雨还牢末 [M] //臧晋叔. 元曲选. 北京:中华书局,1958:1618.
③ 李致远. 都孔目风雨还牢末 [M] //臧晋叔. 元曲选. 北京:中华书局,1958:1621.

传》同名人物那么生动、细腻、阳光，有的甚至显得有点猥琐，至于极个别的，譬如刘唐，则简直可以作为反面形象来看待，他属于梁山英雄群体中"反英雄"性质特别严重的人物。

四　从"三十六"到"一百零八"

宋江手下的头领或者说骨干成员究竟有多少人？《水浒传》写得很清楚：三十六天罡，七十二地煞，加起来共有一百单八将。但历史记载和早期水浒故事却不是这种说法，那些资料都不约而同地表现为"三十六人"。从《宋史》到宋元间的文人诗歌，从《宋江三十六赞》到《宣和遗事》，都是这样写的。关于这些，我们在前面多有展示，此不赘言。

问题在于，从什么时候开始，宋江手下三十六人变成了一百零八人？

目前所知，似乎是宋朝末年的一位词人——童瓮天最早有这个说法。而记载这件事的一则资料却出自明代：

李师师，汴京名妓。张子野为制新词，名《师师令》。略云："蜀彩衣长胜未起。纵乱云垂地。""正值残英和月坠。寄此情千里。"秦少游亦赠之词云："看遍颍川花，不似师师好。"后徽宗微行幸之，见《宣和遗事》。《瓮天脞语》又载：宋江至李师师家，题一词于壁云："天南地北，问乾坤何处，可容狂客？借得山东烟水寨，来买凤城春色。翠袖围香，鲛绡笼玉，一笑千金值。神仙体态，薄幸如何销得！　想芦叶滩头，蓼花汀畔，皓月空凝碧。六六雁行连八九，只待金鸡消息。义胆包天，忠肝盖地，四海无人识。闲愁万种，醉乡一夜头白。"小词盛于宋，而剧贼亦工如此。①
（杨慎《词品》拾遗）

这里的"六六雁行连八九"，指的就是宋江手下一百零八人。因为古人经常以"雁行"指代"兄弟"，"六六三十六"连接着"八九七十二"，可不就是一

---

① 杨慎. 词品[M]. 北京：人民文学出版社，1960：168-169.

百零八个兄弟吗？如此说来，在宋代末年，就有宋江手下一百零八人的说法了。然而，杨慎的说法可靠吗？

对于杨慎所言，后人相信者颇多，如以下两条记载："李师师，汴京名妓，徽宗微行幸之，见《宣和遗事》。《瓮天脞语》：宋江潜至李师师家，题《念奴娇》词于壁云：……"①（褚人获《坚瓠补集》卷五）"宋江潜至李师师家，题《念奴娇》于壁，词云：……"②（《宋艳》卷十二《丛杂》）这都是清代人的看法，至于近代学者，甚至有人将这首词的著作权归于历史上的宋江，如唐圭璋先生的《全宋词》就是这样著录的：

> 宋江：江于政和中，领导农民起义，结砦于梁山泺。《水浒传》云：郓城人。《念奴娇》：天南地北。问乾坤何处，可容狂客？借得山东烟水寨，来买凤城春色。翠袖围香，鲛绡笼玉，一笑千金值。神仙体态，薄幸如何销得。　回想芦叶滩头，蓼花汀畔，皓月空凝碧。六六雁行连八九，只待金鸡消息。义胆包天，忠肝盖地，四海无人识。闲愁万种，醉乡一夜头白。③（《词品》拾遗引《瓮天脞语》）

然而，这首词的真伪以及宋江是否见过李师师的问题，在明代就有人质疑："杨用修词品云：《瓮天脞语》载宋江潜至李师师家，题一词于壁云：……案此即水浒词，杨谓瓮天，或有别据。第以江尝入洛，则太愦愦也。"④（胡应麟《少室山房笔丛》卷四十一《庄岳委谈下》）胡应麟在这里虽然没有断然否定宋江对这首词的著作权问题，但却认为这是《水浒传》中的一首词。《水浒传》第七十二回写宋江会见李师师的时候，的确写下了这首词："当时宋江落笔，遂

---

① 褚人获. 坚瓠补集 [M] //续修四库全书：第1262册. 上海：上海古籍出版社，2002：93.

② 徐士銮. 宋艳 [M]. 杭州：浙江古籍出版社，1987：276.

③ 唐圭璋. 全宋词 [M]. 北京：中华书局，1965：985-986.

④ 胡应麟. 少室山房笔丛 [M]. 北京：中华书局，1958：571-572.

成乐府词一首。道是：天南地北……醉乡一夜头白。"① 此外，胡应麟还进一步指出宋江未曾"入洛"。若如此，他就不可能会见李师师并写下这首词。胡应麟的怀疑态度是非常明确的。那么，童瓮天何许人也？《瓮天脞语》的记载是否合理？这些问题，我们还是让杨慎来回答：

> 詹天游以艳词得名，见诸小说。其《送童瓮天兵后归杭齐天乐》云："相逢唤醒京华梦，胡尘暗斑吟发。倚担评花，认旗沽酒，历历行歌奇迹。吹香弄碧。有坡柳风情，逋梅月色。画鼓江船，满湖春水断桥客。　当时何限俊侣，甚花天月地，人被云隔。却载苍烟，更（此字原脱，据《元草堂诗余》补）招白鹭，一醉修江又别。今回记得。再折柳穿鱼，赏梅催雪。如此湖山，忍教人更说。"此伯颜破杭州之后也。观其词，全无黍离之感，桑梓之悲，而止以游乐言。宋末之习，上下如此，其亡，不亦宜乎。童瓮天失其名氏，有《瓮天脞语》一卷传于今云。②（杨慎《词品》卷五）

这则资料，至少可以说明两点：第一，童瓮天确有其人；第二，童瓮天生活的时代是宋末元初。尽管童瓮天的真实名字失传，但他的《瓮天脞语》"传于今"，却被杨慎说得言之凿凿。综合这些情况，童瓮天《瓮天脞语》中的记载应该是靠得住的。

如果确认童瓮天《瓮天脞语》中的说法靠得住，那就可以确认宋江手下一百零八人的说法最迟在南宋末已经出现。而与此同时，在中国北方演绎得如火如荼的元杂剧也证明了这一点。现存的六个元杂剧剧本，几乎都写到这一问题。其中，有四个剧本明确写到宋江手下一百零八个头领，如："某聚三十六大伙，七十二小伙，半垓来小偻啰，寨名水浒，泊号梁山。"③（《黑旋风双献功》楔子）"众弟兄就推某为首，聚三十六大伙，七十二小伙，半垓来的小偻啰。"④

---

① 施耐庵，罗贯中. 水浒传 [M]. 北京：人民文学出版社，1975：998.

② 杨慎. 词品 [M]. 北京：人民文学出版社，1960：149-150.

③ 高文秀. 黑旋风双献功 [M] //臧晋叔. 元曲选. 北京：中华书局，1958：687.

④ 李文蔚. 同乐院燕青搏鱼 [M] //臧晋叔. 元曲选. 北京：中华书局，1958：229.

(《同乐院燕青搏鱼》楔子）"某聚三十六大伙，七十二小伙，半垓来的小偻罗，威镇山东，令行河北。"①（《梁山泊李逵负荆》第一折）"我聚三十六大伙，七十二小伙，威镇于梁山。"②（《鲁智深喜赏黄花峪》第一折）

当然，也还有一个剧本仍然坚持宋江三十六人的："聚义的三十六个英雄汉，那一个不应天上恶魔星。"③（《争报恩三虎下山》楔子）

还有一个剧本，干脆不说有多少头领："晁盖哥哥并众头领让我坐第二把交椅，哥哥三打祝家庄身亡之后，众兄弟让我为头领。今东平府有二人，乃是刘唐、史进，这两个都一身好本事。他二人有心待要上梁山泊来，争奈不曾差人招安去。我今差山儿李逵下山去，请刘唐、史进走一遭。"④（《都孔目风雨还牢末》楔子）不过，这个剧本不说宋江手下头领的具体数字，自有其道理。看这个剧本的具体内容，似乎宋江的班底还没有凑齐，梁山头领也没有全部到位，你看，宋江不是还忙着"招安"刘唐、史进这样"一身好本事"的好汉吗？

据上可知，元杂剧中的多数作品都认为宋江手下已经有一百零八个头领，这就为《水浒传》中的梁山一百单八将提供了直接的参考数据。

综合以上情况，宋江手下骨干成员的演变过程如下：

首先，流传于宋代的《宋江三十六赞》和《宣和遗事》中分别有三十六人名单，两份名单少数人物有出入，对此，笔者曾经有过探讨："所不同者只有三人。《宋江三十六赞》中有宋江、解珍、解宝，《宣和遗事》中则有公孙胜、林冲、杜千。"⑤ 在《水浒传》中，《宣和遗事》中的杜千降到了七十二地煞中，改为"杜迁"。同时，两份名单中俱有的孙立，也降到七十二地煞之中。

---

① 康进之. 梁山泊李逵负荆 [M] //臧晋叔. 元曲选. 北京：中华书局，1958：1518.

② 佚名. 鲁智深喜赏黄花峪 [M] //隋树森. 元曲选外编. 北京：中华书局，1959：934.

③ 佚名. 争报恩三虎下山 [M] //臧晋叔. 元曲选. 北京：中华书局，1958：156.

④ 李致远. 都孔目风雨还牢末 [M] //臧晋叔. 元曲选. 北京：中华书局，1958：1608.

⑤ 石麟. 另类中国古代小说史：闲书谜趣 [M]. 郑州：河南人民出版社，2010：90.

随即，在元杂剧中，出现的梁山好汉有二十几位，后来，在《水浒传》中进入三十六天罡的有宋江、卢俊义、吴学究、关胜、呼延灼、花荣、鲁智深、武松、杨志、徐宁、戴宗、刘唐、李逵、史进、雷横、李俊、张弘（横）、阮小五、张顺、杨雄、燕青，进入七十二地煞的则有燕顺、王矮虎二人。

至于《水浒传》中梁山一百单八将的总名单，这里就不用重复开列了，大家可以去查对原文。

元杂剧"水浒戏"中梁山好汉的优劣，笔者在前面已做过一点评价。《水浒传》中一百单八将的优劣，笔者也将在本书后面的文字中有选择性地予以评说。有趣的是，明代有一位佚名（或以为是佛门怀林）批评者，却在一篇短文中对梁山好汉中的主要人物做了快人快语的评价。奇文共欣赏，录之于下：

> 李逵者，梁山泊第一尊活佛也，为善为恶，彼俱无意。宋江用之便知有宋江而已，无成心也，无执念也。藉使道君皇帝能用之，我知其不为蔡京、高俅、童贯、杨戬矣！其次如石秀之为杨雄，鲁达之为林冲，武松之为施恩，俱是也。若夫宋江者，逢人便拜，见人便哭，自称曰："小吏，小吏！"或招曰："罪人，罪人！"的是假道学，真强盗也。然能以此收拾人心，亦非无用人也。当时若使之为相，虽不敢曰休休一个臣，亦必能以人事君，有可观者矣。至于吴用，一味权谋，全身奸诈，佛性到此，渐灭殆尽。倘能置之帷幄之中，似亦可与陈平诸人对垒。屈指梁山，有如此者。若其余诸人，不过梁山泊中一班强盗而已矣。何足言哉？何足言哉？或曰：其中尽有事穷势迫，为宋公明勾引入伙，如秦明、呼延灼等辈，岂可概以强盗目之？予谓不能杀身成仁、舍生取义，便是强盗耳。独卢俊义、李应在诸人中稍可原耳！①（《梁山泊一百单八人优劣》）

这位批评者的视点很特殊，似乎是从佛性出发来评价一百单八人。但实际上，他所评价的却是人性。尽管我们不能说这段话绝对正确，但中间却实实在

---

① 李贽.李卓吾先生批评忠义水浒传[M]//古本小说集成二：第127册.上海：上海古籍出版社，1992：卷首.

在大有合理之处。

第三讲 争论不休的水浒精神

《水浒传》究竟写的什么？这个问题，从明代中叶一直争论到今天，仍然是众说纷纭，见仁见智，从而形成了《水浒传》主题思想或曰主体精神的众多说法。对此，有人总结说：

> 面对大致相同的《水浒传》文本，不同时代的评点者、学者、研究者们做出了不同的阐释，形成了"忠义说""诲盗说""平民革命说""乌托邦说""社会、政治、历史、理想小说"等诸说，"军事、侦探、伦理、冒险小说"等诸说，"社会主义说""无产阶级革命说""农民起义说""市民说""反面教材说""忠奸斗争说""游民说""多元融合说"等等。①（冯汝常《近五十年来〈水浒传〉研究阐释述评》）

---

① 胡世厚，郑铁生. 罗学第四辑 [M]. 郑州：中州古籍出版社，2015：138.

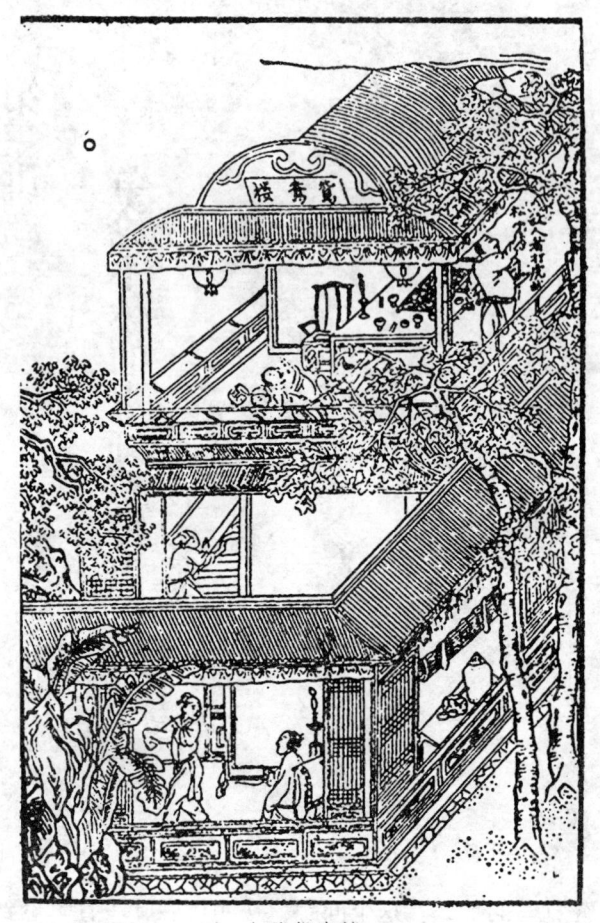

血溅鸳鸯楼

　　以上说法，有人从宏观鸟瞰，有人从细节着眼，真是五花八门，令人莫衷一是。不客气地说，其中某些说法，一看就知道并不符合《水浒传》的描写实际，对此，我们完全可以暂置勿论，下面只是想就笔者认为比较有道理的一些说法略作排列分析。主要有"忠义说""海盗说""农民起义说""市民说""忠奸斗争说""乌托邦思想说""游民说"，等等。

一　"强盗"与"忠义"

　　"强盗"与"忠义"，原本就是风马牛不相及的两件事，甚至是截然对立的两个概念。但是,在辩证思维最为盛行的中国,就有如此蹊跷的事:一部反映强盗生活的小说,偏偏就曾经叫作《忠义水浒传》,硬是把"强盗"和"忠义"生生扭合在一起。

一开始,有人认为《水浒传》就是忠义之作:"蒿目君侧之奸,拊膺以愤。……啸聚山林,凭陵郡邑。虽掠金帛,而不虏子女。唯翦萋墨,而不戕善良。诵义负气,百人一心。有侠客之风,无暴客之恶。"①(天都外臣《水浒传序》)

这位天都外臣,有人说是明中叶的汪道昆,这且勿论。值得注意的是,他的观点很奇特。你说强盗抢东西而不掳掠人,杀贪官而不祸害百姓,这都够得上一个"义"字,因此,将梁山好汉说成是侠义的强盗,那是没有问题的。但"忠"字怎么讲?难道仅凭"蒿目君侧之奸,拊膺以愤",就可以说他们是朝廷的忠臣吗?显然,这里面有未曾解决的问题。但无论如何,这种说法已经为后世很多种说法埋下了"种子"。

相对于天都外臣而言,李卓吾更妙,他以"发愤"说为媒介,将"忠义"与"强盗"联系起来而归于统一,从而形成其"忠义水浒"说。并且,在此基础上冠冕堂皇地指出:

> 太史公曰:"《说难》《孤愤》,贤圣发愤之所作也。"由此观之,古之贤圣,不愤则不作矣。不愤而作,譬如不寒而颤,不病而呻吟也,虽作何观乎?《水浒传》者,发愤之所作也。盖自宋室不竞,冠履倒施,大贤处下,不肖处上。驯致夷狄处上,中原处下。一时君相犹然处堂燕鹊,纳币称臣,甘心屈膝于犬羊已矣。施、罗二公身在元,心在宋;虽生元日,实愤宋事。是故愤二帝之北狩,则称大破辽以泄其愤;愤南渡之苟安,则称灭方腊以泄其愤。敢问泄愤者谁乎?则前日啸聚水浒之强人也,欲不谓之忠义不可也。是故施、罗二公传《水浒》而复以忠义名其传焉。②(《读忠义水浒传序》)

---

① 朱一玄,刘毓忱.水浒传资料汇编[M].天津:百花文艺出版社,1981:188.

② 李贽.焚书[M].长沙:岳麓书社,1990:108.

通过这样拐弯抹角的一番议论,"忠义"终于归于绿林了,庙堂文化和绿林文化终于握手言和,统一在水泊梁山"替天行道"的大旗下了。但是,有人却对这个说法提出质疑,那就是与"忠义说"相对立的"诲盗说"。

毫无疑问,任何时代的统治者对"反政府武装"都是恐惧而仇恨的,无论那些文人如何说得天花乱坠、地涌金莲,统治者内心根本就不会相信这一套!事实证明,明清两代的统治者对《水浒传》是深恶痛绝的。道理很简单,这部小说毕竟是歌颂造反的,是对统治者的统治大为不利的。故而,首先看到《水浒》"诲盗"的必然是从皇帝到朝廷官员的统治阶级人士。并且,他们一定会极力禁止《水浒传》这样的暴力反政府的作品在社会中传播。且看以下资料:

> 崇祯十五年六月颁发了"严禁《水浒传》"的诏令,其原因:"李青山诸贼哨聚梁山,破城焚漕,咽喉梗塞,二京鼎沸。诸贼以梁山为归……其说始于《水浒传》一书。以宋江等为梁山啸聚之徒,其中以破城劫狱为能事,以杀人放火为豪举,日日破城劫狱、杀人放火,而日日讲招安,以为玩弄将吏之口实。不但邪说乱世,以作贼为无伤,而如何聚众竖旗,如何讲招安,明明开载,且预为逆贼算矣。……《水浒传》一书,贻害人心,岂不可恨哉!"①(《中国禁书大观》)

上面引文中那段大讲《水浒传》"岂不可恨哉"的文字,出自明代崇祯年间刑科右给事中左懋第的题本。这位"左大人"的说法并非空穴来风,而是有大量事实作依据的。相关资料记载,在明末农民起义的队伍中,以梁山好汉的姓名绰号给自己命名的"贼首"简直不胜枚举,如"张汝金混名燕青""许得住混名雷横""王中孝混名宋江""掌盘子一丈青""贼首宋江被火攻""生擒贼首柴进""土贼头目称宋江""插翅虎阎清宇"等。②(《明末农民起义史料》)

在这种情况下,文学批评界反对《水浒传》"忠义说"而认为这部小说乃"诲盗"之作的言论就在明末清初应运而生了。顺治年间的王望如就是其中的代

---

① 安平秋,章培恒. 中国禁书大观 [M]. 上海:上海文化出版社,1990:295.
② 朱一玄,刘毓忱. 水浒传资料汇编 [M]. 天津:百花文艺出版社,1981:511.

表，他说：

> 近见《续文献通考·经籍志》中，亦列《水浒》，且以"忠义"命之，又不可使闻于邻国。试问此百八人者，始而夺货，继而杀人，为王法所必诛，为天理所不贷，所谓"忠义"者如是，天下之人不尽为盗不止？岂作者之意哉！吴门金圣叹反而正之，列以"第五才子"，为其文章妙天下也，其作者示戒之苦心，犹未阐扬殆尽。余则补其所未逮，曰：《水浒》百八人非忠义，皆可为忠义。是子与氏祖述孔子性相近之论，而创为性善之意也夫。①（《五才子水浒序》）

其实，王望如先生的思想是矛盾的，他一方面认为《水浒传》非"忠义"之作，一百零八人的行为大有"诲盗"意味；另一方面，他又认为通过劝诫，梁山好汉身上之"善"亦可恢复，一百八人亦可回归"忠义"。他这种矛盾的思想其实来自金圣叹，金人瑞先生同样认为《水浒传》不能冠以"忠义"而应该有"诲盗"之嫌：

> 呜呼！忠义而在水浒乎哉？忠者，事上之盛节也；义者，使下之大经也。忠以事其上，义以使其下，斯宰相之材也。忠者，与人之大道也；义者，处己之善物也。忠以与乎人，义以处乎己，则圣贤之徒也。若夫耐庵所云"水浒"也者，王土之滨则有水，又在水外则曰浒，远之也。远之也者，天下之凶物，天下之所共击也；天下之恶物，天下之所共弃也。若使忠义而在水浒，忠义为天下之凶物恶物乎哉？……无恶不归朝廷，无美不归绿林，已为盗者读之而自豪，未为盗者读之而为盗也。②（《水浒传序二》）

金圣叹的这种矛盾思想，其实是很好理解的，笔者十多年前就对此做过分析："作为一个生活在封建时代的文人，金圣叹有着自觉维护'忠义'思想的一面；作为一个具有真知灼见的文人，金圣叹又对《水浒传》所反映的官逼民反

---

① 陈曦钟，侯忠义，鲁玉川. 水浒传会评本［M］. 北京：北京大学出版社，1981：35.

② 陈曦钟，侯忠义，鲁玉川. 水浒传会评本［M］. 北京：北京大学出版社，1981：6-8.

的现实有着深刻的体会。这就导致了他认识评价这一问题时的复杂矛盾心理。一方面,他认为《水浒传》一书不能冠以'忠义'二字,因为'忠义'不属于反抗朝廷的梁山一边;另一方面,他又认为梁山好汉的反抗行为是迫不得已的举动,是值得同情乃至颂扬的。因而,他对梁山的'造反'就采取了抽象否定、具体肯定的特殊态度,并以其独特的方式表现出来,于是就出现了在序言中否定梁山事业而在对文本的批点中却肯定梁山英雄的看似悖反实则矛盾统一的言论。"①(《金圣叹对〈水浒传〉的基本评价》)

其实,说整个梁山中人都"忠义"肯定是不对的。那一位要求"杀去东京,夺了鸟位"的李铁牛就不可能是什么"忠臣",你就是给他一个忠臣,他也不耐烦当好!这位黑旋风,死了以后还要闹得皇帝不安宁,而且就在神圣的"忠义堂"上:

>上皇下堂,回首观看堂上牌额,上书"忠义堂"三字,上皇点头下阶。忽见宋江背后转过李逵,手搭双斧,厉声高叫道:"皇帝,皇帝!你怎地听信四个贼臣挑拨,屈坏了我们性命?今日既见,正好报仇!"黑旋风说罢,抡起双斧,径奔上皇。天子吃这一惊,撒然觉来,乃是南柯一梦。②(第一百回)

如此李大哥,哪有一点"忠臣"的样子?但李逵却又是一个"愚忠"之人,他忠心耿耿的是"老宋大哥",而不是"大宋皇帝"。且看《水浒传》中这段令人触目惊心的描写:

>宋江道:"兄弟,你休怪我!前日朝廷差天使赐药酒与我服了,死在旦夕。我为人一世,只主张'忠义'二字,不肯半点欺心。今日朝廷赐死无辜,宁可朝廷负我,我忠心不负朝廷。我死之后,恐怕你造反,坏了我梁山泊替天行道忠义之名,因此请将你来,相见一面。昨日酒中已与了你慢药服了,回至润州必死。你死之后,可来此处楚州南门外,有个蓼儿洼,

---

① 石麟.中国古代小说批评概说[M].天津:天津社会科学院出版社,2000:72-73.
② 施耐庵,罗贯中.水浒传[M].北京:人民文学出版社,1975:1394.

风景尽与梁山泊无异,和你阴魂相聚。我死之后,尸首定葬于此处,我已看定了也!"言讫,堕泪如雨。李逵见说,亦垂泪道:"罢,罢,罢!生时伏侍哥哥,死了也只是哥哥部下一个小鬼!"言讫,泪下。便觉道身体有些沉重。当时洒泪,拜别了宋江下船。回到润州,果然药发身死。①(第一百回)

李逵对宋江真是"忠"到了愚不可及的地步,但他并不知道,在宋大哥那儿,他李铁牛不过只是一件殉葬品而已。宋江不仅要将自己的"不负朝廷"的一片忠心带到坟墓,而且还要拉上对自己忠心耿耿的兄弟作为陪葬。如此看来,宋江更是一个"忠"得愚不可及的大忠臣!

宋江和李逵都是"愚忠"之人,但他们两人之间的"忠"是不一样的。宋江的"忠",是统治者欣赏并需要的;李逵的"忠",则为普通人所赞扬并恪守。其实,宋江、李逵不过是梁山在"忠义"问题上两个最极端的代表人物,而梁山其他一百零六人都是处于宋江和李逵的中间地带的,也就是在忠于朝廷还是忠于兄弟的中间地带。但大致上,这一百多人还是可以作两大类型划分的,那些原本就与朝廷有着各种瓜葛的人大多属于宋江这一边,而那些原本就出身草莽的人则多半站在李逵的阵营里,尽管李逵的阵营最终还是被宋江的阵营"同化"。

"同化"的具体体现就是接受招安。在对待招安的问题上,梁山诸人也有不同的态度,有些人如宋江等是积极、主动、天天盼望招安的;有些人如李逵等则对招安表现出一种无可奈何的态度,最终被迫接受。进而言之,李逵们之所以最后被迫接受招安,在中间起到绝大作用的乃是一个"义"字,而"宋江们"之所以能够将屹立在梁山的"李逵们"拉到金銮宝殿跪下的,也是一个"义"字。

如此说来,梁山上的强盗全都是讲"忠义"的,只不过每个人对"忠义"的理解有些不同而已。

从这个角度看来,将《水浒传》前面冠以"忠义"二字,或者说,在梁山

---

① 施耐庵,罗贯中. 水浒传 [M]. 北京:人民文学出版社,1975:1388-1389.

强盗与"忠义"之间架构一座桥梁，这样两件事就都是合情合理，也符合作品描写实际的了。

只不过，要想达到这个目的，必须悄悄地"游移"（不是"偷换"）一下"忠义"这个概念！

二　农民还是市民

在《水浒传》的主题诸说中，"农民起义说"和"市民说"都是很有市场的。但相比较而言，笔者认为"市民说"比"农民起义说"更为合理一些。

"农民起义说"早在20世纪中叶就已出现，茅盾、路工、宋云彬、张默生、王利器、杨绍萱、聂绀弩、冯雪峰、徐士年、杨柳、李希凡、陈中凡、丁力、严敦易、谭丕模、张友鸾、苗得雨、萧兵、戴不凡、郑公盾等学者以及多种文学史、小说史的编写者都全面论述或局部涉及这种说法。

我们且看一直延续到20世纪七八十年代的"农民起义说"的代表观点：

《水浒传》不仅揭示了爆发大规模农民起义的社会原因，而且塑造了一批栩栩如生的起义英雄的光辉形象，通过他们被逼上梁山的遭遇，以及联合起来与官兵进行的多次战争，写出了起义军成长壮大的过程。[1]（《中国小说史》第六章第二节《〈水浒传〉所反映的农民革命战争》）

北京大学中文系集体编写的这本《中国小说史》，在当时的影响很大，几乎所有的高等学校中文系，只要开设"中国小说史"课程者，基本上都是以这部小说史作为教材或重要参考书。这里面对"农民起义说"的采用，应该说是这种说法的一种小结状态，因为教材相对于一般专著而言，其普及的范围是更为广泛的。

教材以外，我们再来看"一家之言"：

《水浒传》是我国古典文学作品中反映封建社会农民起义的唯一长篇

---

[1] 北京大学中文系. 中国小说史[M]. 北京：人民文学出版社，1978：113.

巨著。在这部作品里面，深刻地反映了旧中国人民怎样在封建野蛮专制统治下，掀起了抗拒官军、打击赃官和豪绅地主政权的斗争。①（《〈水浒传〉——我国封建社会农民起义和农民战争的一面镜子》）

根据郑公盾先生自己在这篇文章后面的按语所载，该文"初稿发表在《解放军文艺》1956年10月号"，可知这篇文章的观点属于20世纪50年代。然而，郑公盾先生的《水浒传论文集》一书则出版于1983年，这又可以说明到80年代时，《水浒传》"农民起义说"仍然有人在坚持。其实，这并不奇怪，就是到了21世纪的今天，坚持这种说法的还大有人在。

另一方面的情况是，就在20世纪70年代《水浒传》"农民起义说"仍然作为主流说法的时候，已经开始有人对这种说法提出质疑。尹瑜在《图书评论》1973年第9-10期发表《〈水浒传〉是描写农民起义的小说吗》一文，最早提出疑问。随后，这方面的质问越来越多。聊举两例：

王齐洲先生在《〈水浒传〉是描写农民起义的作品吗》一文中首先指出："《水浒传》真的是描写农民起义的作品吗？我以为现在下结论为时尚早，因为我们对这个问题的研究和讨论是很不够的；待我们作了认真的研究和充分的讨论后，或许会有新的认识。"随后，他说出了自己的新认识：

> 《水浒传》主要描写了地主阶级内部进步力量与腐朽力量即革新派与守旧派的矛盾斗争。梁山泊起义军是地主阶级革新派和人民群众以反贪官为基础而组成的联合军事力量，由于宋江掌握了领导权，推行一条以"招安"为目的，以"忠义"为理论，以"替天行道"为旗帜的政治路线，又得到梁山泊多数头领的拥护，这支起义军便始终以维护赵宋王朝的统治为其行动的出发点，因而这次起义不是一次真正的农民起义。《水浒传》自然也谈不上对农民起义的歌颂或歪曲。这种性质的起义，在宋代社会是真实

---

① 郑公盾. 水浒传论文集 [M]. 银川：宁夏人民出版社，1983：19-20.

的、典型的。①

这段话,可以代表 20 世纪 80 年代初期反对"农民起义说"的声音,这种声音一直延续到 90 年代以后。例如,王基先生几度撰文批评"农民起义说",他 90 年代发表的《再论〈水浒〉之非"农民起义说"》一开篇就有较强的火药味:"持《水浒》反映的是'农民起义''农民战争'说的人数量是很大的,也是很有权威的,很长时期以来都占据着《水浒》研究的支配地位,几乎不能有其他说法涉足其间。但是,深入探究,便会发现,主此说者多系从观念出发,经过推演得出的结论。并不是从作品本体出发,实事求是地分析研究作品的具体的实际状况,从而做出同作品实际相符的评断。因而,便带着明显的主观臆断,削足适履地套用某些术语概念,做出了极不严肃的结论。"随后,他也提出了自己关于《水浒传》主题思想的看法:

> 如果我们以上的分析是与作品描述的事件人物相合的话,就无论如何无法做出《水浒》是歌颂农民起义、农民战争的结论。不管古人今人如何反对,我们都只能说,《水浒》写了一场包括各阶层百姓在内的人民起义,作者要告诉人们的是这场起义的造成乃乱自上作官逼民反,责任在权奸的误国与贪官的害民。由于他们的贪婪与倒行逆施,致使一大批心怀忠义志在报国的英雄走投无路,铤而走险,聚集梁山,盼望招安,最后尽忠殉义。这是传统的忠奸斗争,不过忠义之士却没有得到他们应得的待遇。他们被害殉义的悲剧是历史性的、不可避免的。②

请注意,王齐洲和王基二位先生在反对"农民起义说"的同时,又不约而同地提出了一个包容性更大的观点:《水浒传》描写的是"人民起义"。然而,就在稍早的 20 世纪 70 年代至 80 年代初,就有人提出比"人民起义"更为具体的"市民说"。如伊永文先生在《天津师范学院学报》1975 年第 4 期发表《〈水

---

① 湖北省社会科学院文学研究所,湖北省水浒研究会. 水浒争鸣第一辑 [M]. 武汉:长江文艺出版社,1982:127-128.

② 王基. 诸家汴梁论水浒 [M]. 郑州:中州古籍出版社,1993:54-55.

浒》是反映市民阶层利益的作品》一文,可以说是"市民说"较早的提倡。几年后,欧阳健和萧相恺两位先生连续发表文章阐述"市民说"。他们在《群众论丛》1980年第1期发表《〈水浒〉"为市井细民写心"》一文,从"《水浒》展现了市民社会的广阔场景""广大市民群众活跃在全部《水浒》之中""《水浒》表达了市井细民的憎和爱""《水浒》所反映的市民的思想局限"四个方面详细论证了《水浒传》是表现"市民阶级的生活、命运和思想感情的长篇小说"①的基本观点。随后,他们又在《社会科学研究》1980年第4期发表《〈水浒〉作者代表什么阶级的思想》一文,1982年又撰写《〈水浒〉"为市井细民写心"二说》一文几度阐述该观点,从而造成很大的影响。这种说法既有人赞成,也有人反对,但无论如何,"市民说"成为《水浒传》主题诸说中一个重要观点是没有问题的。

抛开别的不谈,仅就"农民起义说"和"市民说"两种观点而论,笔者认为后者比前者更符合《水浒传》的描写实际。

且不说梁山聚义是否有农民革命的纲领,且不说梁山好汉是否有农民起义的基本要求,且不说《水浒传》中的梁山聚义和历史上的宋江起义是否在本质上一致,仅以梁山好汉上山前个人的社会成分和他们上梁山的原动力两点就可以证明"农民起义说"的落空和"市民说"的较为切合实际。

在梁山上生活过的好汉一共有一百一十人:梁山一百单八将加上早期的两任寨主王伦和晁盖。这些人物,按照每个人的社会成分可分为以下几大类:

一、乡村各色人物(23人)

史进:"这村便唤做史家村。村中总有三四百家,都姓史。老汉的儿子从小不务农业,只爱刺枪使棒。"②(第二回)后少华山落草。

柴进:"村中有个大财主,姓柴名进,此间称为柴大官人,江湖上都唤做小旋风。他是大周柴世宗嫡派子孙。自陈桥让位有德,太祖武德皇帝赐与他誓书

---

① 欧阳健,萧相恺.水浒新议[M].重庆:重庆出版社,1983:23.

② 施耐庵,罗贯中.水浒传[M].北京:人民文学出版社,1975:27.

铁券在家中,谁敢欺负他!"①(第九回)

晁盖:"原来那东溪村保正,姓晁名盖,祖是本县本乡富户。"②(第十四回)

吴用:乡村私塾先生。"这秀才乃是智多星吴用,表字学究,道号加亮先生,祖贯本乡人氏。"③(第十四回)

阮小二、阮小五、阮小七:"弟兄三个,在济州梁山泊边石碣村住,日常只打鱼为生,亦曾在泊子里做私商勾当。"④(第十五回)

白胜:"黄泥冈东十里路,地名安乐村,有一个闲汉。"⑤(第十六回)

曹正:"祖代屠户出身,小人杀得好牲口。"⑥(第十七回)后上二龙山落草。

宋清:宋江"下有一个兄弟,唤做铁扇子宋清,自和他父亲宋太公在村中务农,守些田园过活"⑦。(第十八回)

张青、孙二娘:"城里怎生住得?只得依旧来此间盖些茅屋,卖酒为生。实是只等客商过往,有那入眼的,便把些蒙汗药他吃了,便死。"⑧(第二十七回)后上二龙山落草。

孔明、孔亮兄弟:"此间便是白虎山。这庄便是孔太公庄上。恰才和兄弟相打的便是孔太公小儿子,因他性急,好与人厮闹,到处叫他做独火星孔亮。这个穿鹅黄袄子的便是孔太公大儿子,人都叫他做毛头星孔明。"⑨(第三十二回)

---

① 施耐庵,罗贯中. 水浒传 [M]. 北京:人民文学出版社,1975:121-122.

② 施耐庵,罗贯中. 水浒传 [M]. 北京:人民文学出版社,1975:174.

③ 施耐庵,罗贯中. 水浒传 [M]. 北京:人民文学出版社,1975:180.

④ 施耐庵,罗贯中. 水浒传 [M]. 北京:人民文学出版社,1975:184.

⑤ 施耐庵,罗贯中. 水浒传 [M]. 北京:人民文学出版社,1975:198.

⑥ 施耐庵,罗贯中. 水浒传 [M]. 北京:人民文学出版社,1975:213.

⑦ 施耐庵,罗贯中. 水浒传 [M]. 北京:人民文学出版社,1975:229.

⑧ 施耐庵,罗贯中. 水浒传 [M]. 北京:人民文学出版社,1975:372.

⑨ 施耐庵,罗贯中. 水浒传 [M]. 北京:人民文学出版社,1975:429.

后上白虎山落草。

李立:"这个卖酒的是此间揭阳岭人,只靠做私商道路,人尽呼他做催命判官李立。"①(第三十六回)

陶宗旺:"姓陶,名宗旺,祖贯是光州人氏。庄家田户出身,惯使一把铁锹,有的是气力,亦能使轮刀。因此人都唤做是九尾龟。"②(第四十一回)后黄山门落草。

朱富:"朱贵道:'这个酒店便是我兄弟朱富家里。'"③(第四十三回)

杜兴:"小弟自从离了蓟州,多得恩人的恩惠,来到这里。感承此间一个大官人见爱,收录小弟在家中做个主管。每日拨万论千,尽托付与杜兴身上,以此不想回乡去。"④(第四十七回)

扈三娘:"西边那个扈家庄,庄主扈太公,有个儿子唤做飞天虎扈成,也十分了得。惟有一个女儿最英雄,名唤一丈青扈三娘,使两口日月双刀,马上如法了得。"⑤(第四十七回)

李应:"这里东村庄上,却是杜兴的主人,姓李名应。能使一条浑铁点钢枪,背藏飞刀五口,百步取人,神出鬼没。这三村结下生死誓愿,同心共意,但有吉凶,递相救应。"⑥(第四十七回)

解珍、解宝:"登州山下有一猎户,弟兄两个,哥哥唤做解珍,兄弟唤做解宝。弟兄两个都使浑铁点钢叉,有一身惊人的武艺。当州里的猎户们都让他第一。那解珍绰号唤做两头蛇,这解宝绰号叫做双尾蝎。二人父母俱亡,不曾婚娶。"⑦(第四十九回)

---

① 施耐庵,罗贯中. 水浒传 [M]. 北京:人民文学出版社,1975:492.
② 施耐庵,罗贯中. 水浒传 [M]. 北京:人民文学出版社,1975:572.
③ 施耐庵,罗贯中. 水浒传 [M]. 北京:人民文学出版社,1975:592.
④ 施耐庵,罗贯中. 水浒传 [M]. 北京:人民文学出版社,1975:656.
⑤ 施耐庵,罗贯中. 水浒传 [M]. 北京:人民文学出版社,1975:656.
⑥ 施耐庵,罗贯中. 水浒传 [M]. 北京:人民文学出版社,1975:656.
⑦ 施耐庵,罗贯中. 水浒传 [M]. 北京:人民文学出版社,1975:681.

王定六:"小人姓王,排行第六。因为走跳得快,人人都唤小人做活闪婆王定六。平生只好赴水使棒,多曾投师,不得传受,权在江边卖酒度日。"①(第六十五回)

其实,"乡村各色人物"不能保证都是"农民"。你看那些人物,有秀才、闲汉、屠户、酒家、私商,还有更多的就是庄园主,他们显然都不是农村中的劳动者。其中的农民,即便加上渔民、猎户也只有阮氏三雄、解家兄弟、宋清、陶宗旺,在这七人之中,真正的农民只有一个,那就是陶宗旺。宋清只能是小地主,因为他的父亲是"宋太公",因为他们"守些田园过活",他所谓"务农",其实应该就是收租子。而且,宋江家每年的地租收入应该是一个较为可观的数字,否则,宋押司的那一点俸禄够得上他"及时雨"般地仗义疏财吗?

二、落草为寇者(16人)

朱武、陈达、杨春:少华山落草:"如今近日上面添了一伙强人,扎下山寨,聚集着五七百个小喽啰,有百十匹好马。为头那个大王唤作神机军师朱武,第二个唤做跳涧虎陈达,第三个唤做白花蛇杨春。这三个为头,打家劫舍。华阴县里不敢捉他,出三千贯赏钱召人拿他。谁敢上去拿他?"②(第二回)

周通:"此间有座山,唤做桃花山。近来山上有两个大王,扎了寨栅,聚集着五七百人,打家劫舍。此间青州官军捕盗,禁他不得。"③(第五回)

王伦、杜迁、宋万:"是山东济州管下一个水乡,地名梁山泊,方圆八百余里,中间是宛子城、蓼儿洼。如今有三个好汉在那里扎寨。为头的唤做白衣秀士王伦,第二个唤做摸着天杜迁,第三个唤做云里金刚宋万。那三个好汉,聚集着七八百小喽啰,打家劫舍,多有做下迷天大罪的人,都投奔那里躲灾避难,他都收留在彼。"④(第十一回)

---

① 施耐庵,罗贯中. 水浒传 [M]. 北京:人民文学出版社,1975:906-907.
② 施耐庵,罗贯中. 水浒传 [M]. 北京:人民文学出版社,1975:29.
③ 施耐庵,罗贯中. 水浒传 [M]. 北京:人民文学出版社,1975:73.
④ 施耐庵,罗贯中. 水浒传 [M]. 北京:人民文学出版社,1975:143.

朱贵:"小人是王头领手下耳目。小人姓朱名贵,原是沂州沂水县人氏。山寨里教小弟在此间开酒店为名,专一探听往来客商经过。但有财帛者,便去山寨里报知。但是孤单客人到此,无财帛的放他过去;有财帛的来到这里,轻则蒙汗药麻翻,重则登时结果,将精肉片为把子,肥肉煎油点灯。"①(第十一回)

蒋敬:"祖贯是湖南潭州人氏。原是落科举子出身,科举不第,弃文就武,颇有谋略,精通书算,积万累千,纤毫不差。亦能刺枪使棒,布阵排兵。因此人都唤他做神算子。"②(第四十一回)黄山门落草。

邹渊、邹润:"便是那叔侄两个最好赌的邹渊、邹润,如今见在登云山台峪里聚众打劫。"③(第四十九回)

樊瑞、项充、李衮:"徐州沛县芒砀山中,新有一伙强人,聚集着三千人马。为头一个先生,姓樊名瑞,绰号混世魔王,能呼风唤雨,用兵如神。手下两个副将:一个姓项,名充,绰号八臂哪吒,能仗一面团牌,牌上插飞刀二十四把,手中仗一条铁标枪;又有一个姓李名衮,绰号飞天大圣,也使一面团牌,牌上插标枪二十四根,手中使一口宝剑。这三个结为兄弟,占住芒砀山,打家劫舍。"④(第五十九回)

鲍旭:"寇州地面有座山,名为枯树山,山上有个强人,平生只好杀人,世人把他比做丧门神,姓鲍名旭。他在那山里打家劫舍。"⑤(第六十七回)

郁保四:"青州地面,被一伙强人,为头一个唤做险道神郁保四,聚集二百余人,尽数把马劫夺。"⑥(第六十八回)

需要说明的是,"落草为寇"这一类的含义是有歧义的,因为从整体上讲,

---

① 施耐庵,罗贯中. 水浒传 [M]. 北京:人民文学出版社,1975:146.
② 施耐庵,罗贯中. 水浒传 [M]. 北京:人民文学出版社,1975:571.
③ 施耐庵,罗贯中. 水浒传 [M]. 北京:人民文学出版社,1975:688.
④ 施耐庵,罗贯中. 水浒传 [M]. 北京:人民文学出版社,1975:825.
⑤ 施耐庵,罗贯中. 水浒传 [M]. 北京:人民文学出版社,1975:931.
⑥ 施耐庵,罗贯中. 水浒传 [M]. 北京:人民文学出版社,1975:939.

此处所述一百一十人全部都在梁山泊落草为寇；即便是按照上梁山以前的状况而论，在市井、乡村、游民三类中都有不少人最终到形形色色的山头落草为寇。但如果这样算，梁山好汉的出身和社会地位就是一笔糊涂账。因此，笔者将那些落草为寇者加以区别，凡书中写明落草前地位和身份者，则归入其他类别，故而，归入"落草为寇"类的十六人指的仅仅是落草前身份、地位、居所不明者。

三、市井各色人物（34人）

鲁达：那人道："洒家是经略府提辖，姓鲁，讳个达字。"①（第三回）后二龙山落草。

林冲：众人道："这官人是八十万禁军枪棒教头林武师，名唤林冲。"②（第七回）

朱仝：郓城县马兵都头："这马兵都头姓朱名仝，身长八尺四五，有一部虎须髯，长一尺五寸，面如重枣，目若朗星，似关云长模样，满县人都称他做美髯公。原是本处富户。只因他仗义疏财，结识江湖上好汉，学得一身好武艺。"③（第十三回）

雷横：郓城县步兵都头："那步兵都头姓雷名横，身长七尺五寸，紫棠色面皮，有一部扇圈胡须。为他膂力过人，能跳三二丈阔涧，满县人都称他做插翅虎。原是本县打铁匠人出身，后来开张碓坊，杀牛放赌。虽然仗义，只有些心匾窄。也学得一身好武艺。"④（第十三回）

宋江：郓城县押司："那押司姓宋名江，表字公明，排行第三，祖居郓城县宋家村人氏。为他面黑身矮，人都唤他做黑宋江；又且于家大孝，为人仗义疏

---

① 施耐庵，罗贯中. 水浒传 [M]. 北京：人民文学出版社，1975：41.
② 施耐庵，罗贯中. 水浒传 [M]. 北京：人民文学出版社，1975：99.
③ 施耐庵，罗贯中. 水浒传 [M]. 北京：人民文学出版社，1975：172.
④ 施耐庵，罗贯中. 水浒传 [M]. 北京：人民文学出版社，1975：172.

财,人皆称他做孝义黑三郎。"①(第十八回)

施恩:孟州老管营相公儿子,快活林酒店老板:"小弟自幼从江湖上师父学得些小枪棒在身,孟州一境起小弟一个诨名,叫做金眼彪。小弟此间东门外有一座市井,地名唤做快活林。但是山东、河北客商们,都来那里做买卖,有百十处大客店,三二十处赌坊、兑坊。往常时,小弟一者倚仗随身本事,二者捉着营里有八九十个弃命囚徒,去那里开着一个酒肉店,都分与众店家和赌钱、兑坊里。但有过路妓女之人,到那里来时,先要来参见小弟,然后许他去趁食。那许多去处每朝每日都有闲钱,月终也有三二百两银子寻觅。如此撰钱。"②(第二十九回)后上二龙山落草。

花荣:"这清风寨却在青州三岔路口,地名清风镇。因为这三岔路上通三处恶山,因此特设这清风寨在这清风镇上。""这清风寨衙门在镇市中间。南边有个小寨,是文官刘知寨住宅;北边那个小寨,正是武官花知寨住宅。"③(第三十三回)

石勇:"小人姓石名勇。原是大名府人氏。日常只靠放赌为生,本乡起小人一个异名,唤做石将军。为因赌博上一拳打死了个人,逃走在柴大官人庄上。"④(第三十五回)

戴宗:吴学究道:"兄长听禀:吴用有个至爱相识,见在江州充做两院押牢节级,姓戴名宗,本处人称为戴院长。为他有道术,一日能行八百里,人都唤他做神行太保。此人十分仗义疏财。夜来小生修下一封书在此,与兄长去,到彼时可和本人做个相识。但有甚事,可教众兄弟知道。"⑤(第三十六回)

---

① 施耐庵,罗贯中. 水浒传 [M]. 北京:人民文学出版社,1975:229
② 施耐庵,罗贯中. 水浒传 [M]. 北京:人民文学出版社,1975:384.
③ 施耐庵,罗贯中. 水浒传 [M]. 北京:人民文学出版社,1975:441.
④ 施耐庵,罗贯中. 水浒传 [M]. 北京:人民文学出版社,1975:475.
⑤ 施耐庵,罗贯中. 水浒传 [M]. 北京:人民文学出版社,1975:479.

张顺："如今自在江州做卖鱼牙子。"①（第三十七回）

穆弘、穆春兄弟："这弟兄两个富户，是此间人，姓穆名弘，绰号没遮拦。兄弟穆春，唤做小遮拦。是揭阳镇上一霸。"②（第三十七回）

李逵：戴宗道："这个是小弟身边牢里一个小牢子，姓李名逵。祖贯是沂州沂水县百丈村人氏。本身一个异名，唤做黑旋风李逵。他乡中都叫他做李铁牛。因为打死了人，逃走出来，虽遇赦宥，流落在此江州，不曾还乡。"③（第三十八回）

萧让：吴学究道："苏、黄、米、蔡，宋朝四绝。小生曾和济州城里一个秀才相识，那人姓萧名让。因他会写诸家字体，人都唤他做圣手书生。又会使枪弄棒，舞剑轮刀。"④（第三十九回）

金大坚：吴学究又道："吴用再有个相识，小生亦思量在肚里了。这人也是中原一绝，见在济州城里居住。本身姓金，双名大坚。开得好石碑文，剔得好图书玉石印记，亦会枪棒厮打。因为他雕得好玉石，人都称他做玉臂匠。"⑤（第三十九回）

侯健："这人姓侯名健，祖居洪都人氏。江湖上人称他第一手裁缝，端的是飞针走线；更兼惯习枪棒，曾拜薛永为师。人都见他瘦，因此唤他做通臂猿。见在这无为军城里黄文炳家做生活。"⑥（第四十一回）

马麟："祖贯是南京建康人氏。原是小番子闲汉出身，吹得双铁笛，使得好大滚刀，百十人近他不得。因此人都唤做铁笛仙。"⑦（第四十一回）后黄山门落草。

---

① 施耐庵，罗贯中. 水浒传 [M]. 北京：人民文学出版社，1975：506.

② 施耐庵，罗贯中. 水浒传 [M]. 北京：人民文学出版社，1975：507.

③ 施耐庵，罗贯中. 水浒传 [M]. 北京：人民文学出版社，1975：514.

④ 施耐庵，罗贯中. 水浒传 [M]. 北京：人民文学出版社，1975：542.

⑤ 施耐庵，罗贯中. 水浒传 [M]. 北京：人民文学出版社，1975：542-543.

⑥ 施耐庵，罗贯中. 水浒传 [M]. 北京：人民文学出版社，1975：562.

⑦ 施耐庵，罗贯中. 水浒传 [M]. 北京：人民文学出版社，1975：571.

李云:"知县随即叫唤本县都头去取来。就厅前转过一个都头来声喏。那人是谁?有诗为证:面阔眉浓须鬓赤,双眼碧绿是番人。沂水县中青眼虎,豪杰都头是李云。"①(第四十三回)

裴宣:邓飞道:"只近半载之前,在这直西地面上遇着一个哥哥,姓裴名宣,祖贯是京兆府人氏。原是本府六案孔目出身,极好刀笔。为人忠直聪明,分毫不肯苟且,本处人都称他铁面孔目。亦会拈枪使棒,舞剑轮刀,智勇足备。为因朝廷除将一员贪滥知府到来,把他寻事刺配沙门岛,从我这里经过,被我们杀了防送公人,救了他在此安身,聚集得三二百人。这裴宣极使得好双剑,让他年长,见在山寨中为主。"②(第四十四回)此山寨即为饮马川。

杨雄:"那人祖贯是河南人氏,姓杨名雄。因跟一个叔伯哥哥来蓟州做知府,一向流落在此。续后一个新任知府却认得他,因此就参他做两院押狱兼充市曹行刑刽子。因为他一身好武艺,面貌微黄,以此人都称他做病关索杨雄。"③(第四十四回)

石秀:"小人姓石名秀,祖贯是金陵建康府人氏。自小学得些枪棒在身,一生执意,路见不平,便要去相助,人都唤小弟作拼命三郎。因随叔父来外乡贩羊马卖,不想叔父半途亡故,消折了本钱,还乡不得,流落在此蓟州,卖柴度日。"④(第四十四回)

时迁:"杨雄却认得这人,姓时,名迁,祖贯是高唐州人氏。流落在此,则一地里做些飞檐走壁,跳篱骗马的勾当。曾在蓟州府里吃官司,却得杨雄救了他。人都叫他做鼓上蚤。"⑤(第四十六回)

乐和:那小节级道:"正是。我姓乐名和,祖贯茅州人氏。先祖挈家到此,

---

① 施耐庵,罗贯中.水浒传[M].北京:人民文学出版社,1975:603.
② 施耐庵,罗贯中.水浒传[M].北京:人民文学出版社,1975:613.
③ 施耐庵,罗贯中.水浒传[M].北京:人民文学出版社,1975:615.
④ 施耐庵,罗贯中.水浒传[M].北京:人民文学出版社,1975:618.
⑤ 施耐庵,罗贯中.水浒传[M].北京:人民文学出版社,1975:649.

将姐姐嫁与孙提辖为妻。我自在此州里勾当，做小牢子。人见我唱得好，都叫我做铁叫子乐和。姐夫见我好武艺，教我学了几路枪法在身。"①（第四十九回）

顾大嫂、孙新：解珍道："我有个房分姐姐，是我爷面上的，却与孙提辖兄弟为妻，见在东门外十里牌住。原来是我姑娘的女儿，叫做母大虫顾大嫂，开张酒店。家里又杀牛开赌。我那姐姐有三二十人近他不得。姐夫孙新这等本事也输与他。只有那个姐姐和我弟兄两个最好。孙新、孙立的姑娘是我母亲。以此，他两个又是我姑舅哥哥。"②（第四十九回）

孙立："孙提辖下了马，入门来，端的好条大汉。淡黄面皮，落腮胡须，八尺以上身材，姓孙名立，绰号病尉迟；射得硬弓，骑得劣马，使一管长枪，腕上悬一条虎眼竹节钢鞭，海边人见了，望风而降。"③（第四十九回）

汤隆：那汉道："小人姓汤名隆。父亲原是延安府知寨官来，因为打铁上遭际老种经略相公，帐前叙用。近年父亲在任亡故，小人贪赌，流落在江湖上，因此在此间打铁度日。入骨好使枪棒，为是自家浑身有麻点，人都叫小人做金钱豹子。"④（第五十四回）

徐宁：汤隆对众头领说道："小可是祖代打造军器为生。先父因此艺上遭际老种经略相公，得做延安知寨。先朝曾用这连环甲马取胜。欲破阵时，须用钩镰枪可破。汤隆祖传已有画样在此，若要打造便可下手。汤隆虽是会打，却不会使。若要会使的人，只除非是我那个姑舅哥哥。他在东京，见做金枪班教师。这钩镰枪法，只有他一个教头。他家祖传习学，不教外人。或是马上，或是步行，都有法则。端的使动神出鬼没。"说言未了，林冲问道："莫不是见做金枪班教师徐宁？"汤隆应道："正是此人。"⑤（第五十六回）

---

① 施耐庵，罗贯中. 水浒传 [M]. 北京：人民文学出版社，1975：685.

② 施耐庵，罗贯中. 水浒传 [M]. 北京：人民文学出版社，1975：685-686.

③ 施耐庵，罗贯中. 水浒传 [M]. 北京：人民文学出版社，1975：690.

④ 施耐庵，罗贯中. 水浒传 [M]. 北京：人民文学出版社，1975：753.

⑤ 施耐庵，罗贯中. 水浒传 [M]. 北京：人民文学出版社，1975：776.

卢俊义："北京城里是有个卢大员外，双名俊义，绰号玉麒麟，是河北三绝。祖居北京人氏，一身好武艺，棍棒天下无对。"①（第六十回）

燕青："这人是北京土居人氏，自小父母双亡，卢员外家中养的他大。……本身姓燕，排行第一，官名单讳个青字。北京城里人口顺，都叫他做浪子燕青。"②（第六十一回）

蔡福、蔡庆："这两院押狱兼充行刑剑子，姓蔡名福，北京土居人氏。因为他手段高强，人呼他为铁臂膊。旁边立着一个嫡亲兄弟姓蔡名庆。……这个小押狱蔡庆，生来爱带一枝花，河北人氏顺口都叫他做一枝花蔡庆。"③（第六十二回）

安道全：张顺说道："小弟旧在浔阳江时，因母得患背疾，百药不能治，后请得建康府安道全，手到病除。"④（第六十五回）

皇甫端：张清在宋公明面前举荐："东昌府一个兽医，覆姓皇甫，名端。此人善能相马，知得头口寒暑病症，下药用针，无不痊可，真有伯乐之才。原是幽州人氏。"⑤（第七十回）

"市井各色人物"无论其经济状况或社会地位如何，全都可以称之为"市民"。市民也者，城市居民也，这中间可以包括富人和穷人，也可以包括一般官吏和倡优皂隶，因此，从北京城的大员外到蓟州府的卖柴人，从东京八十万禁军教头到建康的小番子闲汉，他们都是"市民"。只要是在市镇中生活的人都是市民，它不是一个职业性的概念。

四、游民（21人）

李忠："中间里一个人，仗着十来条杆棒，地上摊着十数个膏药，一盘子盛

---

① 施耐庵，罗贯中. 水浒传［M］. 北京：人民文学出版社，1975：842.
② 施耐庵，罗贯中. 水浒传［M］. 北京：人民文学出版社，1975：849.
③ 施耐庵，罗贯中. 水浒传［M］. 北京：人民文学出版社，1975：865.
④ 施耐庵，罗贯中. 水浒传［M］. 北京：人民文学出版社，1975：903.
⑤ 施耐庵，罗贯中. 水浒传［M］. 北京：人民文学出版社，1975：971.

着，插把纸标儿在上面，却原来是江湖上使枪棒卖药的。史进看了，却认得他，却原来是教史进开手的师父，叫做打虎将李忠。"①（第三回）后桃花山落草。

杨志："那汉道："洒家是三代将门之后，五侯杨令公之孙，姓杨名志。流落在此关西。"②（第十二回）后二龙山落草。

刘唐：刘唐道："小人自幼飘荡江湖，多走途路，专好结识好汉。往往多闻哥哥大名。不期有缘得遇。曾见山东、河北做私商的，多曾来投奔哥哥，因此刘唐敢说这话。这里别无外人，方可倾心吐胆对哥哥说。"③（第十四回）

公孙胜：那先生答道："贫道复姓公孙，单讳一个胜字，道号一清先生。小道是蓟州人氏，自幼乡中好习枪棒，学成武艺多般，人但呼为公孙胜大郎。因为学得一家道术，亦能呼风唤雨，驾雾腾云，江湖上都称贫道做入云龙。"④（第十五回）

武松：武松答道："小弟在清河县，因酒后醉了，与本处机密相争，一时间怒起，只一拳打得那厮昏沉。小弟只道他死了，因此一径地逃来，投奔大官人处躲灾避难，今日一年有余。"⑤（第二十三回）后二龙山落草。

燕顺："那个好汉祖贯山东莱州人氏，姓燕名顺，别号锦毛虎。原是贩羊马客人出身，因为消折了本钱，流落在绿林丛中打劫。"⑥（第三十二回）后在清风山落草。

王英："这个好汉祖贯两淮人氏，姓王名英。为他五短身材，江湖上叫他做矮脚虎。原是车家出身，为因半路里见财起意，就势劫了客人，事发到官，越狱走了，上清风山。"⑦（第三十二回）

---

① 施耐庵，罗贯中. 水浒传 [M]. 北京：人民文学出版社，1975：42.

② 施耐庵，罗贯中. 水浒传 [M]. 北京：人民文学出版社，1975：154.

③ 施耐庵，罗贯中. 水浒传 [M]. 北京：人民文学出版社，1975：178.

④ 施耐庵，罗贯中. 水浒传 [M]. 北京：人民文学出版社，1975：195.

⑤ 施耐庵，罗贯中. 水浒传 [M]. 北京：人民文学出版社，1975：294.

⑥ 施耐庵，罗贯中. 水浒传 [M]. 北京：人民文学出版社，1975：434.

⑦ 施耐庵，罗贯中. 水浒传 [M]. 北京：人民文学出版社，1975：434.

郑天寿："这个好汉祖贯浙西苏州人氏，姓郑，双名天寿。为他生得白净俊俏，人都号他做白面郎君。原是打银为生，因他自小好习枪棒，流落在江湖上。"①（第三十二回）后清风山落草。

吕方：那个穿红的说道："小人姓吕名方，祖贯潭州人氏。平昔爱学吕布为人，因此习学这枝方天画戟。人都唤小人做小温侯吕方。因贩生药到山东，消折了本钱，不能勾还乡，权且占住这对影山，打家劫舍。"②（第三十五回）

郭盛：那人答道："小人姓郭名盛，祖贯四川嘉陵人氏。因贩水银货卖，黄河里遭风翻了船，回乡不得。原在嘉陵学得本处兵马张提辖的方天戟，向后使得精熟，人都称小人做赛仁贵郭盛。"③（第三十五回）

李俊：那大汉道："小弟姓李名俊，祖贯庐州人氏。专在扬子江中撑船梢公为生，能识水性。人都呼小弟做混江龙李俊便是。"④（第三十六回）

童威、童猛兄弟："这两个兄弟是此间浔阳江边人，专贩私盐来这里货卖，却是投奔李俊家安身；大江中伏得水，驾得船，是弟兄两个：一个唤做出洞蛟童威，一个叫做翻江蜃童猛。"⑤（第三十六回）

薛永：教头答道："小人祖贯河南洛阳人氏，姓薛名永。祖父是老种经略相公帐前军官，为因恶了同僚，不得升用，子孙靠使棒卖药度日。江湖上但唤小人病大虫薛永。"⑥（第三十七回）

张横：李俊道："哥哥不知。这个好汉却是小弟结义的兄弟，原是小孤山下人氏，姓张名横，绰号船火儿。专在此浔阳江做这件稳善的道路。"⑦（第三十七回）

---

① 施耐庵，罗贯中. 水浒传 [M]. 北京：人民文学出版社，1975：434.
② 施耐庵，罗贯中. 水浒传 [M]. 北京：人民文学出版社，1975：472.
③ 施耐庵，罗贯中. 水浒传 [M]. 北京：人民文学出版社，1975：473.
④ 施耐庵，罗贯中. 水浒传 [M]. 北京：人民文学出版社，1975：492.
⑤ 施耐庵，罗贯中. 水浒传 [M]. 北京：人民文学出版社，1975：492-493.
⑥ 施耐庵，罗贯中. 水浒传 [M]. 北京：人民文学出版社，1975：497.
⑦ 施耐庵，罗贯中. 水浒传 [M]. 北京：人民文学出版社，1975：504-505.

欧鹏："为头的那人姓欧名鹏，祖贯是黄州人氏。守把大江军户，因恶了本官，逃走在江湖上。绿林中熬出这个名字，唤做摩云金翅。"①（第四十一回）后黄山门落草。

杨林：那汉道："小弟姓杨名林，祖贯彰德府人氏。多在绿林丛中安身，江湖上都叫小弟做锦豹子杨林。数月之前，路上酒肆里遇见公孙胜先生，同在店中吃酒相会，备说梁山泊晁、宋二公招贤纳士，如此义气。写下一封书，教小弟自来投大寨入伙。"②（第四十四回）

邓飞：杨林便道："这个认得小弟的好汉，他原是盖天军襄阳府人氏，姓邓名飞，为他双睛红赤，江湖上人都唤他做火眼狻猊。能使一条铁链，人皆近他不得。多曾合伙。一别五年，不曾见面。谁想今日在这里相遇着。"③（第四十四回）后饮马川落草。

孟康：邓飞道："我这兄弟姓孟名康，祖贯是真定州人氏。善造大小船只。原因押送花石纲，要造大舡，嗔怪这提调官催并责罚他，把本官一时杀了，弃家逃走在江湖上，绿林中安身，已得年久。因他长大白净，人都见他一身好肉体，起他一个绰号，叫他做玉幡竿孟康。"④（第四十四回）后饮马川落草。

段景住：那汉答道："小人姓段，双名景住。人见小人赤发黄须，都唤小人为金毛犬。祖贯是涿州人氏。生平只靠去北边地面盗马。今春去到枪竿岭北边，盗得一匹好马，雪练也似价白，浑身并无一根杂毛，头至尾长一丈，蹄至脊高八尺。那马又高又大，一日能行千里，北方有名，唤做照夜玉狮子，乃是大金王子骑坐的，放在枪竿岭下，被小人盗得来。"⑤（第六十回）

焦挺：那汉道："小人原是中山府人氏，祖传三代相扑为生，却才手脚，父

---

① 施耐庵，罗贯中. 水浒传 [M]. 北京：人民文学出版社，1975：571.

② 施耐庵，罗贯中. 水浒传 [M]. 北京：人民文学出版社，1975：610-611.

③ 施耐庵，罗贯中. 水浒传 [M]. 北京：人民文学出版社，1975：612.

④ 施耐庵，罗贯中. 水浒传 [M]. 北京：人民文学出版社，1975：613.

⑤ 施耐庵，罗贯中. 水浒传 [M]. 北京：人民文学出版社，1975：832.

子相传,不教徒弟。平生最无面目,到处投人不着。山东、河北都叫我做没面目焦挺。"①(第六十七回)

"游民"中的大多数也是由市民转变而成的,而不是由农民变成的。这些"游民",除了来历不明的几位以外,多半是商人、手工业者、民间艺人。就他们的行为而言,也是游走于"大街小巷",是那些人烟稠密的地方,这些地方最小的也是集镇,大一点的就是县城,更大的就是都市了。因此,"游民"在某种意义上也是由原先的市民为主体的,而不大可能是农民。道理很简单,农民一旦离开土地他就不再是"农民"了。就如同今天的"农民工","农民"是修饰"工"的,他们的本质是"工人",只不过是由"农民"变成的"工人"而已。

五、朝廷降将(16人)

索超:"梁中书看时,不是别人,却是大名府留守司正牌军索超。为是他性急,撮盐入火,为国家面上只要争气,当先厮杀,以此人都叫他做急先锋。"②(第十三回)

黄信:"便教唤那本州兵马都监来到厅上,分付他去。原来那个都监姓黄名信,为他本身武艺高强,威镇青州,因此称他为镇三山。那青州地面所管下有三座恶山,第一便是清风山,第二便是二龙山,第三便是桃花山。这三处都是强人草寇出没的去处。黄信却自夸要捉尽三山人马,因此唤做镇三山。"③(第三十三回)

秦明:"知府看了大惊,便差人去请青州指挥司总管本州兵马秦统制,急来商议军情重事。那人原是山后开州人氏,姓秦,讳个明字。因他性格急燥,声若雷霆,以此人都呼他做霹雳火秦明。祖是军官出身,使一条狼牙棒,有万夫不当之勇。"④(第三十四回)

---

① 施耐庵,罗贯中. 水浒传 [M]. 北京:人民文学出版社,1975:931.
② 施耐庵,罗贯中. 水浒传 [M]. 北京:人民文学出版社,1975:166.
③ 施耐庵,罗贯中. 水浒传 [M]. 北京:人民文学出版社,1975:450.
④ 施耐庵,罗贯中. 水浒传 [M]. 北京:人民文学出版社,1975:457.

呼延灼：高太尉奏道："此人乃开国之初，河东名将呼延赞嫡派子孙，单名唤个灼字。使两条铜鞭，有万夫不当之勇。见受汝宁都统制，手下多有精兵勇将。臣举保此人，可以征剿梁山泊。可授兵马指挥使，领马步精锐军士，克日扫清山寨，班师还朝。"①（第五十四回）

韩滔、彭玘：呼延灼禀道："小人举保陈州团练使，姓韩名滔，原是东京人氏，曾应过武举出身，使一条枣木槊，人呼为百胜将军。此人可为正先锋。又有一人，乃是颍州团练使，姓彭名玘，亦是东京人氏，乃累代将门之子，使一口三尖两刃刀，武艺出众，人呼为天目将军。此人可为副先锋。"②（第五十五回）

凌振："高太尉听罢，传下钧旨，教唤甲仗库副使炮手凌振那人来。原来凌振祖贯燕陵人也，是宋朝盛世第一个炮手，所以人都号他是轰天雷。更兼武艺精熟。"③（第五十五回）

宣赞："只见那步司太尉背后转出一人，乃衙门防御保义使，姓宣名赞，掌管兵马。此人生的面如锅底，鼻孔朝天，卷发赤须，彪形八尺，使口钢刀，武艺出众。"④（第六十三回）

关胜："此人乃是汉末三分义勇武安王嫡派子孙，姓关名胜，生的规模与祖上云长相似，使一口青龙偃月刀，人称为大刀关胜。见做蒲东巡检，屈在下僚。此人幼读兵书，深通武艺，有万夫不当之勇。"⑤（第六十三回）

郝思文："教郝思文为先锋，宣赞为合后，关胜为领兵指挥使，步军太尉段常接应粮草。"⑥（第六十三回）

---

① 施耐庵，罗贯中. 水浒传 [M]. 北京：人民文学出版社，1975：762.
② 施耐庵，罗贯中. 水浒传 [M]. 北京：人民文学出版社，1975：764.
③ 施耐庵，罗贯中. 水浒传 [M]. 北京：人民文学出版社，1975：773.
④ 施耐庵，罗贯中. 水浒传 [M]. 北京：人民文学出版社，1975：887.
⑤ 施耐庵，罗贯中. 水浒传 [M]. 北京：人民文学出版社，1975：888.
⑥ 施耐庵，罗贯中. 水浒传 [M]. 北京：人民文学出版社，1975：889.

单廷珪、魏定国：蔡太师奏道："臣量这等山野草贼，安用大军。臣举凌州有二将：一人姓单名廷珪，一人姓魏名定国，现任本州团练使。伏乞陛下圣旨，星夜差人调此一枝军马，克日扫清水泊。"①（第六十七回）

董平："东平府程太守闻知宋江起军马到了安山镇驻扎，便请本州兵马都监双枪将董平商议军情重事。"②（第六十九回）

张清、龚旺、丁得孙："卢俊义去打东昌府，连输了两阵。城中有个猛将，姓张名清，原是彰德府人，虎骑出身，善会飞石打人，百发百中，人呼为没羽箭。手下两员副将：一个唤做花项虎龚旺，浑身上刺着虎斑，脖项上吞着虎头，马上会使飞枪；一个唤做中箭虎丁得孙，面颊连项都有疤痕，马上会使飞叉。"③（第七十回）

"朝廷降将"这一类指的是曾经受朝廷委派而与梁山军交手而后又投降梁山者，并不与"朝廷军官"同一含义。

以上五大类别，以人数多少排列，第一位是市井各色人物共三十四人，第二位是乡村各色人物共二十三人，第三位是游民共二十一人，并列第四位则为落草为寇者和朝廷降将各十六人。

如此一来，最令人纠结的就是"市井各色人物""乡村各色人物"和"游民"。在这些人中，我们必须分辨出《水浒传》英雄人物构成的主体究竟是农民还是市民，或者是别的什么人。

表面看起来，三者之间的人数差距不大，但如果仔细研究一番，一个奇特的现象就摆在我们面前了：梁山好汉中真正的"农民"只有一位，而市民却有几十倍之多！这样的现象是对"农民起义说"有利，还是对"市民说"有利，其结果不是昭然若揭了吗？

但是，"市民说"也有不够完善的地方，因为《水浒传》所竭力歌颂的并

---

① 施耐庵，罗贯中. 水浒传 [M]. 北京：人民文学出版社，1975：928.

② 施耐庵，罗贯中. 水浒传 [M]. 北京：人民文学出版社，1975：954.

③ 施耐庵，罗贯中. 水浒传 [M]. 北京：人民文学出版社，1975：963.

非一般的市民，而是那一些"非常"市民，包括一些"非常"游民。进而言之，这些非常的市民和游民混合在一起构成了梁山好汉最动人的核心人物群。但是，他们的行为、心性，已经远远不是一般"市民"的概念可以涵盖的。

这个问题我们下面再讨论。

说罢梁山好汉上山前各人的社会成分，我们再看他们上梁山的原动力。关于这个问题，笔者曾有过专门的探讨：

> 大体而言，一百八人之所以聚集梁山，主要有以下几个方面的原因：其一，由于路见不平、拔刀相助而犯事入伙；其二，由于个人复仇而犯事入伙；其三，由于"犯上作乱"触犯"王法"而入伙；其四，由于环境所迫、无容身之地而入伙；其五，由于江湖义气的感召或慕山寨领袖之名而入伙；其六，由于征剿山寨失利而归顺入伙；其七，由于山寨爱惜其声名或借重其武艺、技能而被拉入伙；其八，由于英雄失路之悲、壮志难酬而入伙；其九，由于小山寨力量不支、投奔梁山大寨而入伙；其十，由于其他偶然因素或连带关系而入伙。以上十条，有的英雄只占一条，有的英雄则是几种因素都有。①（《〈水浒传〉的英雄主义精神及其内质结构》）

上述十条之中，没有一条与"农民起义"相关。封建社会以农业为主，农民的本质要求是土地和粮食。中国封建社会最基础的神祇是"社稷"。"社"是土地神，"稷"是五谷神。《水浒传》既没有反映梁山对土地的要求，也没有反映梁山对五谷的要求，它所反映的不是农民的希冀与诉求。

综合上述，无论是从梁山好汉的人员社会成分，还是从他们上梁山的原动力看来，《水浒传》都不是反映"农民起义"的。

为什么会这样？

因为《水浒传》的前身是市井中的话本，说话的、听话的都是以市民为主体的百姓，如此一来，这些故事所反映的希冀和诉求当然只能以市民意识为核心而不是农民的意识形态。推而广之，不仅《水浒传》如此，在中国古代章回

---

① 石麟. 说部门谈[M]. 北京：中国文联出版社，2000：134-135.

小说中，压根儿就没有一部反映农民起义的作品，所有农民起义的历史故事都在小说史上被"异化"为英雄传奇小说。而英雄传奇小说中的主要英雄人物，要么来自庙堂，要么来自市井，来自农村而且是农民身份的几乎没有。

那一群生活在城镇中的说书艺人或下层文人，他们根本不了解农村、农业和农民，他们怎么可能写出从本质上反映"三农"问题的小说作品？

三　鱼龙混杂的"乌托邦"

"乌托邦"即"乌有之乡"的意思，语出英国人莫尔1516年所写的《关于最完美的国家制度和乌托邦新岛的既有益又有趣的金书》，是作者虚构的社会组织的名称。后来，"乌托邦"就成为"空想"的同义词。

《水浒传》主题研究中的"乌托邦思想说"，若论其源头，恐怕要追溯到20世纪之初："黄人在《小说小话》曾经说《水浒》'山泊一局，几于"乌托邦"'那样的话。"①（冯汝常《近五十年来〈水浒传〉研究阐释述评》）到了20世纪80年代，此说重开，并形成了不大不小的规模。胡邦炜先生《〈水浒〉宣扬的是农民社会主义乌托邦思想》一文认为："《水浒》一书所表现出来的思想实在既非'市民思想'，亦非很纯粹的'农民思想'，而恰恰是一种不折不扣的受《太平经》思想所影响农民社会主义乌托邦思想。"② 此外，刘明华先生《〈水浒〉：绿林世界的乌托邦》（《西南师范大学学报》1993年第4期）、倪长康先生《封建长夜中的一个理想国梦——〈水浒〉主题之我见》（《明清小说研究》1991年第1期）、周克良先生《中国民主文学始祖》（《大庆高等专科学校学报》1995年第2期）等文章也从不同的角度论证了《水浒传》所表达的是某种"乌托邦"理想或近似于"乌托邦"的"空想社会主义"。

---

① 胡世厚，郑铁生. 罗学第四辑［M］. 郑州：中州古籍出版社，2015：135.

② 湖北省社会科学院文学研究所，湖北省水浒研究会. 水浒争鸣第一辑［M］. 武汉：长江文艺出版社，1982：273.

说实在话,《水浒传》在"梁山泊英雄排座次"之后,确实有一段"乌托邦"式的描写。因为那个时候的水泊梁山确乎已经脱离了大宋王朝的控制,而形成了一个相对独立的"小社会"。作者对这个"小社会"有较为细致的描写:

山分八寨,旗列五方。交情浑似股肱,义气真同骨肉。断金亭上,高悬石碣之碑;忠义堂前,特扁金书之额。总兵主将,山东豪杰宋公明;协赞军权,河北英雄卢俊义。施谋运计,吴加亮号智多星;唤雨呼风,入云龙是公孙胜。五虎将英雄猛烈,八骠骑悍勇当先。马步将军,弓箭枪刀遮路;水军将校,艨艟战舰相连。八寨军兵,守护山头港泊;四方酒肆,招邀远路来宾。掌管钱粮,廉干李应柴进;总驰飞报,太保神行戴宗。飞符走檄,萧让是圣手书生;定赏行刑,裴宣为铁面孔目。神算须还蒋敬,造船原有孟康。金大坚置印信兵符,通臂猿造衣袍铠甲。皇甫端专攻医兽,安道全惟务救人。打军器须是汤隆,造炮石全凭凌振。修缉房舍,李云善布碧瓦朱甍;屠宰猪羊,曹正惯习挑筋剔骨。宋清安排筵宴,朱富酝造香醪。陶宗旺筑补城垣,郁保四护持旌节。人人戮力,个个同心。休言啸聚山林,真可图王伯业。列两副仗义疏财金字障,竖一面替天行道杏黄旗。①
(《水浒传》第七十一回)

水泊梁山这么一个时空都极其局促的"小社会"具有两大特点:其一,人人都有事做,而且做的都是自己最能干的事,这叫作"人尽其才";其二,人与人之间的和睦相处,而且是骨肉兄弟般的平等相处。可惜这第二点仅只有"交情浑似股肱,义气真同骨肉"两句话,而被大量的具体人员分工叙写所掩盖。然而,有趣的是,百回本《水浒传》中的这段描写,在一百二十回《水浒全传》中却是另一番面目:

八方共域,异姓一家。天地显罡煞之精,人境合杰灵之美。千里面朝夕相见,一寸心死生可同。相貌语言,南北东西虽各别;心情肝胆,忠诚信义并无差。其人则有帝子神孙,富豪将吏,并三教九流,乃至猎户渔人,

---

① 施耐庵,罗贯中. 水浒传 [M]. 北京:人民文学出版社,1975:983-984.

屠儿剑子，都一般儿哥弟称呼，不分贵贱；且又有同胞手足，捉对夫妻，与叔侄郎舅，以及跟随主仆，争斗冤仇，皆一样的酒筵欢乐，无问亲疏。或精灵，或粗卤，或村朴，或风流，何尝相碍，果然识性同居；或笔舌，或刀枪，或奔驰，或偷骗，各有偏长，真是随才器使。可恨的是假文墨，没奈何着一个"圣手书生"，聊存风雅；最恼的是大头巾，幸喜得先杀却白衣秀士，洗尽酸悭。地方四五百里，英雄一百八人。昔时常说江湖上闻名，似古楼钟声声传播；今日始知星辰中列姓，如念珠子个个连牵。在晁盖恐托胆称王，归天及早；惟宋江肯呼群保义，把寨为头。休言啸聚山林，早愿瞻依廊庙。①（《水浒全传》第七十一回）

两者相比较，后者比前者更加强调了"超地位""超亲情"的平等相处："不分贵贱""无问亲疏"。而这正是《水浒传》"乌托邦思想"的精髓。这种思想精髓，在作者笔下，又通过梁山一百单八将集体誓言的方式"固定"下来。这段描写，在两个不同的版本中却又完全一样：

梁山泊忠义堂上，号令已定，各各遵守。宋江拣了吉日良时，焚一炉香，鸣鼓聚众，都到堂上。宋江对众道："今非昔比，我有片言。今日既是天罡地曜相会，必须对天盟誓，各无异心，死生相托，吉凶相救，患难相扶，一同保国安民。"众皆大喜。各人拈香已罢，一齐跪在堂上。宋江为首誓曰："宋江鄙猥小吏，无学无能，荷天地之盖载，感日月之照临，聚弟兄于梁山，结英雄于水泊。共一百八人，上符天数，下合人心。自今已后，若是各人存心不仁，削绝大义，万望天地行诛，神人共戮，万世不得人身，亿载永沉末劫。但愿共存忠义于心，同著功勋于国，替天行道，保境安民。神天察鉴，报应昭彰。"誓毕，众皆同声共愿，但愿生生相会，世世相逢，永无断阻。当日歃血誓盟，尽醉方散。看官听说：这里方才是梁山泊大聚义处。②（《水浒传》第七十一回）

---

① 施耐庵，罗贯中. 水浒全传［M］. 上海：上海古籍出版社，1984：881-882.
② 施耐庵，罗贯中. 水浒传［M］. 北京：人民文学出版社，1975：984.

然而，这段描写中宋江的号召中虽然具有"各无异心，死生相托，吉凶相救，患难相扶"的平等相处意味，但在集体誓言中却强调了"共存忠义于心，同著功勋于国，替天行道，保境安民"的超出"乌托邦"意识形态之外的东西。而这种超出，实际上是从"乌托邦"的幻想又回到传统的主流社会，或者说，是从理想形态回归现实形态。对此，金圣叹有自己的不同看法。他认为梁山聚义并没有"忠于朝廷"的内容，而只有江湖义气。于是，他大笔一挥，对梁山誓言进行了修改：

当日梁山泊宋公明传令已了，分调众头领已定，各各领了兵符印信。筵宴已毕，人皆大醉，众头领各归所拨房舍。中间有未定执事者，都于雁台前后驻札听调。号令已定，各各遵守。明日，宋江鸣鼓集众，都到堂上，焚一炉香，又对众人道："今非昔比，我有片言：我等既是天星地曜相会，必须对天盟誓，各无异心，生死相托，患难相扶，一同扶助宋江，仰答上天之意。"众皆大喜，齐声道："是。"各人拈香已罢，一齐跪在堂上。宋江为首誓曰："维宣和二年四月二十三日，梁山泊义士宋江、卢俊义、吴用、公孙胜、关胜、林冲、秦明、呼延灼、花荣、柴进、李应、朱仝、鲁智深、武松、董平、张清、杨志、徐宁、索超、戴宗、刘唐、李逵、史进、穆弘、雷横、李俊、阮小二、张横、阮小五、张顺、阮小七、杨雄、石秀、解珍、解宝、燕青、朱武、黄信、孙立、宣赞、郝思文、韩滔、彭玘、单廷珪、魏定国、萧让、裴宣、欧鹏、邓飞、燕顺、杨林、凌振、蒋敬、吕方、郭盛、安道全、皇甫端、王英、扈三娘、鲍旭、樊瑞、孔明、孔亮、项充、李衮、金大坚、马麟、童威、童猛、孟康、侯健、陈达、杨春、郑天寿、陶宗旺、宋清、乐和、龚旺、丁得孙、穆春、曹正、宋万、杜迁、薛永、施恩、李忠、周通、汤隆、杜兴、邹渊、邹润、朱贵、朱富、蔡福、蔡庆、李立、李云、焦挺、石勇、孙新、顾大嫂、张青、孙二娘、王定六、郁保四、白胜、时迁、段景住，同秉至诚，共立大誓：窃念江等昔分异地，今聚一堂；准星辰为弟兄，指天地作父母。一百八人，人无同面，面面峥嵘；一百八人，人合一心，心心皎洁。乐必同乐，忧必同忧；生不同生，死必同死。既列名于天上，无贻笑于人间。一日之声气既孚，终身之肝胆无二。倘有存心不仁，削绝大义，外是内非，有始无终者，天照其上，鬼阚其旁，刀剑斩其身，雷霆灭其迹，永远沉于地狱，万世不得人身！报应分明，神天共察！"誓毕，众人同声发愿："但愿生生相会，世世相逢，永无间阻，有如今日。"当日众人歃血饮酒，大醉而散。看官听说，这里方是梁山泊大聚义处。①（金圣叹批评《水浒传》第七十回）

金圣叹对《水浒传》的反抗精神有一种矛盾心态，从理论上讲，他认为造反者算不得忠义，不可以提倡；但在具体的社会生活实践中，他又觉得既然乱自上作，那就怪不得梁山好汉要造反。因而，他在这个梁山泊集体誓言中做了几件事。第一，将所有英雄的名字不厌其烦地排列，以见得誓言的严肃性。第二，梁山好汉既然造反了，那就是与"忠"的对立，因而，他删弃了原作中"共存忠义于心，同著功勋于国"的核心内容，只强调"义"。第三，他所强调的"义"的核心精神是江湖义气："一同扶助宋江。""倘有存心不仁，削绝大义，外是内非，有始无终者，天照其上，鬼阚其旁，刀剑斩其身，雷霆灭其迹，永远沉于地狱，万世不得人身！"最后，也是最重要的一点，这里又反复强调梁山好汉之间的关系是异姓兄弟，是天造地设的没有贫贱富贵等级划分的平等兄弟关系："窃念江等昔分异地，今聚一堂；准星辰为弟兄，指天地作父母。一百八人，人无同面，面面峥嵘；一百八人，人合一心，心心皎洁。乐必同乐，忧必同忧；生不同生，死必同死。"这就是金圣叹的"乌托邦"。当然，金圣叹也知道自己笔下的这个"乌托邦"是不能被朝廷容纳的，故而，最终在卢俊义的噩梦中让这一群江湖义气"乌托邦"兄弟全部被朝廷斩尽杀绝。

由此可见，不同版本的《水浒传》中所描写的"乌托邦"思想其实是有差距的。不过，在广大读者那儿，一般承认的都是那个江湖义气的"乌托邦"。中国读者就不用说了，就连美国作家赛珍珠将《水浒传》翻译成英文的时候，书

---

① 陈曦钟，侯忠义，鲁玉川. 水浒传会评本［M］. 北京：北京大学出版社，1981：1271-1272.

的名字也被翻译成了《四海之内皆兄弟》。

这是一个鱼龙混杂的"乌托邦",也是一个鱼龙平等的"乌托邦",多少年来,感动读者的正是《水浒传》中的异姓兄弟义气。接下来的问题是,这么一个江湖义气"乌托邦"是建构在什么样的哲学思想基础上的?

谈到中国古代哲学思想,有一句老话叫作"三教九流"。"三教"者,儒、释、道也;而所谓"九流",指的就是先秦诸子百家中最有代表性的几个学术流派。《后汉书·班固传》言班固"九流百家之言,无不穷究"①。"九流"的区分者为汉代刘向:"刘向司籍,九流以别。"②(《汉书·叙传下》)班固在《汉书·艺文志》中还说:"诸子十家,其可观者九家而已。"③ 在班固所谓十家之中,除了"小说家"而外,可观的九家就是"九流"。《昭明文选》卷三十六《天监三年策秀才文三首》:"九流七略,颇常观览;六艺百家,庶非墙面。"注:"汉书曰九流,有儒家流,道家流,阴阳家流,法家流,名家流,墨家流,从横家流,杂家流,农家流。"④ 上述九家,对中国人的人格构建都有不同程度的影响,但笔者认为,影响最大的乃是其中的四家:儒家、道家、法家、墨家。

四家之中,儒家是中华民族文化品格的主流,其他三家相搭配,构成中华民族全民整体人格。具体而言,又可分为三大阶层:统治阶层、知识阶层、民众阶层。统治阶层主要是"外儒内法",亦即对外宣称以儒家的"仁""礼"治国,而实际上实行的是法家的"法""术""势"那一套。知识阶层"游离"于统治者与被统治的广大民众之间,同时,他们又"粘接"统治者与被统治者的意识形态。这一社会阶层精神人格的最佳状态是"儒道互补"。笔者尝言:

> 在中国民众、尤其是历代知识分子的心理结构中,经常可以看到"儒道互补"思想作用于其间。"大丈夫流芳百世"伴随着"退一步海阔天

---

① 范晔. 后汉书 [M]. 北京:中华书局,1965:1330.

② 班固. 汉书 [M]. 北京:中华书局,1962:4244.

③ 班固. 汉书 [M]. 北京:中华书局,1962:1746.

④ 萧统. 昭明文选 [M]. 郑州:中州古籍出版社,1990:510.

空","达则兼济天下"的另一面则是"穷则独善其身",身在江湖而心存魏阙者有之,人在官场却眷念山林者亦不少,积极进取与知足常乐同在,闻鸡起舞与遗世独立共存。①(《诸子文化》)

相对而言,中华民族广大民众的集体人格构建最为复杂,但还是可以清理出其中的主流:"儒墨兼容。"中华民族的民众讲仁爱、懂礼节,这些都是儒家思想根深蒂固的结果,但长期处于被统治地位的广大民众同时还期盼着"平等"的爱、无等级的爱,这就是墨家所谓"兼爱"。子墨子有言:"昔之圣王禹汤文武,兼爱天下之百姓。"②(《墨子》卷一《法仪第四》)"曰顺天之意何若?曰兼爱天下之人。"③(《墨子》卷七《天志下第二十八》)

何以谓之"兼爱"?且看工具书的解释:

《汉语大词典》"兼爱"条有两个释义,其一为"同时爱不同的人或事物"。其二为"春秋、战国之际,墨子提倡的一种伦理学说。他针对儒家'爱有等差'的说法,主张爱无差别等级,不分厚薄亲疏。《墨子》中有《兼爱》三篇,阐述其主张"④。我们这里采用的是第二条释义,《墨子》中有很多地方体现了这种思想,如:

> 是故子墨子言曰:"今天下之君子,忠实欲天下之富,而恶其贫;欲天下之治,而恶其乱,当兼相爱,交相利,此圣王之法,天下之治道也,不可不务为也。"⑤(《墨子》卷四《兼爱中第十五》)

"兼爱"往往又与"无私"结合在一起,称之为"兼爱无私"。工具书对"兼爱无私"的解释是:"泛爱大众,对人无私心。"⑥这里的"私心",主要指

---

① 石麟. 中华文化概论 [M]. 郑州:中州古籍出版社,2007:189.

② 墨翟. 墨子 [M]. 北京:华龄出版社,2002:9.

③ 墨翟. 墨子 [M]. 北京:华龄出版社,2002:106.

④ 罗竹风. 汉语大词典第二卷 [M]. 上海:汉语大词典出版社,1988:157.

⑤ 墨翟. 墨子 [M]. 北京:华龄出版社,2002:57.

⑥ 罗竹风. 汉语大词典第二卷 [M]. 上海:汉语大词典出版社,1988:157.

的是对人的"偏爱"。因此,"兼爱无私"所指也就是一种对所有的人的平等的爱、无等级的爱。在先秦时代,讨论"兼爱无私"的并非墨子一家,儒家、道家都参与其间。如《庄子·天道》:"老聃问:'请问何谓仁义?'孔子曰:'中心物恺,兼爱无私,此仁义之情也。'"成玄英疏:"忠诚之心愿物安乐,慈爱平等,兼济无私。"①

　　成玄英的理解非常正确,"兼爱"的核心就是"慈爱平等"。而这正是普通百姓最期望的。任何时代的被统治阶层,一方面希望统治阶层对所有的民众"慈爱平等","父母官"爱"子民百姓"就应该真正像父母爱自己的孩子一样没有远近亲疏的区别;另一方面,广大民众之间也要像兄弟姊妹一样相亲相爱,没有距离差别。正因为如此,就会有《三国志通俗演义》中的"桃园结义",也就会有《水浒传》中的"梁山聚义"。理解了这一点,我们就可以理解为什么金圣叹要在他修改后的《水浒传》第七十回的梁山誓言中郑重其事地将一百零八人的名字重述一遍,因为那是结拜兄弟时所发的重誓呀!在这种场合,每一个人都必须响亮地喊出自己的名字,那是任何人都不能相互代替的。

　　梁山一百零八人,出身不同、地位不同、教养不同、性格不同,他们之间有着太多的相异之处。就人际关系而论,有的很近,是各种血缘关系、亲戚关系;有的则很远,上山前素昧平生,甚至相互为仇雠。然而,他们之间有一点是相同的,那就是江湖义气。只要上了这水泊梁山,他们就无论远近亲疏,俱为兄弟。为了说明问题,我们不妨再一次回顾一百二十回本所描写的"梁山泊英雄大聚义"那激动人心的场景:"八方共域,异姓一家。……相貌语言,南北东西虽各别;心情肝胆,忠诚信义并无差。其人则有帝子神孙,富豪将吏,并三教九流,乃至猎户渔人,屠儿剑子,都一般儿哥弟称呼,不分贵贱;且又有同胞手足,捉对夫妻,与叔侄郎舅,以及跟随主仆,争斗冤仇,皆一样的酒筵欢乐,无问亲疏。或精灵,或粗卤,或村朴,或风流,何尝相碍,果然识性同居;或笔舌,或刀枪,或奔驰,或偷骗,各有偏长,真是随才器使。"

---

① 郭庆藩. 庄子集释 [M]. 北京:中华书局,1961:479.

这是一个鱼龙混杂的世界，但这些形形色色的男人或男性化的女人，全都在"兼爱无私"的认识基点上走进了水泊梁山这个"一般儿哥弟称呼"的"乌托邦"家园——生活家园兼精神家园！

四 打尽不平方太平

以上三节所介绍的各种对《水浒传》主题认识的观点，其实都有一定程度的合理性。谁说梁山好汉不是强盗？歌颂了强盗，无形中要读者向强盗学习，这不是"诲盗"是什么？谁说梁山好汉中没有对朝廷忠心耿耿者？以宋江为首的百分之八九十的头领们不是都心甘情愿地接受了招安并帮助皇帝在"征大辽""平方腊"的战争中浴血奋战、拼死拼活吗？至于梁山一百零八人中，农民也是有的，市民则更多，而且历史上的宋江起义在教科书中不是一直都被认为是"农民起义"吗？当然，相对于"农民起义说"而言，"市民说"更有道理，因为《水浒传》的故事和人物多半都是属于"市井"之中的。梁山"乌托邦"的说法也不错，不过一定要认准它是以什么样的哲学思想基础为出发点的"乌托邦"。其他的，如"忠奸斗争说""游民说"等等，也都有各自的道理。

然而，我们认定以上诸说都有各自的道理，并不等于说其中的任何一种观点准确地探及《水浒传》的主题思想或曰主体精神。尽管有些说法已经接近梁山精神的内核，但终归有那么一星半点的差距。

笔者看来，《水浒传》的主体精神是从"市民"这一基点出发，中经"游民""游侠"直至"英雄主义"达到终点，以暴抗暴——打尽不平方太平正是《水浒传》的主题思想。其实，笔者这一观点在1994年9月出版的《章回小说通论》中就已经表明："这样一来，《水浒传》实际上就成了一部就英雄题材，写英雄身影，传英雄心曲，从而形象地表达作者们英雄史观的江湖豪杰传、人间英雄谱；成为一首惊天动地、拔山撼石的阳刚之气的赞美诗。"[1]

---

[1] 石麟. 章回小说通论 [M]. 郑州：中州古籍出版社，1994：132.

同样是在1994年，王学泰在《文学遗产》上发表《论〈水浒传〉中的主导意识——游民意识》一文，对《水浒传》与"游民意识"的关系进行了深入论证。其中，涉及"游民的性格"问题，分为三个层面，一是"强烈的帮派意识"，二是"赤裸裸地宣扬野蛮强暴"，三是"垂涎于财货金银"。文章还涉及"游民的人格理想——侠"，"游民的道德理想——义与义气"，"游民的社会理想"等问题①。实际上，这篇文章也可以认为是一种新的《水浒》主题的说法："游民说"。这种"游民说"与笔者当时对《水浒传》主题思想的"英雄主义说"有交叉之处。

然而，王学泰这篇文章中"游民的性格"之一的"赤裸裸地宣扬野蛮强暴"的说法，却在2010年被刘再复加以发挥，在其《双典批判：对〈水浒传〉和〈三国演义〉的文化批判》一书中，作者列举了一连串的小标题来论证梁山好汉野蛮杀戮无辜的行为，如"'造反'旗帜下的杀婴行为""'造反'旗帜下的杀人嫁祸""英雄特色与英雄对美人的杀戮""屠杀快感的审美化现象"等。对这种现象，刘再复的解释是："对于这种病态的欲望和病态的快感，笔者曾想到，这是不是中国的国民劣根性的表现？思索之后，认定这种黑暗的野蛮的心理不仅属于中国，而且属于人类进入文明社会之前共有的一种未开化的心态。也就是说，从动物进化而来的人类，其动物性向理性的提升不是一次性完成的，也不是集体完成。在整个进化过程中，在进化未充分完成的阶段上，地球上的各个种族都曾发生这种以杀戮为快感源泉的野蛮行径。"②

怎样看待这一问题呢？笔者还是相信"打尽不平方太平"这句话。

《水浒传》中的梁山英雄，是一个由众多的各具独立性的英雄个体通过多种方式组合在一起而又具有共同特征的英雄整体。但无论是英雄集体还是英雄个人，有三大基本特征却必须具备：其一，正义：路见不平，拔刀相助；其二，

---

① 王学泰.论《水浒传》中的主导意识：游民意识[J].文学遗产，1994（5）：100-104.
② 刘再复.双典批判：对《水浒传》和《三国演义》的文化批判[M].北京：生活·读书·新知三联书店，2010：80.

刚强：无所畏惧，敢作敢当；其三，诚信：光明磊落，一诺千金。《水浒传》中的梁山好汉之所以惺惺相惜，就是这三根精神纽带。

水泊梁山的杏黄旗上大书四个字——"替天行道"，也就是替天子而行正道。但由谁来替天行道呢？正常情况下，应该是朝廷的文武百官和各级地方政府。但是，在《水浒传》的世界里，这些人全然靠不住。用鲁智深的话讲："只今满朝文武，俱是奸邪，蒙蔽圣聪，就好比俺的直裰染做皂了，洗杀怎得干净。"就连宋江也认为"今皇上至圣至明，只被奸臣闭塞，暂时昏昧"①（第七十一回）。这里所说的还只是中央政府，那么，地方上各级官吏的表现又是如何？答案是：也好不到哪儿去。"上有所好，下必甚焉。"②（杜佑《通典·选举典》）朝廷上既然有蔡京、童贯、高俅、杨戬四大奸贼，地方上的贪官污吏必然多如牛毛。从大名府的梁中书到孟州道的张都监，从小小知寨刘高到堂堂知府蔡九，还有那数不清的贪墨小吏、方面大员，天下乌鸦一般黑，哪一个可以承担替天行道的重任？"仲尼有言：'礼失而求诸野。'"③（《汉书·艺文志》）既然"庙堂中有衣冠禽兽，绿林内有救世菩提"④（焦循《剧说》卷三）何必不让那些庙堂中的衣冠禽兽滚到边上去，让那些绿林好汉来替天行道，拯救生灵。既然人世间多强横、多残暴、多邪恶，善道无以治，便只好让那一百单八个魔君凝成的一股黑气从龙虎山伏魔殿中冲天而起，并散作百十道金光去以强制强、以暴抗暴、以恶对恶。只有杀尽不平，天下方得太平。这便是《水浒传》的"强盗逻辑"，也正是这部皇皇巨著英雄主义精神的凝聚点、落脚点，更是包括作者在内的广大读者赋予梁山英雄辉煌的使命。

其实，绝大多数的梁山好汉从本质上讲都是说不得善、说不得恶的正邪两

---

① 施耐庵，罗贯中. 水浒传 [M]. 北京：人民文学出版社，1975：986.

② 杜佑. 通典 [M] //景印文渊阁四库全书：第603册. 台北：台湾商务印书馆，1963：186.

③ 班固. 汉书 [M]. 北京：中华书局，1962：1746.

④ 焦循. 剧说 [M]. 上海：古典文学出版社，1957：49.

面人物。他们都是凶神恶煞，但又都是救世菩提。对不善者施之以善，其实是大恶；对邪恶者报之以恶，其实是大善；对不讲理的人不讲道理，乃是残酷尘寰中的至理！我们不妨循着这"强盗逻辑"的根藤来巡阅书中主要英雄人物的善与恶同在的奇特壮举。

《水浒传》中第一个"凶恶"之人是鲁达，你看他三拳打死镇关西的凶狠劲儿："扑的只一拳，正打在鼻子上，打得鲜血迸流，鼻子歪在半边，却便似开了个油酱铺：咸的、酸的、辣的，一发都滚出来。""提起拳头来就眼眶际眉梢只一拳，打得眼棱缝裂，乌珠迸出，也似开了个彩帛铺的：红的、黑的、绛的，都滚将出来。""又只一拳，太阳上正着，却似做了一全堂水陆的道场：磬儿、钹儿、铙儿一齐响。"①（第三回）这样打人岂非太过残暴，那不是将人当成沙袋来打？如此施暴，还算做正义、刚强、诚信的英雄好汉吗？然而，当你看过被打击的对象镇关西是怎样欺压良善的，你就会觉得鲁达的拳头实在是来得太惬意了。请听被镇关西欺负得死去活来的弱女子金翠莲的哭诉：

  此间有个财主，叫做镇关西郑大官人，因见奴家，便使强媒硬保，要奴作妾。谁想写了三千贯文书，虚钱实契，要了奴家身体。未及三个月，他家大娘子好生利害，将奴赶打出来，不容完聚。着落店主人家，追要原典身钱三千贯。父亲懦弱，和他争不得。他又有钱有势。当初不曾得他一文，如今那讨钱来还他。没计奈何，父亲自小教得奴家些小曲儿，来这里酒楼上赶座子。每日但得些钱来，将大半还他，留些少女父们盘缠。②（第三回）

如此欺男霸女的恶徒，如果没有鲁提辖正义刚硬的拳头痛打一顿，那才叫作没有天理哩！因此，天下的读者看到"鲁提辖拳打镇关西"时，绝大多数的人都觉得是出了一口恶气，而没有多少人去怀疑鲁达的拳头是不是过于"残暴凶狠"。这是什么？打尽不平方太平！

---

① 施耐庵，罗贯中. 水浒传 [M]. 北京：人民文学出版社，1975：47-48.
② 施耐庵，罗贯中. 水浒传 [M]. 北京：人民文学出版社，1975：44.

活阎罗阮小七也是《水浒传》中下手非常之狠的人物之一，且看他是怎样虐待俘虏的："阮小七身边拔起尖刀，把何观察两个耳朵割下来，鲜血淋漓。插了刀，解了搭膊，放上岸去。何涛得了性命，自寻路回济州去了。"①（第十九回）渔民出身的阮小七何以如此愤恨何涛，主要是因为何涛是三都缉捕使臣，是衙门中人，而这种官司衙门中人，正是老百姓的克星和灾难。且看阮小七的哥哥是怎么说的。阮小五道："如今那官司一处处动掸便害百姓。但一声下乡村来，倒先把好百姓家养的猪羊鸡鹅，尽都吃了，又要盘缠打发他。"②（第十五回）知道了老百姓是如何愤恨衙门中人的，就可以理解阮小七何以对何观察痛下死手。这不是简单的虐待俘虏问题，而是以恶对恶，以暴抗暴，只有这样，方能"打尽不平方太平"！

《水浒传》中杀人不眨眼的还有武松，你看他斗杀西门庆一段，打到最后，对方已经没有战斗力了，武松就毫不犹豫地割下敌人的头颅："看这西门庆已自跌得半死，直挺挺在地下，只把眼来动。武松按住，只一刀，割下西门庆的头来。"③（第二十六回）这种行为，似乎太过残忍，但是，如果我们看一下西门庆的罪恶，就觉得武松的行为并不过分。西门庆何许人也？"原来只是阳谷县一个破落户财主，就县前开着个生药铺；从小也是一个奸诈的人，使得些好拳棒；近来暴发迹，专在县里管些公事，与人放刁把滥，说事过钱，排陷官吏。因此，满县人都饶让他些个。"④（第二十四回）就是这个满县民众都害怕的没毛大虫，却又勾引上了忠厚老实的武大郎的妻子。西门庆不仅占有别人的老婆，而且还将前来捉奸的武大郎打得半死：

> 武大却待要揪他，被西门庆早飞起右脚。武大矮短，正踢中心窝里，扑地望后便倒了。西门庆见踢倒了武大，打闹里一直走了。郓哥见不是话

---

① 施耐庵，罗贯中. 水浒传 [M]. 北京：人民文学出版社，1975：245.

② 施耐庵，罗贯中. 水浒传 [M]. 北京：人民文学出版社，1975：190.

③ 施耐庵，罗贯中. 水浒传 [M]. 北京：人民文学出版社，1975：363.

④ 施耐庵，罗贯中. 水浒传 [M]. 北京：人民文学出版社，1975：319-320.

头,撇了王婆撒开。街坊邻舍都知道西门庆了得,谁敢来多管。王婆当时就地下扶起武大来,见他口里吐血,面皮蜡查也似黄了。①(第二十五回)

后来,西门庆又与潘金莲、王婆合谋,害死了武大郎。把持官府、鱼肉百姓、欺压良善、奸淫谋杀,这种无恶不作的市井中的"吊睛白额大虫"西门大官人,难道不该让英雄武松将其打翻在地并且割下他的头来吗?这当然也是以暴抗暴,是打尽不平方太平!

与武松相比,黑旋风更有点杀人机器的意味。有时候,《水浒传》里这位黑爷爷大有滥杀无辜之嫌,但他打杀的也并非全都是"无辜",也有那种十恶不赦的混蛋:"原来黑旋风李逵在门缝里都看见,听得喝打柴进,便拽开房门,大吼一声,直抢到马边,早把殷天锡揪下马来,一拳打番。那二三十待抢他,被李逵手起,早打倒五六个,一哄都走了。李逵拿殷天锡提起来,拳头脚尖一发上。柴进那里劝得住。看那殷天锡时,呜呼哀哉,伏惟尚飨。"②(第五十二回)

李逵为什么打死殷天锡?殷天锡何许人也?说到这位殷直阁,那可是比上面镇关西、何观察、西门庆们更要厉害得多的权豪势要。

> 此间新任知府高廉,兼管本州兵马,是东京高太尉的叔伯兄弟,倚仗他哥哥势要,在这里无所不为。带将一个妻舅殷天锡来,人尽称他做殷直阁。那厮年纪却小,又倚仗他姊夫的势要,在此间横行害人。③(第五十二回)

就是这么一个殷天锡,不要说黎民百姓了,就连柴进的叔叔那种有"丹书铁券"护身的贵族老爷,也被这个新贵欺负得活活气死。而且,这位殷直阁的后台是其姐夫高唐州知府高廉,而高廉的后台则是他的堂兄、朝中的太尉高俅。如此一来,"李逵们"以暴抗暴的对象可就不是一个两个贪官污吏、土豪恶霸了,而是中央到地方的各种混账势力。早在数百年前,金圣叹对此就有清醒的

---

① 施耐庵,罗贯中. 水浒传 [M]. 北京:人民文学出版社,1975:340.

② 施耐庵,罗贯中. 水浒传 [M]. 北京:人民文学出版社,1975:725-726.

③ 施耐庵,罗贯中. 水浒传 [M]. 北京:人民文学出版社,1975:723.

认识、犀利的揭露：

> 嗟乎！吾观高廉倚仗哥哥高俅势要，在地方无所不为，殷直阁又倚仗姐夫高廉势要，在地方无所不为，而不禁愀然出涕也。曰：岂不甚哉！夫高俅势要，则岂独一高廉倚仗之而已乎？如高廉者，仅其一也。若高俅之势要，其倚仗之以无所不为者，方且百高廉正未已也。乃是百高廉，又当莫不各有殷直阁其人；而每一高廉，岂仅仅于一殷直阁而已乎？如殷直阁者，又其一也。若高廉之势要，其倚仗之以无所不为者，又将百殷直阁正未已也。夫一高俅，乃有百高廉；而一高廉，各有百殷直阁，然则少亦不下千殷直阁矣！是千殷直阁也者，每一人又各自养其狐群狗党二三百人，然则普天之下，其又复有宁宇乎哉？①（金本《水浒》第五十一回回前总批）

面对这样一张灭绝人性、残害人民的通天大网，普通百姓是很难撕破的，因此人民将希望寄托于像梁山好汉那样的江湖豪侠，希望他们将这张势力网捅破、撕开，甚至扯得稀巴烂！只有这样，人民才有可能安宁幸福。

或许有人会说，我们可以理性地解决问题嘛！封建社会不是也有法律、条例吗？凭他是谁，总得要讲一点道理吧！

那我们就看看反面的例证。

林冲之于高俅，不是左一个"恩相"、右一个"冤屈"吗？其结果，还不是"脊杖二十，刺配远恶军州"②？（第八回）

宋江之于刘高，不是还"做得人情"从山大王手中救出其妻子？不料却被刘知寨恩将仇报，"打得宋江皮开肉绽，鲜血迸流"。③（第三十三回）

柴进之于殷天锡，不是也希望"放着明明的条例，和他打官司"吗？结果

---

① 陈曦钟，侯忠义，鲁玉川. 水浒传会评本 [M]. 北京：北京大学出版社，1981：948.

② 施耐庵，罗贯中. 水浒传 [M]. 北京：人民文学出版社，1975：110.

③ 施耐庵，罗贯中. 水浒传 [M]. 北京：人民文学出版社，1975：446.

却被殷天锡的姐夫高廉"二十五斤死囚枷钉了,发在牢里监收"。①(第五十二回)

二解之于毛太公,也是开口"伯伯",闭口"拜扰",很有礼节,想不到却被毛家父子阴谋诬陷,"剥得赤条条地,背剪绑了,解上州里来"。②(第四十九回)

林冲、宋江、柴进、二解,这些无辜的弱者对着高俅、刘高、高廉、毛太公这些罪恶的强者都讲了各种各样的道理,但结果是全无道理,下牢房、遭拷打、刺配远恶军州,甚至险些送了残生性命。

面对这样的黑暗现实,就怪不得梁山好汉动不动便"怒从心上起,恶向胆边生"。③(第三十一回)江湖豪侠弄得不好便"钢刀响处人头滚,宝剑挥时热血流"。④(第二十三回)鲁智深甚至开口便说:"且教他吃洒家三百禅杖了去。"⑤(第七回)李逵甚至高声喊叫:"条例,条例!若还依得,天下不乱了!我只是前打后商量。"⑥(第五十二回)这些恶煞罡星是何等之恶,何等不讲道理!但是,他们愿意这样"恶"吗?不!他们的这些残暴凶狠的"恶"是被当时那个"乱自上作"的社会中更多更大的道貌岸然的"恶"给逼出来的。眼见得现实中太多的"没道理",还是李逵说得透彻:"便是活佛也忍不得!"(第五十二回)

是呀!活佛都忍受不了的事,那一群充满英雄之气的热血男儿怎么忍得住?在梁山英雄的血液中,有一股人类原始的复仇冲动,但更多的则是经过历史积淀的"打尽不平方太平"的民众渴求。尤其是当时社会的若干条例、准则已无

---

① 施耐庵,罗贯中. 水浒传 [M]. 北京:人民文学出版社,1975:727.
② 施耐庵,罗贯中. 水浒传 [M]. 北京:人民文学出版社,1975:684.
③ 施耐庵,罗贯中. 水浒传 [M]. 北京:人民文学出版社,1975:420.
④ 施耐庵,罗贯中. 水浒传 [M]. 北京:人民文学出版社,1975:305.
⑤ 施耐庵,罗贯中. 水浒传 [M]. 北京:人民文学出版社,1975:101.
⑥ 施耐庵,罗贯中. 水浒传 [M]. 北京:人民文学出版社,1975:724.

法调节和遏止邪恶对于善良、豪强对于贫弱的压抑、迫害、欺凌的时候，生活中痛苦不堪的芸芸众生自会萌发出一种以恶制恶、以强制强、以暴制暴的企求。由谁来实现民众的这种不得已的诉求？神仙太虚无缥缈，清官也凤毛麟角，只有那些生活在民众之间的游民中的佼佼者——游侠，那些既具正义、刚强、诚信之内在精神而又在外表上强暴十足的"天罡地煞"方能当此重任。

《水浒传》就是这么一部表达民众要求以恶抗恶心理的典型作品，梁山好汉的"英雄气"便是社会弱势群体希望有恶煞金刚"打尽不平方太平"的心理的凝聚和宣泄。什么叫作"禅杖打开危险路，戒刀杀尽不平人"①（第三回）？什么叫作"此等不义之财，取之何碍"②（第十四回）？什么叫作"恶人自有恶人磨，报了冤仇是若何"③（第三十回）？什么叫作"仗义疏财归水泊，报仇雪恨下梁山"④（第七十一回）？说到底，就是这种以恶抗恶心理的表现。

有一点必须明确，梁山好汉的"恶"，是以正义、人道为基础的，而他们所对抗的"恶"，则是非正义、非人道的。《水浒传》英雄主义精神的内质核心正在这里，水泊梁山那杏黄旗上"替天行道"四个大字的深刻含义也正在这里。

然而，梁山好汉以暴抗暴"打尽不平方太平"的壮举却有一个必须面对的质疑：以暴抗暴是否有负面效应？

梁山好汉的构成太复杂，但其主流却是"市民""游民""游侠"构成的三部曲。或者说得更为全面一些，他们是各行各业的"失业者"。除了朝廷派来征剿梁山失利而投降的军官以外，水泊梁山绝大多数人最终都是一种社会角色——流氓无产者。市民是他们的本来面目，游民是他们的生活经历，游侠是他们的最高状态，因此，《水浒传》这一书名，按照赛珍珠的意思可以翻译成为《四海之内皆兄弟》，按照笔者的看法也可以换做《大宋游侠传》。后来的扬州

---

① 施耐庵，罗贯中. 水浒传 [M]. 北京：人民文学出版社，1975：50.

② 施耐庵，罗贯中. 水浒传 [M]. 北京：人民文学出版社，1975：183.

③ 施耐庵，罗贯中. 水浒传 [M]. 北京：人民文学出版社，1975：396.

④ 施耐庵，罗贯中. 水浒传 [M]. 北京：人民文学出版社，1975：973.

评话中的武松等英雄人物的若干个"十回",不正是一个又一个大宋游侠故事的"单挑"吗?这些流氓无产者中的"游侠",一方面可以站在广大人民群众立场上以暴抗暴,抱打不平,但就在他们举起屠刀的时候,另一方面的因素开始出现,人类原始的嗜血本能在他们身上复苏,于是,殃及池鱼,甚至滥杀无辜的事情就屡屡发生。这些英雄好汉们的本意是按照他们的方式去"打尽不平方太平",去营造一个合情合理的社会秩序,但他们在打尽"不平"的同时,往往连本身"平"的一面也捎带着"打"了个稀巴烂。读《水浒传》,一般读者最怕的是英雄们"杀得性起"的时候,因为这时,他们的"恶"就再也不代表着正义、人性的立场,而是走向其对立面。破坏性,正是所有梁山好汉身上"反英雄"的存在。

如此看来,梁山好汉亮出的"打尽不平方太平"的青锋龙泉实际上是一柄双刃剑。

而这正是《水浒传》主题思想复杂性之所在。

第四讲 异彩纷呈的梁山好汉

梁山一百单八将虽然不能说是一百单八个艺术典型，但他们的思想性格却是异彩纷呈的。从审美的角度出发，我们可以将其分为四个层次：其一，灵魂人物宋江；其二，读者最喜爱的那几位；其三，亚英雄人物群；其四，不得已的凑数人物。

下面分而析之。

一 灵魂人物宋江

《水浒传》的灵魂人物是宋江，无论我们是否喜欢这个人物形象，都必须这样说。

长期以来，人们对宋江这一艺术形象争论较大。赞扬者说他是农民革命的

领袖,是梁山上的一面旗帜;批判者则认为他是投降主义分子,是叛徒,是奸诈小人。宋江最倒霉的时期是20世纪70年代,1974年,有最高指示云:"《水浒》这部书,好就好在投降。做反面教材,使人民都知道投降派。""《水浒》只反贪官,不反皇帝。屏晁盖于一百零八人之外。宋江投降,搞修正主义,把晁的聚义厅改为忠义堂,让人招安了。宋江同高俅的斗争,是地主阶级内部这一派反对那一派的斗争。宋江投降了,就去打方腊。"① 若干年后,这些最高指示的核心内容在电视连续剧《水浒传》的后半段得到了"形象化"的体现,宋

---

① 施耐庵,罗贯中. 水浒传 [M]. 北京:人民文学出版社,1975:卷首.

江成了一个奴才式的人物，让人望而生厌。尤其是看到他翘起屁股、五体投地地在金殿丹墀上向宋徽宗行礼时，观众们恨不得将他从屏幕上抓下来痛打一顿，甚至有人差一点拿着遥控器砸向电视机。这种表现，从演员的角度应该说是一种成功，但是从编导的角度来看，却无疑是一种失败。因为《水浒传》是"正剧"，而正剧的主人公是不能漫画化的。

当然，对宋江的评价并非仅止于上述两端，学术界还有一些其他的意见：或认为"动摇，反抗，再动摇，再反抗，无情打击封建统治者，又动摇，以至于妥协投降……这种悲剧矛盾始终交织在宋江的性格里，一直到'魂聚蓼儿洼'"[1]（李希凡《〈水浒〉中宋江的悲剧形象和义军的悲剧结局》）；或认为宋江是"地主阶级的革新派的代表人物"[2]（王齐洲《宋江是地主阶级的革新派》）；或认为"宋江为传统道德观念的体现者是可以成立的"[3]（蒋长林《试论宋江——传统道德观念的体现者》）；或认为"在宋江形象上，肯定寓含着作者对理想人物的理解并寄托着作家对社会现实的感慨"[4]（曲家源《宋江——〈水浒传〉里的理想完人》）……如此等等，不一而足，见仁见智，争论不休。其中，绝大多数的评论者都认为宋江是一个复杂的人物形象，应该给予多角度、综合性的评价。

要想对《水浒传》中的宋江形象做出较为客观的评价，我们的依据主要是两个方面：其一，看其演变，历史上的宋江是如何演变为小说中宋江的？其二，看其表现，《水浒传》是怎样描写宋江的？

历史上真实的宋江与《水浒传》中的宋江形象差距甚大。

---

[1] 李希凡.论中国古典小说的艺术形象［M］.上海：上海文艺出版社，1962：280.

[2] 文学评论编辑部.文学评论丛刊第五辑［M］.北京：中国社会科学出版社，1980：282.

[3] 江苏省社会科学院文学研究所.明清小说研究第四辑［M］.北京：中国文联出版公司，1986：124.

[4] 王基.诸家汴梁论水浒［M］.郑州：中州古籍出版社，1993：152.

宋·王偁《东都事略·侯蒙传》载朝廷官员侯蒙称"宋江……其材必过人"①。《宋史·张叔夜传》载："宋江起河朔,转略十郡,官军莫敢婴其锋。"后因张叔夜埋伏兵,"擒其副贼,江乃降"②。

历史上的宋江,就以上零零星星的记载而言,有三点值得注意:第一,他很有才能;第二,他作战勇敢;第三,他很讲义气。将这三点加在一起,正好是一个智勇双全的游侠人物。

此后,在民间传说和文人笔下,就是按照上面几个要点来进一步"塑造"宋江的。

南宋画家龚开作有《宋江三十六赞并序》,其间当然以宋江为核心人物。宋江画像的赞语是:"不假称王,而呼保义。岂若狂卓,专犯讳忌?"在序言中,龚开对宋江的评价是:"余尝以江之所为,虽不得自齿,然其识性超卓有过人者。立号既不僭侈,名称俨然,犹循轨辙,虽托之记载可也。古称柳盗跖为盗贼之圣,以其守一至于极处。能出类而拔萃若江者,其殆庶几乎?"③将宋江与盗跖类比,称之为出类拔萃的"盗贼之圣",这是对历史上智勇双全的游侠宋江的进一步肯定。

元代文人陆友《题宋江三十六人画赞》诗略云:"京东宋江三十六,白日横行大河北。官军追捕不敢前,悬赏招之使擒贼。"④ 这是强调宋江等三十六人给朝廷的威慑力。当然,能对朝廷造成如此大之震撼的队伍,其领袖人物之优秀自不待言。

在文人通过诗文书画"塑造"宋江的同时,民间文学的主要品种话本和杂

---

① 王偁. 东都事略 [M] //景印文渊阁四库全书:第382册. 台北:台湾商务印书馆,1963:670.

② 脱脱等. 宋史 [M]. 北京:中华书局,1977:1141.

③ 周密. 癸辛杂识 [M]. 北京:中华书局,1988:145.

④ 顾瑛. 草堂雅集 [M] //景印文渊阁四库全书:第1369册. 台北:台湾商务印书馆,1965:382.

剧都展现了宋江形象的动人风采。

元代佚名的讲史话本《宣和遗事》中有很大一个片段讲的是水浒英雄的故事。其中，关乎宋江的主要情节有：通风报信救晁盖，推荐杜千、张岑、索超、董平上梁山，杀阎婆惜、吴伟，九天玄女授天书，上梁山，题诗旗上，率三十六人朝东岳，受招安，平方腊，封节度使。其中，大部分内容都只是记载一个梗概，文学意味较强的只有两个片段：杀阎婆惜和题诗旗上。

我们先看《宣和遗事》中"宋江杀惜"一段：

> 宋江回家，医治父亲病可了，再往郓城县公参勾当；却见故人阎婆惜又与吴伟打暖，更不睬着。宋江一见了吴伟两个，正在偎倚，便一条忿气，怒发冲冠，将起一柄刀，把阎婆惜、吴伟两个杀了；就壁上写了四句诗。道是，诗曰："杀了阎婆惜，寰中显姓名。要捉凶身者，梁山泺上寻。"①

将这一段与《水浒传》中的"宋江杀惜"略作比较，有趣的情况就出现了。首先，《水浒传》中的宋江"只爱学使枪棒，于女色上不十分要紧"②。其次，宋江对于阎婆惜与奸夫（此处将吴伟改作张文远）的苟且之事并不在乎："又不是我父母匹配妻室，他若无心恋我，我没来由惹气做甚么。我只不上门便了。"③ 最重要的是第三点，阎婆惜抓住了宋江的把柄——"和打劫贼通同"的书信。因此，这里的"杀惜"过程就必然是围绕着阎婆惜是否还给宋江那封要命的书信而展开了。且看：

> 宋江道："你真个不还？"婆惜道："不还！再饶你一百个不还！若要还时，在郓城县还你！"宋江便来扯那婆惜盖的被。妇人身边却有这件物，倒不顾被，两手只紧紧地抱住胸前。宋江扯开被来，却见这鸾带头正在那妇人胸前拖下来。宋江道："原来却在这里。"一不做，二不休，两手便来夺，那婆娘那里肯放。宋江在床边舍命的夺，婆惜死也不放。宋江狠命只一拽，

---

① 佚名. 宣和遗事［M］//宣和遗事等两种. 南京：江苏古籍出版社，1993：33-34.

② 施耐庵，罗贯中. 水浒传［M］. 北京：人民文学出版社，1975：266.

③ 施耐庵，罗贯中. 水浒传［M］. 北京：人民文学出版社，1975：267.

倒拽出那把压衣刀子在席上,宋江便抢在手里。那婆娘见宋江抢刀在手,叫:"黑三郎杀人也!"只这一声,提起宋江这个念头来,那一肚皮气正没出处。婆惜却叫第二声时,宋江左手早按住那婆娘,右手却早刀落,去那婆惜嗓子上只一勒,鲜血飞出,那妇人兀自吼哩。宋江怕他不死,再复一刀,那颗头伶伶仃仃落在枕头上。……宋江一时怒气,杀了阎婆惜,取过招文袋,抽出那封书来,便就残灯下烧了。系上銮带,走下楼来。①(第二十一回)

《宣和遗事》中的宋江杀惜是情杀,而且是激情杀人,看到自己的女人与别的男人"打暖""偎依",因此愤而杀了所谓奸夫淫妇,动作十分迅猛,动手十分坚决。更令人刮目相看的是,宋江杀人之后,居然像《水浒传》中的武二郎一样,"就壁上写了四句诗"。这敢作敢当的男子汉气概,所体现的完全是一种"粗莽豪侠"的江湖好汉的性格特征。《水浒传》中的宋江杀惜则完全不同,这里是杀人灭口,是政治问题引起的杀人灭口。而且,宋江并非激情杀人,他杀人的过程非常漫长,几经周折。先是与阎婆惜谈判,因为对方过于刁蛮,谈判没有效果,于是企图威逼,威逼不成,开始抢夺,抢夺时得到凶器,又由于对方无意间的提醒,怒气才逐步引发到顶点,但仍然是细心地杀人割首。最重要的是,这里的宋江杀了阎婆惜以后,并没有像《宣和遗事》中那样豪迈潇洒,在壁上题诗明志,而是显得很紧张,也很谨慎,一个典型的动作就是"取过招文袋,抽出那封书来,便就残灯下烧了",然后慌忙逃走。这样一个宋江,哪儿还有一点"粗豪""勇侠"的意味?

《宣和遗事》的又一个片段"题诗旗上",换一个角度充分显示了宋江性格的另一层面——极讲义气。

一日,宋江与吴加亮商量:"俺三十六员猛将,并已登数;休忘了东岳保护之恩,须索去烧香赛还心愿则个。"择日起行,宋江题了四句放旗上

---

① 施耐庵,罗贯中. 水浒传 [M]. 北京:人民文学出版社,1975:279.

道,诗曰:"来时三十六,去后十八双。若还少一个,定是不归乡。"①

这段描写,正与前面所引《宋史·张叔夜传》中记载的"擒其副贼,江乃降"可以相互印证。宋江三十六人既已结拜为兄弟,那么,每次下山,无论打仗也罢,还愿也罢,必须同生共死:"若还少一个,定是不归乡。"《宋史》记载的宋江之所以投降官军,乃是因为官军"擒其副贼",也就是说官军抓到了他足以充当左膀右臂的兄弟。既然"副贼"为官府所擒,那宋江等人便只有两个选择:一是全体自杀,二是全体投降。只有这样才能保全三十六个弟兄,才能做到"来时三十六,去后十八双"。正因如此,宋江才不得已选择了后者:放下武器,全体投降。在这个问题上,史料记载的宋江和讲史话本的宋江融为一体,这种将哥们义气"题诗旗上"的辉煌做派和"擒其副贼,江乃降"的悲壮举动互为表里,显示的正是宋江性格的另一层面——极讲江湖义气。

《宣和遗事》里的宋江,与《水浒传》之宋江大异其趣。上述"宋江杀惜"和"题诗旗上"两个片段,充分体现了宋江义勇豪侠的草莽英雄性格。他是一个地地道道的江湖盗魁,而不像《水浒传》里的宋江那样秀气或"作秀"。从历史真实到民间传说的"宋江"正是沿着"义勇豪侠"这一模式进行传播的,他是一个以江湖为精神家园的游侠形象。

讲史话本之外,元代杂剧也写到了宋江,现存六个剧本都是宋大哥在故事开始来个开场白,而且讲来讲去也就是程序化的那几句老话。去同存异,聊举三例:

家住梁山泊,平生不种田。刀磨风刃快,斧蘸月痕圆。强劫机谋广,潜偷胆力全。弟兄三十六,个个敢争先。某姓宋名江,字公明,绰号及时雨者是也。②(《黑旋风双献功》第一折)

俺这梁山,一年喜的是两个节令:清明三月三,重阳九月九。时遇重阳节令,放众兄弟每下山,去赏红叶黄花。三日之后,都要来全,若有违

---

① 佚名.宣和遗事[M]//宣和遗事等两种.南京:江苏古籍出版社,1993:36.

② 高文秀.黑旋风双献功[M]//臧晋叔.元曲选.北京:中华书局,1958:687.

禁某的将令的，必当斩首。小偻罗，你去传了我的将令。学究哥，俺无事，后山中饮酒去也。宋公明武艺堪夸，吴学究又无争差。众头领都离寨栅，下去赏红叶黄花。①（《鲁智深喜赏黄花峪》第一折）

  绣衲袄千重花艳，茜红巾万缕霞生。肩担的无非长刀大斧，腰挂的尽是鹊画雕翎。赢了时，舍性命大道上赶官军，若输呵，芦苇中潜身抹不着我影。②（《争报恩三虎下山》楔子）

元杂剧舞台上的宋江，基本上是一个概念化的人物，他只是代表着梁山山寨的总头领，发布着水泊梁山的总信息，最多顺带提及自己的个人出身，始终没有多少个性化的表现。

真正丰满复杂的宋江形象，有待于《水浒传》的展示。

《水浒传》中的宋江与史书记载和民间讲唱的宋江都不相同。个中原因，乃是因为小说作者对这一历史人物和传说人物进行了脱胎换骨的改造。而且，作者在《水浒传》的灵魂人物宋江身上寄托了太多自己的政治理想和人格理想，使这一人物形象在某种意义上成为传播作者思想的载体。在《水浒传》众多梁山好汉中，宋江应该是距离历史的、传说的"原型"最远的一个。因而，这个宋江也就成了"这一个"。

依照《水浒传》的描写，梁山一百单八将基本上都有两个精神家园：江湖和庙堂。当然，二者在每一个梁山好汉心中，并非一半一半地等量存在。由于每个人的出身、地位、教养、经历不同，在他们中间，要想找到一个纯洁的庙堂或江湖情结的人是极其困难的，任何人都不是一边百分之百，一边等于零。即便是如同李逵那样极其依恋江湖的草莽人物，也会发出心底深处艳羡庙堂的呐喊："放着我们有许多军马，便造反怕怎地！晁盖哥哥便做了大皇帝，宋江哥哥便做了小皇帝。吴先生做个丞相，公孙道士便做个国师。我们都做个将军。

---

① 佚名.鲁智深喜赏黄花峪［M］//隋树森.元曲选外编.北京：中华书局，1959：934.

② 佚名.争报恩三虎下山［M］//臧晋叔.元曲选.北京：中华书局，1958：156.

杀去东京，夺了鸟位，在那里快活，却不好！不强似这个鸟水泊里！"①（第四十一回）即便是像柴进那样沐浴浩荡皇恩的天潢贵胄，也会夸下隐藏内心不时闪烁的向往江湖的海口："兄长放心，便杀了朝廷的命官，劫了府库的财物，柴进也敢藏在庄里。"②（第二十二回）当然，若论这个群体中徘徊于庙堂和江湖两个精神家园之间时间最长、矛盾心结最难以开释的则是《水浒传》中的灵魂人物呼保义宋公明。

宋江对精神家园的依恋可用两个字概括——"忠""义"，人在官场而迷恋江湖是其"义"，身处江湖而不忘庙堂是其"忠"。一般说来，江湖文化与庙堂文化是冰炭不相容的，在一个人身上要想真正做到庙堂之"忠"与江湖之"义"的统一几乎是一件不可能的事。但宋江不这样看，他认为"忠""义"二者是完全吻合、统一的。他一生的奋斗目标，就是要做一个忠臣兼义士。

《水浒传》中宋江的"忠""义"有时是矛盾的，有时是统一的。实际上，二者在宋江的思想性格中是矛盾着的统一。

宋江"忠""义"思想的形成，有其深刻的社会根源。我们先看其家庭出身、社会地位、为人处事的基本情况：

> 那押司姓宋名江，表字公明，排行第三，祖居郓城县宋家村人氏。为他面黑身矮，人都唤他做黑宋江；又且于家大孝，为人仗义疏财，人皆称他做孝义黑三郎。上有父亲在堂，母亲丧早。下有一个兄弟，唤做铁扇子宋清，自和他父亲宋太公在村中务农，守些田园过活。这宋江自在郓城县做押司，他刀笔精通，吏道纯熟；更兼爱习枪棒，学得武艺多般。平生只好结识江湖上好汉；但有人来投奔他的，若高若低，无有不纳，便留在庄上馆谷，终日追陪，并无厌倦；若要起身，尽力资助。端的是挥霍，视金似土。人问他求钱物，亦不推托。且好做方便，每每排难解纷，只是赒全人性命。如常散施棺材药饵，济人贫苦，赒人之急，扶人之困。以此山东、

---

① 施耐庵，罗贯中. 水浒传 [M]. 北京：人民文学出版社，1975：574.

② 施耐庵，罗贯中. 水浒传 [M]. 北京：人民文学出版社，1975：291.

河北闻名,都称他做及时雨,却把他比的做天上下的及时雨一般,能救万物。①(第十八回)

可见他出生于一个中小地主家庭,本人是一个以儒家思想为基础的能干的县吏,是统治阶级中的下层知识分子。这样的家庭出身、政治地位,以及所受的正统教育,决定了他头脑里具有浓厚的忠君思想。同时,宋江毕竟不是朝廷大员,也不是大地主,只是一个小吏。封建时代的"吏",固然可以成为统治者的爪牙,鱼肉乡里,但同样也受到统治阶级上层的压迫,稍有不慎,便招大祸。正如书中所言:"原来故宋时为官容易,做吏最难。为甚的为官容易?皆因只是那时朝廷奸臣当道,谗佞专权,非亲不用,非财不取。为甚的做吏最难?那时做押司的,但犯罪责,轻则刺配远恶军州,重则抄扎家产,结果了残生性命。"②(第二十二回)可见,"吏"是一个极易分化的社会阶层,他们中间的有些人固然可能投靠朝廷命官,为虎作伥、欺压良善,但有的人也因接触下层民众,体会到民间疾苦而同情人民。根据以上介绍,宋江明显属于后者。他"为人仗义疏财",这便鲜明地体现了宋江的义,深受墨家兼爱思想影响的"义"。宋江的义,除了同情弱者以外,还表现在"平生只好结识江湖好汉"。当然,宋江之所以结识江湖好汉,主要是为了忠君报国,为了干一番大事业而网罗人才。但不可否认,江湖好汉的义气又对宋江的思想有着积极的影响。长期以来,宋江自认为这种江湖义气与忠君报国的思想是紧密地联系在一起的。在宋江自己看来,忠臣和义士二者完全可以融为一体。

然而,宋江企图实现"忠臣"兼"义士"的人生梦想却经常被严酷的现实所惊醒。他想当忠臣,偏有奸佞宵小当道,阻碍他忠君报国;他欲为义士,又有忠君思想作梗,消减其江湖义气。尽管宋江竭尽全力想将"忠""义"二者结合起来,但在更多的时候,二者之间却是矛盾的,甚至有时会发展到尖锐冲突的地步。宋江悲剧性的一生持久地处于矛盾的冲突中:一是其自身思想里

---

① 施耐庵,罗贯中. 水浒传 [M]. 北京:人民文学出版社,1975:229.
② 施耐庵,罗贯中. 水浒传 [M]. 北京:人民文学出版社,1975:288.

"忠"与"义"的矛盾冲突，二是他"忠""义"思想与残酷现实的矛盾冲突。

宋江悲剧性的一生，可分为三个阶段，而其"忠""义"思想在这三大阶段中，又都呈现出既鲜明而又复杂的状态。

第一阶段：上梁山之前。

宋江在《水浒传》第十八回上场，作者对他可谓推崇备至："年及三旬，有养济万人之度量；身躯六尺，怀扫除四海之心机。上应星魁，感乾坤之秀气；下临凡世，聚山岳之降灵。志气轩昂，胸襟秀丽。刀笔敢欺萧相国，声名不让孟尝君。"① 然而，这位儒、墨兼收的英雄人物一上场，就遇到了"忠"与"义"的矛盾。他的心腹兄弟晁盖犯了"弥天大罪"，正处于生死紧急关头，而宋江却有搭救晁盖的条件：事先知情，完全可以通风报信。但这种局面对宋江而言，却是两难：如要"忠"，就王法从事，听任晁盖被抓捕受宰割；如要"义"，就置王法于不顾，私放晁天王。其间，没有全"忠"全"义"的第三条道路可供选择。当此时，宋江断然决定，弃"忠"而全"义"，"舍着条性命"，"担着血海也似干系"，通风报信，保全了晁盖一干人。但如此一来，宋江就以其出现于《水浒传》中的第一个亮相，打破了他全"忠"全"义"的形象。

以上所言，只是事情的实际效果，而从宋江的心理角度来看，他这种置"义"于"忠"之上的做法只是暂时的，而且针对的只是某一具体事件。在他思想深处，"忠"还是高于"义"的。他虽放了晁天王，但并没有想到晁盖等人会去梁山落草，抗拒官军，与朝廷做对头，"直如此大弄"。他"私放晁天王"的行为，只不过是在个人利益与朋友利益这二者之间选择了舍生全"义"而已，一旦他朋友的利益与他心目中的庙堂利益发生根本冲突时，他仍然是要舍义全"忠"的。请看他得知晁盖一帮人上山落草后的一段内心独白："晁盖等众人不想做下这般大事，犯了大罪，劫了生辰纲，杀了做公的，伤了何观察，又损害许多官军人马，又把黄安活捉上山。如此之罪，是灭九族的勾当！虽是

---

① 施耐庵，罗贯中. 水浒传 [M]. 北京：人民文学出版社，1975：228-229.

被人逼迫，事非得已，于法度上却饶不得。"①（第二十回）这段心理描写，正是宋江思想深处"忠"高于"义"的真切表露。

正因为有这种思想，所以他在"怒杀阎婆惜"之后，明明也是"犯了大罪"，明明也是"于法度上却饶不得"，但他却不愿意与庙堂决裂，丝毫没有想到去梁山泊与命运相同的晁盖等人聚义，而是计划到柴进、花荣、孔明这些贵族、军官、庄园主家中避难。后来在孔明庄上遇到武松，二人分手时，宋江对准备投奔二龙山的武松所说的一段话，正表明了他自己执迷不悟的忠君思想：

兄弟，你只顾自己前程万里，早早的到了彼处。入伙之后，少戒酒性。如得朝廷招安，你便可撺掇鲁智深、杨志投降了，日后但是去边上，一枪一刀，博得个封妻荫子，久后青史上留得一个好名，也不枉了为人一世。我自百无一能，虽有忠心，不能得进步。兄弟，你如此英雄，决定做得大官。可以记心，听愚兄之言，图个日后相见。②（第三十二回）

宋江与武松一样，此刻都是在逃的朝廷罪犯，而当武松正准备落草为寇、走向叛逆道路之时，宋江对武松的这一番肺腑之言，与其说是宋江对武松的希望，毋宁说是宋江内心世界的自我表白。当然，从武松的角度来说，他所接受的正是宋江对其庙堂、江湖双重情结的一种辐射。

然而，宋江越是想"忠""义"双全，严酷的现实却总是与他开着血腥的玩笑，他幻想的气泡一次一次被飓风吹破。在清风寨，由于刘高夫妻的恩将仇报，宋江的脑袋差点搬了家。在面临屠刀的时候，宋公明"忠"的思想暂时退却了，居然向花荣、秦明等人提出去梁山入伙的主张，并亲自带着一支规模庞大的队伍向目的地出发了，那规模甚是可观：

宋江便与花荣引着四五十人，三五十骑马，簇拥着五七辆车子老小队仗先行。秦明、黄信引领八九十匹马和这应用车子作第二起。后面便是燕顺、王矮虎、郑天寿三个引着四五十匹马，一二百人。离了清风山，取路

---

① 施耐庵，罗贯中. 水浒传 [M]. 北京：人民文学出版社，1975：260-261.
② 施耐庵，罗贯中. 水浒传 [M]. 北京：人民文学出版社，1975：432.

投梁山泊来。①（第三十五回）

　　毫无疑问，宋江这次上梁山是真心实意的。之所以如此，是因为他与众多英雄一样，是被"逼上梁山"的。但此时宋江落草为寇的意志并不坚定，他还没有那种义无反顾的决心，他头脑中的忠君思想只是暂时退隐。因此，当村店中石勇传来一封父丧的假信时，这位"孝义黑三郎"头脑中"孝"的思想又占了上风，竟然抛下大队人马不顾，为父奔丧，"飞也似独自一个去了"②（第三十五回）。这里所表现的虽是宋江的"孝"道，但众所周知，封建时代"忠"与"孝"是不能截然分开的。"孝"是"忠"的基础和内核，"忠"是"孝"的扩大和延伸。在家尽孝，在朝方能尽忠，忠臣必出于孝子之门。宋江在这里不能够舍"孝"而全"义"，实际上正是他不能够舍"忠"而全"义"的曲折表现。关于这一点，宋太公说得明明白白："我又听得人说，白虎山地面多有强人，又怕你一时被人撺掇落草去了，做个不忠不孝的人。为此急急寄书唤你归家。"③（第三十五回）而宋江在即将被捕时对父亲的一番话也说得清清楚楚："父亲休烦恼。官司见了，倒是有幸。明日孩儿躲在江湖上，撞了一班儿杀人放火的弟兄们，打在网里，如何能勾见父亲面。"④（第三十六回）这里，宋江对朝廷法度尚不能断然决裂，是其"忠"；对在父亲面前尽孝之事耿耿于怀，是其"孝"；而对于江湖朋友，却一概以"杀人放火"视之，对落草为寇则看作是"打在网里"，他的"义"在此时已经被"忠"与"孝"赶到爪哇国去了。

　　此后相当长一段时间，宋江打消了流入江湖的念头，一心遵守法度，听凭官司判决，决心刑满后做一个顺民。当他刺配江州而路经梁山泊时，这种思想最强烈。梁山上，晁盖等人再三提出请宋江聚义山寨，宋江却说出下面这段断绝江湖义气的话：

---

① 施耐庵，罗贯中. 水浒传 [M]. 北京：人民文学出版社，1975：470.
② 施耐庵，罗贯中. 水浒传 [M]. 北京：人民文学出版社，1975：477.
③ 施耐庵，罗贯中. 水浒传 [M]. 北京：人民文学出版社，1975：481.
④ 施耐庵，罗贯中. 水浒传 [M]. 北京：人民文学出版社，1975：484.

哥哥，你这话休题！这等不是抬举宋江，明明的是苦我。家中上有老父在堂，宋江不曾孝敬得一日，如何敢违了他的教训，负累了他？前者一时乘兴，与众位来相投。天幸使令石勇在村店里撞见在下，指引回家。父亲说出这个缘故，情愿教小可明吃了官司，及断配出来，又频频嘱付；临行之时，又千叮万嘱，教我休为快乐，苦害家中，免累老父恰惶惊恐。因此父亲明明训教宋江，小可不争随顺了哥哥，便是上逆天理，下违父教，做了不忠不孝的人在世，虽生何益。如哥哥不肯放宋江下山，情愿只就兄长手里乞死。①（第三十六回）

随后，宋江还有一连串的拼死不留梁山的表现。在"忠""孝"思想支配之下，孝义黑三郎已经与江湖兄弟恩断义绝。他宁可做一个囚徒，也不愿落草为"寇"。他牢记父亲的教诲，甚至视江湖义气如洪水猛兽，必以性命相搏了。

到江州之后，宋江安分守己，一心盼望刑满归家再做顺民。表面上看，他是平静的，但实际上内心却无比激荡。半辈子的怀才不遇，长时期的流浪生活，眼下的囚徒地位，都与他忠君报国的理想格格不入。于是，他对黑暗现实不满的潜意识再一次萌发，复仇的火焰又一次燃烧起来。尤其是在浔阳楼登高远眺、临风触目，他不禁感慨万千、潜然泪下。于是，"乘着酒兴"，宋江做出了让他悔恨半辈子的一件事，为发泄心中不平之气，写下了充满"反意"的励志诗词。且看这位徘徊于庙堂与江湖之间的黑汉子对心头郁闷的释放：

乘其酒兴，磨得墨浓，蘸得笔饱，去那白粉壁上，挥毫便写道："自幼曾攻经史，长成亦有权谋。恰如猛虎卧荒丘，潜伏爪牙忍受。不幸刺文双颊，那堪配在江州。他年若得报冤仇，血染浔阳江口。"宋江写罢，自看了，大喜大笑。一面又饮了数杯酒，不觉欢喜，自狂荡起来，手舞足蹈，又拿起笔来，去那《西江月》后，再写下四句诗，道是："心在山东身在吴，飘蓬江海漫嗟吁。他时若遂凌云志，敢笑黄巢不丈夫。"宋江写罢诗，又去后面大书五字道："郓城宋江作。"写罢，掷笔在桌上，又自歌了一回，

---

① 施耐庵，罗贯中. 水浒传 [M]. 北京：人民文学出版社，1975：488.

再饮数杯酒，不觉沉醉。①（第三十九回）

只有在这一刹那，我们看到了《宣和遗事》中那个"怒杀阎婆惜"而后题诗壁上的义勇豪侠宋江。但这种狂放的本色表现，在《水浒传》宋江所有的行为中仅仅是流光一闪，稍纵即逝。因为《水浒传》中的宋江一直是戴着"忠臣""孝子"的人格面具的，这种"江湖义侠"的本色流露，只能是在酒酣耳热之际面对壮丽河山而"把吴钩看了，栏杆拍遍，无人会，登临意"②的一种兀然表达，很快，它就将在宋江的生命长河中潜存下去。宋江虽然在浔阳楼上发出了"敢笑黄巢不丈夫"的呐喊，但这并不能表明他此时已决定要仿效黄巢造反，也并不表示他已经决定要背叛庙堂而走向江湖。此时此刻，"忠"的意念仍在他头脑深处占主导地位。题反诗，只不过是他忠心报国无门的一种愤慨之情在神志昏迷之酒后的一种自然流露而已。正因如此，他才会在次日"酒醒时全然不记得昨日在浔阳楼上题诗一节"。如果不是蔡九知府代表庙堂再一次将屠刀架在他的脖子上，孝义黑三郎是定然不会去造反的。只有当被绑赴刑场时，他才"只把脚来跌"，表现了对自己先前错误认识的深切悔恨。直到众好汉为救他闹了江州之后，他才下定决心栖身江湖，对晁盖说："今日不由宋江不上梁山泊，投托哥哥去。"③（第四十一回）由于黑暗统治势力的一逼再逼，宋江才幡然醒悟，认识到不与奸臣做对头，自己做忠臣的愿望是不可能实现的。而在当时的处境中，他除了上梁山之外别无他路，再加上众英雄舍身相救的江湖义举的感召，宋江暂时消沉了"忠"的思想，情不得已地被卷进了的吉凶未卜、前景莫测的浩渺江湖。

由上可见，上梁山之前的宋江，头脑中的"忠"占了主导地位。他上山过程如此曲折，归根结底，也是"忠""孝"二字在作怪。这是就宋江主观思想而言，另一方面，宋江的行为在许多地方仍不失一个江湖好汉的本色。他上山

---

① 施耐庵，罗贯中. 水浒传 [M]. 北京：人民文学出版社，1975：531.

② 邓广铭. 稼轩词编年笺注 [M]. 上海：上海古籍出版社，1978：31.

③ 施耐庵，罗贯中. 水浒传 [M]. 北京：人民文学出版社，1975：569.

以前的许多义举，对梁山事业客观上起到了巩固发展的作用。闹江州上梁山以后，山寨共有四十名头领，其间，除少数几个人之外，大多数都是在宋江的直接或间接影响下走上梁山的。晁盖等人上山，得力于宋江的搭救；花荣等人上山，是由于宋江的指点；及至闹江州后，一大批英雄更可以说是由宋江直接带上梁山的。更有意味的是这些人无论是否认识宋江，只一闻"及时雨"三字，便佩服得五体投地，这其实正是宋江之"义"在江湖上所具有的巨大感召力，或者说是一种人格魅力的辐射。上山之前，宋江虽处处讲"忠"，所行却经常显"义"。他的庙堂情结，在主观上阻挠了他本人走向梁山的进程；而他的江湖情结，却在客观上推动了梁山事业的蓬勃发展。"忠"与"义"，或曰庙堂人格和江湖人格就这样长期博弈于孝义黑三郎的灵魂深处。

第二阶段：上梁山之后

宋江上梁山了，站到大宋王朝的对立面了。按理说，一个江湖豪侠，尤其是一个绿林中的领袖人物，一旦走上落草为寇的道路，就不会对"庙堂"抱有赤胆忠心了，至少不会对当时的皇帝怀有多大希望了吧？造反，是最大的不忠，一个聚众反叛之人，还谈什么"忠于君王"？然而，宋江是一个复杂的人物形象，他人上了梁山，同时也把他"忠"与"义"的矛盾思想带上了梁山。

那么，上山之后宋江的庙堂情结和江湖情结又怎样矛盾地纠结在一起并影响梁山大众呢？

入伙不久，宋江为搬取老父上山，被公人追捕，躲难于还道村玄女庙。当此时，作者有意安排他于梦中接受了九天玄女娘娘的法旨："为主全忠仗义，为臣辅国安民，去邪归正。他日功成果满，作为上卿。"①（第四十二回）这一席话，就是宋江此后的人生座右铭和他作为梁山精神领袖统率一百八人的行动纲领。作为当时梁山的第二号人物，宋江充分发挥了自己的组织才能和军事才干，全力贯彻"全忠仗义"的基本思想。为此，他常常架空只讲"聚义"的晁盖，亲自带兵三打祝家庄，几经曲折，历尽艰难，终于取得了辉煌的胜利。以后的

---

① 施耐庵，罗贯中. 水浒传 [M]. 北京：人民文学出版社，1975：583.

打高唐州、闹华山、攻青州，一直到踏平曾头市，都取得了辉煌的胜利。这一系列的豪壮之举，要么是为山寨领袖报仇，要么是为芸芸众生除害，总之都是"仗义"的行为。或者说，都是作为梁山实际领袖人物的宋江将其江湖情结通过几十位江湖好汉的义勇行为而产生的巨大磁场作用。这时，宋江的"义"，较之上梁山以前有了很大的发展。上山以前，宋江的"义"主要是江湖上个人对个人的行为，而此时宋江领导下的攻州克府、扫荡土豪之后所行之"义"，却具有更广阔的内容，更积极的意义。

请看以下事例：打下祝家庄，宋江言道："我连日在此搅扰你们百姓，今日大破祝家庄，与你村中除害，所有各家，赐粮米一石，以表人心。"①（第五十回）打下高唐州，宋江"先传下将令：'休得伤害百姓。'一面出榜安民，秋毫无犯"②（第五十四回）。打下青州，因为事先用了火攻之策，对百姓大有损害，于是"宋江急急传令，休教残害百姓。……天明，计点在城百姓被火烧之家，给散粮米救济"③（第五十八回）。由此可见，此时宋江的"仗义疏财"已超出了江湖好汉个人之间的交往，而显示出为广大民众造福的更为广阔的意义。这种"义"，是以墨家"兼爱"思想为基础的江湖大义！从这个意义上讲，宋江想做一个义士的梦想已经部分实现。

作为梁山领袖的宋江，虽然将其立足点暂时驻定在江湖，但他并没有，也不可能认识到"江湖"的对立面就是以皇帝为首的整个"庙堂"意志。他始终认为打击奸臣、贪官是维护朝廷的利益，爱护百姓也是替皇帝争取民心。这一切的"义"，都是与"忠"统一的、不矛盾的。这一切都是在实践那杏黄旗上的口号："替天行道"。在"替天行道"的过程中，施行江湖大义是必然的举措，但无论如何，这个"道"是在替"天"而行的，而所谓"天"，自然就是庙堂意志了。宋江就是这样企图把忠与义结合在一起，将庙堂意志与江湖大义

---

① 施耐庵，罗贯中. 水浒传 [M]. 北京：人民文学出版社，1975：703.
② 施耐庵，罗贯中. 水浒传 [M]. 北京：人民文学出版社，1975：759.
③ 施耐庵，罗贯中. 水浒传 [M]. 北京：人民文学出版社，1975：810.

结合在一起，以"忠"为目的、以"义"为手段来施展自己的政治抱负，向着"全忠仗义"的人生目标一步一步走下去。也正因如此，当晁盖死后，宋江在山寨"坐了第一把椅子"时，第一个动作就是"聚义厅今改为忠义堂"①（第六十回）。这样做，当然是将原先只有"聚义"而无"尽忠"的晁盖精神改为"忠义双全"的宋江路线，而且，忠在义先，强调了忠的地位。此后，宋江头脑里的"忠"与"义"的矛盾便不由自主地更加激烈了。这种思想矛盾的激化直接导致了他身上一些很难让读者理解的矛盾行为。这位梁山头号人物一方面抗拒官军、打击朝廷，另一方面又向被打击者乞降，积极准备招安活动。宋江这种思想上、行动上的矛盾，一直延续到梁山英雄排座次为止。

  第七十一回排座次之前，石碣碑文是重要关目，碑文侧首两边的"忠义双全""替天行道"八个大字正是宋江在梁山的施政纲领。或曰，这也正是宋江等人在栖息于第一个精神家园"江湖"以后，又向着另一个精神家园"庙堂"的引领眺望。在"宋江们"看来，江湖只是暂时的栖身地，他们灵魂的归宿地最终仍然是庙堂，是能够封妻荫子、青史留名的庙堂。排座次后的誓词，同样是这个意思："共存忠义于心，同著功勋于国。"②（第六十回）这正是宋江的思想矛盾扩散到一百八人的具体体现。对此，虽然当时并没有人提出什么反对意见，但过不多久，当宋江在菊花会上公然抛出"日月常悬忠烈胆，风尘障却奸邪目，望天王降诏早招安，心方足"③的梁山未来行动纲领时，却遭到了武松、李逵、鲁智深等人的反对。尽管在宋江的自我调节和排解众人的情感融合中此事得到了暂时的平息，但作为领袖的宋江也看到了在招安问题上梁山诸人之间的矛盾。正因如此，他在"招安"这件事上就做得比较谨慎，因为即便是就他个人而言，在当时也多少有些犹豫不决，或者说有些思想顾虑。

  促使宋江思想的又一次转折是在"柴进簪花入禁院"以后，当柴大官人在

---

  ① 施耐庵，罗贯中. 水浒传 [M]. 北京：人民文学出版社，1975：840.

  ② 施耐庵，罗贯中. 水浒传 [M]. 北京：人民文学出版社，1975：984.

  ③ 施耐庵，罗贯中. 水浒传 [M]. 北京：人民文学出版社，1975：985.

"睿思殿"的素白屏风上看到了御书四大寇"山东宋江,淮西王庆,河北田虎,江南方腊"的姓名,并把"山东宋江"四字刻下来递给宋大哥时,"宋江看罢,叹息不已"①(第七十二回)。他这才意识到自己思想里的"忠"与"义"实际上是不可能统一的,要忠于皇帝,就必须归顺朝廷,背叛梁山。在庙堂和江湖二者必须择一的情况下,宋江断然选择了"归顺",加紧了有关招安的活动。此后,宋江领导的"两赢童贯""三败高俅"的斗争,虽然都取得了胜利,在客观上也有力地打击了庙堂方面的力量,但在宋江的主观上却是为接受招安而捞取政治资本。更有甚者,宋江此时不但不反皇帝,甚至连奸臣贪官也不敢反了。

平心而论,宋江机谋不及"智多星",武艺不及"玉麒麟",神通不及"入云龙",甚至连很多梁山好汉所具有的一技之长他都没有。这样一个又黑又矮、资质平平的人物凭什么领袖梁山,成为群雄之首?个中关键,就在于宋江有政治头脑,有大眼光、大见识、大智慧,他能够借助九天玄女和石碣天文来宣扬自己"替天行道""忠义双全"的思想,并且以这种思想为纽带,将梁山好汉紧密团结在自己的周围,并带领他们去寻找江湖与庙堂的双重精神家园,去实现"为主全忠仗义,为臣辅国安民"的政治理想。在水泊梁山,宋江基本上取得了成功,宋江的思想,为绝大多数梁山好汉所接受,并成为此后的集体行动指南。

第三阶段:下梁山之后

宋江接受招安之后,"忠"的思想在他的头脑中占了绝对的统治地位。为了忠,他可以干不义之事了,"陈桥驿滴泪斩小卒"就是典型例证。因为朝廷派往陈桥驿犒劳宋江部队的官员"贪滥无厌,循私作弊,克减酒肉",小卒愤而杀赃官,这本是梁山惯例,是分明的义举,但宋江却毫不留情地杀死了这个曾经患难与共的兄弟而向朝廷谢罪。杀小卒,是宋江全忠舍义思想发展的必然结果,诚如他本人所言:"我自从上梁山以来,大小兄弟,不曾坏了一个。今日一身入

---

① 施耐庵,罗贯中.水浒传[M].北京:人民文学出版社,1975:992.

官,事不由我,当守法律。虽是你强气未灭,使不的旧时性格。"①(第八十三回)这段话,无异于向手下大小将士宣告:"强气"必灭,"旧时性格"不准使,梁山精神就此消亡!在这里,只能讲忠,只能维护朝廷法度。正因如此,一心向"忠"的宋江和"义"字当头的李逵必然会发生一次激烈的诉诸语言的思想冲突:

  黑旋风李逵道:"哥哥好没寻思!当初在梁山泊里,不受一个的气,却今日也要招安,明日也要招安,讨得招安了,却惹烦恼。放着兄弟们都在这里,再上梁山泊去,却不快活!"宋江大喝道:"这黑禽兽又来无礼!如今做了国家臣子,都是朝廷良臣。你这厮不省得道理,反心尚兀自未除!"②(第九十回)

李逵在这里显示的乃是一种"潜意识",他就是觉得江湖上舒坦而庙堂间难受;但对于宋江而言,他训斥李逵的话则是一种"有意识",他就是要用忠君思想来压制江湖情绪。此后的征方腊,宋江忠君思想日益浓重,当梁山弟兄死的死、伤的伤、调的调、散的散之时,宋江或"泪如雨下,郁郁不乐"③(第九十回),或"亲自把酒浇奠,仰天望东而哭"④(第九十四回),似乎还很讲义气,但实际上宋江这时的"义",只能说是一种极为外在化的表现,甚至可以说是一种笼络人心的手段了。尤其不能令人容忍的是,他最后怕李逵重举义旗,坏了他的"忠"名,竟设计将李逵药死,成为自己的殉葬品。当走到生命尽头的时候,宋江头脑中的"义"实际上已消除干净,只剩下赤裸裸的"忠"了。而这种忠,最终竟至发展到愚忠的地步,临终之前,他说出了苦闷一生的总结话语:"我为人一世,只主张忠义二字,不肯半点欺心。今日朝廷赐死无辜,宁可朝廷

---

① 施耐庵,罗贯中. 水浒传 [M]. 北京:人民文学出版社,1975:1140.
② 施耐庵,罗贯中. 水浒传 [M]. 北京:人民文学出版社,1975:1233.
③ 施耐庵,罗贯中. 水浒传 [M]. 北京:人民文学出版社,1975:1232.
④ 施耐庵,罗贯中. 水浒传 [M]. 北京:人民文学出版社,1975:1298.

负我，我忠心不负朝廷。"①（第一百回）宋江终于喝了朝廷的毒酒，把他对庙堂的一片忠心带进了坟墓。

纵观宋江一生所行，本想"忠""义"相结合，做一个忠臣兼义士，然而，黑暗的社会现实根本不容许他这样做。他说自己不肯有半点欺心，其实只坦白了一半。于朝廷之忠，他问心无愧；于江湖之义，他却问心有愧。忠，总的来说是在宋江思想中占主导地位，而后更成为他的奋斗目标。至于义，则逐渐成为他一种实现忠的手段了。宋江毁灭了义，毁灭了梁山事业，也毁灭了他自己。

宋江就是这么一个具有复杂思想的人物，他在社会斗争的风雨中经历了一生，也在思想矛盾的旋涡中经历了一生。进而言之，宋江的复杂性格其实也具有十分深刻的悲剧性。宋江的性格是悲剧的性格，宋江的结局是悲剧的结局，而这一切又都是完全真实的，宋江的思想发展变化和性格的复杂性是符合逻辑的。《水浒传》中有许多形象如鲁智深、武松等，都显得前后矛盾，甚至使人感到前后判若两人。招安前的鲁智深、武松等，是生龙活虎、血肉丰满的典型形象；而招安后的这些人物，却成为作者任意操纵的传声筒了。宋江则不然，作者自始至终都按照这个人物性格发展的逻辑来写他，用大量的笔墨写出了他思想的矛盾。更为出色的是，作者细致、深入地写出了宋江"忠"与"义"长期以来共存中的冲突、冲突中的共存。宋江的绝大多数言行，都可以在他的基本思想性格中找到根据。正因如此，越看到后来，读者便越感觉到《水浒传》之宋江就是《水浒传》之宋江，他不是《水浒传》中任何一个其他的好汉，也不是其他任何作品中的宋江，更不是任何一个占山为王的"盗魁"形象。再进一步言之，《水浒传》最为成功的一点就是真实记录了悲剧英雄宋江充满悲剧意味的心路历程。同时，还真实描写了作为梁山精神领袖的宋江是怎样用自己的悲剧思想去影响那一百多人的。不仅如此，这部不朽的名著还真实再现了许许多多梁山好汉是怎样在宋江悲剧精神的感召下走向那悲剧氛围极其浓烈的肉体生命和政治生命逐步毁灭的漫漫不归之路的。

---

① 施耐庵，罗贯中. 水浒传 [M]. 北京：人民文学出版社，1975：1388.

宋江的形象是复杂的,然而,正是这种复杂性决定了他的真实性。如果历史上只有宋江这么一个与众不同的奇特人物,而作者只是按照历史的真实性把他写下来,那么,宋江这个形象就不会有代表性,就不可能具有艺术的真实性,也就不可能成为一个典型。我们说宋江具有真实性,并不在于这个形象是否完全符合历史上宋江其人的真实面目,而在于这个人物能否概括历史上尤其是宋元以来一大批与其相同或相近的人物,而成为一个典型环境中的艺术典型。

《水浒传》中的宋江,是达到了这样的高度的。宋江的忠君思想,在封建时代里许多人身上都存在。不仅地主官僚头脑中充满着忠君思想,就是生活在社会下层的人们头脑中也会存在这种思想。《水浒传》第十九回,渔民出身的阮小五、阮小七兄弟就曾唱过这样的歌:

打鱼一世蓼儿洼,不种青苗不种麻。酷吏赃官都杀尽,忠心报答赵官家。

老爷生长石碣村,秉性生来要杀人。先斩何涛巡检首,京师献与赵王君。①

这种歌唱,难道不正是杀贪官以报君王的忠君思想的表露吗?中国历史发展到《水浒传》产生的宋元时代,封建社会已经延续了一千多年,庙堂意志已经成为全社会的统治思想。而"忠君",更是庙堂文化的核心。在漫长的封建社会,无论怎样改朝换代,任何一个统治者无不把"忠君"提到首要的地位,或强迫、或欺骗、或各种手段并用,目的只有一个,使忠君思想在社会各阶层人士的头脑中牢固树立。因此,在封建时代绝大多数的民众心目中,"忠君"是第一美德。同时,由于宋元时期民族矛盾日益激烈,这一时期忠君和爱国又往往紧密联系在一起。许多人认为忠君就是爱国,爱国势必忠君。宋江归顺朝廷后的第一件事就是征辽,而且,当辽国使者前来劝降时,连吴用都说:"若论我小子愚意,从其大辽,岂不胜如梁山水寨。只是负了兄长忠义之心。"而宋江却对吴用说:"军师差矣,若从大辽,此事切不可题。纵使宋朝负我,我忠心不负宋

---

① 施耐庵,罗贯中. 水浒传 [M]. 北京: 人民文学出版社,1975: 241.

朝，久后纵无功赏，也得青史上留名。若背正顺逆，天不容恕。吾辈当尽忠报国，死而后已。"①（第八十五回）由此可见，在宋江的忠君思想里，还包含有报国的成分。他的痛恨奸佞，他的除暴安良，乃至于他的接受招安，都含有不同程度的忠君报国的因素。而这种忠君报国的思想，无论是相对于在《水浒传》所描写的北宋末年的那个环境而言，还是相对于《水浒传》成书的元末明初那个环境而言，都是许多人所笃信不移的。准乎此，我们就可知道宋江的"忠"有着多么深厚的社会基础，而作者如此描写他的忠君报国的思想行为，也完全符合历史真实。

宋江的形象是真实的、典型的。但是，典型并不一定是人们学习的榜样。《水浒传》的作者是否要人们学习宋江，我们暂且不论，但宋江这一艺术典型本身给人们的教育意义却是不应忽视的。宋江一生讲忠，但结果他自己却死在"忠"上面，梁山事业也断送在"忠"上面。宋江一生想做忠臣的迷梦，到头来只不过是一个泡影，他的忠君报国的夙愿并未能如愿以偿。进而言之，当时的庙堂就连宋江这么一个死心塌地的忠臣也不能兼容，其腐朽、黑暗到何种程度也就不言而喻了。

宋江，一个复杂而又真实的艺术形象，能代表封建社会中相当一部分人的思想意识，能给读者以如此深刻的启示。这样的典型，难道不能算是成功的吗？

当我们对《水浒传》中的宋江进行扫描式的分析之后，一个与之相关的有趣的问题就自然而然地凸显出来：无论是历史上的宋江抑或是传说中的宋江，都与《水浒传》中的宋江形象大相径庭。原本那一位性格颇为单纯的勇而侠的强盗魁首，在《水浒传》中却不断地被"儒化"。但是，作者又不能完全泯灭历史的和传说的宋江身上的"墨侠"风采。于是，《水浒传》中的宋江，就成为这么一个思想性格极其复杂的人物。之所以有如此效果，关键在于《水浒传》的作者在宋江身上最大限度地融入了一个有艺术良心的下层文人对历史、现实、社会、人生的深刻感受和深入思考。作者在塑造《水浒传》其他人物时，大都

---

① 施耐庵，罗贯中. 水浒传 [M]. 北京：人民文学出版社，1975：1165.

只是对传说的吸取和改造而已,那是用"笔"写人。而对宋江,作者则是用"心"在创造。《水浒传》之宋江,比任何一个"宋江"都离历史、传说更远,而距离作者的心灵更近。从这个意义上讲,《水浒传》中的宋江就不可避免地成为作者精神的外化,成为作者以自己的心灵来解读现实的载体,甚至可以说是作者政治理想和人格理想的双重寄托。

具体而言,宋江的"忠",他对庙堂精神家园的向往,是沿着政治理想的路径前行的。而宋江的"义",他对江湖精神家园的依恋,则是沿着人格理想的方向前进的。作者通过宋江这一人物形象所寄托的最为理想的人生境界就是"忠""义"双全,就是将灵魂同时安顿在庙堂与江湖之中。但,形象大于思维,《水浒传》中的宋江并没有完成这种境界,因为他不可能也做不到。于是,作者就依照宋江的性格特点老老实实地描写了宋江在政治理想与人格理想之间的徘徊彷徨、郁闷痛苦。结果,宋江以自己的言行体现了他政治理想的自我完善,为忠于朝廷而放弃了江湖中的一切,包括义气。与此同时,这个形象也就完成了灵魂深处政治理想对人格理想的杀灭。但对于普通读者而言,他们更看重人格理想。从这个意义上讲,宋江,《水浒传》中这么一个非常成功的艺术典型,同时又是一个不招人喜爱的角色。说他成功,是因为他很好地表达了作者的思想;说他不招人喜爱,也是因为他很好地表达了作者的思想。

因此,对于《水浒传》中的宋江,喜欢他的和不喜欢他的人,都有各自的道理。但那位梁山灵魂人物的"宋江"可不管这一套,他只是默默站立在中国古代小说史人物画廊之中,因为那里有他的一席之地。

二 读者最喜爱的那几位

《水浒传》中的梁山好汉,哪几位是一般读者最喜爱的,或者说,哪几位是作者着力刻画的,这个问题恐怕没有标准答案,但大致上还是可以说出个子丑寅卯的。我们先看中国古代小说批评史上的怪杰金圣叹先生的感受:

> 武松天人者,固具有鲁达之阔、林冲之毒、杨志之正、柴进之良、阮

七之快、李逵之真、吴用之捷、花荣之雅、卢俊义之大、石秀之警者也。断曰第一人不亦宜乎？①（第二十五回回前总批）

除宋江之外，《水浒传》中最为成功的英雄形象毫无疑问应该是武松，这一点恐怕是很多人的共识。金圣叹在这里拿出一大排人与武二郎进行比较，说明在这位小说批评家心目中，鲁达以下的这些人物在书中也是很重要的。

更有意味的是，金圣叹这里提到的这几位英雄人物，不仅写得好，而且还代表了水浒世界的社会各色，尤其是他们上梁山的过程，也很有代表性。因此，我们在本节和下一节中分析这些在很多方面具有代表性的人物，这种分析本身就具有一定的"代表性"了。

一、武松：人中之神，神中之人

《水浒传》中武松这一人物形象的成功塑造，不是施耐庵一人的功劳，但这位小说家的贡献最大。

历史上宋江起义队伍中是否有武松其人，我们今天已经不甚了了。但是，在民间传说和民众艺术创作中，武松却是宋江队伍中最早存在的骨干成员之一。

宋代罗烨在《醉翁谈录·小说开辟》中列举了许多话本名目，其中有讲述武松的话本："言这《花和尚》《武行者》《飞龙记》《梅大郎》《斗刀楼》《拦路虎》《高拔钉》《徐京落章》《五郎为僧》《王温上边》《狄昭认父》，此为杆棒之序头。"② 此处涉及的话本，《花和尚》应该写的就是《水浒传》中鲁智深的故事。《飞龙记》当为宋代开国皇帝赵匡胤微时的传说，明代章回小说《南宋志传》，清代章回小说《飞龙记》，还有《警世通言》中的《赵太祖千里送京娘》等作品中都有相关描写。《拦路虎》当为《清平山堂话本》中的《杨温拦路虎传》。《五郎为僧》当写杨家将故事，明代章回小说《杨家府演义》和《北宋志传》中均有相关描写。《斗刀楼》，《宝文堂书目》有《斗刀楼记》。《徐京落章》中的"章"字，当为"草"字之误，《水浒传》第七十八回有"上党太

---

① 陈曦钟，侯忠义，鲁玉川. 水浒传会评本 [M]. 北京：北京大学出版社，1981：486.

② 孔另境. 中国小说史料 [M]. 上海：上海古籍出版社，1982：5.

原节度使徐京"的记载。《王温上边》，《宋史》卷二十四有"淮东忠勇军统领王温等二十四人战天长县东，众寡不敌，皆没于阵"①的记载。以上宋代说话场中的人物和故事，无论可考不可考，都是以"杆棒"为主要兵器的英雄传奇，而武松，就是这类杆棒英雄中的佼佼者。

南宋龚开《宋江三十六赞》中，"行者武松"的赞语是："汝优婆塞，五戒在身。酒色财气，更要杀人。"②武松形象在这里甚为粗豪，是一个典型的酒色财气、杀人放火的披着"行者"外衣的江湖流浪汉。到了话本《宣和遗事》中，却只有"行者武松"③的姓名绰号在玄女娘娘的"天书"当中，而没有关于他的故事。元杂剧舞台上，武松颇为活跃，目前所知写武松的剧本有高文秀《双献头武松大报仇》、红字李二《折担儿武松打虎》《窄袖儿武松》。④

如果说《水浒传》中的宋江形象是与历史人物距离最大而最带有作者意识形态的梁山好汉的话，那么，该书中的武松形象则是最具江湖气息、侠义品格的游侠，因此，也最能得到以市民为核心的广大读者的喜爱。

大实话，武松就是一位植根于草野的江湖大侠，而且是一位汇聚多层侠客文化精神的游侠。

产生于古代"侠文化"土壤之上的"侠文学"，经过长时间的流传演变，在唐代蔚为大观。唐人传奇小说中塑造的英雄豪侠虽然形形色色、五彩缤纷，但大致上还是可以归为以下几类：一曰技艺之侠，指那些依靠武功剑术来张扬其侠气的侠客。二曰性情之侠，指那种为了维护正义和尊严而不顾一切的侠士。三曰道德之侠，指那种伦理分明、快意恩仇的英雄。四曰勇武之侠，指凭借胆气和力量战胜敌人的勇士。五曰犯禁之侠，指那种挑战权威甚至挑衅官府的强盗。

---

① 脱脱等. 宋史 [M]. 北京：中华书局，1977：824.

② 周密. 癸辛杂识 [M]. 北京：中华书局，1988：147.

③ 佚名. 宣和遗事 [M] // 宣和遗事等两种. 南京：江苏古籍出版社，1993：35.

④ 朱一玄，刘毓忱. 水浒传资料汇编 [M]. 天津：百花文艺出版社，1981：61-63.

以上面几条来衡量《水浒传》中的武二郎，发现他居然"五项全能"。作为技艺之侠，武松武功盖世，且看他"醉打蒋门神"一节：

> 说时迟，那时快。武松先把两个拳头去蒋门神脸上虚影一影，忽地转身便走。蒋门神大怒，抢将来，被武松一飞脚踢起，踢中蒋门神小腹上。双手按了，便蹲下去。武松一踅，踅将过来，那只右脚早踢起，直飞在蒋门神额角上，踢着正中，望后便倒。武松追入一步，踏住胸脯，提起这醋钵儿大小拳头，望蒋门神头上便打。原来说过的，打蒋门神扑手：先把拳头虚影一影，便转身，却先飞起左脚，踢中了，便转过身来，再飞起右脚。这一扑有名，唤做"玉环步，鸳鸯脚"。这是武松平生的真才实学，非同小可！打得蒋门神在地下叫饶。①（第二十九回）

须知，武松"醉打"的蒋门神并非等闲之辈，而是相扑高手，请听小管营施恩的介绍："那厮姓蒋名忠，有九尺来长身材，因此，江湖上起他一个诨名，叫做蒋门神。那厮不特长大，原来有一身好本事，使得好枪棒，拽拳飞脚，相扑为最。自夸大言道：'三年上泰岳争交，不曾有对；普天之下没我一般的了！'因此来夺小弟的道路。小弟不肯让他，吃那厮一顿拳脚打了，两个月起不得床。"②（第二十九回）你看，就连"使得好拳棒"③（第二十八回）的金眼彪施恩都被蒋门神打得如此狼狈，而武松却将这个九尺多高的长大汉子玩弄于股掌之上，没有超乎寻常的盖世武功，是根本办不到的。

作为性情中人，武松最大的特点就是感情用事，为了捍卫自己"英雄好汉"的名头，他可以忍受一切折磨，甚至可以抛弃一切，包括生命。如他对"杀威棒"的态度就是如此。书中描写，大宋太祖定下的规矩，凡新到的犯人须打一百杀威棒。"若不得人情时，这一百棒打得七死八活"④（第九回）。面对这样的

---

① 施耐庵，罗贯中. 水浒传 [M]. 北京：人民文学出版社，1975：392-393.
② 施耐庵，罗贯中. 水浒传 [M]. 北京：人民文学出版社，1975：384-385.
③ 施耐庵，罗贯中. 水浒传 [M]. 北京：人民文学出版社，1975：381.
④ 施耐庵，罗贯中. 水浒传 [M]. 北京：人民文学出版社，1975：128.

牢城"见面礼",一般人都是战战兢兢,就连林冲那样的好汉也会行贿求情,而武松却满不在乎。是武二郎不怕伤筋动骨吗?不是!他是怕伤了自身的"名头"。什么时候听说过景阳冈上打死老虎的武二郎怕挨杀威棒的?怕打的武松将来在江湖上还有颜面见朋友吗?直到施恩在父亲耳边耳语,要留下强壮的武松为其争夺快活林时,老管营没有办法,只好搬个梯子让武松下台:"你路上途中曾害甚病来?"而武松则完全不领情,这就是性情之侠的典型表现:第一,将名誉看得比身体,甚至比生命更重要;第二,绝不随意接受别人的恩赐和看顾,因为受人滴水之恩是一定要涌泉相报的。

在武松身上,还有非常浓厚的伦理道德因素。且看武松对哥哥的孝悌之情:

> 那武大、武松弟兄两个吃了几杯。武松拜辞哥哥。武大道:"兄弟去了,早早回来,和你相见。"口里说,不觉眼中堕泪。武松见武大眼中垂泪,又说道:"哥哥便不做得买卖也罢,只在家里坐地,盘缠兄弟自送将来。"武大送武松下楼来。临出门,武松又道:"大哥,我的言语休要忘了。"①(第二十四回)

> 武松就灵床子前点起灯烛,铺设酒肴。到两个更次,安排得端正,武松扑翻身便拜,道:"哥哥阴魂不远!你在世时软弱,今日死后不见分明。你若是负屈衔冤,被人害了,托梦与我,兄弟替你做主报仇!"把酒浇奠了,烧化冥用纸钱,便放声大哭。哭得那两边邻舍无不凄惶。②(第二十六回)

上一例是武松要出远门,担心懦弱的哥哥被人暗算,此前,他就交代过哥哥:"你从来为人懦弱,我不在家,恐怕被外人来欺负。假如你每日卖十扇笼炊饼,你从明日为始,只做五扇笼出去卖;每日迟出早归,不要和人吃酒。归到家里,便下了帘子,早闭上门,省了多少是非口舌。如若有人欺负你,不要和他争执,待我回来自和他理论。"(第二十四回)临别之时,又反复叮咛,叫哥

---

① 施耐庵,罗贯中. 水浒传 [M]. 北京:人民文学出版社,1975:318.
② 施耐庵,罗贯中. 水浒传 [M]. 北京:人民文学出版社,1975:352.

哥不要忘了。金圣叹读到此处，禁不住感叹："写武二视兄如父，此自是豪杰天性，实有大过人者。"① 下一例是武大死后，武松在哥哥灵前号啕痛哭并立志为其报仇的情景描写。武松的哭声，何止感动了左邻右舍，简直是感天动地的，因为此处所抒发的是天地间的至情至性——骨肉亲情。如此，武松作为道德之侠的一面也得到了充分而真切的揭示。

说到武松的勇武，那更是尽人皆知，甚至可以说他是处于"神""人"之间的英雄形象。"景阳冈武松打虎"一节最能体现武松这种植根于现实的神勇神力：

> 武松见那大虫复翻身回来，双手轮起梢棒，尽平生气力，只一棒，从半空劈将下来。只听得一声响，簌簌地将那树连枝带叶劈脸打将下来。定睛看时，一棒劈不着大虫。原来慌了，正打在枯树上，把那条梢棒折做两截，只拿得一半在手里。那大虫咆哮，性发起来，翻身又只一扑，扑将来。武松又只一跳，却退了十步远。那大虫却好把两只前爪搭在武松面前。武松将半截棒丢在一边，两只手就势把大虫顶花皮胳膊地揪住，一按按将下来。那只大虫急要挣扎，早没了气力。被武松尽气力纳定，那里肯放半点儿松宽。武松把只脚望大虫面门上、眼睛里只顾乱踢。那大虫咆哮起来，把身底下扒起两堆黄泥，做了一个土坑。武松把那大虫嘴直按下黄泥坑里去。那大虫吃武松奈何得没了些气力。武松把左手紧紧地揪住顶花皮，偷出右手来，提起铁锤般大小拳头，尽平生之力，只顾打。打得五七十拳，那大虫眼里、口里、鼻子里、耳朵里都迸出鲜血来。那武松尽平昔神威，仗胸中武艺，半歇儿把大虫打做一堆，却似躺着一个锦布袋。②（第二十三回）

这真是一段让人读得热血沸腾、手心冒汗的精彩描写。武松的神勇神力，在这里表现得淋漓尽致。这才是武二郎真正的英雄亮相，从此以后，武松这种

---

① 陈曦钟，侯忠义，鲁玉川. 水浒传会评本 [M]. 北京：北京大学出版社，1981：431.

② 施耐庵，罗贯中. 水浒传 [M]. 北京：人民文学出版社，1975：300-301.

勇武之侠的表演频频出镜："斗杀西门庆""十字坡打店""威震安平寨""醉打蒋门神""大闹飞云浦""血溅鸳鸯楼""夜走蜈蚣岭"，一次比一次精彩，一次比一次扣人心弦，简直打遍天下无敌手。而且，"武松平生只要打天下硬汉"①（第二十八回）。这发自武二郎心底的肺腑之言，正是这位"神""人"之间的英雄人物勇武风姿的品格底蕴。

武松一开始并不想"犯禁"，即便他怀疑哥哥被人害死，也没有贸然采取行动，抄起钢刀就杀人。他通过大量的调查取证工作，终于掌握了西门庆等人杀害哥哥的证据。于是武二郎带着人证"何九叔并郓哥"、物证"两块酥黑骨头"，还有状纸一张到县衙门告状："亲兄武大，被西门庆与嫂通奸，下毒药谋杀性命。"谁知县官"贪图贿赂"，百般刁难。武松道："既然相公不准所告，且却又理会。"②（第二十六回）怎么理会？曰：私设公堂，审讯杀人。最终，杀了潘金莲，斗杀西门庆，"却押那婆子，提了两颗人头，径投县里来"③（第二十七回）。为报私仇而连杀二命且非法拘捕一人，武二郎的行为毫无疑问是"犯禁"之举，但他的"犯禁"却是被贪官污吏逼出来的。从此以后，武二郎一发而不可收，干脆"犯禁"到底，或曰反叛到底。"醉打蒋门神"，是以囚徒身份参加江湖纷争；"血溅鸳鸯楼"，是以逃犯身份展开血腥屠杀；至于占据二龙山、聚义上梁山，则更是聚众叛乱，武装反抗朝廷。武松，真正符合了一千数百年前韩非子所说的那句话："侠以武犯禁。"④ 这位江湖大侠，一而再再而三地犯了朝廷的禁令。

由上可知，武松是一个技艺之侠、性情之侠、道德之侠、勇武之侠、犯禁之侠五位一体的英雄人物，因此，他能得到绝大多数读者的喜爱。但是，武松之所以得到大家的喜爱，仅仅是因为他身上的"侠"气吗？非也！武松之所以

---

① 施耐庵，罗贯中. 水浒传 [M]. 北京：人民文学出版社，1975：371.
② 施耐庵，罗贯中. 水浒传 [M]. 北京：人民文学出版社，1975：357.
③ 施耐庵，罗贯中. 水浒传 [M]. 北京：人民文学出版社，1975：364.
④ 梁启雄. 韩子浅解 [M]. 北京：中华书局，1960：476.

成为梁山好汉中最受读者欢迎的人物形象，还因为他是最具"游民"意味的市井之侠，或者说，武松是植根于市井这块肥沃的民间通俗文学土壤中的草根英雄。

首先是孝悌，武松敬重兄长如父，为兄长报仇而不顾一切，这是深深得到广大民众认可并赞扬的。中国人普遍认为，杀父之仇不共戴天，为父兄报仇天经地义，当然可以舍弃一切，甚至生命。其次是有恩必报，古人认为，受人滴水之恩，必当涌泉相报。这两点加在一起，就是所谓"恩怨分明"，而有恩报恩、有仇报仇则正是市井之侠的基本特征，他们自认为是"快意恩仇"。

武松也曾滥杀无辜，甚至可以说，在《水浒传》中，他这方面的恶劣性仅次于李逵。但为什么读者在读到武松"血溅鸳鸯楼"而滥杀无辜的时候没有像读到李逵"江州劫法场"滥杀无辜时那么容易引起反感，进而发出谴责呢？笔者认为个中原因乃是武松的滥杀无辜表现在"复仇"之时，是特殊环境中的过激行为，而不像李逵的滥杀无辜那样属于根本不需要理由的"经常性"。

武松也容易受到小恩小惠的迷惑而替人卖命。如他也曾帮助阳谷县令私人押"镖"，当县令对他说"我有一个亲戚在东京城里住，欲要送一担礼物去"时，武松的回答斩钉截铁："小人得蒙恩相抬举，安敢推故。"①（第二十四回）再如他受施恩之"施恩"后，就去帮他抢地盘、斗强敌，甚至准备"拳头重时打死了，我自偿命"②（第二十九回）！尤其让读者扼腕叹息的是武松受张都监小恩小惠、花言巧语的蒙蔽，便由衷地说出了一些令人感到肉麻的话："若蒙恩相抬举，小人当以执鞭坠镫，伏侍恩相。""难得这个都监相公，一力抬举我！""量小人何者之人，怎敢望恩相宅眷为妻？""都监相公如此爱我，又把花枝也似个女儿许我。他后堂内里有贼，我如何不去救护？"③（第三十回）最终，武松还差一点为此而付出了失去生命的代价。武松的这些心理和行为，无论如何也

---

① 施耐庵，罗贯中. 水浒传［M］. 北京：人民文学出版社，1975：316.

② 施耐庵，罗贯中. 水浒传［M］. 北京：人民文学出版社，1975：385.

③ 施耐庵，罗贯中. 水浒传［M］. 北京：人民文学出版社，1975：397-400.

应该算是性格缺陷吧。但为什么广大读者并不觉得反感反而依然没有挑剔地喜爱、赞美武二郎呢？因为武松所有的行为，包括他的劣根性和悲剧性的行为全都符合江湖游戏规矩和民众道德规范，尤其是符合中国传统文化中最为老百姓所接受的那些层面。

武松的"五项全能"的大侠风范，武松的能够引起普通读者同情乃至赞扬的弱点和缺点，再加上他市民的家庭出身和游民的个人经历，还有他敢作敢当的硬汉作风、三思而后行的精细品格、不近女色的纯洁本性。所有这些，使他终究成为"天人"，成为人中之神、神中之人的一位游侠，成为能够得到社会各阶层读者广泛喜爱的一位市井英雄的代表人物。

武松之所以具有不朽的艺术魅力，其根本原因正在于此。

二、鲁智深：心常忘我，眼不容沙

花和尚鲁智深是不是一个合格的和尚，每个人的看法可能不一致。有些人认为他不合格，因为他的绰号是"花和尚"。花和尚者，花心和尚也。这倒不是说他好色，而是说他不守佛门的清规戒律。和尚戒酒，他动辄酩酊大醉；和尚戒荤，他连狗肉都吃；和尚不打诳语，他往往善意骗人；和尚修身养性，他经常大打出手。其实，这些解释也对也不对。说它对，是概括了鲁智深的行为；说它不对，是因为花和尚之"花"根本不是这个意思。什么是"花和尚"？鲁智深自己有解释，他对山西老乡杨志说："人见洒家背上有花绣，都叫俺做花和尚鲁智深。"① （第十七回）而"花和尚"这个绰号，最早出现在宋代罗烨的《醉翁谈录·小说开辟》中。这位花和尚与武行者一样，属于"杆棒"类英雄人物，而且花和尚还排在第一位，属于领衔人物。

至于鲁智深的名字，在正规的历史文献中也很难看到，他最早出现在龚开《宋江三十六赞》中："花和尚鲁智深：有飞飞儿，出家尤好，与尔同袍，佛也被恼。"② 这里对"花和尚"的评价并不高，佛门出了这么一个弟子，似乎佛祖

---

① 施耐庵，罗贯中. 水浒传 [M]. 北京：人民文学出版社，1975：216.

② 周密. 癸辛杂识 [M]. 北京：中华书局，1988：147.

都受到他的拖累。《宣和遗事》中，鲁智深是最后入伙的：

> 宋江道："今会中只少了三人。"那三人是：花和尚鲁智深、一丈青张横、铁鞭呼延绰。……那时有僧人鲁智深反叛，亦来投奔宋江。这三个人来后，恰好是三十六人之数。①

元杂剧现存六个剧本中，鲁智深在两个剧本中出现过：《梁山泊李逵负荆》和《鲁智深喜赏黄花峪》。第一个剧本中，鲁智深是李逵的配角。之所以如此，主要是因为抢劫民女的歹徒宋刚、鲁智恩冒名宋江、鲁智深，李逵对此事大发雷霆，故而，鲁智深必须陪同宋江一起到山下找王林老汉与李逵当面对质。结果，王林澄清事实："那两个一个是青眼儿长子，如今这个是黑矮的。那一个是稀头发腊梨，如今这个是剃头发的和尚。不是！不是！"②（第三折）李逵知道错怪了宋江、鲁智深二位哥哥，只好负荆请罪。最后，宋江命令李逵将功折罪，捉拿二贼，于是有了梁山兄弟四人的一场小戏：

> （宋江云）山儿，我如今放你去，若拿得这两个棍徒，将功折罪；若拿不得，二罪俱罚。您敢去么？（正末做笑科云）这是揉着我山儿的痒处。管教他瓮中捉鳖，手到拿来。（学究云）虽然如此，他有两副鞍马，你一个如何拿的他住？万一被他走了，可不输了我梁山泊上的气概。鲁家兄弟，你帮山儿同走一遭。（鲁智深云）那山儿开口便骂我秃厮会做媒，两次三番要那王林认我，是甚主意？他如今有本事自去拿那两个，我鲁智深决不帮他。（学究云）你只看"聚义"两个字，不要因这小忿，坏了大体面。（宋江云）这也说的是。智深兄弟，你就同他去拿那两个顶名冒姓的贼汉来。（鲁智深云）既是哥哥分付，您兄弟敢不同去？③（第四折）

作为配角，鲁智深的形象还是很生动的。该发的脾气也发了，该反唇相讥的也讥了，该服从的命令还得服从，该珍视的兄弟情义还得珍视。宋江、吴用、

---

① 佚名.宣和遗事［M］//宣和遗事等两种.南京：江苏古籍出版社，1993：35-36.
② 康进之.梁山泊李逵负荆［M］//臧晋叔.元曲选.北京：中华书局，1958：1527.
③ 康进之.梁山泊李逵负荆［M］//臧晋叔.元曲选.北京：中华书局，1958：1530.

李逵、鲁智深，他们在这里表现的梁山好汉之间的关系是自然和谐的，同时又是充满生活情味的。

另一个剧本《鲁智深喜赏黄花峪》，看剧名，似乎鲁智深领衔，是头号主人公，其实不然。众所周知，元杂剧中的"末本戏"，正末扮演谁，谁就是主人公。《黄花峪》的"正末"第一折扮演杨雄，第二折、第三折俱扮演李逵，只有第四折才扮演鲁智深。因此，他在剧中只能算次要人物。然而，在第四折戏中，鲁智深的表现却也是够充分的。尤其是在打击反面角色时，还充满了幽默意味：

（蔡净云）我着这莽拳头，往这厮嘴上丢。泼水难收，则一拳打你个翻筋斗，来叫爹爹有甚么羞。哎哟，这秃弟子孩儿，打杀我也。我拐了他浑家，谁和你说来？（正末唱）【四门子】黑旋风与我先说透，（蔡净云）干你甚么事？（正末唱）你是个强夺人家女艳羞。不索你忧，不索你愁，泼贱货性命不过九。不索忧，不索愁，打这厮将没作有。【古水仙子】那那女艳羞，你折散了他鸾交和凤友。待飞来难飞，待走来怎走？身躯似不缆舟，炎腾腾水上浇油。一只手便把衣领揪，一只手揸住衣和袖，滴溜扑摔翻一个肉春牛。①（第四折）

当然，上面所介绍的这些个"花和尚鲁智深"都只是体现了这个人物的某些侧面，真正全面而生动地展示鲁智深"精气神"的还是《水浒传》。该书中，鲁智深除了两次落草为寇而外，一生担任的社会角色只有两个：提辖与和尚。然而，鲁智深无论处于何种境况，总是表现出同一种心态：赤条条往来无牵挂。而这种心态的外在化表现就是两大层面八个大字："心常忘我，眼不容沙。"

所谓心常忘我，指的就是鲁提辖经常不像提辖，花和尚根本不像和尚。

鲁智深在《水浒传》中首次亮相的时候，他还叫作鲁达，职务是提辖。提辖是宋代州郡中设置的专管统辖军队、训练教阅、督捕盗贼等工作的中下级军官。虽然够不上高官厚禄，但毕竟是有身份、有脸面的"官人"。然而，鲁达根

---

① 佚名. 鲁智深喜赏黄花峪 [M] //隋树森. 元曲选外编. 北京：中华书局，1959：947.

本就没有将这种身份放在心上,一冲动,就忘了"提辖"为何物。当他在潘家酒楼听到金翠莲的哭诉之后,"回到经略府前下处,到房里,晚饭也不吃,气愤愤的睡了"。第二天,就开始大打出手。首先是痛打了阻拦金氏父女离去的店小二:"鲁达大怒,叉开五指,去那小二脸上只一掌,打的那店小二口中吐血,再复一拳,打下当门两个牙齿。"① 甚至还搬了条凳子,在酒店门口坐了小半天时间,阻滞店小二报信。随后,才到郑屠铺子寻衅闹事:

> 鲁达坐下道:"奉着经略相公钧旨,要十斤精肉,切做臊子,不要见半点肥的在上头。"郑屠道:"使头,你们快选好的切十斤去。"鲁提辖道:"不要那等腌臢厮们动手,你自与我切。"郑屠道:"说得是,小人自切便了。"自去肉案上拣了十斤精肉,细细切做臊子。……这郑屠整整自切了半个时辰,用荷叶包了,道:"提辖,教人送去?"鲁达道:"送甚么!且住,再要十斤都是肥的,不要见些精的在上面,也要切做臊子。"郑屠道:"却才精的,怕府里要裹馄饨。肥的臊子何用?"鲁达睁着眼道:"相公钧旨分付洒家,谁敢问他。"郑屠道:"是。合用的东西,小人切便了。"又选了十斤实膘的肥肉,也细细的切做臊子,把荷叶包了。整弄了一早晨,却得饭罢时候。……郑屠道:"着人与提辖拿了,送将府里去。"鲁达道:"再要十斤寸金软骨,也要细细地剁做臊子,不要见些肉在上面。"郑屠笑道:"却不是特地来消遣我。"鲁达听罢,跳起身来,拿着那两包臊子在手,睁眼看着郑屠道:"洒家特的要消遣你!"把两包臊子劈面打将去,却似下了一阵的肉雨。②(第三回)

先要"精肉",又要"肥的",再要"寸金软骨",而且每样十斤,而且都必须"细细剁做臊子",当对方辛辛苦苦切了两大包以后,又因一言不合,鲁提辖居然"跳起身来",居然说:"洒家特的要消遣你!"居然"把两包臊子劈面打将去",在说这些话,做这些事的时候,鲁提辖还像一个"提辖"吗?他还记

---

① 施耐庵,罗贯中.水浒传 [M]. 北京:人民文学出版社,1975:46.

② 施耐庵,罗贯中.水浒传 [M]. 北京:人民文学出版社,1975:47.

得自己是一个"提辖"吗？这简直就是流氓手段！鲁提辖，在对付"镇关西"这样的流氓时所采用的就是流氓手段。这就是以恶攻恶，鲁达式的"心常忘我"的以恶攻恶。

身为提辖，鲁达常常忘记自己是提辖；当了和尚以后，鲁智深又何尝记得自己是和尚？受戒时，长老对他说得很清楚："一要归依三宝，二要归奉佛法，三要归敬师友：此是三归。五戒者：一不要杀生，二不要偷盗，三不要邪淫，四不要贪酒，五不要妄语。"① 结果呢？他酒也贪了，生也杀了，语也妄了，肉也吃了，架也打了，甚至两次大闹五台山。我们且看他第二次的最后一"闹"：

> 满堂僧众大喊起来，都去柜中取了衣钵要走。此乱唤做"卷堂大散"，首座那里禁约得住。智深一昧地打将出来。大半禅客都躲出廊下来。监寺、都寺不与长老说知，叫起一班职事僧人，点起老郎、火工道人、直厅轿夫，约有一二百人，都执杖叉棍棒，尽使手巾盘头，一齐打入僧堂来。智深见了，大吼一声，别无器械，抢入僧堂里佛面前，推翻供桌，掀了两条桌脚，从堂里打将出来。但见：心头火气，口角雷鸣。奋八九尺猛兽身躯，吐三千丈凌云志气。按不住杀人怪胆，圆睁起卷海双睛。直截横冲，似中箭投崖虎豹；前奔后涌，如着枪跳涧豺狼。直饶揭帝也难当，便是金刚须拱手。恰似顿断绒绦锦鹞子，犹如扯开铁锁火猢狲。当时鲁智深轮两条桌脚，打将出来。众多僧行见他来得凶了，都拖了棒，退到廊下。智深两条桌脚着地卷将来，众僧早两下合拢来。智深大怒，指东打西，指南打北，只饶了两头的。②（第四回）

当提辖不像提辖，当和尚不像和尚，甚至当强盗也独具特色。鲁智深"心常忘我"忘了自己的身份，怎么想就怎么干，想干什么就干什么。从不扭扭捏捏，从不矫情造作，从不故作姿态，从不遮遮掩掩。这使我们想起了毛宗冈对

---

① 施耐庵，罗贯中. 水浒传 [M]. 北京：人民文学出版社，1975：57-58.
② 施耐庵，罗贯中. 水浒传 [M]. 北京：人民文学出版社，1975：67-68.

《三国演义》中的关羽的评价："作事如青天白日，待人如霁月光风。"① 其实，我们的鲁和尚与关圣人一样，也完全当得起这个评价，而鲁智深应该比关云长更为"透明"。

人人都希望自由，很多人甚至标榜自己如何如何追求自由。但有些人或许并不知道，"自由"最大的敌人就是"身份"，追求自由最大的障碍就是"身份感"。身份越多、越高的人越没有自由，身份感越强烈的人越得不到自由。要想真正自由，必须忘掉身份感，忘掉自己的社会角色。这一点，一般人做不到，或者说很难做到。但我们的鲁智深是真正的自由追求者，他经常能达到这种境界——"心常忘我"的境界。请看：大家"凑钱"资助贫困的金翠莲妇女，李忠只是个江湖卖艺人，拿出二两多血汗钱，结果："鲁提辖看了，见少，便道：'也是个不爽利的人。'""把这二两银子丢还了李忠"。②（第三回）全然不顾人家是史进的开手师父，而且彼此初次见面。

打着佛家"说因缘"的幌子，花和尚鲁智深的真正目的却是为了暴打强夺民女的"小霸王"，结果："一个胖大和尚，赤条条不着一丝，骑翻大王在床前打。"③（第五回）

被强盗请上山去，却因为看不惯悭吝的山大王，就将他们"桌上金银酒器，都踏匾了，拴在包里"，在后山"却把身望下只一滚，骨碌碌直滚到山脚边，并无伤损。鲁智深跳将起来，寻了包裹，跨了戒刀，拿了禅杖，拽开脚手，投东京便走"④（第五回）。

瓦罐寺中，饥饿难当的花和尚正将抢来的粥捧吃了几口，听到"那老和尚道：'我等端的三日没饭吃。却才去村里抄化得这些粟米，胡乱熬些粥吃，你又

---

① 罗贯中，毛宗冈. 全图绣像三国演义 [M]. 呼和浩特：内蒙古人民出版社，1981：2.

② 施耐庵，罗贯中. 水浒传 [M]. 北京：人民文学出版社，1975：45.

③ 施耐庵，罗贯中. 水浒传 [M]. 北京：人民文学出版社，1975：76.

④ 施耐庵，罗贯中. 水浒传 [M]. 北京：人民文学出版社，1975：81.

吃我们的。'智深吃五七口,听得这话,便撇了不吃"①(第六回)。

在东京酸枣门外看菜园时,二三十个泼皮徒弟每日将酒肉请花和尚,他就觉得过意不去了:"过了数日,智深寻思道:'每日吃他们酒食多矣,洒家今日也安排些还席。'叫道人去城中买了几般果子,沽了两三担酒,杀翻一口猪、一腔羊。那时正是三月尽,天气正热。智深道:'天色热!'叫道人绿槐树下铺了芦席,请那许多泼皮团团坐定。大碗斟酒,大块切肉,叫众人吃得饱了,再取果子吃酒。"②(第七回)

当朋友史进被官府捉拿之后,鲁智深表现得相当急躁,连酒都不吃了,嚷着要去华州城救人。"众人那里劝得住,当晚又谏不从。明早,起个四更,提了禅杖,带了戒刀,径奔华州去了"③(第五十八回)

最有意味的是花和尚鲁智深临死前的一段表现,那是在美丽的钱塘江畔:

> 至半夜,忽听得江上潮声雷响。鲁智深是关西汉子,不曾省得浙江潮信,只道是战鼓响,贼人生发,跳将起来,摸了禅杖,大喝着便抢出来。众僧吃了一惊,都来问道:"师父何为如此?赶出何处去?"鲁智深道:"洒家听得战鼓响,待要出去厮杀。"众僧都笑将起来,道:"师父错听了,不是战鼓响,乃是钱塘江潮信响。"鲁智深见说,吃了一惊,问道:"师父,怎地唤做潮信响?"寺内众僧推开窗,指着那潮头叫鲁智深看,说道:"这潮信日夜两番来,并不违时刻。今朝是八月十五日,合当三更子时潮来。因不失信,为之潮信。"鲁智深看了,从此心中忽然大悟,拍掌笑道:"俺师父智真长老,曾嘱付与洒家四句偈言,道是'逢夏而擒',俺在万松林里厮杀,活捉了个夏侯成;'遇腊而执',俺生擒方腊;今日正应了'听潮而圆,见信而寂'。俺想既逢潮信,合当圆寂。众和尚,俺家问你,如何唤做圆寂?"寺内众僧答道:"你是出家人,还不省得?佛门中圆寂便是死。"鲁

---

① 施耐庵,罗贯中. 水浒传 [M]. 北京:人民文学出版社,1975:85.
② 施耐庵,罗贯中. 水浒传 [M]. 北京:人民文学出版社,1975:98.
③ 施耐庵,罗贯中. 水浒传 [M]. 北京:人民文学出版社,1975:814.

智深笑道:"既然死乃唤做圆寂,洒家今已必当圆寂。烦与俺烧桶汤来,洒家沐浴。"寺内众僧,都只道他说耍,又见他这般性格,不敢不依他。只得唤道人烧汤来与鲁智深洗浴,换了一身御赐的僧衣,便叫部下军校:"去报宋公明先锋哥哥,来看洒家。"又问寺内众僧处,讨纸笔写下一篇颂子。去法堂上,捉把禅椅,当中坐了。焚起一炉好香,放了那张纸在禅床上,自叠起两只脚,左脚搭在右脚,自然天性腾空。比及宋公明见报,急引众头领来看时,鲁智深已自坐在禅椅上不动了。看其颂曰:"平生不修善果,只爱杀人放火。忽地顿开金枷,这里扯断玉锁。咦!钱塘江上潮信来,今日方知我是我。"①(第九十九回)

身为关西汉子,从提辖到和尚,又从和尚到强盗,最终又稀里糊涂成了官军的鲁智深一辈子只知道战斗,听到钱塘江潮还以为是战鼓擂响,当别人告知真相后,他竟然不知道"潮信"是什么,并老老实实发问。及至明白了"潮信"为何物并且联想到师父的四句"偈言",尤其是其中的"听潮而圆,见信而寂"。但新的问题出现了,何谓"圆寂"?于是鲁智深又虚心发问。当他明白了"圆寂"就是死亡的时候,竟然笑道:"既然死乃唤做圆寂,洒家今已必当圆寂。"并且说到做到,将自己洗得干干净净以后,"天性腾空"了。从鲁智深这些与众不同的言语行为中,我们看到的是那赤条条往来无牵挂的纯净灵台和孩童心性,是那"心常忘我"的最彻底、最干净、最潇洒、最执着、最从容的本质表达!他临死前留下的偈语也是自然天成而又发人深省的:"咦!钱塘江上潮信来,今日方知我是我。"当他最终明白"我"的真切含义的时候,这个"我"已经不属于他那个"我"。或者,换句话说,鲁智深正是在钱塘江畔这么一个美丽而又圣洁的地方结束了"世俗"之"我"而升腾为涅槃境界的新"我"。为了更好地表现这一点,作者在鲁智深圆寂之后又补写了一笔:"众僧诵经忏悔,焚化龛子,在六和塔山后,收取骨殖,葬入塔院。所有鲁智深随身多余衣钵金

---

① 施耐庵,罗贯中.水浒传[M].北京:人民文学出版社,1975:1369.

银并各官布施,尽都纳入六和寺里,常住公用。"①（第九十九回）这是什么?答曰:彻底地"忘我"。生前,身为和尚的鲁智深居然连什么是"圆寂"都不知道,但死后的花和尚,却将他的一切都还给了自然,还给了天地,还给了人间,还给了那卑鄙龌龊的尘凡世界!在梁山一百八人之中,鲁智深最少"私心杂念",他一片童心、一片真心、一片混沌、一片天然,如此人格精神,真乃深谙佛门三昧的人间活佛!

但鲁智深并不知道自己是什么"活佛"。

但,唯有不知道自己是"活佛"者,才是真正的活佛。

然而,以上所叙只是鲁智深性格的一个层面,他还有另一面更为重要,那就是"眼不容沙"。鲁智深以童真之心来到这个世界,也以童真之心看待这个世界。然而,这个世界却不断玷污、腐蚀他的童真之心,很多沙尘不断袭扰他"童真"的眼睛。于是,花和尚鲁智深只能以一片真诚在红尘中"抱打不平",并通过"打尽不平方太平"的行动来体现他"眼不容沙"的童真本性。

这里有一个自身相悖的命题,我们称之为"活佛"的鲁智深为什么会具有"两只放火眼,一片杀人心"?为什么"平生不修善果,只爱杀人放火"?是的,《水浒传》中的鲁智深喜欢打架,甚至喜欢杀人,但请注意,他并不像黑旋风那样嗜血好杀,这位花和尚从不滥杀无辜。不仅如此,他还常常对那些无辜遭到迫害的弱者援之以手。

别的好汉打抱不平,多多少少夹带着一点"私心杂念",打击对象也罢、拯救对象也罢,总与这些好汉有某种瓜葛。武松醉打蒋门神、花荣大闹清风寨、石秀智杀裴如海、李逵打死殷天锡,乃至于三山聚义打青州、孙立孙新大劫牢等大规模的活动,均乃如此,概莫能外,只有极少数英雄人物的个别性表现如"病关索长街遇石秀"是真正的路见不平拔刀相助。鲁智深则不同,他的抱打不平纯然是处于"眼不容沙",是最少具有"私心杂念"的,当然也就是最人道、最具正义性的。从鲁提辖到花和尚,他一次又一次地将保护伞撑到了那些素不

---

① 施耐庵,罗贯中. 水浒传 [M]. 北京:人民文学出版社,1975:1369.

相识者的弱者头上。为救落难女子金翠莲，鲁提辖拳打镇关西，但他与金翠莲父女萍水相逢；为救被迫招亲的刘小姐，花和尚痛打小霸王，但他只是路过桃花庄借宿一晚；为了拯救几个受人欺压的老和尚，鲁智深火烧瓦罐寺，但他与这些和尚并无任何师承瓜葛。……所有这些，都体现了鲁智深抱打不平的特异之处，他只是眼睛里容不得沙子。鲁智深的口号是："禅杖打开危险路，戒刀杀尽不平人。"①（第三回）"怒掣戒刀，砍世上逆子谗臣。"②（第四回）这就是鲁智深与其他梁山好汉的区别，花和尚是"眼不容沙"的打抱不平。

从世俗的观念看来，鲁智深就是一个不合格的和尚，因为他的所作所为严重违反了佛门的清规戒律。但是，就"佛性"而论，鲁智深与那些苦苦修炼的得道高僧相比，其实也差不到哪里去。更进一步说，那些高僧之得道乃是"刻意"修行的结果，而鲁智深佛性的绽放却是在"无意"之间。即以上述最能体现鲁智深生命底蕴的"心常忘我""眼不容沙"八字而言，无形之中就暗含了高级境界的佛性。他的"心常忘我"其实也就是一种对自由的酷爱，这正是暗合小乘佛教的解脱自我的精神；而他的"眼不容沙"进而打抱不平的行动，体现的却是大乘佛教的最高境界——普度众生。而这两点的结合，又意味着鲁智深生前身后都在无意间实践着佛门的永恒境界——"赤条条往来无牵挂"。

"赤条条往来无牵挂"，读懂了这句话才算读懂了花和尚鲁智深。

古往今来，无论是现实中人物，抑或是小说中人物形象，读懂鲁智深者能有几人？

邱园算一个，因为他在根据《水浒传》故事改编的传奇戏《虎囊弹·山门》中让鲁智深唱出了这样的心声："（净唱:）【寄生草】漫揾英雄泪，相辞乞士家；谢慈悲剃度莲台下，没缘法转眼分离乍，赤条条来去无牵挂。那里讨烟蓑雨笠卷单行，一任俺芒鞋破钵随缘化。"③

---

① 施耐庵，罗贯中. 水浒传 [M]. 北京：人民文学出版社，1975：50.

② 施耐庵，罗贯中. 水浒传 [M]. 北京：人民文学出版社，1975：69.

③ 萧善因. 清代戏曲选注 [M]. 上海：上海古籍出版社，1985：53.

曹雪芹算一个，因为他在《红楼梦》中让几大主人公对鲁智深及其"佛性"进行了讨论：

> 宝钗点了一出《鲁智深醉闹五台山》。宝玉道："只好点这些戏。"宝钗道："你白听了这几年的戏，那里知道这出戏的好处，排场又好，词藻更妙。"宝玉道："我从来怕这些热闹。"宝钗笑道："要说这一出热闹，你还算不知戏呢。你过来，我告诉你，这一出戏热闹不热闹。——是一套北《点绛唇》，铿锵顿挫，韵律不用说是好的了；只那词藻中有一支《寄生草》，填的极妙，你何曾知道。"宝玉见说的这般好，便凑近来央告："好姐姐，念与我听听。"宝钗便念道："漫揾英雄泪，相离处士家。谢慈悲剃度在莲台下。没缘法转眼分离乍。赤条条来去无牵挂。那里讨烟蓑雨笠卷单行？一任俺芒鞋破钵随缘化！"宝玉听了，喜的拍膝画圈，称赏不已，又赞宝钗无书不知。林黛玉道："安静看戏罢！还没唱《山门》，你倒《妆疯》了。"说的湘云也笑了。……宝玉道："什么是'大家彼此'！他们有'大家彼此'，我是'赤条条来去无牵挂'。"谈及此句，不觉泪下。袭人见此光景，不肯再说。宝玉细想这句趣味，不禁大哭起来，翻身起来至案，遂提笔立占一偈云："你证我证，心证意证。是无有证，斯可云证。无可云证，是立足境。"写毕，自虽解悟，又恐人看此不解，因此亦填一支《寄生草》，也写在偈后。自己又念一遍，自觉无挂碍，中心自得，便上床睡了。……宝钗看其词曰："无我原非你，从他不解伊。肆行无碍凭来去。茫茫着甚悲愁喜，纷纷说甚亲疏密。从前碌碌却因何，到如今回头试想真无趣！"看毕，又看那偈语，又笑道："这个人悟了……"① (《红楼梦》第二十二回)

舍此而外，还有几个人读懂了花和尚鲁智深，读懂了鲁智深的"佛性"？我不知道。但我读来读去，在《水浒传》的鲁智深身上还是读出了那八个字："心常忘我""眼不容沙"。

---

① 曹雪芹，高鹗. 红楼梦 [M]. 北京：人民文学出版社，1982：303-308.

三、李逵：大恶大善，真丑真美

与宋江一样，李逵也是《水浒传》中争议最大的人物之一，不仅有争议，而且是向两极发展的极端化争议。褒之者称其为坚定的革命者，这种观点在20世纪50年代到70年代可谓甚嚣尘上；贬之者则认为李逵是一个滥杀无辜的杀人机器，这种观点近些年来愈演愈烈。

其实，李逵是一个复杂的人物形象，并非"革命者"或"杀人狂"这样的概念可以简单概括，但上面两种极端化的说法其实也有各自的道理。因为李逵之恶乃大恶，其善亦乃大善；李逵之丑乃真丑，其美亦乃真美。

"天杀星"李逵确实是一个杀人狂，在他身上具有人类原始复仇冲动和低级动物嗜血本能。每当他将泄愤的板斧向着"罪恶"挥舞过去的时候，"罪恶"旁边的"无辜"也往往会被他杀戮殆尽。

这方面的例子实在太多。

江州劫法场："只见那人丛里那个黑大汉，轮两把板斧，一昧地砍将来。晁盖等却不认得，只见他第一个出力，杀人最多。……当下去十字街口，不问军官百姓，杀得尸横遍野，血流成渠。……这黑大汉直杀到江边来，身上血溅满身，兀自在江边杀人。百姓撞着的，都被他翻筋斗，都砍下江里去。晁盖便挺朴刀叫道：'不干百姓事，休只管伤人！'那汉那里来听叫唤，一斧一个，排头儿砍将去。"①（第四十回）

三打祝家庄："李逵正杀得手顺，直抢入扈家庄里，把扈太公一门老幼尽数杀了，不留一个。叫小喽罗牵了有的马匹，把庄里一应有的财赋，捎搭有四五十驮，将庄院门一把火烧了，却回来献纳。"②（第五十回）

尤其令人发指的是四柳村捉奸，狄太公的女儿和邻村王小二不过儿女偷情而已，不料却遭到李逵惨绝人寰的虐杀：

李逵一脚踢开了房门，斧到处，只见砍得火光爆散，霹雳交加。定睛

---

① 施耐庵，罗贯中. 水浒传 [M]. 北京：人民文学出版社，1975：555.
② 施耐庵，罗贯中. 水浒传 [M]. 北京：人民文学出版社，1975：701.

打一看时，原来把灯盏砍翻了。那后生却待要走，被李逵大喝一声，斧起处早把后生砍翻。这婆娘便攒入床底下躲了。李逵把那汉子先一斧砍下头来，提在床上。把斧敲着床边喝道："婆娘，你快出来。若不攒出来时，和床都剁的粉碎。"婆娘连声叫道："你饶我性命，我出来！"却才攒出头来，被李逵揪住头发，直拖到死尸边，问道："我杀的那厮是谁？"婆娘道："是我奸夫王小二。"李逵又问道："砖头饭食，那里得来？"婆娘道："这是我把金银头面与他，三二更从墙上运将入来。"李逵道："这等腌臜婆娘，要你何用！"揪到床边，一斧砍下头来。把两个人头拴做一处，再提婆娘尸首，和汉子身尸相并。李逵道："吃得饱，正没消食处。"就解下上半截衣裳，拿起双斧，看着两个死尸，一上一下，恰似发擂的乱剁了一阵。李逵笑道："眼见这两个不得活了。"①（第七十三回）

你看，黑旋风李逵就是这样以杀人为快乐、快意！李逵的杀人与鲁智深不同，鲁智深杀的都是恶人而从不伤及无辜，李逵却在杀死一个恶人的同时往往牵连数以百十计的普通百姓。李逵的杀人也不同于武松的杀人，武松虽然有时候也殃及无辜，但多半是为了报仇雪恨，而且死者往往是与其仇家有某些关联的人，李逵却是不论有仇无仇、有辜无辜乱杀一气！毫无疑问，这种滥杀无辜的行为确实是一种大恶，是一种不可饶恕的罪恶。

然而，黑旋风绝非单纯的"恶魔"，他性格的底蕴其实是善恶同构的。李逵身上与大恶共存的乃是大善，发自天良的善心。

李逵是纯孝之人，他对母亲的天性之爱感动千古。上梁山后，当他看到宋江搬取老父上山而公孙胜也准备下山省视老母时，忽然真情爆发：

只见黑旋风李逵就关下放声大哭起来。宋江连忙问道："兄弟，你如何烦恼？"李逵哭道："干鸟气么！这个也去取爷，那个也去望娘，偏铁牛是土掘坑里钻出来的！"晁盖便问道："你如今待要怎地？"李逵道："我只有一个老娘在家里，我的哥哥又在别人家做长工，如何养我娘快乐？我要去

---

① 施耐庵，罗贯中. 水浒传 [M]. 北京：人民文学出版社，1975：1003-1004.

取他来这里，快乐几时也好。"①（第四十二回）

而在搬取老母上山享福的途中，遇到李鬼冒充"黑旋风"打劫时，真李逵本已经"劈手夺过一把斧来便砍"，谁知假李逵谎称之所以剪径是"家中因有个九十岁的老母"，"如今爷爷杀了孩儿，家中老母必是饿杀"。面对强盗的谎言，杀人如麻的李逵肚里寻思道："我特地归家来取娘，却倒杀了一个养娘的人，天地也不佑我。罢罢，我饶了这厮性命！"②（第四十三回）

纯孝而外，李逵还在无意之中发自本心地实践着与江湖兄弟"兼爱"情感交织在一起的"悌"道。当宋江因为"题反诗"而被蔡九知府严刑拷打并关进大牢时，戴宗被差往京师公干，不得已将宋江安危委托给李逵，而这一次李逵的表现则很令人满意：

戴宗叫过李逵，当面分付道："你哥哥误题了反诗，在这里官司，未知如何。我如今又吃差往东京去，早晚便回。牢里哥哥饭食，朝暮全靠着你看觑他则个。"李逵应道："吟了反诗打甚么鸟紧！万千谋反的倒做了大官！你自放心东京去，牢里谁敢奈何他！我好便好；不好，我使老大斧头砍他娘！"戴宗临行，又嘱付道："兄弟小心，不要贪酒，失误了哥哥饭食。休得出去喝醉了，饿着哥哥！"李逵道："哥哥你自放心去，若是这等疑忌时，兄弟从今日就断了酒，待你回来却开。早晚只在牢里服侍宋江哥哥，有何不可！"戴宗听了大喜道："兄弟，若得如此发心，坚意守看哥哥，又好。"当日作别自去了。李逵真个不吃酒，早晚只在牢里服侍宋江，寸步不离。③（第三十九回）

嗜酒如命的李逵为了照顾好宋江牢狱中的生活，竟然戒了酒，而且在宋江左右寸步不离，试问，古往今来所谓江湖兄弟，如此尽心尽意者能有几人？

孝悌而外，李逵的"善"还发展到拯救弱者、为民除害的绝大境地。高唐

---

① 施耐庵，罗贯中. 水浒传 [M]. 北京：人民文学出版社，1975：588.

② 施耐庵，罗贯中. 水浒传 [M]. 北京：人民文学出版社，1975：594.

③ 施耐庵，罗贯中. 水浒传 [M]. 北京：人民文学出版社，1975：538.

州知府的内弟殷天锡"倚仗他姐夫高廉的权势,在此间横行害人",最后竟至欺侮到柴进头上时,李逵哪里容得下这等不平之事?他愤而打死殷天锡,事后他对梁山兄弟申述其理由:"柴皇城被他打伤呕气死了,又来占他房屋,又喝叫打柴大官人,便是活佛也忍不得!"①(第五十二回)

《水浒传》中"李逵负荆"是根据元杂剧《梁山泊李逵负荆》改编的,李逵的无垠"大善"在这段故事中得到了颇为充分的表现。当梁山与宋江分别置于李逵心灵天平两端的时候,梁山显然比宋江更重些。在回梁山的路上,李铁牛误听了宋江强抢刘太公女儿的消息后,简直气得一佛出世二佛涅槃:"睁圆怪眼,拔出大斧,先砍倒了杏黄旗,把'替天行道'四个字扯做粉碎。众人都吃一惊。宋江喝道:'黑厮又做甚么?'李逵拿了双斧,抢上堂来,径奔宋江。"及至同行的燕青说明原委之后,黑旋风竟然大骂及时雨:"我闲常把你做好汉,你原来却是畜生!你做得这等好事。""我当初敬你是个不贪色欲的好汉,你原正是酒色之徒。杀了阎婆惜便是小样,去东京养李师师便是大样。你不要赖,早早把女儿送还老刘,倒有个商量。你若不把女儿还他时,我早做早杀了你,晚做晚杀了你。"②(第七十三回)在李逵看来,梁山好汉本是救民于水火之中的活佛菩提,怎么能够去祸害百姓?水浒英雄本是顶天立地不贪色欲的铮铮硬汉,怎能贪图美色强抢民女?即便是像宋江这样在李逵心目中具有山寨领袖和袍泽大哥双重偶像的人,也绝不可做那种恃强凌弱的禽兽不如的勾当,如果做了,黑旋风就要刮倒你,李山儿就要和你拼老命!李逵,如同植根于原野中的大树,在自身经历着人世间凄风苦雨的同时,还要将茂密的粗枝大叶向四周伸出去,庇护着那些卑下的草根微末。这就是大善,是无须标榜而实实在在的大善。

在黑旋风李逵身上就是这样充满矛盾,他不仅是大善大恶的同构,而且还是真丑真美的共存。

李逵的外表丑得要命,足以让本身又黑又矮的宋江大吃一惊:"黑熊般一身

---

① 施耐庵,罗贯中. 水浒传 [M]. 北京:人民文学出版社,1975:728.
② 施耐庵,罗贯中. 水浒传 [M]. 北京:人民文学出版社,1975:1006-1007.

粗肉，铁牛似遍体顽皮。交加一字赤黄眉，双眼赤丝乱系。怒发浑如铁刷，狰狞好似狻猊。天蓬恶煞下云梯。"①（第三十八回）后来，为了执行任务而扮成聋哑道童时，其外貌更是丑得出奇："李逵戗几根蓬松黄发，绾两枚混骨丫髻，黑虎躯穿一领粗布短褐袍，飞熊腰勒一条杂色短须绦。穿一双蹬山透土靴，担一条过头木拐棒。"②（第六十一回）

李逵开口说起话来，往往粗话不断，甚至让人不堪入耳："若真个是宋公明，我便下拜。若是闲人，我却拜甚鸟。"③（第三十八回）"都去，都去！但有不去的，吃我一鸟斧，砍做两截便罢！"④（第四十一回）"没有娘鸟兴！你这厮是甚么人？"⑤（第四十三回）"我是梁山泊黑旋风，奉着哥哥将令，教我来请公孙胜。你教他出来，佛眼相看；若还不肯出来，放一把鸟火，把你家当都烧做白地。"⑥（第五十三回）"不妨，不妨！我这两把板斧不到的只这般教他拿了去，少也砍他娘千百个鸟头才罢。"⑦（第六十一回）"招安，招安！招甚鸟安！"⑧（第七十一回）

李逵的行为粗卤丑陋，寻常巷陌倒也罢了，即便在京师重地，他也敢撒泼捣乱："李逵扯下书画来，就蜡烛上点着，东摔西撺，一面放火，香桌椅凳，打得粉碎。宋江等三个听得，赶出来看时，见黑旋风褪下半截衣裳，正在那里行凶。四个扯出门外去时，李逵就街上夺条棒，直打出小御街来。"⑨（第七十二回）尤其是他的吃相之丑，更是让人看了忍俊不禁："李逵并不使箸，便把手去

---

① 施耐庵，罗贯中. 水浒传 [M]. 北京：人民文学出版社，1975：513-514.

② 施耐庵，罗贯中. 水浒传 [M]. 北京：人民文学出版社，1975：845.

③ 施耐庵，罗贯中. 水浒传 [M]. 北京：人民文学出版社，1975：514.

④ 施耐庵，罗贯中. 水浒传 [M]. 北京：人民文学出版社，1975：569.

⑤ 施耐庵，罗贯中. 水浒传 [M]. 北京：人民文学出版社，1975：593.

⑥ 施耐庵，罗贯中. 水浒传 [M]. 北京：人民文学出版社，1975：741.

⑦ 施耐庵，罗贯中. 水浒传 [M]. 北京：人民文学出版社，1975：844.

⑧ 施耐庵，罗贯中. 水浒传 [M]. 北京：人民文学出版社，1975：985.

⑨ 施耐庵，罗贯中. 水浒传 [M]. 北京：人民文学出版社，1975：999.

碗里捞起鱼来，和骨头都嚼吃了。""便伸手去宋江碗里捞将过来吃了，又去戴宗碗里也捞过来吃了。滴滴点点，淋一桌子汁水。宋江见李逵把三碗鱼汤和骨头都嚼吃了。"①（第三十八回）

如此黑旋风李逵，真是丑到了极限。然而，李逵丑虽丑矣，却丑得公开，丑得公然，丑得真纯，丑得本色，丑得轰轰烈烈，丑得如醉如痴，没有丝毫的矫揉造作，没有丝毫的遮遮掩掩。如此之"丑"，另一面却是"美"，或者说，这种"丑"本身就是一种"美"。因为这是一种"真丑"，而不是令人看了以后呕秽三日的东施效颦的丑态。

金圣叹在评点《水浒传》的过程中，对宋江颇多攻击，且常常将李逵与宋江对比议论，其要点则在于以宋江之"奸诈"映衬李逵之"朴诚"。如："李逵是上上人物，写得真是一片天真烂漫到底，看他意思，便是山泊中一百七人，无一个人得他眼。""盖作者只是痛恨宋江奸诈，故处处紧接出一段李逵朴诚来，做个形击。其意思自在显宋江之恶，却不料反成李逵之妙也。"② 宋江形象我们前面已有讨论，与金圣叹的观点也有较大的区别。但是，金圣叹对于李逵之"真"的阐述，则毫无疑问抓住了问题的要害。

李逵之"真"，乃是那种充满赤子之心与孩童之气的人类本真。在江州，宋江给他的"见面礼"有十两银子，他却拿去赌博，希望"赢得几贯钱来，请他一请也好看"③（第三十八回）。朱仝因故记恨李逵，宋江逼黑旋风赔礼道歉，"李逵吃宋江逼住了，只得撇了双斧，拜了朱仝两拜"④（第五十二回）。与戴宗同行，因为破坏了这位"神行太保"的规矩，偷偷吃了荤腥，李逵被捉弄得"脚不点地，只管得走去了。看见酒肉饭店，又不能勾入去买吃"。"肚里又饥又

---

① 施耐庵，罗贯中. 水浒传 [M]. 北京：人民文学出版社，1975：519.
② 陈曦钟，侯忠义. 鲁玉川水浒传会评本 [M]. 北京：北京大学出版社，1981：18.
③ 施耐庵，罗贯中. 水浒传 [M]. 北京：人民文学出版社，1975：516.
④ 施耐庵，罗贯中. 水浒传 [M]. 北京：人民文学出版社，1975：727.

渴,越不能勾住脚,惊得一身臭汗,气喘做一团"①(第五十三回)。尤其引人注目的是,因为李逵打死殷天锡,害得柴进被高廉囚禁在枯井之中。当宋江带兵打破高唐州后,在救柴进出枯井时,李逵的表现更是充满了童心童趣:

> 直到后牢枯井边望时,见里面黑洞洞地,不知多少深浅。上面叫时,那得人应。把索子放下去探时,约有八九丈深。宋江道:"柴大官人眼见得都是没了!"宋江垂泪。吴学究道:"主帅且休烦恼。谁人敢下去探看一遭,便见有无。"说犹未了,转过黑旋风李逵来,大叫道:"等我下去!"宋江道:"正好。当初也是你送了他,今日正宜报本。"李逵笑道:"我下去不怕,你们莫要割断了绳索!"……到得底下,李逵爬将出箩去,却把柴大官人抱在箩里,摇动索上铜铃。上面听得,早扯起来到上面,众人看了大喜。宋江见柴进头破额裂,两腿皮肉打烂,眼目略开又闭。宋江心中甚是凄惨,叫请医士调治。李逵却在井底下发喊大叫。宋江听得,急叫把箩放将下去,取他上来。李逵到得上面,发作道:"你们也不是好人!便不把箩放下去救我!"②(第五十四回)

天真烂漫的李逵,其思维方式是线性的,而且是一条直线。打起仗来,便只想着杀敌:"我先杀入去,看是如何?"③(第四十七回)"兄弟若闲便要生病,若不叫我去时,独自也要去走一遭。"④(第六十七回)

在黑旋风李逵的头脑中,永远存在着简简单单的"因为""所以"。就连他背母上梁山最终让母亲丧生虎口,也是这种线性思维的"因为""所以"所导致:因为母亲"口渴",所以去弄水;因为去弄水,所以将母亲放在"大青石上";因为溪水太远,所以他爬过"两三处山脚";因为赤手空拳无法取水,所以寻找盛水器皿;因为溪边没有,所以到远远山顶上庵儿中弄个香炉;因为香

---

① 施耐庵,罗贯中. 水浒传 [M]. 北京:人民文学出版社,1975:736.

② 施耐庵,罗贯中. 水浒传 [M]. 北京:人民文学出版社,1975:760-761.

③ 施耐庵,罗贯中. 水浒传 [M]. 北京:人民文学出版社,1975:667-668.

④ 施耐庵,罗贯中. 水浒传 [M]. 北京:人民文学出版社,1975:929.

炉很脏，所以"拔起乱草，洗得干净"；因为弄到水了，所以"双手擎来，再寻旧路，夹七夹八走上岭来"。最终，诚如李逵自己所说的："昨夜和娘过岭来，因我娘要水吃，我去岭下取水，被那大虫把我娘拖去吃了。"①（第四十三回）因为李逵简简单单的线性思维，所以他瞎眼的老娘被老虎残害。

李逵这种线性思维方式决定了他粗豪、天真、纯朴、憨厚甚至莽撞的性格特征，而这种性格特征的形成，又决定了他为人处事的"忘我"状态。在《水浒传》中，线性思维方式在李逵的头脑中长时间存在，并在他的行动中多角度地表现出来。当邪恶势力横行霸道的时候，李逵总是会义无反顾地挥拳直上。自从上梁山之后，他的行动更是与山寨密不可分，为山寨出生入死、冲锋陷阵。第四十七回一打祝家庄时，"先锋李逵脱得赤条条的，挥两把夹钢板斧，火刺刺地杀向前来"②。第六十三回打北京城时，"东阵上只见一员好汉，当先出马，乃是黑旋风李逵，手舞双斧，睁圆怪眼，咬碎钢牙，高声大叫：'认得梁山泊好汉黑旋风么！'"③ 几乎每一次战斗李逵都争着打头阵，为了山寨利益，哪怕是抛头颅、洒热血、上刀山、下火海，他都义不容辞。而个人的生死存亡，荣辱毁誉，李山儿却是早已置之度外了。

李逵这种线性思维方式无疑是极其可悲可笑的，但同时又何尝不是极端的可贵可爱？这是一种孩童思维方式，是人类最原始的心灵状况。作者将这种思维方式和心灵状况赋予李逵，实际上是为了表现其赤子之心，孩童之性。质言之，也就是为了体现李逵的一片纯真，一派天然。真丑的外在，真美的内里，正是李逵形象闪闪发光的地方，也正是黑旋风数百年来在广大读者心目中不停煽动的根本原因。

作为《水浒传》中的主要英雄人物，作者没有像对宋江、武松、鲁智深等人那样集中几回书的篇幅来描写李逵。李逵形象不具有"孤美"品格，因为李

---

① 施耐庵，罗贯中. 水浒传 [M]. 北京：人民文学出版社，1975：600.

② 施耐庵，罗贯中. 水浒传 [M]. 北京：人民文学出版社，1975：668.

③ 施耐庵，罗贯中. 水浒传 [M]. 北京：人民文学出版社，1975：882.

逵的所有行为都必须有人衬托或者衬托他人。李逵的"恶""善""丑""美"，都是与其他人物的"形击"过程中反照出来的。金圣叹所谓"便是山泊中一百七人，无一个入得他眼"，也就是这个意思。李逵是用"行动"说话的，他是一个箭垛式的人物，也是一个辐射性的人物，《水浒传》众多人物的"美""丑""善""恶"，都是在李逵这面"镜子"映照出来的，相反，映照出了这许许多多的人物形象，也反证了这面镜子的绝不走样。

要透视你的灵魂，不妨照一照黑旋风李逵这面真实不变形的"镜子"，不管它是"显微镜"还是"照妖镜"。

四、林冲：一忍再忍，忍无可忍

在早期的"水浒"故事中，林冲是一个时有时无的人物。

《宋江三十六赞》中没有林冲，元杂剧现存六本"水浒戏"中也没有林冲。《宣和遗事》中虽然有林冲，却也只有极为简单的记载：

> 先是朱勔运花石纲时分，差着杨志、李进义、林冲、王雄、花荣、柴进、张青、徐宁、李应、穆横、关胜、孙立十二人为指使，前往太湖等处，押人夫搬运花石。①

后来，为了救杨志，他们十二指使同往太行山落草，再后来，又与晁盖等八人，"共有二十个，结为兄弟，前往太行山梁山泺去落草为寇"②。最终，在玄女娘娘的天书中有"豹子头林冲"的姓名绰号。

然而，就是这"豹子头林冲"五个字有问题。因为，林冲的性格与其长相、绰号有矛盾。所谓"豹子头"，其实也就是"豹头"。说到"豹头"，人们马上会联想到《三国志通俗演义》中张飞的长相。且看该书卷之一对张飞出场时的描写：

"其人身长八尺，豹头环眼，燕颔虎须，声若巨雷，势如奔马。"③（《祭天

---

① 佚名.宣和遗事 [M] //宣和遗事等两种.南京：江苏古籍出版社，1993：31.

② 佚名.宣和遗事 [M] //宣和遗事等两种.南京：江苏古籍出版社，1993：33.

③ 罗贯中.三国志通俗演义 [M].上海：上海古籍出版社，1980：4.

地桃园结义》》）

《水浒传》中林冲的模样也是如此："那官人生的豹头环眼，燕颔虎须，八尺长短身材。"①（第七回）

可见《水浒传》中林冲的形貌，简直就是克隆张飞。但作者仍嫌不足，他还要反复告诉读者：我笔下的林冲就是模仿张飞塑造的。请看数例：

"林冲正没好气，那里答应，睁圆怪眼，倒竖虎须，挺着朴刀，抢将来斗那个大汉。……架隔遮拦，却似马超逢翼德。"②（第十二回）

"丈八蛇矛紧挺，霜花骏马频嘶。满山都唤小张飞，豹子头林冲便是。"③（第四十八回）

"林冲燕颔虎须，满寨称为翼德。"④（第七十八回）

林冲不仅身高八尺且"豹头环眼、燕颔虎须"的身材状貌与张飞几无二致，而且《水浒传》中的林教头所用兵器也与燕人张翼德一般无二。

《三国志通俗演义》中张飞的武器是"丈八点钢矛"⑤（卷之一《祭天地桃园结义》），或谓"蛇矛丈八枪"⑥（卷之一"虎牢关三战吕布"）。

《水浒》中的林冲也经常用"枪"，大战时甚至就直接用"丈八蛇矛"。请看数例：

"林冲挺起丈八蛇矛，和祝龙交战。"⑦（第五十回）

"头领林冲横丈八蛇矛，跃马出阵。"⑧（第五十二回）

---

① 施耐庵，罗贯中. 水浒传 [M]. 北京：人民文学出版社，1975：99.
② 施耐庵，罗贯中. 水浒传 [M]. 北京：人民文学出版社，1975：153.
③ 施耐庵，罗贯中. 水浒传 [M]. 北京：人民文学出版社，1975：678.
④ 施耐庵，罗贯中. 水浒传 [M]. 北京：人民文学出版社，1975：1064.
⑤ 罗贯中. 三国志通俗演义 [M]. 上海：上海古籍出版社，1980：5.
⑥ 罗贯中. 三国志通俗演义 [M]. 上海：上海古籍出版社，1980：50.
⑦ 施耐庵，罗贯中. 水浒传 [M]. 北京：人民文学出版社，1975：698.
⑧ 施耐庵，罗贯中. 水浒传 [M]. 北京：人民文学出版社，1975：730.

"林冲挺起蛇矛,直奔呼延灼。"①(第五十五回)

"林冲要见头功,持丈八蛇矛斗到间深里,暴雷也似大叫一声,拨过长枪,用蛇矛去宝密圣脖项上刺中一矛,搠下马去。"②(第八十四回)

"林冲蛇矛刺死杜敬臣。"③(第九十二回)

不仅状貌身材、所用兵器林冲都在克隆张飞,就连他们的"五虎将"排名也位置相同。《三国志通俗演义》写"刘备进位汉中王"时,"封关、张、赵、马、黄为五虎大将"。④(卷之十五)《水浒传》中有梁山"马军五虎将五员:大刀关胜、豹子头林冲、霹雳火秦明、双鞭呼延灼、双枪将董平"⑤(第七十一回)。林冲所处的位置,恰恰与张飞一样:仅次于"关某",名列第二。

综上,《水浒传》中的林冲形象,从"外在化"的各个层面看来都很像张飞,但是,林冲的"内在化"层面——思想性格却与张飞大相径庭。

一开始,林冲对周围的"风刀霜剑严相逼"⑥是"一忍再忍"的。

当林冲正在菜园子与刚刚认识的鲁智深准备结拜兄弟时,丫鬟来告知其妻遭到一个后生调戏。林冲急急忙忙赶到事发地点五岳楼,却发生了下面一幕:

> 林冲赶到跟前,把那后生肩胛只一扳过来,喝道:"调戏良人妻子,当得何罪!"恰待下拳打时,认得是本管高太尉螟蛉之子高衙内。……当时林冲扳将过来,却认得是本管高衙内,先自手软了。……林冲怒气未消,一双眼睁着瞅那高衙内,众闲汉劝了林冲,和哄高衙内出庙上马去了。林冲将引妻小并使女锦儿,也转出廊下来。只见智深提着铁禅杖,引着那二三十个破落户,大踏步抢入庙来。林冲见了,叫道:"师兄,那里去?"智深

---

① 施耐庵,罗贯中. 水浒传 [M]. 北京:人民文学出版社,1975:767.

② 施耐庵,罗贯中. 水浒传 [M]. 北京:人民文学出版社,1975:1158.

③ 施耐庵,罗贯中. 水浒传 [M]. 北京:人民文学出版社,1975:1267.

④ 罗贯中. 三国志通俗演义 [M]. 上海:上海古籍出版社,1980:701.

⑤ 施耐庵,罗贯中. 水浒传 [M]. 北京:人民文学出版社,1975:980.

⑥ 曹雪芹,高鹗. 红楼梦 [M]. 北京:人民文学出版社,1982:383.

道："我来帮你厮打！"林冲道："原来是本管高太尉的衙内，不认得荆妇，时间无礼。林冲本待要痛打那厮一顿，太尉面上须不好看。自古道：不怕官，只怕管。林冲不合吃着他的请受，权且让他这一次。"①（第七回）

须知，林冲可是东京八十万禁军教头，是一位有身份的官人。他的妻子在青天白日、通衢闹市、大庭广众之下遭人调戏，这该是多么没有面子的事。林教头能不生气吗？因此，他冲了过去，"把那后生肩胛只一扳过来"，并大声喝问。然而，当他看到这流氓无赖竟是顶头上司高太尉的螟蛉之子高衙内时，这位"豹头环眼、燕颔虎须"的八尺汉子的拳头在空中凝固了，他打不下去，他不敢打下去！这与随后带着一群泼皮前来帮他"厮打"的鲁智深相比，其性格不啻天壤之隔。为什么这样？林冲自己说的很清楚："自古道：不怕官，只怕管。林冲不合吃着他的请受。"从林冲的口中说出这种话来，与其"豹子头"的绰号和张飞般的外形是多么不符合啊！

不仅如此，后来由于高衙内的缘故，林冲中计，"误入白虎堂"，最终被判刺配沧州。在整个过程中，林冲都是"心字头上一把刀"——忍。因为他还想着"挣扎得回来"。充军路上，林冲对两位受到高俅嘱咐虐待他的防送公人董超、薛霸百依百顺、做小伏低。一会儿哀求："小人在太尉府里折了些便宜，前日方才吃棒，棒疮举发。这般炎热，上下只得担待一步。"一会儿讨好："林冲也把包来解了，不等公人开口，去包里取些碎银两，央店小二买些酒肉，籴些米来，安排盘馔，请两个防送公人坐了吃。"及至防送公人故意用开水将他的脚"泡得脚面红肿了"，"脚上满面都是潦浆泡"也不敢做声。甚至面对薛霸"口里喃喃的骂了半夜。林冲那里敢回话，自去倒在一边"②（第八回）。

不仅对董超、薛霸这两位防送公人一忍再忍，就是在柴进庄上碰到一位趾高气扬的洪教头，林冲也深知自己的囚徒身份，一再忍让。"急急躬身唱喏"，"林冲不敢抬头"，"林冲听了，看着洪教头便拜"，"林冲拜了两拜，起身让洪

---

① 施耐庵，罗贯中. 水浒传 [M]. 北京：人民文学出版社，1975：100-101.

② 施耐庵，罗贯中. 水浒传 [M]. 北京：人民文学出版社，1975：114-115.

教头坐","林冲只得肩下坐了","林冲听了,并不做声",林冲道:"小人却是不敢。"①(第九回)如此逆来顺受,一忍再忍,林冲他对得起他"豹头环眼,燕颔虎须"的长相、"八尺长短"的身材和"豹子头"的绰号吗?

更有甚者,林冲一直"忍"到沧州牢城之后,还要面临各种侮辱。首先是差拨敲诈勒索的一顿臭骂:"林冲只骂的一佛出世,那里敢抬头应答。""林冲等他发作过了,去取五两银子,陪着笑脸告道:'差拨哥哥,些小薄礼,休嫌小微。'差拨看了道:'你教我送与管营和俺的都在里面?'林冲道:'只是送与差拨哥哥的。另有十两银子,就烦差拨哥哥送与管营。'"②(第九回)

林冲就是这样一路"忍"来,"忍"高衙内,"忍"董超、薛霸,"忍"洪教头,"忍"差拨,"忍"一切人,"忍"一切事,"忍"一切不能容忍的人和事。然而,他虽然一忍再忍,但周围的"风刀霜剑"依然"严相逼迫"。林冲的内心就像水库大坝,里面的水越蓄越多,终于累积到饱和状态,严重压迫到他的心理防线。"豹子头"林冲,"豹头环眼,燕颔虎须"的豹子头林冲,那八尺男儿,他终于"忍无可忍"了。当他在山神庙偷听到陆谦、富安和差拨祖露阴谋的罪恶对话以后,复仇的洪水在心头汹涌,最终冲破堤防,奔流迸发而出。且看这惊心动魄而又淋漓酣畅的一幕:

> 林冲举手胳察的一枪,先戳倒差拨。陆虞候叫声:"饶命!"吓的慌了手脚,走不动。那富安走不到十来步,被林冲赶上,后心只一枪,又戳倒了。翻身回来,陆虞候却才行的三四步。林冲喝声道:"好贼!你待那里去!"劈胸只一提,丢翻在雪地上。把枪搠在地里,用脚踏住胸脯,身边取出那口刀来,便去陆谦脸上阁着,喝道:"泼贼!我自来又和你无甚么冤仇,你如何这等害我!正是杀人可恕,情理难容。"陆虞候告道:"不干小人事,太尉差遣,不敢不来。"林冲骂道:"奸贼,我与你自幼相交,今日倒来害我,怎不干你事!且吃我一刀。"把陆谦上身衣扯开,把尖刀向心窝

---

① 施耐庵,罗贯中. 水浒传 [M]. 北京: 人民文学出版社,1975:125.

② 施耐庵,罗贯中. 水浒传 [M]. 北京: 人民文学出版社,1975:128-129.

里只一剜，七窍迸出血来，将心肝提在手里。回头看时，差拨正爬将起来要走。林冲按住喝道："你这厮原来也怕的歹！且吃我一刀。"又早把头割下来，挑在枪上。回来把富安、陆谦头都割下来。①（第九回）

林冲这次忍无可忍且手段残忍的大爆发，导致他生命航船的彻底转向。很快，他就被逼上梁山，成为上山最早的原先官职最高的"强盗"。然而，林冲注定是一个悲剧人物。在京师，他被官场巨奸所逼，沦为囚徒；在梁山，他却又被绿林宵小所逼，被迫火并，完成了又一次从一忍再忍到忍无可忍最终行为残忍的大循环。

这个绿林宵小就是梁山首任寨主白衣秀士王伦。作为一名落第秀才，王伦当个盗魁本来也还合适，但他有一个不适合当领袖的根本性问题：妒贤嫉能。林冲上梁山时，他看见豹子头武艺超群，怕以后无法控制，心生疑虑："他是京师禁军教头，必然好武艺。倘若被他识破我们手段，他须占强，我们如何迎敌。不若只是一怪，推却事故，发付他下山去便了，免致后患。"有了这种龌龊的念头，故而王伦对林冲入伙之事再三推诿，一之曰："我这里是个小去处，如何安着得你。休怪，休怪！"二之曰："你若真心入伙时，把一个投名状来。"三之曰："我说与你三日限，今已两日了。若明日再无，不必相见了，便请那步下山，投别处去。"②（第十一回）后来，发生了林冲斗杨志之事，王伦又突发奇想，欲留杨志在山寨与林冲对敌，他于中好搞平衡，金圣叹修改《水浒传》时在此处增加了一段白衣秀士绝妙的心理描写："若留林冲，实形容得我们不济，不如我做个人情，并留了杨志，与他作敌。"③ 最后，是因为杨志表示拒绝并离开梁山后，"王伦自此方才肯教林冲坐第四位"④（第十二回），勉勉强强留在梁山，而且是排在杜迁、宋万之后。

---

① 施耐庵，罗贯中. 水浒传 [M]. 北京：人民文学出版社，1975：138-139.

② 施耐庵，罗贯中. 水浒传 [M]. 北京：人民文学出版社，1975：148-150.

③ 陈曦钟，侯忠义，鲁玉川. 水浒传会评本 [M]. 北京：北京大学出版社，1981：234.

④ 施耐庵，罗贯中. 水浒传 [M]. 北京：人民文学出版社，1975：155.

对于王伦妒贤嫉能的丑恶表现，林冲一开始也是一忍再忍的。对于要他"下山去杀得一个人，将头献纳"的"投名狀"，他只能无可奈何地接受、实施。第一天"从朝至暮，等了一日，并无一个孤单客人经过，林冲闷闷不已"。第二天又"不见一个孤单客人过往"，面对王伦"今日投名狀如何"的咄咄逼人的问话，"林冲不敢答应，只叹了一口气"，随后"回到房中，端的是心内好闷"①（第十一回）。

不久，晁盖等人打劫生辰纲后上了梁山。不料，心胸狭隘的王伦却故伎重演，欲拒晁盖等人于山寨之外："众头领饮酒中间，晁盖把胸中之事，从头至尾都告诉王伦等众位。王伦听罢，骇然了半晌，心内踌躇，做声不得。"次日，众好汉重新聚会之时，王伦决意驱赶晁盖等人，便起身把盏，对晁盖说道："感蒙众豪杰到此聚义，只恨敝山小寨是一洼之水，如何安得许多真龙。聊备些小薄礼，万望笑留。烦投大寨歇马，小可使人亲到麾下纳降。""非是敝山不纳众位豪杰，奈缘只为粮少房稀，恐日后误了足下，众位面皮不好，因此不敢相留。"②（第十九回）

王伦的种种拙劣表演，勾起林冲的旧恨新仇，这位东京八十万禁军教头实在忍受不了白衣秀士嫉贤妒能而拒英豪于千里之外的龌龊行径。兼之他与晁盖等人的惺惺相惜、肝胆相照，兼之智多星吴用有意无意间的刺激挑唆，于是，忍无可忍的豹子头，终于再一次将满心的郁闷爆发出来：

> 说言未了，只见林冲双眉剔起，两眼圆睁，坐在交椅上大喝道："你前番我上山来时，也推道粮少房稀。今日晁兄与众豪杰到此山寨，你又发出这等言语来。是何道理？"吴用便说道："头领息怒！自是我等来的不是，倒坏了你山寨情分。今日王头领以礼发付我们下山，送与盘缠，又不曾热赶将去。请头领息怒，我等自去罢休。"林冲道："这是笑里藏刀，言清行浊之人！我其实今日放他不过！"王伦喝道："你看这畜生！又不醉了，倒

---

① 施耐庵，罗贯中. 水浒传 [M]. 北京：人民文学出版社，1975：150.

② 施耐庵，罗贯中. 水浒传 [M]. 北京：人民文学出版社，1975：246-250.

把言语来伤触我！却不是反失上下！"林冲大怒道："量你是个落第腐儒，胸中又没文学，怎做得山寨之主！"吴用便道："晁兄，只因我等上山相投，反坏了头领面皮。只今办了船只，便当告退。"晁盖等七人便起身要下亭子，王伦留道："且请席终了去。"林冲把桌子只一脚，踢在一边，抢起身来，衣襟底下掣出一把明晃晃刀来，搭的火杂杂。……林冲拿住王伦，骂道："你是一个村野穷儒，亏了杜迁得到这里。柴大官人这等资助你，赒给盘缠，与你相交，举荐我来，尚且许多推却。今日众豪杰特来相聚，又要发付他下山去。这梁山泊便是你的？你这嫉贤妒能的贼，不杀了要你何用！你也无大量之才，也做不得山寨之主！"……林冲拿住王伦，骂了一顿，去心窝里只一刀，胳察地搠倒在亭上。①（第十九回）

与"林教头风雪山神庙"一样，"林冲水寨大并火"也是极其风驰电掣、惊心动魄的故事，豹子头林冲火山一样的情感爆发，在这两次场面描写中被表现得淋漓酣畅。这才是真正的"豹头环眼、燕颔虎须"的林教头的本色，而他以前的那些忍耐，那些委曲求全，那些做小伏低，都是不得已的性格韬晦，是一种"人在屋檐下，不得不低头"的藏锋敛锷而已。

《水浒传》中的林冲，是作者在水浒传说故事中改动最大的人物之一，或者说，也是寄寓了作者较多的社会生活体验的人物之一，从而，也就成为书中堪可与宋江媲美的最具现实真实性的人物。他不像武松、鲁智深、李逵等英雄形象，他身上较少理想化的色彩，更多的是现实世界红尘的熏染。而《水浒传》的作者之所以能塑造出这么一位现实性程度极高的成功人物形象，很大程度上得力于他对林冲身材长相与为人处事之间差别极大的相反相成的描写。

八尺身材且"豹头环眼、燕颔虎须"的林冲，有可能在生活的旋涡中挣扎得那样忍气吞声、卑躬屈膝吗？当然可能！现实生活中有多少身材魁伟、相貌狰狞的汉子却有一副逆来顺受的性格，相反，有许多长相清秀、身材羸弱之人却有做超乎寻常的刚强和勇猛。一个人"外在化"的长相如何与他"内在化"

---

① 施耐庵，罗贯中. 水浒传 [M]. 北京：人民文学出版社，1975：250-251.

的想些什么有时候固然"同步同位",但有时候却又是迥然有异、相反相成。如果长得像张飞一样的人物都像张飞那样爆发性太多柔韧性太少的话,那么,世界岂不是太过简单,成为单调的黑白两色?因此,林冲外貌身材与其为人处事的不同调完全是一种生活真实存在,作者这样写,是符合生活逻辑的,因而也是成功的,而且是一种别出心裁的异样成功。更何况,林冲对"风刀霜剑严相逼"也并非永远忍让,他在一忍再忍之后,不是还有忍无可忍的爆发吗?

然而,今天的广大读者对于《水浒传》中林冲的外貌定位却是一个全然相反的结论,林冲是一个武艺高强而又儒雅英俊的武官形象。舞台上、银幕上、屏幕上,乃至连环画中,《水浒传》中这位长得像张飞的豹子头林冲却都被"美化"成一种"俊扮"。何以如此?笔者认为,这种变化发生在《水浒传》被改编成明代传奇戏的过程之中。始作俑者应该是明代著名传奇戏作家李开先。

李开先的《宝剑记》仍称林冲为豹子头:"(净白)是豹子头林冲家?"(第十出)① 但同时,该剧却又以"生"角扮林冲:"(生上唱)儒冠误我甚堪悲,笃志玩兵机。"②(第二出)

紧随李开先的是明代传奇戏作家陈与郊,据称,他的《灵宝刀》乃根据"山东李伯华先生旧稿,重加删润",李伯华即李开先。《灵宝刀》除了曲白有所增删润饰以外,其他方面基本上与《宝剑记》保持一致。该剧也称林冲为豹子头:"冤报冤豹子头林冲。"③(第三十五出)而在人物扮相方面也照搬《宝剑记》,仍以"生"角扮林冲:"(生冠带扮林冲上)气轶奔霄,心雄逐电,无端

---

① 李开先. 林冲宝剑记传奇 [M] //傅惜华. 水浒戏曲集第二集. 上海:上海古籍出版社,1985:21.

② 李开先. 林冲宝剑记传奇 [M] //傅惜华. 水浒戏曲集第二集. 上海:上海古籍出版社,1985:6.

③ 陈与郊. 灵宝刀传奇 [M] //傅惜华. 水浒戏曲集第二集. 上海:上海古籍出版社,1985:157.

寄迹盐车。"①（第一出）

　　李开先和陈与郊都让"生"扮林冲，说明他们在有意无意之间忽视林冲"豹子头"的状貌。而熟悉戏剧的人都知道，"生"角一般都为"俊扮"。如此一来，明代戏曲家们就给后世戏剧舞台上的林冲形象提供了一个新的塑造范式。而当林冲在戏剧舞台上千百次以生角"俊扮"以后，观众甚至包括作者在内的许多人便会逐渐淡化"豹子头"的含义。随后，京剧、电影、电视剧中的林冲状貌就全都与"豹子头"无关而成为那种儒雅英俊的武官形象了。如是，《水浒传》中林冲的状貌就离张益德渐行渐远，完全没有"豹头环眼、燕颔虎须"这样的痕迹了。

　　其实，李开先、陈与郊他们用生角"俊扮"林冲本是一种不得已的行为，因为明清传奇戏一贯追求生旦平分秋色和生旦当场团圆，男主人公必须由生角来扮演，而林冲，毫无疑问是《宝剑记》或者《灵宝刀》中的男一号，故而，李开先、陈与郊他们只好牺牲林冲的本来面目将其"俊扮"。但是，后世京剧、电影、电视剧的作者和导演们不知其中诀窍，仍然让林冲"俊扮"，其实是一种艺术的误会和误解。

　　至于林冲的状貌身材与其行为举止是保持一致好还是相反相成好，那是一个见仁见智的话题，不过，笔者仍然赞成施耐庵的做法：让"豹头环眼、燕颔虎须"且"八尺长短身材"的豹子头林冲在残酷的尘凡世界中由"一忍再忍"的收缩到"忍无可忍"的爆发更好！

　　因为，相反相成是一种很高的美学境界。

　　五、杨志：辉煌家世，偃蹇人生

　　《水浒传》中的杨志，是一个最为倒霉的人物，厄运对他步步紧逼。其实，这样一个杨志形象却不是施耐庵凭空塑造的，因为杨志的"倒霉"在早期水浒传说中就已经出现了。

---

① 陈与郊.灵宝刀传奇［M］//傅惜华.水浒戏曲集第二集.上海：上海古籍出版社，1985：103.

《宋江三十六赞》中，青面兽杨志的赞语是："圣人治世，四灵在郊。汝兽何名，走旷劳劳。"①比较空洞，没有体现什么故事情节。元人杂剧《鲁智深喜赏黄花峪》中虽然提到杨志，但只是作为见义勇为的李逵的反衬形象出现的。当山寨有事，宋江需要用人时，黑旋风主动请缨，而燕青、杨志却采取回避态度："俺哥哥传将令三四番，可怎生无一个承头的？来一个燕青将面劈，那一个杨志头低。"②（第二折）

早期水浒传说故事中描写杨志最多的是《宣和遗事》，该书"前集"中写杨志等十二指使押运花石纲，其中，李进义等十人运花石到京城，只有杨志在颍州等孙立不来，被雪所阻，不料引来横祸："那杨志为等孙立不来，又值雪天，旅途贫困，缺少果足，未免将一口宝刀出市货卖，终日价没人商量。行至日晡，遇一个恶少后生要买宝刀。两个交口厮争，那后生被杨志挥刀一斫，只见头随刀落。杨志上了枷，取了招状，送狱推勘结案。"③杨志卖刀而杀人犯罪，被判充军卫州，路遇孙立，说知详情。孙立到京师寻着李进义等共计十一人，救杨志，同上太行山落草为寇。

"杨志卖刀"，是《宣和遗事》最精彩的片段之一，但同时也定下了青面兽杨志"倒霉蛋"的基调。

《水浒传》中的杨志，基本上是按照"辉煌家世"与"偃蹇人生"的对立统一生命历程得以成功塑造的。

杨志的家庭出身十分显赫，且看他对林冲等人的自我介绍："洒家是三代将门之后，五侯杨令公之孙，姓杨名志。流落在此关西。年纪小时，曾应过武举，做到殿司制使官。道君因盖万岁山，差一般十个制使，去太湖边搬运花石纲赴京交纳。不想洒家时乖运蹇，押着那花石纲来到黄河里，遭风打翻了船，失陷了花石纲，不能回京赴任，逃去他处避难。如今赦了俺们罪犯。洒家今来收得

---

① 周密. 癸辛杂识 [M]. 北京：中华书局，1988：149.

② 佚名. 鲁智深喜赏黄花峪 [M] //隋树森. 元曲选外编. 北京：中华书局，1959：939.

③ 佚名. 宣和遗事 [M] //宣和遗事等两种. 南京：江苏古籍出版社，1993：31.

一担儿钱物,待回东京,去枢密院使用,再理会本身的勾当。打从这里经过,雇倩庄家挑那担儿,不想被你们夺了。可把来还洒家如何?"①(第十二回)

原来杨志是杨家将的后裔,武举出身,还当过不大不小的军官,他所说的"殿司制使"是宋代殿前司所属的一种下级军职。这样的起跑线也还不错,正常混下去,弄个将军干干也是有可能的,那也算没有辱没祖宗了。但杨志倒霉之处就在于他给皇帝押镖,押送花石纲,而且在黄河翻了船,把皇帝的宝贝石头全弄到水里去了。虽然没有性命之虞,"官"却是随着那些宝贝石头沉入黄河之中。杨志是一位心比天高的人,不甘心就此沉沦下去,而且,他也多多少少知道一些官场的奥秘,无非就是"金钱万能"吧。于是,不知道他用些什么手段弄得一担钱物,准备到京城枢密院"行贿",争取官复原职,东山再起。不料,这次为自己押镖,又差一点"泼"在梁山边上。真是倒霉透顶!

杨志是《水浒传》梁山好汉中最大的官迷,然而,他的运气实在不好,离开梁山到东京以后,他"将出那担儿内金银财物,买上告下,再要补殿司府制使职役"。谁料想把钱用光之后,殿帅府太尉高俅却不买账,斥责一通,"将杨志赶出殿司府来"②(第十二回)。杨志一身晦气,只好将"祖上留下宝刀"拿到州桥去卖,结果碰到了更加倒霉的事。泼皮牛二再三挑衅,杨志一再忍让,最终惹得杨志性起,终于发生了激情杀人的血案:"杨志霍地躲过,拿着刀抢入来。一时性起,望牛二颡根上搠个着,扑地倒了。杨志赶入去,把牛二胸脯上又连搠了两刀,血流满地,死在地上。"③(第十二回)

《水浒传》中"杨志卖刀"故事的直接来源是《宣和遗事》,却比《宣和遗事》生动曲折得多。事后,幸亏州桥下的百姓敬仰杨志为民除害,就连牢房中的禁子、节级也钦佩其为人,兼之推司也敬重他是条好汉,故而,只是判他刺配大名府充军。在大名府,幸得梁中书赏识,予以提拔,给以待遇,还委以重

---

① 施耐庵,罗贯中. 水浒传 [M]. 北京:人民文学出版社,1975:154.
② 施耐庵,罗贯中. 水浒传 [M]. 北京:人民文学出版社,1975:156.
③ 施耐庵,罗贯中. 水浒传 [M]. 北京:人民文学出版社,1975:158.

任——押送"生辰纲",这一次是给宰相押镖。不料,他的运气实在太差,给皇帝押镖丢在了黄河里,给自己押镖差一点丢在了梁山泊,这一次给宰相押镖却又在黄泥冈遭到算计。当晁盖等人"将这十一担金珠宝贝,却装在车子内,叫声'聒噪!'一直望黄泥冈下推了去"以后,杨志怎么办呢?且看接下来那段精彩绝伦的描写:"原来杨志吃的酒少,便醒得快,爬将起来,兀自捉脚不住。……杨志愤闷道:'不争你把了生辰纲去,教俺如何回去见得梁中书!这纸领状须缴不得!'就扯破了。'如今闪得俺有家难奔,有国难投,待走那里去?不如就这冈子上寻个死处!'撩衣破步,望黄泥冈下便跳。"①(第十六回)

且慢!杨志不能死,因为石碣天文中有"天暗星青面兽杨志"②(第七十一回)的名字,因为梁山泊忠义堂上有杨志的一把交椅。但是,此时的杨志偏偏又万念俱灰,坚决要跳崖自杀了。怎么办?杨志欲死而作者又不能让他死,碰到这样尴尬的局面,怎样来展开描写?如果是俗手,定会写其纵身一跳时,被树枝挂住,然后幡然醒悟,慢慢走回。如果是高手,就会写杨志纵身一跳的一刹那,说时迟那时快,从树林背后闪出一个人来,将杨志拦腰抱住、把臂拖回,说什么壮士来日方长,何必要寻短见?然而,施耐庵不是俗手,也不是一般的高手,他是文章圣手,他会怎样写呢?且看:

话说杨志当时在黄泥冈上被取了生辰纲去,如何回转去见得梁中书,欲要就冈子上自寻死路,却待望黄泥冈下跃身一跳,猛可醒悟,拽住了脚,寻思道:"爹娘生下洒家,堂堂一表,凛凛一躯,自小学成十八般武艺在身,终不成只这般休了!比及今日寻个死处,不如日后等他拿得着时,却再理会。"……树根头拿了朴刀,挂了腰刀,周围看时,别无物件。杨志叹口气,一直下冈子去了。③(第十七回)

《水浒传》的作者真是高明,他居然让杨志自己走回来!不需要树杈勾挂救

---

① 施耐庵,罗贯中. 水浒传 [M]. 北京:人民文学出版社,1975:210.
② 施耐庵,罗贯中. 水浒传 [M]. 北京:人民文学出版社,1975:976.
③ 施耐庵,罗贯中. 水浒传 [M]. 北京:人民文学出版社,1975:211.

命,也不需要有人拦腰抱住、把臂拖回,总之,不需要任何外力的作用,杨志必然地、毫无疑义地会自己走回来!他不能死,他也不会死!他果然走了回来。

这样的描写真实吗?让我们来一点"回放"镜头:"州桥卖刀"前偃蹇东京时,杨志就曾经有这样的心理活动:"指望把一身本事,边庭上一刀一枪,博个封妻荫子,也与祖宗争口气。"①(第十二回)后来在北京城,梁中书说服杨志"押送生辰纲"时最诱人的条件就是:"我有心抬举你,这献生辰纲的札子内另修一封书在中间,太师跟前重重保你,受道敕命回来"②(第十六回)。质言之,命运乖舛的杨志随时随地都在希望着时来运转、咸鱼翻身,甚至官运亨通、扬眉吐气。

杨志是个官迷,是梁山一百八人中最大的"官迷"。黄泥冈上的杨志是不会死的,因为他还未酬壮志,因为他还没有官复原职,更重要的是他还没有达到光宗耀祖的人生理想!须知,杨家将的后代能老死泉下吗?为了家族的荣誉,杨志也得处心积虑地混迹官场。在生死存亡的关键时刻,官迷心窍的杨志拒绝了死神的邀请。为了爹娘,为了祖宗,为了杨家将的再度辉煌,杨志必须活下去!他生命的底蕴在这里放射出只属于天暗星青面兽杨志的寒光,而且是沉重的寒色光闪。

让杨志没有想到的是,他追求半生,不仅没有官复原职,反而被命运之神拨弄,竟至被逼到二龙山和梁山泊当了强盗,这是杨志最为不堪的,也是他最不愿意接受的。

辉煌家世和偃蹇人生,就这样讽刺性地统一在杨志身上,并纠缠了青面兽的大半生,成为他心灵的死结。作者称之为"天暗星",难道不是意味深长的吗?

六、阮小七:快人快语,率性而为

《水浒传》中有两个心直口快之人,一是李逵,另一个便是阮小七。然而,

---

① 施耐庵,罗贯中. 水浒传 [M]. 北京:人民文学出版社,1975:156.
② 施耐庵,罗贯中. 水浒传 [M]. 北京:人民文学出版社,1975:199.

两人之间的心直口快却是不一样的。李逵是天真的心直口快,而阮小七则是成熟的心直口快。在更多的时候,李逵反映的是一种表面感觉,阮小七反映的则是深切感受。

金圣叹对阮小七评价颇高:"阮小七是上上人物,写得另是一样气色。一百八人中,真要算做第一个快人,心快口快,使人对之,龌龊都销尽。"①(《读第五才子书法》)

阮氏三雄在《水浒传》中出现较早,第十五回一上场,便见真性情。尤其是阮小七,更是快人快语,毫无顾忌。他们的母亲当着吴学究的面告知阮小二、阮小七兄弟,说阮小五将自己头上的钗儿讨了去赌博时,阮小二只是"笑了一声",比较含蓄,毕竟当着外人的面,不好说兄弟什么。而阮小七却在背后船上说道:"哥哥正不知怎地,赌钱只是输,却不晦气。莫说哥哥不赢,我也输得赤条条地。"② 毫无遮拦,纯净得可爱。

随后,阮氏三雄陪着吴学究上了岸,到酒店里来,在水阁内拣一副红油桌凳。阮小二便道:"先生,休怪我三个弟兄俗,请教授上坐。"吴用道:"却使不得。"阮小七道:"哥哥只顾坐主位,请教授坐客席。我兄弟两个便先坐了。"吴用道:"七郎只是性快!"饭后,吴用为了进一步游说三阮,决定住在他们家中。于是说道:"小生来这里走一遭,千难万难,幸得你们弟兄今日做一处,眼见得这席酒不肯要小生还钱。今晚,借二郎家歇一夜,小生有些需银子在此,相烦就此店中沽一瓮酒,买些肉,村中寻一对鸡,夜间同一醉如何?"阮小二道:"那里要教授坏钱,我们弟兄自去整理,不烦恼没对付处。"吴用道:"径来要请你们三位。若还不依小生时,只此告退。"又是阮小七说道:"既是教授这般说时,且顺情吃了,却再理会。"吴用道:"还是七郎性直爽快。"③

在吴用这位学究哥哥面前,阮小二多多少少有一点顾全体面,客客气气的。

---

① 陈曦钟,侯忠义,鲁玉川. 水浒传会评本 [M]. 北京:北京大学出版社,1981:19.
② 施耐庵,罗贯中. 水浒传 [M]. 北京:人民文学出版社,1975:187.
③ 施耐庵,罗贯中. 水浒传 [M]. 北京:人民文学出版社,1975:188-189.

而阮小七快人快语，要吃就吃，要喝就喝，无怪乎吴学究一再说："七郎只是性快！""还是七郎性直爽快。"

当晚，在与吴用喝酒的过程中，吴用反反复复用言语勾动阮氏三雄，而回答最为直截了当的仍然是阮小七。请看他的连珠妙语：

阮小七又道："人生一世，草生一秋。我们只管打鱼营生，学得他们过一日也好！"①

阮小七道："若是有识我们的，水里水里去，火里火里去。若能勾受用一日，便死了开眉展眼。"②

阮小七跳起来道："一世的指望，今日还了愿心，正是搔着我痒处，我们几时去？"③

阮氏三雄是生活在社会最底层的英雄豪杰，他们一身的本领却没有地方施展，他们希望生活质量高一点，但却很难如愿以偿。因此他们的内心十分抑郁，甚至是满腔痛苦。其中尤以阮小七最具代表性，在他的快言快语背后隐藏着的是一腔热泪、满腔热血。阮小七虽然也很粗鲁，但他的粗鲁与梁山其他性格粗鲁之人都不相同，诚如金圣叹所言："阮小七粗卤是悲愤无说处。"④（《读第五才子书法》）

阮小七的快人快语并非全都是生活琐屑语，他也有大见识的语言。当何观察带着军队去征剿梁山时，阮氏三雄闪亮登场打先锋。特别是阮小七，头戴青箬笠，身披绿蓑衣，手里捻着条笔管枪，高声歌唱道："老爷生长石碣村，禀性生来要杀人。先斩何涛巡检首，京师献与赵王君！"⑤（第十九回）

这首歌，除了可以作为梁山好汉只反贪官不反皇帝的证词而外，其实，又

---

① 施耐庵，罗贯中. 水浒传 [M]. 北京：人民文学出版社，1975：191.
② 施耐庵，罗贯中. 水浒传 [M]. 北京：人民文学出版社，1975：191.
③ 施耐庵，罗贯中. 水浒传 [M]. 北京：人民文学出版社，1975：193.
④ 陈曦钟，侯忠义，鲁玉川. 水浒传会评本 [M]. 北京：北京大学出版社，1981：18.
⑤ 施耐庵，罗贯中. 水浒传 [M]. 北京：人民文学出版社，1975：241.

何尝不是阮小七满心悲愤无处说的一次释放？

伴随着阮小七快人快语的，是他的率性而为。这位"活阎罗"无论什么事都敢做，哪怕将天捅一个窟窿也不知道后怕。

朝廷派来征剿梁山的何观察，最后兵败被俘，那时梁山上可没有宋公明的"亲解其缚""纳头便拜"云云，而是听凭阮小七这些一线战士自主处理。阮小七呢，毫不客气，居然虐待起俘虏来：

> 当时阮小七把一支小快船载了何涛，直送他到大路口，喝道："这里一直去，便有寻路处。别的众人都杀了，难道只恁地好好放了你去，也吃你那州尹贼驴笑。且请下你两个耳朵来做表证！"阮小七身边拔起尖刀，把何观察两个耳朵割下来，鲜红淋漓。插了刀，解了搭膊，放上岸去。① （第十九回）

如果说阮小七割下何涛的耳朵还只是一件虐待俘虏的小事的话，那么，他将朝廷送来搞招安活动的"御酒"喝了个精光，那可就是一件让宋江无法下台的特大事故了。

> 阮小七叫上水手来，舀了舱里水，把展布都拭抹了。却叫水手道："你且掇一瓶御酒过来，我先尝一尝滋味。"一个水手便去担中取一瓶酒出来，解了封头，递与阮小七。阮小七接过来，闻得喷鼻馨香。阮小七道："只怕有毒，我且做个不着，先尝些个。"也无碗瓢，和瓶便呷，一饮而尽。阮小七吃了一瓶道："有些滋味。一瓶那里济事，再取一瓶来！"又一饮而尽。吃得口滑，一连吃了四瓶。阮小七道："怎地好？"水手道："船梢头有一桶白酒在那里。"阮小七道："与我取舀水的瓢来，我都教你们到口。"将那六瓶御酒，都分与水手众人吃了，却装上十瓶村醪水白酒，还把原封头缚了，再放在龙凤担内，飞也似摇着船来。赶到金沙滩，却好上岸。② （第七十五回）

---

① 施耐庵，罗贯中. 水浒传 [M]. 北京：人民文学出版社，1975：244-245.

② 施耐庵，罗贯中. 水浒传 [M]. 北京：人民文学出版社，1975：1031.

天子御赐美酒，宋大哥没吃，吴学究没吃，梁山所有弟兄都还没吃。阮小七却吃了个不亦乐乎。不仅自己吃，还干脆将剩下的"六瓶御酒，都分与水手众人吃了"，真正的有福同享有难同当。殊不知阮小七偷御酒这件小事却导致了这次招安的失败。宋江当然不知美酒被"活阎罗"偷吃、调换，还堂而皇之、满怀虔诚地准备满饮御酒。此时，令人啼笑皆非的一幕出现了："随即取过一副嵌宝金花钟，令裴宣取一瓶御酒，倾在银酒海内看时，却是村醪白酒。再将九瓶都打开倾在酒海内，却是一般的淡薄村醪。众人见了，尽都骇然，一个个都走下堂去了。鲁智提着铁禅杖，高声叫骂：'入娘撮鸟，忒煞是欺负人！把水酒做御酒来哄俺们吃！'赤发鬼刘唐也挺着朴刀杀上来，行者武松掣出双戒刀，没遮拦穆弘、九纹龙史进一齐发作。六个水军头领都骂下关去了。"①（第七十五回）

其实，若论阮小七的率性而为，这盗御酒也还是小事，更令宋江乃至朝廷不能接受的是"僭越"之举。当梁山好汉消灭了方腊之后，"活阎罗"的又一次表现，却真是将天也戳了一个窟窿。

却见是阮小七穿了御衣服，戴着天平冠，在那里嬉笑。王禀、赵谭骂道："你这厮莫非要学方腊，做这等样子！"阮小七大怒，指着王禀、赵谭道："你这两个直得甚鸟！若不是俺哥哥宋公明时，你这两个驴马头，早被方腊已都砍下了。今日我等众将弟兄成了功劳，你们颠倒来欺负！朝廷不知备细，只道是两员大将来协助成功。"王禀、赵谭大怒，便要和阮小七火并。当时阮小七夺了小校枪，便奔上来戳王禀。呼延灼看见，急飞马来隔开。已自有军校报知宋江，飞马到来。见阮小七穿着御衣服，宋江、吴用喝下马来，剥下违禁衣服，丢去一边。②（第九十九回）

一个曾经当过强盗的人，在消灭了另一个曾经"称帝"的强盗之后，居然穿上他的帝王服耀武扬威，这真正是胆大妄为。如果上纲上线的话，不仅阮小

---

① 施耐庵，罗贯中. 水浒传 [M]. 北京：人民文学出版社，1975：1033.

② 施耐庵，罗贯中. 水浒传 [M]. 北京：人民文学出版社，1975：1363.

七受不了，就连宋江以及整个梁山军都吃不了兜着走。故而，宋江、吴用要将阮小七喝下马来。然而，事情并未结束。这场"僭越"风波，在宋江、吴用的压制之下，看似收场，其实不然。那两个"驴马头"记仇记恨，是不会放过"活阎罗"的。最终，挑唆得皇帝"降了圣旨""追夺阮小七本身官诰，复为庶民"。这种处罚，在很多人身上都会"过不去"，而阮小七却"心中也自欢喜。带了老母回还梁山泊石碣村，依旧打鱼为生，奉养老母，以终天年"①（第一百回）。

阮小七，以自己的行为体现了"质本洁来还洁去"②的本色追求，最终，由于他的快人快语、率性而为，使其永远离开了那卑鄙龌龊的官场。梁山一百八人，能如此者没有几个。连李逵都做了官，而阮小七却视官场为儿戏，你说这位"活阎罗"身上还龌龊吗？

七、吴用：金殿遗材，绿林智囊

《宋江三十六赞》中对"智多星吴学究"的赞语是："古人用智，义国安民。惜哉所予，酒色粗人。"③似乎对吴用的满腹才华没有派上正儿八经的用场而感到惋惜，这话也对也不对。

吴用确实有些怀才不遇，但那只是他刚刚出场的时候，且看作者对他的介绍：

> 看那人时，似秀才打扮：戴一顶桶子样抹眉梁头巾，穿一领皂沿边麻布宽衫，腰系一条茶褐銮带，下面丝鞋净袜；生得眉目清秀，面白须长。这秀才乃是智多星吴用，表字学究，道号加亮先生，祖贯本乡人氏。曾有一首《临江仙》，赞吴用好处：万卷经书曾读过，平生机巧心灵，六韬三略究来精。胸中藏战将，腹内隐雄兵。谋略敢欺诸葛亮，陈平岂敌才能，略

---

① 施耐庵，罗贯中. 水浒传 [M]. 北京：人民文学出版社，1975：1382.

② 曹雪芹，高鹗. 红楼梦 [M]. 北京：人民文学出版社，1982：383.

③ 周密. 癸辛杂识 [M]. 北京：中华书局，1988：146.

施小计鬼神惊。名称吴学究，人号智多星。①（第十四回）

如此人物，竟在乡间教书。对于朝廷而言，这不是极大的人才浪费吗？所以我们说，吴用完全可以称得上"金殿遗材"。宋徽宗建造他的金銮宝殿时，居然将智多星吴用这样的栋梁之材抛弃在荒野，这真是双重的不幸，对朝廷和人才而言都是不幸。

然而，不幸中万幸的是，吴用虽然不为朝廷所用，却在另一个地方——江湖找到了他的用武之地，他成为绿林智囊。

吴用初出茅庐第一功就是"智取生辰纲"。在这场"不义之财，取之何碍"的伟大行动中，所有的攻略都出自"智多星"的大脑。那过程大家很熟悉，此不赘言。

作为"智多星"，吴用的聪明才智在很多方面都得到了发挥，政治、军事、外交、公关乃至人事安排，各方面都体现了他过人的能力和眼光。可以这样说，水泊梁山之所以兴旺发达，一方面是源于宋江的人格魅力，另一方面则是出自吴用的绝大智慧。书中这方面的具体描写实在太多，很难一一说清，我们只要看看回目中的展示，就可管中窥豹了："吴学究说三阮撞筹""吴用智取生辰纲""梁山泊吴用举戴宗""吴学究双用连环计""吴用使时迁盗甲""吴用赚金玲吊挂""吴用智赚玉麒麟""吴用智取大名府""吴加亮布四斗五方旗""吴学究智取文安县"②，以上是百回本回目。此外，一百二十回本的"田王二传"中与吴用相关的回目有："打盖郡智多星密筹""吴用计鸩邬梨"。③ 所有这些，充分证明智多星吴用在水泊梁山这绿林好汉聚集之地将他的聪明才智发挥到了极致。

对于吴用，金圣叹有一段绝妙的评价，而且是将他与宋江对比而言的："吴用定然是上上人物，他奸猾便与宋江一般，只是比宋江却心地端正。宋江是纯

---

① 施耐庵，罗贯中. 水浒传 [M]. 北京：人民文学出版社，1975：180-181.
② 施耐庵，罗贯中. 水浒传 [M]. 北京：人民文学出版社，1975：目录1-5.
③ 施耐庵，罗贯中. 水浒全传 [M]. 上海：上海古籍出版社，1984：4.

用术数去笼络人，吴用便明明白白驱策群力，有军师之体。吴用与宋江差处，只是吴用却肯明白说自家是智多星，宋江定要说自家志诚质朴。宋江只道自家笼罩吴用，吴用却又实实笼罩宋江。两个人心里各各自知，外面又各各只做不知，写得真是好看煞人。"①（《读第五才子书法》）其实这话只说对了一大半，吴用是上上人物，奸猾，驱策群力，有军师之体，甚至自认为"智多星"，这些都是对的。但说吴用想要"笼罩宋江"，却有点自说自话。他与宋江是有很大区别，但那区别主要源自两人所秉持的人生信条的差异。宋江是儒墨兼收的，而且最后"墨侠"的一面逐渐消退，而儒家的"忠"却堕落为"愚忠"。吴用呢？更是杂学旁收，儒家的、墨家的、法家的、兵家的、纵横家的，乃至于阴阳五行、天文地理无所不知，无所不晓，是一个大杂家。

正因为是一个大杂家，所以吴用的"儒家"思想没有宋江那么淳厚；同时，他毕竟是一位生活在以儒家思想为统治思想的封建时代的知识分子，因此，他最终还是归根于"儒"。

吴用身上所体现的这种复杂思想状况，可以通过两件事来证明。

第一件事，发生在梁山军与辽国开战时，辽国派欧阳侍郎来劝降。当欧阳侍郎告辞以后，在降与不降的问题上，宋江与吴用的看法大相径庭：

> 于是令备酒肴相待，送欧阳侍郎出城，上马去了。宋江却请军师吴用商议道："适来辽国侍郎这一席话如何？"吴用听了，长叹一声，低首不语，肚里沉吟。宋江便问道："军师何故叹气？"吴用答道："我寻思起来，只是兄长以忠义为主，小弟不敢多言。我想欧阳侍郎所说这一席话，端的是有理。目今宋朝天子，至圣至明，果被蔡京、童贯、高俅、杨戬四个奸臣专权，主上听信。设使日后纵有功成，必无升赏。我等三番招安，兄长为尊，只得个先锋虚职。若论我小子愚意，从其大辽，岂不胜如梁山水寨。只是负了兄长忠义之心。"宋江听罢，便道："军师差矣。若从大辽，此事切不可题。纵使宋朝负我，我忠心不负宋朝，久后纵无功赏，也得青史上留名。

---

① 陈曦钟，侯忠义，鲁玉川. 水浒传会评本［M］. 北京：北京大学出版社，1981：19.

若背正顺逆，天不容恕。吾辈当尽忠报国，死而后已。"①（第八十五回）

少时读《水浒传》，到这一片段，看了吴用的这一番话，很不以为然。认为吴用这样的人怎么能叛国求荣呢？后来，读了更多的书，才知道《水浒传》的成书是在蒙古人入主中原之后，而辽国的契丹人，与蒙古人一样，同属曾经在中原建立过政权的少数民族。如此，则不存在所谓叛国求荣的问题，最多是卖主求荣而已。但像宋徽宗这样的昏主，在梁山很多人的心目中并没有一定要终身尽忠的义务。更何况，吴用等人出身草寇，对大宋朝廷并没有多少感情，被大宋招安或归顺大辽，在他们看来不过是半斤八两。诚如吴用所言："从其大辽，岂不胜如梁山水寨。"进而言之，在明代小说家那儿，还有比这更出格的。不要说吴用这种草寇，就是朝廷命官，也被小说作家将其背叛旧主写成弃暗投明。不过，他们有一个冠冕堂皇的理论："君不正，臣投外国。"且看在《水浒传》吴用言论影响下的这些出格的说法：

  张良诉说已罢，微微冷笑，便道："我王岂不闻古人云：'君不正，臣投外国；父不正，子奔他乡。'我王失其政事，不想褒州筑坛拜将之时。我王不信，有诗为证：韩信遭逢吕后机，不由天子只由妃。智赚未央宫内见，不想褒州拜将时。"②（《清平山堂话本》卷二《张子房慕道记》）

  黄明曰："兄长不必踌躇。纣王失政，大变人伦，嫂嫂进宫，想必昏君看见嫂嫂姿色，君欺臣妻，此事也是有的。嫂嫂乃是女中丈夫，兄长何等豪杰，嫂嫂守贞洁，为夫名节，为子纲常，故此坠楼而死。黄娘娘见嫂嫂惨死，必向昏君辨明。纣王溺爱偏向，把娘娘摔下楼，此事再无他议。长兄不必迟疑，'君不正，臣投外国'。想吾辈南征北讨，马不离鞍，东战西攻，人不脱甲。若是这等看起来，愧见天下英雄，有何颜立于人世！君既负臣，臣安能长仕其国。吾等反也！"③（《封神演义》第三十回）

---

① 施耐庵，罗贯中. 水浒传 [M]. 北京：人民文学出版社，1975：1165.

② 洪楩. 清平山堂话本 [M]. 上海：上海古籍出版社，1987：103.

③ 许仲琳. 封神演义 [M]. 济南：齐鲁书社，1980：287.

怀德道："爹爹，自古道：'君不正，臣投外国。'昔日岑彭归汉，秦叔宝舍魏投唐，古来名将，皆是如此。况今幼主昏德，宠信奸邪，杀戮忠良股肱，还想什么开基之将，汗马功劳？请爹爹不必多疑，但自回兵，等待病愈，然后观其事势，再为区处。"①（《飞龙全传》第三十二回）

公主说："父王，你言差矣，古云：君不正，臣逃外国。如今南王乃一反叛伪王，所行残害好杀，陷害了多少良民，上天必然不佑，焉能成得大业？目视南天王大势，犹如风前之烛，釜中之鱼耳！倘若父王不及早知机，只恐临时悔之晚矣！"②（《五虎平南》第三十二回）

以上作品，前两部产生于明代，后两部产生于清代，可见在明清两代小说家那儿，吴用这种出格思想的影响甚大。而这，也正是吴用与宋江最大的区别。

然而，吴用也有与宋江相同的一面，那就是"愚忠"。当然，就是相同的"愚忠"也是同中有异，宋江是"愚忠"于大宋王朝，而吴用则与李逵、花荣等人一样，是"愚忠"于宋公明哥哥。

这就涉及我们要讲的体现吴用思想复杂的第二件事，其实那也是智多星吴用在《水浒传》中谢幕时所干的一件"蠢事"。

吴用道："贤弟，你听我说。我已单身，又无家眷，死却何妨？你今现有幼子娇妻，使其何依？"花荣道："此事不妨，自有囊箧，足以糊口。妻室之家，亦自有人料理。"两个大哭一场，双双悬于树上，自缢而死。船上从人，久等不见本官出来，都到坟前看时，只见吴用、花荣自缢身死。慌忙报与本州官僚，置备棺椁，葬于蓼儿洼宋江墓侧。③（第一百回）

智多星吴用，其实也是一个悲剧人物。他有如此大才，不为朝廷所用，是第一层悲剧；他这样的绿林智囊，居然曾经想到要"君不正，臣投外国"，是第二层悲剧；他这样的智多星，最终竟然自缢于宋江坟前，以生命尽了"愚忠"，

---

① 东隅逸士.飞龙全传［M］.北京：宝文堂书店，1982：257.

② 佚名.五虎平西平南［M］.西安：三秦出版社，1988：661.

③ 施耐庵，罗贯中.水浒传［M］.北京：人民文学出版社，1975：1391.

这是第三层悲剧。

三 亚英雄人物群

梁山一百八人从人物塑造成功与否的角度划分，可以有三个档次：读者最喜爱的英雄人物、亚英雄人群、不得已的凑数而写的人物形象。上面讲的是最高档次，亦即最成功、最动人的艺术形象，这里讲第二档次：亚英雄人物群。

一、天巧星浪子燕青

天巧星浪子燕青，其出身在书中有较为详细的交代："这人是北京土居人氏，自小父母双亡，卢员外家中养的他大。……不则一身好花绣，那人更兼吹的、弹的、唱的、舞的，拆白道字，顶真续麻，无有不能，无有不会。亦是说的诸路乡谈，省的诸行百艺的市语。更且一身本事，无人比的。拿着一张川弩，只用三枝短箭，郊外落生，并不放空，箭到物落，晚间入城，少杀也有百十个虫蚁。若赛锦标社，那里利物管取都是他的。亦且此人百伶百俐，道头知尾。本身姓燕，排行第一，官名单讳个青字。北京城里人口顺，都叫他做浪子燕青。"①（第六十一回）

燕青是梁山好汉中颇为突出的人物，很有自己的个性。

首先，恩怨分明，知恩图报。

中国几千年的民间公共道德告诉我们：受人点水之恩，必当涌泉相报；受人大恩不言报，报则以身。燕青的行为，是完全符合这种传统伦理道德的。他深受卢俊义大恩，因此，当卢俊义遭遇厄难时，燕青便奋不顾身地进行营救。当卢俊义被官府抓捕，陷入牢狱之灾时，燕青四处叫化，弄了半罐饭救恩人性命："燕青跪在地下，擎着两行珠泪，告道：'节级哥哥，可怜见小人的主人卢员外，吃屈官司，又无送饭的钱财！小人城外叫化得这半罐子饭，权与主人充饥。节级哥哥怎地做个方便，便是重生父母，再长爷娘！'说罢，泪如雨下，拜

---

① 施耐庵，罗贯中. 水浒传 [M]. 北京：人民文学出版社，1975：849.

倒在地。"①（第六十二回）这一幕是感人至深的。像卢俊义这种"通寇"罪名的犯人，是弥天大罪。在那个人情冷暖、世态炎凉的时代，人人都怕惹火上身，躲之唯恐不及，哪里去找燕青这样的历尽艰难而忠心报恩之人呢？

燕青每日叫化饭食以救卢俊义之饥渴只是权宜之计，他的最终目的是要救出恩人。但牢房戒备森严，他无从下手。终于等到了卢俊义被押解上路的机会，他可以拦路打劫救出恩人了。于是，发生了"放冷箭燕青救主"一幕："薛霸两双手拿起水火棍，望着卢员外脑门上劈将下来。董超在外面只听得一声扑地响，慌忙走入林子里来看时，卢员外依旧缚在树上，薛霸倒仰卧倒树下，水火棍撇在一边。董超道：'却又作怪！莫不是他使的力猛，倒吃一跤？'仰着脸四下里看时，不见动静。薛霸口里出血，心窝里露出三四寸长一枝小小箭杆。却待要叫，只见东北角树上，坐着一个人，听的叫声：'着！'撒手响处，董超脖项上早中了一箭，两脚蹬空，扑地也倒了。那人托地从树上跳将下来，拔出解腕尖刀，割断绳索，劈碎盘头枷，就树边抱住卢员外放声大哭。卢俊义开眼看时，认得是浪子燕青。"②（第六十二回）这段描写，与鲁智深救林冲一段有异曲同工之妙，但又各有千秋。相对于鲁智深的勇猛而言，燕青更为机智。鲁智深是以其豪迈的气势折服两个公差，而燕青则干脆干净利落地消灭了这两个无耻小人。当然，他们行为又有共同之处，都是千钧一发之际救出命悬一线之人，只不过鲁智深救的是肝胆相照的朋友，而燕青救的是恩重如山的主人而已。

其次，做事牢靠，值得信任。

《水浒传》里与燕青在一起活动得最多的人是李逵，那么，作者为什么要将李逵与燕青放在一起来写呢？道理很简单，因为李逵是梁山上最莽撞的人，而燕青是梁山上最精细的人。作者正是让这两个人在一起而相映成趣。譬如说，李逵有一次冤枉了宋江，闯下大祸，事后不知如何是好。而燕青就帮他出了一个负荆请罪的好主意。且看这段描写："李逵道：'只是我性紧上错做了事。既

---

① 施耐庵，罗贯中. 水浒传 [M]. 北京：人民文学出版社，1975：866.
② 施耐庵，罗贯中. 水浒传 [M]. 北京：人民文学出版社，1975：871-872.

然输了这颗头，我自一刀割将下来，你把去献与哥哥便了。'燕青道：'你没来由寻死做什么！我教你一个法则，唤做负荆请罪。'李逵道：'怎地是负荆？'燕青道：'自把衣服脱了，将麻绳绑缚了，脊梁上背着一把荆杖，拜伏在忠义堂前，告道：由哥哥打多少。他自然不忍下手。这个唤做负荆请罪。'李逵道：'好却好，只是有些惶恐。不如割了头去干净。'燕青道：'山寨里都是你弟兄，何人笑你？'李逵没奈何，只得同燕青回寨来负荆请罪。"①（第七十三回）这样一条妙计，既让李逵有了改正错误的表现，也给宋江以足够的面子。结果是既教育了李逵，又进一步树立了宋江的威信，真是一举两得的好主意！

以上所述的还只是发生在梁山兄弟内部的一件不算太大的误会，按照燕青的妙计，得到了妥善处理。小事如此，大事就更是这样了。越是碰上大事，燕青越沉着冷静。他做事十分牢靠，是那种值得信任，并能够委以重任的聪明伶俐之人。当宋江要向朝廷联络招安事宜，必须通过京城名妓李师师向宋徽宗吹吹枕头风的时候，如何能说动李师师帮忙，是一个很艰巨的任务。这位说客万万不可鲁莽，也不能粗豪，而必须具有温柔体贴的性情，更要精通吹、拉、弹、唱诸般技艺。一句话，既要能讨风尘女子李师师的欢心，又不能与李师师过于缠绵动真情而误了正事。宋江等人考虑再三，此事非燕青不办。而燕青也果然不辱使命，圆满完成了宋江交给的任务。然而，在这一过程中，燕青可是要经受严峻考验的。因为像燕青这样的风流子弟，是最有可能得到李师师爱恋的。果不其然："原来这李师师是个风尘妓女，水性的人。见了燕青这表人物，能言快说，口舌利便，倒有心看上他。酒席之间，用些话来嘲惹他。数杯酒后，一言半语，便来撩拨。燕青是个百伶百俐的人，如何不省得。他却是好汉胸襟，怕误了哥哥大事，那里敢来承惹。"② 就这样，燕青抵御了李师师的诱惑，甚至有些忍心地拒绝了绝代佳人的爱恋：

燕青却要那婆娘欢喜，只得把出本事来，接过箫，便呜呜咽咽也吹一

---

① 施耐庵，罗贯中. 水浒传 [M]. 北京：人民文学出版社，1975：1008.

② 施耐庵，罗贯中. 水浒传 [M]. 北京：人民文学出版社，1975：1109.

曲。……李师师执盏擎杯，亲与燕青回酒，谢唱曲儿。口儿里悠悠放出些妖娆声嗽，来惹燕青。燕青紧紧的低了头，唯诺而已。数杯之后，李师师笑道："闻知哥哥好身文绣，愿求一观如何？"燕青笑道："小人贱体虽有些花绣，怎敢在娘子根前揎衣裸体！"李师师说道："锦体社家子弟，那里去问揎衣裸体。"三回五次，定要讨看。燕青只的脱膊下来。李师师看了，十分大喜。把尖尖玉手，便摸他身上。燕青慌忙穿了衣裳。李师师再与燕青把盏，又把言语来调他。燕青恐怕他动手动脚，难以回避，心生一计，便动问道："娘子今年贵庚多少？"李师师答道："师师今年二十有七。"燕青说道："小人今年二十有五，却小两年。娘子既然错爱，愿拜为姐姐。"燕青便起身，推金山，倒玉柱，拜了八拜。那八拜，是拜住那妇人一点邪心，中间里好干大事。若是第二个在酒色之中的，也坏了大事。因此上单显燕青心如铁石，端的是好男子！① （第八十一回）

燕青在李师师面前是刚柔相济的，如若是董平、王英之流，见到李师师如此绝色，恐怕早就把持不住了，那样太"柔"，会误了宋公明哥哥的大事；如若是李逵、武松之辈，见到李师师如此扭捏，恐怕早就不耐烦了，那样太"刚"，也会误了宋公明哥哥的大事。唯有浪子燕青，拿捏得恰到好处，既没有伤害李师师的面子，又没有延误宋哥哥的大事，这才是做事牢靠，值得信任之人。

第三，尤擅弩箭，相扑第一。

燕青在步军首领中排名第六，还在杨雄、石秀、解珍、解宝的前面，如果没有几下子过硬的功夫，便难以服众。然而，燕青不像李逵，靠蛮力取胜，他是轻巧灵活型的高手。他的绝门功夫有二：弩箭和相扑。他的弩箭，在搭救卢俊义时大显神威，正如他事后对玉麒麟所言："比及五更里起来，小乙先在这里等候，想这厮们必来这林子里下手。被我两弩箭结果了他两个。"而《水浒传》的作者，更是对燕小乙的弩箭赞不绝口："这浪子燕青那把弩弓，三枝快箭，端的是百发百中。但见：弩桩劲裁乌木，山根对嵌红牙。拨手轻衬水晶，弦索半

---

① 施耐庵，罗贯中. 水浒传 [M]. 北京：人民文学出版社，1975：1109-1110.

抽金线。背缠锦袋,弯弯如秋月未圆;稳放雕翎,急急似流星飞迸。绿槐影里,娇莺胆战心惊;翠柳阴中,野鹊魂飞魄散。好手人中称好手,红心里面夺红心。"①(第六十二回)

至于燕青相扑的功夫,在当时更是天下第一。书中好几个人物都吃过他的亏。首先是李逵:"话说当下李逵从客店里抢将出来,手搭双斧,要奔城边劈门,被燕青抱住腰胯,只一交,撷个脚稍天。燕青拖将起来,望小路便走。李逵只得随他。为何李逵怕燕青?原来燕青小厮扑天下第一。因此宋公明着令燕青相守李逵。李逵若不随他,燕青小厮扑,手到一交。李逵多曾着他手脚,以此怕他,只得随顺。"②(第七十三回)

燕青撷李逵,还只能算是梁山兄弟之间的戏谑,而他与任原的相扑,那可就是性命相搏了:

> 此时宿雾尽收,旭日初起。部署拿着竹批,两边分付已了,叫声:"看扑!"这个相扑,一来一往,最要说得分明。说时迟,那时疾,正如空中星移电掣相似,些儿迟慢不得。当时,燕青做一块儿蹲在右边,任原先在左边立个门户。燕青则不动掸。初时,献台上各占一半,中间心里合交。任原见燕青不动掸,看看逼过右边来。燕青只瞅他下三面。任原暗忖道:"这人必来算我下三面,你看我不消动手,只一脚踢这厮下献台去。"有诗为证:百万人中较艺强,轻生捐命等寻常。试看两虎相吞啖,必定中间有一伤。任原看看逼将入来,虚将左脚卖个破绽。燕青叫一声:"不要来!"任原却待奔他,被燕青去任原左胁下穿将过去;任原性起,急转身又来拿燕青。被燕青虚跃一跃,又在右胁下钻过去。大汉转身终是不便,三换换得脚步乱了。燕青却抢将入去,用右手扭住任原,探左手插入任原交裆,用肩胛顶住他胸脯,把任原直托将起来,头重脚轻,借力便旋,五旋旋到献台边,叫一声:"下去!"把任原头在下,脚在上,直撺下献台来。这一扑,

---

① 施耐庵,罗贯中. 水浒传 [M]. 北京:人民文学出版社,1975:872.

② 施耐庵,罗贯中. 水浒传 [M]. 北京:人民文学出版社,1975:1001.

名唤做鹁鸽旋。数万香官看了，齐声喝彩。①（第七十四回）

然而，燕青相扑，最有意味的是在梁山上扑倒高俅的那一次，真正令人拍手称快："两个脱了衣裳，就厅阶上，宋江叫把软褥铺下。两个在剪绒毯上，吐个门户。高俅抢将入来，燕青手到，把高俅扭摔得定，只一跤，撷翻在地褥上，做一块半晌挣不起。这一扑，唤作守命扑。"②（第八十回）高俅相扑水平一般，却要自称"天下无对"。于是，真正天下无对的燕小乙上来三下五除二，将他摔了个一佛出世，二佛涅槃。如此，便大长了梁山好汉的威风，大灭了朝廷奸贼的志气。别看宋江、卢俊义表面上紧张得要命，内心深处可是高兴得要死哩！燕青，通过小小的相搏之戏，真是给水泊梁山挣足了面子！

第四，不求荣华，功成身退

在梁山好汉一百零八人中，燕青是最聪明的一个。这不仅体现在他百事伶俐，讨人喜欢，更重要的是在于他看透了朝廷，看透了世情，不求荣华富贵而功成身退。对此，《水浒传》的作者通过一首古风加一番议论，表达了由衷的赞叹："罡星飞出东南角，四散奔流绕寥廓。徽宗朝内长英雄，弟兄聚会梁山泊。中有一人名燕青，花绣遍身光闪烁。凤凰踏碎玉玲珑，孔雀斜穿花错落。一团俊俏真堪夸，万种风流谁可学。锦体社内夺头筹，东岳庙中相赛搏。功成身退避嫌疑，心明机巧无差错。世间无物堪比论，金风未动蝉先觉。话说这一篇诗，单道着燕青。他虽是三十六星之末，果然机巧心灵，多见广识，了身达命，都强似那三十五个。"③（第七十四回）

作者对燕青这种功成身退的思想，是十分欣赏的。不仅用了诗歌的和议论的方式进行赞叹，而且还通过形象化的描写，进一步强化了读者对燕青这一方面的认识："再说宋江与同诸将，离了杭州，望京师进发。只见浪子燕青私自来劝主人卢俊义道：'小乙自幼随侍主人，蒙恩感德，一言难尽。今既大事已毕，

---

① 施耐庵，罗贯中. 水浒传 [M]. 北京：人民文学出版社，1975：1022.

② 施耐庵，罗贯中. 水浒传 [M]. 北京：人民文学出版社，1975：1101.

③ 施耐庵，罗贯中. 水浒传 [M]. 北京：人民文学出版社，1975：1014.

欲同主人纳还原受官诰，私去隐迹埋名，寻个僻净去处，以终天年。未知主人意下若何？'卢俊义道：'自从梁山泊归顺宋朝已来，北破辽兵，南征方腊，勤劳不易，边塞苦楚。弟兄殒折，幸存我一家二人性命。正要衣锦还乡，图个封妻荫子，你如何却寻这等没结果？'燕青笑道：'主人差矣！小乙此去，正有结果。只恐主人此去，定无结果。'若燕青，可谓知进退存亡之机矣。……燕青纳头拜了八拜。当夜收拾了一担金珠宝贝挑着，径不知投何处去了。"①（第九十九回）

鸟尽弓藏，兔死狗烹，这是封建时代君臣关系的常态，更何况梁山英雄来自草莽，强盗出身，朝廷怎么可能给你一个好的结局？宋江、卢俊义等人没有参透这中间的奥秘，因而全都成为封建王朝的牺牲品，成为祭坛上的羔羊。而燕青等少数人看透了这一点，于是，就有了鲁智深的坐化，武二郎的守灵，混江龙的诈病，燕小乙的隐遁。其实，这些人的思想正代表了作者的思想，也正显示了《水浒传》这部悲剧英雄小说最深层的悲剧蕴含。

但无论如何，在《水浒传》作者的心目中，燕青是他最喜爱的人物之一。在全书对燕小乙的描写过程中，只有赞扬，从无贬损，甚至连皮里阳秋的暗讽都没有。在作者看来，燕青就是朝霞、旭日、春风、山泉，是那么辉煌、明亮、和煦、清澈，谓予不信，不妨以作者的一首《沁园春》词来结束这篇燕青小传："唇若涂朱，睛如点漆，面似堆琼。有出人英武，凌云志气，资禀聪明。仪表天然磊落，梁山上端的驰名。伊州古调，唱出绕梁声。果然是艺苑专精，风月丛中第一名。听鼓板喧云，笙拍嘹亮，畅叙幽情。棍棒参差，揎拳飞脚，四百军州到处惊。人都羡英雄领袖，浪子燕青。"②（第六十一回）

二、天英星小李广花荣

花荣是早期水浒故事中就已经存在的人物，《宋江三十六赞》中，小李广花

---

① 施耐庵，罗贯中. 水浒传 [M]. 北京：人民文学出版社，1975：1370-1371.
② 施耐庵，罗贯中. 水浒传 [M]. 北京：人民文学出版社，1975：849-850.

荣的赞词是："中心慕汉，夺马而归。汝能慕广，何忧数奇？"① 前两句说的是李广，后两句也是与李广相比的泛泛而谈，没有多少花荣自身的性格展示。《宣和遗事》中，花荣只是作为押送花石纲的"十二指使"之一，跟着杨志、李进义等人一起行动，并没有多少自身风采的表现。

元杂剧现存作品中，花荣在两本戏中出现。一是《争报恩三虎下山》，一是《鲁智深喜赏黄花峪》。在末本戏《鲁智深喜赏黄花峪》中，花荣仅仅作为梁山泊头领之一，跟随关胜等人上场晃了晃，没有什么戏。而《争报恩三虎下山》却是旦本戏，梁山"三虎"关胜、徐宁、花荣三个英雄给李千娇配戏，花荣在第二折出现，但行为鲁莽，忙乱中误伤李千娇丈夫赵通判，害得千娇姐姐坐牢。且看他事后对关胜、徐宁的自述：

> （花荣云）哥，我的情节也差不远。当日宋江哥哥的将令，因为您两个违了期限，不上山来。又差我来接应哥。您兄弟下的山来，到那济州府城外酒店里，多饮了几杯酒。入的城来，被风刮起衣服，露见我这逼绰子。被那捕盗官军看见，兀的不是梁山上的好汉。赶的我至急，扳的一枝苦墙柳树，被我跳过墙去。哥，您道你兄弟跳在那里？正跳在俺千娇姐姐花园里。我在那太湖石边躲着。天色晚了，不想姐姐出来烧香。头里两炷香都不打紧，第三炷香愿普天下好男休遭罗网之灾。哥，您兄弟逃灾躲难，听见姐姐说这等吉利之语。我就要上梁山告与宋江哥哥知道，争奈不知姐姐姓字。您兄弟在姐姐房门前鞋底鸣，脚步响。姐姐在房里听得。则道是他的通判相公来，开的房门，您兄弟蓦进门去。灯烛直下，见了您兄弟身材凛凛、相貌堂堂，教那姐姐可是怕也不怕？我便道：姐姐休惊莫怕，则我是宋江手下第十三个头领，弓手花荣。我正与姐姐所说向上事，被那丁都管和王腊梅搬调着通判，说姐姐房里有奸夫。您兄弟拿着逼绰子奔将出来，不想那逼绰子抹破了姐夫臂膊。如今把姐姐拖到官中，三推六问，屈打成招，早晚押上法场去。您兄弟在哥哥根前告了一个月假限。收拾了些金珠

---

① 周密. 癸辛杂识 [M]. 北京：中华书局，1988：148.

银宝，舍一腔热血，答救千娇姐姐。①（第三折）

贪杯误事，行为莽撞，这就是《争报恩三虎下山》中花荣的表现。这个花荣，除了恩怨分明的基本性格和"弓手"的身份之外，与《水浒传》中的花荣没有多少共同之处。因此可以说，《水浒传》的作者在原有材料的基础上塑造了一个全新的小李广花荣形象。

《水浒传》中的花荣特具儒雅风采，作者在书中多次表现这一点："齿白唇红双眼俊，两眉入鬓常清，细腰宽膀似猿形。能骑乖劣马，爱放海东青。百步穿杨神臂健，弓开秋月分明，雕翎箭发迸寒星。人称小李广，将种是花荣。……身上战袍金翠绣，腰间玉带嵌山犀。渗青巾帻双环小，文武花靴抹绿低。"②（第三十三回）"蜀锦鞍鞯宝镫光，五明骏马玉玎珰。虎筋弦扣雕弓硬，燕尾梢攒箭羽长。绿锦袍明金孔雀，红绣带束紫鸳鸯。参差半露黄金甲，手执银丝铁杆枪。这员骁将乃是梁山泊小李广花荣。"③（第七十六回）

花荣很爱惜自己儒雅的外表，他是一位很注意自身形象的将军。在清风寨，当他被黄信诱捕之后，有与众不同的表现：

花荣便对黄信说道："都监赚我来，虽然捉了我，便到朝廷，和他还有分辩。可看我和都监一般武职官面，休去我衣服，容我坐在囚车里。"④（第三十三回）

这使我们想起了"子路结缨"的故事："于是子路欲燔台，蒉聩惧，乃下石乞、壶黡攻子路，击断子路之缨。子路曰：'君子死而冠不免。'遂结缨而死。"⑤

子路临死之前要整理好自己的帽子，并将帽带系得端端正正，这就是君子

---

① 佚名. 争报恩三虎下山 [M] //臧晋叔. 元曲选. 北京：中华书局，1958：168-169.

② 施耐庵，罗贯中. 水浒传 [M]. 北京：人民文学出版社，1975：441-442.

③ 施耐庵，罗贯中. 水浒传 [M]. 北京：人民文学出版社，1975：1047.

④ 施耐庵，罗贯中. 水浒传 [M]. 北京：人民文学出版社，1975：453.

⑤ 司马迁. 史记 [M]. 北京：中华书局，1959：2193.

之风,这就是深入骨髓的儒雅。花荣也一样,被捕之后还要穿着将官的服色,这是一种极端的自尊、自重、自爱,也是一种深入到骨髓的儒雅。

当然,花荣的儒雅并非只是停留在衣着外貌方面,而是一种深刻的内在气质。花荣不是神箭手吗?但我们什么时候看见他滥杀无辜呢?不错,花荣也用神箭射死射伤过几个人,但那都是在战场上,是你死我活的战场。例如,第六十六回在大名府,花荣射中李成副将,翻身落马。第六十八回在曾头市,花荣神箭正中曾涂左臂,翻身落马。第八十七回征辽时,花荣"飕"的只一箭,正中琼先锋面门,翻身落马。第九十七回征方腊时,花荣手起,急放连珠二箭,射中王绩、晁中二将,翻身落马。后又弓开满月,箭发流星,正中元帅邓元觉面门,坠下马去,被众军杀死。这些将领都是被花荣射下马来,可见都是在战场之中性命攸关的时刻。花荣也曾射杀不在战场上的大人物,但那却是受到吴用的指使:

  当时军师吴用正听读到"除宋江"三字,便目视花荣道:"将军听得么?"却才读罢诏书,花荣大叫:"既不赦我哥哥,我等投降则甚?"搭上箭,拽满弓,望着那个开诏使臣道:"看花荣神箭!"一箭射中面门。①(第八十回)

就这样,花荣射死"天使",粉碎了高俅等人阴谋的一次假招安。除此而外,花荣射死的无名之辈却都是"警告"性的。如第四十一回,宋江智取无为军时,梁山好汉放火烧黄文炳家,"这边后巷也有几个守门军汉,带了些人,驮了麻搭火钩,都奔来救火。早被花荣张起弓,当头一箭,射翻了一个,大喝道:'要死的便来救火!'那伙军汉一齐都退去了。"②再如第五十八回,梁山军擒拿呼延灼时,"这许多赶来的马军,却被花荣拈弓搭箭,射倒当头五七个,后面的勒转马,一哄都走了"③。可见即便在格斗厮杀时,花荣摆弄神箭也并非以杀人

---

① 施耐庵,罗贯中. 水浒传 [M]. 北京:人民文学出版社,1975:1087.
② 施耐庵,罗贯中. 水浒传 [M]. 北京:人民文学出版社,1975:566.
③ 施耐庵,罗贯中. 水浒传 [M]. 北京:人民文学出版社,1975:809.

为乐,而是将敌人赶走即可。这其实正是一种深层次的"儒雅",是不同于梁山上很多嗜杀的头领的一种儒将的人性化表现。

花荣就是这样,能不杀人就尽量不杀人,这种人性化的表现,说到底,乃是一种宅心仁厚的外化。有了这一种性格底蕴,花荣的神箭在更多的时候都是"点到为止"的。

> 那两枝箭却射定在两扇门上。花荣再取第三枝箭,喝道:"你众人看我第三枝箭,要射你那队里穿白的教头心窝!"那人叫声:"哎呀!"便转身先走。众人发声喊,一齐都走了。①(第三十三回)

> 秦明大怒,赶将来。花荣把枪去了事环上带住,把马勒个定,左手拈起弓,右手拔箭,拽满弓,扭过身躯,望秦明盔顶上只一箭,正中盔上,射落斗来大那颗红缨,却似报个信与他。②(第三十四回)

> 宋江背后转过小李广花荣,拈弓取箭,看着卢俊义喝道:"卢员外休要逞能,先教你看花荣神箭!"说犹未了,飕地一箭正中卢俊义头上毡笠儿的红缨。吃了一惊,回身便走。③(第六十一回)

以上三例,无论对象是谁,花荣的神箭完全可以取对方性命的,但他却适可而止,只是吓唬一下对方,让敌人知难而退即可。在战场上,这也应该是一种儒雅的风度,而这种儒雅却是以仁厚之心为底蕴的。有的时候,花荣的神箭虽没有直接消灭敌人,却对事故争端或战场形势起着决定性的作用。请看下面两例:

> 花荣在马上看见了,便把马带住,左手去飞鱼袋内取弓,右手向走兽壶中拔箭,搭上箭,拽满弓,觑着豹尾绒绦较亲处,飕的一箭,恰好正把绒绦射断。只见两枝画戟分开做两下,那二百余人一齐喝声采。④(第三十

---

① 施耐庵,罗贯中. 水浒传 [M]. 北京:人民文学出版社,1975:448.
② 施耐庵,罗贯中. 水浒传 [M]. 北京:人民文学出版社,1975:460.
③ 施耐庵,罗贯中. 水浒传 [M]. 北京:人民文学出版社,1975:856.
④ 施耐庵,罗贯中. 水浒传 [M]. 北京:人民文学出版社,1975:472.

五回)

　　花荣道:"有何难哉!"便拈弓搭箭,纵马向前,望着影中只一箭,不端不正,恰好把那碗红灯射将下来。四下里埋伏军兵,不见了那碗红灯,便都自乱撺起来。①(第四十八回)

　　上一例是写的是对影山吕方、郭盛长时间的争斗,被花荣一箭解决之:"那两个壮士便不斗,都纵马跑来","愿闻神箭将军大名"。下一例则写祝家庄布置迷魂阵,却以红灯一碗作为指挥,宋江等人投东,灯就指向东边;宋江等人投西,灯就指向西边。结果,花荣看透了这个机关,一箭射下红灯,让敌人成了没头的苍蝇,到处乱撞。可见,在关键时刻,花荣的神箭可以解决根本问题,但不一定要直接杀人。这正是花荣与梁山绝大多数只有靠杀人而取胜的英雄人物最大的区别。

　　然而,花荣的儒雅风采也罢、仁厚内心也罢,说到底,还是儒家思想系统中的东西。花荣最终也将自己的生命终止在宋江的墓穴旁边,亦即儒家"忠义"的畛域之内。平方腊之后,花荣授应天府兵马都统制。得知宋江被朝廷鸩酒毒死之后,他和吴用一样,赶到宋江坟前自尽,临死前,他对吴用说:"军师既有此心,小弟便当随之,亦与仁兄同尽忠义。"《水浒传》的作者随即赞道:"似此真乃死生契合者也。有诗为证:红蓼洼中客梦长,花荣吴用苦悲伤。一腔义烈原相契,封树高悬两命亡。"②(第一百回)

　　仁也罢、义也罢、忠也罢、烈也罢,正是这些东西造就了儒雅的花荣,也正是这些东西结束了悲剧的花荣。

　　三、天罡星玉麒麟卢俊义

　　如同《水浒传》中的描写一样,玉麒麟卢俊义在水浒故事流传过程中的地位一直很高。《宋江三十六赞》中,他名列第三,仅次于宋江和吴用。他的赞语

---

① 施耐庵,罗贯中. 水浒传 [M]. 北京:人民文学出版社,1975:671.

② 施耐庵,罗贯中. 水浒传 [M]. 北京:人民文学出版社,1975:1391.

是:"白玉麒麟,见之可爱。风尘大行,皮毛终坏。"①

在《宣和遗事》中,卢俊义这个名字又被写作"李进义"。其实,这李进义就是卢俊义。"李""卢"二字,一声之转;"进""俊"二字,在某些方言中为同音字;"义"字则完全相同。李进义在十二指使中排名第二,仅次于杨志。杨志卖刀杀人犯事后,又是这位"李进义同孙立商议,兄弟十一人往黄河岸上,等待杨志过来,将防送军人杀了,同往太行山落草为寇去也"②。可见,他是最先落草为寇的领袖人物。后来,在九天玄女娘娘的天书中,因为宋江不在三十六人之列,"玉麒麟李进义"排名第二,仅次于智多星吴加亮,可见其地位之高。

元杂剧现存剧本中没有李进义,只有卢俊义在《鲁智深喜赏黄花峪》第二折中露了一下脸:"关胜同李俊、燕青、花荣、雷横、卢俊义、武松、王矮虎、呼延灼、张顺、徐宁上。"③他没有什么戏,而且排名靠后,可见是另一个流传系统。

然而,李进义也罢,卢俊义也罢,他的绰号是"玉麒麟"应该是没有问题的。那么,"玉麒麟"是什么?这却值得我们考证一番。

《汉语大词典》对"玉麒麟"的释义有三条:"指玉雕的麒麟印纽。……亦借指符信。""传说中的神兽。""对他人儿子的美称。"④但是,这三条似乎都很难与《水浒传》中的卢俊义挂上钩。

在写卢俊义出场时,《水浒传》的作者并没有交代他的绰号"玉麒麟"是什么意思。但反过来,"玉麒麟"三字在《水浒传》中却并非卢俊义专利。书中第十三回写索超与杨志比武时的坐骑:"坐下李都监那匹惯战能征雪白马。看那匹马时,又是一匹好马。但见:两耳如同玉箸,双睛凸似金铃。色按庚辛,

---

① 周密. 癸辛杂识 [M]. 北京:中华书局,1988:146.

② 佚名. 宣和遗事 [M]//宣和遗事等两种. 南京:江苏古籍出版社,1993:31.

③ 佚名. 鲁智深喜赏黄花峪 [M]//隋树森. 元曲选外编. 北京:中华书局,1959:939.

④ 罗竹风. 汉语大词典第四卷 [M]. 上海:汉语大词典出版社,1989:521.

仿佛南山白额虎；毛堆腻纷，如同北海玉麒麟。"①

原来"玉麒麟"可以用来形容好马！《宋江三十六赞》中的"白玉麒麟"即为白色好马。《水浒传》中的描写也证明了这一点："踏翠岭，步青山，玉麒麟共青面兽。"②（第七十八回）将玉麒麟卢俊义与青面兽杨志并举，而能"踏翠岭，步青山"之玉麒麟，不是真正的好马也是"变形"的好马。

其实，在中国古代诗歌中，以玉麒麟比喻好马或变形之马的例子不胜枚举：

新就明河洗面来，更佩明珠踏瑶草。不用朱鸾与紫霞，玉麒麟驾白云车。③（宋·徐积《玉女花二首并序》）

庚寅十月二十五，晓分黑帝临丹府。怒来鞭掠玉麒麟，下降英灵佐明主。④（宋·李廌《舞阳令祝乐天再任》）

百金买得玉麒麟，千里看他气欲奔。知子犹能守家法，不应骑去傍人门。⑤（宋·许景衡《赠别卢行之三绝》）

玄冥神人眼如水，剪绮裁云雨花雨。翩然骑却玉麒麟，东游弱水西瑶圃。⑥（元·叶颙《次韵》）

二气姤醇郁氤氲，手提三尺时下巡。披发坐乘玉麒麟，宣帝正命福下

---

① 施耐庵，罗贯中. 水浒传［M］. 北京：人民文学出版社，1975：167-168.

② 施耐庵，罗贯中. 水浒传［M］. 北京：人民文学出版社，1975：1064.

③ 徐积. 节孝集［M］//景印文渊阁四库全书：第 1101 册. 台北：台湾商务印书馆，1965：794.

④ 李廌. 济南集［M］//景印文渊阁四库全书：第 1115 册. 台北：台湾商务印书馆，1965：743.

⑤ 许景衡. 横塘集［M］//景印文渊阁四库全书：第 1127 册. 台北：台湾商务印书馆，1965：214.

⑥ 叶颙. 樵云独唱［M］//景印文渊阁四库全书：第 1219 册. 台北：台湾商务印书馆，1965：72.

民。① (明·王洪《武当山瑞应祥光》)

不仅古代诗歌这样写，在《水浒传》以外其他的古代小说中也有如此这般的描写：

只见旌旗蔽日，刀戟遮天，兵及百万，将有千员。端的人如铁鹞子，马赛玉麒麟。②（《新刊全相平话乐毅图齐七国春秋后集》卷中）

总兵在灯光下见那马，好马：鬃分银线，尾军玉条。说什么八骏龙驹，赛过了骕骦骏段。千金市骨，万里追风。登山每与青云合，啸月浑如白雪匀。真是蛟龙离海岛，人间喜有玉麒麟。总兵官把自家马儿不骑，就骑上这个白马。③（《西游记》第八十四回）

真君曰："将吾的玉麒麟与你骑；又将火龙标带去。徒弟，你不可忘本，必尊道德。"黄天化曰："弟子怎敢？"辞了师父，出洞来，上了玉麒麟，把角一拍，四足起风云之声。——此兽乃道德真君闲戏三山、闷游五岳之骑。④（《封神演义》第四十回）

以上三例，全都是以"玉麒麟"比喻好马或仙家"变形"的好马，这又与上引诗歌中的用法完全一致。由此可见，《水浒传》中卢俊义的外号"玉麒麟"指的就是白色的好马。

接下来的问题是，龚开为什么说"白玉麒麟""皮毛终坏"呢？揣摩龚圣与的本意，似乎应该是卢俊义参加了宋江的造反，在太行山落草为寇，故而一生行为有了污点，就好比白色的骏马皮毛毁坏了一样。

龚圣与的说法自有其道理，但那只是一种人格评判，而所谓"白玉麒麟，皮毛终坏"在《水浒传》中则似乎又有另一层含义：作者对卢俊义这个重要人

---

① 王洪. 毅斋集 [M]//景印文渊阁四库全书：第1237册. 台北：台湾商务印书馆，1965：475.

② 钟兆华. 元刊全相平话五种校注 [M]. 成都：巴蜀书社，1990：140.

③ 吴承恩. 西游记 [M]. 北京：人民文学出版社，1955：1075-1076.

④ 许仲琳. 封神演义 [M]. 济南：齐鲁书社，1980：387.

物的塑造是不太成功的,这匹白色的骏马在《水浒传》中被画成一匹皮毛浑浊、行为笨拙的骆驼。

其实,这话也不是笔者说的,金圣叹先生很早就说过:"卢俊义传,也算极力将英雄员外写出来了,然终不免带些呆气。譬如画骆驼,虽是庞然大物,却到底看来觉道不俊。"①(《读第五才子书法》)

卢俊义这个庞然大物的骆驼式的英雄员外虽然得到作者再三赞美,但旋即就有贬低性描写,请看以下例证:

> 宋江问起北京风土人物。那大圆和尚说道:"头领如何不闻河北玉麒麟之名?"宋江、吴用听了,猛然省起,说道:"你看我们未老,却恁地忘事!北京城里是有个卢员外,双名俊义,绰号玉麒麟,是河北三绝。祖居北京人氏,一身好武艺,棍棒天下无对。梁山泊寨中若得此人时,何怕官军缉捕,岂愁兵马来临!"吴用笑道:"哥哥何故自丧志气?若要此人上山,有何难哉!"宋江答道:"他是北京大名府第一等长者,如何能勾得他来落草?"吴学究道:"吴用也在心多时了,不想一向忘却。小生略施一计,便教本人上山。"②(第六十回)

刚刚夸赞了玉麒麟一番,不料又被吴用满不在乎地说:"若要此人上山,有何难哉!""小生略施一计,便教本人上山。"似乎玉麒麟就装在智多星的口袋中一样,随时探囊取之,不在话下。接下去,作者又从正面描写英雄员外卢俊义:"目炯双瞳,眉分八字,身躯九尺如银。威风凛凛,仪表似天神。义胆忠肝贯日,吐虹霓志气凌云。驰声誉,北京城内,元是富豪门。杀场临敌处,冲开万马,扫退千军。殚赤心报国,建立功勋。慷慨名扬宇宙,论英雄播满乾坤。卢员外双名俊义,河北玉麒麟。"③(第六十一回)但随即,这位"河北三绝"之一的英雄员外却便被智多星骗了个不亦乐乎。

---

① 陈曦钟,侯忠义,鲁玉川.水浒传会评本[M].北京:北京大学出版社,1981:19.
② 施耐庵,罗贯中.水浒传[M].北京:人民文学出版社,1975:842.
③ 施耐庵,罗贯中.水浒传[M].北京:人民文学出版社,1975:846-847.

吴用如此"小儿科"的骗术，居然将玉麒麟卢俊义骗到梁山脚下，可见卢俊义智商相距吴用何止十万八千里。那么，卢俊义的"一身好武艺"究竟好到什么程度？好虽好，终究如同骆驼一般笨重，禁不住梁山群兽的撩拨。且看吴用安排的群雄车轮大战卢俊义的那一场好戏：

> 卢俊义大怒，搭着手中朴刀，来斗李逵。李逵轮起双斧来迎。两个斗不到三合，李逵托地跳出圈子外来，转过身望林子里便走。卢俊义挺着朴刀，随后赶将入来。李逵在林木丛中，东闪西躲。引得卢俊义性发，破一步抢入林来。李逵飞奔乱松丛里去了。卢俊义赶过林子这边，一个人也不见了。却待回身，只听得松林傍边转出一伙人来，一个人高声大叫："员外不要走！认得俺么？"卢俊义看时，却是一个胖大和尚，身穿皂直裰，倒提铁禅杖。……两个斗不到三合，鲁智深拨开朴刀，回身便走。卢俊义赶将去。正赶之间，喽啰里走出行者武松，轮两口戒刀，……又不到三合，武松拔步便走。……卢俊义骂道："草贼休走！"挺手中朴刀，直取刘唐。方才斗得三合，刺斜里一个人大叫道："好汉没遮拦穆弘在此！"当时刘唐、穆弘两个，两条朴刀，双斗卢俊义。正斗之间，不到三合，只听得背后脚步响。卢俊义喝声："着！"刘唐、穆弘跳退数步。卢俊义便转身斗背后的好汉，却是扑天雕李应。……卢俊义又斗得一身臭汗，不去赶他。……约莫离山坡不远，只见两筹好汉喝一声道："那里去！"一个是美髯公朱仝，一个是插翅虎雷横。……三个斗不到三合，两个回身便走。……望见红罗销金伞下盖着宋江，左有吴用，右有公孙胜。……宋江背后转过小李广花荣，拈弓取箭，看着卢俊义喝道："卢员外休要逞能，先教你看花荣神箭！"说犹未了，飕地一箭正中卢俊义头上毡笠儿的红缨，吃了一惊，回身便走。山上鼓声震地，只见霹雳火秦明、豹子头林冲，引一彪军马，摇旗呐喊，从东山边杀出来；又见双鞭将呼延灼、金枪手徐宁，也领一彪军马，摇旗呐喊，从山西边杀出来。吓得卢俊义走投没路。……只一望时，都是满目芦花，茫茫烟水。……那渔人倚定小船叫道："客官好大胆！这是梁山泊出没的去处，半夜三更，怎地来到这里！"卢俊义道："便是我迷踪失路，寻

不着宿头。你救我则个！"……那渔人摇船傍岸，扶卢俊义下船，把铁篙撑开。约行三五里水面，只听得前面芦苇丛中橹声响，一只小船飞也似来。船上有两个人，前面一个赤条条拿着一条水篙，后面那个摇着橹。……只见当中一只小船，飞也似摇将来，船头上立着一个人，倒提铁钻木篙。……中间是阮小二，左边是阮小五，右边是阮小七。那三只小船一齐撞将来。卢俊义听了，心内转惊，自想又不识水性，连声便叫渔人："快与我拢船近岸！"那渔人呵呵大笑，对卢俊义说道："上是青天，下是绿水。小生在浔阳江，来上梁山泊，三更不改名，四更不改姓，绰号混江龙李俊的便是！员外还不肯降，枉送了你性命！"卢俊义大惊，喝一声："不是你，便是我！"拿着朴刀，望李俊心窝里搠将来。李俊见朴刀搠将来，拿定棹牌，一个背抛筋斗，扑同的翻下水去了。那只船滴溜溜在水面转，朴刀又搠将下去了。只见船尾一个人从水底下钻出来，叫一声，乃是浪里白跳张顺，把手挟住船梢，脚踏水浪，把船只一侧，船底朝天，英雄落水。① （第六十一回）

面对水泊梁山的豺狼虎豹、鱼鳖蛟龙，卢俊义这只大骆驼真是笨重得可以。卢俊义大战梁山群雄，在作者或许是想写他武艺高强，可以与数名绝顶高手车轮大战，而实际上，却恰恰解构了玉麒麟，使之皮毛终坏，狼狈不堪。如此效果，或许是出乎作者意料之外的，却被金圣叹一语中的："虽是庞然大物，却到底看来觉道不俊。"这大概也算得上是形象大于思维的结果。

四、天慧星拼命三郎石秀

《水浒传》中，一般情况下不动声色、杀起人来则下手非常之狠的人物有三个：武松、林冲、石秀。血溅鸳鸯楼，是武松杀人之狠；风雪山神庙，是林冲杀人之狠；而大闹翠屏山，则是石秀杀人之狠。

三人"狠"的状态不相上下，但何以如此残忍杀人的目的却小有不同。表面看来，三位英雄杀人都是为了报仇雪恨，但是，武松、林冲乃是切肤之痛，

---

① 施耐庵，罗贯中. 水浒传 [M]. 北京：人民文学出版社，1975：854-858.

是被别人害得走投无路、家破人亡之后仇恨的火焰熊熊燃烧之所必然。而石秀呢？潘巧云主婢并没有对他构成生命威胁，也没有杀害他任何一位亲人，这位拼命三郎何以如此残忍地将屠刀指向那两个手无寸铁的女子？

  石秀便把妇人头面首饰衣服都剥了。杨雄割两条裙带把妇人绑在树上。石秀把迎儿的首饰也去了，递过刀来说道："哥哥，这个小贱人留他做甚么，一发斩草除根。"杨雄应道："果然。兄弟把刀来，我自动手！"迎儿见头势不好，却待要叫。杨雄手起一刀，挥作两段。那妇人在树上叫道："叔叔劝一劝！"石秀道："嫂嫂，哥哥自来伏侍你。"杨雄向前，把刀先斡出舌头，一刀便割了，且教那妇人叫不得。杨雄却指着骂道："你这贼贱人，我一时间误听不明，险些被你瞒过了！一者坏了我兄弟情分，二乃久后必然被你害了性命，不如我今日先下手为强。我想你这婆娘，心肝五脏怎地生着？我且看一看！"一刀从心窝里直割到小肚子上，取出心肝五脏，挂在松树上。杨雄又将这妇人七件事分开了，却将头面衣服都拴在包裹里了。①

（第四十六回）

  看了这段描写，或许有人会认为明明是杨雄杀人，怎么说是石秀杀人呢？殊不知中国有句俗话叫作"不怪杀人的，就怪拿刀的"。不仅现场的"刀"是石秀"递"给杨雄的，就连整个翠屏山这一幕都是石秀设计的。因此，杨雄不过是因为刽子手的职业习惯充当了石秀杀人的傀儡而已，真正要杀死潘巧云主婢的正是拼命三郎石秀。

  再回到原话题，石秀为什么要杀死潘巧云？且看以下一连串的因果关系：

  因为杨雄的妻子潘巧云与和尚偷情，被石秀暗中看见并告知结拜兄长，所以"杨雄醉骂潘巧云"。

  因为潘巧云嫌石秀妨碍其好事，因此在杨雄面前制造谣言诋毁石秀，离间结义兄弟的关系："我说与你，你不要气苦。自从你认义了这个石秀家来，初时也好，向后看看放出刺来。见你不归时，如常看了我，说道：'哥哥今日又不

---

① 施耐庵，罗贯中. 水浒传 [M]. 北京：人民文学出版社，1975：647-648.

来,嫂嫂自睡,也好冷落!'我只不采他,不是一日了。这个且休说。昨日早晨,我在厨下洗脖项,这厮从后走出来,看见没人,从背后伸只手来摸我胸前道:'嫂嫂,你有孕也无?'被我打脱了手。本待要声张起来,又怕邻舍得知笑话,装你的望子。巴得你归来,却又滥泥也似醉了,又不敢说,我恨不得吃了他!你兀自来问石秀兄弟怎的?"①(第四十五回)

因为杨雄相信了潘巧云的挑唆,所以与石秀断绝了交往,石秀只得"别做计较"。

然而,拼命三郎如何受得了这个委屈?在这位顶天立地、戴发噙齿的汉子心中,名誉是高于一切的。身可捐之,名不可毁!因此,石秀必杀潘巧云,而且要在杀了和尚、拿到见证、逼着潘巧云老实交代之后让杨雄亲自虐杀了那毁坏自己名声的淫妇。这就是石秀的"别做计较",拼命三郎觉得如果不这样就不能吐出胸中这一口恶气。

石秀就是这么一个人,为了名誉,他可以杀死多人,并且下手十分残忍;但同时,为了朋友,他又可以两肋插刀,甚至献出生命,即便是与他毫不相干的事情,他也会路见不平拔刀相助。此前,石秀与杨雄相识,就源于这样一次见义勇为的行动。

> 杨雄被张保并两个军汉逼住了,施展不得,只得忍气,解拆不开。正闹中间,只见一条大汉挑着一担柴来,看见众人逼住杨雄动掸不得。那大汉看了,路见不平,便放下了担,分开众人,前来劝道:"你们因甚打这节级?"那张保睁起眼来喝道:"你这打脊饿不死冻不杀的乞丐,敢来多管!"那大汉大怒,焦躁起来,将张保劈头只一提,一交攧翻在地。那几个帮闲的见了,待要来动手,早被那大汉一拳一个,都打的东倒西歪。……戴宗、杨林看了,暗暗地喝采道:"端的是好汉!此乃路见不平,拔刀相助。真壮士也!"有诗为证:路见不平真可怒,拔刀相助是英雄。那堪石秀真豪杰,

---

① 施耐庵,罗贯中. 水浒传 [M]. 北京:人民文学出版社,1975:638.

慷慨相投入伙中。①（第四十四回）

《水浒传》中，像这样真正意义上"路见不平拔刀相助"的，其实只有鲁达、石秀两人而已。而这种与自己毫不相干的见义勇为，乃是梁山的精髓，也是《水浒传》的精髓，更是中国古代侠义品格的精髓。

石秀虽然绰号"拼命三郎"，但他并非胡乱拼杀，他还是个精细人儿。英勇无畏与三思而行构成了他胆大心细的性格。第四十七回，梁山派他与杨林到祝家庄侦察，结果，杨林被抓，石秀却全身而退，并打听到"盘陀路"的秘密。第六十二回，石秀到北京城打探卢俊义消息，不料，却听说即将被开刀问斩，情急之时，拼命三郎竟孤身劫法场，并大喊"梁山泊好汉全伙在此"！这些地方，足以见得他的拼命精神和机智灵活。

"身可捐之，名不可毁"，其实是梁山好汉的集体品格，只不过有些英雄人物比较侧重于其中一方面而已。两者之间平衡处之并表现突出者，以拼命三郎石秀最具代表性。

五、天贵星小旋风柴进

《水浒传》中的梁山一百零八人，多半有两个"社会地位"，一个是正常社会中的地位，一个是江湖社会中的地位。有的人，两个地位之间天悬地隔。如智多星吴用，江湖地位极高，在梁山泊坐第三把交椅，但其正常社会地位却很低，只是一个乡村学究而已。也有相反的例子，如青眼虎李云，在沂水县当都头，与朱仝、雷横、武松等人是同级干部，但在梁山山寨却排在了倒数第十二位。有的人，则是两种地位不相上下。其中，有两方面地位都很低的，如盗马贼段景住、小偷时迁、闲汉白胜就分别排在梁山好汉的倒数第一、第二、第三位。也有两方面地位都很高的，如朝廷的降官降将关胜、秦明、呼延灼等，还有北京城的大财主卢俊义，在忠义堂中都排在前十把交椅。然而，若论两种地位都很高的代表人物，却是天贵星小旋风柴进。

柴进在正常的社会中地位极高，且看一位酒店主人的介绍："你不知，俺这

---

① 施耐庵，罗贯中. 水浒传 [M]. 北京：人民文学出版社，1975：616-617.

村中有个大财主，姓柴名进，此间称为柴大官人，江湖上都唤做小旋风。他是大周柴世宗嫡派子孙，自陈桥让位，太祖武德皇帝敕赐与他誓书铁券在家中，谁敢欺负他。专一招集天下往来的好汉，三五十个养在家中。常常嘱付我们：'酒店里如有流配的犯人，可叫他投我庄上来，我自资助他。'"①（第九回）

在这一段通过他人之口展示的柴大官人风采的"出场秀"中，已经蕴含了柴进身份与行为水火不容的两重性：身为天潢贵胄却又勾通绿林。作为大周皇帝柴荣的后裔，他们家多年来得到大宋皇帝赵匡胤的庇护，发给铁券丹书，相当于护身符免死证。而到了柴进这儿，铁券丹书却成为他勾通江湖、招降纳叛的保护伞。正如他自己对宋江所言："兄长放心，便杀了朝廷的命官，劫了府库的财物，柴进也敢藏在庄里。"②（第二十二回）

柴进这些"非法"的行为，虽然背叛了自己的家世，背叛了当时的朝廷，但却给他赢来了江湖中极高的威望。由此，行亏廊庙、誉满江湖，就成为小旋风柴进身上矛盾的存在。那么，柴进的江湖威信究竟高到何种程度呢？且看数例：

当林冲拿着柴进的推荐信来到梁山时，王伦嫉贤妒能，不肯收留。当时梁山头领除了王伦以外只有杜迁、宋万二人，外加一眼线朱贵。看到王伦欲拒绝林冲，这三个人全都为林冲说情，而说情的理由又全都是因为"柴大官人的面子"。

> 朱贵见了，便谏道："哥哥在上，莫怪小弟多言。……这位是柴大官人力举荐来的人，如何教他别处去？抑且柴大官人自来与山上有恩，日后得知不纳此人，须不好看。……"杜迁道："山寨中那争他一个。哥哥若不收留，柴大官人知道时见怪。显的我们忘恩背义。日前多曾亏了他，今日荐个人来，便恁推却，发付他去。"宋万也劝道："柴大官人面上，可容他在

---

① 施耐庵，罗贯中. 水浒传 [M]. 北京：人民文学出版社，1975：121-122.

② 施耐庵，罗贯中. 水浒传 [M]. 北京：人民文学出版社，1975：291.

这里做个头领也好。不然见的我们无意气，使江湖上好汉见笑。"①（第十一回）

朱贵、杜迁、宋万三人说来说去，无非是一个意思：柴大官人对梁山山寨有大恩，林冲是他推荐来的，如果不接受，怎么对得起柴大官人？传出去，梁山的面子往哪儿放？岂不遭到江湖好汉耻笑？最终，王伦不得已留下林冲，某种意义上讲，正是柴大官人的面子起到关键作用。

柴进的威信，不仅仅在一座梁山山寨，强盗以外的社会中各色人等，似乎都知道柴大官人的威名。就连宋江这样的县衙押司，就连宋清这样的乡村富户，统统都知道柴进的仗义疏财。当宋江杀了阎婆惜，躲过官府追捕，兄弟宋清陪他亡命江湖时，往哪儿去，便成为首要的问题。且看逃难途中兄弟间的对话：

宋江弟兄两个行了数程，在路上思量道："我们却投奔兀谁的是？"宋清答道："我只闻江湖上人传说沧州横海郡柴大官人名字，说他是大周皇帝嫡派子孙，只不曾拜识。何不只去投奔他？人说他仗义疏财，专一结识天下好汉，救助遭配的人，是个现世的孟尝君。我两个只投奔他去。"②（第二十二回）

根据《水浒传》中的描写，宋江的江湖地位是最高的，甚至达到了无人不知孝义黑三郎及时雨宋江大名的地步。那么，《水浒》英雄在江湖上的威信仅次于宋江者该是何人？表面上看，应该是梁山山寨与"山东及时雨"并列飘扬的另一面旗帜"河北玉麒麟"，但实际上这只是一种单项的表面化选择。按照《水浒传》所描写的实际情形，江湖之中个人威信能与宋江并驾齐驱的并非玉麒麟卢俊义而是小旋风柴进。上面所举例证已经能够说明问题，但为了铁板钉钉，毫无疑问，我们不妨再看一个有趣的片段。当宋江带领几十位英雄好汉准备投奔梁山的时候，在路边上一家很大的酒店内去打尖吃午饭，不料店中最大的一副座头却被一个八尺身材的汉子占据了。因为自己人多，宋江提出要那汉挪动

---

① 施耐庵，罗贯中. 水浒传 [M]. 北京：人民文学出版社，1975：149.
② 施耐庵，罗贯中. 水浒传 [M]. 北京：人民文学出版社，1975：289.

一下位置，不料，那汉却以"先来后到"的理由拒绝。宋江这边的燕顺差一点就要大打出手了，被宋江按住。酒保只好上前再作商量。谁知却引出了下面一番吵闹：

> 酒保又陪小心道："上下，周全小人的买卖，换一换有何妨？"那汉大怒，拍着桌子道："你这鸟男女好不识人！欺负老爷独自一个！要换座头。便是赵官家，老爷也鳖鸟不换。高则声，大脖子拳不认得你！"……那汉便跳起来，绰了短棒在手里，便应道："我自骂他，要你多管！老爷天下只让得两个人，其余的都把来做脚底下的泥！"燕顺焦躁，便提起板凳，却待要打将去。宋江因见那人出语不俗，横身在里面劝解："且都不要闹。我且请问你，你天下只让的那两个人？"那汉道："我说与你，惊得你呆了！"宋江道："愿闻那两个好汉大名。"那汉道："一个是沧州横海郡柴世宗的子孙唤做小旋风柴进柴大官人。"宋江暗暗地点头；又问："那一个是谁？"那汉道："这一个又奢遮，是郓城县押司山东及时雨呼保义宋公明。"宋江看了燕顺暗笑。燕顺早把板凳放下了。那汉又道："老爷只除了这两个，便是大宋皇帝，也不怕他！"①（第三十五回）

事后我们得知，这位坚决不让位子的好汉乃石将军石勇。你看他的口气有多大："老爷只除了这两个，便是大宋皇帝，也不怕他！"也就是说，宋江和柴进就是他心目中的"超皇帝"了。通过这些江湖中人发自内心的言语，我们可以看到，江湖威信能与宋江并驾齐驱的只有柴大官人。这才是真正的江湖社会地位，是不以任何"规定""制度""条例""座次"决定的发自江湖好汉内心深处的江湖地位。柴进，以自己"行亏廊庙，誉满江湖"的作为，奠定了他在梁山一百八人中"黑白两道"地位的双重崇高。

然而，这里却有一个问题不太好解释。柴进既然在"白社会"有如此高的地位，他为什么又要在"黑社会"谋求江湖威信？

要弄清这一问题，我们首先得弄清另一个与此紧密相关的问题，即所谓

---

① 施耐庵，罗贯中. 水浒传 [M]. 北京：人民文学出版社，1975：474-475.

"陈桥让位"究竟是怎么回事？

此事涉及五代末期的后周皇帝柴荣家人与大宋开国皇帝赵匡胤。史书记载，后周显德六年，周世宗柴荣得到一个"韦囊"，其中一个三尺木片上题有"点检作天子"数字。柴荣当然很不高兴，于是将当时的检点张永德更换为赵匡胤。当年六月，周世宗驾崩，其子柴宗训年方七岁，即位，是为恭帝。恭帝改封赵匡胤为归德军节度使、检校太尉，军权在握。第二年，就发生了"陈桥兵变"这一重大历史事件。

七年春，北汉结契丹入寇，命出师御之。次陈桥驿，军中知星者苗训引门吏楚昭辅视日下复有一日，黑光摩荡者久之。夜五鼓，军士集驿门，宣言策点检为天子，或止之，众不听。迟明，逼寝所，太宗入白，太祖起。诸校露刃列于庭，曰："诸军无主，愿策太尉为天子。"未及对，有以黄衣加太祖身，众皆罗拜，呼万岁，即披太祖乘马。太祖揽辔谓诸将曰："我有号令，尔能从乎？"皆下马曰："唯命。"太祖曰："太后、主上，吾皆北面事之，汝辈不得惊犯；大臣皆我比肩，不得侵凌；朝廷府库、士庶之家，不得侵掠。用令有重赏，违即孥戮汝。"诸将皆载拜，肃队以入。副都指挥使韩通谋御之，王彦升遽杀通于其第。太祖进登明德门，令甲士归营，乃退居公署。有顷，诸将拥宰相范质等至，太祖见之，呜咽流涕曰："违负天地，今至于此！"质等未及对，列校罗彦瑰按剑厉声谓质等曰："我辈无主，今日须得天子。"质等相顾，计无从出，乃降级列拜。召文武百僚，至晡，班定。翰林承旨陶谷出周恭帝禅位制书于袖中，宣徽使引太祖就庭，北面拜受已，乃披太祖升崇元殿，服衮冕，即皇帝位。迁恭帝及符后于西宫，易其帝号曰郑王，而尊符后为周太后。①（《宋史》卷一）

虽然赵匡胤在这一兵变过程中做了很多"温情脉脉"的表演，但明眼人一下就看出，"陈桥兵变"的本质就是赵匡胤从七岁的周恭帝手上夺得了江山，建立了大宋王朝。从此，五代纷争的局面结束，天下相对太平稳定。这样一个具

---

① 脱脱等. 宋史 [M]. 北京：中华书局，1977：3-4.

有戏剧性的政治大变动,自然会引起民间艺人的极大兴趣。而且,宋元时代又是说话艺术鼎盛的时代,因此,这段故事很快被说书艺人纳入讲史话本《五代史平话》之中,作为最后的"收官"之作。

虽然宋元讲史话本《五代史平话》之《周史平话》卷下最后阙如,但在卷首却有《皇子宗训即位》《命赵太祖统兵北伐》《苗训知天文》《日下有一日黑光相荡》《军次陈桥驿》《军士推戴赵太祖》《赵太祖受恭帝禅》《赵太祖改国号为宋》① 八节的目录。这些故事,虽然在《周史平话》中缺失了,但在根据《五代史平话》改编而成的署名罗贯中的章回小说《残唐五代史演义传》中却有描写。

军校苗训在营中望见东北上,日下复有一日,黑光相荡,骇然大惊,且指曰:"此天命也!"正值黄昏,左侧兵至陈桥驿。军士相聚谋曰:"主上幼弱,我等奋力破敌,谁则知之,不如先立点检为天子,然后北征,此为上策。"众皆然之。即日厉声一呼,皆袒臂相从,环列待旦,而匡胤醉卧,实不知也。比及天色微明,军士皆环甲执兵,直叩寝门,匡胤觉悟,慌问其故。诸将答曰:"某等无主,愿策太尉为天子!"匡胤惊起披衣,诸将相与扶出,被以黄袍,山呼齐拜,披之上马,拥还汴来。匡胤此时拒之不可,乃揽辔誓诸将曰:"汝等自谓我为天子,若能从我命则可。不然,我不为也!"众皆下马跪曰:"愿受命令!"匡胤曰:"少帝及太后我曾北面事之,不得惊犯。公卿大臣,皆我比肩,不得侵凌。朝币府库,不得掳掠。用命则重赏,不然则族诛矣!"众皆喏喏连声。②(第六十回)

《残唐五代史演义传》中这样一段关于"陈桥兵变"、赵匡胤"黄袍加身"的叙写,与《宋史》所载内容基本相同。关键问题在于是"兵变",虽然赵匡胤对柴家人有一定的"优待政策",但改朝换代的残酷性是无法掩盖的。而且,这里根本没有"禅让"的描写,就连《宋史》记载的那种有人流血、有人迫于

---

① 佚名.新编五代史平话[M]//宣和遗事等两种.南京:江苏古籍出版社,1993:160.
② 佚名.残唐五代史演义传[M].北京:宝文堂书店,1983:230.

重压的被动不得已的"禅让"也没有进行正面描写。然而，在同样署名罗贯中的戏曲作品《宋太祖龙虎风云会》中，这件事的本质却发生了悄然变化。请看：

（正末云）此事决不可行。（众将喧呼科，正末云）汝等自贪富贵，立我为主，能从我命则可，不从我命，决不可行。（众皆跪云）唯命是听。（正末云）太后幼主，我北面事之，公卿大臣，皆我比肩，汝等勿得凌暴，及动扰黎民，劫掠府库，违令者满门皆斩！（众云）一听禁令。（太后、幼主、石守信、陶谷上，云）昨因北汉入寇，遣赵点检出征，今早闻众军士立赵点检为帝。我想来，四方不宁，必得真主抚驭。今赵点检威望素著，人心推戴久矣。何不就同往陈桥，效尧舜故事，禅位一遭，有何不可！（做行科，到科，云）来到这军门前，石守信入报去。（石云）报总兵得知，太后到来。（正末下，迎见科，太后云）五代乱离，人民涂炭，将军功盖天下，堪居大宝，老身母子情愿禅位则个。（正末云）臣名微德薄，岂堪居此大位？（太后云）幼子孤弱，不能抚驭四方；将军德过尧禹，正宜受禅。①
（第二折）

此处"正末"扮演的是赵匡胤，作者除了写他反复"作秀"之外，还特地写了周太后率子恭帝的再三"禅让"。由此，"陈桥兵变"就在广大读者和观众心目中转化为"陈桥让位"。后世文学创作就按照这种模式长期写下去，《水浒传》就是这样写的。还有一些小说干脆写柴荣、赵匡胤、郑恩三人模仿桃园结义，是皇兄、御弟关系云云。

然而，包括施耐庵在内的某些通俗文学的作者其实心里明白，这场历史上的大变动并非什么"让位"，而是地地道道的"兵变"。那些丹书铁券之类，不过是广大民众的思维方式在通俗小说作家头脑中的"艺术结晶"而已。既然小说作者明白这一层，作为他笔下塑造的人物形象小旋风柴进也就同样有可能明白这一层。即便是有什么"铁券丹书"的优惠政策，但哪里比得上柴家人君临

---

① 罗贯中. 宋太祖龙虎风云会［M］//隋树森. 元曲选外编. 北京：中华书局，1959：622-623.

天下而拥有一切呢？于是，在柴大官人内心深处就有可能隐藏着对大宋王朝不满的因子，当然，这种思想因子隐藏得很深，甚至可能"深"到连他自己都没有明确认识的地步，而只是朦朦胧胧的存在而已。而这种潜在的不满经历几代人的默默无言的传承之后，就有可能变成仇恨的种子。既有仇恨的种子，就有可能在适当的空气、水分、阳光的共同作用之下发芽、分蘖、生长乃至于蓬勃蔓延。这就是柴进何以"行亏廊庙，誉满江湖"的原因之一。

更有意味的是，柴进不仅心中有"仇恨"的种子，而这"种子"恰恰又碰上了适当的"生存环境"，如是，这些种子便破土而出了。什么样的"环境"呢？昏君宋徽宗宠幸蔡京、高俅、杨戬、童贯这些奸贼，而这些奸贼又在朝野之间遍布党羽。北宋末年，朝政日非，文恬武嬉，不要说普通百姓苦不堪言，就连柴大官人这样的老贵族之家也经常受到新贵的凌辱乃至迫害。《水浒传》第五十二回至第五十四回所写的高俅堂弟高廉的小舅子殷天锡欺压柴皇城、柴进叔侄就是典型例证。当这个纨绔子弟活活气死柴皇城之后，又发生了在柴进面前横蛮不讲理的一幕：

> 至第三日，只见这殷天锡骑着一匹撺行的马，将引闲汉三二十人，手执弹弓、川弩、吹筒、气球、拈竿、乐器，城外游玩了一遭，带五七分酒，佯醉假颠，径来到柴皇城宅前，勒住马，叫里面管家的人出来说话。柴进听得说，挂着一身孝服，慌忙出来答应。那殷天锡在马上问道："你是他家甚么人？"柴进答道："小可是柴皇城亲侄柴进。"殷天锡道："我前日分付道，教他家搬出屋去，如何不依我言语？"柴进道："便是叔叔卧病，不敢移动。夜来已是身故，待断七了搬出去。"殷天锡道："放屁！我只限你三日，便要出屋！三日外不搬，先把你这厮枷号起，先吃我一百讯棍！"柴进道："直阁休恁相欺！我家也是龙子龙孙，放着先朝丹书铁券，谁敢不敬？"殷天锡喝道："你将出来我看！"柴进道："现在沧州家里，已使人去取来。"殷天锡大怒道："这厮正是胡说！便有誓书铁券，我也不怕！左右，

与我打这厮！"①（第五十二回）

你看，柴进在这里是多么文质彬彬地讲道理，甚至比林冲还能忍受。而殷天锡呢？飞扬跋扈，趾高气扬，目空一切，蛮不讲理，甚至说出"便有誓书铁券，我也不怕"的犯上作乱的话。然而，他姐夫是高唐州现任知府，他姐夫的堂兄是殿帅府太尉，而高俅又是皇帝宋徽宗最为宠信之人。这样的"新贵族"眼睛里哪儿还有什么享受"铁券丹书"优待的"龙子龙孙"的"老贵族"的存在！如此受欺侮，如此遭凌辱，柴进心中焉能不恨？柴大官人焉能再与朝廷同心同德？因此，柴进具有反叛心理是必然的。这就是柴进何以"行亏廊庙，誉满江湖"的又一个原因。

当然，促使柴大官人"行亏廊庙，誉满江湖"的根本原因还是由这位"小旋风"的个人性格决定的。柴进虽为帝子王孙，但自来"好习枪棒"（第九回），且性格豪爽，专门招纳天下英雄。诚如他自己所言："遮莫做下十恶大罪，既到敝庄，但不用忧心。"②（第二十二回）更有甚者，与其"胆大"相联系的则是其"心细"，他居然敢化妆侦查，闯进皇帝的办公室：

> 王班直拿起酒来，一饮而尽。恰才吃罢，口角流涎，两脚腾空，倒在凳上。柴进慌忙去了巾帻衣服靴袜，却脱下王班直身上锦袄踢串鞋裤之类，从头穿了，带上花帽，拿了执色。……去到内里，但过禁门，为有服色，无人阻当。直到紫宸殿，转过文德殿，都看殿门，各有金锁锁着，不能勾进去。且转过凝晖殿，从殿边转将入去，到一个偏殿，牌上金书"睿思殿"三字。此是官家看书之处。侧首开着一扇朱红槅子。柴进闪身入去看时，见正面铺着御座，两边几案上，放着文房四宝：象管笔、花笺、龙墨、端溪砚。书架上尽是群书，各插着牙签，勿知其数。正面屏风上，堆青叠绿，画着山河社稷混一之图。转过屏风后面，但见素白屏风上，御书四大寇姓名，写着道："山东宋江、淮西王庆、河北田虎、江南方腊。"柴进看了四

---

① 施耐庵，罗贯中. 水浒传 [M]. 北京：人民文学出版社，1975：725.
② 施耐庵，罗贯中. 水浒传 [M]. 北京：人民文学出版社，1975：291.

大寇姓名，心中暗忖道："国家被我们扰害，因此如常记心，写在这里。"便去身边拔出暗器，正把"山东宋江"那四个字刻将下来，慌忙出殿。随后早有人来。柴进便离了内苑，出了东华门，回到酒楼上，看那王班直时，尚未醒来。依旧把锦衣花帽服色等项，都放在阁儿内。柴进还穿了件旧衣服。①（第七十二回）

柴进用蒙汗药灌醉了王班直，并穿着宫廷值班的衣帽混了进去。他到宋徽宗的书房转了一圈，并且将"山东宋江"四字刻了下来。回到酒店，王班直还没有醒来。整个过程，柴进是多么从容不迫、胸有成竹。须知，这可是闯入宫廷禁地，抓起来可是死罪。但柴大官人却如入无人之境！如此，柴进的大智大勇就自然而然地凸显出来。设若是一个做事毛手毛脚，临危而不淡定的人，可以完成如此艰难的任务吗？由此可见，柴进的"行亏廊庙，誉满江湖"，除了客观环境所造成的诸多因素而外，还需要其自身的素质来实现。

柴进，一个正常社会地位如此崇高的帝子王孙，居然在江湖中享有如此的威望；柴大官人，一个家中藏有铁券丹书的老贵族，竟然走进造反的行列。小旋风柴进身上这种"行亏廊庙，誉满江湖"的看似矛盾的行为，其实体现了那个时代的许多不得已。柴进的故事告诉我们，就连天潢贵胄都心仪绿林，宋徽宗的天下安得不亡？

六、天损星浪里白跳张顺

张顺是水浒故事早期流传过程中已有的人物，《宋江三十六赞》和《宣和遗事》中均有他的记载，其绰号或作"浪里白条"，差别不大。龚开给张顺的赞语是："雪浪如山，汝能白跳。愿随忠魂，来驾怒潮。"② 前两句直说张顺绰号，后两句用伍子胥与钱塘江潮的典故：

> 吴王闻子胥之怨恨也，乃使人赐属镂之剑。……子胥把剑，仰天叹曰："自我死后，后世必以我为忠。上配夏殷之世，亦得与龙逢、比干为友。"

---

① 施耐庵，罗贯中. 水浒传 [M]. 北京：人民文学出版社，1975：991-992.

② 周密. 癸辛杂识 [M]. 北京：中华书局，1988：147.

遂伏剑而死。吴王乃取子胥尸，盛以鸱夷之器，投之于江中。……子胥因随流扬波，依潮来往，荡激崩岸。①（《吴越春秋》卷五《夫差内传》）

根据《吴越春秋》的记载，后人将钱塘江潮附会为子胥忠魂在其中鼓动。而龚圣与说张顺"愿随忠魂，来驾怒潮"，表明在南宋时就有张顺参加杭州战役，死于水中的传说，这与《水浒传》中的描写是吻合的。

既然张顺的外号叫作"浪里白跳"，那么，他在《水浒传》中的精彩表演就都与"水"脱不了干系。百回本《水浒传》的回目中，张顺的名字一旦出现，就离不开"水"。第三十八回"黑旋风斗浪里白跳"、第六十一回"张顺夜闹金沙渡"、第六十五回"浪里白跳水上报冤"、第八十回"张顺凿漏海鳅船"、第九十四回"涌金门张顺归神"。② 即便是回目中关于张顺的故事没有看见"水"的，在具体描写中也仍然与"水"关联。如第四十一回"张顺活捉黄文炳"就是如此："忽见江面上一只船，水底下早钻过一个人，把黄文炳劈腰抱住，拦头揪起，扯上船来。船上那个大汉早来接应，便把麻索绑上。水底下活捉了黄文炳的便是浪里白跳张顺。"③ 再如第九十一回"张顺夜伏金山寺"亦乃如此："张顺脱膊了，扁扎起一腰白绢水裩儿，把这头巾衣服裹了两个大银，拴缚在头上，腰间带一把尖刀，从瓜洲下水，直赴开江心中来。那水淹不过他胸脯，在水中如走旱路，看看赴到金山脚下。"④ 第九十五回"张顺魂捉方天定"还是这样："走得到五云山下，只见江里走起一个人来，口里衔着一把刀，赤条条跳上岸来。方天定在马上见来得凶，便打马要走。可奈那匹马作怪，百般打也不动，却似有人笼住嚼环的一般。那汉抢到马前，把方天定扯下马来，一刀便割了头。却骑了方天定的马，一手提了头，一手执刀，奔回杭州城来。"⑤

---

① 赵晔. 吴越春秋［M］//野史精品第一辑. 长沙：岳麓书社，1996：38-39.
② 施耐庵，罗贯中. 水浒传［M］. 北京：人民文学出版社，1975：目录2-5.
③ 施耐庵，罗贯中. 水浒传［M］. 北京：人民文学出版社，1975：567.
④ 施耐庵，罗贯中. 水浒传［M］. 北京：人民文学出版社，1975：1245.
⑤ 施耐庵，罗贯中. 水浒传［M］. 北京：人民文学出版社，1975：1312-1313.

其实，张顺了不起的水下功夫只是其表面特点，而他内在性格特征最突出的一点就是"复仇"。龚圣与将他与伍子胥联系在一起是很有道理的，因为伍子胥鼓动钱塘江潮就是一种水上复仇情结，而浪里白跳张顺则更是水中复仇之神灵。"黑旋风斗浪里白跳"是报李逵岸上毒打之仇，"张顺活捉黄文炳"是报黄文炳陷害宋江之仇，"浪里白跳水上报冤"是报截江鬼张旺劫杀之仇，"张顺魂捉方天定"更是报杀害自己之仇。众所周知，《水浒传》中张顺死于杭州涌金门："张顺从半城上跳下水池里去，待要趁水汊时，城上踏弩硬弓、苦竹枪、鹅卵石，一齐都射打下来。可怜张顺英雄，就涌金门外水池中身死。"①（第九十四回）而当时杭州城中，"乃是方腊大太子南安王方天定把守"。故而，张顺要附身哥哥张横而"魂捉方天定"。

《水浒传》中将张顺这种水下功夫和报复心理结合在一起写得最充分的是张顺在浔阳江与李逵的打斗。一开始，两人在岸上打，张顺吃了大亏，当李逵胜利后准备跟着宋江他们离开时，发生了那场最为有趣的水下打斗：

李逵向那柳树根头拾起布衫，搭在胳膊上，跟了宋江、戴宗便走，行不得十数步，只听得背后有人叫骂道："黑杀才！今番要和你见个输赢！"……李逵听了大怒，吼了一声，撇了布衫，抢转身来。那人便把船略拢来凑在岸边，一手把竹篙点定了船，口里大骂着。李逵也骂道："好汉便上岸来。"那人把竹篙去李逵腿上便搠。撩拨得李逵火起，托地跳在船上。说时迟，那时快。那人只要诱得李逵上船，便把竹篙望岸边一点，双脚一蹬，那只渔船一似狂风飘败叶，箭也似投江心里去了。李逵虽然也识得水，却不甚高。当时慌了手脚。那人也不叫骂，撇了竹篙，叫声："你来！今番和你定要见个输赢！"便把李逵搭膊拿住，口里说道："且不和你厮打，先教你吃些水！"两只脚把船只一晃，船底朝天，英雄落水。两个好汉扑通地都翻筋斗撞下江里去。……只见江面开处，那人把李逵提将起来，又淹将下去。两个正在江心里面，清波碧浪中间，一个显浑身黑肉，一个露遍体

---

① 施耐庵，罗贯中. 水浒传［M］. 北京：人民文学出版社，1975：1296.

霜肤。两个打做一团，绞做一块。……当时宋江、戴宗看见李逵被那人在水里揪住，浸得眼白，又提起来，又纳下去，何止淹了数十遭。①（第三十八回）

张顺的水下功夫极棒，而他的报复心也极强。其实，这种报复心以及由此生发的报仇雪恨的心理，某种意义上讲也是梁山好汉的共性，只不过各人表现的程度和方式不同而已。甚至就是在相互开玩笑的时候，好汉们也是充满报复心理的火药味的。例如张顺和李逵在戴宗引荐下相互和好后，还要互相说着硬话。李逵道："你路上休撞着我。"张顺道："我只在水里等你便了。"②

张顺这"浪里白跳"最终还是死在水里，而最后的最后，他的灵魂还是从水里爬起来，附着在哥哥身上凶悍地割下了仇人的头颅。作者这样写，是否有什么寓意，我们很难知道，但总觉得这种写法却是勾住了浪里白跳张顺的三魂六魄。

七、天异星赤发鬼刘唐

刘唐在早期水浒故事中一直比较活跃，而且其绰号具有多样化特征。《宋江三十六赞》云："尺八腿刘唐：将军下短，贵称侯王。汝岂非夫，腿尺八长。"③不仅将其绰号定为"尺八腿"，而且整个赞语基本上就是一种对"短腿"的调侃。《宣和遗事》中，刘唐的绰号乃是"赤发鬼"，而且他还是智取生辰纲最早的核心成员之一："为头的是郓城县石碣村住，姓晁名盖，人号唤他做铁天王；带领得吴加亮、刘唐、秦明、阮进、阮通、阮小七、燕青等。"④

元杂剧现存剧本中，刘唐只在《都孔目风雨还牢末》中出现，而且是个重要人物，但性格不好，一是心胸狭隘，二是冲动惹事。且看他的出场秀：

（净扮刘唐上，云）自家刘唐的便是。误了一月限期，大人呼唤，须

---

① 施耐庵，罗贯中. 水浒传 [M]. 北京：人民文学出版社，1975：522-523.
② 施耐庵，罗贯中. 水浒传 [M]. 北京：人民文学出版社，1975：524.
③ 周密. 癸辛杂识 [M]. 北京：中华书局，1988：146.
④ 佚名. 宣和遗事 [M] // 宣和遗事等两种. 南京：江苏古籍出版社，1993：32.

索见去咱。(正末云)刘唐,你见大人去。(刘唐云)哥哥,怎生方便刘唐咱?(正末云)大人怪你,一时间分说不过,你且见去。(刘唐见跪科)(孤云)刘唐,你怎生误了一个月限期?(刘唐云)小人则误了二十日假限。(正末云)他有假帖在此。(孤看帖科,云)假帖上误了一个月限,这厮说谎。(刘唐云)大人,路途遥远,风雨阻隔,因此上误了假限,大人可怜见!(孤云)李孔目,刘唐说风雨阻隔,路途遥远误限,这怎么说?(正末云)小人不敢主张,任大人决断。(孤云)休说他误了假限,论说谎也该打四十。张千,拿下去杖脊四十!(张千打科,云)一十、二十、三十、四十。(孤云)抢出去!(刘唐出门科,云)哎哟,打了我这一顿!大人有心要饶我,李孔目不肯说个方便。你妒我为冤,我妒你为仇。你便是厅上的孔目,我便是泥鞋窄袜走隶公人?李孔目,你常踏着吉地行哩。有朝一日,文卷有些差错,大人见怪,拿下你来。咱两个休轴头厮抹着!正是恨小非君子,无毒不丈夫。①(下)(楔子)

就是因为孔目李荣祖没有帮他说人情,或者说照章办事,刘唐对李孔目怀恨在心。后来,利用李荣祖家人与梁山有些关系,刘唐公报私仇,将李荣祖害得吃尽苦头,差一点家破人亡。虽然,最后刘唐在史进、阮小五的激励之下,一起到牢中救了李孔目,同上梁山,但刘唐这个人物身上英雄与反英雄共轭的特点却是无法掩蔽的。

元杂剧中的刘唐的心胸狭隘和冲动惹事再加上作为梁山好汉必备品格的疾恶如仇、英勇顽强,所有这些,构成了《水浒传》中刘唐的基本性格特征。

"智取生辰纲"是《水浒传》中第一次体现绿林好汉大规模行动的精彩片段,而这件惊天动地的大事的首创者就是刘唐。正是他打听到梁中书要给蔡太师敬奉大量的生日礼物,才来找晁盖商量如何取这一套大富贵的。

刘唐道:"小弟打听得北京大名府梁中书,收买十万贯金珠宝贝玩器等物,送上东京与他丈人蔡太师庆生辰。去年也曾送十万贯金珠宝贝,来到

---

① 李致远. 都孔目风雨还牢末 [M] //臧晋叔. 元曲选. 北京:中华书局,1958:1609.

半路里，不知被谁人打劫了，至今也无捉处。今年又收买十万贯金珠宝贝，早晚安排起程，要赶这六月十五日生辰。小弟想此一套是不义之财，取而何碍。便可商议个道理，去半路上取了。天理知之，也不为罪。闻知哥哥大名，是个真男子，武艺过人。小弟不才，颇也学得本事。休道三五个汉子，便是一二千军马队中，拿条枪也不惧他。倘蒙哥哥不弃时，献此一套富贵。不知哥哥心内如何?"①（第十四回）

这里值得注意的是"不义之财，取而何碍""天理知之，也不为罪"十六个字，这正是梁山好汉的道理，正义性的道理。梁山好汉所有犯上作乱的行为都是以这十六个字作为护身符的，或者说，这十六个字就是他们为自己的过激行为找到的心灵慰藉。有了这样的道理，梁山好汉杀贪官、打豪强，杀富济贫、替天行道的行为才顺理成章。刘唐能说出这样的话，证明他对这一点的感受尤为深刻。而他的深刻感受，又在此后一系列行动中表现出来，这就是他疾恶如仇的品格和行为。他与当时还是都头的雷横打斗时，骂对方是"诈害百姓的腌臢泼才"②（第十四回）。为迎接宋江上梁山，他"便来杀那两个公人。这张千，李万，諕做一堆儿跪在地下"③（第三十六回）。当然，在疾恶如仇的同时，他冲动惹事的性格层面也包含其中。不仅如此，哪怕在厮杀格斗时，刘唐英勇顽强也是与冲动惹事结合在一起的。且看："刘唐赶去，人马相迎。刘唐手疾，一朴刀砍去，却砍着张清战马。那马后蹄直踢起来，刘唐面门上扫着马尾，双眼生花，早被张清只一石子，打倒在地。急待挣扎，阵中走出军来，横拖倒拽，拿入阵中去了。"④（第七十回）

赤发鬼刘唐上梁山很早，在梁山的地位一直较高。一百八人中他坐了第二十一把交椅，排在李逵的前面。在步军头领中，他处于第三位："步军头领一十

---

① 施耐庵，罗贯中. 水浒传［M］. 北京：人民文学出版社，1975：178-179.
② 施耐庵，罗贯中. 水浒传［M］. 北京：人民文学出版社，1975：180.
③ 施耐庵，罗贯中. 水浒传［M］. 北京：人民文学出版社，1975：486.
④ 施耐庵，罗贯中. 水浒传［M］. 北京：人民文学出版社，1975：966.

员：花和尚鲁智深、行者武松、赤发鬼刘唐、插翅虎雷横、黑旋风李逵、浪子燕青、病关索杨雄、拚命三郎石秀、两头蛇解珍、双尾蝎解宝。"①（第七十一回）

可见，刘唐作为早期梁山的主要人物和打劫生辰纲的核心人物，《水浒传》都继承了《宣和遗事》中的相关内容。与此同时，刘唐性格上的缺陷——心胸狭隘、冲动惹事却也从元杂剧中承袭下来。再看一个典型事例，当刘唐投奔晁盖途中被雷横当作盗贼抓起来而后又被晁盖谎言救下之后，本已无事，刘唐也应该将注意力转向打劫生辰纲的大事上来了。不料，刘唐的"小心眼"突然萌发，而且怒不可遏地采取行动：

且说刘唐在房里寻思道："我着甚来由苦恼这遭，多亏晁盖完成，解脱了这件事。只叵奈雷横那厮，平白骗了晁保正十两银子，又吊我一夜。想那厮去未远，我不如拿了条棒赶上去，齐打翻了那厮们，却夺回那银子，送还晁盖。他必然敬我。此计大妙。"刘唐便出房门，去枪架上拿了一条朴刀，便出庄门，大踏步投南赶来。②（第十四回）

总而言之，疾恶如仇、英勇顽强、心胸狭隘、冲动惹事，这些优点缺点加在一起，就是赤发鬼刘唐的整体性格。就连他的死亡，也显得那么勇敢而冲动："刘唐要夺头功，一骑马，一把刀，直抢入城去。城上看见刘唐飞马奔来，一斧砍断绳索，坠下闸板，可怜悍勇刘唐，连马和人，同死于门下。"③（第九十五回）刘唐死后，宋江痛哭，并对他做了评论：

宋江听得又折了刘唐，被候潮门闸死，痛哭道："屈死了这个兄弟！自郓城县结义，跟着晁天王上梁山泊，受了许多年辛苦，不曾快乐。大小百十场，出战交锋，出百死得一生，未尝折了锐气。谁想今日却死于此

---

① 施耐庵，罗贯中. 水浒传 [M]. 北京：人民文学出版社，1975：980.
② 施耐庵，罗贯中. 水浒传 [M]. 北京：人民文学出版社，1975：179.
③ 施耐庵，罗贯中. 水浒传 [M]. 北京：人民文学出版社，1975：1309.

处！"①（第九十五回）

天异星赤发鬼刘唐，真是一个与众不同的人物，他是一个勇敢而冲动、正义而小气的"魔鬼"。

八、地勇星病尉迟孙立

在水浒故事流传过程中，病尉迟孙立的地位是每况愈下的。他在《宋江三十六赞》中排在第九位，《宣和遗事》九天玄女的天书中排在二十四位，到《水浒传》中，则干脆被赶出三十六天罡，降至七十二地煞的第三位。这多多少少有点儿不公平，直到今天，笔者都不知道施耐庵先生为什么这样"处置"孙立。想来想去，或许是因为他算计了师兄弟栾廷玉，做人不太厚道的缘故吧。

然而，孙立在梁山群雄中又的的确确是个人物，至少应该是亚英雄人物群中的一个。

《水浒传》中写孙立，一共有四大辉煌业绩：劫牢救二解、计破祝家庄、大战呼延灼、鞭削寇镇远。

孙立本为登州提辖，因解救亲戚解珍、解宝兄弟，劫了登州牢房，投奔梁山。并带领手下乔装改扮，打入敌人内部，里应外合，帮助梁山军攻下祝家庄。第七十一回梁山泊英雄大聚义时，孙立排在地煞星第三位。具体分工为"马军小彪将兼远探出哨头领一十六员"的第二位，属于梁山军沙场征战时的主要将领。征方腊归来，孙立被封为义节郎。最后，他"带同兄弟孙新、顾大嫂并妻小，自依旧登州任用"②（第一百回）。

看来，《水浒传》中的孙立故事是起自登州而又终于登州，这一回旋往复的过程，既是孙立的生命历程，也是他的心路历程。

孙立出场时，被描写得很是精神："姓孙名立，绰号病尉迟，射得硬弓，骑得劣马，使一管长枪，腕上悬一条虎眼竹节钢鞭，海边人见了，望风而降。"

---

① 施耐庵，罗贯中. 水浒传 [M]. 北京：人民文学出版社，1975：1309.

② 施耐庵，罗贯中. 水浒传 [M]. 北京：人民文学出版社，1975：1383.

（第四十九回）① 这样一员酷似唐代尉迟恭的虎将，论武功、能力，在战将如云的梁山泊冲锋陷阵的将军们中间，至少也是排在第二梯队的。

在劫牢救二解的斗争中，虽然一开始孙立稍有犹豫，但在弟媳母大虫顾大嫂的刺激之下，他毅然决然担任了这次行动的总指挥。尤其是其镇定自若的大将风度，使这次行动取得了圆满成功。请看故事的最后："街上人家都关上门，不敢出来。州里做公的人认得是孙提辖，谁敢向前拦当。众人簇拥着孙立奔出城门去。一直望十里牌来。"②（第四十九回）

离开登州以后，孙立等人按照预定计划，去寻找邹渊的朋友石勇，进而投奔梁山泊入伙。那么，从登州到梁山有多远的距离呢？登州在齐地东北部的海边上，而梁山却在遥远的鲁西南腹地，两地的直线距离就有一千多里路，更不要说中间还隔着几大山川湖泊了。

一路之上，因为都是车马行走，当然，也出于作者编故事的需要，故而孙立一行速度很快："不一二日，来到石勇酒店。"③（第四十九回）那么，石勇的酒店开在什么地方呢？书中自有交代："令石勇也带十来个伴当，去北山那里开店。仍复都要设立水亭、号箭、接应船只，但有缓急军情，飞捷报来。"④（第四十四回）由此可见，作为联络点的石勇酒店开设在梁山的北面。

当孙立来投奔梁山时，梁山与祝家庄的战斗正处于胶着状态，甚至可以说祝家庄还占了上风。按照书中的描写，祝家庄应该在梁山的西北方向，因为此前不久杨雄、石秀、时迁三人投奔梁山，就是从河北蓟州出发的。未到梁山之前，因时迁偷鸡被擒，杨雄、石秀在请李应调解无效的情况下，才到梁山搬救兵的。而且，最先投的也是石勇酒店。这样，我们就大致明确了书中所写的地理位置。孙立等人来自梁山的东北方向，而祝家庄在梁山的西北方向。故而，

---

① 施耐庵，罗贯中. 水浒传 [M]. 北京：人民文学出版社，1975：690.

② 施耐庵，罗贯中. 水浒传 [M]. 北京：人民文学出版社，1975：692.

③ 施耐庵，罗贯中. 水浒传 [M]. 北京：人民文学出版社，1975：693.

④ 施耐庵，罗贯中. 水浒传 [M]. 北京：人民文学出版社，1975：609.

孙立等人的到来，祝家庄中人完全不知情，如此方可实施三打祝家庄的"木马计"。

在计破祝家庄的斗争中，孙立毫无疑问是主角。首先，这个计谋就是他提出的：利用他与祝家庄教头栾廷玉的师兄弟关系，带领登州人马，冒充换防的官军，打入敌人内部，里应外合，拿下祝家庄。这条妙计，在得到宋江和吴用的赞同和批准之后，由孙立领衔实施。实际上，在实施这一妙计的过程中，孙立是要冒极大风险的。因为，他必须带着家眷去实施此计，这样，才不至于引起祝朝奉和栾廷玉的怀疑。而他的妻子乐大娘子，却是完全不通武艺的弱女子，万一有个闪失，那可是要赔了夫人又折兵的。但是，大智大勇的孙立再一次体现了大将风采，沉着、镇静地指挥着这一场特殊的战斗。他故意生擒石秀，进一步得到祝家庄方面的信任。随后，就开始了一系列行动："孙立又暗暗地使邹渊、邹润、乐和去后房里把门户都看了出入的路数。"①（第五十回）然后，利用祝家庄主力打开庄门四面迎敌的机会，由孙立带进来的人将原先真真假假被抓进来的梁山好汉从牢房中放出，大家联手从里面向外面杀，与梁山大队人马从外面向里面杀相互配合。到了战斗的关键时刻，孙立又大发威风："祝虎见庄里火起，先奔回来。孙立守在吊桥上，大喝一声：'你那厮那里去？'拦住吊桥。祝虎省口，便拨转马头，再奔宋江阵上来。"②（第五十回）祝家父子、兄弟终被消灭，梁山军在三打祝家庄的斗争中取得最后胜利，将祝家庄这颗梁山好汉的眼中钉连根拔掉。令人注目的是，这次攻下祝家庄，是在梁山泊两次攻打祝家庄不利的情况下，最终用孙立的妙计才取得成功的。因此，计取祝家庄的战役，第一位功臣毫无疑问应该是病尉迟孙立。

在《水浒传》中，善于用"鞭"的有两人：一个是双鞭呼延灼，一个是病尉迟孙立。呼延灼的故事此不讨论，而孙立的"鞭技"却在他作为梁山好汉和接受招安后两次大放异彩。

---

① 施耐庵，罗贯中. 水浒传 [M]. 北京：人民文学出版社，1975：699.

② 施耐庵，罗贯中. 水浒传 [M]. 北京：人民文学出版社，1975：701.

一次是大战呼延灼。当时，双鞭呼延灼还是代表朝廷的官军将领。当他摆布连环马向梁山进攻时，碰到了梁山用鞭高手病尉迟孙立。既然两位"鞭"中高手碰到了一起，不要耍钢鞭，读者是绝对不会放过的。于是，作者特意安排了这场单鞭对双鞭的打斗。请看：

且来阵前，看孙立与呼延灼交战。孙立也把枪带住，手腕上绰起那条竹节钢鞭，来迎呼延灼。两个都使钢鞭，却更一般打扮。病尉迟孙立是交角铁幞头，大红罗抹额，百花点翠皂罗袍，乌油戗金甲，骑一匹乌骓马，使一条竹节虎眼鞭，赛过尉迟恭。这呼延灼却是冲天角铁幞头，销金黄罗抹额，七星打钉皂罗袍，乌油对嵌铠甲，骑一匹御赐踢雪乌骓，使两条水磨八棱钢鞭，左手的重十二斤，右手重十三斤。两个在阵前左盘右旋，斗到三十余合，不分胜败。①（第五十五回）

另一次是鞭削寇镇远。寇先锋可是辽国的名将，这真是一场棋逢敌手的殊死搏斗："那寇先锋望见砍了琼先锋，怒从心上起，恶向胆边生，跃马挺枪，直出阵前，高声大骂：'贼将怎敢暗算吾兄！'当有病尉迟孙立飞马直出，径来奔寇镇远。军中战鼓喧天，耳畔喊声不绝。那孙立的金枪神出鬼没，寇先锋见了，先自八分胆丧。斗不过二十余合，寇先锋勒回马便走，不敢回阵，恐怕撞动了阵脚，绕阵东北而走。孙立正要建功，那里肯放？纵马赶去。寇先锋去的远了。孙立在马上带住枪，左手拈弓，右手取箭，搭上箭，拽满弓，觑着寇先锋后心较亲，只一箭。那寇将军听的弓弦响，把身一倒，那枝箭却好射到，顺手只一绰，绰了那枝箭。孙立见了，暗暗地喝采。寇先锋冷笑道：'这厮卖弄弓箭。'便把那枝箭咬在口里，自把枪带住了事环上，急把左手取出硬弓，右手箭搭上弦，扭过身来，望孙立前心窝里一箭射来。孙立早已偷眼见了，在马上左来右去。那枝箭到胸前，把身望后便倒，那枝箭从身上飞过去了。这马收勒不住，只顾跑来。寇先锋把弓穿在臂上，扭回身且看孙立倒在马上。寇先锋想道：'必是中了箭。'原来孙立两腿有力，夹住宝镫，倒在马上，故作如此，却不坠下马

---

① 施耐庵，罗贯中. 水浒传 [M]. 北京：人民文学出版社，1975：769.

来。寇先锋勒转马要来捉孙立。两个马头却好相迎着，隔不的丈尺来去。孙立却跳将起来，大喝一声：'不恁地拿你，你须走了！'寇先锋吃了一惊，便回道：'你只躲的我箭，须躲不的我枪！'望孙立胸前尽力一枪搠来，孙立挺起胸脯，受他一枪。枪尖到甲，略侧一侧，那枪从肋罗里放将过去。那寇将军却扑入怀里来。孙立就手提起腕上虎眼钢鞭，向那寇先锋脑袋上飞将下来，削去了半个天灵骨。那寇将军在镇远做了半世番官，死于孙立之手。"①（第八十七回）

以上所述，乃病尉迟孙立驰骋疆场英雄风采的荦荦大者。除此而外，孙立自从上梁山以后，大大小小的战争经历了数十次，多半都是听从军师吴用的调配，做某一方面军的副将。

孙立当然是一介武夫，但在梁山泊将星如云的阵营中，他还是具有自身特色的。第一，他有大将风度，体现出指挥若定的气质。这一点，在劫牢救二解和计破祝家庄的斗争中表现得尤为突出。越是激烈的斗争场景，他越能沉得住气。这一点，并非每一位战将都能做到。第二，他精通多种武艺，在战场上以使枪为主，使鞭辅之，必要时还能以弓箭偷袭敌人。这一点，在大战呼延灼和鞭削寇镇远的斗争中表现得很充分。第三，他在战场上威风凛凛对敌人有震慑力，他不仅在祝家庄前对祝虎的"大喝一声"，而且还威慑过高唐州的太守高廉："行不到十里之外，山背后撞出一彪人马，当先拥出病尉迟孙立，拦住去路，厉声高叫：'我等你多时，好好下马受缚！'高廉引军便回。"②（第五十四回）第四，在生死攸关的战场搏斗中，他能机智灵活地消灭敌人。这一点，充分表现在他与寇镇远的生死搏斗中。俩人你来我往，各显神通之后，孙立假装中箭，骗得敌人上当，一鞭打死寇将军。尤其重要的是，他装作中箭的"两腿有力，夹住宝镫，倒在马上，故作如此，却不坠下马来"的功夫，真是出人意料且超乎常人之上。而最后的以前胸迎接寇将军的枪刺，飞快躲过，然后致命一击，真如电石火花，令人目不暇接。这样的描写，既显示了作者的生花妙笔，

---

① 施耐庵，罗贯中．水浒传［M］．北京：人民文学出版社，1975：1195-1196．
② 施耐庵，罗贯中．水浒传［M］．北京：人民文学出版社，1975：758．

更体现了孙立的大智大勇。

然而,《水浒传》最后,孙立还是回到登州老老实实地任职去了。孙立的结局,是梁山好汉众多结局的一种,而且,在封建时代很有代表性。

四　不得已的凑数

金圣叹尝言:"《水浒传》写一百八个人性格,真是一百八样。"①(《读第五才子书法》)这显然是过誉之词。梁山好汉中个性鲜明的艺术典型,大概也就前面分析的十几二十人而已。其他的,多半是不得已的凑数。

凑数的原因是多方面的,首先是在三十六天罡之外要凑足七十二地煞,使梁山好汉像元杂剧所描写的那样,成为一百零八人。其次,要基本保持《宋江三十六赞》和《宣和遗事》中的三十六人名单。如果这两项指标不能完成,广大读者就不会答应。

《水浒传》中梁山好汉七十二地煞中的人物绝大多数都是作者自己创造的,从《宋江三十六赞》和《宣和遗事》共有的人物中下降到地煞的只有病尉迟孙立一人,《宋江三十六赞》没有而《宣和遗事》中被称作"摸着云杜千"者则在《水浒传》下降为"地妖星摸着天杜迁"。除此而外的七十名"地煞"成员,多为《水浒传》作者杜撰。

杜撰的方法有以下几种:

第一,根据天罡中某某英雄,杜撰出他的兄弟或亲属。如宋江之于宋清,穆弘之于穆春,解珍、解宝之于顾大嫂、孙新、乐和、邹渊、邹润。

第二,根据天罡中某某英雄,杜撰出他的助手或副将。如关胜之于宣赞、郝思文,呼延灼之于韩滔、彭玘、凌振,张清之于龚旺、丁得孙,李俊之于童威、童猛。

第三,根据天罡星某某英雄,杜撰出与之相关的某些人物。如史进之于朱

---

① 陈曦钟,侯忠义,鲁玉川. 水浒传会评本 [M]. 北京:北京大学出版社,1981:17.

武、陈达、杨春、李忠，鲁智深之于周通，武松之于张青、孙二娘、施恩，林冲之于曹正，花荣之于黄信、吕方、郭盛，李逵之于李云、汤隆、焦挺，戴宗之于杨林，杨雄之于时迁、杜兴，张顺之于王定六，卢俊义之于蔡福、蔡庆，关胜之于单廷珪、魏定国。

第四，梁山泊原有头领。除白衣秀士王伦和由天罡降下来的杜迁而外，还有云里金刚宋万、旱地忽律朱贵。

第五，由于某一大事件所需要而杜撰的人物。如"智取生辰纲"之于白胜，"三打祝家庄"之于扈三娘。

第六，由于某种技艺或本领为梁山需要而杜撰的人物。如圣手书生萧让、玉臂匠金大坚、神医安道全、紫髯伯皇甫端。

第七，依托主人公兼线索人物宋江而杜撰的某些人物。如孔明、孔亮、燕顺、王英、郑天寿、石勇、李立、薛永、欧鹏、蒋敬、马麟、陶宗旺、段景住。

第八，根据地煞中某某英雄，杜撰出与之相关的某些人物。如薛永之于侯健，朱贵之于朱富，杨林之于邓飞、孟康、裴宣，焦挺之于鲍旭。

第九，自立山头与梁山抗衡，后被梁山收服的英雄人物。如樊瑞、项充、李衮、郁保四。

通过以上几种方法，《水浒传》的作者杜撰了上述七十地煞中英雄形象，但大体而言，这些形象都是凑数的，或性格苍白，或类型化，或个性彰显只是流光一闪、稍纵即逝，基本上不能算成功的人物形象。

不仅地煞中人如此，就连天罡中一半左右的人物，也大都是扁平人物或类型化形象，尽管作者极力想表现他们的过人之处，但实际上，从人物形象塑造的角度来看，基本上都是不成功的。这又是另一种"凑数"，亦即将"三十六人"写全，凑足其故事情节。

其实，很早以前金圣叹就看到了其中的一些问题，我们不妨先借鉴他的言论：

> 杨志、关胜是上上人物。杨志写来是旧家子弟，关胜写来全是云长变相。秦明、索超是上中人物。史进只算上中人物，为他后半写得不好。呼

延灼却是出力写得来的，然只是上中人物。卢俊义、柴进只是上中人物。卢俊义传，也算极力将英雄员外写出来了，然终不免带些呆气。譬如画骆驼，虽是庞然大物，却到底看来觉道不俊。柴进无他长，只有好客一节。朱仝与雷横，是朱仝写得好。然两人都是上中人物。杨雄与石秀，是石秀写得好。然石秀便是中上人物，杨雄竟是中下人物。公孙胜便是中上人物，备员而已。李应只是中上人物，然也是体面上定得来，写处全不见得。阮小二、阮小五、张横、张顺，都是中上人物。燕青是中上人物，刘唐是中上人物，徐宁、董平是中上人物。戴宗是中下人物，除却神行，一件不足取。①（《读第五才子书法》）

当然，这里提到的某些人物，笔者的看法与金圣叹并不完全一致，但大体而言，金圣叹的评价是切中肯綮的。下面，参考金圣叹的评价，对十几位天罡中写得并不成功的"凑数"人物略作评说。

入云龙公孙胜在《宋江三十六赞》中没有，《宣和遗事》中只在玄女天书中有"入云龙公孙胜"六个字，没有任何故事，大概是在"智取生辰纲"八人之中。然而《宣和遗事》并没有写完八人姓名，只说晁盖带领"吴加亮、刘唐、秦明、阮进、阮通、阮小七、燕青等"② 干的，公孙胜大概就是在这个"等"字中间了。至于现存的六本元杂剧中的"水浒戏"，却连"公孙胜"三个字都未曾出现。就是这么一个不起眼的人物，在《水浒传》中却跃居梁山好汉的第四位，成为与吴用并肩的"梁山泊掌管机密军师"。作者为什么这样写？其中奥秘，或许在读者之间见仁见智。然笔者则认为，作者这样做，是为了凑数。因为后期的梁山经常打大仗，经常分兵，既然有两位"总兵都头领"宋江、卢俊义，那就必须给他们各配一个军师。吴用一人显然不够，只好将他一分为二，从《宣和遗事》找出那神龙不见首尾的公孙胜以道士的面目出现，充当吴用的另一半。从人物造型的角度看，也是将《三国志通俗演义》中的诸葛亮一分为

---

① 陈曦钟，侯忠义，鲁玉川. 水浒传会评本 [M]. 北京：北京大学出版社，1981：19-20.
② 佚名. 宣和遗事 [M] //宣和遗事等两种. 南京：江苏古籍出版社，1993：32.

二，将其神机妙算的一面留给智多星吴用，而将其呼风唤雨的一面分给入云龙公孙胜。但作者并没有预料到，这样的描写其实开了一个很不好的先例。后世章回小说中的"军师"形象，多半离智多星的真才实学越来越远，而离入云龙的装神弄鬼却日渐亲切。如姜子牙、吕洞宾、徐茂公、刘伯温之流均乃如此：

有赞姜元帅一词，赞曰：……六韬留下成王业，妙算玄机不可穷。出将入相千秋业，伐罪吊民万古功。运筹帷幄欺风后，燮理阴阳压老彭。亘古军师为第一，声名直并泰山隆。①（《封神演义》第九十五回）

吕军师排完阵势，着椿岩与韩延寿督战，每阵中以观红旗为号，指挥迎敌。果是仙家妙术，世人莫测。七十二阵，变怪奇异。昼则凄风冷雨，夜则河汉皆迷，好使人惧！②（《北宋志传》第三十三回）

再说徐茂公在帐中偶然出帐，仰天观看星斗，只见紫微星正明，忽然有一黑煞星相欺。徐茂公大惊，忙叫众将速速起来救驾。③（《说唐全传》第五十二回）

茂公道："陛下龙心请安。臣阴阳有准，算定今日辰刻救兵到，一些不差，救兵辰刻已到木阳城了。"④（《说唐后传》第十三回）

却说英国公徐茂公在那儿救饥，一见来书，要二哥去保救薛仁贵的事，他晓得阴阳，算定薛仁贵有三年牢狱之灾，早救不得的，忙回书付原人带回。⑤（《说唐三传》第四回）

太祖上台看了一回，但见浮云一点也不生，河湖澄清，新秋荐爽。日间的风，又是寂了。却问军师："怎得大风来？"刘基回说："但请放心，自当借来助阵。"就一边唤四将，作速摆列行仪。军师整肃衣冠，登台礼请。

---

① 许仲琳. 封神演义［M］. 济南：齐鲁书社，1980：981.
② 侯忠义. 明代小说辑刊第二辑之一［M］. 成都：巴蜀书社，1995：500.
③ 佚名. 说唐全传［M］. 郑州：中州古籍出版社，1989：462.
④ 佚名. 说唐后传［M］. 郑州：中州古籍出版社，1990：110.
⑤ 如莲居士. 说唐三传［M］. 北京：宝文堂书店，1987：20.

不多时，果然风起。这个大风，从来也不曾有，便吹得那人人股栗，个个心寒。陈友谅水栅中，摇摇拽拽，那里有一息儿定。①（《英烈传》第三十八回）

以上几位，均乃中国小说史上著名的军师形象。你看他们在足智多谋的同时，或"燮理阴阳"，或"仙家妙术"，或夜观星斗，或借风助阵，一个个都具有鬼神莫测之机、呼风唤雨之术，都像《水浒传》中的公孙胜那样半人半仙。这些人物所处的历史背景有的虽然在北宋以前，但这些人物形象所依存的小说作品却全部在《水浒传》之后。因此，可以说他们都是在公孙胜影响下的产物。当然，前提是公孙胜又借助了诸葛孔明"神出鬼没"的那一半。

如此人物一出，如同"入云龙"一般的"军师形象"在中国小说史上可就层出不穷了。如：善于"夜观天象"的"军师王朴"②（《飞龙全传》第五十一回），能以"揲蓍""爻辞"使"众将皆服其论"③的军师查讷，（《禅真逸史》第三十一回），还有"袖占一课"的"军师谢元"④（《粉妆楼》第四十八回），以及根据"无风旗动"就得出"主有暴兵"结论的军师侯有方⑤（《后三国石珠演义》第二十一回）等等。还有些反面的或正邪两赋的军师形象我们并没有一一罗列，但仅此就可见得公孙胜这一派军师形象的瓜瓞绵绵。如此看来，公孙胜岂止是"备员"而已，他简直就是一个"典型"了。然而，这样的"典型"从艺术的角度应该说是失败的。

水泊梁山有"马军五虎将五员：大刀关胜、豹子头林冲、霹雳火秦明、双鞭呼延灼、双枪将董平"（第七十一回）。这种称谓，也是凑数，而且是模仿《三国志通俗演义》的凑数。该书卷之十五《刘备进位汉中王》写道："封关、

---

① 佚名. 英烈传 [M]. 上海：上海古籍出版社，1981：142-143.
② 东隅逸士. 飞龙全传 [M]. 北京：宝文堂书店，1982：405.
③ 清水道人. 禅真逸史 [M]. 哈尔滨：黑龙江人民出版社，1986：464.
④ 佚名. 绣像绘图粉妆楼 [M]. 呼和浩特：内蒙古人民出版社，1985：285.
⑤ 梅溪遇安氏. 后三国石珠演义 [M]. 成都：巴蜀书社，2001：159.

张、马、黄、赵为五虎大将。"①《水浒传》中五虎将的称号模仿《三国志通俗演义》自不待言，但梁山五虎将较之蜀汉五虎将而言，却是相差甚远。蜀汉五虎将个个性格饱满、鲜明，而梁山五虎将除豹子头林冲个性突出之外，其他都是凑数人物，性格模糊。大刀关胜虽然被金圣叹认为是"上上人物"，但他紧接着又说了一句大实话："写来全是云长变相。"也就是说，在金圣叹看来，关胜之所以"上上"，只不过是沾了老祖宗关羽的光罢了。《水浒传》的描写实际也证明了这一点，关胜除了酷似关羽以外，还有什么特点呢？

接下去，该写张飞在水泊梁山的替身了。就在这里，《水浒传》的作者产生了纠结。因为如果按照蜀汉五虎将来描写梁山五虎将，黄忠那样的老将在水泊梁山很难找到对应者，于是，作者必须考虑这个空位应该塑造一个什么样的虎将来填充。关胜已经替代关羽了，风流的董平也差不多可以替代英俊的赵云，将门之子呼延灼相对于马超也说得过去，剩下来，也只有在张飞身上打主意了。笔者揣度，《水浒传》作者一开始是用秦明来对照张飞的，书中对秦明出场时的介绍如下："因他性格急躁，声若雷霆，以此人都呼他做霹雳火秦明。"②（第三十四回）霹雳火秦明继承的是张飞急躁的性格和如雷霆般的吼叫。或许有人会问，为什么是秦明而不是林冲？细心研讨一下，有趣的情况就展现出来。首先，水浒故事早期流传的多种"版本"如《宋江三十六赞》《宣和遗事》中都有秦明，而《宋江三十六赞》中却没有林冲。第二，《水浒传》中反反复复在林冲身上贴标签："满山都唤小张飞""满寨称为翼德"，正说明林冲是后来加入的，作者急于得到读者的承认。第三，秦明继承的是张飞的内外统一："性格急躁""怒时两目便圆睁"，而林冲则仅仅继承了张飞的外在容貌："豹头环眼，燕颔虎须。"然而，结果却发人深省：林冲形象塑造得很成功，而秦明不过是个类型化的人物。个中原因其实很简单，林冲是外貌与性格的相反相成，而秦明却是外貌和性格的高度一致。

---

① 罗贯中. 三国志通俗演义 [M]. 上海：上海古籍出版社，1980：701.
② 施耐庵，罗贯中. 水浒传 [M]. 北京：人民文学出版社，1975：457.

相比较而言，"梁山五虎将"中仅次于林冲的较为成功的艺术形象是董平。而董平所谓较为成功，并不在于作者对他的赞扬："真乃英雄盖世，谋勇过人。""河北英勇风流将，能使双枪是董平。"①（第六十九回）而在于他是一个英雄与反英雄"共轭"的人物。他除了英雄盖世之外，风流过了头，乃致做出非人的举动。作为武将，董平与东平府程太守不和，而导致二人不和的原因却是"程太守有个女儿，十分大有颜色。董平无妻，累累使人去求为亲，程万里不允"。而后来董平兵败被擒投降梁山并赚开东平府城门以后，这位"风流双枪将"竟然"径奔私衙，杀了程太守一家人口，夺了这女儿"②（第六十九回）。杀人父母而强抢弱女为妻，这种禽兽不如的行径与高衙内有什么两样？笔者真不知道程万里的女儿此后一辈子怎样与董平耳鬓厮磨、直面相对？董平的行为虽然会引起人们的指责，但从人物塑造的角度，他却是相对成功的，因为他有两面性，他性格上英雄与反英雄"共轭"。至少，在"梁山五虎将"中，董平形象比关胜、秦明、呼延灼要成功。之所以如此说，就是因为关胜、秦明除了"浅层次"地像关羽、张飞而外，一无是处；而在呼延灼身上，作者则只是将"马超"般的将门之子的头衔和呼延氏的祖先呼延赞武艺、兵器、长相结合在一起凑数"五虎将"而已。

"五虎将"而外，水泊梁山三十六天罡中的其他将领多半也是凑数，或者说是因为早期水浒故事中有这些人物，作者不得不写。一般说来，他们往往是对应一个古人，或者甚至就是对应天罡星中的另一个成功人物形象而已。如有"三国故事"传说中的关索，就塑造出一个"病关索杨雄"，如有"天贵星小旋风柴进"这样的大贵族，就对应着写一个"天富星扑天雕李应"③这样的土财主。更有甚者，关公竟然被克隆了两次，一是他的后代关胜，二是"美髯公朱全"。而且，这朱全比关胜长得更像关云长："这马兵都头姓朱名全，身长八尺

---

① 施耐庵，罗贯中. 水浒传 [M]. 北京：人民文学出版社，1975：959.
② 施耐庵，罗贯中. 水浒传 [M]. 北京：人民文学出版社，1975：961.
③ 施耐庵，罗贯中. 水浒传 [M]. 北京：人民文学出版社，1975：976.

四五,有一部虎须髯,长一尺五寸,面如重枣,目若朗星,似关云长模样。"①(第十三回)为了说明问题,不妨对照一下《三国志通俗演义》对关羽长相的描写:"身长九尺三寸,髯长一尺八寸,面如重枣,唇若抹朱,丹凤眼,卧蚕眉。"②(卷之一《祭天地桃园结义》)接下去,有了这位马兵都头朱仝,根据对称的原则,就必须有一位"步兵都头雷横,身长七尺五寸,紫棠色面皮,有一部扇圈胡须",而且"杀牛放赌"③(第十三回)。这位雷都头其实是略似张飞的。因为张飞在《三国志通俗演义》中不仅"卖酒屠猪",而且还当过与雷横差不多的"官"儿,正如同关羽也当过与朱仝差不多的职务一样:"关某为马弓手,张飞为步弓手。"④(卷之一《曹操起兵伐董卓》)这难道不有点儿"何其相似乃尔"吗?至于张清,他的外号"没羽箭"就足以证明他是由"有羽箭"花荣引出来的。至于金枪手徐宁,就是专为大破呼延灼的连环马而设置的。此外,索超为杨志而来,戴宗为宋江而设,张横从兄弟张顺处生发,阮家的小二、小五当然是为了陪衬他们的小七兄弟。还有穆弘、史进、李俊、解珍、解宝,要么是线索人物,要么是条件人物,本身都不是那么个性鲜明或光彩照人。

然而,有两点必须说明。第一,天罡中这些凑数的人物,整体而言都比地煞中的凑数人物写得要好。第二,天罡中的这些凑数人物基本上在早期水浒故事中都有表现。故而,这一节的结论就是:除了个别人物如孙立之外,地煞中的人物相对于天罡中的人物而言整体上都是"凑数"。

五 雄性化的裙钗

梁山一百单八将是一个男性化的世界,但跻身其中的却有三位女人:顾大

---

① 施耐庵,罗贯中. 水浒传 [M]. 北京:人民文学出版社,1975:172.
② 罗贯中. 三国志通俗演义 [M]. 上海:上海古籍出版社,1980:5.
③ 施耐庵,罗贯中. 水浒传 [M]. 北京:人民文学出版社,1975:172.
④ 罗贯中. 三国志通俗演义 [M]. 上海:上海古籍出版社,1980:42.

嫂、孙二娘、扈三娘。

一百零八人中，女性仅三人，人数比例之悬殊我们且不讨论。进一步看，就连这三位女性也是雄性化的。首先是她们的名字，除了"嫂"呀"娘"呀这些女性的标签而外，再就是体现排行的大、二、三而已，女性名字中常用的萍、霞、花、月、娇、丽、美、珍等字样根本就看不见。至于她们的绰号则更是吓人一跳：母大虫、母夜叉，除了一个"母"字的性别标志而外，实在让人感到凶猛可怕。扈三娘的外号"一丈青"似乎文雅一点，但却有非常复杂的来历。

"一丈青"这个绰号在早期水浒故事中至少出现过两次。一是《宋江三十六赞》中载："浪子燕青：平康巷陌，岂知汝名。太行春色，有一丈青。"① 一是《宣和遗事》的两段记载："宋江道：'今会中只少了三人。'那三人是：花和尚鲁智深、一丈青张横、铁鞭呼延绰。""朝廷命呼延绰为将统兵，投降海贼李横等出师收捕宋江等，屡战屡败。朝廷督责严切，其呼延绰却带领得李横，反叛朝廷，亦来投宋江为寇。"② 这里，张横、李横必然有一个是错误的，但无论是张横还是李横，这位绰号"一丈青"的梁山好汉与上文所引的燕青一样，都是男性。海贼李（张）横号为"一丈青"，或许是因为他在海边生活，皮肤晒黑兼之身材高大的缘故，但"平康巷陌"的"浪子燕青"为什么也有"一丈青"的雅号呢？这一点，《宋江三十六赞》没有交代，但《水浒传》中对燕青的一段描写却给我们以启发："为见他一身雪练也似白肉，卢俊义叫一个高手匠人与他刺了这一身遍体花绣，却似玉亭柱上铺着软翠。若赛锦体，由你是谁，都输与他。"③（第六十一回）遍体刺青而又身材高挑的燕青，绰号"一丈青"，谁能说不合适呢？

然而，同样是在宋代，"一丈青"这一绰号却又用于女性身上：

> 遇张用，（同）勋说用归朝廷，以马皋之女一丈青嫁用为妻。初，皋为

---

① 周密. 癸辛杂识 [M]. 北京：中华书局，1988：146.

② 佚名. 宣和遗事 [M] //宣和遗事等两种. 南京：江苏古籍出版社，1993：35.

③ 施耐庵，罗贯中. 水浒传 [M]. 北京：人民文学出版社，1975：849.

郭仲荀所诛,勣周恤之,以为义女。既嫁用,遂为中军统领,有二认旗在马前,题曰:关西贞烈女,护国马夫人。①(《三朝北盟会编》卷一百三十八)

这位"护国马夫人",居然当上了中军统领,想来大有韬略,但我们这里注意的却是她的身材高大。其实,很早就有人注意到"一丈青"乃是形容某人高挑身材的意思。清代程穆衡《水浒传注略》卷四十七云:"一丈青。《梦梁录》:官妓有一丈白杨三妈等名,知宋时多有此等称谓,盖皆甚言其长也。"② 查《梦梁录》卷二十"妓乐"条,果然有"一丈白杨三妈"③ 的名号。

"一丈青"作为女人的绰号,在元杂剧中也曾出现,而且元剧中的"一丈青"还与"王矮虎"有些瓜葛,好像就是一对。关汉卿《钱大尹智勘绯衣梦》第三折正旦唱:"比及拿王矮虎,先缠住一丈青。"④ 不过,这里并没有指出他们就是矮脚虎王英和一丈青扈三娘夫妻,而只是作为人物之间关联性极强的一种俗典使用。

到《水浒传》中,作者将一丈青的绰号归还给女性扈三娘,而且给她配上一位矮脚虎王英做丈夫,其间应该带有一点调侃意味,用身材矮小的男人来衬托身材高挑的女子。不仅如此,相对于扈三娘的"天然美貌海棠花"⑤(第四十八回)而言,王英的长相却是十分粗劣的:"形貌峥嵘性粗卤"⑥(第三十二回)。这又有点儿以矮脚虎的丑陋衬托扈三娘美丽的意味。

相对于美貌高挑的扈三娘,梁山另外两位女头领的身材长相、衣着打扮可是实在令人不敢恭维的。顾大嫂:"眉粗眼大、胖面肥腰。插一头异样钗环,露

---

① 徐梦莘. 三朝北盟会编 [M] //景印文渊阁四库全书:第 351 册. 台北:台湾商务印书馆,1963:276.

② 朱一玄,刘毓忱. 水浒传资料汇编 [M]. 天津:百花文艺出版社,1981:475.

③ 吴自牧. 梦梁录 [M]. 杭州:浙江人民出版社,1984:193.

④ 关汉卿. 钱大尹智勘绯衣梦 [M] //隋树森. 元曲选外编. 北京:中华书局,1959:78.

⑤ 施耐庵,罗贯中. 水浒传 [M]. 北京:人民文学出版社,1975:675.

⑥ 施耐庵,罗贯中. 水浒传 [M]. 北京:人民文学出版社,1975:434.

两臂时新钏镯。红裙六幅，浑如五月榴花；翠领数层，染就三春杨柳。"①（第四十九回）孙二娘："眉横杀气、眼露凶光。辘轴般蠢垒腰肢，棒槌似桑皮手脚。厚铺着一层腻粉，遮掩顽皮；浓搽就两晕胭脂，直侵乱发。"②（第二十七回）

  但无论是貌美如花的扈三娘，还是凶神恶煞的顾大嫂、孙二娘，她们身上有一个共同点却是非常明显的：她们都是雄性化的裙钗。且看她们行事的特点：

  "三二十人近他不得。""有时怒起，提井栏便打老公头；忽地心焦，拿石碓敲翻庄客腿。""身边便掣出两把明晃晃尖刀来。""当时顾大嫂手起，早戳翻了三五个小牢子，一齐发喊，从牢里打将出来。"③（第四十九回）

  "便出来拍手叫道：'倒也！倒也！'""那妇人看了，见这两个蠢汉拖扯不动，喝在一边，说道：'你这鸟男女，只会吃饭吃酒，全没些用，直要老娘亲自动手！'""那妇人一头说，一面先脱去了绿纱衫儿，解下了红绢裙子，赤膊着便来把武松轻轻提将起来。"④（第二十七回）

  "霜刀把雄兵乱砍，玉纤手将猛将生拿。""一骑青鬃马上，轮两口日月双刀"，"好生了得"。"被一丈青纵马赶上，把右手刀挂了，轻舒猿臂，将王矮虎提脱雕鞍，活捉去了。""一丈青纵马跨刀，接着欧鹏，两个便斗。原来欧鹏是军班子弟出身，使得好大滚刀。宋江看了，暗暗的喝采。怎的一个欧鹏刀法精熟，也敌不得那女将半点便宜。""正行之间，只见一丈青飞马回来。宋江措手不及，便拍马望东而走。背后一丈青紧追着，八个马蹄翻盏撒钹相似，赶投深村处来。"⑤（第四十八回）

---

① 施耐庵，罗贯中. 水浒传 [M]. 北京：人民文学出版社，1975：686.

② 施耐庵，罗贯中. 水浒传 [M]. 北京：人民文学出版社，1975：368.

③ 施耐庵，罗贯中. 水浒传 [M]. 北京：人民文学出版社，1975：686-692.

④ 施耐庵，罗贯中. 水浒传 [M]. 北京：人民文学出版社，1975：370.

⑤ 施耐庵，罗贯中. 水浒传 [M]. 北京：人民文学出版社，1975：675-677.

以上三段文字，就是顾大嫂、孙二娘、扈三娘"雄性化"的表现。作者为什么要将她们雄性化？因为她们都不是一般的女性，是梁山好汉。是"好汉"就得雄性化，就得"女汉子"，就得具有阳刚之气。在作者和读者的心目中，她们基本上不是女人，而是女人的异化。

然而，从人物塑造的角度看，这三位女性的出现还是有意义的。而且，她们三位在大体相同的"雄性化裙钗"这一点之外，还是具有各自特性的。扈三娘是一位英勇善战的女英雄，这一点在上面已有展现。但在这位"雄性裙钗"自己成为俘虏而全家被梁山好汉杀的杀、赶的赶的前提下，却出现了一个令人感到难堪的局面：宋江强制性地要求扈三娘"今朝是个吉日良辰，贤妹与王英结为夫妇"。当此时，"一丈青见宋江义气深重，推却不得，两口儿只得拜谢了。"①（第五十一回）扈三娘，这个身材高挑、花容月貌、武艺高强的女人只能默默接受了命运的安排。按照常理，一丈青此时的心情应该是异常复杂的，而导致这种复杂心理和尴尬局面的根本原因，就是宋江等人一味推崇而不及其余的所谓"江湖义气"。在塑造扈三娘形象的时候，作者根本没有将她当作"女人"来描写，而只是将她写成一个没有心肝、没有灵魂的雌性绿林豪杰而已。因此，在梁山三位女头领中，扈三娘相对而言是一个不太成功的人物形象。

与扈三娘相比，孙二娘却在粗豪莽撞的同时又具有细心周到的一面。当武松"血溅鸳鸯楼"，官府画影图形捉拿杀人凶犯时，张青夫妇指点武松投奔二龙山。此时，孙二娘突然对丈夫说："你如何便只这等叫叔叔去？前面定吃人捉了！"随后又出主意："二年前，有个头陀打从这里过，吃我放翻了，把来做了几日馒头馅。却留得他一个铁戒箍，一身衣服，一领皂布直裰，一条杂色短穗绦，一本度牒，一串一百单八颗人顶骨数珠，一个沙鱼皮鞘子插着两把雪花镔铁打成的戒刀。这刀如常半夜里鸣啸的响。叔叔既要逃难，只除非把头发剪了，做个行者，须遮得额上金印，又且得这本度牒做护身符，年甲貌相又和叔叔相等，却不是前世前缘？阿叔便应了他的名字，前路去谁敢来盘问。这件事好

---

① 施耐庵，罗贯中. 水浒传 [M]. 北京：人民文学出版社，1975：708.

么?"最后,她亲自"去房中取出包袱来打开,将出许多衣裳,教武松里外穿了"①(第三十一回)。这段描写,体现了这位绿林女杰豪气冲天的同时又心细如发,是比较成功的人物塑造。

顾大嫂则被作者写成了"性情中人"。当她从乐和那里听说表弟解珍、解宝被人陷害而坐牢的消息后,反映异常强烈。顾大嫂道:"这两个是我的兄弟,不知因甚罪犯下在牢里?"顾大嫂听罢,一片声叫起苦来,便叫火家:"快去寻得二哥家来说话!"顾大嫂道:"遮莫甚么去处,都随你去,只要救了我两个兄弟。""最好,有一个不去的我便乱枪戳死他!"② 为了营救自己的兄弟,这位"女汉子"简直到了不顾身家性命的地步。后来,当她用装病的计谋骗来了自己的大伯子、同时也是解珍解宝表兄的病尉迟孙立之后,那一段表现更是令人瞩目:

孙立道:"婶子,你正是害甚么病?"顾大嫂道:"伯伯,拜了!我害些救兄弟的病!"孙立道:"却又作怪!救甚么兄弟?"顾大嫂道:"伯伯,你不要推聋妆哑!你在城中岂不知道他两个是我兄弟?偏不是你的兄弟?"孙立道:"我并不知因由。是那两个兄弟?"顾大嫂道:"伯伯在上,今日事急,只得直言拜禀。这解珍、解宝被登云山下毛太公与同王孔目设计陷害,早晚要谋他两个性命。我如今和这两个好汉商量已定,要去城中劫牢,救出他两个兄弟,都投梁山泊入伙去。恐怕明日事发,先负累伯伯,因此我只推患病,请伯伯姆姆到此,说个长便。若是伯伯不肯去时,我们自去山梁山泊去。如今天下有甚分晓,走了的倒没事,见在的便吃官司!常言道:近火先焦。伯伯便替我们吃官司坐牢,那时没人送饭来救你。伯伯尊意若何?"孙立道:"我却是登州的军官,怎地敢做这等事?"顾大嫂道:"既是伯伯不肯,我今日先和伯伯并个你死我活!"顾大嫂身边便掣出两把刀

---

① 施耐庵,罗贯中. 水浒传 [M]. 北京:人民文学出版社,1975:418-419.

② 施耐庵,罗贯中. 水浒传 [M]. 北京:人民文学出版社,1975:686-689.

来。①（第四十九回）

按照书中的描写，解珍向乐和求救时就曾交代："我有个房分姐姐，是我爷面上的，与孙提辖兄弟为妻，见在东门外十里牌住。原来是我姑娘的女儿，叫做母大虫顾大嫂，……只有那个姐姐和我弟兄两个最好。孙新、孙立的姑娘，却是我母亲。以此他两个又是我姑舅哥哥。"② 仔细阅读这段文字，可以理解为顾大嫂是解珍表姑的女儿，因此才叫"爷面上的""房分姐姐"；而孙立却是解珍的表兄，因为"孙立的姑娘却是我母亲"。如此看来，同样是表亲，顾大嫂与解家兄弟是隔一代的，而孙立却与解家兄弟是嫡亲的表兄弟。弄清了这一点，我们就可看出顾大嫂与孙立相比更重亲情，而孙立则为了自己的地位始终犹豫不决。最后，直到顾大嫂拔出刀来，孙立才不得已参与此次劫牢活动。从"宋江三十六人"掉到七十二地煞第三位的孙立，在这里的表现确实让人大跌眼镜，在"性情中人"顾大嫂面前，孙立也成了一个精神上、人格上的"矮脚虎"！

虽然都是"雄性化裙钗"，上述三位女中豪杰各有个性，但从人物塑造成功与否的角度来看，愚以为顾大嫂熠熠生辉，孙二娘亦光彩照人，扈三娘则只有表面的釉子光泽而已。

---

① 施耐庵，罗贯中. 水浒传 [M]. 北京：人民文学出版社，1975：690-691.
② 施耐庵，罗贯中. 水浒传 [M]. 北京：人民文学出版社，1975：685-686.

第五讲 黑白分明的男男女女

一部《水浒传》,其中所写到的人物形象大体可分为三组:江湖人物、市井人物、庙堂人物。江湖人物主要指梁山好汉,市井人物则指作为梁山好汉活动背景的城镇乡村中形形色色的人物形象,庙堂人物指的是宋、辽的各级官吏,甚至包括方腊、王庆、田虎手下各种人物。三组人物中,最成功的当然是江湖人物,其次是市井人物,最差的是庙堂人物。第一组人物,前面已经讲了不少。这一讲,我们主要分析第二组市井人物和第三组庙堂人物。首先,让我们从市井底层谈起。

一 苦海中的可怜虫

佛家有"四谛说":苦谛、集谛、灭谛、道谛。赵朴初说:"佛教教义的基

枷打白秀英（第五十一回）

本内容简单地说来，就是说世间的苦和苦的原因，说苦的消灭和灭苦的方法。"① 可见，"四谛说"中"苦谛"是基础、是根本。"苦谛"讲一切皆苦，"是对社会人生及客观世界所做的哲理性价值判断，认为其本来性质都是'苦'的"②。的确，从一个特殊的视角看来，诸行无常，一切皆苦，苦海无边，回头是岸，芸芸众生都生活在茫茫苦海之中。

从这个意义上讲，《水浒传》所反映的社会生活也是一片苦海，并且，有不

---

① 赵朴初. 佛教知识答问 [M]. 北京：北京出版社，2003：22.
② 白化文. 汉化佛教与佛寺 [M]. 北京：北京出版社，2003：27.

少生活在这无涯苦海中的可怜兮兮的人物。

苦海中的可怜虫给人印象最深的应该是金翠莲,且看她自己向鲁达、史进、李忠的诉苦:"官人不知,容奴告禀。奴家是东京人氏,因同父母来渭州投奔亲眷,不想搬移南京去了。母亲在客店里染病身故。子父二人流落在此生受。此间有个财主,叫做镇关西郑大官人,因见奴家,便使强媒硬保,要奴作妾。谁想写了三千贯文书,虚钱实契,要了奴家身体。未及三个月,他家大娘子好生利害,将奴赶打出来,不容完聚。着落店主人家,追要原典身钱三千贯。父亲懦弱,和他争执不的,他又有钱有势。当初不曾得他一文,如今那讨钱来还他。没计奈何,父亲自小教得奴家些小曲儿,来这里酒楼上赶座子。每日但得些钱来,将大半还他,留些少子父们盘缠。这两日酒客稀少,违了他钱限,怕他来讨时,受他差耻。子父们想起这苦楚来,无处告诉,因此啼哭。不想误犯了官人,望乞恕罪,高抬贵手!"①(第三回)

这金翠莲父女,可真是够苦的。投亲不遇,流落他乡,亲人病逝,人生地不熟,又被地方豪强欺凌,及至生活无着落,只好卖唱为生,在死亡线上挣扎。其实,像金翠莲父女这样的痛苦,在《水浒传》所描写的世界里绝非独一无二。阎婆惜母女的遭遇一开始也是与此大同小异的。不妨听听王婆帮助阎婆向宋江的倾诉:

> 押司不知,这一家儿从东京来,不是这里人家。嫡亲三口儿,夫主阎公,有个女儿婆惜。他那阎公,平昔是个好唱的人,自小教得他那女儿婆惜也会唱诸般耍令。年方一十八岁,颇有些颜色。三口儿因来山东投奔一个官人不着,流落在此郓城县。不想这里的人不喜风流宴乐,因此不能过活,在这县后一个僻净巷内权住。昨日他的家公因害时疫死了,这阎婆无钱津送,停尸在家,没做道理处。央及老身做媒。我道这般时节,那里有这等恰好。又没借贷处。正在这里走头没路的,只见押司打从这里过来,

---

① 施耐庵,罗贯中. 水浒传 [M]. 北京:人民文学出版社,1975:44.

以此老身与这阎婆赶来。望押司可怜见他则个，作成一具棺材。①（第二十一回）

阎婆惜母女与金翠莲父女一样，也是投亲不遇，流落他乡，亲人病逝，人生地不熟，生活无着落，只好卖唱为生，在死亡线上挣扎。所幸她们遇到的不是镇关西，而是及时雨，所以暂时得到了一个好的安置。《水浒传》作者在短短的二十回书中，就一连两次写到了市井小民这种相同的悲惨遭遇，并不是他笔下乏力，重复啰唆，而是说明了当时这种情况的普遍性。本来，中国人都熟知"在家千日好，出门一时难"的谚语，但是，如果在家乡碰到意想不到的天灾人祸，那也只好背井离乡、投亲靠友了。在异乡如果碰得到亲友的帮助，还可苟延残喘，如果投亲不遇，金家父女和阎家母女的遭遇就成为必然。其实，在《水浒传》的世界里，这种离乡背井、行走江湖的人群实在太多，梁山好汉中有几十位都曾经历过这种生活。只不过因为他们是身强力壮的男子汉，甚至还有一技之长，所以能够较为顺当地"混社会"而已。

当时的芸芸众生背井离乡、流离失所的痛苦我们暂且不说，下面将视点转向一个并不引人注意的角落。金翠莲向鲁达哭诉一段的最后为什么要说："不想误犯了官人，望乞恕罪，高抬贵手！"我们不妨用"卷帘法"，将书向前翻几页：

> 三个酒至数杯，正说些闲话，较量些枪法，说得入港，只听得隔壁阁子里有人哽哽咽咽啼哭。鲁达焦躁，便把碟儿盏儿都丢在楼板上。酒保听得，慌忙上来看时，见鲁提辖气愤愤地。酒保抄手道："官人要甚东西，分付卖来。"鲁达道："洒家要甚么！你也须认得洒家！却恁地教甚么人在间壁吱吱的哭，搅俺弟兄们吃酒。洒家须不曾少了你酒钱！"酒保道："官人息怒。小人怎敢教人啼哭，打搅官人吃酒。这个哭的，是绰酒座儿唱的父子两人，不知官人们在此吃酒，一时间自苦了啼哭。"②（第三回）

你看，金翠莲们的生活痛苦到了什么程度？在苦海中挣扎，连哭一下都有

---

① 施耐庵，罗贯中. 水浒传 [M]. 北京：人民文学出版社，1975：264-265.

② 施耐庵，罗贯中. 水浒传 [M]. 北京：人民文学出版社，1975：43.

可能导致新的灾难,而制造这灾难的很有可能并非地方豪强或地痞流氓,而是堂堂正正的江湖好汉。幸亏他们碰到的是鲁达,待人热心快肠的鲁达,所以因祸得福。而鲁达的表现虽然有些粗鲁,但还是明白事理的粗鲁,因为他听了酒保的告诉以后,觉得事有蹊跷,因此只是说:"可是作怪,你与我唤的他来。"最后终于问明实情并且施以援手。相对于明白事理的鲁提辖而言,另一位江湖好汉黑旋风李逵可就没有这样的沉着和耐心了,面对柔弱的卖唱女,他没有丝毫同情心,而是完全不讲道理的做派:"四人饮酒中间,各叙胸中之事。正说得入耳,只见一个女娘,年方二八,穿一身纱衣,来到跟前,深深的道了四个万福。……那女娘道罢万福,顿开喉音便唱。李逵正待要卖弄胸中许多豪杰事务,却被他唱起来一搅,三个且都听唱,打断了他的话头。李逵怒从心上起,恶向胆边生,跳起身来,把两个指头去那女娘额上一点。那女子大叫一声,蓦然倒地。众人近前看时,只见那女娘桃腮似土,檀口无言。"①(第三十八回)旋即,这女子被酒家用水喷噀醒过来之后,"他的爹娘听得说是黑旋风,先自惊得呆了半晌,哪里敢说一言"②(第三十九回)。这就是黑旋风在苦海中弱者心目中的"威望"!可见,李逵在江湖上刮起的一阵阵黑色风暴,是在冲击邪恶的同时连带善良一起摧残的。

李逵这样的江湖好汉,不仅荡涤了社会中的污泥浊水,也给社会带来了一定程度的破坏性;他不仅在社会这个大大的苦海中推波助澜,甚至还将自己最亲爱的人带入苦海的深处。这也正是许多梁山好汉所具有的劣根性,或者说,是他们与英雄共轭的反英雄一面。且看下面的悲苦场景:

> 李逵赶到董店东时,日已平西。径奔到家中,推开门,入进里面。只听得娘在床上问道:"是谁入来?"李逵看时,见娘双眼都盲了,坐在床上念佛。李逵道:"娘,铁牛来家了!"娘道:"我儿,你去了许多时,这几年正在那里安身?你的大哥只是在人家做长工,止博得些饭食吃,养娘全不

---

① 施耐庵,罗贯中. 水浒传 [M]. 北京:人民文学出版社,1975:525-526.
② 施耐庵,罗贯中. 水浒传 [M]. 北京:人民文学出版社,1975:527.

济事！我如常思量你，眼泪流干，因此瞎了双目。你一向正是如何？"李逵寻思道："我若说在梁山泊落草，娘定不肯去。我只假说便了。"李逵应道："铁牛如今做了官，上路特来取娘。"娘道："恁地却好也！只是你怎生和我去得？"李逵道："铁牛背娘到前路，却觅一辆车儿载去。"①（第四十三回）

现在京剧舞台上的"李逵探母"② 是十分感人的，似乎是用李逵的"孝道"在感动着观众。但我们只要了解一下李逵的母亲为什么这样惨，李逵为什么不守护在母亲面前的缘故，就知道这个黑旋风是怎样一个惹祸精了。还是来听听他哥哥李达的控诉吧："娘呀！休信他放屁！当初他打杀了人，教我披枷带锁，受了万千的苦。"③（第四十三回）原来，母亲和哥哥的灾难，从某种意义上讲，多半是李逵造成的。而《水浒传》中这种自己惹祸一走了之而让亲人受罪的英雄并非李铁牛一个，至少还有大名鼎鼎的武二郎。当宋江在柴进庄上问武松何以流落此地时，武松答道："小弟在清河县，因酒后醉了，与本处机密相争，一时间怒起，只一拳打得那厮昏沉。小弟只道他死了，因此一径地逃来，投奔大官人处来躲灾避难，今已一年有余。"④（第二十三回）幸好那人没有被打死，武松还可以回去寻找哥哥武大郎。然而，那可怜的武大郎却已经被这个爱打架的兄弟害惨了。后来，武松打虎，扬名天下，在阳谷县当都头时碰到他的哥哥，哥哥对他说："当初你在清河县里，要便吃酒醉了，和人相打，如常吃官司，教我要便随衙听候，不曾有一个月净办，常教我受苦。"⑤（第二十四回）你看，要想当好李逵、武松这样"烈汉"的哥哥有多难！武大郎，真是苦海中的可怜虫一个。

然而，使武大郎成为苦海中的可怜虫的罪魁祸首并不是他的弟弟武二郎，

---

① 施耐庵，罗贯中. 水浒传 [M]. 北京：人民文学出版社，1975：596.

② 陶君起. 京剧剧目初探 [M]. 北京：中国戏剧出版社，1963：247.

③ 施耐庵，罗贯中. 水浒传 [M]. 北京：人民文学出版社，1975：596.

④ 施耐庵，罗贯中. 水浒传 [M]. 北京：人民文学出版社，1975：294.

⑤ 施耐庵，罗贯中. 水浒传 [M]. 北京：人民文学出版社，1975：306.

而是他弟弟暂时没有打死的阳谷县城中的没毛大虫西门大官人。

西门庆与潘金莲通奸，进而谋杀武大郎的故事，在中国几乎是尽人皆知，我们只需看看下面这个片段就可以知道武大郎可怜到何种地步：

> 那妇人揭起席子，将那药抖在盏子里，把那药贴安了，将白汤冲在盏内，把头上银牌儿只一搅，调得匀了；左手扶起武大，右手把药便灌。武大呷了一口，说道："大嫂，这药好难吃！"那妇人道："只要他医治得病，管甚么难吃。"武大再呷第二口时，被这婆娘就势只一灌，一盏药都灌下喉咙去了。那妇人便放倒武大，慌忙跳下床来。武大哎了一声，说道："大嫂，吃下这药去，肚里倒疼起来。苦呀，苦呀！倒当不得了！"这妇人便去脚后扯过两床被来，没头没脸只顾盖。武大叫道："我也气闷！"那妇人道："太医分付，教我与你发些汗，便好得快。"武大再要说时，这妇人怕他挣扎，便跳上床来骑在武大身上，把手紧紧地按住被角，那里肯放些松宽。……那武大哎了两声，喘息了一回，肠胃迸断，呜呼哀哉，身体动不得了。①（第二十五回）

武大郎的悲剧是多方面原因造成的，但最主要的是两点：其一，他自身性格的软弱、忠厚，俗话说：太过刚强之人不得好死，太过柔弱之人不得好活。武大郎就属于那种太过柔弱之人。其二，恶势力的强大、社会风气不好，使善良得不到彰显，邪恶甚嚣尘上。总之，善良与柔弱画上等号，邪恶与强大成为伴侣，这就是造就武大郎这种苦海中的可怜虫的社会环境。

在这样一种社会环境之中，不要说武大郎那样的市井小民，就是出家为僧者又能如何？鲁智深在瓦罐寺碰到的几个老和尚，"一个个面黄肌瘦"，"三日不曾有饭落肚"，其原因就是碰到了同道中的恶人："只因是十方常住，被一个云游和尚引着一个道人来此住持，把常住有的没的都毁坏了。他两个无所不为，把众僧赶出去了。我几个老的走不动，只得在这里过，因此没饭吃。"②（第六

---

① 施耐庵，罗贯中. 水浒传 [M]. 北京：人民文学出版社，1975：343-344.

② 施耐庵，罗贯中. 水浒传 [M]. 北京：人民文学出版社，1975：84.

回）

在这样一种社会环境之中，不要说几个老和尚，就是财主家的小姐又能如何？荆门镇刘太公十八岁的女儿被两个歹徒抢走，请听这女孩儿向梁山好汉的哭诉："奴家正是刘太公女儿，十数日之前，被这两个贼掳在这里，每夜轮一个将奴家奸宿。奴家昼夜泪雨成行，要寻死处，被他监看得紧。"①（第七十三回）

在这样一种社会环境之中，不要说一个乡镇财主家的千金，就是东京八十万禁军教头的浑家又能如何？还不是几次被恶霸调戏、威逼，又害得丈夫被判充军时写下一纸休书，且看这对苦命夫妻生离死别的一幕：

林冲当下看人写了，借过笔来，去年月下押个花字，打个手模。正在阁里写了，欲付与泰山收时，只见林冲的娘子号天哭地叫将来。女使锦儿抱着一包衣服，一路寻到酒店里。林冲见了，起身接着道："娘子，小人有句话说，已禀过泰山了。为是林冲年灾月厄，遭这场屈事。今去沧州，生死不保，诚恐误了娘子青春，今已写下几字在此。万望娘子休等小人，有好头脑，自行招嫁，莫为林冲误了贤妻。"那娘子听罢，哭将起来，说道："丈夫！我不曾有半些儿点污，如何把我休了？"林冲道："娘子，我是好意。恐怕日后两下相误，赚了你。"张教头便道："我儿放心。虽是林冲恁的主张，我终不成下得你来再嫁人。这事且由他放心去。他便不来时，我也安排你一世的终身盘费，只教你守志便了。"那妇人听得说，心中哽咽，又见了这封书，一时哭倒，声绝在地。②（第八回）

其实，就像林教头保护不了自己的妻子一样，张教头也无法保护自己的女儿。当林冲被逼上梁山之后，曾派人去打探妻子的消息，侦察的小喽啰还寨说道："直至东京城内殿帅府前，寻到张教头家，闻说娘子被高太尉威逼亲事，自缢身死，已故半载。张教头亦为忧疑，半月之前染患身故。"③（第二十回）从

---

① 施耐庵，罗贯中. 水浒传 [M]. 北京：人民文学出版社，1975：1011-1012.
② 施耐庵，罗贯中. 水浒传 [M]. 北京：人民文学出版社，1975：111-112.
③ 施耐庵，罗贯中. 水浒传 [M]. 北京：人民文学出版社，1975：254.

这个意义上讲，张教头及其女儿全都是苦海中的可怜虫。

《水浒传》，一部写英雄好汉的大书，何以要写这么多苦海中的可怜虫？因为，这些可怜虫正是高俅等祸国殃民的大大小小的社会"桚机"制造出来的。可怜虫多了以后，会产生两种社会效果，一是可怜虫们在忍无可忍的情况下也会拼死反抗，闹一个鱼死网破；二是社会中的血性男儿会抱打不平铲除桚机而拯救可怜虫。如此，社会就乱了。但，社会大乱该由谁负责呢？社会大乱萌发的根本因由何在呢？几百年前的金圣叹早已给我们以参考答案：

> 一部大书七十回，将写一百八人也，乃开书未写一百八人，而先写高俅者，盖不写高俅，便写一百八人，则是乱自下生也；不写一百八人，先写高俅，则是乱自上作也。乱自下生，不可训也，作者之所必避也，乱自上作，不可长也，作者之所深惧也。一部大书七十回，而开书先写高俅，有以也。①（《水浒传》第一回回前总批）

按照金圣叹的逻辑，《水浒传》如果先写梁山一百零八人的任何一个，都会给读者造成误解，这些英雄人物闹事、造反，乱自下生，为什么？是他们吃饱了撑的？但现在是不写一百零八人，而先写高俅这种社会桚机，正是他们破坏朝政、残害善良，弄得民不聊生，将整个社会造成了一个超级苦海，让形形色色的"可怜虫"在苦海中浮沉、挣扎，这样才引起梁山好汉的杀富济贫、替天行道、除暴安良一直到啸聚山林，这就是所谓乱自上作。因此，苦海中可怜虫的诞生和挽救可怜虫的骚动，这一切不好的社会效果，都应该由高俅他们负责。

金圣叹这种说法对吗？

完全正确！金圣叹的逻辑推理精准无疑。

二 与大英雄对立的淫妇

阳刚之气，是《水浒传》的性格底蕴，作品中与大英雄"对写"的就是那

---

① 陈曦钟，侯忠义，鲁玉川. 水浒传会评本 [M]. 北京：北京大学出版社，1981：54.

些淫妇。这些与大英雄对立的淫妇有两大特点:"淫"与"毒"。

关于妇人之所谓"毒",中国古代小说中引用这方面俗语的作品不胜枚举,且"版本"略有不同。如:

"黑蟒口中舌(线),黄蜂尾上针。两般犹未毒,最毒妇人心。"这种说法有《拍案惊奇》卷三十三、《二刻拍案惊奇》卷十、《西湖二集》卷五、《金云翘传》第十五回。①

"青竹蛇儿口,黄蜂尾上针。两般犹未(不)毒,最毒妇人心。"这种说法有《三宝太监西洋记通俗演义》第四十七回、《水浒后传》第十九回、《豆棚闲话·介子推火封妒妇》、《五美缘》第九回。②

"青竹蛇儿口,黄蜂尾上针。两般由自(犹似)可,最毒妇人心。"这种说法有《封神演义》第十八回、《姑妄言》第二十四回。③

还有一种变异说法:"猛虎口中剑,长蛇尾上针。两般犹未毒,最毒妇人心。"④(《醒世恒言·李汧公穷邸遇侠客》)

还有变异性更大的说法:

女子阴柔,其谋最毒。⑤(《岭南逸史》第二十二回)

济公在前面,东歪西倒,口中唱道:"多疑男子性,最毒妇人心。"⑥

---

① 凌濛初. 拍案惊奇[M]. 郑州:中州古籍出版社,1996:345. 凌濛初. 二刻拍案惊奇[M]. 郑州:中州古籍出版社,1996:112. 周清源. 西湖二集[M]. 杭州:浙江人民出版社,1981:95. 青心才人. 金云翘传[M]. 沈阳:春风文艺出版社,1983:138.

② 罗懋登. 三宝太监西洋记通俗演义[M]. 上海:上海古籍出版社,1985:610. 陈忱. 水浒后传[M]. 长沙:岳麓书社,1998:140. 艾衲居士. 豆棚闲话[M]. 上海:上海古籍出版社,1983:2. 寄生氏. 五美缘[M]. 银川:宁夏人民出版社,1993:65.

③ 许仲琳. 封神演义[M]. 济南:齐鲁书社,1980:175. 曹去晶. 姑妄言[M]. 北京:中国文联出版公司,1999:1229.

④ 冯梦龙. 醒世恒言[M]. 北京:人民文学出版社,1956:644.

⑤ 花溪逸士. 岭南逸史[M]. 天津:百花文艺出版社,1995:238.

⑥ 坑余生. 续济公传[M]. 杭州:浙江古籍出版社,1988:208.

(《续济公传》第四十四回)

　　猪一戒道："他孩子家，不知事，倒也还可恕。只是他的娘，妇人心最毒，说我父亲曾将他打死，今日要杀我报仇。"①（《后西游记》第二十一回）

　　巫氏道："从来后娘折割前儿，是最毒的，丈夫再不知道，你没见黄桂香吊死在母亲坟头上么？"②（《歧路灯》第九十一回）

甚至还有人因为受这种观念的影响，连妻子都不敢娶的：

　　只见红如桃又道："先生若说我不娶亲，不瞒先生说，我只因母老，不便远去，不然早已做了和尚了。我是最看透的：天下最毒妇人心！娶亲有什么好处？只一人还觉自在。"③（《施公案》第二百四十八回）

但这些说法都有一个致命的毛病，打击面太宽，将所有的"妇人"都说成是有"毒"的。因此，这种言论，在晚清小说中遭到了挑战和限定：

　　所以昔人有四句诗，说得最为贴切，其诗云："青竹蛇儿口，黄蜂尾上针。两般还未毒，最毒妇人心。"但"妇人"两字未免太混，难道妇人都是最毒的吗？故将结句改作"最毒淫妇心"，方成了至理名言。④（《九尾狐》第十二回）

的确，"最毒淫妇心"，比"最毒妇人心"要合理得多。因为无论男人女人，之所以会产生一些"阴毒"的行为，主要都是被某一种欲望强烈影响到迷了心窍。这种时候，理智趋向于零，欲念势焰熏天。而过度淫乱的女性，为了满足自己那无法控制的淫欲往往会干出一些令人匪夷所思的丧心病狂的毒辣之事。《水浒传》中那几大"淫妇"，几乎全都是因为"淫"而导致"毒"的。

　　梁山好汉们面对的淫妇，最著名的有阎婆惜、潘金莲、潘巧云、白秀英、

---

① 佚名. 后西游记 [M]. 沈阳：春风文艺出版社，1981：230.
② 李绿园. 歧路灯 [M]. 郑州：中州书画社，1980：855.
③ 佚名. 施公案 [M]. 北京：宝文堂书店，1982：803.
④ 江阴香. 九尾狐 [M]. 南昌：百花洲文艺出版社，1991：84.

贾氏等。她们的劣迹几乎全都是"淫"与"毒"的结合。且看：

  婆惜道："好呀！我只道吊桶落在井里，原来也有井落在吊桶里。我正要和张三两个做夫妻，单单只多你这厮，今日也撞在我手里。原来你和梁山泊强贼通同往来，送一百两金子与你。且不要慌，老娘慢慢地消遣你！"就把这封书依原包了金子，还插在招文袋里。"不怕你教五圣来摄了去。"①（第二十一回）

宋江对阎婆有大恩，阎婆将女儿给宋江做外室，一来是希望自己后半辈子有依靠，二来也含有报恩的意思。谁知因为宋江对阎婆惜缺少温存，这个女人与张文远打得火热。这一次，她抓到了宋江的把柄，居然想恩将仇报，慢慢"消遣"宋江。后来，她又对宋江敲诈勒索，狮子大开口，提出了一些无理要求。最终，将矛盾激化到白热化的程度，致使被宋江激情手刃，送掉了自家性命。她毒辣的想法，正是由于为满足自己的淫欲而产生的。"我正要和张三两个做夫妻，单单只多你这厮，今日也撞在我手里"，就是这种心态的自白。

  那婆子见了是武大来，急待要拦当时，却被这小猴子死命顶住，那里肯放。婆子只叫得："武大来也！"那婆娘正在房里，做手脚不迭，先奔来顶住了门。这西门庆便钻入床底下躲去。武大抢到房门边，用手推那房门时，那里推得开。口里只叫得："做得好事！"那妇人顶住着门，慌做一团，口里便说道："闲常时只如鸟嘴，卖弄杀好拳棒！急上场时便没些用。见个纸虎，也吓一跤！"那妇人这几句话，分明教西门庆来打武大，夺路了走。②（第二十五回）

潘金莲与西门庆在王婆家通奸，本夫武大郎来捉奸，就连西门庆一时间都没了主意，躲在床底下。反而是潘金莲急中生智，用激将法刺激西门庆对武大郎痛下死手，夺路而逃。西门庆呢？也正是在她的提醒下才将武大郎踢成重伤而逃之夭夭的。须知，武大郎是本夫，西门庆是奸夫，作为淫妇的潘金莲撺掇

---

① 施耐庵，罗贯中. 水浒传 [M]. 北京：人民文学出版社，1975：276.
② 施耐庵，罗贯中. 水浒传 [M]. 北京：人民文学出版社，1975：340.

奸夫重伤本夫，她这个狠毒的主意不是源自对"淫乱"的渴求又是什么？因淫而毒，潘金莲脱不了这个窠臼。

  那妇人只得把偷和尚的事，从做道场夜里说起，直至往来，一一都说了。石秀道："你却怎地对哥哥倒说我来调戏你？"那妇人道："前日他醉了骂我，我见他骂得蹊跷，我只猜是叔叔看见破绽说与他。到五更里，又提起来问叔叔如何，我却把这段话来支吾。实是叔叔并不曾恁地。"①（第四十六回）

潘巧云与和尚通奸，被丈夫杨雄的义弟石秀看出端倪，为了方便自己的淫乐，她要拔掉"拼命三郎"这颗眼中钉。当然，她不可能害死石秀，她只要将这位"干叔叔"兼生意伙伴从家里的作坊中赶走就行了。但她自己赶不走石秀，只有挑唆杨雄。然而，怎样才能激起杨雄对石秀的愤怒呢？诬陷！这个被淫欲燃烧得忘我的女人居然在杨雄面前诬陷叔叔调戏自己。虽然她一时达到了目的，杨雄用暗示的方式赶走了石秀。但潘巧云万万想不到，正是因为这个歹毒的诬陷引起了拼命三郎不共戴天的仇恨，最终导致了自身惨死在丈夫的刀下，并且被剖腹剜心。潘巧云惨烈的死，也是源自她的由淫而毒。

  原来这白秀英却和那新任知县旧在东京两个来往，今日特地在郓城县开勾栏。那娼妓见父亲被雷横打了，又带重伤，叫一乘轿子，径到知县衙内诉告："雷横殴打父亲，搅散勾栏，意在欺骗奴家。"知县听了，大怒道："快写状来！"这个唤做枕边灵。便教白玉乔写了状子，验了伤痕，指定证见。本处县里有人都和雷横好的，替他去知县处打关节。怎当那婆娘守定在县内，撒娇撒痴，不由知县不行，立等知县差人把雷横捉拿到官，当厅责打，取了招状，将具枷来枷了，押出去号令示众。那婆娘要逞好手，又去把知县行说了，定要把雷横号令在勾栏门首。②（第五十一回）

白秀英与雷横的冲突本来应该是各打五十大板的，各有各的不是，但白秀

---

① 施耐庵，罗贯中. 水浒传 [M]. 北京：人民文学出版社，1975：647.
② 施耐庵，罗贯中. 水浒传 [M]. 北京：人民文学出版社，1975：712.

英后来却仗着自己的靠山来迫害对方。有意味的是，这个靠山却是建立在淫乱关系的基础上的。那县令是白秀英的旧相好，凭借手中的权力公报私仇。尤其是当雷横被捉拿到官之后，白秀英竟然提出要将"雷横号令在勾栏门首"示众，这是对插翅虎这类江湖好汉最大的侮辱，是比唾其面、打其脸更大的羞辱。从白秀英的角度看来，这却是一个阴毒无比的报复方式。而她能够使这个阴毒的报复方式得以实现，所依仗的却是淫乱关系换来的靠山手中的权力。倚淫而毒，白秀英在《水浒传》几大淫妇中也算别具一格。

  梁中书喝道："如何说得过去！你在梁山泊中，若不通情，如何住了许多时？见放着你的妻子并李固出首，怎地是虚？"李固道："主人既到这里，招伏了罢。家中壁上见写下藏头反诗，便是老大的证见。不必多说。"贾氏道："不是我们要害你，只怕你连累我。常言道：一人造反，九族全诛！"卢俊义跪在厅下，叫起屈来。李固道："主人不必叫屈。是真难灭，是假易除。早早招了，免致吃苦。"贾氏道："丈夫，虚事难入公门，实事难以抵对。你若做出事来，送了我的性命。自古丈夫造反，妻子不首。不奈有情皮肉，无情杖子。你便招了，也只吃得有数的官司。"李固上下都使了钱。张孔目上厅禀道："这个顽皮赖骨，不打如何肯招！"梁中书道："说的是！"喝叫一声："打！"左右公人把卢俊义捆翻在地，不由分说，打得皮开肉绽，鲜血迸流，昏晕去了三四次。①（第六十二回）

  卢俊义的妻子贾氏与管家李固通奸，并抓住机会将丈夫告到官府。这种"大义灭亲"的行为却是为了一点淫欲。你看贾氏、李固二人，在卢俊义被捕之后，一个劲地在梁中书面前煽风点火，对原先的夫主和家主冷嘲热讽，真是令人忍无可忍、不堪卒读。更为恶毒的是，他们还在背后"上下都使了钱"要置卢俊义于死地。请注意，他们"使"的可是卢俊义的"钱"呀！用别人的钱，要别人的命，天下歹毒之奸夫淫妇有过于贾氏、李固者乎？贾氏，可谓至为淫毒之妇人。较之潘金莲直接杀死亲夫实在是有过之而无不及。

---

  ① 施耐庵，罗贯中. 水浒传 [M]. 北京：人民文学出版社，1975：864-865.

综上所述，《水浒传》通过大量的情节来描写淫、毒兼具的"淫妇"对英雄的危害。阎婆惜之于宋江，潘金莲之于武松兄弟，潘巧云之于杨雄、石秀，贾氏之于卢俊义，白秀英之于雷横，都体现了一种"淫毒妇"与"大英雄"之间的纠葛。而作者内心深处的道德判断和是非曲直全都通过故事的结局得到淋漓酣畅甚至令人触目惊心的展现：这些"淫毒妇"一个个罪在不赦、死得异常惨烈，而那些"大英雄"则一个个报仇雪恨，绝不心慈手软。诚如小说作品中所概括的："贪淫妓女心如铁，仗义英雄气如虹。"①（第二十一回）我们不妨快速扫描那些血腥的场面：

婆惜却叫第二声时，宋江左手早按住那婆娘，右手却早刀落，去那婆惜嗓子上只一勒，鲜血飞出，那妇人兀自吼哩。宋江怕他不死，再复一刀，那颗头伶伶仃仃落在枕头上。②（第二十一回）

那妇人见头势不好，却待要叫，被武松脑揪倒来，两只脚踏住他两只胳膊，扯开胸脯衣裳。说时迟，那时快，把尖刀去胸前只一剜，口里衔着刀，双手去斡开胸脯，取出心肝五脏，供养在灵前。胳查一刀，便割下那妇人头来，血流满地。③（第二十六回）

杨雄向前，把刀先斡出舌头，一刀便割了，且教那妇人叫不的。杨雄却指着骂道："你这贼贱人，我一时间误听不明，险些被你瞒过了！一者坏了我兄弟情分，二乃久后必然被你害了性命，不如我今日先下手为强。我想你这婆娘，心肝五脏怎地生着？我且看一看！"一刀从心窝里直割到小肚子上，取出心肝五脏，挂在松树上。④（第四十六回）

这雷横是个大孝的人，见了母亲吃打，一时怒从心发，扯起枷来，望着白秀英脑盖上打将下来。那一枷梢打个正着，劈开了脑盖，扑地倒了。

---

① 施耐庵，罗贯中. 水浒传 [M]. 北京：人民文学出版社，1975：274.
② 施耐庵，罗贯中. 水浒传 [M]. 北京：人民文学出版社，1975：279.
③ 施耐庵，罗贯中. 水浒传 [M]. 北京：人民文学出版社，1975：361.
④ 施耐庵，罗贯中. 水浒传 [M]. 北京：人民文学出版社，1975：648.

众人看时，那白秀英打得脑浆迸流，眼珠突出，动掸不得，情知死了。①（第五十一回）

众军把陷车打开，拖出堂前。李固绑在左边将军柱上，贾氏绑在右边将军上。宋江道："休问这厮罪恶，请员外自行发落。"卢员外得令，手拿短刀，自下堂来，大骂泼妇贼奴。就将二人割腹剜心，凌迟处死，抛弃尸首。②（第六十七回）

这些"大英雄"在诛杀"淫毒妇"时，虽然当时心境各有不同，或被迫杀人灭口，或杀人祭奠兄长，或先下手为强，或激情杀人，或事后报仇，但有一点却是相同的，手段极其残忍，没有丝毫的犹豫不决。作者这样写，当然有其道德观念、价值取向在起作用的原因，现在的评论家也可以从中很快就得出自己的结论：这里鼓吹的是女人祸水论。但除此之外，是否还有其他因素？答案当然是肯定的。从写作技法的角度看，作者越写出这些"淫毒妇"之丑恶以及她们死亡之惨烈，就越能反衬出"大英雄"之道德高尚和阳刚伟岸。作者正是用这些"淫毒妇"来反衬人们心目中的大英雄。无恶不归于"淫毒妇"，必欲让她们一个个都横遭惨死而后快；无美不归于"大英雄"，一定让他们报仇雪恨而宣泄心头恶气。这样的描写，正是由于作者一种奇特的审美心理所决定的。

《水浒传》的作者对这些"淫毒妇"是深恶痛绝的，因而造成了作品中这种令人触目惊心的描写实际。进而言之，作者的这种意图与努力数百年来已经在许许多多的阅读者中形成了一种心理定式：潘金莲等人是"淫毒妇"的代表，这种人物必须让她们在人间绝迹。

然而，《水浒传》中的"淫毒妇"们一个个都罪有应得吗？她们所面临的都是死罪而且都应该死得那么惨不忍睹吗？对这些女人，我们能以一个"坏"字来笼统概括吗？即便"淫毒妇"们"坏"透了，但她们为什么要那么"坏"？作者为什么要对她们那么轻蔑、痛恨？为什么要有意将她们写得那么"淫毒"

---

① 施耐庵，罗贯中. 水浒传 [M]. 北京：人民文学出版社，1975：713.
② 施耐庵，罗贯中. 水浒传 [M]. 北京：人民文学出版社，1975：927.

透顶？

回答以上一连串的问题，要涉及很多理论、很多角度，甚至要动用很多文献资料。这里我们不再展开对这些问题的全面解决，而只从作者与他笔下人物之间的关系着眼、从《水浒传》中大英雄与淫毒妇的关系出发，对上述问题略作探究。

首先必须承认，《水浒传》中的"淫毒妇"论其长相都是很美的，而这也正是她们之所以能展开"淫毒"行为的先天条件。而对于英雄与美女的关系，我们的祖先从来就有很多说法："自古英雄爱美人""英雄难过美人关""爱江山更爱美人""英雄拜倒在石榴裙下"等等。然而，这些话对于梁山一百八人中的百分之九十的好汉而言却是没有意义的。就连作者也认为，不近女色才是真正的"纯爷们"级别的英雄好汉。对此，书中有正反两方面的描写。

先看正面描写，但凡"不好色"的好汉大都是被作者表彰和被读者喜爱的。例如梁山老寨主托塔天王晁盖：

> 平生仗义疏财，专爱结识天下好汉。但有人来投奔他的，不论好歹，便留在庄上住。若要去时，又将银两赍助他起身。最爱刺枪使棒，亦自身强力壮，不娶妻室，终日只是打熬筋骨。①（第十四回）

再如梁山新寨主山东及时雨宋公明："初时宋江夜夜与婆惜一处歇卧，向后渐渐来得慢了。却是为何？原来宋江是个好汉，只爱学使枪棒，于女色上不十分要紧。""这宋江是个好汉胸襟，不以这女色为念。"②（第二十一回）

以上是作者对英雄人物"不好色"的直接描写，我们再看书中英雄人物在"女色"问题上的自我表白和相互评价。

当潘金莲对武松说："我听得一个闲人说道，叔叔在县前东街上养着一个唱的，敢端的有这话么？"这位打虎英雄急忙表白："嫂嫂休听外人胡说，武二从

---

① 施耐庵，罗贯中. 水浒传 [M]. 北京：人民文学出版社，1975：174.

② 施耐庵，罗贯中. 水浒传 [M]. 北京：人民文学出版社，1975：266-267.

来不是这等人。"①（第二十四回）

同样还是武松，后来又对张青、孙二娘说："我是斩头沥血的人，何肯戏弄良人？"②（第二十七回）

拼命三郎石秀在杨雄面前澄清潘巧云对他的诬陷时，也竭力为自己表白："哥哥，兄弟虽是个不才之人，却是顶天立地的好汉，如何肯做这等之事！"③（第四十六回）

燕青分析卢俊义的妻子贾氏与李固通奸的原因时说："主人平昔只顾打熬气力，不亲女色。"④（第六十二回）

扈三娘被擒上梁山之后，宋江吩咐"交与我父亲宋太公收管"，"众头领都只道宋江自要这个女子，尽皆小心送去"⑤（第四十八回）。后来，当"宋江主张，一丈青与王矮虎作配，结为夫妇"时，"众头领都称赞贺宋公明仁德之士"⑥（第五十回）。

再看负面描写，英雄之间一旦觉得对方好色，那是要批评、讽刺乃至耻笑、怒骂的。

黑旋风李逵一般情况下是绝不与宋大哥发生冲突的。然而，书中写他竟然几次顶撞、怒骂宋江，究其原因，都是他误以为宋江好色。

当李逵杀了"扈太公一家"而宋江责备他说"扈成前日牵牛担酒前来投降了，如何不听我的言语，擅自去杀他一家"的时候，这位李铁牛居然讽刺起宋大哥来："你又不曾和他妹子成亲，便又思量阿舅、丈人。"⑦（第五十回）

宋江去见李师师沟通招安事宜，叫李逵放哨，黑旋风却大为光火："李逵见

---

① 施耐庵，罗贯中. 水浒传 [M]. 北京：人民文学出版社，1975：313.
② 施耐庵，罗贯中. 水浒传 [M]. 北京：人民文学出版社，1975：373.
③ 施耐庵，罗贯中. 水浒传 [M]. 北京：人民文学出版社，1975：644.
④ 施耐庵，罗贯中. 水浒传 [M]. 北京：人民文学出版社，1975：863.
⑤ 施耐庵，罗贯中. 水浒传 [M]. 北京：人民文学出版社，1975：678.
⑥ 施耐庵，罗贯中. 水浒传 [M]. 北京：人民文学出版社，1975：706.
⑦ 施耐庵，罗贯中. 水浒传 [M]. 北京：人民文学出版社，1975：702.

了宋江、柴进和那美色妇人吃酒,却教他和戴宗看门,头上毛发倒竖起来,一肚子怒气正没发付处。"①(第七十二回)

至于刘太公女儿被抢一事,李逵误以为是宋江所为,更是怒不可遏,大骂宋江并揭其老底:"我当初敬你是个不贪色欲的好汉,你原正是酒色之徒。杀了阎婆惜便是小样,去东京养李师师便是大样。"②(第七十三回)

如果说李逵对宋江的"好色"批评全都是误会造成的话,那么实实在在的批评"好色"的兄弟的言论在梁山好汉中也是屡见不鲜的。

燕顺评价王英:"这个兄弟诸般都肯向前,只是有这些毛病。"宋江也批评王矮虎:"原来王英兄弟要贪女色,不是好汉的勾当。""但凡好汉,犯了'溜骨髓'三个字的,好生惹人耻笑。"③(第三十二回)

吴用对史进走旧时相好妓女门路搞侦察的行为大为不满:"娼妓之家,讳'者扯丐漏走'五个字。得便熟闲,迎新送旧,陷了多少才人。更兼水性,无定准之意,纵有恩情,也难出虔婆之手。此人今去,必然吃亏。"④(第六十九回)

好色的英雄好汉不仅受到朋友们的讽刺与批评,而且还常常被作者拿来开涮,搞得狼狈不堪。小霸王周通正做着"帽儿光光,今夜做个新郎。衣衫窄窄,今夜做个娇客"的美梦时,却被销金帐里跳出的花和尚"拖倒在床边,拳头脚尖一齐上,打得大王叫救人"⑤(第五回)。矮脚虎王英在战场上看到扈三娘美貌"却要做光起来",孰知一家伙就被扈三娘擒拿,"众庄客齐上,把王矮虎横拖倒拽捉了去"⑥(第四十八回)。史进到东平府侦察,落脚在旧时相好妓女李瑞兰家,却不料被妓家出卖。他正与"李瑞兰相叙间阔之情,争不过一个时辰,

---

① 施耐庵,罗贯中. 水浒传 [M]. 北京:人民文学出版社,1975:999.
② 施耐庵,罗贯中. 水浒传 [M]. 北京:人民文学出版社,1975:1007.
③ 施耐庵,罗贯中. 水浒传 [M]. 北京:人民文学出版社,1975:436-437.
④ 施耐庵,罗贯中. 水浒传 [M]. 北京:人民文学出版社,1975:956.
⑤ 施耐庵,罗贯中. 水浒传 [M]. 北京:人民文学出版社,1975:75-76.
⑥ 施耐庵,罗贯中. 水浒传 [M]. 北京:人民文学出版社,1975:675.

只听得胡梯边脚步响,有人奔上来。窗外呐声喊,数十个做公的抢到楼上。史进措手不及,正如鹰拿野雀,弹打斑鸠,把史进抱头狮子绑下楼来,径解到东平府里厅上"①(第六十九回)。同样是在东平府,那风流双枪将董平在殊死搏斗的战场上彻底"风流"了一回:"董平落马。左边撞出一丈青、王矮虎,右边走出张青、孙二娘,一齐都上,把董平捉了。头盔、衣甲、双枪、只马,尽数夺了。两个女头领,将董平捉住,用麻绳背剪绑了。"②(第六十九回)

在作者看来,只要儿女情长,势必英雄气短,英雄与美色竟是如此冰炭不相容。用淫妇反衬英雄,表彰不近女色的英雄,嘲弄好色的英雄,透过这些故事和人物描写,我们似乎可以捉摸到作者一种潜在的观念和心理,《水浒传》是全力提倡阳刚美的英雄小说,作者心目中的"大英雄",必须是刚强的硬汉、正义的化身和纯洁的男儿,而贪恋女色,恰恰是不刚、不正、不洁的行为。故而,那些"淫毒妇"无论表面上怎样的千娇百媚、聪明伶俐、善解人意、美妙绝伦,在真正的大英雄眼中,她们都只能是"青竹蛇儿口,黄蜂尾上针",是"罂粟花",是"腐蚀剂",是绝对不可以呼吸的毒雾香风。如此一来,作者真心歌颂的英雄,而且在读者心目中真正站起来的英雄,势必全然不好色。水泊梁山一百零八人,除了某些朝廷中的降官降将,真正的草莽英雄,他们连老婆都不需要,好色,离他们十万八千里。

如此看来,那些"淫毒妇"岂止是"大英雄"的对立面?她们简直就是英雄人物的"天敌"。好在真正的"大英雄"被作者用"防腐剂"重重保护起来,绝不会拜倒在她们的石榴裙下。

三 市井各色人等

《水浒传》中的人物,当然并不仅止于"大英雄"和"淫毒妇"对立的两

---

① 施耐庵,罗贯中. 水浒传 [M]. 北京:人民文学出版社,1975:956.

② 施耐庵,罗贯中. 水浒传 [M]. 北京:人民文学出版社,1975:960-961.

端写得好，还有形形色色的市井各色人物也写得不错。

　　这里有为了三千贯赏钱而向官府告密捉拿史进的猎户摽兔李吉（第二回），有帮闲干鸟头富安、出卖朋友的虞候陆谦（第七回），有势利眼而又心狠手辣的解差董超、薛霸（第八回），有心胸狭隘而又狂妄无礼的洪教头（第九回），有知恩图报而又机警灵活的酒生儿李小二（第十回），有平昔只爱去三瓦两舍飘蓬浮荡、学得一身风流俊俏的公务员张文远（第二十一回），有卖糟腌又兼市井帮闲的唐牛儿（第二十一回），有卖时鲜水果心地善良伶俐乖觉的郓哥（第二十四回），有老于世故而又谨小慎微的仵作何九叔（第二十六回），有恩将仇报的拦路打劫贼人李鬼（第四十三回），有带头在城中闹事讨闲钱使的军汉踢杀羊张保（第四十四回），有色中饿鬼的淫僧裴如海（第四十五回），有心地善良的乡民锺离老人（第四十七回），有江湖卖艺而又倚官仗势的白玉乔（第五十一回），有在江面上打劫的强盗张旺、孙五（第六十五回），有势利而又凶狠的李家妓院虔婆（第六十九回），有自称能认得自古蝌蚪文字的道士何玄通（第七十一回），有凶猛而又狂妄的相扑高手任原（第七十四回）等等，真可谓各行各业，无所不包，三教九流，无所不写。

　　篇幅限制，我们不能对上述人物全面论析。下面，展示《水浒传》中描写市井各色人等的几个最典型片段，请大家作一脔之尝。

　　　　当下立住脚看时，只见远远地黑凛凛一条大汉，吃得半醉，一步一撷撞将来。……原来这人，是京师有名的破落户泼皮，叫做没毛大虫牛二，专在街上撒泼行凶撞闹。连为几头官司，开封府也治他不下，以此满城人见那厮来都躲了。……牛二道："怎地唤做宝刀？"杨志道："第一件砍铜剁铁，刀口不卷。第二件吹毛得过。第三件杀人刀上没血。"……看的人越多了。牛二又问："第三件是甚么？"牛志道："杀人刀上没血。"牛二道："怎地杀人刀上没血？"杨志道："把人一刀砍了，并无血痕，只是个快。"牛二道："我不信！你把刀来剁一个人我看。"杨志道："禁城之中，如何敢杀人？你不信时，取一只狗来，杀与你看。"牛二道："你说杀人，不曾说杀狗。"杨志道："你不买便罢，只管缠人做什么！"牛二道："你将来我看。"杨志道："你只顾没了当！洒家又是你撩拨的。"牛二道："你敢杀我？"杨志道："和你往日无冤，昔日无仇，一物不成，两物见在。没来由杀你做甚么？"牛二紧揪住杨志说道："我鳖鸟买你这口刀。"杨志道："你要买，将钱来。"牛二道："我没钱。"杨志道："你没钱，揪住洒家怎地？"牛二道："我要你这口刀。"杨志道："俺不与你。"牛二道："你好男子，剁我一刀。"杨志大怒，把牛二推了一跤。牛二爬将起来，钻入杨志怀里。杨志叫道："街坊邻舍都是证见。杨志无盘缠，自卖这口刀。这个泼皮强夺洒家的刀，又把俺打。"街坊人都怕这牛二，谁敢向前来劝。牛二喝道："你说我打你，便打杀直甚么！"口里说，一面挥起右手，一拳打来。① （第十二回）

这一段唤作"杨志卖刀"，是《水浒传》中著名的片段。牛二外号"没毛大虫"，是一个破落户泼皮，这种人物，只要有城镇的地方都会有。古代如此，今天依然。他们在街坊中恃强凌弱、欺行霸市，蛮不讲理，就连官府也拿这种人没有办法。《水浒传》中这个泼皮比别的泼皮更为可怕，因为他出没在京师开封府最热闹的地方——天汉州桥。堂堂天子脚下，"开封府也治他不下"。这就令人不寒而栗了。当时的老百姓——尤其是京城的居民除了受到各级官府的盘剥而外，还要受到这种"人物"的骚扰、欺凌。京城尚且如此，全国各地大大小小的城镇的治安如何？不言而喻。换一个角度谈问题，书中对牛二的描写是入骨三分的。他最大的特点就是横蛮、无赖，完全不可理喻。杨志对他也算是仁至义尽，甚至有些强忍怒火。但是，你越克制他就越刁蛮，你每退一小步，他反而前进一大步，而且不给人留下任何下台的台阶。这样的市井无赖，总之是谁碰到谁倒霉！杨志就是被逼得走投无路，在忍无可忍的情况下才"一时性起"而激情杀人的。

在《宣和遗事》中，虽然宋江手下有杨志这样一条好汉，但生辰纲却不是他押送的，该书写道："宣和二年五月，有北京留守梁师宝将十万贯金珠珍宝、

---

① 施耐庵，罗贯中. 水浒传 [M]. 北京：人民文学出版社，1975：156-158.

奇巧匹段，差县尉马安国一行人，担奔至京师，赶六月初一日蔡太师上寿。"①这里的押镖人不是杨志而是马安国，更没有什么都管、虞候之类的监督者。而到了《水浒传》，彻底改变了故事中的人物。押送生辰纲的杨志真是梁山好汉中最倒霉的角色，前面碰到市井无赖汉，激情杀人，弄得个充军的下场。好不容易柳暗花明，得到梁中书赏识，委以重任，还写了介绍信。如果生辰纲安全到京城，他就可以重入仕途，青云直上了。孰料在押送生辰纲的途中，又碰上一个倚老卖老的相府老都管，就像宋朝军队中的"监军"一样，监控着这支秘密押运的队伍。而且，这位"奶公"说起话来简直像大山一样压死人，像尖刀一样戳死人。什么"遭死的军人""芥菜子大小的官职"之类的话，简直将杨志这个自尊心极强的杨家将后代贬得一钱不值。而当杨志说了一句大实话——"如今须不比太平时节"的时候，这位老都管竟然无限上纲，责问杨志："你说这话该剜口割舌，今日天下怎地不太平？"② 好家伙，杨志几乎有了攻击君王、攻击国家的嫌疑，是一个现行的"政治犯"！像这样的"东京太师府里"出身的"奶公"级别的大人物，正常的人最好一辈子都不要碰上，也是谁碰上谁倒霉！但杨志偏偏又碰上了。

杨志倒霉遇到的市井无赖和相府奶公，都是原本与其生活毫不相干的人物，因为某种偶然性，杨志与他们碰到了一起。于是市井无赖和相府奶公都在杨志这位倒霉蛋面前展现了各自的狰狞面目。《水浒传》中还有一种描写市井各色人等的笔墨，在亲人之间所体现的"人际"关系，这方面又有什么样的状态袒露在读者眼前呢？我们不妨先看一段嫡亲的兄弟、叔嫂之间的对话：

> 何清道："我也诽诽地听的人说道，有贼打劫了生辰纲去。正在那里地面上？"阿嫂道："只听得说道黄泥冈上。"何清道："却是甚么样人劫了？"阿嫂道："阿叔，你又不醉。我才方说了，是七个贩枣子的客人打劫了去。"何清呵呵的大笑道："原来恁地。知道是贩枣子的客人了，却闷怎地！何不

---

① 佚名.宣和遗事 [M] //宣和遗事等两种.南京：江苏古籍出版社，1993：31-32.

② 施耐庵，罗贯中.水浒传 [M].北京：人民文学出版社，1975：205.

差精细的人去捉?"阿嫂道:"你倒说得好,便是没捉处。"何清笑道:"嫂嫂,倒要你忧!哥哥放着常来的一班儿好酒肉弟兄,闲常不采的是亲兄弟。今日才有事,便叫没捉处。若是教兄弟得知,赚得几贯钱使,量这伙小贼有甚难处。"阿嫂道:"阿叔,你倒敢知得些风路?"何清笑道:"直等哥哥临危之际,兄弟却来,有个道理救他。"说了,便起身要去。阿嫂留住再吃两杯。那妇人听了这话说的蹊跷,慌忙来对丈夫备细说了。何涛连忙叫请何清到面前。何涛陪着笑脸说道:"兄弟,你既知此贼去向,如何不救我?"何清道:"我不知甚么来历。我自和嫂子说耍,兄弟如何救的哥哥?"何涛道:"好兄弟,休得要看冷暖。只想我日常的好处,休记我明时的歹处,救我这条性命!"何清道:"哥哥,你管下许多眼捷手快的公人,也有二三百个,何不与哥哥出些气力。量兄弟一个怎救的哥哥!"何涛道:"兄弟,休说他们,你的话眼里有些门路,休要把与别人做好汉,你且说与我些去向,我自有补报你处。正教我怎地宽心?"何清道:"有甚么去向,兄弟不省的。"何涛道:"你不要呕我,只看同胞共母之面。"何清道:"不要慌,且待到至急处,兄弟自来出些气力拿这伙小贼。"阿嫂便道:"阿叔,胡乱救你哥哥,也是弟兄情分。如今被太师府钧帖,立等要这一干人。天来大事,你却说小贼。不知甚么去处,只这等无门路了。"何清道:"嫂嫂,你须知我只为赌钱上,吃哥哥多少言语,但是打骂,不曾和他争涉。闲常有酒有食,只和别人快活,今日兄弟也有用处!"何涛见他话眼有些来历,慌忙取一个十两银子放在桌上,说道:"兄弟,权将这锭银收了。日后捕得贼人时,金银段匹赏赐,我一力包办。"①(第十七回)

晁盖等人智取生辰纲,他们自是快活,却害苦了"缉捕使臣"何涛,由于缉捕无力,他已经"累经杖责",甚至被济州府尹在他脸上刺下"填空题"一般的"迭配……州"字样。而何涛手下众位"做公的都面面相觑,如箭穿雁嘴,钩搭鱼鳃,尽无言语"。总之,何涛是被逼到了悬崖边上。就在这样的关键时

---

① 施耐庵,罗贯中. 水浒传 [M]. 北京:人民文学出版社,1975:223-224.

刻，何涛那位无用而无赖的兄弟何清看似漫不经心地上场了。其实，他是有备而来的，那伙打劫生辰纲的人中间有两个他认识：晁盖和白胜，而且还知道晁盖等人化装成贩卖枣子的客人。因此，到哥哥家里受到何涛的冷淡之后，何清就从嫂子那儿寻找切入点，露出一丝半点的口风，慢慢引起嫂子的注意。当嫂子追问的时候，他又假装要走，吊嫂子的胃口。直到嫂子将他哥哥何涛唤出，何清才慢慢抽丝剥茧地道出他所掌握的线索。而且，在与兄嫂的对话之中，他一再奚落哥哥，报复哥哥过去对他的不友好。一会儿说："哥哥放着常来的一班儿好酒肉弟兄，闲常不采的是亲兄弟。"一会儿说："哥哥，你管下许多眼捷手快的公人，也有二三百个，何不与哥哥出些气力。量兄弟一个怎救的哥哥！"最后干脆明说："闲常有酒有食，只和别人快活，今日兄弟也有用处！"结果是既出了气，又讨了好；既解决了哥哥的问题，自己又大大捞了一笔。如此的市井赌徒、市井无赖，其三魂六魄已经被作者勾出来在读者面前活灵活现。何清，通过一番对话，就已经在《水浒传》中成为次要人物中的"不朽"形象。

然而，《水浒传》作者对市井百态"批量生产"的还是在最具市井化的片段"武松杀嫂""宋江杀惜""杨雄杀妻"这样一些故事中。我们且看那市井小民武大郎的左邻右舍都是一些什么样的人物：

> 这婆子却看着那妇人道："大娘子，我教你下药的法度。如今武大不对你说道，教你看活他。你便把些小意儿贴恋他。他若问你讨药吃时，便把这砒霜调在心痛药里。待他一觉身动，你便把药灌将下去，却便走了起身。他若毒药转时，必然肠胃迸断，大叫一声，你却把被只一盖，都不要人听得。预先烧下一锅汤，煮着一条抹布。他若毒发时，必然七窍内流血，口唇上有牙齿咬的痕迹。他若放了命，便揭起被来，却将煮的抹布一揩，都没了血迹，便入在棺材里，扛出去烧了，有甚么鸟事！"①（第二十五回）
>
> 武松又请这边下邻开银铺的姚二郎姚文卿。二郎道："小人忙些，不劳都头生受。"武松拖住便道："一杯淡酒，又不长久，便请到家。"那姚二郎

---

① 施耐庵，罗贯中. 水浒传 [M]. 北京：人民文学出版社，1975：342-343.

只得随顺到来,便教去王婆肩下坐了。又去对门请两家:一家是开纸马桶铺的赵四郎赵仲铭。四郎道:"小人买卖撇不得,不及陪奉。"武松道:"如何使得?众高邻都在那里了。"不由他不来,被武松扯到家里道:"老人家爷父一般。"便请在嫂嫂肩下坐了。又请对门那卖冷酒店的胡正卿。那人原是吏员出身,便瞧道有些尴尬,那里肯来。被武松不管他,拖了过来,却请去赵四郎肩下坐了。武松道:"王婆,你隔壁是谁?"王婆道:"他家是卖馉饳儿的张公。"却好正在屋里,见武松入来,吃了一惊,道:"都头没甚话说?"武松道:"家间多扰了街坊,相请吃杯淡酒。"那老儿道:"哎呀!老子不曾有些礼数到都头家,却如何请老子吃酒?"武松道:"不成微敬,便请到家。"老儿吃武松拖了过来,请去姚二郎肩下坐地。①(第二十六回)

上引第一例中的这位王婆,熟悉她的人很多。她是西门庆和潘金莲通奸的"马泊六",又是谋杀武大郎的主谋,当然,她也是武大郎的邻居。而这位"好邻居"邻里间最"和善"的贡献就是诱使武大郎的妻子红杏出墙并谋杀亲夫。仔细阅读上面那段作为教唆犯所说的话,王婆似乎早已毒杀过人,因为她对毒杀人的过程如此精熟,或许,她的"亲夫"就是在早些年被她毒杀的。这样的邻居,这样的鬼魅一般的邻居真是可怕。武大郎与这样的人家做邻居,简直就是前生有怨、后世有仇。再看下一例,武大郎的那一群邻居,他们身上同样散发着令人窒息的气息。那么胆小怕事,那么明哲保身,那么冷漠无情,他们的情商加起来还抵不上一个小小的郓哥。更发人深思的是,像王婆那样的恶毒女人在街坊邻里中毕竟是少数,是千百年来也只有一两个的极少数,而像姚文卿、赵仲铭、胡正卿、张公这样的街坊邻舍在古老中国的市镇中却俯拾皆是,不胜枚举。甚至可以说,这些人就是中国古代世俗人群的代表。多少年来,他们就以这种处世方式生活着,直到今天,他们仍然儿孙满堂、瓜瓞绵绵。这其实也是一个可怕的事实,而《水浒传》的作者向我们真实袒露了这个可怕的事实,而不是去无休止地"美化"市井细民,这正是他的过人之处。

---

① 施耐庵,罗贯中. 水浒传 [M]. 北京:人民文学出版社,1975:358-359.

一部伟大的小说作品不仅要写出人中龙凤，而且也要展现人间沙虫。这，正是《水浒传》的作者对市井各色人等的成功描写给我们的深刻启示。

四　地方豪强与贪官污吏

地方豪强是贪官污吏的社会基础，贪官污吏则是地方豪强的保护伞，这是被中国封建时代的历史证明了千万次的事实，这个事实在《水浒传》中也得到了生动的反映。

在《水浒传》中，这些贪官污吏也罢、地方豪强也罢，他们除了祸国殃民之外，还有一个最大的共同点：与梁山好汉作对。尤其是四大奸贼——蔡京、高俅、童贯、杨戬，简直就是梁山好汉的天敌。全书最后一回，在宋徽宗游梁山泊的梦境中，李逵就发出了愤怒的控诉：

> 忽见宋江背后转过李逵，手搭双斧，厉声高叫道："皇帝，皇帝！你怎地听信四个贼臣挑拨，屈坏了我们性命？今日既见，正好报仇！"黑旋风说罢，抡起双斧，径奔上皇。①

而在《水浒传》的具体章回中，作者多次写到四大奸贼对梁山好汉的陷害。聊举一例：

> 话说当年有大辽国王，起兵前来侵占山后九州边界。兵分四路而入，劫掳山东、山西，抢掠河南、河北。各处州县，申达表文，奏请朝廷求救。先经枢密院，然后得到御前。所有枢密童贯同太师蔡京，太尉高俅、杨戬，商议纳下表章不奏。只是行移邻近州府，催攒各处，径调军马，前去策应。正如担雪填井一般。此事人皆尽知，只瞒着天子一个。适来四个贼臣设计，教枢密童贯启奏，将宋江等众要行陷害。②（第八十三回）

---

① 施耐庵，罗贯中. 水浒传 [M]. 北京：人民文学出版社，1975：1394.
② 施耐庵，罗贯中. 水浒传 [M]. 北京：人民文学出版社，1975：1135-1136.

这段描写有两层含义，第一，四大奸贼处处心积虑陷害梁山好汉；第二，他们欺上瞒下，隐瞒军情，祸国殃民。

其实，这样的描写是半真半假的。首先，宋徽宗时代祸国殃民的首恶并非《水浒传》所写的"四奸"，而是其中二人外加另四人的"六贼"，请看史书记载："太学生陈东等上书，数蔡京、童贯、王黼、梁师成、李彦、朱勔罪，谓之六贼，请诛之。"①（《宋史·钦宗纪》）

如果说，《宋史》是元代人编写的，并非第一手材料，尚在疑信之间的话，那我们就看看宋代人的记载："高登，字彦先，漳浦名儒，志节高亮。少游太学，值靖康之乱，与陈东上书陈六贼之罪，且言金房不可和状。"②（罗大经《鹤林玉露》甲篇卷六）这里只提到"六贼"之罪，但比较笼统，请看另一个宋代人徐梦莘的更为具体的记载：

> 三十日丙申，太学生陈东上书乞诛六贼。京师传闻太上皇到泗州，蔡京、童贯等建议留高俅以侍卫兵扼泗州。太上皇南去，人心不安。陈东乃诣登闻检院上书曰："臣于去年十二月二十七日曾同本学诸生等伏阙下上书，言蔡京、王黼、童贯、梁师成、李邦彦、朱勔等六贼罪恶，乞诛戮。又于今月初六日独诣登闻检院上书言：京、勔父子及贯等挟太上皇南去，恐迤逦渡江，假籍威势，遂生变乱之祸。乞追数贼复还阙，各正典刑。"③（《三朝北盟汇编》卷三十二）

这段记载，其内容在靖康元年（1126）正月，陈东所提到的去年即为宣和七年（1125），那么，陈东他们在那次"上书"中，列举了"六贼"哪些罪名呢？史书中亦有详细记载：

> 甲子，太学生陈东等伏阙上书，乞诛蔡京、王黼、童贯、梁师成、李

---

① 脱脱等. 宋史 [M]. 北京：中华书局，1977：422.

② 罗大经. 鹤林玉露 [M]. 北京：中华书局，1983：102.

③ 徐梦莘. 三朝北盟会编 [M] //景印文渊阁四库全书：第350册. 台北：台湾商务印书馆，1963：246.

彦、朱勔六贼，大略言："今日之事，蔡京坏乱于前，梁师成阴谋于内，李彦结怨于西北，朱勔结怨于东南，王黼、童贯又从而结怨于二国，败祖宗之盟，失中国之信，创开边隙，使天下危如丝发。此六贼异名同罪，伏愿陛下擒此六贼，肆诸市朝，传首四方，以谢天下。"①（《续资治通鉴》卷九十五）

这里，对蔡京等"六贼"所犯下的滔天罪行一一作了指控，有条有理，清清楚楚。同时，还指出他们"异名同罪"的本质，希望皇帝对他们依律严惩，以谢天下。这一段史实，尤其是其中"六贼"的称谓，《水浒传》的作者应该是知道的，因为，《水浒传》的蓝本之一《宣和遗事》中也有这方面的记载："太学生陈东率太学诸生伏阙上书，数蔡京、童贯、王黼、梁师成、李彦、朱勔之罪，指为六贼，乞诛之以谢天下。"②不仅《水浒传》的"前身"如此，就连其续书也有这方面的描写，陈忱《水浒后传》第二十七回借书中人物之口说："汴京未破时，大学士陈东劾奏六贼误国殃民，奉旨尽皆论贬，分两起押解。"③而另一部《水浒传》续书《荡寇志》，甚至用白话的形式"克隆"了陈东上书的过程和内容：

次日，有一太学生，姓陈名东，应直言之诏，挺身上疏。天子闻有谏疏，甚喜，看其疏中写道："今日之事，蔡京坏于前，梁师成阴贼于内，李彦结怨于西北，朱勔聚怨于东南，王黼、童贯结怨于辽金，败祖宗之盟，失中国之信：惟此六贼，罪恶贯盈。今蔡京、童贯既已伏诛，而梁师成等四人犹在，愿陛下明昭睿断，速正典刑。"④（《荡寇志》第一百三十二回）

由上可见，北宋灭亡时，危害天下的是所谓"六贼"，这已经成为历史记载和俗文学描写的共识。但是，唯独《水浒传》中没有"六贼"的概念，而代之

---

① 毕沅. 续资治通鉴 [M]. 上海：上海古籍出版社，1987：507.

② 佚名.《宣和遗事》[M] //宣和遗事等两种. 南京：江苏古籍出版社，1993：68.

③ 陈忱. 水浒后传 [M]. 长沙：岳麓书社，1998：199.

④ 俞万春. 荡寇志 [M]. 北京：人民文学出版社，1981：922.

以"四奸"。小说中写得很清楚:"当此之时,却是蔡京、童贯、高俅、杨戬四个贼臣,变乱天下,坏国、坏家、坏民。"(第一百回)并且,还将"四奸"写成了梁山好汉最大的敌人。其实,在这个问题上的历史真相也并非如此。《三朝北盟会编》卷五十二引《中兴姓氏奸邪录》云:"宣和二年,方腊反睦州,陷温、台、婺、处、杭、秀等州,东南震动。以(童)贯为江浙宣抚使,领刘延庆、刘光世、辛企宗、宋江等军二十余万往讨之。"① 而《皇宋十朝纲要》卷十八则记载得更具体:宣和三年六月"辛兴宗与宋江破贼上苑洞"②。可见,宋江接受招安后,甚至还充当过童贯的部下,在征剿方腊的过程立有战功。

将"六贼"与"四奸"作一个比较,就能发现二者之间重复的有二人:蔡京、童贯,换言之,高俅、杨戬不在"六贼"之中。而这两个人物在《水浒传》中的描写可谓有详有略,作者详写的是高俅,略写的是杨戬。

高俅是《水浒传》中最先出场的反面人物形象,这一点,早已经过金圣叹的点评,认为是体现"乱自上作"的高明之举。高俅一出场就体现了迫害忠良的本性:

> 高俅道:"你那厮便是都军教头王升的儿子?"王进禀道:"小人便是。"高俅喝道:"这厮!你爷是街上使花棒卖药的,你省的甚么武艺!前官没眼,参你做个教头,如何敢小觑我,不伏俺点视!你托谁的势要,推病在家安闲快乐!"王进告道:"小人怎敢!其实患病未痊。"高太尉骂道:"贼配军!你既害病,如何来得?"王进又告道:"太尉呼唤,不敢不来。"高殿帅大怒,喝令左右,教拿下王进,"加力与我打这厮!"众多牙将都是和王进好的,只得与军正司同告道:"今日是太尉上任好日头,权免此人这一次。"高太尉喝道:"你这贼配军,且看众将之面,饶恕你今日之犯,明

---

① 徐梦莘. 三朝北盟会编 [M] // 景印文渊阁四库全书:第350册. 台北:台湾商务印书馆,1963:411.

② 李埴. 皇宋十朝纲要 [M] // 续修四库全书:第347册. 上海:上海古籍出版社,2002:583.

日却和你理会!"王进谢罪罢,起来抬头看了,认得是高俅。出得衙门,叹口气道:"我的性命今番难保了!俺道是甚么高殿帅,却原来正是东京帮闲的圆社高二。比先时曾学使棒,被我父亲一棒打翻,三四个月将息不起。有此之仇。他今日发迹,得做殿帅府太尉,正待要报仇,我不想正属他管。自古道:不怕官,只怕管。俺如何与他争得!怎生奈何是好?"回到家中,闷闷不已。对娘说知此事,母子二人抱头而哭。①(第二回)

从此以后,高俅似乎打定主意要与忠臣良将和江湖豪杰做对头了,被他直接或间接陷害的梁山好汉不在少数。王进不算,接下来便是林冲,因为螟蛉之子高衙内想占有林娘子,高俅利用权力,兼之阴谋,害得豹子头家破人亡。同时,又因为鲁智深救了林冲,盼咐相国寺不许花和尚挂搭,还要抓捕他。接着又是杨志,一句"所犯罪名,难以委用",就断送了青面兽东山再起的念想。至于柴进一家被高廉和小舅子殷天锡陷害,也可算是高俅间接的作用,因为高太尉就是高知府的后台。宋江希望朝廷招安,第一个阻挠、反对的就是高俅。童贯征剿梁山,保举就是高俅和杨戬。后来,高俅干脆亲自出马,调动十三万军马征剿梁山。征剿失败后,高俅又叫人在宣读皇帝的诏书时大做文章,让招安再次成为泡影。最后,害死卢俊义、宋江的也正是高俅、杨戬。总而言之,高俅这一反面形象,可算是《水浒传》作者的一个创造,作为小人得志的典型,被写得栩栩如生。

高俅可算是国家中枢的贪官污吏,而各级政府更是官虎和吏狼比比也。而且,多半都与高官甚至皇帝有瓜葛、裙带关系。请看两例:

且说青州府知府正值升厅公座。那知府复姓慕容,双名彦达,是今上徽宗天子慕容贵妃之兄,倚托妹子的势要,在青州横行,残害良民,欺罔僚友,无所不为。②(第三十三回)

原来那江州知府,姓蔡,双名德章,是当朝蔡太师蔡京的第九个儿子,

---

① 施耐庵,罗贯中. 水浒传 [M]. 北京:人民文学出版社,1975:21.
② 施耐庵,罗贯中. 水浒传 [M]. 北京:人民文学出版社,1975:450.

因此江州人叫他做蔡九知府。那人为官贪滥，作事骄奢。为这江州是钱粮浩大的去处，抑且人广物盛，因此太师特地教他来做个知府。①（第三十七回）

你看，皇帝的大舅哥、宰相的小儿，不管贤愚优劣，统统弄个知府干干。而且，一朝权在手，就把人来害。像这样的贪官污吏，在作品中不胜枚举。仅举较为特出者如下：有一年之内就搜刮十万贯金珠宝贝的大名府留守梁中书（第十三回），有两年半时间就赚了好些金银运往东京家中的阳谷县令（第二十四回），有接受贿赂若干银子而设计害人的孟州张都监（第三十回），有心地偏狭嫉贤妒能的阿谀逸佞之徒黄文炳通判（第三十九回），有与岳父狼狈为奸诬陷平民的登州六案孔目王正（第四十九回），有为了旧相好而迫害新部下的郓城县令（第五十一回），有倚仗哥哥高俅势要在辖区无所不为的高唐州知府高廉（第五十二回），有蔡太师门人、在地方为官贪滥非理害民的华州贺太守（第五十八回），有童贯的门馆先生、得了美缺而祸害百姓的东平知府程万里（第六十九回），如此等等，不一而足。

更有甚者，上述贪官污吏每一位身边又有着一大批土豪劣绅、流氓无赖。我们先看两个"重量级"的人物：

再说那人姓甚名谁？那里居住？原来只是阳谷县一个破落户财主，就县前开着个生药铺；从小也是一个奸诈的人，使得些好拳棒；近来暴发迹，专在县里管结公事，与人放刁把滥，说事过钱，排陷官吏，因此满县人都饶让他些个。那人复姓西门，单讳一个庆字，排行第一，人都唤他做西门大郎，近来发迹有钱，人都称他做西门大官人。②（第二十四回）

就是这个西门大官人，勾搭潘金莲谋害武大郎之后，先是企图用纹银十两贿赂团头何九叔，在殡殓尸首时"百事周全，一床锦被遮盖则个"③（第二十五

---

① 施耐庵，罗贯中. 水浒传 [M]. 北京：人民文学出版社，1975：508.
② 施耐庵，罗贯中. 水浒传 [M]. 北京：人民文学出版社，1975：319-320.
③ 施耐庵，罗贯中. 水浒传 [M]. 北京：人民文学出版社，1975：346.

回)。后来,当武松到衙门告状时,"西门庆得知,却使心腹人来县里许官吏银两"。而当时的县官,就是上面提到的两年半时间就赚了好些金银运往东京家中的阳谷县令。这样的贪官,当然会"贪图贿赂,回出骨殖并银子来","不准所告"①(第二十六回)。西门庆与阳谷县令的关系很典型,地方豪强就是这样勾结官府而残害百姓的。

然而,西门庆毕竟不是官府的亲戚,他只能靠金钱开路。若与下面这位"官亲"的威风相比,西门大官人可就是小巫见大巫,要汗流浃背、退避三舍了。

> 原来高俅新发迹,不曾有亲儿,无人帮助,因此过房这高阿叔高三郎儿子在房内为子。本是叔伯弟兄,却与他做干儿子,因此,高太尉爱惜他。那厮在东京倚势豪强,专一爱淫垢人家妻女。京师人怕他权势,谁敢与他争口,叫他做花花太岁。②(第七回)

当然,无论是京城中的"花花太岁"高衙内,抑或是县城里"发迹有钱"的大官人,他们都是百姓的大灾星。而这样的大灾星在《水浒传》的世界里竟然也是与贪官污吏一般般的到处都是,如:渭州城中有钱有势、强占民女的财主镇关西(第三回),孟州城外倚官仗势在江湖中黑吃黑的恶霸蒋门神(第二十九回),沂水县沂岭村仗着家中有几贯浮财、专在一乡放刁把缆的曹太公(第四十三回),郓州城外祝家庄要与梁山做个对头的地方一霸祝朝奉父子(第四十七回),登州城外图赖猎户猎物并诬陷之的毛太公(第四十九回),高唐州依仗姐夫权势在地方上生事害人的殷天锡(第五十二回),原是金国人而在曾头市聚集人马与梁山势不两立的曾长者父子(第六十回),如此等等,数不胜数。他们就像一张通天大网,让芸芸众生在网中只能苦苦挣扎,直至奄奄一息。

读到这里,我们就会明白,为什么梁山好汉要把"酷吏赃官都杀尽"了。

---

① 施耐庵,罗贯中.水浒传[M].北京:人民文学出版社,1975:357.

② 施耐庵,罗贯中.水浒传[M].北京:人民文学出版社,1975:100.

第六讲 出神入化的写人艺术

中国古代的中长篇章回小说保留到今天的不少于一千部,在这数以千计的作品中,就人物塑造的成功程度而论,应该是《红楼梦》第一,《水浒传》第二,其他小说都不能望其项背。因此,深入探讨《水浒传》的写人艺术,无疑是一件饶有兴味的事情。

一 植根于泥土

众所周知,树木只有植根于泥土之中,才能根深叶茂。小说人物的塑造也是这个道理。书中人物是从生活中来,还是从臆想中来,其结果会大相径庭。植根于生活土壤中的人物形象,会具有顽强的生命力,让人越是咀嚼、回味就越有艺术真实性。反之,如果某一人物纯然出自作家的臆想,那就会概念化,形

四路劫法场（第四十回）

同作者操纵的木偶，缺乏生活情味，显得虚假矫情。中国古代小说史上的无数事例告诉我们，植根于生活土壤中的人物一定会在历史文化长廊中留下他们的形象，而纯然是作者臆想出来的人物，则会是过眼云烟，很快就消失殆尽。

容与堂刻本《水浒传》卷首有一些署名"小沙弥怀林"的批评文字，其中，有一篇《〈水浒传〉一百回文字优劣》的短文，中间一段话说得透彻：

> 世上先有《水浒传》一部，然后施耐庵、罗贯中借笔墨拈出。若夫姓某名某，不过劈空捏造，以实其事耳。如世上先有淫妇人，然后以杨雄之妻、武松之嫂实之；世上先有马泊六，然后以王婆实之；世上先有家奴与主母通奸，然后以卢俊义之贾氏、李固实之。若管营，若差拨、若董超、若薛霸、若富安、若陆谦，情状逼真，笑语欲活，非世上先有是事，即令文人面壁九年，呕血十石，亦何能至此哉！亦何能至此哉！此《水浒传》

之所以与天地相终始也与？①

千万别小看这段话，这种随感式的言论可比某些长篇大论的阐述深刻得多。这里涉及是先有生活后有笔墨还是先有笔墨后有生活的问题，而这个问题其实是小说创作的最根本的问题。正因为《水浒传》中成功的人物形象大都是从生活中来，所以他真实可信、真实感人。

小说写的是人物、是故事、是生活，而不是概念。人物姓甚名谁、容貌身材，这些外在化的东西并不重要，关键是他的"活法儿"，亦即他对生活的态度和他怎样生活。因此，写出人物的姓氏、身材、容貌，只能说勾画一个轮廓，要想将这个人物写得活灵活现，必须工笔描绘或衬托渲染。传神第一，传形第二，这是千古不变的道理。而要传神，必须让他植根于生活的泥土之中。

聊举一例，《水浒传》第十二回写林冲为了向梁山纳"投名状"，必须下山杀人。等了两天，没有机会。第三天，好不容易等到了杨志押送着一担金银珠宝，于是两人大斗一场：

> 话说林冲打一看时，只见那汉子头戴一顶范阳毡笠，上撒着一把红缨，穿一领白段子征衫，系一条纵线绦，下面青白间道行缠，抓着裤子口，獐皮袜，带毛牛膀靴，跨口腰刀，提条朴刀，生得七尺五六身材，面皮上老大一搭青记，腮边微露些少赤须，把毡笠子掀在脊梁上，坦开胸脯，带着抓角儿软头巾，挺手中朴刀，高声喝道："你那泼贼，将俺行李财帛那里去了？"林冲正没好气，那里答应，睁圆怪眼，倒竖虎须，挺着朴刀，抢将来斗那个大汉。但见：残雪初晴，薄云方散。溪边踏一片寒冰，岸畔涌两条杀气。……林冲与那汉斗到三十来合，不分胜败。两个又斗了十数合，正斗到分际，只见山高处叫道："两个好汉不要斗了。"林冲听得，蓦地跳出圈子外来。②

林冲乃东京八十万禁军教头，杨志是三代将门之子，两个人都是十八般武

---

① 陈曦钟，侯忠义，鲁玉川. 水浒传会评本 [M]. 北京：北京大学出版社，1981：26-27.
② 施耐庵，罗贯中. 水浒传 [M]. 北京：人民文学出版社，1975：153-154.

艺无不精通，二虎相争，煞是好看。而且，这里还有肖像描写、服饰描写、形体描写，乃至于环境描写。这些描写不可谓不成功，但如果仅仅是这些，《水浒传》还不能被称为"奇书"，因为这些描写是很多英雄传奇小说都可以做到的。这里，除了豹子头大战青面兽的场面描写而外，更重要的是二人的心理描写。杨志是因为失陷了皇帝的花石纲而流落江湖，好不容易弄到一担钱物，准备到京城谋求复职的，不料，却被林冲等人抢走，你说他急不急？而林冲呢？为了在梁山栖身，又得交什么"投名状"，三天之内必须杀人见血。等了两天，好不容易才等到这次机会，你说他急不急？正因如此，杨志才挺手中朴刀，高声喝道："你那泼贼，将俺行李财帛那里去了？"他急呀！而林冲呢？"正没好气，那里答应，睁圆怪眼，倒竖虎须，挺着朴刀，抢将来斗那个大汉。"他也急着哩！两个由于不同原因而都是心急如焚的烈汉，见了面还有什么好说的？挺起朴刀就斗开了，一点风度都没有就斗开了。既没有"来将通名"，更没有"久仰幸会"，只是见面就开打。殊不知，这种描写才是真实的，写出了人物在特殊环境中的特殊心理。若是平常战阵斗将或是江湖厮杀，像他们二位这种有地位且见过大场面的人是一定会相互通名报姓，因为古代小说中的大英雄是从来不与无名鼠辈格斗的。然而，这段描写更妙的却在最后一句，当梁山上的人喊"不要斗了"的时候，"林冲听得，蓦地跳出圈子外来"。为什么是林冲主动撤出战斗而杨志只是被动停手呢？且看金圣叹先生独具只眼的评说："独写林冲跳出，见其志不在斗，若杨志既失车仗，则自不应先住也，用笔精细如此。"① 原来如此！林冲本不愿意杀人，只是因为王伦要他交"投名状"，才不得已打斗厮杀，因此，只要梁山上人一声叫停，他就迫不及待地跳出圈子，终止战斗。而杨志则不然，他的车仗被人抢走了，不夺回来不是要他的命吗？你一声叫停，我就停吗？起码得对方停手再说。两位英雄此时此刻的心态就在这谁先停手的细节描写中展露无遗。这就是符合生活真实的写法，这就是将人物植根于泥土中的写法，这样写出来的人物才能让读者感到真实可信。

---

① 陈曦钟，侯忠义，鲁玉川. 水浒传会评本 [M]. 北京：北京大学出版社，1981：233.

林冲和杨志的心理活动是通过二人之间的打斗原因和被叫停的一刹那而体现出来的，然而，《水浒传》中另外两个精彩片段——第二十三回"武松打虎"和第四十三回"李逵杀虎"中的人物心理行为却是一种综合、立体的表现。

　　"人"与"虎"的敌对、抗衡，是一件非常惊心动魄的事，而李逵与武松和老虎搏斗产生了迥然不同的两个结果。从战绩来看，李逵占优，因为他杀死了四只老虎，而武松只打死一只；但如果从"艺术效果"来看，一个有趣的问题就凸显出来了：武松打死一虎，读者却津津乐道；李逵杀死四虎，人们却逐渐淡忘。这是为什么呢？一言以蔽之，那就是在与老虎搏斗的过程中，李逵占尽了便宜，尤具主动性；而武松却吃了大亏，一直处于被动状态。具体而言，我们又可以从"内在动力""主客关系""地形地貌""武器装备"等方面进行对比衡量。

　　李逵杀虎有着充盈的内在动力，老母亲被老虎吃了，他要杀死老虎为母亲报仇，因此，这种复仇心理让他的行为能释放出巨大的能量，也就是俗话所说的"哀兵必胜"的道理。且看："只见两个小虎儿在那里舐一条人腿，李逵……心头火起，赤黄须竖立起来，将手中朴刀挺起，来搠那两个小虎。"再看李逵与老虎的主客关系，他取水回来不见老娘，"只见草地上的一段血迹。李逵见了，心里越发疑惑。趁着那血迹寻将去，寻到一处大洞口"才发现老虎的。李逵清清楚楚地知道，我是去杀虎的，而老虎则根本不知道有人要杀它。杀虎的全过程，李逵是主体，清醒明白；而老虎是客体，浑然不知。就地形地貌而言，李逵也是非常有利。李逵杀母大虫时，"却钻入那大虫洞内。……放下朴刀，跨边掣出腰刀。那母大虫到洞口，先把尾去窝里一剪，便把后半截身躯坐将入去。李逵在窝内看得仔细，把刀朝母大虫尾底下，尽平生气力，舍命一戳，正中那母大虫粪门。李逵使得力重，和那刀靶也直送入肚里去了。"①（第四十三回）李逵对大虫的行动看得清清楚楚，而大虫根本看不见李逵。至于武器装备方面，李逵可谓长短武器齐全，有朴刀一柄，腰刀一口，虽然板斧被留在了山寨，但

---

① 施耐庵，罗贯中. 水浒传 [M]. 北京：人民文学出版社，1975：599.

这两样兵器也算得心应手。自始至终，他先用朴刀搠死两只小虎，又将腰刀戳进母老虎粪门，最后又挥舞朴刀杀雄虎，"正中那大虫颔下"，有惊无险地杀死了四只老虎。

武松呢？与李逵相比，在以上四个方面可就差多了。首先，他毫无内在动力。老虎与他无冤无仇，并没有吃掉他的任何亲人，他对老虎没有愤怒，之所以与之搏斗纯然是自卫的本能。主客关系方面，老虎是主，武松是客。他路过老虎出没的景阳冈，竟然完全放松警惕："武松走了一直，酒力发作，焦热起来，一只手提起哨棒，一只手把胸膛前袒开，踉踉跄跄，直奔过乱树林来。见一块光挞挞大青石，把那梢棒倚在一边，放翻身体，却待要睡。"不料，一阵大风，老虎从乱树林后跳出来。至于地形地貌，武松睡在的大青石上，就像是摆在砧板上的美味佳肴，完全袒露在老虎面前，老虎却隐藏在乱树林中，地形地貌当然是对老虎有利："那个大虫又饥又渴，把两只爪在地上略按一按，和身望上一扑，从半空中撺将下来。"武器装备方面就更不用提了，武松只有一根防身的哨棒，不料打老虎时，"一棒劈不着大虫，原来慌了，正打在枯树上，把条哨棒折做两截，只拿得一半在手"。半截棒子打虎，根本不管用，因此"武松将半截棒丢在一边"①。就是在种种不利因素一起出现的前提下，武松偏偏能够赤手空拳打死老虎。

正因为"武松打虎"与"李逵杀虎"相比，各方面都处于不利与被动，大家才对武松打死一只老虎比李逵杀死四只老虎印象更为深刻。而这一切，又正是取决于作者对生活真实的细致观察和深刻体会。然后，方能写得出、写得真、写得好。

然而，更能够体现《水浒传》塑造人物如培育植根田野之大树一般的段落并不在武松打虎这个激烈场面本身，而在于此前此后武松作为人中之神、神中之人的微妙而复杂的心理活动。对此，金圣叹有非常精彩的小结：

　　读打虎一篇，而叹人是神人、虎是怒虎，固已妙不容说矣。乃其尤妙

---

① 施耐庵，罗贯中. 水浒传 [M]. 北京：人民文学出版社，1975：299-300.

者,则又如读庙门榜文后,欲待转身回来一段;风过虎来时,叫声阿呀翻下青石来一段;大虫第一扑从半空里撺将下来时,被那一惊,酒都做冷汗出了一段;寻思要拖死虎下去,原来使尽气力手脚都苏软了,正提不动一段;青石上又坐半歇一段;天色看看黑了,惟恐再跳一只出来,且挣扎下冈子去一段;下冈子走不到半路,枯草丛中钻出两只大虫,叫声阿呀今番罢了一段,皆是写极骇人之事,却尽用极近人之笔。①

当武松不听店家好言相劝执意要独自上景阳冈之后,半路上看到盖有官府印信的榜文,才知道这山上真的有虎。他可不是像后人所标榜的那样盲目自信:"明知山有虎,偏向虎山行。"而是产生了转身回去的心理。后来只是因为怕别人耻笑,毁了好汉的名头,才决定:"怕什么鸟!且只顾上去看怎地!"而当老虎出现时,他照样"叫声阿呀翻下青石来"。当老虎向他扑过来时,他照样"被那一惊,酒都做冷汗出了"。尤其是当他打死老虎之后,寻思就地拖着这死大虫下冈子去,"就血泊中双手来提时,那里提得动?原来使尽了气力,手脚都苏软了"。一位能打死活虎的英雄,为什么不能拖动死虎?金圣叹所谓"写极骇人之事,却尽用极近人之笔",给我们提供了解决这一问题的钥匙。像《水浒传》这种英雄传奇小说,其中绝大多数的人物及其故事都是虚构的,但这种虚构又必须以生活真实为基础,必须使读者在获得审美快感的同时又觉得那些人物和故事的真实可信。对于这个问题,不仅是金圣叹一人有如此精辟的见解,清代小说《雪月梅传》的一位批评者董孟汾也在评点文字中说出了相近的意思:"人到性命相关,竟不觉其疲乏,及至事定,心才放下,便四肢软瘫,惟经历过人,方能如此。"②《水浒传》里的武松,在这里不是杀个歹人,跑几十里路,他是碰到了势均力敌的猛虎,在经历了极度紧张的与猛虎搏斗之后,他仍然会泰然自若,精力充沛,将死老虎双手提起,往肩上一扛,大步流星走下山来吗?不可能!只有低能的作者才会那样写。施耐庵不仅写其拖不动死虎,而且还要

---

① 陈曦钟,侯忠义,鲁玉川. 水浒传会评本 [M]. 北京:北京大学出版社,1981:415.

② 陈朗. 雪月梅传 [M]. 济南:齐鲁书社,1986:167.

反复写其"事定力乏"。因此才有了后面的"青石上又坐半歇","天色看看黑了,惟恐再跳一只出来,且挣扎下冈子去","下冈子走不到半路,枯草丛中钻出两只大虫,叫声阿呀今番罢了"这些"极近人之笔"。"写极骇人之事,却尽用极近人之笔",实乃小说创作塑造英雄人物形象的必然手法,而且,其中蕴含着艺术辩证法。因为,倘若无极骇人之事,英雄人物便无耀眼夺目的传奇色彩;而如果无极近人之笔,英雄人物便脱离结结实实的现实生活基础。只有扎根于泥土而又具有传奇色彩的英雄人物才是真实可信的,并能得到广大读者的由衷喜爱。

不仅英雄人物的塑造如此,即便是对淫妇的描写,《水浒传》中也做到了让她们植根于现实生活的泥土之中。英雄与英雄不同,淫妇亦与淫妇不同,甚至英雄何以要杀奸夫淫妇的心理也有很大的不同,总之是各有各的道理。而小说作者最高明的地方就是能够准确地写出他们各自的"道理"和心态,而且这种描写又是符合真实生活的。对此,金圣叹有一段比较性的论述颇为切中肯綮:

前有武松杀奸夫、淫妇一篇,此又有石秀杀奸夫、淫妇一篇,若是者班乎?曰:不同也。夫金莲之淫,乃敢至于杀武大,此其恶贯盈矣,不破胸取心,实不足以蔽厥辜也。若巧云淫,诚有之,未必至于杀杨雄也。坐巧云以他日必杀杨雄之罪,此自石秀之言,而未必遂服巧云之心也。且武松之于金莲也,武大已死,则武松不得不问,此实武松万不得已而出于此。若武大固在,武松不得而杀金莲者,法也。今石秀之于巧云,既去则亦已矣,以姓石之人而杀姓杨之人之妻,此何法也?总之,武松之杀二人,全是为兄报仇,而己曾不与焉;若石秀之杀四人,不过为己明冤而已,并与杨雄无与也。观巧云所以污石秀者,亦即前日金莲所以污武松者。乃武松以亲嫂之嫌疑,而落落然受之,曾不置辩,而天下后世亦无不共明其如冰如玉也者。若石秀则务必辩之:背后辩之,又必当面辩之;迎儿辩之,又必巧云辩之,务令杨雄深有以信其如冰如玉而后已。呜呼,岂真天下之大,另又有此一种巉刻狠毒之恶物欤?吾独怪耐庵以一手搦一笔,而既写一武松，又写一石秀。呜呼，又何奇也！①

武松是真实可信的，石秀也是真实可信的；潘金莲是真实可信的，潘巧云也是真实可信的；武松杀潘金莲是真实可信的，石秀挑唆杨雄杀潘巧云也是真实可信的；武松不为自己辩解是真实可信的，石秀反复为自己辩解同样是真实可信的。但是，这些描写却迥然不同。迥然不同的人物和故事却都能让读者感到真实可信，其中关键的关键就在于，这些成功的人物形象全都植根于现实生活的土壤之中，他们是田野中的真花真树，因此枝繁叶茂、争奇斗艳；而不是瓶中绢花，不是水发的豆芽菜，那么虚假小气，那么苍白无力。《水浒传》中人物之魅力，首先就在于他们的"真"，当然，是植根于生活而又比生活更精彩的艺术真实。

二　搏击在激流

明清章回小说在如何打动读者的问题上有两种做法：一是"事之奇"，亦即通过曲折惊险的故事情节给读者以强烈的感官刺激；一是"情之奇"，亦即深入描写人物独具个性的精神世界从而让读者得到隽永的心灵震动。《三国志通俗演义》《水浒传》《西游记》等属于前者，《金瓶梅》《儒林外史》《红楼梦》等属于后者。

既然《水浒传》属于那种以曲折惊险的故事情节给读者以强烈感官刺激的作品，那么，书中的主要人物、那些横行江湖的英雄好汉们就必须持久搏击于生活的激流之中，而且，在激流中让他们用自己的言行举止表现自己，这就形成了《水浒传》写人艺术的又一特点。《水浒传》中成功的艺术典型，尤其是那些英雄好汉全都是按照其自身性格逻辑自由活动的，环境越严酷，"生活流"越是汹涌澎湃，他们的活动就越自由，就越发能体现其性格的内在逻辑。

且看《水浒传》第七十回"梁山泊英雄排座次"之前的重要关目：九纹龙

---

① 陈曦钟，侯忠义，鲁玉川. 水浒传会评本 [M]. 北京：北京大学出版社，1981：853.

大闹史家村、鲁提辖拳打镇关西、鲁智深大闹五台山、花和尚大闹桃花村、九纹龙剪径赤松林、鲁智深火烧瓦罐寺、林教头误入白虎堂、鲁智深大闹野猪林、林冲棒打洪教头、林教头风雪山神庙、林冲雪夜上梁山、汴京城杨志卖刀、青面兽北京斗武、吴用智取生辰纲、花和尚单打二龙山、宋公明私放晁天王、林冲水寨大并火、宋江怒杀阎婆惜、景阳冈武松打虎、武松斗杀西门庆、武都头十字坡遇张青、武松威震安平寨、武松醉打蒋门神、武松大闹飞云浦、张都监血溅鸳鸯楼、武行者夜走蜈蚣岭、武行者醉打孔亮、花荣大闹清风寨、镇三山大闹青州道、霹雳火夜走瓦砾场、揭阳岭宋江逢李俊、没遮拦追赶及时雨、船火儿夜闹浔阳江、黑旋风斗浪里白跳、梁山泊好汉劫法场、张顺活捉黄文炳、黑旋风沂岭杀四虎、石秀智杀裴如海、病关索大闹翠屏山、宋公明一打祝家庄、一丈青单捉王矮虎、宋公明两打祝家庄、孙立孙新大劫牢、宋公明三打祝家庄、插翅虎枷打白秀英、李逵打死殷天锡、入云龙斗法破高廉、呼延灼摆布连环马、宋江大破连环马、三山聚义打青州、公孙胜芒砀山降魔、晁天王曾头市中箭、张顺夜闹金沙渡、放冷箭燕青救主、劫法场石秀跳楼、宋公明雪天擒索超、浪里白跳水上报冤、时迁火烧翠云楼、关胜降水火二将、卢俊义活捉史文恭、东平府误陷九纹龙、没羽箭飞石打英雄，如此等等，情节众多，哪一段故事不是惊心动魄，哪一回描写不令人目眩神摇？水浒一百单八人都是被逼上梁山的，或者说是在生活的激流中被席卷上梁山的。

其实，对于梁山好汉而言，最难办的并非"杀人"，而是"救人"。杀人只要勇敢甚至于残忍就行了，而救人还得胆大心细，尤其是必须保证被救者的生命安全。《水浒传》中描写梁山好汉"救人"的段落很多，有的成功，有的失败，但写得最生动的却是押解路上救人和劫法场救人。

押解路上救人写得最生动的有两次，一次是"鲁智深大闹野猪林"，一次是"放冷箭燕青救主"。先看林冲起解，押送公人为董超、薛霸。二人受高俅指令，要在野猪林结果林冲性命，不料却被花和尚鲁智深所救，那是一个什么样的场景呢？

话说当时薛霸双手举起棍来，望林冲脑袋上便劈下来。说时迟，那时快，薛霸的棍恰举起来，只见松树背后雷鸣也似一声，那条铁禅杖飞将来，把这水火棍一隔，丢去九霄云外。跳出一个胖大和尚来，喝道："洒家在林子里听你多时！"两个公人看那和尚时，穿一领皂布直裰，跨一口戒刀，提起禅杖，轮起来打两个公人。林冲方才闪开眼看时，认得是鲁智深。①（第九回）

这一段描写的妙处，金圣叹把握得颇为准确："即如松林棍起，智深来救，大师此来，从天而降，固也；乃今观其叙述之法，又何其诡谲变幻，一至于是乎！第一段先飞出禅杖，第二段方跳出胖大和尚，第三段再详其皂布直裰与禅杖戒刀，第四段始知其为智深。若以《公》《穀》《大戴》体释之，则曰：先言禅杖而后言和尚者，并未见有和尚，突然水火棍被物隔去，则一条禅杖早飞到面前也；先言胖大而后言皂布直裰者，惊心骇目之中，但见其为胖大，未及详其脚色也；先写装束而后出姓名者，公人惊骇稍定，见其如此打扮，却不认为何人，而又不敢问也。盖如是手笔，实惟史迁有之，而《水浒传》乃独与之并驱也。"②写如此激烈的斗争场面，作者偏用如此有条不紊之笔墨，而且，其中描写完全符合正常人的认知过程：先禅杖，次胖大和尚，次和尚穿着打扮，最后点明是花和尚鲁智深。据说，有人做过一个应急试验，在某办公室公务繁忙之际，突然闪进一杀手，举枪就射，大家全部卧倒，杀手迅即撤离，接着问在场所有人员关于杀手信息。回答最多的是注意到杀手用的是冲锋枪，次多的是注意到杀手瘦高个，再次是注意到杀手身穿迷彩服，最终，无一人能说出杀手的年龄、长相。人们在受到强烈刺激的时候，认知过程大略如此，《水浒传》中"鲁智深大闹野猪林"一段的描写，完全符合紧急状况下普通人的认知过程。实践告诉我们，只有具备如此深入细致的观察力，才有资格写好生活激流中的场面和人物。更妙的是，这一段的视角还是不断转换的。薛霸希望结果林冲，这是全知视角。禅杖飞出，和尚跳出，亦乃全知视角。到描写那和尚衣着和装备

---

① 施耐庵，罗贯中. 水浒传 [M]. 北京：人民文学出版社，1975：118.
② 陈曦钟，侯忠义，鲁玉川. 水浒传会评本 [M]. 北京：北京大学出版社，1981：186.

时，却是董超、薛霸视角。最后，认清原来是师兄相救，则是林冲视角。

如果说，《水浒传》中只有这段押解路上救人的精彩描写，那就不能算作"奇书"了。施耐庵的高明之处就在于常常能够"不同而同，同而不同，作者不避复，读者不厌其复，见叙事之善"（《儒林外史》第四十九回张文虎回末总评）①。下面，我们就来看一个与"鲁智深大闹野猪林"不同而同、同而不同的例子——"放冷箭燕青救主"。

> 薛霸两只手拿起水火棍，望着卢员外脑门上劈将下来。董超在外面只听得一声扑地响，慌忙走入林子里来看时，卢员外依旧缚在树上，薛霸倒仰卧倒树下，水火棍撇在一边。董超道："却又作怪！莫不使得力猛，倒吃一跤？"仰着脸四下里看时，不见动静。薛霸口里出血，心窝里露出三四寸长一枝小小箭杆。却待要叫，只见东北角树上，坐着一个人。听的叫声："着！"撒手响处，董超脖项上早中了一箭，两脚蹬空，扑地也倒了。那人托地从树上跳将下来，拔出解腕尖刀，割断绳索，劈碎盘头枷，就树边抱住卢员外放声大哭。卢俊义开眼看时，认得是浪子燕青。②（第六十二回）

这段描写，与"鲁智深大闹野猪林"相比，确实有很多相同之处：还是那两个凶恶的解差——董超、薛霸，上一次是在东京城押解豹子头，准备在树林中动手杀害，结果被鲁智深所救；这一次却是在北京城押解玉麒麟，又准备在树林中动手杀害，不料却被燕青所救。但这两次押解路上救人难度极大的动作，在细节描写中却做到了同中见异，特犯不犯。对此，金圣叹早已看出，并做了评点："最先上梁山者，林武师也；最后上梁山者，卢员外也。林武师，是董超、薛霸之所押解也；卢员外，又是董超、薛霸之所押解也。其押解之文，乃至于不换一字者，非耐庵有江郎才尽之日，盖特特为此，以销一书之两头也。董超、薛霸押解之文，林、卢两传可谓一字不换；独至于写燕青之箭，则与昔日写鲁达之杖，遂无纤毫丝粟相似，而又一样争奇，各自入妙也。才子之为才

---

① 吴敬梓，李汉秋. 儒林外史会校会评本［M］. 上海：上海古籍出版社，1984：668.

② 施耐庵，罗贯中. 水浒传［M］. 北京：人民文学出版社，1975：871-872.

子，信矣。"①（该回回前总批）的确，燕青救卢俊义的描写与鲁智深救林冲的描写"无纤毫丝粟相似"。首先，鲁智深是用粗大的禅杖威胁董超、薛霸从而救下林冲，燕青则是用短小的冷箭射杀董超、薛霸从而救下卢俊义；其次，鲁智深是连人带禅杖一起出现在解差面前，而燕青却只是坐在远处的树上放冷箭；再次，鲁智深救人的场面自始至终是热辣辣的，而燕青救人的场面则自始至终是冷清清的；最后，鲁智深救人的描写充满震慑力，而燕青救人的描写则充满神秘感。总之，无论从哪个角度来看，"鲁智深大闹野猪林"和"放冷箭燕青救主"都是迥然不同的，但达到的效果却是"异曲同工"。

此外，这里还有一个小小的问题需要解释一下：原先在东京的董超、薛霸，怎么会跑到北京去了呢？其实，书中对此已有解释："原来这董超、薛霸自从开封府做公人，押解林冲去沧州，路上害不得林冲，回来被高太尉寻事刺配北京。梁中书因见他两个能干，就留在留守司勾当。"②（第六十二回）而作者这样写，无非是更能体现两次押解路上救人的可比性。

押解路上救人已经是非常激烈的斗争场面了，但还有更令人紧张得透不过气来的严酷环境——"劫法场"。要从千军万马中将屠刀下的"犯人"毫发无损地营救出来，这是多么艰难的一件事！劫法场，毫无疑问，是作者为梁山好汉设置的最为激烈的战斗场景，也是最能检验英雄心理素质和性格特征的试金石。我们且看书中描写得最为精彩的两次劫法场："李逵江州劫法场"和"石秀大名府劫法场"。这两次劫法场，相似之处颇多。首先，法场都在大都市的十字街头。其次，要救的"犯人"宋江、卢俊义都是江湖中的重量级人物。第三，及时雨和玉麒麟所犯都是十恶不赦的大罪。其四，给他们定罪的乃是当时首相蔡京的"膝下"——其子蔡九知府、其婿梁中书。其五，因为以上原因，法场戒备森严、阴森恐怖。

然而，就是在具有这么多的相同点的前提下，作者却写出了李逵和石秀性

---

① 陈曦钟，侯忠义，鲁玉川. 水浒传会评本 [M]. 北京：北京大学出版社，1981：1123.

② 施耐庵，罗贯中. 水浒传 [M]. 北京：人民文学出版社，1975：868.

格迥异的"劫法场"。先看"黑旋风"是怎样在法场上刮起来的:

  又见十字路口茶坊楼上,一个虎形黑大汉,脱得赤条条的,两只手握两把板斧,大吼一声,却似半天起个霹雳,从半空中跳将下来。手起斧落,早砍翻了两个行刑的刽子,便望监斩官马前砍将来。众土兵急待把枪去搠时,那里拦当得住。①(第四十回)

  须知,当时李逵面临的局面是:"土兵和刀杖刽子,约五百余人,都在大牢前伺候。""六七十个狱卒,早把宋江在前,戴宗在后,推拥出牢门前来。""愁云苒苒,怨气氛氲。头上日色无光,四下悲风乱吼。缨枪对对,数声鼓响丧三魂;棍棒森森,几下锣鸣催七魄。……狰狞刽子仗钢刀,丑恶押牢持法器。皂纛旗下,几多魍魉跟随;十字街头,无限强魂等候。监斩官忙施号令,仵作子准备扛尸。""刽子叫起恶杀都来,将宋江和戴宗前推后拥,押到市曹十字路口,团团枪棒围住。"② 就是在这样的场景中,在这样斗争激流中,李逵义无反顾地跳下去了。他是那样地勇敢,也是那样地莽撞,他根本就不知道梁山好汉都已经化装包围了法场,他只知道自己一个人也要去把两位哥哥救出来,哪怕是牺牲自己也在所不惜。但是,事情的另一面是,李铁牛在跳下茶楼的一刹那,甚至连自己来干什么的都忘得干干净净,他根本对宋江和戴宗不管不顾,最后甚至将"救人"的任务变成了"杀人",无论对象是谁,抡起板斧排头儿砍去。李逵劫法场,真如同在江州城中的十字街头刮起一阵黑色的旋风,将恶草香花、劣根嘉树一起刮掉。

  石秀劫法场与李逵截然不同,那真是拼命三郎的做派。他所处的环境与李逵在江州基本上没有什么区别,同样严峻、同样阴森。请看:"石秀便去楼窗外看时,只见家家闭户,铺铺关门。""两声破鼓响,一棒碎锣鸣。皂纛旗招展如云,柳叶枪交加似雪。犯曲牌前引,白混棍后随。押牢节级狰狞,仗刃公人猛勇。高头马上,监斩官胜似活阎罗;刀剑林中,掌法吏犹如追命鬼。""十字路

---

① 施耐庵,罗贯中. 水浒传 [M]. 北京:人民文学出版社,1975:554.

② 施耐庵,罗贯中. 水浒传 [M]. 北京:人民文学出版社,1975:552-553.

口，周回围住法场，十数对刀棒刽子，前排后拥，把卢俊义押到楼前跪下。"①就是在这样惊涛骇浪一般的艰难场景中，拼命的汉子同样义无反顾地跳下去了：

当案孔目高声读罢犯由牌。众人齐和一声。楼上石秀只就那一声和里，掣着腰刀在手，应声大叫："梁山泊好汉全伙在此！"蔡福、蔡庆撇了卢员外，扯了绳索先走。石秀从楼上跳将下来，手举钢刀，杀人似砍瓜切菜。走不迭的，杀翻十数个。一只手拖住卢俊义，投南便走。②（第六十二回）

石秀劫法场之前与李逵相比最大的不同点就是：在江州实际上梁山好汉全伙都来了，而李逵不知道，他自认为是孤胆英雄，但他也顾不了，干了再说！而石秀则明明知道梁山好汉一个都没来，现场只有他一个，是真正的孤胆英雄，但他还要虚张声势、威慑敌人，"梁山泊好汉全伙在此"的一声大叫，无非是让敌人乱了阵脚，他好浑水摸鱼（卢）。这正是石秀的机敏过人和随机应变。而且，他自始至终记得自己是来救人的，杀人不过是手段而已。故而，跳下茶楼之后，他杀人似砍瓜切菜，这不过是为救出卢俊义而扫清障碍。果然，在将障碍清除之后，他一只手拖住卢俊义，投南便走。因此，整个劫法场的过程，石秀与李逵的性格差异表现得清清楚楚。而且，李逵和石秀的性格又都是通过他们的言行自己表现出来的，作者并没有一言半语的补充说明或絮絮叨叨的解释评说，但李逵的凶猛而粗鲁、石秀的机敏和胆大，都在各自劫法场的表现中昭然若揭，给读者留下不可磨灭的印象。

在生活的激流中、甚至是斗争白热化的场景中塑造人物，让人物自己去搏击，并让他们以各自性格化的言行来充分表现，这也是《水浒传》人物塑造取得成功的奥秘之一。

---

① 施耐庵，罗贯中. 水浒传 [M]. 北京：人民文学出版社，1975：875-876.
② 施耐庵，罗贯中. 水浒传 [M]. 北京：人民文学出版社，1975：876.

三　有比较才能有鉴别

其实，在上一节中提到的张文虎所谓"不同而同，同而不同"的说法，就已经有了些许对笔下人物进行"对比描写"的意味。不过，这种理论并非张文虎的发明，早在明末清初，有的小说评点者就已经指出其中奥妙了。

《水浒传》的评点大师金圣叹称这种方法为"正犯法"，他说："有正犯法。如武松打虎后，又写李逵杀虎，又写二解争虎；潘金莲偷汉后，又写潘巧云偷汉；江州城劫法场后，又写大名府劫法场；何涛捕盗后，又写黄安捕盗；林冲起解后，又写卢俊义起解；朱仝、雷横放晁盖后，又写朱仝、雷横放宋江等。正是要故意把题目犯了，却有本事出落得无一点一画相借，以为快乐是也。真是浑身都是方法。""有略犯法。如林冲买刀与杨志卖刀，唐牛儿与郓哥，郑屠肉铺与蒋门神快活林，瓦官寺试禅杖与蜈蚣岭试戒刀等是也。"①（《读第五才子书法》）

这里所谓"犯"，就是雷同。人物和情节的雷同本来是小说创作之大忌，但高明的小说作家偏偏能剑走偏锋，故意展现雷同的人物和情节而又从中写出不雷同的"相异性"。金圣叹所谓"正犯法"，就是全面雷同；而他所谓"略犯法"就是部分雷同。他所举的那些例子足以说明一切。

清代小说评点者们对此也多有议论。毛宗冈在《读三国志法》中说得颇为透彻："《三国》一书，有同树异枝、同枝异叶、同叶异花、同花异果之妙。作文者以善避为能，又以善犯为能。不犯之而求避之，无所见其避也。惟犯之而后避之乃见其能避也。"② 张竹坡在评点《金瓶梅》时也说："于中写桂姐，特

---

① 陈曦钟，侯忠义，鲁玉川. 水浒传会评本［M］. 北京：北京大学出版社，1981：21.
② 罗贯中，毛宗冈. 全图绣像三国演义［M］. 呼和浩特：内蒙古人民出版社，1981：7.

犯金莲；写银姐，特犯瓶儿；又见金、瓶二人，其气味声息，已全通娼家。"①（《批评第一奇书〈金瓶梅〉读法》）《红楼梦》脂评称这种手法为"特犯不犯"，如："宝玉之李嬷嬷，此处偏又写赵嬷嬷，特犯不犯。"②（庚辰本第十六回墨笔夹批）

当然，《水浒传》在人物塑造方面的对比描写并不是只用"正犯法""略犯法"这些概念所能全部概括的。《水浒传》在塑造人物时所运用的对比手法，从人物的角度出发，大致上可分为两个方面："自比"和"他比"；从故事的角度出发亦可分为两个方面："近比"与"远比"。而且，这两大"对子"之间又是一种交叉关系，亦即"自比"中有"近比"与"远比"，"他比"中亦有"远比"与"近比"。如此一来，我们这个"有比较才能有鉴别"的题目就有了四个方面的内容。

首先我们来看近距离的自比，亦即书中人物顷刻之间改变嘴脸的例子。这里我们可以请出一个连姓名都没有的书中人物——沧州牢城的差拨。当林冲发配至他的"势力范围"时，这位能量很大的小人物上场了：

> 正说之间，只见差拨过来，问道："那个是新来配军？"林冲见问，向前答应道："小人便是。"那差拨不见他把钱出来，变了面皮，指着林冲骂道："你这个贼配军，见我如何不下拜，却来唱喏！你这厮可知在东京做出事来，见我还是大刺刺的。我看这贼配军，满脸都是饿文，一世也不发迹！打不死、拷不杀的顽囚！你这把贼骨头，好歹落在我手里，教你粉骨碎身，少间叫你便见功效。"把林冲骂的一佛出世，那里敢抬头应答。众人见骂，各自散了。林冲等他发作过了，去取五两银子，陪着笑脸告道："差拨哥哥，些小薄礼，休嫌小微。"差拨看了道："你教我送与管营和俺的，都在里面？"林冲道："只是送与差拨哥哥的。另有十两银子，就烦差拨哥哥送

---

① 王汝梅，李昭恂，于凤树. 张竹坡批评第一奇书金瓶梅 [M]. 济南：齐鲁书社，1987：30-31.

② 曹雪芹，邓遂夫. 脂砚斋重评石头记庚辰校本 [M]. 北京：作家出版社，2006：309.

与管营。"差拨见了，看着林冲笑道："林教头，我也闻你的好名字，端的是个好男子，想是高太尉陷害你了。虽然目下暂时受苦，久后必然发迹。据你的大名，这表人物，必不是等闲之人，久后必做大官。"①（第九回）

这种"近距离自比"的"变色龙"式的人物，在现实生活中比比皆是，他们习惯于自己打自己的耳光，习惯于前倨后恭或前恭后倨。进而言之，这种"变色龙"不仅在社会生活中屡见不鲜，就是在小说作品中也偶尔露真容。契诃夫的小说《变色龙》中给我们塑造了一个奥楚篾洛夫，一条"用三条腿一颠一颠地跑着，不住地回头瞧"②的狗，使这位巡警做出了"变色龙"式的精彩表演，而且翻来覆去变了六次。中国古代小说中当然也有这种通过近距离自比而写出的"变色龙"形象，如《儒林外史》中那位胡屠户在范进中举前后对女婿前倨后恭的丑恶表演就是大家耳熟能详的典型。但严格而言，胡屠户的表演毕竟隔了一些时日，还不是那种瞬间变脸的变色龙。而下面的这几位，那种"变脸"速度是可以与川剧绝活媲美的。《升仙传》第五回写一个老和尚，面对前来借宿者先是爱理不理，而当对方拿出几钱银子之后："老和尚一见银子，当时变过脸来，说：'相公，不是贫僧狠哆小徒，只因敝寺荒凉，时常有歹人来往，方才言语莽撞，相公休怪。既要投宿，岂敢不留，何必又赐香资。'口里虽说这话，早把银子接到手中，说：'徒弟，相公想来还未用饭，快忙取斋来。'"③《兰花梦奇传》第十一回写一个妓女先是将嫖客奚落一番，而当某公子拿出二十多两银子之后："桂香等见大包银子，也就软了，笑道：'不让罢了，生什么气，还是熟人呢！'柏忠此时兴会了许多，不住的要茶，要烟，闹得不亦乐乎。"④《最近社会秘密史》第十七回写几个门官对上门求见的普通人一副趾高气扬的样子，后来，看见管家对别人很礼貌，马上变脸："那几个门官见龙老爷这样的殷

---

① 施耐庵，罗贯中. 水浒传 [M]. 北京：人民文学出版社，1975：128-129.
② 汝龙. 契诃夫小说选 [M]. 北京：人民文学出版社，1960：20.
③ 倚云氏. 升仙传 [M]. 上海：上海古籍出版社，1996：16.
④ 吟梅山人. 兰花梦奇传 [M]. 济南：齐鲁书社，1990：73.

勤，忙都换了副面孔。掇臀捧屁，无所不至。这个说请坐，那个说用烟，忙得个不亦乐乎，都为这龙老爷是王爷贴身服侍的人。"① 最妙的是中国作家塑造的外国变色龙形象，却与《水浒传》中的沧州差拨一个德行。这位狱卒一开始对探监者百般刁难，后来，探监的德烈拿出三四十张"银纸"之后："狱卒一手拿去，几乎不曾把德烈的掌儿都抓出血来，垂头看了一眼，急忙插入衣袋里头，立刻翻过脸来，陪笑问道：'你拿来的是什么东西呢？'德烈道：'不过几样罐头的东西，这是看朋友照例拿来，望大哥给我拿进去罢。'狱卒道：'你方才不早说明，我估量是什么炸药凶器，原来如此，我替你拿去通报罢，你叫什么名字呢？'"②（《东欧女豪杰》第三回）以上人物，有和尚、妓女、门官、狱卒，但在金钱权势面前都是急速转变面孔，他们都是《水浒传》中那位不知名的差拨的后裔，都是各自的作者学习施耐庵的"近距离自比"方法而塑造出的栩栩如生的社会小丑。

当然，《水浒传》中近距离自比的例子并不限于描写小丑一类的人物，对于英雄人物的描写，作者有时候也用这种方法。而英雄们的变脸多半表现在先不知对方是谁，知道以后大吃一惊，言语行为与之前截然相反。例如：

宋江因躲一杯酒，去净手了，转出廊下来，趷了火锨柄，引得那汉焦躁，跳将起来，就欲要打宋江。柴进赶将出来，偶叫起宋押司，因此露出姓名来。那大汉听得是宋江，跪在地下，那里肯起，说道："小人有眼不识泰山，一时冒渎兄长，望乞恕罪！"宋江扶起那汉，问道："足下是谁？高姓大名？"柴进指着道："这人是清河县人氏。姓武名松，排行第二。今在此间一年也。"③（第二十三回）

那汉喝声："下手！"三四十人一发上。可怜武松醉了，挣扎不得，急要爬起来，被众人一齐下手，横拖倒拽。捉上溪来，转过侧首墙边，一所

---

① 陆士谔. 最近社会秘密史 [M]. 石家庄：花山文艺出版社，1996：132.
② 阿英. 小说一卷 [M] // 晚清文学丛钞. 北京：中华书局，1960：125.
③ 施耐庵，罗贯中. 水浒传 [M]. 北京：人民文学出版社，1975：293.

大庄院,两下都是高墙粉壁,垂柳乔松,围绕着墙院。众人把武松推抢入去,剥了衣裳,夺了戒刀、包裹,揪过来绑在大柳树上,教取一束藤条来,细细的打那厮。……那人便道:"他便是我时常和你们说的,那景阳冈上打虎的武松。我也不知他如今怎地做了行者。"那弟兄两个听了,慌忙解下武松来,便讨几件干衣服与他穿了,便扶入草堂里来。……孔明、孔亮两个听了大惊,扑翻身便拜。①(第三十二回)

那梢公又喝道:"你三个好好快脱了衣裳,跳下江去!跳便跳,不跳时,老爷便剁下水里去!"宋江和那两个公人抱做一块,恰待要跳水。……那梢公呆了半晌,做声不得,方才问道:"李大哥,这黑汉便是山东及时雨宋公明么?"李俊道:"可知是哩!"那梢公便拜道:"我那爷!你何不早通个大名,省得着我做出歹事来,争些儿伤了仁兄!"……李俊又与张横说道:"兄弟,我常和你说:天下义士,只除非山东及时雨郓城宋押司。今日你可仔细认看。"张横扑翻身,又在沙滩上拜道:"望哥哥恕兄弟罪过!"②(第三十七回)

像这种知道某某尊姓大名以后对方态度发生一百八十度大转弯的事,武松碰到过,但不太多,其他英雄人物或许根本就没有碰到过,而碰到最多的就是宋江。因为他的江湖威名实在是太大了,所以"及时雨宋公明"这几个字往往成了他的救命草或护身符,非常管用。而从对方来讲,在听到"及时雨宋公明"或谁谁谁的时候会在态度上发生巨变,主要体现的是一种江湖义气,或者就是一种英雄崇拜情结。但无论如何,这种人物塑造的效果终归是通过"近距离自比"的写作手段得以实现的。

除了"近距离自比"而外,作者还通过"远距离自比"的方法来刻画人物。运用这种方法的直观效果就是,同样一个人在不同的境况下居然做出完全相反的举动,或者其行为产生完全相反的效果。我们先看鲁达:

---

① 施耐庵,罗贯中. 水浒传 [M]. 北京:人民文学出版社,1975:427-429.
② 施耐庵,罗贯中. 水浒传 [M]. 北京:人民文学出版社,1975:503-505.

鲁达又道："老儿，你来。洒家与你些盘缠，明日便回东京去如何？"父子两个告道："若是能勾得回乡去时，便是重生父母，再长爷娘。只是店主人家如何肯放？郑大官人须着落他要钱。"鲁提辖道："这个不妨事，俺自有道理。"便去身边摸出五两来银子，放在桌上，看着史进道："洒家今日不曾多带得些出来，你有银子借些与俺，洒家明日便送还你。"史进道："直甚么，要哥哥还。"去包裹里取出一锭十两银子，放在桌上。鲁达看着李忠道："你也借些出来与洒家。"李忠去身边摸出二两来银子。鲁提辖看了，见少，便道："也是个不爽利的人。"……把这二两银子丢还了李忠。①

（第三回）

还在当提辖的鲁达，为人古道热肠，扶危济困出手阔绰，当他与刚结识的朋友史进、李忠听罢金翠莲的哭诉之后，决计帮助弱者金家父女。而金家父女要想脱离镇关西的控制，首先得离开此地，要离开此地，得有盘缠。于是鲁提辖慷慨解囊，拿出身边带着的五两银子，他又觉得不够，向史进、李忠借银。史进是少爷出身，兼之性格豪爽，一家伙从包裹中取出一锭十两的大银子。但李忠就不行了，他只是一个江湖艺人，每天辛辛苦苦赚不到多少钱，现在不可能拿出五两十两的大银子，兼之他生性吝啬，因此咬着牙拿出二两多散碎银子。想不到，这个举动招致鲁达的不满，说一声"也是个不爽利的人"，并且"把这二两银子丢还了李忠"。这种言行虽然不太友好，但却体现了鲁达的豪爽大气，但此时，他只是不太瞧得起李忠，并没有要"损"他的意思。总之，这个片段，表现的是鲁提辖的阳光、粗豪而又带一点潇洒的性格层面。然而，当鲁达成为鲁智深以后，再次遇到李忠时的一段表演，却令人产生另一种审美趣味：

　　且说这鲁智深寻思道："这两个人好生悭吝，见放着有许多金银，却不送与俺，直等他去打劫得别人的送与洒家！这个不是把官路当人情，只苦别人。洒家且教这厮吃俺一惊。"便唤这几个小喽啰近前来筛酒吃。方才吃得两盏，跳起身来，两拳打翻两个小喽啰，便解搭膊，做一块儿捆了，口

---

① 施耐庵，罗贯中. 水浒传 [M]. 北京：人民文学出版社，1975：45.

里都塞了些麻核桃。便取出包裹打开，没紧要的都撇了，只拿了桌上的金银酒器，都踏匾了，拴在包里。胸前度牒袋内，藏了真长老的书信，跨了戒刀，提了禅杖，顶了衣包，便出寨来。到山后打一望时，都是险峻之处，又没深草存躲。"洒家从前山去时，一定吃那厮们撞见，不如就此间滚将下去。"先把戒刀和包裹拴了，望下丢落去，又把禅杖也撺落去，却把身望下只一滚，骨碌碌直滚到山脚边，并无伤损。鲁智深跳将起来，寻了包裹，跨了戒刀，拿了禅杖，拽开脚手，投东京便走。①（第五回）

鲁智深大闹五台山，他师父也拿他没法，只好将他推荐到东京。路上，他又一次多管闲事，为一个良家女子而痛打了小霸王周通。梁山泊好汉不打不相识，原来这周通只是桃花山二大王，他的寨主却是打虎将李忠。于是，鲁智深与李忠再次相遇。按理说，李忠当了桃花山的一把手，可以在穷和尚鲁智深面前表现一点豪气了，至少可以送给他一个丰厚的盘缠吧。不料，李忠生性吝啬，不愿意动用"寨库"银两，却要带着周通等满山强盗下山打劫，说是"我两个下山去取得财来，就与哥哥送行"。这样，就引起了鲁智深的强烈不满，认为李忠、周通"这两个人好生悭吝"。一怒之下，鲁智深采取了报复行为，而且这种行为却又是那么与众不同：打翻敬酒的小喽喽，将山寨酒席上的金银酒器"都踏匾了，拴在包里"，然后，从后山滚将下去，落荒而逃。这一段故事中的鲁智深，与渭州城中的鲁达相比，完全没有了那种阳光和洒脱，而是另一种风貌：无赖而诙谐。这时的鲁智深，更接近李逵的线性思维方式，更带有一些童心童趣、恶作剧心理。通过这样的"远距离自比"，这位花和尚的多重性格层面就展露无遗。然而，粗豪、阔绰依然是其底色。

《水浒传》中，但凡成功的英雄形象都会有这种丰富复杂的性格多层面，作者将这些英雄的多重性格在适当的场景中依次表现出来，不断地丰富着这一人物形象，无形中也就形成了某一人物的"远距离自比"。鲁达如此，武松也是这样。"景阳冈武松打虎"那种恢宏壮阔的描写大家很熟悉，此处就不重复展示

---

① 施耐庵，罗贯中. 水浒传 [M]. 北京：人民文学出版社，1975：81.

了。那是人与虎的搏斗，而且是正面搏斗，而且是赤手空拳的搏斗。沧海横流方显出英雄本色，武二郎的神勇神力被作者写得栩栩如生，打虎场面也是惊心动魄。这是作者力透纸背之作，也是武松真正的"出场秀"，并且令武二郎名垂千古。然而，就是这位神奇的武二郎，这位曾经沧海的武二郎，有谁又能料到他在小河沟里翻了船呢？那是在武松表演完"武十回"即将谢幕的时候：

> 武行者醉饱了，把直裰袖结在背上，便出店门，沿溪而走。却被那北风卷将起来。武行者捉脚不住，一路上抢将来。离那酒店走不得四五里路，旁边土墙里走出一只黄狗，看着武松叫。武行者看时，一只大黄狗赶着吠。武行者大醉，正要寻事，恨那狗赶着他只管吠，便将左手鞘里掣一口戒刀来，大踏步赶。那只黄狗绕着溪岸叫。武行者一刀砍将去，却砍个空，使得力猛，头重脚轻，翻筋斗倒撞下溪里去，却起不来。冬月天道，溪水正涸，虽是只有一二尺深浅的水，却寒冷的当不得。扒起来，淋淋的一身水。却见那口戒刀浸在溪里，武行者便低头去捞那刀时，扑地又落下去了，再起不来，只在那溪水里滚。①（第三十二回）

堂堂武二郎，能在景阳冈赤手空拳打死一只吊睛白额大虫，却在这样的乡村小山沟里挥舞着戒刀与一只大黄狗对峙、追逐、较劲，最终，竟然被这只狗"戏"到了溪流之中，在冰凉的溪水中滚来滚去。对于武二郎的"粉丝"而言，这场景实在是大煞风景，实在是惨不忍睹，实在是大跌眼镜。那么，《水浒传》的作者为什么要如此"糟践"自己费尽九牛二虎之力塑造的读者尤其是市民读者心中的太阳神武二郎呢？对此，金圣叹在这一回的回前总批中早有议论："观其写武松酒醉一段，又何其寓意深远也。盖上文武松一传，共有十来卷文字，始于打虎，终于打蒋门神。其打虎也，因'三碗不过冈'五字，遂至大醉，大醉而后打虎，甚矣，醉之为用大也。其打蒋门神也，又因'无三不过望'五字，至于大醉，大醉而后打蒋门神，又甚矣，醉之为用大也。虽然，古之君子，才不可以终恃，力不可以终恃，权势不可终恃，恩宠不可终恃，盖天下之大，曾

---

① 施耐庵，罗贯中. 水浒传 [M]. 北京：人民文学出版社，1975：426.

无一事可以终恃,断断如也。乃今武松一传,偏独始于大醉,终于大醉,将毋教天下以大醉独可终恃乎哉? 是故怪力可以徒搏大虫,而有时亦失手于黄狗;神威可以单夺雄镇,而有时亦受缚于寒溪。盖借事以深戒后世之人,言天人如武松,犹尚无十分满足之事,奈何纭纭者,曾不一虑之也。"① 是呀,古人有言:"满招损,谦受益。"②(《伪古文尚书·大禹谟》) 一个人有再大的本事,也不可"恃"。恃才傲物的最后结果一般是自取其辱。武松依恃自己的酒量,依恃自己的神勇神力,以为可以打尽天下硬汉,大有目空一切之势,因而,他在大醉之后看到一只狗对自己不恭,便无端地愤怒,居然去与狗较劲,结果就是打"虎"英雄受到"狗"的戏弄。其实,任何本领、能力对一个人而言都不是一成不变的,随着客观情势如年龄状况、身体状况、所处环境等发生变化,你的能力和本领也会发生变化的。任何人都不能在任何情况下都有所恃而逞其强。如果了解民间俗典的人就会知道,武松就是一个青春版、通俗版的"东海黄公"。据《西京杂记》记载:"有东海人黄公,少时为术,能制虎蛇,佩赤金刀,以绛缯束发,立兴云雾,坐成山河。及衰老,气力羸惫,饮酒过度,不能复行其术。秦末,有白虎见于东海,黄公乃以赤刀往厌之。术既不行,遂为虎所杀。三辅人俗用以为戏,汉帝亦取以为角抵之戏焉。"③(卷三) 东海黄公之所以被猛虎所杀,乃是因为在年老力衰的时候仍然假少年之勇;行者武松之所以被黄犬所戏,乃是因为在身心疲惫之际自以为天下无敌。总之,都是"有所恃"而害了他们。《水浒传》以"景阳冈打虎"作为武松的出场秀,而以"溪流边遇犬"作为武松的下场诗,这种"远距离自比"的运用是含义深刻的。

所谓"他比",就是此人物与彼人物相比,或者说,以某一人物和其他数位人物进行对比。与"自比"一样,"他比"也有"近距离"和"远距离"的区别。《水浒传》中,作者用"他比"的手法塑造人物,大致又可分为两种情况:

---

① 陈曦钟,侯忠义,鲁玉川.水浒传会评本 [M].北京:北京大学出版社,1981:586.
② 佚名.尚书 [M].长春:吉林人民出版社,1996:126.
③ 刘歆,葛洪,向新阳.西京杂记校注 [M].上海:上海古籍出版社,1991:115.

一是不同类人物之间的对比，一是同类人物之间的对比。下面对上述各种情况均举例说明。

先看"近距离他比"。《水浒传》中，李逵与宋江属于性格完全相反的人物，作者经常拿他们进行共时的他比，诚如金圣叹所言："只如写李逵，岂不段段都是妙绝文字，却不知正为段段都在宋江事后，故便妙不可言。盖作者只是痛恨宋江奸诈，故处处紧接出一段李逵朴诚来，作个形击。其意思自在显宋江之恶，却不料反成李逵之妙也。此譬如刺枪，本要杀人，反使出一身家数。"①（《读第五才子书法》）金圣叹在评点《水浒》的过程中独恶宋江，失于偏颇，但他对作者将宋江与李逵放在一起"形击"的说法，是大致上符合《水浒传》的描写实际的，这也就是笔者所谓"近距离他比"的意思。聊举一例以证之：

只见宋江先跪在地下，众头领慌忙都跪下，齐道："哥哥有甚么，但说不妨。兄弟们敢不听！"宋江便道："小可不才，自小学吏，初世为人，便要结识天下好汉。……不想小可不才，一时间酒后狂言，险累了戴院长性命。感谢众位豪杰，不避凶险，来虎穴龙潭，力救残生。又蒙协助报了冤仇，恩同天地。今日如此犯下大罪，闹了两座州城，必然申奏去了。今日不由宋江不上梁山泊，投托哥哥去，未知众位意下若何？如是相从者，只今收拾便行。如不愿去的，一听尊命。只恐事发，反遭负累。烦可寻思。"说言未绝，李逵跳将起来便叫道："都去，都去！但有不去的，吃我一鸟斧，砍做两截便罢！"宋江道："你这般粗卤说话！全在各人弟兄们心肯意肯，方可同去。"众人议论道："如今杀死了许多官军人马，闹了两处州郡，他如何不申奏朝廷？必然起军马来擒获。今若不随哥哥去，同死同生，却投那里去？"宋江大喜，谢了众人。②（第四十一回）

宋江明明知道众位弟兄为了救他而大闹江州、无为军，杀人无数，朝廷绝不轻饶，除了上梁山以外已经没有退路，这时就应该明明白白提出大家齐上梁

---

① 陈曦钟，侯忠义，鲁玉川. 水浒传会评本 [M]. 北京：北京大学出版社，1981：18.

② 施耐庵，罗贯中. 水浒传 [M]. 北京：人民文学出版社，1975：569.

山。但他却要作秀,一壁厢跪下来,一壁厢倒树寻根、侃侃而谈,最后又要说"各随所愿"云云一套废话,显得有些做作、虚伪,所以李逵受不了,要跳将起来大呼:"都去,都去!但有不去的,吃我一鸟斧,砍做两截便罢!"真是直爽痛快至极!而宋江还不罢休,还要责怪李逵粗鲁,还要强调各人"心肯意肯"。直到众人明明白白表态:"今若不随哥哥去,同死同生,却投那里去?"宋江这才露出"大喜"的本意。这一段描写,宋江的虚伪,李逵的耿直,众人的坦率,全都表现得恰到好处,这就是针对性格不同类人物"近距离他比"的妙用。

"近距离他比"除了可以展现性格不同类型人物之间的差别而外,也可以区分同类人物的性格差异。如《水浒传》第五十八回,鲁智深、武松二人奉命去少华山迎接史进入伙,不料到达以后,突然得知史进已被华州贺太守抓去。在如何营救史进的问题时,武松与鲁智深发生了严重的意见分歧:

>鲁智深道:"贺太守那厮好没道理!我明日与你去州里打死那厮罢。"武松道:"哥哥不得造次!我和你星夜回梁山泊去报知,请宋公明领大队人马来打华州,方可救得史大官人。"鲁智深叫道:"等俺们去山寨里叫得人来,史家兄弟性命不知那里去了!"武松道:"便杀太守,也怎地救得史大官人?"武松却断然不肯放鲁智深去。朱武又劝道:"吾师且息怒!武都头也论得是。"鲁智深焦躁起来,便道:"都是你这般慢性的人,以此送了俺史家兄弟!你也休去梁山泊报知,看洒家去如何!"众人那里劝得住,当晚又谏不从。明早,起个四更,提了禅杖,带了戒刀,径奔华州去了。武松道:"不听我说,此去必然有失。"①

后来,鲁智深果然刺杀失败,被贺太守抓起来投入牢房。本来,鲁智深与武松都是见义勇为、专打天下硬汉的英雄人物,但在性格上却有急躁与细腻的区别。得知史进被抓以后,鲁智深要凭着血气之勇蛮干,武松却要报告山寨而后行动。都是为了营救朋友,一个意气用事而不顾后果,一个三思而后行追求成功率。对于这两位侠义精神一致而个体性格相异的英雄人物面临同一事件而

---

① 施耐庵,罗贯中. 水浒传 [M]. 北京:人民文学出版社,1975:814.

截然相反的表现，作者成功进行了"近距离他比"的描写。从而，一石二鸟，同时写"活"了两位绿林好汉。

至于《水浒传》中"远距离他比"的例子，更乃俯拾皆是，不胜枚举。诚如金圣叹所言："江州城劫法场一篇，奇绝了，后面却又有大名府劫法场一篇，一发奇绝。潘金莲偷汉一篇，奇绝了，后面却又有潘巧云偷汉一篇，一发奇绝。景阳冈打虎一篇，奇绝了，后面却又有沂水县杀虎一篇，一发奇绝。真正其才如海。劫法场，偷汉，打虎，都是极难题目，直是没有下笔处，他偏不怕，定要写出两篇。"①（《读第五才子书法》）李逵江州劫法场和石秀大名府劫法场，潘金莲私通西门庆和潘巧云私通裴如海，景阳冈武松打虎和沂岭李逵杀四虎，全都是"远距离他比"的成功例证。此外，还有何涛捕盗后又写黄安捕盗，林冲起解后又写卢俊义起解，朱仝雷横放晁盖后又写朱仝雷横放宋江等，也都是"远距离他比"的写法。下面，我们再看一个更典型的事例。

据《水浒传》中描写，宋代的规矩，新犯人下牢房必定要挨"杀威棒"，杀掉犯人的威风。不过，就像中国的很多制度一样，有制定就有破坏，或者美其名曰打"擦边球"。"杀威棒"的擦边球主要就是花钱消灾，只要按照行情上交足够的贿赂，两边心照不宣，在大庭广众之中犯人便可假借生病为由请求"缓打"，而管营则得人钱财与人消灾，批准缓打，最终是不了了之，缓而不打。林冲被押解到沧州牢城，武松则被押解到孟州牢城，面对"杀威棒"，二人的表现大相径庭，形成鲜明的对比。

《水浒传》第九回写林冲一到沧州牢城，就听说了"杀威棒"可以行贿免打的秘密，于是，他向老犯人打听："众兄长如此指教，且如要使钱，把多少与他？"可见他决定行贿免打。当别人告诉他沧州的行情"管营把五两银子与他，差拨也得五两银子送他"之后，他心里有数了。旋即，差拨来了，当面索贿，并发作一通。这时林冲异常能忍耐："林冲等他发作过了，去取五两银子，陪着笑脸告道：'差拨哥哥，些小薄礼，休嫌小微。'差拨看了道：'你教我送与管营

---

① 陈曦钟，侯忠义，鲁玉川. 水浒传会评本[M]. 北京：北京大学出版社，1981：17.

和俺的都在里面?'林冲道:'只是送与差拨哥哥的。另有十两银子,就烦差拨哥哥送与管营。'"后来,当已经收受贿赂的管营装模作样要打"杀威棒"时,林冲也配合得恰到好处,告道:"小人于路感冒风寒,未曾痊可。告寄打。"差拨也帮忙说话:"这人见今有病,乞赐怜恕。"管营最后的表现也就瓜熟蒂落、水到渠成了:"果是这人症候在身,权且寄下,待病痊可却打。"① 你看,管营、差拨、林冲三人这一台戏配合得多么精彩!

林冲在这里的表现虽然有些令人失望,但却十分符合其性格逻辑。这位豹子头乃东京八十万禁军教头,属于军伍中的高级教官,并且,他也曾拥有温馨的家庭、美貌的妻子和平静的生活。这一次被高俅父子陷害而刺配沧州,就其思想深处而言,并没有就此绝望,他仍然希望"挣侧得回来"②(第八回)。因此,他对自己的身体看得金贵,这是将来东山再起的本钱。更何况人在矮檐下,不得不低头,大丈夫能屈能伸,好汉不吃眼前亏,何必鸡蛋碰石头?倒不如破财消灾,躲过眼前劫难,留得青山在不愁没柴烧。因此,林冲才有那些忍辱含羞的表现,才会去贿赂管营、差拨,买下"杀威棒"缓打缓打、缓而不打的"优惠"。

我们再看武二郎,书中第二十八回写他发配到孟州牢城时,那里的差拨同样向他索要贿赂,武松的回答却出人意料之外:"你倒来发话,指望老爷送人情与你。半文也没!我精拳头有一双相送!金银有些,留了自买酒吃!看你怎地奈何我!没地里倒把我发回阳谷县去不成?"③(第二十八回)其结果,自然是被管营喝叫痛打杀威棒。而武松的表现更为精彩:

> 武松道:"都不要你众人闹动。要打便打,也不要兜拕!我若是躲闪一棒的,不是好汉!从先打过的都不算,从新再打起!我若叫一声,也不是好男子!"两边看的人都笑道:"这痴汉弄死!且看他如何熬?"武松又道:

---

① 施耐庵,罗贯中. 水浒传 [M]. 北京:人民文学出版社,1975:128-130.
② 施耐庵,罗贯中. 水浒传 [M]. 北京:人民文学出版社,1975:111.
③ 施耐庵,罗贯中. 水浒传 [M]. 北京:人民文学出版社,1975:376.

"要打便打毒些,不要人情棒儿,打我不快活!"两下众人都笑起来。那军汉拿起棍来,却待下手。只见管营相公身边立着一个人,……那人便去管营相公耳朵边略说了几句话。只见管营道:"新到囚徒武松,你路上途中曾害甚病来?"武松道:"我于路不曾害!酒也吃得,肉也吃得,饭也吃得,路也走得。"管营道:"这厮是途中得病到这里,我看他面皮才好,且寄下他这顿杀威棒。"两边行杖的军汉低低对武松道:"你快说病。这是相公将就你,你快只推曾害便了。"武松道:"不曾害,不曾害!打了倒干净!我不要留这一顿寄库棒,寄下倒是钧肠债,几时得了!"①

武松是一位典型的江湖流浪汉,说得好听一点就是一位江湖游侠,其出身与林冲天壤之别。况且,他长这么大,也从来没有过什么家庭、妻子、责任、功名这样的概念,一个人吃饱,全家人不饿,就是武二郎几十年来的生活状况。这种四海为家、长期浪迹江湖的游侠生涯,使武松形成了一种奇特的思维定式:个人名誉高于一切!难道说景阳冈上打虎的英雄、阳谷县中杀人的好汉能怕"杀威棒"不成?武二郎,宁愿被"杀威棒"打死,也绝对不能留下"武松怕打"的恶名,打虎英雄、江湖硬汉的名头永远不能被玷污。正因为如此,武松的表现才那么与众不同。尤其是面对"杀威棒",他与林冲的表现竟然有霄壤之别。也正是在如此鲜明的对比描写中,林教头、武二郎这两位不同出身、不同教养所形成的不同个性的英雄形象便在不同的章节中跃然纸上了。殊不知,这正是"远距离他比"所形成的巨大艺术魅力。

有比较才能有鉴别,梁山好汉也罢,市井小民也罢,贪官污吏也罢,地方豪强也罢,《水浒传》中的人物之所以被描写得栩栩如生,很大程度上的一个原因就是他们都是被"比"出来的,这里有"近距离自比""远距离自比""近距离他比""远距离他比"……总而言之,是种种对比描写。

---

① 施耐庵,罗贯中. 水浒传 [M]. 北京:人民文学出版社,1975:377.

四 多重性格的组合

衡量一部小说中的人物塑造是否成功，有很多标准，但其中很重要的一点就是看书中人物性格是单一的还是复杂的。严格而言，那些性格单一的人物只能算是类型化的典型形象，只有多种性格组合的人物形象才是个性化的典型。

我们先谈谈"粗人弄细"的问题。像李逵、鲁智深这样的梁山好汉，毫无疑问是地地道道的"粗人"，粗豪之人，粗莽之人。但就是这些"粗人"，却往往体现其狡黠或自作聪明的一面。这样，"粗人弄细"就产生了双重艺术魅力，一方面是使他们的性格内涵更为丰富，另一方面则是增添作品的喜剧效果。

李逵是《水浒传》中性情最为粗直憨厚之人，但在第三十八回作者写他与宋江初次见面之后，却有一连串的反基本性格表现：或使乖说谎，或自作聪明，或软语求人。一开始，他怕戴宗又以假宋江骗他下跪之事而取笑之，因为这样的"坑"他跳过多次，因此，他斩钉截铁地对戴宗说："若真个是宋公明，我便下拜。若是闲人，我却拜甚鸟。节级哥哥不要瞒我拜了，你却笑我。"① 随即，他知道眼前真是宋江，忍不住一阵狂喜。更令他高兴不已的是，他得到了宋江一锭十两纹银的"见面礼"。不料，他却突发奇想，希望用这十两银子做本钱去赌，赢得更大的银子回报宋江："如今得他这十两银子，且将去赌一赌。倘或赢得几贯钱来，请他一请也好看。"② 谁知，赌到后来，还是输了银子。这位平常赌得最直的汉子此时却一反常态，使乖说谎乃至撒赖放刁起来：

> 李逵道："我这银子是别人的。"小张乙道："遮莫是谁的，也不济事了。你既输了，却说甚么！"李逵道："没奈何且借我一借。明日便送来还你。"小张乙道："说甚么闲话！自古赌钱场上无父子。你明明地输了，如何倒来革争！"李逵把布衫拽起在前面，口里喝道："你们还我也不还？"小

---

① 施耐庵，罗贯中. 水浒传 [M]. 北京：人民文学出版社，1975：514.

② 施耐庵，罗贯中. 水浒传 [M]. 北京：人民文学出版社，1975：516.

张乙道:"李大哥,你闲常最赌的直。今日如何怎么没出豁?"李逵也不答应他,便就地下掳了银子,又抢了别人赌的十来两银子,都搂在布衫兜里,睁起双眼说道:"老爷闲常赌直,今日权且不直一遍。"小张乙急待向前夺时,被李逵一指一跤。十二三个赌博的,一发齐上,要夺那银子。被李逵指东打西,指南打北。李逵把这伙人打得没地躲处,便出到门前。①

通过这一系列"粗人弄细"的描写,李逵性格的另一面便显现出来,与其粗豪耿直的性格基调形成比照,相映成趣。对李逵初见宋江直到赌输了钱耍赖这段描写,金圣叹多有批语:"写李逵粗直不难,莫难于写粗直人处处使乖说谎也。""偏写李逵作乖觉语,而其呆愈显,真正妙笔。""第二句便说谎,写得奇绝妙绝。""写他说谎,偏极妩媚。""铁牛作此软语,越可怜,越无理,越好笑,越妩媚。""看他又说谎,正妙极也。"② 这一段写黑旋风李逵的言谈举止,与平素的憨厚率直迥然不同,竟然是"乖觉""说谎""可怜""妩媚",殊不知这正是李逵性格在特殊情况下的特殊表现。唯其如此,才是一个真实的李逵、自足的李逵、丰满的李逵。

如果说李逵的"粗人弄细"是一种先天本色的流露的话,鲁智深的"粗人弄细"却有点儿后天生活历练的结果。我们不妨来看几个镜头:

鲁达看时,只见郑屠挺在地上,口里只有出的气,没了入的气,动掸不得。鲁提辖假意道:"你这厮诈死,洒家再打!"只见面皮渐渐的变了,鲁达寻思道:"俺只指望打这厮一顿,不想三拳真个打死了他。洒家须吃官司,又没人送饭,不如及早撒开。"拔步便走,回头指着郑屠尸道:"你诈死!洒家和你慢慢理会。"一头骂,一头大踏步去了。③(第三回)

连走了三五家,都不肯卖。智深寻思一计:"若不生个道理,如何能勾

---

① 施耐庵,罗贯中. 水浒传 [M]. 北京:人民文学出版社,1975:516.

② 陈曦钟,侯忠义,鲁玉川. 水浒传会评本 [M]. 北京:北京大学出版社,1981:693-700.

③ 施耐庵,罗贯中. 水浒传 [M]. 北京:人民文学出版社,1975:48.

酒吃。"……走入店里来，倚着小窗坐下，便叫道："主人家，过往僧人买碗酒吃！"庄家看了一看道："和尚，你那里来？"智深道："俺是行脚僧人，游方到此经过，要买碗酒吃。"庄家道："和尚若是五台山寺里师父，我却不敢卖与你吃。"智深道："洒家不是。你快将酒卖来。"（第四回）①

智深听了道："原来如此！小僧有个道理，教他回心转意，不要娶你女儿如何？"太公道："他是个杀人不眨眼魔君，你如何能勾得他回心转意？"智深道："洒家在五台山真长老处，学得说因缘，便是铁石人也劝得他转。今晚可教你女儿别处藏了，俺就你女儿房内说因缘劝他，便回心转意。"太公道："好却甚好，只是不要捋虎须。"智深道："洒家的不是性命？你只依着俺行，并不要说有洒家。"②（第五回）

这几个镜头，所体现的都是鲁智深的"粗人弄细"。第一例，鲁达原本只想教训镇关西一顿，不料拳头重了，将其打死。因为鲁提辖和镇关西这两个狠人在大街上打斗，围观者虽多，却无人敢到近前。故而现场之中，只有鲁达本人知道打死人了。这种情况下，如果换做李逵，他定会一溜烟逃跑，但那样一来，有可能逃得了吗？那可是在城市中的大街上呀！如果换作武松，他可能根本就不逃跑，而是站在当地，大喊"痛快痛快"！但此时既不是线性思维的李逵，也不是极爱名声的武松，而是下层军官鲁达，他是既要逃跑又要逃得从容有面子的。因此，他急中生智，一边骂镇关西"你诈死！洒家和你慢慢理会"，迷惑围观者，一边大踏步离开现场，尽快脱离大家的视线。梁山好汉，在这种情况下能这样表现的，唯鲁提辖一人而已。第二例，鲁智深在五台山下想买点酒喝，不料到处酒店都是五台山房产，都得遵从真长老的"法旨"，如若卖酒给五台山僧人吃了，就要追回本钱，赶出房屋。花和尚无奈，只得心生一计，谎称自己是游方和尚，方能如愿以偿，喝到美酒，吃到狗肉。梁山好汉，在这种情况下能这样表现的，亦唯鲁智深一人而已。第三例，在桃花庄，鲁智深为了救无辜

---

① 施耐庵，罗贯中. 水浒传 [M]. 北京：人民文学出版社，1975：64-65.

② 施耐庵，罗贯中. 水浒传 [M]. 北京：人民文学出版社，1975：73-74.

女子，也为了教训强抢民女的山大王，决定蹚这浑水。但如果直接将自己的想法说出来，太公一家肯定不敢这样做，那可是"捋虎须"呀！于是鲁智深只好谎称自己会说因缘，骗过刘太公，然后才能躲在销金帐内，伺机将新郎官暴打一顿。梁山好汉，在这种情况下能这样表现的，还是只有花和尚一人而已。有了这些独特的粗人弄细的表演，鲁智深这位英雄人物的形象就更加真切动人，并且使得《水浒传》这部书在浓厚的悲剧氛围中带有一些喜剧意味。

除了对李逵、鲁智深"粗人弄细"的成功描写之外，《水浒传》众多的人物形象尤其是梁山好汉，大多是多重性格组合的艺术典型。宋江、武松、林冲、杨志、阮小七、吴用等人物形象的复杂性我们且不去说他，就连稍次一等的英雄形象也有很多是多重性格组合而成的。如秦明，虽有万夫不当之勇，却性格急躁，并很容易上当受骗，也因此断送了"妻小一家人口"①（第三十四回）；如徐宁，虽有钩镰枪法天下独步，为人却犹豫不决，最终上了自己表弟的当，被赚上梁山"坐把交椅"②（第五十六回）；如索超，既有为国家面上只要争气当先厮杀的凛然正气，又有为人性急撮盐入火的坏脾气，最终也因为立功心切，在宋公明的陷阱里"连人和马撷将下去"③（第六十四回）；如雷横，既有武艺高强、侠肝义胆的一面，也有心地偏狭、性格急躁的一面，同时，他还"是个大孝的人"④（第五十一回）。如此等等，不一而足。至于董平、史进、王英、周通这些"好色"的英雄人物，其性格缺陷与英雄豪气永远成为一种"共轭"状态，更是有目共睹，毋庸细说。

梁山好汉之外，那些市井细民中人，也有不少成功的艺术形象，他们同样是性格多重组合的结晶。

我们且看阳谷县团头何九叔的精彩表演。当潘金莲毒杀武大郎之后，对外

---

① 施耐庵，罗贯中. 水浒传 [M]. 北京：人民文学出版社，1975：466.

② 施耐庵，罗贯中. 水浒传 [M]. 北京：人民文学出版社，1975：787.

③ 施耐庵，罗贯中. 水浒传 [M]. 北京：人民文学出版社，1975：901.

④ 施耐庵，罗贯中. 水浒传 [M]. 北京：人民文学出版社，1975：713.

说是心痛病死亡,但必须过入殓前验尸这一关,而此事断然瞒不过何九叔那双"五轮八宝犯着两点神水眼"。因此,同谋的奸夫西门庆就来找何九叔打通关节了:

> 西门庆道:"别无甚事,少刻他家也有些辛苦钱。只是如今殓武大的尸首,凡百事周全,一床锦被遮盖则个,别不多言。"何九叔道:"是这些小事,有甚利害,如何敢受银两。"西门庆道:"九叔不受时,便是推却。"那何九叔自来惧怕西门庆是个刁徒,把持官府的人,只得受了。……何九叔心中疑忌,肚里寻思道:"这件事却又作怪!我自去殓武大郎尸首,他却怎地与我许多银子?这件事必定有跷蹊。"①(第二十五回)

何九叔是何等精于世故之人?西门庆无缘无故请吃饭,并奉上十两纹银,只是要他在给武大入殓时"百事周全,一床锦被遮盖则个"。这样的付出与收入太不相当,中间一定有问题。按道理,这钱是万万不能收受的。但是,何九叔虽然心中疑惑,却又"自来惧怕西门庆是个刁徒,把持官府的人",只好战战兢兢地将这肮脏的银子收了。后来,给武大入殓时,果然发现有问题。但此时的何九叔既不敢声张,又不甘心将错就错,只好采取出人意料之外的自保之法——假装"中恶"跌倒在地。而当他被人抬回家以后,才在没人时将自己的为难处境和应急措施对老婆和盘托出:

> 何九叔觑得火家都不在面前,踢那老婆道:"你不要烦恼,我自没事。却才去武大家入殓,到得他巷口,迎见县前开药铺的西门庆,请我去吃了一席酒,把十两银子与我,说道:'所殓的尸首,凡事遮盖则个。'我到武大家,见他的老婆是个不良的人模样,我心里有八九分疑忌。到那里揭起千秋幡看时,见武大面皮紫黑,七窍内津津出血,唇口上微露齿痕,定是中毒身死。我本待声张起来,却怕他没人做主,恶了西门庆,却不是去撩蜂剔蝎?待要胡卢提入了棺殓了,武大有个兄弟,便是前日景阳冈上打虎

---

① 施耐庵,罗贯中. 水浒传 [M]. 北京:人民文学出版社,1975:346.

的武都头,他是个杀人不眨眼的男子,倘或早晚归来,此事必然要发。"①(第二十六回)

俗话说:"前怕狼,后怕虎。"②(《冷眼观》第十六回)这句话很能表达此时何九叔的心态。他明明知道武大郎死得蹊跷,但惧怕西门庆是"地头蛇",如果泄露消息,自己将死无葬身之地;但此事瞒得过初一瞒不过十五,死者的兄弟武二郎也是不好惹的,那可是一条"强龙"。何九叔深知,在武松与西门庆之间,将来终究会有一场强龙与地头蛇的生死搏斗。但究竟强龙是否能压得过地头蛇?何九叔心中确实没底。怎么办?在他那贤惠的妻子的提醒之下,他采取了收集、保留证据在手,静以待变的最为保险的方法。旋即,正如何九叔所预料的那样,武二郎果然回来查他哥哥的死因了,而且,首先找的便是何九叔。这次见面,对何九叔而言简直就是走一趟鬼门关。他虽然听到武松一声"何九叔在家么"就"吓得手忙脚乱,头巾也戴不迭",但还是做好了充分准备,"取了银子和骨殖在身边",跟着武松去了。那是一次多么具有危机性的见面啊!

何九叔起身道:"小人不曾与都头接风,何故反扰?"武松道:"且坐。"何九叔心里已猜八九分。量酒人一面筛酒。武松便不开口,且只顾吃酒。何九叔见他不做声,倒捏两把汗,却把些话来撩他。武松也不开言,并不把话来提起。酒已数杯,只见武松揭起衣裳,飕的掣出把尖刀来插在桌子上。量酒的惊得呆了,那里肯近前。何九叔面色青黄,不敢抖气。武松将起双袖,握着尖刀,对何九叔道:"小子粗疏,还晓得冤各有头,债各有主。你休惊怕,只要实说,对我一一说知武大死的缘故,便不干涉你。我若伤了你,不是好汉。倘若有半句儿差错,我这口刀,立定教你身上添三四百个透明的窟窿!闲言不道,你只直说,我哥哥死的尸首是怎地模样?"武松说罢,一双手按住胛膝,两只眼睁得圆彪彪地看着。何九叔去袖子里取出一个袋儿,放在桌子上,道:"都头息怒。这个袋儿便是一个大证

---

① 施耐庵,罗贯中. 水浒传 [M]. 北京: 人民文学出版社,1975: 348-349.

② 阿英. 小说四卷 [M] //晚清文学丛钞. 北京: 中华书局,1961: 174.

见。"……武松道："奸夫还是何人？"何九叔道："却不知是谁。小人闲听得说来，有个卖梨儿的郓哥，那小厮曾和大郎去茶坊里捉奸。这条街上，谁人不知。都头要知备细，可问郓哥。"①（第二十六回）

无论何九叔见到武松后的表现是多么难堪、狼狈，但我们仍然应该给他点赞。何以如此？因为读者尽管可以指责何九叔圆滑世故、精明狡猾、胆小怕事、贪生怕死，但这位市井老人性格的底蕴却是正直善良。尽管他在武松和西门庆两边曾经有过徘徊、抉择，但在心底深处他还是认为自己必须站在武二郎一边，去揭发西门庆的阴谋。因为，正义在武松这一边，而西门庆代表的是邪恶和犯罪。因此，何九叔在听到武松召唤以后，就带上了物证——西门庆的"封口费"纹银十两和可以证明死者被毒害的武大郎骨殖。而且，在武松尚未开口时，何九叔"却把些话来撩他"，这是希望早一点揭开盖子。而当武松拔出刀子，说了那一番既含有威胁又合情合理的话以后，何九叔便鼓起勇气拿出了装着物证的袋子，并且对眼睛瞪得"圆彪彪"的武松说："这个袋儿便是一个大证见。"何九叔能有这样的行为，是需要很大勇气的。那一刻，这位无端被转入生死旋涡中的可怜的老人是将自己的身家性命全部押在了武松身上。须知，如果武松斗不过西门庆，他何九叔在阳谷县便将死无葬身之地。然而，何九叔战胜了心头对西门庆的恐惧，这中间，多半是正义与善良赋予他的力量和胆气。正义，能使懦弱者勇敢，能使柔弱者坚强！但何九叔毕竟是何九叔，他不是郓哥，不是唐牛儿，更不是李逵或鲁达，他不是愤青，也不是莽汉，他是饱经风霜的，也是老于世故的。当武松问他奸夫是谁的时候，他并没有直接回答，而是给武松提供了最明晰的线索：郓哥曾经帮助武大郎去捉奸，他是知情人。这样一个回答，一是说明何九叔毕竟是与公门打交道的人，他知道耳闻不如目见，不清楚不能瞎说。二是他希望尽可能地帮助武松，提示另一个有力证人，这样也能最大限度地扳倒西门庆。

看了上面何九叔那一段漫长而又精彩的表演，你能说他的性格不复杂吗？

---

① 施耐庵，罗贯中. 水浒传 [M]. 北京：人民文学出版社，1975：354-355.

何九叔这种人物形象，是从生活中来的，更是充分社会化的，而从生活中来而又充分社会化的人物，其最大的性格特征就是两个字：复杂。因为"生活"和"社会"就是世界上最复杂的两项。

《水浒传》中像何九叔这样多重性格组合而成的人物形象还有很多，不管是正面形象还是反面形象，不管是大英雄还是淫毒妇，甚至包括在作品中只是流光一闪的人物，只要作者是严格按照社会生活的本来面目去塑造他们，他们就将是复杂的、成功的，甚至是永恒的。

五 不要小看绰号和兵器

《水浒传》塑造人物的方法多种多样，作者不仅从大处着眼，写出人物的政治立场、军事才干、江湖习气等问题，有时也能从小处下笔，通过一些看似不起眼的角度来对人物作画龙点睛般的描写。梁山好汉的绰号和兵器，就是我们不能忽视的"小处下笔"而出大效果的两个地方。

我们先来看看梁山好汉形形色色的绰号。

在作者笔下，每一位梁山好汉都有一个绰号，有的还有好几个绰号，如宋江有"及时雨""呼保义""黑三郎"等，李逵则有"黑旋风""铁牛""山儿"等。

有些绰号，根本不用解释，只要看到字面表达，就可以理解其含义。书中写到的此类绰号最多，兼之前面在相应的地方已经单独解释过的某些梁山好的汉绰号，此处不用重复解释。故而，先将这些一目了然或没有问题的排列如下：

神机军师朱武、跳涧虎陈达、白花蛇杨春、打虎将李忠、花和尚鲁智深、小霸王周通、豹子头林冲、小旋风柴进、摸着天杜迁、云里金刚宋万、急先锋索超、智多星吴用、活阎罗阮小七、入云龙公孙胜、白日鼠白胜、菜园子张青、母夜叉孙二娘、及时雨宋江、行者武松、金眼彪施恩、锦毛虎燕顺、矮脚虎王英、白面郎君郑天寿、小李广花荣、小温侯吕方、赛仁贵郭盛、石将军石勇、混江龙李俊、催命判官李立、出洞蛟童威、翻江蜃童猛、病大虫薛永、船火儿张横、没遮拦穆弘、小遮拦穆春、黑旋风李逵、浪里白跳张顺、摩云金翅欧鹏、神算子蒋敬、铁笛仙马麟、九尾龟陶宗旺、笑面虎朱富、锦豹子杨林、拼命三郎石秀、鼓上蚤时迁、一丈青扈三娘、扑天雕李应、两头蛇解珍、双尾蝎解宝、母大虫顾大嫂、病尉迟孙立、双鞭呼延灼、百胜将韩滔、混世魔王樊瑞、八臂哪吒项充、飞天大圣李衮、浪子燕青、玉麒麟卢俊义、大刀关胜、神医安道全、双枪将董平，等等。

　　以上这些绰号，或描写某人的身材长相，或体现某人的性格精神，有的带有职业特点，有的又带有特别技能，总之，都能为某一位英雄人物传神写照，加深读者对人物的了解和理解，有的甚至对人物塑造还能起到画龙点睛的作用。

　　还有一种绰号，虽然我们很难一眼就看出其间的意义，但由于作者在书中对之进行了非常明确的解释，我们只要认真阅读原著，牢记不忘就不会搞错了。这类绰号也不少，同样也是为塑造人物服务的。举例如下：

　　九纹龙史进，据其父亲史太公介绍："老汉的儿子从小不务农业，只爱刺枪使棒。母亲说他不得，怄气死了。老汉只得随他性子。不知使了多少钱财，投师父教他。又请高手匠人，与他刺了这身花绣，肩臂胸膛总有九条龙，满县人口顺，都叫他做九纹龙史进。"①（第二回）

　　青面兽杨志，书中写杨志："那汉子头戴一顶范阳毡笠，上撒着一把红缨，穿一领白段子征衫，系一条纵线绦，下面青白间道行缠，抓着裤子口，獐皮袜，带毛牛膀靴，跨口腰刀，提条朴刀，生得七尺五六身材，面皮上老大一搭青记，腮边微露些少赤须。"②（第十二回）

　　美髯公朱仝，书中写道："这马军都头姓朱名仝，身长八尺四五，有一部虎须髯，长一尺五寸，面如重枣，目若朗星，似关云长模样，满县人都称他做美髯公。"③（第十三回）

---

① 施耐庵，罗贯中. 水浒传 [M]. 北京：人民文学出版社，1975：27.
② 施耐庵，罗贯中. 水浒传 [M]. 北京：人民文学出版社，1975：153.
③ 施耐庵，罗贯中. 水浒传 [M]. 北京：人民文学出版社，1975：172.

插翅虎雷横，书中写雷横："那步兵都头姓雷名横，身长七尺五寸，紫棠色面皮，有一部扇圈胡须。为他膂力过人，能跳二三丈阔涧，满县人都称他做插翅虎。"①（第十三回）

赤发鬼刘唐，刘唐对晁盖说："因这鬓边有这搭朱砂记，人都唤小人做赤发鬼。"②（第十四回）

操刀鬼曹正，曹正对杨志说："小人原是开封府人氏，乃是八十万禁军都教头林冲的徒弟，姓曹名正，祖代屠户出身。小人杀得好牲口，挑筋剐骨，开剥推剜，只此被人唤做操刀鬼曹正。"③（第十七回）

镇三山黄信，书中写道："那青州地面所管下有三座恶山，第一便是清风山，第二便是二龙山，第三便是桃花山。这三处都是强人草寇出没的去处。黄信却自夸要捉尽三山人马，因此唤做镇三山。"④（第三十三回）

霹雳火秦明，书中写道："那人原是山后开州人氏，姓秦，讳个明字。因他性格急躁，声若雷霆，以此人都呼他做霹雳火秦明。祖是军官出身，使一条狼牙棒，有万夫不当之勇。"⑤（第三十四回）

神行太保戴宗，书中写道："原来这戴院长有一等惊人的道术，但出路时，赍书飞报紧急军情事，把两个甲马拴在两只腿上，作起神行法来，一日能行五百里；把四个甲马拴在腿上，便一日能行八百里。因此人都称做神行太保戴宗。"⑥（第三十八回）

圣手书生萧让，吴用对晁盖介绍："那人姓萧名让，因他会写诸家字体，人都唤他做圣手书生。"⑦（第三十九回）

---

① 施耐庵，罗贯中. 水浒传 [M]. 北京：人民文学出版社，1975：172.
② 施耐庵，罗贯中. 水浒传 [M]. 北京：人民文学出版社，1975：178.
③ 施耐庵，罗贯中. 水浒传 [M]. 北京：人民文学出版社，1975：213.
④ 施耐庵，罗贯中. 水浒传 [M]. 北京：人民文学出版社，1975：450.
⑤ 施耐庵，罗贯中. 水浒传 [M]. 北京：人民文学出版社，1975：457.
⑥ 施耐庵，罗贯中. 水浒传 [M]. 北京：人民文学出版社，1975：513.
⑦ 施耐庵，罗贯中. 水浒传 [M]. 北京：人民文学出版社，1975：542.

玉臂匠金大坚，吴用对晁盖介绍："这人也是中原一绝，见在济州城里居住，本身姓金，双名大坚。开得好石碑文，剔得好图书玉石印记，亦会枪棒厮打。因为他雕得好玉石，人都称他做玉臂匠。"①（第三十八回）

通臂猿侯健，薛永对宋江说："这人姓侯名健，祖居洪都人氏。江湖上人称他第一手裁缝，端的是飞针走线；更兼惯习枪棒，曾拜薛永为师。人都见他瘦，因此唤他做通臂猿。"②（第四十一回）

青眼虎李云，书中写道："知县随即叫唤本县都头去取来。就厅前转过一个都头来声喏。那人是谁？有诗为证：面阔眉浓须鬓赤，双眼碧绿似番人。沂水县中青眼虎，豪杰都头是李云。"③（第四十三回）

鬼脸儿杜兴，杨雄对石秀说："这个兄弟姓杜名兴，祖贯是中山府人氏。因为他面颜生得粗莽，以此人都唤他做鬼脸儿。"④（第四十七回）

铁叫子乐和，乐和对解珍解宝兄弟自我介绍说："我姓乐名和，祖贯茅州人氏。先祖挈家到此，将姐姐嫁与孙提辖为妻。我自在此州里勾当，做小牢子。人见我唱得好，都叫我做铁叫子乐和。"作者介绍："原来这乐和是一个聪明伶俐的人，诸般乐品学着便会；作事见头知尾；说起枪棒武艺，如糖似蜜价爱。"⑤（第四十九回）

小尉迟孙新，书中写道："到处人钦敬，孙新小尉迟。原来这孙新，祖是琼州人氏，军官子孙。因调来登州驻扎，弟兄就此为家。孙新生得身长力壮，全学得他哥哥本事，使得几路好枪鞭。因此多人把他弟兄两个比尉迟恭，叫他做小尉迟。"⑥（第四十九回）

---

① 施耐庵，罗贯中. 水浒传 [M]. 北京：人民文学出版社，1975：542-543.
② 施耐庵，罗贯中. 水浒传 [M]. 北京：人民文学出版社，1975：562.
③ 施耐庵，罗贯中. 水浒传 [M]. 北京：人民文学出版社，1975：603.
④ 施耐庵，罗贯中. 水浒传 [M]. 北京：人民文学出版社，1975：655.
⑤ 施耐庵，罗贯中. 水浒传 [M]. 北京：人民文学出版社，1975：685.
⑥ 施耐庵，罗贯中. 水浒传 [M]. 北京：人民文学出版社，1975：687.

出林龙邹渊、独角龙邹润，书中写道："那个为头的姓邹名渊，原来是莱州人氏。自小最好赌钱，闲汉出身，为人忠良慷慨，更兼一身好武艺，性气高强，不肯容人，江湖上唤他绰号出林龙。怎见得？有诗为证：平生度量宽如海，百万呼卢一笑中。会使折腰飞虎棒，邹渊名号出林龙。第二个好汉名唤邹润，是他侄儿，年纪与叔叔仿佛，二人争差不多。身材长大，天生一等异相，脑后一个肉瘤，以此都做独角龙。那邹润往常但和人争闹，性起来，一头撞去。忽然一日，一头撞折了涧边一株松树。看的人都惊呆了。怎见得？有诗为证：脑后天生瘤一个，少年撞折涧边松。大头长汉名邹润，壮士人称独角龙。"①（第四十九回）

金钱豹子汤隆，汤隆向李逵自我介绍："小人姓汤名隆。……小人贪赌，流落在江湖上，因此在此间打铁度日。入骨好使枪棒，为是自家浑身有麻点，人都叫小人做金钱豹子。"②（第五十四回）

轰天雷凌振，书中写道："原来凌振祖贯燕陵人也，是宋朝盛世第一个炮手，人都呼他是轰天雷。"③（第五十五回）

金枪手徐宁，汤隆向众头领介绍徐宁："他在东京，见做金枪班教师。这钩镰枪法，只有他一个教头。他家祖传习学，不教外人。"④（第五十六回）

金毛犬段景住，段景住回答宋江："小人姓段，双名景住。人见小弟赤发黄须，都呼小人为金毛犬。"⑤（第六十回）

铁臂膊蔡福、一枝花蔡庆，书中写道："这两院节级兼充行刑刽子，姓蔡名福，北京土居人氏。因为他手段高强，人呼他为铁臂膊。旁边立着一个嫡亲兄弟，姓蔡名庆。……这个小押狱蔡庆，生来爱带一枝花，河北人氏顺口都叫他

---

① 施耐庵，罗贯中. 水浒传 [M]. 北京：人民文学出版社，1975：688.
② 施耐庵，罗贯中. 水浒传 [M]. 北京：人民文学出版社，1975：753.
③ 施耐庵，罗贯中. 水浒传 [M]. 北京：人民文学出版社，1975：773.
④ 施耐庵，罗贯中. 水浒传 [M]. 北京：人民文学出版社，1975：776.
⑤ 施耐庵，罗贯中. 水浒传 [M]. 北京：人民文学出版社，1975：823.

做一枝花蔡庆。"①（第六十二回）

丑郡马宣赞，书中写道："此人生的面如锅底，鼻孔朝天，卷发赤须，彪形八尺，使口钢刀，武艺出众。先前在王府做过郡马，人呼为丑郡马。因对连珠箭赢了番将，郡王招做女婿。谁想郡主嫌他丑陋，怀恨而亡。因此不得重用，只做得个兵马保护使。"②（第六十三回）

圣水将军单廷珪、神火将军魏定国，关胜对宋江介绍："单廷珪那厮，善能用水浸兵之法，人皆称为圣水将军。魏定国这厮，熟精火攻兵法，上阵专能用火器取人，因此呼为神火将军。"③（第六十七回）

没羽箭张清、花项虎龚旺、中箭虎丁得孙，白胜向宋江报告："城中有个猛将，姓张名清，原是彰德府人，虎骑出身，善会飞石打人，百发百中，人呼为没羽箭。手下两员副将：一个唤做花项虎龚旺，浑身上刺着虎斑，脖项上吞着虎头，马上会使飞枪；一个唤做中箭虎丁得孙，面颊连项都有疤痕，马上会使飞叉。"④（第七十回）

紫髯伯皇甫端，张清向宋江举荐："东昌府有一兽医，复姓皇甫，名端。此人善能相马，知得头口寒暑病症，下药用针，无不痊可，真有伯乐之才。原是幽州人氏。为他碧眼黄须，貌若番人，以此人称为紫髯伯。"⑤（第七十回）

《水浒传》中还有一些英雄人物的绰号，或因为作者当时的语境与我们今天的语境距离太大，或因为作者有某种特指由于含义太深我们没有弄明白，或者就是从以前的民间传说中带下来的绰号，就连作者也未必能弄清其中蕴含，因此，只得人云亦云甚至以讹传讹。对于这些绰号，就需要我们进行一番考证了。然而，当我们通过一番艰苦的劳动，真正弄清楚这些绰号所蕴含的意义的时候，

---

① 施耐庵，罗贯中. 水浒传[M]. 北京：人民文学出版社，1975：865.

② 施耐庵，罗贯中. 水浒传[M]. 北京：人民文学出版社，1975：887.

③ 施耐庵，罗贯中. 水浒传[M]. 北京：人民文学出版社，1975：929.

④ 施耐庵，罗贯中. 水浒传[M]. 北京：人民文学出版社，1975：963.

⑤ 施耐庵，罗贯中. 水浒传[M]. 北京：人民文学出版社，1975：971.

再与书中的英雄人物结合在一起来对读,觉得实在是太恰当了,太生动了。这种时候,就会觉得奇妙无穷,同时也会觉得其乐无穷。如"一丈青""玉麒麟""豹子头"等,我们在前面已做过一些介绍,这里,再补充一些如下:

旱地忽律朱贵。"忽律"是什么?"忽律"亦可写作"惚狸",可见是一种动物。《水浒传》第二十三回写道:"那两个人手里各拿着一条五股叉,见了武松,吃一惊道:"你吃了惚狸心、豹子胆、狮子腿,胆倒包着身躯!如何敢独自一个,昏黑将夜,又没器械,走过冈子来!"① 这里,将"惚狸"与豹子、狮子并举,可知它是凶猛的野兽。据清人程穆衡《水浒传注略》:"《洽闻记》:鳄鱼一名忽雷,转音为忽律,故《新唐书·张士贵传》:本名忽峍,弯弓百五十斤,左右射无空发,隋末为盗,当时畏之,号忽峍贼。按忽律即忽峍,即鳄鱼,在水中其恶如是,今在旱地,其恶又当何如。"② 朱贵开酒店,经常麻翻过往客商,可谓心狠手辣,以"旱地忽律"状之,颇为生动。

立地太岁阮小二。"太岁"本指古代天文学中假设的岁星,亦可指太岁之神。古代数术家认为太岁亦有岁神,凡太岁神所在之方位及与之相反的方位,均不可兴造、移徙和嫁娶、远行,犯者必凶。王充《论衡·难岁》:"方今行道路者,暴溺仆死,何以知非触遇太岁之出也?"③ "太岁"又可比喻凶恶强暴之人。关汉卿杂剧《望江亭》有云:"花花太岁为第一,浪子丧门世无对,普天无处不闻名,则我是权豪势宦杨衙内。"④(第二折)"太岁"亦可比喻凶狠的英雄好汉,《水浒传》中就有这种描写:"两边众邻舍看见武松回了,都吃一惊,大家捏两把汗,暗暗地说道:'这番萧墙祸起了!这个太岁归来,怎肯干休?必然弄出事来!'"⑤(第二十六回)"太岁"前面加"立地",更加厉害。程穆衡

---

① 施耐庵,罗贯中. 水浒传[M]. 北京:人民文学出版社,1975:302.

② 朱一玄,刘毓忱. 水浒传资料汇编[M]. 天津:百花文艺出版社,1981:443.

③ 黄晖. 论衡校释[M]. 北京:中华书局,1990:1018.

④ 关汉卿. 望江亭中秋切鲙[M]//臧晋叔. 元曲选. 北京:中华书局,1958:1659.

⑤ 施耐庵,罗贯中. 水浒传[M]. 北京:人民文学出版社,1975:351.

《水浒传注略》："太岁乃凶煞，触之者必死，每年转一方。今曰立地，则不转者矣，言欲避之而无可避也。"①

短命二郎阮小五。"二郎"即二郎神，民间传说中的神名，宋以后各地多立其庙。主要有李冰父子与杨戬二说，均乃附会。考虑到杨戬在《水浒传》中是"四大奸贼"之一，不大可能作为梁山好汉的绰号，此取李冰次子说。《朱子语类》已涉及此说："蜀中灌口二郎庙，当初是李冰因开离堆有功，立庙。今来现许多灵怪，乃是他第二儿子出来。初间封为王，后来徽宗好道，谓他是甚么真君，遂改封为真君。向张魏公用兵祷于其庙，夜梦神语云：'我向来封为王，有血食之奉，故威福用得行。今号为真君，虽尊，凡祭我以素食，无血食之养，故无威福之灵。今须复我封为王，当有威灵。'魏公遂乞复其封。不知魏公是有此梦，还复一时用兵，托为此说。今逐年人户赛祭，杀数万来头羊，庙前积骨如山，州府亦得此一项税钱。"②（《朱子语类》卷三《鬼神》）另据《元史·文宗纪三》："加封秦蜀郡太守李冰为圣德广裕英惠王，其子二郎神为英烈昭惠灵显仁祐王。"③ 在"宋江三十六赞"中，"短命二郎"与"立地太岁"两个绰号在阮小五、阮小二之间是互换的，因为那儿并没有明说三阮之间是亲兄弟。至《水浒传》中，既然确定阮氏三雄弟兄三人：一个唤做立地太岁阮小二，一个唤做短命二郎阮小五，一个唤做活阎罗阮小七，因此就将"短命二郎"的绰号给了排行第二的阮小五。至于"短命"二字，却是"宋江三十六赞"所标明的："短命二郎阮小二：灌口少年，短命何益。曷不监之，清源庙食。"④

铁扇子宋清。程穆衡《水浒传注略》有云："扇子以铁为之，乃无用之废物。"⑤ 其实不尽然。"铁扇子"有时还是很有用的，即如戏曲作品所言：

---

① 朱一玄，刘毓忱. 水浒传资料汇编 [M]. 天津：百花文艺出版社，1981：448.
② 朱熹. 朱子语类 [M]. 北京：中华书局，1986：53-54.
③ 宋濂等. 元史 [M]. 北京：中华书局，1976：750.
④ 周密. 癸辛杂识 [M]. 北京：中华书局，1988：147.
⑤ 朱一玄，刘毓忱. 水浒传资料汇编 [M]. 天津：百花文艺出版社，1981：449.

"（徐）老将军便有风疾，也请下高丽走一遭。（尉）军师，我这等模样，若到阵面前争先，铁扇子团花遮箭牌，两阵对员。"①（《敬德不伏老》第三折）而杨景贤的《西游记杂剧》也写到铁扇公主"使一柄铁扇子，重一千余斤，上有二十四骨，按一年二十四气。一扇起风，二扇下雨，三扇火即灭，方可以过。"②（第五本第十八出）

呼保义宋江。程穆衡《水浒传注略》："《辍耕录》：武正八品曰保义校尉，从八品曰保义副尉。言吏员未授职，已呼之为保义也。又宋时相呼曰保义，似亦通称，如员外之类。"③

毛头星孔明。"毛头星"实乃"彗星"。《宣和遗事》写道："司天大监张梦熊……表云：'臣昨夜观察乾象，见毛头星现于东北方，旺壬癸真人。此星现，主有刀兵丧国之危。'……太师蔡京奏道：'可大赦天下，此星必除。'张梦熊奏言：'此星非赦可除。按天文志：此星名毛头星，又名彗星，俗呼为扫星。此妖星既出，不可禳谢，远则三载，近则今岁，主有刀兵出于东北坎方，旺壬癸之地。'"④ 明代万民英《星学大成》卷二十《月孛论》中写道："太乙月孛星，属水之余，天暗之宿也。一名彗星，一名妖星，一名天哭毛头星。"⑤《禅真逸史》第十九回也有"毛头星"的描写："林澹然又将星象，一一指点与知硕道：'凡星者，精也。万物之精，上列于天，各属分野。……毛头星其光烛地，大水为灾，夷狄侵中国。……毛头星有七八名，一名搀枪，一名煞星，一名武联，一名扫帚，一名文班，一名招摇。此星总不宜见，见必有灾。'"⑥

独火星孔亮。"独火星"即"荧惑星"，古人指火星。因其隐现不定，令人

---

① 杨梓.功臣宴敬德不伏老[M]//隋树森.元曲选外编.北京：中华书局，1959：612.

② 杨景贤.西游记杂剧[M]//隋树森.元曲选外编.北京：中华书局，1959：681.

③ 朱一玄，刘毓忱.水浒传资料汇编[M].天津：百花文艺出版社，1981：450.

④ 佚名.宣和遗事[M]//宣和遗事等两种.南京：江苏古籍出版社，1993：37.

⑤ 万民英.星学大成[M]//景印文渊阁四库全书：第809册.台北：台湾商务印书馆，1964：674.

⑥ 清水道人.禅真逸史[M].哈尔滨：黑龙江人民出版社，1986：288-289.

迷惑，故名。《吕氏春秋·制乐》："荧惑在心。"高诱注："荧惑，五星之一，火之精也。"①《隋书·天文志中》："荧惑曰南方夏火，礼也，视也。礼亏视失，逆夏令，伤火气，罚见荧惑。"② 最有意味的是，孔亮绰号独火星，他哥哥孔明绰号"毛头星"属壬癸水，兄弟二人"水""火"之间相映成趣。更为出人意料的是，在明成化年间《新刊说唱包龙图断曹国舅公案传》中，竟然将孔明、孔亮兄弟的绰号连在一起，以表示"凶星"："前世不曾行方便，撞了毛头毒火星。"③ 虽然这里将"独火星"写成"毒火星"，但这种情况在民间讲唱文学作品中颇为常见，不足为怪。

火眼狻猊邓飞。"狻猊"，兽名，即狮子。《穆天子传》卷一："狻猊□野马走五百里。"郭璞注："狻猊，师子，亦食虎豹。"④ 邓飞之所以被叫做"火眼狻猊"，是因为他双睛红赤。杨林对戴宗介绍："这个认得小弟的好汉，他原是盖天军襄阳府人氏，姓邓名飞，为他双睛红赤，江湖上人都唤他做火眼狻猊。能使一条铁链，人皆近他不得。"⑤（第四十四回）

玉幡竿孟康。邓飞对戴宗介绍："我这兄弟姓孟名康，祖贯是真定州人氏，善造大小船只。原因押送花石纲，要造大船，嗔怪这提调官催并责罚，他把本官一时杀了，弃家逃走在江湖上绿林中安身，已得年久。因他长大白净，人都见他一身好肉体，起他一个绰号，叫他做玉幡竿孟康。戴宗见说大喜。看那孟康时，怎生模样？有诗为证：能攀强弩冲头阵，善造越大江。真州妙手楼船匠，白玉幡竿是孟康。"⑥（第四十四回）幡竿，悬幡的竿。元杂剧《举案齐眉》第

---

① 吕不韦.吕氏春秋［M］//景印文渊阁四库全书：第848册.台北：台湾商务印书馆，1964：320.

② 魏征等.隋书［M］.北京：中华书局，1973：556.

③ 朱一玄.明成化说唱词话丛刊［M］.郑州：中州古籍出版社，1997：192.

④ 周光培，孙进己.汉魏六朝笔记小说［M］.沈阳：辽沈书社，1990：4.

⑤ 施耐庵，罗贯中.水浒传［M］.北京：人民文学出版社，1975：612.

⑥ 施耐庵，罗贯中.水浒传［M］.北京：人民文学出版社，1975：613.

一折："秀才是草里橹竿，放倒低如人，立起高如人。"①

铁面孔目裴宣。邓飞对杨林介绍说："姓裴名宣，祖贯是京兆府人氏。原是本府六案孔目出身，极好刀笔。为人忠直聪明，分毫不肯苟且，本处人都称他铁面孔目。"②（第四十四回）"孔目"，古代州县的吏员。"六案孔目"，古时州县衙门中吏、户、礼、兵、刑、工六房均有吏员，总其事者称六案孔目。孟汉卿《魔合罗》第三折："自家姓张名鼎，字平叔，在这河南府做着个六案都孔目，掌管六房事务。"③

病关索杨雄。关索，民间传说和通俗讲唱文学中传为关羽之子，然史书如《三国志》《后汉书》等并无记载。程穆衡《水浒传注略》云："陈重《滇黔记游》据《三国志·关羽传》并无子名索者。而今岭南入滇之地，名关索岭、关索桥者，不一而足，殆实有其人，而史有脱文耳。若关索而病，所未详也。"④"病关索"之所谓"病"，说法有二：或以为即《水浒传》第四十四回写杨雄"淡黄面皮"，如病态，同样，第四十九回写病尉迟孙立也是"淡黄面皮"，如病态；或以为"病"乃"并"之讹，"病关索"乃"并关索"，亦即与关索"并驾齐驱"之意。若依后说，则"病大虫""病尉迟"均可解释为"与老虎比并"或"与尉迟恭比并"。关索其人，虽然在史书中没有记载，但在民间通俗文学中却影响较大。宋元讲史话本《三国志平话》就已经出现了这个人物："数日，到不韦城，太守吕凯言：'军师分军五路，杀害百姓。'引三万军出战。关索诈败，吕凯赶离城约三十里。"⑤ 宋代，甚至有现实中人以"关索"为绰号者，据《三朝北盟会编》载："开封府捕斩百姓李宝等一十七人……宝善角抵，都人号为小

---

① 佚名. 孟德耀举案齐眉 [M] //臧晋叔. 元曲选. 北京：中华书局，1958：916.

② 施耐庵，罗贯中. 水浒传 [M]. 北京：人民文学出版社，1975：613.

③ 孟汉卿. 张孔目智勘魔合罗 [M] //臧晋叔. 元曲选. 北京：中华书局，1958：1377.

④ 朱一玄，刘毓忱. 水浒传资料汇编 [M]. 天津：百花文艺出版社，1981：472.

⑤ 钟兆华. 元刊全相平话五种校注 [M]. 成都：巴蜀书社，1990：475.

关索。"①（卷七十七）该书又载："官兵大败，赛关索李宝被执。"②（卷一百二十）这个李宝，一会儿号"小关索"，一会儿号"赛关索"，两处记载总有一误，但都与"关索"脱不了干系。明成化间刊印的通俗讲唱文学作品《花关索传》，则包括《花关索出身传》《花关索认父传》《花关索下西川传》《花关索贬云南传》几个部分，全套故事从"关索出身"一直演到"先主归天关索死"③。嘉靖本《三国志通俗演义》中虽然没有关索这个人物，但在毛宗岗批评本《三国演义》描写诸葛亮七擒孟获的过程中却多次写到关索这一员大将。至于"关索"与"杨雄"扯上关系，在宋元间却出现了多种"版本"。《宣和遗事》中有"赛关索王雄"④ 其主要故事是跟随杨志、李进义等一共十二指使帮助宋徽宗押送"花石纲"，后来，又与李进义、孙立等十一人一起救出刺配路上的杨志，然后，一起往太行山落草为寇。这个赛关索王雄，在早期水浒故事传说的又一个系列的"宋江三十六赞"中则又写作"赛关索杨雄"，其赞语为："关索之雄，超之亦贤，能持义勇，自命何全。"⑤ 到元杂剧《鲁智深喜赏黄花峪》中，则最终成为病关索杨雄："（正末扮杨雄上，云）某宋江手下第十七个头领病关索场雄是也。"⑥（第一折）

井木犴郝思文。郝思文之所以被称之为"井木犴"，《水浒传》中交代得很清楚，关胜对宣赞说道："这个兄弟，姓郝，双名思文，是我拜义弟兄。当初他母亲梦井木犴投胎，因而有孕，后生此人，因此人唤他做井木犴郝思文。这兄

---

① 徐梦莘. 三朝北盟会编［M］//景印文渊阁四库全书：第350册. 台北：台湾商务印书馆，1963：609.

② 徐梦莘. 三朝北盟会编［M］//景印文渊阁四库全书：第351册. 台北：台湾商务印书馆，1963：142.

③ 朱一玄. 明成化说唱词话丛刊［M］. 郑州：中州古籍出版社，1997：67.

④ 佚名. 宣和遗事［M］//宣和遗事等两种. 南京：江苏古籍出版社，1993：34.

⑤ 周密. 癸辛杂识［M］. 北京：中华书局，1988：145-150.

⑥ 佚名. 鲁智深喜赏黄花峪［M］//隋树森. 元曲选外编. 北京：中华书局，1959：935.

弟十八般武艺，无有不能，"①（第六十三回）"井木犴"，星名，"井宿"的俗称。井宿，二十八宿中朱鸟七宿的第一宿，也称"东井""鹑首"。"二十八宿"是我国古代天文学家把周天黄道的恒星分成二十八个星座。《淮南子·天文训》："五星，八风，二十八宿。"高诱注："二十八宿：东方角、亢、氐、房、心、尾、箕，北方斗、牛、女、须、危、室、壁，西方奎、娄、胃、昴、毕、觜、参，南方井、鬼、柳、星、张、翼、轸也。"②民间对"二十八宿"都有俗称，元代的《西游记杂剧》就有这方面描写："角木蛟、斗木獬、奎木狼、井木犴，遮断东方。……叫大小神将，与我驰报与吾儿那吒：下方着意关防，四下用心围定。看那护国天王，必捉通天大圣。"③（第三本第九出）

天目将彭玘。"天目"，星名。《史记·天官书》："舆鬼，鬼祠事。"《正义》："舆鬼四星，主祠事，天目也，主视明察奸谋。"④《隋书·天文志中》"舆鬼五星，天目也，主视，明察奸谋。"⑤可见彭玘也是一个"星主"，而且主管的是"鬼祠事"。或以为"天目"指"天目山"，如此一来，似乎很难解释"天目将"三字。

活闪婆王定六。程穆衡《水浒传注略》："闪婆，《藏经》亦谓之陀那婆。此云轻捷，梵言药叉也。"⑥此论不确。"活闪婆"即"霍闪婆"。"霍闪"乃闪电的意思，古书中多有记载。唐代顾云《天威行》诗云："金蛇飞状霍闪过，白日倒挂银绳长。"⑦（《全唐诗》卷六百三十七）元杂剧《风雨像生货郎旦》云："我只见霍霍闪闪电光星烓。怎禁那萧萧瑟瑟风，点点滴滴雨。"⑧（第四折）在

---

① 施耐庵，罗贯中. 水浒传 [M]. 北京：人民文学出版社，1975：888.

② 何宁. 淮南子集释 [M]. 北京：中华书局，1998：178.

③ 杨景贤. 西游记杂剧 [M] 隋树森. 元曲选外编. 北京：中华书局，1959：654.

④ 司马迁. 史记 [M]. 北京：中华书局，1959：1302.

⑤ 魏征等. 隋书 [M]. 北京：中华书局，1973：548.

⑥ 朱一玄，刘毓忱. 水浒传资料汇编 [M]. 天津：百花文艺出版社，1981：487.

⑦ 全唐诗 [M] //景印文渊阁四库全书：第1429册. 台北：台湾商务印书馆，1965：367.

⑧ 佚名. 风雨像生货郎旦 [M] //臧晋叔. 元曲选. 北京：中华书局，1958：1652.

通俗小说中，还出现了"霍闪婆"形象，不过，严格而言是叫"霍闪娘"，也就是民间传说中的电母，并且她还是雷神的妻子："众雷神拥着邓爷来到玉帝前跪下。玉帝道：'中界有一妒妇，逞其暴戾之气，上干天威。朕赫斯怒，卿宜即往击之。'邓天君得旨，暗想道：'邓老子从来只会打狠人，打恶人，那妒妇只系女流，柔柔懦懦，教我怎生一锤打得下去？况且浑家霍闪娘又要护局，如何处之？'只得回奏道：'臣蒙差遣，不敢有违。但臣瞻视之力，全仗妻子霍闪娘前导。今彼另有下情，急欲一奏。'玉帝道：'宣来见朕。'霍闪娘把手中电光放下，拜舞奏道……"①（《醋葫芦》第十六回）《水浒传》中的王定六之所以被人叫作"活闪婆"，就是因为他的行动像闪电一样，"霍闪霍闪"的。请看他自己对张顺所言："小人姓王，排行第六，因为走跳的快，人都唤小人做活闪婆王定六。"②（第六十五回）

没面目焦挺。焦挺对李逵自我介绍："平生最无面目，到处投人不着。山东河北都叫我做没面目焦挺。"（第六十七回）③何以谓之"没面目"？一般容易理解为"铁面无私"之意，其实不然。程穆衡《水浒传注略》云："没面目者，一窍未凿之浑沌也。依《庄子》义，当取天质未漓意，不止是不徇情面。视有面目，皆所谓日凿一窍，七日而浑沌死。"④金本《水浒》中圣叹先生的批语或可以帮助我们理解焦挺的"没面目"的含义，那就是带有"混沌"意味："那汉道：'老爷没姓，要厮打便和你厮打！你敢起来？'（金批：奇人奇事。便活写出没面目人）李逵大怒，正待跳将起来，被那汉子肋罗里只一脚，又踢了一跤。（金批：奇人奇事）"⑤焦挺真是"混沌"之人，与之相比，天真的李逵只能算得"半混沌"。这样的"没面目"，岂不妙哉？

---

① 西湖伏雌教主. 醋葫芦 [M]. 北京：警官教育出版社，1993：202-203.

② 施耐庵，罗贯中. 水浒传 [M]. 北京：人民文学出版社，1975：906.

③ 施耐庵，罗贯中. 水浒传 [M]. 北京：人民文学出版社，1975：931.

④ 朱一玄，刘毓忱. 水浒传资料汇编 [M]. 天津：百花文艺出版社，1981：489.

⑤ 陈曦钟，侯忠义，鲁玉川. 水浒传会评本 [M]. 北京：北京大学出版社，1981：1213.

丧门神鲍旭。"丧门神"本是凶神恶煞,工具书的解释是:【丧门神】即丧门星。宋江万里《宣政杂录·墓尸化蛇》:"子愤其妖曰:'此正丧门神也。'杀之。""【丧门星】值年的凶煞。多用作詈语,称恶人或使人倒霉的人。"①《永乐大典》卷二万一百九十七载:"丧门神:郑州人氏,覆姓伊祁,名宦,字安山。于太行山落草,揭取不义之财,散施贫民。专杀无徒官吏、势财主、冤业搅幸不平之人。屈镇太行山八百里。有一日,黄河泛涨,身遭困陷。纣王乱刑,捉获斩首,剑至于项,头不落地,起千尺高,化为大蟒。上报冤仇,专食无道官吏、不孝儿孙、倚势不平之人。雠满冤尽,命北极真武降住,发于太岁前为丧门神。若人犯之,丧祸不绝,死亡人口。赞曰:太行山内作强人,专杀无徒倚势人。多为不平为祸害,至今封作是丧门。"② 按此记载,这位强盗出身的"丧门神"却是正义之神灵。古人有时亦以"丧门神"比喻那些刚强正直的官员,如《三朝北盟会编》所载:"转运副使桑景询、曾谓,提刑郭忠孝皆死。景询,介直有守,尚气节之人也。初,童贯用事,时州县官皆迎肩舆,望尘谒入而拜,唯景询不拜,议者多之。以其发摘奸吏不受干请,时人号为丧门神。丧字,借姓桑氏言之也。"③(卷一百一十五)《水浒传》中鲍旭被称作"丧门神",则主要是他相貌凶恶而爱杀人,书中写道:"狰狞鬼脸如锅底,双眼叠暴露狼唇。放火杀人提阔剑,鲍旭名唤丧门神。"④(第六十七回)

险道神郁保四。"险道神"即"险道神将",又名方弼、方相。旧时出殡时用的纸扎的高大狰狞的开路神,为古方相之遗制。"方相:《轩辕本纪》曰帝周游时元妃嫘祖死于道,令次妃嫫母监护。因置方相,亦曰防丧,此盖其始也。

---

① 罗竹风. 汉语大词典第三卷 [M]. 上海:汉语大词典出版社,1989:409.

② 郑福田. 永乐大典精华 [M]. 呼和浩特:内蒙古大学出版社,1998:1338.

③ 徐梦莘. 三朝北盟会编 [M] //景印文渊阁四库全书:第351册. 台北:台湾商务印书馆,1963:105.

④ 施耐庵,罗贯中. 水浒传 [M]. 北京:人民文学出版社,1975:934.

俗号险道神，抑由此故尔。"①（《事物纪原》"吉凶典制部"四十七）后用指身材高大者，如《金瓶梅》有言："正是险道神撞着寿星老儿，你也休说我长，我也休嫌你短。"②（第四十一回）《水浒传》中以险道神比喻郁保四，主要就是写他乃长大汉子："整点两处将佐时，长汉郁保四、女将孙二娘，都被杜微飞刀伤死。"③（第九十八回）

以上这些梁山好汉的绰号，骤然看之，很难理解，不明所以，但当我们经过求索而弄清其中含义时，不禁豁然开朗，同时，又觉得用这些绰号来描摹英雄们的状貌风神，真是各得其所，恰如其分，令人拍案叫绝！

绰号而外，梁山好汉所使用的兵器也值得重视。有些人物和兵器之间实现了文化共鸣和性格写照，甚至多少年以后的读者，一提起某人，就会想起他的兵器，或者反过来，一看到某种兵器，就会想起某某英雄人物。这种人与兵器融为一体的写法，对塑造人物形象帮助极大。

有些英雄人物的兵器带有深厚的历史文化渊源，其中有的是家族渊源。如关胜："生的规模与祖上云长相似，使一口青龙偃月刀，人称为大刀关胜。"④（第六十三回）如呼延灼："乃开国之初，河东名将呼延赞嫡派子孙，单名一个灼字。使两条铜鞭，有万夫不当之勇。"⑤（第五十四回）如杨志："三代将门之后，五侯令公之孙"，但因为命运偃蹇，只好寻思："却是怎地好！只有祖上留下这口宝刀，从来跟着洒家，如今事急无措，只得拿去街上货卖得千百贯钱钞，好做盘缠，投往他处安身。"⑥（第十二回）看见这些兵器，就会使人想起历史

---

① 高承.事物纪原［M］//景印文渊阁四库全书：第 920 册.台北：台湾商务印书馆，1964：248-249.

② 王汝梅，李昭恂，于凤树.张竹坡批评第一奇书金瓶梅［M］.济南：齐鲁书社，1987：615.

③ 施耐庵，罗贯中.水浒传［M］.北京：人民文学出版社，1975：1357.

④ 施耐庵，罗贯中.水浒传［M］.北京：人民文学出版社，1975：888.

⑤ 施耐庵，罗贯中.水浒传［M］.北京：人民文学出版社，1975：762.

⑥ 施耐庵，罗贯中.水浒传［M］.北京：人民文学出版社，1975：156.

上赫赫大名的关羽、呼延赞、杨业这些英雄人物,而他们的子孙后代关胜、呼延灼、杨志也就借着这祖先的辉煌和兵器的光闪而被成功塑造。

除了借助家族渊源而外,还有仿名人效应的兵器使用。如林冲挺丈八蛇矛迎敌学的就是燕人张翼德,于是,造成了"满山都唤小张飞,豹子头林冲便是"①(第四十八回)的效果。再如花荣善射,因此绰号小李广:"百步穿杨神臂健,弓开秋月分明,雕翎箭发迸寒星。人称小李广,将种是花荣。"②(第三十三回)还有孙立绰号"病尉迟",就是因为他"射得硬弓,骑得劣马,使一管长枪,腕上悬一条虎眼竹节钢鞭"③(第四十九回)。诸如此类的还有小温侯吕方:"平昔爱学吕布为人,因此习学这枝方天画戟。"④(第三十五回)另有赛仁贵郭盛一身白衣白甲,用的也是方天戟,这完全是薛仁贵的架势,请看《说唐后传》中的描写:

薛仁贵在马上晃也不晃,心中欢喜,把方天戟一举,催马下来喝声:"盖苏文你休得猖獗!不要走!"又说:"陛下不必惊慌,小臣薛仁贵来救驾也!"那唐天子抬头一看,见一穿白用戟小将,方才醒悟梦内之事,不觉龙颜大悦。⑤(第四十二回)

这吕方、郭盛二人,完全是模仿历史传说中用方天画戟做兵器的名将吕奉先、薛仁贵才能给人留下些许印象的。

有些英雄人物的兵器带有职业化的特点:

如解珍、解宝是猎户:"弟兄两个都使混铁点钢叉,有一身惊人的武艺。"⑥(第四十九回)

---

① 施耐庵,罗贯中. 水浒传 [M]. 北京:人民文学出版社,1975:678.

② 施耐庵,罗贯中. 水浒传 [M]. 北京:人民文学出版社,1975:441.

③ 施耐庵,罗贯中. 水浒传 [M]. 北京:人民文学出版社,1975:690.

④ 施耐庵,罗贯中. 水浒传 [M]. 北京:人民文学出版社,1975:472.

⑤ 佚名. 说唐后传 [M]. 郑州:中州古籍出版社,1990:372.

⑥ 施耐庵,罗贯中. 水浒传 [M]. 北京:人民文学出版社,1975:681.

再如阮氏三雄是渔民，打起仗来，要么用锄头："只见那汉提起锄头来，手到把这两个做公的，一锄头一个，翻筋斗都打下水里去。""那几个船里的却待要走，被这提锄头的赶将上舡来，一锄头一个，排头打下去，脑浆也打出来。"要么干脆用打鱼工具："这边芦苇西岸，又是两个人，也引着四五个打鱼的，手里也明晃晃拿着飞鱼钩走来。"①（第十九回）

鱼牙主人张顺与黑旋风打斗的时候，竟然是"把竹篙点定了船"，"把竹篙去李逵腿上便搠。撩拨得李逵火起，托地跳在船上。说时迟，那时快。那人只要诱得李逵上船，便把竹篙望岸边一点，双脚一蹬，那只渔船一似狂风飘败叶，箭也似投江心里去了"②。（第三十八回）

还有铁匠汤隆，兵器却是大铁瓜锤："一伙人围定一个大汉，把铁瓜锤在那里使，众人看了喝采他。李逵看那大汉时，七尺以上身材，面皮有麻，鼻子上一条大路。李逵看那铁锤时，约有三十来斤。那汉使的发了，一瓜锤正打在压街石上，把那石头打做粉碎，众人喝采。"③（第五十四回）

如果说，这些职业性兵器土得掉渣的话，那么，《水浒传》中也有高级的。例如徐宁的钩镰枪："这钩镰枪法，只有他一个教头。他家祖传习学，不传外人。或是马上，或是步行，都是法则；端的使动，神出鬼没！"④（第五十六回）

道人公孙胜，使用兵器自然也带有"职业性"，如他与高廉斗法时："公孙胜在马上早掣出那一把松文古定剑来，指着敌军，口中念念有词。"⑤（第五十四回）

除了职业性的兵器外，还有隐形兵器。

张清既然号称没羽箭，又是天捷星，就是因为他的兵器敏捷怪异："善会飞

---

① 施耐庵，罗贯中. 水浒传 [M]. 北京：人民文学出版社，1975：242-244.
② 施耐庵，罗贯中. 水浒传 [M]. 北京：人民文学出版社，1975：522.
③ 施耐庵，罗贯中. 水浒传 [M]. 北京：人民文学出版社，1975：752.
④ 施耐庵，罗贯中. 水浒传 [M]. 北京：人民文学出版社，1975：776.
⑤ 施耐庵，罗贯中. 水浒传 [M]. 北京：人民文学出版社，1975：756.

石打人,百发百中。""张清神手拨天关,暗里能将石子攀。一十五人都打坏,脚瘸手跛奔梁山。"①(第七十回)张清的石头可以算作"隐形兵器"了,殊不知还有更隐形的,却用在水泊梁山的智多星身上。

吴用军师用什么兵器呢?请看资料:

"只见侧首篱门开处,一个人掣两条铜鍊,叫道:'你们两个好汉且不要斗!我看了多时,权且歇一歇,我有话说。'便把铜鍊就中一隔。两个都收住了朴刀,跳出圈子外来,立住了脚。""当时吴用手提铜鍊。"②(第十四回)

"吴用袖了铜鍊,刘唐提了朴刀,监押着五七担,一行十数人,投石碣村来。"③(第十八回)

"左边那骑马上,坐着的便是梁山泊掌握兵权军师吴学究。怎生打扮?五明扇齐攒白羽,九纶巾巧簇乌纱。……两条铜鍊挂腰间,一骑青骢出战场。"④(第五十四回)

"一双铜鍊挂腰间,文武双全师范。这个便是梁山泊能通韬略,善用兵机,有道军师智多星吴学究。马上手擎羽扇,腰悬两条铜鍊。"⑤(第七十六回)

书中多次写吴用的兵器是"铜鍊",此"铜鍊",一般人都理解为是"铜链",但在现代汉语中,"鍊"不能与"链"通,故而,程穆衡《水浒传注略》提出质疑:"两条铜鍊(链):鍊(链)即铜字,军器,似剑,有脊而无刃,非锻鍊(炼)字。"⑥其实,"鍊"与"铜"相通并无根据。有趣的是,就在现代排印的《水浒传资料汇编》中,"鍊"字竟然分别排成了"链"和"炼",可见大家都认为"铜鍊"即"铜链",说不定古人刻印书籍时,就这样用了也有可

---

① 施耐庵,罗贯中. 水浒传 [M]. 北京:人民文学出版社,1975:963-968.

② 施耐庵,罗贯中. 水浒传 [M]. 北京:人民文学出版社,1975:180-181.

③ 施耐庵,罗贯中. 水浒传 [M]. 北京:人民文学出版社,1975:233.

④ 施耐庵,罗贯中. 水浒传 [M]. 北京:人民文学出版社,1975:755.

⑤ 施耐庵,罗贯中. 水浒传 [M]. 北京:人民文学出版社,1975:1048.

⑥ 朱一玄,刘毓忱. 水浒传资料汇编 [M]. 天津:百花文艺出版社,1981:447.

能。再者，按照《水浒传》中的描写，吴用一会儿"掣"铜鍊，一会儿"提"铜鍊，一会儿"袖"铜鍊，一会儿"悬""挂"铜鍊，将"铜鍊"解释为"铜链"恐怕比解释为"铜锏"合适多了。

  当然，对塑造人物最为有利的则是依照人物性格配搭兵器。霹雳火秦明性格暴躁，他的兵器就是"狼牙棒密嵌铜钉"①（第三十四回）。急先锋索超性急如撮盐入火，他的兵器也不可能秀气，"手里横着一柄金蘸斧"②（第十三回）。而黑旋风李逵则是又暴躁又性急，他的兵器更为野蛮："轮两把板斧，一味地砍将来。"③（第四十回）与上面的英雄人物恰恰相反，双枪将董平则心灵机巧，故而使用兵器也漂亮："一对白龙争上下，两条银蟒递飞腾，河东英勇风流将，能使双枪是董平。"④（第六十九回）扈家庄的女将扈三娘所使用的兵器当然也应该很漂亮："一骑青鬃马上，轮两口日月双刀。"⑤（第四十八回）

  更为有趣的是，随着身份的变化，英雄们使用的兵器也会发生变化。如鲁提辖出家成为"花和尚"之后，他的兵器当然就是"一条六十二斤的水磨禅杖"⑥（第四回）。同样的道理，当武松乔装改扮为"行者"之后，他的兵器自然也就是"两把雪花镔铁打成的戒刀"⑦了。（第三十一回）

  综上所述，《水浒传》塑造人物的方法是多种多样的，就连梁山好汉的绰号和他们所使用的兵器这些看似细枝末节的问题，作者都可以用来为塑造人物服务。而且，这些小小的技巧，给人留下的印象却往往是十分持久而深刻的。

---

① 施耐庵，罗贯中. 水浒传 [M]. 北京：人民文学出版社，1975：458.

② 施耐庵，罗贯中. 水浒传 [M]. 北京：人民文学出版社，1975：167.

③ 施耐庵，罗贯中. 水浒传 [M]. 北京：人民文学出版社，1975：555.

④ 施耐庵，罗贯中. 水浒传 [M]. 北京：人民文学出版社，1975：959.

⑤ 施耐庵，罗贯中. 水浒传 [M]. 北京：人民文学出版社，1975：675.

⑥ 施耐庵，罗贯中. 水浒传 [M]. 北京：人民文学出版社，1975：64.

⑦ 施耐庵，罗贯中. 水浒传 [M]. 北京：人民文学出版社，1975：418.

第七讲 欲罢不能的可读性

作为"明代四大奇书"之一的《水浒传》，它之所谓"奇"，主要是因为这部小说作品具有让人欲罢不能的可读性。当然，造成这种可读性的原因是多方面的，但首当其冲的则是"事之奇"，亦即通过那些带有传奇色彩的英雄人物具有传奇性的故事来吸引读者。

一 浓烈的传奇色彩

《水浒传》以江湖好汉的生活为主要描写对象，这就使得浓烈的传奇色彩是其基本品格。金圣叹尝言：

> 某尝道《水浒》胜似《史记》，人都不肯信，殊不知某却不是乱说。其实《史记》是以文运事，《水浒》是因文生事。以文运事，是先有事生成如此如此，却要算计出一篇文字来，虽是史公高才，也毕竟是吃苦事。

智取生辰纲（第十六回）

因文生事即不然，只是顺着笔性去，削高补低都由我。① （《读第五才子书法》）

这段话的意思是说，《史记》是在已有基本事实的基础上，太史公通过自己的语言"运动"将事件组织起来，而《水浒传》则不同，它只有一个写出江湖游侠风采的大题目，至于用什么样的人物和故事体现这个大题目，施耐庵拥有极大的创造空间，他完全可以依照人物的性格逻辑去"结撰"故事，进而展示

---

① 陈曦钟，侯忠义，鲁玉川. 水浒传会评本 [M]. 北京：北京大学出版社，1981：16.

其传奇色彩。

为了达到全书浓烈的传奇化效果，《水浒传》的作者运用了很多方法，其中最主要的就是夸张渲染和技能特写。

先看夸张渲染。《水浒传》中很多英雄人物的神勇神力都是现实生活中不大可能产生的，但作者就这样写了，而广大读者就这样相信了，其奈他何？

"花和尚倒拔垂杨柳"的故事尽人皆知，且看鲁智深的神力：

> 智深相了一相，走到树前，把直裰脱了，用右手向下，把身倒缴着，却把左手拔住上截，把腰只一趁，将那株绿杨树带根拔起。众泼皮见了，一齐拜倒在地，只叫："师父非是凡人，正是真罗汉！身体无千万斤气力，如何拔得起！"①（第七回）

以一个凡人之力，无论如何是拔不起一棵活着的杨柳树的，但为什么千古以来人们就偏偏相信了施耐庵这个美丽的谎言呢？因为人们需要在"故事"中听到带有理想色彩的英雄人物，而在这些英雄人物身上，力大无穷又是长期以来靠着自然生产力吃饭的中国民众的一种审美期待。在现实生活中，有太多的事情需要靠个体的"力量"去解决。中国有句古话，叫作"有智吃智，无智吃力"。对于一般的劳苦大众而言，他们主要是靠"气力"来吃饭的。每当现实劳作过程中感觉到自己的力度不够时，他们就会想象着心目中英雄人物的力大无穷，我如果能那样该多好呀！于是，就有了许多小说作品和民间故事中以"力道"取胜的英雄好汉。在鲁智深形象出现的同时或以后，这种通过"拔树"来体现英雄人物神力的描写并非个案，如成化间出版的一个民间唱本中就有这方面的描写。身为道童的花关索，当时叫作索童，在遵师命取"山中石中裂处迸出来的水"以后回山途中，碰到了一伙强盗。于是发生了下面一幕：

> 【白】索童道："我手内又无军器，怎奈何他？"且把耶［椰］盂水放在一边，见一科［棵］枯树，道童用手一摇，乘［逞］他盖世志气，拔了枯木，去了枝柯，手内仑［抢］重便打。【唱】道童见了心焦躁，连根枯

---

① 施耐庵，罗贯中. 水浒传［M］. 北京：人民文学出版社，1975：98.

木手中仑［抢］。前跳一丈龙叫［吸］水，后跳八尺虎番［翻］身。一棒打开三五个，二棒打杀十来人。强徒便把刀来使，道童便用棒来仑［抢］。①［《新编全相说唱足本花关索出身传（前集）》］

花关索拔树和鲁智深拔树究竟谁影响了谁，或者说是相互间并无影响而并行发展，这个问题现在很难搞清楚，但是，另外一些古代小说作品中英雄人物力大无穷而"拔树"的故事，那可是分明体现了《水浒传》的流风余韵。

清初章回小说《飞龙全传》中，有一段郑恩"拔树"的描写："连忙走至跟前，逐株相了一遭，只拣大大的一株，走近数步，探着身子，将两手擒住了树身，把两腿一蹬，身体往后用力一挣，只听得轰的一声响处，早把那株大树连根带土，拔了起来。"②（第八回）而更晚一点的一部神怪兼英雄的章回小说《瑶华传》一书中，也写了一个阴阳两性人拔大树的情节：

却说三姐撞下马来，恐被贼人用刀砍死，将身子往外一滚就滚出围来，枪也掉了，手无寸铁。看见瑶华败阵下来，心上急了，路旁有一株半不大的一颗树，用力一摇，却松动了一半，再用力一拔，连根都拔起了。忽见那持大刀的贼，不知怎样马闪了眼，突然跳出阵来，恰近三姐这边。那三姐逞势将那拔起的树连根带土往前打去，正中那大刀的贼，连人带马一齐倒下。三姐见已打倒，复打一下，眼见人马都死，三姐逞着一时之勇，轮起那树干，一味蛮打上去。这些贼将如何招架，只得倒退下来。③（第三十一回）

相对于索童拔树而言，郑恩与三姐的拔树在各自的作者写来，显得更为细致，也更向《水浒传》靠拢，从中亦可看出《水浒传》中"鲁智深倒拔垂杨柳"这段描写艺术魅力之巨大。但说到底，这都是运用夸张渲染的手法表现英雄人物身上传奇色彩的成功范例。

————————

① 朱一玄. 明成化说唱词话丛刊［M］. 郑州：中州古籍出版社，1997：4.
② 东隅逸士. 飞龙全传［M］. 北京：宝文堂书店，1982：62.
③ 香城居士. 狐女传奇［M］. 郑州：中州古籍出版社，1994：269.

鲁智深之外，梁山好汉中力大无穷者还有武二郎，而最能体现武松神力的，则是天王堂举石墩一节：

> 武松道："只是道我没气力了！既是如此说时，我昨日看见天王堂前那个石墩，约有多少斤重？"施恩道："敢怕有四五百斤重。"武松道："我且和你去看一看，武松不知拔得动也不？"施恩道："请吃罢酒了同去。"武松道："且去了回来吃未迟。"两个来到天王堂前，众囚徒见武松和小管营同来，都躬身唱喏。武松把石墩略摇一摇，大笑道："小人真个娇惰了，那里拔得动！"施恩道："三五百斤石头，如何轻视得他。"武松笑道："小管营也信真个拿不起？你众人且躲开，看武松拿一拿。"武松便把上半截衣裳脱下来，拴在腰里，把那个石墩只一抱，轻轻地抱将起来。双手把石墩只一撇，扑地打下地里一尺来深。众囚徒见了，尽皆骇然。武松再把右手去地里一提，提将起来，望空只一掷，掷起去离地一丈来高。武松双手只一接，接来轻轻地放在原旧安处。①（第二十八回）

这是明显的夸张，现实生活中，一个人举起三五百斤还有可能，但要将三五百斤的石墩"掷起去离地一丈来高"，"双手只一接，接来轻轻地放在原旧安处"，则是不可能的。但是，这样的地方如果不夸张，那又有什么意思？难道写武松将石墩慢慢抱起，憋得满脸通红，颤巍巍举过头顶，然后，像现如今的举重运动员一样，"咚"的一声闷响，将石墩抛在地下吗？其实，不仅这一段描写运用了夸张渲染的手段，像《水浒传》这样的英雄小说中夸张渲染的地方也委实不少，甚至可以说，如果不夸张渲染，《水浒传》就不成其为《水浒传》了。但有一点，不能像《说唐后传》《五虎平南》等小说那样，夸张到神魔怪异的《西游记》的份上。这些，本属于一般的道理。但有些现代的电视剧编导，似乎不懂这太过简单的道理，硬是要还原生活真实，或让鲁智深倒拔垂杨柳"真实"到茶杯口粗的小树，或让武松打虎时"真实"到动用匕首。殊不知，这样就真实了吗？请任何一位编导人员，你们能徒手拔起"茶杯口"粗的活树吗？或者，

---

① 施耐庵，罗贯中. 水浒传 [M]. 北京：人民文学出版社，1975：382.

给你一把不大不小的刀,你能一个人杀死动物园之外野性十足的吊睛白额大虫吗?

这些且不去说他,值得我们注意的问题还在于,《水浒传》中这种夸张渲染的举重描写是从哪里学来的?

元明间有一部无名氏的杂剧《十八国临潼斗宝》,写伍子胥举鼎事。因为不知道这部戏剧作品与《水浒传》成书孰先孰后,故而,不能作为武松举石墩描写的榜样。可考的离《水浒传》作者最近的武松的"师傅",应该是出现在元人杂剧之中。在那儿,这种夸张式的举重描写早已呈"批发"态势。

关汉卿《关大王独赴单刀会》第三折中关羽有言:"我想当初楚汉争锋,我汉皇仁义用三杰,霸主英雄凭一勇。三杰者,乃萧何、韩信、张良;一勇者,暗呜叱咤,举鼎拔山、大小七十余战,逼霸主自刎乌江。"① 李寿卿《说鱄诸伍员吹箫》第一折伍子胥自云:"我在临潼会上,拳打蒯聩,脚踢卞庄,力举千斤之鼎。"② 关汉卿《尉迟恭单鞭夺槊》第四折徐茂公夸赞:"好敬德也!他有那举鼎拔山力,超群出世雄。"③ 无名氏《刘玄德醉走黄鹤楼》第三折刘备追述:"昔日鲁公姓项名羽,字籍,乃临淮下湘人也。幼失父母,雄威少壮,力能举鼎,势勇拔山,暗呜叱咤,目有重瞳。"④

这里涉及《水浒传》中武松的三位"老前辈":战国伍子胥、秦末楚霸王、唐初尉迟恭,而关于这三位善于举重的故事,在中国俗文学史上也多有流传。"临潼斗宝"是在金元间通俗文学作品中广有表现的故事,其中,伍子胥举鼎是中心情节。这些戏台上的表现,我们且不多言。即便是比较靠近史书的《东周列国志》,在介绍伍子胥的时候,也有这样的言语:"话说伍员字子胥,监利人,

---

① 关汉卿. 关大王独赴单刀会 [M] //隋树森. 元曲选外编. 北京:中华书局,1959:64.
② 李寿卿. 说鱄诸伍员吹箫 [M] //臧晋叔. 元曲选. 北京:中华书局,1958:650.
③ 关汉卿. 尉迟恭单鞭夺槊 [M] //臧晋叔. 元曲选. 北京:中华书局,1958:1185.
④ 佚名. 刘玄德醉走黄鹤楼 [M] //隋树森. 元曲选外编. 北京:中华书局,1959:847.

生得身长一丈，腰大十围，眉广一尺。目光如电，有扛鼎拔山之勇，经文纬武之才。"①（第七十二回）这里，明确告诉我们，"扛鼎拔山"是伍子胥最大的特色。而尉迟恭其人，在宋元讲史话本《薛仁贵征辽事略》中，也是一个举重的形象，不过，他所举的并不是"鼎"，而是"石狮子"。

> 敬德曰："臣虽老，二臂尚有千斤之力，何其老矣？"帝曰："如何见得卿不老？"以手指殿下石狮子，约千斤已上，"臣当一臂惯之，使陛下知臣不老。"言讫，撩起袍，用臂惯石狮子，平身而起，转殿行步如飞，约及数遭，掷狮子于殿下，全无气喘。②

这个举起重约"千斤已上"石狮子的胡敬德（尉迟恭），应该说是《水浒传》中武松的嫡亲的师傅。第一，他们举的都是"石"；第二，他们举起重物很从容，似乎还有余力。一个"全无气喘"，一个"轻轻地放"。

至于项羽，恐怕是中国历史上货真价实的大力士，这不仅有他自己的悲歌"力拔山兮气盖世"为证，还有太史公的深情记载："籍长八尺余，力能扛鼎，才气过人。"（《史记·项羽本纪》）何以谓之"扛"？《史记·集解》韦昭曰："扛，举也。"在明代甄伟的《西汉演义》第十一回，有对项羽举鼎的生动描写：

> 桓楚曰："山下禹王庙前有鼎，不知几千斤，公能推倒扶起，扶起又能推倒，三推三起，公方可谓无敌矣。"籍曰："愿往观之。"随同二将并季布众多小校，来到禹王庙前。看那鼎时，高七尺，围圆五尺，约有五千余斤。籍看了一遍，命一强健小卒，尽力一推，分毫不动。籍乃拽衣向前，用力一推其鼎遂倒，籍又应手扶起。一连三推三起，若有不知其为重者。二将大喜曰："公力足可以敌天下矣！"籍笑曰："如此试力，不足为奇。"复又拽衣近鼎边，用手插入鼎足下，尽力举个平身，绕殿连走二次，面不改容，

---

① 冯梦龙，蔡元放. 东周列国志 [M]. 长沙：岳麓书社，2002：529.
② 侯忠义，李勤学. 中国古代珍稀本小说续：第五册 [M]. 沈阳：春风文艺出版社，1997：497.

气不喘息,仍轻轻安于原处,看二将曰:"汝以为何如?"二将向籍前抱住曰:"公真天神也!吾辈愿随鞭蹬。"①

更有意思的是,《水浒传》中力大无比的举重英雄武松不仅有伍子胥、楚霸王、尉迟恭这样一些"文学形象的老前辈",而且,他还有举重而显力道的后裔,篇幅所限,聊举一例。清代章回小说《狄公案》第五十五回,就写了一个后来弃暗投明而当时还在巴结权贵的英雄与反英雄集于一身的人物之神力:

当下将李飞雄喊到书房,指着院中一块峰石,说道:"武大人命汝当此重任,若不在此开演一回,武皇亲何以知你手段?这峰石汝能举起否?"李飞雄听了此言,恨不能将周身的本领全卖与他,方令他敬服。随向敬宗说道:"小人本领虽不高明,这一座峰石也不难提起。"说着,抢走几步,到了前面,将左手衣袖高卷,右手撑在腰间,两脚用了个丁字步,伸开手爪,先把峰石向外一推,离了地土。只见身躯一弯,手掌往下面一托,说声"起",早见一只手将一人高的一块石头举了起来。前后走了一回,然后到了原处,又轻轻摆好。把个武承嗣吓到伸不出舌来。②

明眼人一下子就可以看出,这段李飞雄举巨石的描写是从《水浒传》中武松举石墩的描写学习过来的。

伍子胥、楚霸王、尉迟恭、武二郎,甚至包括李飞雄,这样一些通俗文学作品中的杰出举重者,究竟孰真孰假,孰为半真半假,其实并不重要。重要的是,他们在老百姓的心目中都是大力士。这就是文学艺术的力量,也是夸张渲染的结果。

《水浒传》通过夸张渲染来描写梁山好汉神勇神力的片段还有不少,此不一一列举。除此而外,还有一种方法就是对某些英雄人物独门功夫的特笔描写。如小李广花荣的神箭,没羽箭张清的飞石,神行太保戴宗的飞速,浪子燕青的相扑,都是旁人叹为观止的独门绝技。尤其是阮氏三雄、张家兄弟以及混江龙

---

① 甄伟等. 东西汉演义 [M]. 北京: 华夏出版社, 1995: 215.
② 佚名. 包公案狄公案 [M]. 北京: 华夏出版社, 1995: 404.

李俊等人的水下功夫，更是令人匪夷所思。我们不妨来看几个例证：

> 张清把左手虚提长枪，右手便向锦袋中摸出石子，扭回身，觑得徐宁面门较近，只一石子，可怜悍勇徐宁，石子眉心早中，翻身落马。……呼延灼见石子飞来，急把鞭来隔时，却中在手腕上。早着一下，便使不动钢鞭，回归本阵。……只见青面兽杨志便拍马舞刀直取张清。张清虚把枪来迎。杨志一刀砍去，张清镫里藏身，杨志却砍了个空。张清手拿石子，喝声道："着！"石子从肋罗里飞将过去。张清又一石子，铮的打在盔上，吓得杨志胆丧心寒，伏鞍归阵。宋江看了，转转寻思："若是今番输了锐气，怎生回梁山泊！谁与我出得这口气？"朱仝听得，目视雷横说道："一个不济事，我两个同去夹攻。"朱仝居左，雷横居右，两条朴刀，杀出阵前。张清笑道："一个不济，又添一个！由你十个，更待如何！"全无惧色。在马上藏两个石子在手。雷横先到，张清手起，势如招宝七郎，石子来时，面门上怎生躲避，急待抬头看时，额上早中一石子，扑然倒地。朱仝急来快救，脖项上又一石子打着。关胜在阵上看见中伤，大挺神威，轮起青龙刀，纵开赤兔马，来救朱仝、雷横。刚抢得两个奔走还阵，张清又一石子打来。关胜急把刀一隔，正打着刀口，迸出火光。关胜无心恋战，勒马便回。……张清见董平追来，暗藏石子在手，待他马近，喝声道："着！"董平急躲，那石子抹耳根上擦过去了。董平便回。索超撇了龚旺、丁得孙，也赶入阵来。张清停住枪，轻取石子，望索超打来。索超急躲不迭，打在脸上。鲜血迸流，提斧回阵。①（第七十回）

就在这一场打斗中，张清的飞石连打水泊梁山十五员大将，其中就包括"马军五虎将"中的呼延灼、董平、关胜，还有"马军八骠骑"中的徐宁、杨志、朱仝、索超等人。后来，张清还打伤了梁山运粮的鲁智深。这种对张清飞石绝技的描写，充满了传奇色彩，让人看了以后瞠目结舌，被深深地吸引。更有甚者，在《水浒全传》中，又出现了一个田虎手下的女将军琼英，其飞石绝

---

① 施耐庵，罗贯中. 水浒传 [M]. 北京：人民文学出版社，1975：965-968.

技堪称与张清绝配：

当下邬梨国舅又奏道："臣幼女琼英，近梦神人教授武艺，觉来便是膂力过人。不但武艺精熟，更有一件神异的手段，手飞石子，打击禽鸟，百发百中。近来人都称他做琼矢镞。臣保奏幼女为先锋，必获成功。"①（第九十七回）

这位"女飞石"，后来也打伤了梁山多位头领，其中还包括"五虎将"中的林冲，以及李逵、解珍等勇将。原来，梦中教琼英飞石的正是她后来的如意郎君张清，而当张清化名全羽与琼英比武一场描写，却另有一番传奇趣味：

琼英挺戟，直抢全羽，全羽挺枪迎住。两个又斗过五十余合。琼英霍地回马，望演武厅上便走，全羽就势里赶将来。琼英拈取石子，回身觑定全羽肋下空处，只一石子飞来。全羽早已瞧科，将右手一绰，轻轻的接在手中。琼英见他接了石子，心下十分惊异，再取第二个石子飞来。全羽见琼英手起，也将手中接的石子应手飞去。只听的一声响亮，正打中琼英飞来的石子。两个石子，打得雪片般落将下来。②（第九十八回）

这样的片段，虽然我们并不知道它出自何人之手，但这并不要紧，只要它具有浓烈的传奇色彩，只要它能让读者看得津津有味，它就是成功的描写。看了没羽箭张清夫妇的精彩表演之后，我们不妨再来领略一下张横、张顺兄弟的水下功夫：

张横听了说道："好教哥哥得知，小弟一母所生的亲弟兄两个，长的便是小弟；我有个兄弟，却又了得，浑身雪练也似一身白肉，浸得五十里水面，水底下伏得七日七夜，水里行一似一根白条，更兼一身好武艺，因此人起他一个名，唤做浪里白跳张顺。当初我弟兄两个只在扬子江边做一件依本分的道路。"宋江道："愿闻则个。"张横道："我弟兄两个，但赌输了时，我便先驾一只船，渡在江边静处做私渡。有那一等客人，贪省贯百钱

---

① 施耐庵，罗贯中. 水浒全传 [M]. 上海：上海古籍出版社，1984：1159.
② 施耐庵，罗贯中. 水浒全传 [M]. 上海：上海古籍出版社，1984：1170-1171.

的，又要快，便来下我船。等船里都坐满了，却教兄弟张顺，也扮做单身客人，背着一个大包，也来趁船。我把船摇到半江里，歇了橹，抛了钉，插一把板刀，却讨船钱。本合五百足钱一个人，我便定要他三贯。却先问兄弟讨起，教他假意不肯还我。我便把他来起手，一手揪住他头，一手提定腰胯，扑通地撺下江里。排头儿定要三贯。一个个都惊得呆了，把出来不迭。都敛得足了，却送他到僻静处上岸。我那兄弟自从水底下走过对岸，等没了人，却与兄弟分钱去赌。那时我两个只靠这件道路过日。"① （第三十七回）

张横、张顺兄弟这种双簧式的表演，为的是骗取别人钱财，从法律上讲，当然是非法行径，但从小说描写的角度来看，那却是极富传奇色彩的。而这段描写中浓烈的传奇意味，主要是源自作者对张顺水下功夫的技能特写。

当然，夸张渲染和技能特写都不能过分，过分了就会让人感到不真实，而当读者认识到某一个片段或某一人物表现得"假"的时候，作者这一段描写也就宣告失败了。《水浒传》中也有夸张渲染或技能特写过分失真的描写，那主要就是在某些英雄人物身上写出了"神仙"的做派。

譬如公孙胜这个人物，在他斗法破高廉的时候，身上的仙道色彩太浓，显得很假，且看这段描写的最后："高廉慌忙口中念念有词，喝声道：'起！'架一片黑云，冉冉腾空，自上山顶。只见山坡边转出公孙胜来，见了，便把剑在马上望空作用，口中也念念有词，喝声道：'疾！'将剑望空一指，只见高廉从云中倒撞下来。"② （第五十四回）诸如此类的描写，在《水浒传》中还有樊瑞与公孙胜斗法的场面等等，此不赘述。这样一些描写，可以说是《水浒传》中的败笔，而且给后世小说创作造成极为不良的影响。清代的英雄传奇小说之所以越写越糟糕，就在于"仙家妙用"掩盖了"英雄本色"。这方面，尤为严重的是"说唐"系列小说。

---

① 施耐庵，罗贯中. 水浒传 [M]. 北京：人民文学出版社，1975：505-506.

② 施耐庵，罗贯中. 水浒传 [M]. 北京：人民文学出版社，1975：759.

这种英雄传奇小说渗入神魔怪异描写的情况，在《水浒传》中虽不多见，但却对同派小说造成了很不好的负面影响。说到底，这种"戏不够，神仙凑"的写法是过分追求小说作品"传奇化"效果的一种不良表现。

二 令人牵肠挂肚的悬念

一部小说作品，要想吸引读者，让人产生欲罢不能的感觉，不断设置"悬念"是一种行之有效的方法。因为，"一碗水看到底"的小说作品是不能引起人们的阅读兴趣的。

由于《水浒传》来自宋元说话艺术，而像这种长篇的说话并非一个单位时间就可以解决问题，说话人必须分段演讲。于是，在每一次讲述告一段落的时候，说话人往往会留下一些"扣子"，等待下一次解释，这就是所谓"欲知后事如何，且听下回分解"。这些"扣子"，其实就是大大小小的悬念。《水浒传》很多"回"的最后，都留下这样的"悬念"，让读者牵肠挂肚、欲罢不能，必须赶紧读下去。这里，挑拣其中"要命"之处，聊举数例如下：

  毕竟看林冲性命如何，且听下回分解。①（第七回）

  毕竟杨志在黄泥冈上寻死，性命如何，且听下回分解。②（第十六回）

  毕竟何九叔性命如何，且听下回分解。③（第二十五回）

  毕竟两个里厮杀倒了一个的是谁，且听下回分解。④（第三十一回）

  毕竟鲁智深被贺太守拿下性命如何，且听下回分解。⑤（第五十八回）

---

① 施耐庵，罗贯中. 水浒传［M］. 北京：人民文学出版社，1975：107.

② 施耐庵，罗贯中. 水浒传［M］. 北京：人民文学出版社，1975：210.

③ 施耐庵，罗贯中. 水浒传［M］. 北京：人民文学出版社，1975：347.

④ 施耐庵，罗贯中. 水浒传［M］. 北京：人民文学出版社，1975：421.

⑤ 施耐庵，罗贯中. 水浒传［M］. 北京：人民文学出版社，1975：815.

毕竟卢俊义落水性命如何，且听下回分解。①（第六十一回）

毕竟急先锋索超性命如何，且听下回分解。②（第六十四回）

毕竟枢密使童贯性命如何，且听下回分解。③（七十六回）

毕竟宋江昏晕倒了性命如何，且听下回分解。④（第九十二回）

毕竟张横闷倒性命如何，且听下回分解。⑤（第九十五回）

以上所列，都是在《水浒传》两回书的交接处，虽然说得凶险，但这种悬念"悬"的时间并不长，很快就见分晓。因此，这些都只算最小的悬念。有趣的是，这种小悬念往往会以环环相扣的"批发"态势出现，对此，我们可以称之为"连环悬念"。且看一个例证：

宋江充军，路过一个小镇时，给了卖艺人薛永一些银两，不料，却触犯了镇上的地头蛇穆春：

> 那大汉睁着眼喝道："这厮那里学到这些鸟枪棒，来俺这揭阳镇上逞强！我已分付了众人休采他，你这厮如何卖弄有钱，把银子赏他，灭俺揭阳镇上的威风！"宋江应道："我自赏他银两，却干你甚事？"那大汉揪住宋江喝道："你这贼配军，敢回我话！"宋江说道："做甚么不敢回你话？"那大汉提起双拳，劈脸打来，宋江躲个过，那大汉又赶入一步来。宋江却待要和他放对，只见那个使枪棒的教头从人背后赶将来，一只手揪住那大汉头巾，一只手提住腰胯，望那大汉肋骨上只一兜，踉跄一交，颠翻在地。那大汉却待挣扎起来，又被这教头只一脚踢翻了。两个公人劝住教头。那大汉从地上扒将起来，看了宋江和教头，说道："使得使不得，教你两个不

---

① 施耐庵，罗贯中. 水浒传 [M]. 北京：人民文学出版社，1975：858.

② 施耐庵，罗贯中. 水浒传 [M]. 北京：人民文学出版社，1975：901.

③ 施耐庵，罗贯中. 水浒传 [M]. 北京：人民文学出版社，1975：1051.

④ 施耐庵，罗贯中. 水浒传 [M]. 北京：人民文学出版社，1975：1268.

⑤ 施耐庵，罗贯中. 水浒传 [M]. 北京：人民文学出版社，1975：1314.

要慌!"一直望南去了。①（第三十七回）

书里写的"那大汉"就是小遮拦穆春，与哥哥没遮拦穆弘是揭阳镇上一霸。挨打之后，他嘱咐镇上所有客栈不得留宿宋江等人，并赶回家中，找哥哥一起捉拿那"贼配军"报仇。另一边，由于一路之上住不了客栈，宋江和两个解差只好找村庄投宿，一不小心恰巧住进了穆氏兄弟的家中，结果当然是被穆氏兄弟发现，带人追杀。宋江三人挖开后墙飞奔，慌不择路，逃到了浔阳江边，在芦苇丛中乱撞，侧边又横着一条阔港，无法渡过。紧急中，好不容易上了一只从芦苇丛中摇出的渡船，不料后面追兵已到，居然和艄公对起话来，原来他们彼此熟悉。宋江他们刚刚躲过岸上穆氏兄弟的追赶，不成想驾船的却是水上强盗张横，摸出刀要杀害他们。这一连串的描写，步步紧逼、步步悬念，诚如金圣叹回前总批所言："此篇节节生奇，层层追险。节节生奇，奇不尽不止；层层追险，险不绝必追。真令读者到此心路都休，目光尽灭，有死之心，无生之望也。如投宿店不得，是第一追。寻着村庄，却正是冤家家里，是第二追。掇壁逃走，乃是大江截住，是第三追。沿江奔去，又值横港，是第四追。甫下船，追者亦已到，是第五追。岸上人又认得梢公，是第六追。舱板下摸出刀来，是最后一追，第七追也。一篇真是脱一虎机，踏一虎机，令人一头读，一头吓，不惟读亦读不及，虽吓亦吓不及也。"② 金圣叹这里所说的每一"追"，实际上就是作者给读者挂起的一个个悬念。直到混江龙李俊出现，才在千钧一发之际救了宋江等三人，悬念才彻底消释。这么一大段描写，作者一再设置悬念，连环不断，层层递进，步步逼人，而读者也不自觉地随着作者的生花妙笔跳进一个个"情感陷阱"，悬着的"心"一次一次被提到嗓子眼上。实际上，作者在这里不仅让书中人物宋江难堪，也将读者的情感心智玩了个不亦乐乎。然而，读者偏偏就喜欢进入这情感陷阱，就愿意被作者带着自己的"心灵"七上八下，就心甘情愿地接受作者的"玩弄"，其奈他何？因为，就在这紧张得浑身流汗的

---

① 施耐庵，罗贯中. 水浒传 [M]. 北京：人民文学出版社，1975：496-497.
② 陈曦钟，侯忠义，鲁玉川. 水浒传会评本 [M]. 北京：北京大学出版社，1981：675.

阅读过程中，读者获得了一份紧张过后又释放的审美愉悦。读小说，没有比消解悬念更痛快的事了。

除了上述那种短期的或者连环出现的"悬念"之外，在《水浒传》中，还有些悬念，一"悬"就是一大段时间，甚至好几回书，让读者牵肠挂肚，或者为书中人物的命运和结局担心不已，或者对书中故事的过程和走向引领以待。

例如，"智取生辰纲"的故事，作者就给读者设置了悬念。第十六回七星聚义以后，制定了"不义之财，取之何碍"的计划，但怎样一个"取"法？作者暂时保密，留下悬念：

> 晁盖道："吴先生，我等还是软取，却是硬取？"吴用笑道："我已安排定了圈套。只看他来的光景。力则力取，智则智取。我有一条计策，不知中你们意否？如此如此。"晁盖听了大喜，撷着脚道："好妙计！不枉了称你做智多星，果然赛过诸葛亮。好计策！"吴用道："休得再提。常言道：隔墙须有耳，窗外岂无人。只可你知我知。"晁盖便道："阮家三兄且请回归，至期而来小庄聚会。吴先生依旧自去教学。公孙先生并刘唐，只在敝庄权住。"当日饮酒至晚，各自去客房里歇息。①

随后，"七星"分散，作者再也不提怎样取"生辰纲"半句，而是调转笔锋，用半回书成千上万字写梁中书一方怎样打点"生辰纲"，杨志怎样押送"生辰纲"，杨志和押送的队伍中其他人员怎样发生冲突。弄了半天，也没看见"七星"中的任何一个人上场。及到黄泥冈以后，大家在树林中休息时，突然发现七个贩枣子的客人，作者隐隐点了一笔，其中一人"鬓边老大一搭朱砂记"，似乎是赤发鬼信息。然而，七人似乎一个人一样，问话、回答都是"七人道"，也没有什么过激行为。随后，又上来一个卖酒的，那七个人也只是买酒喝，吃枣子而已。直到杨志这边的人也喝了酒，"十五个人，头重脚轻，一个个面面厮觑，都软倒了。那七个客人从松树林里推出这七辆江州车儿，把车子上枣子都丢大地上，将这十一担金珠宝贝，却装在车子内，叫声：'聒噪！'一直望黄泥

---

① 施耐庵，罗贯中. 水浒传 [M]. 北京：人民文学出版社，1975：198.

冈下推了去"①。此时,读者才朦朦胧胧感到"智取生辰纲"已经成功。但是,不要说杨志等十五人不知道是怎样一个智取法,就是具有全知视角的读者也不明底里。这就好像看一场精彩的魔术表演,魔术师在你眼睛瞪得圆溜溜的时候,当面使你放在桌面上的东西产生匪夷所思的"位移",简直让人惊讶极了!随即,就是产生强烈的打破砂锅问到底地希望弄清个中奥秘的心理。直到此时,作者才将"智取生辰纲"的谜底和盘托出,从而也消解了读者心中的悬念。

这七人端的是谁?不是别人,原来正是晁盖、吴用、公孙胜、刘唐、三阮这七个。却才那个挑酒的汉子,便是白日鼠白胜。却怎地用药?原来挑上冈子时,两桶都是好酒。七个人先吃了一桶,刘唐揭起桶盖,又兜了半瓢吃,故意要他们看着,只是教人死心搭地。次后,吴用去松林里取出药来,抖在瓢里,只做赶来饶他酒吃,把瓢去兜时,药已搅在酒里,假意兜半瓢吃,那白胜劈手夺来,倾在桶里。这个便是计策。那计较都是吴用主张。这个唤做"智取生辰纲"。②

至于延伸了几回书的悬念,在《水浒传》中也不少。如第三回,本来是叙述九纹龙史进故事的,突然插入鲁达一段。旋即,史进与鲁达分手后,作者却大讲特讲起鲁达的故事来。那么,史进究竟寻到师父王进没有?他后来又有哪些遭遇?实际上就在读者心中形成了一个悬念。这个悬念"挂"了好几回书,直到第六回才得以消解。当鲁智深在赤松林中与剪径的史进再次相遇时,九纹龙才向花和尚讲述了自己分手后的遭遇:"自那日酒楼前与哥哥分手,次日听得哥哥打死了郑屠,逃走去了。有缉捕的访知史进和哥哥赍发那唱的金老,因此小弟也便离了渭州,寻师父王进。直到延州,又寻不着。回到北京,住了几时,盘缠使尽,以此来在这里寻些盘缠。不想得遇。"③ 同样的道理,当鲁智深"大闹野猪林"并一路护送林冲到沧州附近安全地带时,他威慑董超、薛霸二人之

---

① 施耐庵,罗贯中. 水浒传 [M]. 北京:人民文学出版社,1975:209.
② 施耐庵,罗贯中. 水浒传 [M]. 北京:人民文学出版社,1975:209-210.
③ 施耐庵,罗贯中. 水浒传 [M]. 北京:人民文学出版社,1975:88-89.

后,"摆着手,拖了禅杖,叫声:'兄弟保重!'自回去了。"①(第九回)他回哪里去?回东京大相国寺继续当和尚吗?须知,他是回不去的,因为薛霸已经猜测到他就是大相国寺的僧人,唤作鲁智深,而林冲也一不小心在董超、薛霸面前说鲁智深曾经将"相国寺一株柳树,连根也拔将起来"。董超、薛霸回去以后一定会向陆谦、高俅汇报鲁智深救了林冲,阻碍了他们斩草除根的计划。这样一来,大相国寺还能成为花和尚挂搭之处吗?绝对不能!那么,接下来鲁智深会有什么遭遇?他能躲过这一劫吗?作者又给我们挂起一个大大的"悬念",放下鲁智深,大讲特讲林教头的故事。而鲁智深怎样脱险的悬念则一直到第十七回才得以消解,他对刚刚认识的新朋友杨志讲道:

> 一言难尽。洒家在大相国寺管菜园,遇着那豹子头林冲被高太尉要陷害他性命。俺却路见不平,直送他到沧州,救了他一命。不想那个防送公人回来对高俅那厮说道:"正要在野猪林里结果林冲,却被大相国寺鲁智深救了。那和尚直送到沧州,因此害他不得。"这日娘贼恨杀洒家,分付寺里长老不许俺挂搭,又差人来捉洒家。却得一伙泼皮通报,不是着了那厮的手。吃俺一把火烧了那菜园里廨宇,逃走在江湖上。东又不着,西又不着。来到孟州十字坡过,险些儿被个酒店里妇人害了性命。把洒家着蒙汗药麻翻了。得他的丈夫归来的早,见了洒家这般模样,又看了俺的禅杖、戒刀吃惊,连忙把解药救俺醒来。因问起洒家名字,留住俺过了数日,结义洒家做了弟兄。②

原来花和尚因为救豹子头,却吃了这么多的苦!悬念解开以后,读者对鲁智深的为人更加钦佩和喜爱了。

相对于史进、鲁智深数回书悬而未知的遭遇,还有挂得更长的"悬念"。《水浒传》第二十三回写宋江与武松分手之后,与兄弟宋清"自此只在柴大官人

---

① 施耐庵,罗贯中.水浒传 [M].北京:人民文学出版社,1975:121.
② 施耐庵,罗贯中.水浒传 [M].北京:人民文学出版社,1975:216.

庄上"①，接下去，作者就腾出笔来大写武二郎惊天动地的辉煌历程。然而，读者心里放不下的问题已经产生了。宋江是有命案在身的逃犯，他能在柴进庄子上长期住下去吗？他会转移到哪里？在他身上又会发生什么故事？这"悬念"一直到第三十二回才由宋江本人向武松解释，同时也向读者消解："我自从和你在柴大官人庄上分别之后，我却在那里住得半年。不知家中如何，恐父亲烦恼，先发付兄弟宋清归去。后却收拾得家中书信，说道：'官司一事，全得朱、雷二都头气力，已自家中无事，只要缉捕正身。因此已动了个海捕文书，各处追获。'这事已自慢了。却有这里孔太公屡次使人去庄上问信，后见宋清回家，说道宋江在柴大官人庄上，因此特地使人直来柴大官人庄上取我在这里。此间便是白虎山。这庄便是孔太公庄上。"②

悬念，又叫"卖关子"，是作者有意向读者暂时隐瞒若干情节从而让人牵肠挂肚产生急于揭开谜底的一种写作技法。悬念挂起后，或随即，或延俄一定的时间，再通过作者或书中人物的"补叙"来消解悬念，抖出谜底，让读者豁然开朗或释然开怀，从而获得意料之外的审美快感。对于追求可读性的英雄传奇小说而言，悬念的设置是必然之法，否则，平铺直叙，你就"勾"不住读者，那其实就是写作上的失败。

三 无巧不成书

"自古道：无巧不成书。"③（《卢太学诗酒傲王侯》）"常言道：'无巧不成书。'"④（《说岳全传》第三十五回）这一长一短、一明一清两部通俗小说的作者异口同声地涉及这个问题，似乎是中国古代小说作家们共同遵守的一条基

---

① 施耐庵，罗贯中. 水浒传 [M]. 北京：人民文学出版社，1975：296.
② 施耐庵，罗贯中. 水浒传 [M]. 北京：人民文学出版社，1975：428-429.
③ 冯梦龙. 醒世恒言 [M]. 北京：人民文学出版社，1956：613.
④ 钱彩等. 说岳全传 [M]. 上海：上海古籍出版社，1980：301.

本原则,因为说这种话的绝非上述两位。《水浒传》产生在上述二书的前面,施耐庵在作品中也讲过"自古道:没巧不成话"①(第二十四回)的话头,而且,这位伟大的小说作家在创作实践中还反反复复地体现这一原则。

所谓"无巧不成书",就是小说作者运用"巧合法"来写人叙事,这样做,一方面可增加故事的生动性,另一方面也可以省去很多累赘笔墨,当然,有时还另有妙用。

例如,鲁达三拳打死镇关西之后逃亡江湖,逃到代州雁门县,十字街头贴着捉拿他的榜文,鲁达却不识字,正听别人念榜文,"只听得背后一个人大叫道:'张大哥,你如何在这里?'拦腰抱住,只扯近县前来"②(第三回)。"当下鲁提辖扭过身来看时,拖扯的不是别人,却是渭州酒楼上救了的金老。那老儿直拖鲁达到僻净处,说道:'恩人,你好大胆!见今明明地张挂榜文,出一千贯赏钱捉你,你缘何却去看榜?若不是老汉遇见时,却不被做公的拿了。榜上见写着你年甲貌相贯址。'"③(第四回)是呀!如果鲁达不是碰上金翠莲的父亲,而在那里继续听榜文,最后只有两种结果:要么被抓,要么杀出重围,但那样又要花费很多笔墨。而下面作者重点要塑造的是一个花和尚鲁智深的形象,不能再节外生枝,弄出一些无意味的情节。故而,利用巧合法,让金老儿扯走鲁提辖,后又通过金翠莲的夫主赵员外将鲁提辖送到五台山避难,于是,花和尚鲁智深就被隆重推出,后面也就有了这尊活佛大闹五台山、痛打小霸王、棒打赤松林、火烧瓦罐寺、倒拔垂杨柳、大闹野猪林等一系列精彩的故事。试想,如果没有鲁提辖雁门县巧遇金老儿这个情节,后面的故事有可能进行得如此顺畅吗?

如果说,鲁提辖巧遇金老儿是带动了一连串精彩故事的话,那么,林教头风雪山神庙可就是在一连串的"巧合"中展开一个大故事。第一层巧合,林冲

---

① 施耐庵,罗贯中. 水浒传 [M]. 北京:人民文学出版社,1975:319.

② 施耐庵,罗贯中. 水浒传 [M]. 北京:人民文学出版社,1975:50.

③ 施耐庵,罗贯中. 水浒传 [M]. 北京:人民文学出版社,1975:51.

在沧州看守天王堂时,在街上碰到原来在东京多曾看顾的酒生儿李小二在这里开茶酒店。第二层巧合,陆谦、富安与沧州管营、差拨密谋陷害林冲的鬼鬼祟祟的谈话被李小二夫妻听出一些端倪,并告诉恩人林教头。第三层巧合,林冲买刀防身且准备报仇,寻人不着,渐渐麻痹,而管营将林冲调到草料场为将他烧死提供方便,不料,漫天大雪使得林冲到五里外市井沽酒御寒,离开了草料场。第四层巧合,沽酒归来,草料场的草厅被雪压垮,林冲无奈只得到半里路外的山神庙躲雪,并用大石头抵住庙门。第五层巧合,陆谦等人燃烧草料场的声音、火光传到山神庙,林冲正准备出门救火,忽然听到门外说话声,原来是陆谦等人也来这里躲雪,但他们推不开门,只好站在屋檐下说话。至此,林冲在庙内,陆谦等三人在庙外,豹子头完整地听说了高俅、陆谦、管营等人的阴谋,愤而冲出山神庙,杀死了陆谦、富安、差拨三人。试想,上面五个环节的"巧合"能够少掉任何一个吗?如果林冲不巧遇李小二,在人地生疏的沧州有谁会为他通风报信?如果陆谦等人不是凑巧在李小二店中密谋,李小二夫妻怎能听出端倪提醒林冲?如果不是恰巧漫天大雪使林冲为御寒而外出沽酒,他岂不是仍然待在草料场中被大雪压死?如果不是沽酒归来,草厅被压垮,林冲睡在里面岂不是会被活活烧死?如果不是林冲和陆谦等人先后都到山神庙躲雪,在庙门内外"巧遇",林冲怎么能够得知他们阴谋的细节?正是这一连串的"无巧不成书"的描写,使得林教头风雪山神庙这个片段成为《水浒传》中的"精彩"和小说史上的"经典"。就连那柄临时买来报仇的解腕尖刀,最后也"凑巧"起了作用:杀陆谦并剜其心肝,是用那把刀;杀差拨并割其首级,也是用那把刀;最后割下另外两人的脑袋,还是用那把刀。试想,如果不是听了李小二的报告,林冲凑巧买了这口解腕尖刀,他用"挑"酒葫芦的花枪去"剜"仇人心肝、"割"仇人首级,有这么干净利落吗?

"巧合法"的运用在有的时候就是一种"快捷方式",可以省去很多啰唆繁复的文字。如赤发鬼刘唐千里迢迢去寻找晁盖谋划打劫生辰纲,但却在灵官庙睡着了,被雷横抓走,因为天还没亮,雷横就对手下的土兵们说:"我们且押这厮去晁保正庄上，讨些点心吃了，却解去县里取问。"①（第十四回）这不等于是通过雷横之手恰好将刘唐"送"到晁盖庄子上去吗？而晁盖呢？听说雷横抓了一个小贼吊在门房里，出于好奇，假装"净手"去查看一番，于是有了两人的相识。随后，晁盖、刘唐又假装甥舅关系，突然相认，骗过雷横。而晁盖骗雷横的话，也充满了奇巧的意味："这厮如何却在庙里歇？""如何却在这里？""如何拿你在这里？"②总之是"巧"了！然而，晁盖的鬼把戏却只瞒得过雷横这种粗莽武夫，像智多星吴用这种精细人儿却是瞒他不过。吴用几次表示怀疑："不曾见有这个外甥，亦且年甲也不相登，必有些蹊跷。""这个令甥从何而来？往常时，庄上不曾见有。""保正，此人是谁？""小生见刘兄赶得来蹊跷，也猜个七八分了。"③吴用为什么如此怀疑？因为实在太"巧"了。外甥寻找舅舅，竟然是被衙门捕头带兵抓着送过去的，这不是"无巧不成书"吗？然而，就是在这奇巧的过程中，作者既省了无谓的笔墨，又成功描写了雷横"抓捕"刘唐、赤发鬼"追击"插翅虎的生动活泼的闹剧。

在武松与武大郎、潘金莲、西门庆的故事中，也充满了"巧合"。武松在阳谷县打死老虎，而他哥哥恰巧就搬到了阳谷县居住，因而兄弟相逢。金莲戏叔不成，叔嫂之间产生嫌隙，在这尴尬的时刻，武松恰巧被县官派去出差，因而兄弟离别。潘金莲叉门帘，一不小心，叉竿失手恰巧就打在西门庆的头巾上，引起两人之间一系列情事。西门庆调戏潘金莲，"却把袖子在桌上一拂，把那双箸拂落地下。也是缘法凑巧，那双箸正落在妇人脚边"④（第二十四回）。及至武松杀了西门庆潘金莲之后，恰巧又碰上一个"平生正直，禀性贤明"的东平府尹陈文昭"哀怜武松是个有义的烈汉"，"把这招稿卷宗都改得轻了"，武松

---

① 施耐庵，罗贯中. 水浒传 [M]. 北京：人民文学出版社，1975：174.
② 施耐庵，罗贯中. 水浒传 [M]. 北京：人民文学出版社，1975：177.
③ 施耐庵，罗贯中. 水浒传 [M]. 北京：人民文学出版社，1975：181-183.
④ 施耐庵，罗贯中. 水浒传 [M]. 北京：人民文学出版社，1975：333.

才得被判"脊杖四十,刺配二千里外"。①(第二十七回)否则,杀了两条人命,武松怎么可能只判徒刑呢?就是在这许许多多的巧合之中,打"山中虎"和杀"市中虎"的武二郎走完了他在阳谷县惨烈悲壮的人生之旅。

用"巧合法",还能使故事曲折多变、波澜陡生。如宋江在清风山、清风寨的一系列奇遇就是如此。被抓上山以后,就在清风山的头领们要吃他的心肝而小喽啰正准备动手的时候,宋江鬼使神差地说了一句:"可惜宋江死在这里!"②偏偏这句话被大头领燕顺听到了,于是宋江由待死羔羊变成了座上宾。正当宋江在清风山盘桓之时,好色之徒王矮虎下山打劫上来一个妇人,恰巧又是宋江即将投奔的花荣同僚刘高的妻子,宋江看在花荣面上将其救下放走。待宋江到清风寨之后,适逢元宵佳节,出门看灯,恰巧花荣"职役在身"不能陪同,只好派几个体己人跟随。更为有趣的是,宋江看灯入神,忍不住呵呵大笑,恰巧刘高和夫人就在附近墙院上听见,刘知寨老婆认出宋江。于是,宋江被抓,引出了花荣、黄信、秦明等英雄人物的一连串的故事。在此过程中,有很多的"巧",而每一次恰巧,都推动故事向前发展,而且是变生不测地向前发展,这样,势必会勾起读者浓厚的阅读兴趣。

有时候,巧合法的运用是为情节转折服务的。譬如宋江等人大闹"青州道"之后,一行数位英雄投奔梁山而去,但作者此时还没有准备让宋江上梁山,因为宋江作为"线索人物"的任务还没有完成,必须到闹江州以后,宋江要亲自带领几十位英雄好汉上梁山,那才是《水浒传》中的大关目。既然如此,怎样让宋江脱离花荣等人的队伍,独自偏离上梁山的路径呢?只有"巧合法"可以解决问题!于是,作者特意安排了"石将军村店寄书"的情节,让宋江与石勇在官道旁边一个大酒店相逢,并且由于一副大座头的争执,让石勇道出宋江的大名传四海,自己正要寻找他的话,而宋江闻言大喜,向前拖住石勇道:"有缘千里来相会,无缘对面不相逢!只我便是黑三郎宋江。"旋即看了石勇捎来的信

---

① 施耐庵,罗贯中. 水浒传 [M]. 北京:人民文学出版社,1975:365-366.
② 施耐庵,罗贯中. 水浒传 [M]. 北京:人民文学出版社,1975:435.

件,得知父亲亡故,五内俱焚,只好留下一封书信,介绍花荣等人上梁山,而自己则"恨不得一步跨到家中,飞也似独自一个去了"①(第三十五回)。当然,这封书信是宋清秉承父命欺骗宋江促使其回家的,但在当时通信设备极其落后的情况下,宋清请石勇传书寻找宋江却实在是无异于大海捞针。故而石勇在官道旁边一个大酒店与宋江相逢,实在是太巧了,有很大的人工斧凿的痕迹,但是,作者为了将宋江"调离"这一次上梁山的队伍,为了让他回家被捕,为了让他刺配江州,为了让几十条好汉血染浔阳江口,不得不如此。这种"巧合法"的过度使用,有时候也是出于不得已。

之后,在宋江行走江湖的故事中,作者还多次运用巧合法,例如在揭阳岭和浔阳江,李俊两次千钧一发之际的出现,救了宋江性命,都是"巧"得很的事。再如黑旋风与浪里白跳打得一塌糊涂的时候,宋江听说此人名叫张顺时,猛然想起怀中揣有他哥哥张横的家书,适时"叫停"了这场浔阳江上的"黑白斗",也是非常"碰巧"。后来,宋江之所以一个人独上浔阳楼题反诗,是因为恰巧数日前因贪吃而腹泻,一个人在房中将息,故而戴宗等人未来打扰。而宋江所题反诗,又恰恰被既有文化又想往上爬的黄文炳看到,故而惹出宋江的牢狱之灾。蔡九知府听了黄文炳的话,为显示自己的能力,派人给东京蔡太师送信请示如何办理宋江一案,恰巧送信人就是神行太保,因此引出了梁山泊戴宗传假信一节。蔡九知府收到冒充父亲亲笔的假信之后,又恰恰将"家书"给"外人"黄文炳看了,而黄文炳很快看出其中破绽,因而引起宋江和戴宗的押赴刑场斩首。于是,引发了梁山泊好汉劫法场的"大戏"。这中间,如果少了一个凑巧的环节,都不可能将故事推向白热化的高潮。

"巧合法"还有一个很大的用处,可以将两段原本不相干的故事连接起来,金圣叹有言:"有鸾胶续弦法。如燕青往梁山泊报信,路遇杨雄、石秀,彼此须互不相识,且由梁山泊到大名府,彼此既同取小径,又岂有止一小径之理。看他便顺手借如意子打鹊求卦,先斗出巧来,然后用一拳打倒石秀,逗出姓名来

---

① 施耐庵,罗贯中. 水浒传 [M]. 北京:人民文学出版社,1975:475-477.

等是也。都是刻苦算得出来。"此所谓"鸾胶续弦法",应该就是"巧合法"的一种特殊运用,其目的是通过"巧合",将两段本不相关的情节接上关系。金圣叹所举例证,见于金本《水浒》第六十一回。现将那段描写及金圣叹批语录取如下:

却说燕青为无下饭,拿了弩子,去近边处寻几个虫蚁吃。(脱得妙绝,又无痕影。)却待回来,只听得满村里发喊。燕青躲在树林里张时,看见一二百做公的,枪刀围匝,把卢俊义缚在车子上,推将过去。燕青要抢出去救时,又无军器,只得叫苦。寻思道:"若不去梁山泊报与宋公明得知,叫他来救,却不是我误了主人性命?"当时取路。行了半夜,肚里又饥,身边又没一文。走到一个土冈子上,丛丛杂杂,有些树木,就林子里睡到天明,心中忧闷,只听得树枝上喜鹊咭咭噪噪。寻思道:"若是射得下来,村坊人家讨些水煮瀑得熟,也得充饥。"(只一喜鹊作波。)走出林子外抬头看时,那喜鹊朝着燕青噪。燕青轻轻取出弩弓,暗暗问天买卦,望空祈祷,说道:"燕青只有这一枝箭了!若是救得主人性命,箭到,灵鹊坠空;若是主人命运合休,箭到,灵鹊飞去。"搭上箭,叫声:"如意子,不要误我!"弩子响处,正中喜鹊后尾,带了那枝箭,直飞下冈子去。(中鹊而鹊飞去,后知作者之意固不在于得鹊也。)燕青大踏步赶下冈子去,不见了喜鹊,却见两个人从前面走来。(如此交卸过来,文字便无牵合之迹。不然,燕青恰下冈,而两人恰上冈,天下容或有如是之巧事,而文家固必无如是之率笔也。)……这两个来的人,正和燕青打个肩厮拍。燕青转回身看一看,寻思道:"我正没盘缠,何不两拳打倒他两个,夺了包裹,却好上梁山泊?"揣了弩弓,抽身回来。这两个低着头只顾走。燕青赶上,把后面带毡笠儿的后心一拳,扑地打倒。却待拽拳再打那前面的,却被那汉手起棒落,正中燕青左腿,打翻在地。后面那汉子爬将起来,踏住燕青,制出腰刀,劈面门便剁。燕青大叫道:"好汉!我死不妨,可怜无人报信!"那汉便不下刀,收住了手,提起燕青,问道:"你这厮报甚么信?"燕青道:"你问我待怎地?"前面那汉把燕青手一拖,却露出手腕上花绣,慌忙问道:"你不是卢员外家甚么浪子燕青？"（燕青自通姓名既不可，那汉自晓姓名又不可，良工苦心，忽算到花绣上来，奇妙不可言。）燕青想道："左右是死，索性说了，教他捉去，和主人阴魂做一处。"便道："我正是卢员外家浪子燕青。"二人见说，一齐看一看道："早是不杀了你，原来正是燕小乙哥！你认得我两个么？我是梁山泊头领病关索杨雄，他便是拼命三郎石秀。"杨雄道："我两个今奉哥哥将令，差往北京，打听卢员外消息。军师与戴院长亦随后下山，专候通报。"燕青听得是杨雄、石秀，把上件事都对两个说了。①

卢俊义因为"藏头诗"被妻子贾氏和管家李固告发，被官府捉拿，刺配沙门岛。燕青于途中救之，背着其逃走。因在酒店无有下饭，燕青拿着弩子去打猎，回来看见卢俊义又被官府绑走。燕青孤掌难鸣，救不了主人，欲往梁山报信。同时，梁山派来打探消息的杨雄、石秀也正赶往大名府。更为难办的是，燕青不认识杨雄、石秀，杨雄、石秀也不认得燕青，如何让他们"接上头"呢？小说作者处心积虑想了一个奇招：让燕青追赶被射中之喜鹊，巧遇捡到猎物的杨雄、石秀，欲夺其包裹做盘缠。一场打斗，燕青反被二人制伏，焦急中忽然大叫："好汉！我死不妨，可怜无人报信。"同时，又被对方看到手腕上的花绣，引起注意。经过盘问，燕青说明自己身份，然后三人商议下一步救卢俊义的行动：石秀到北京城打听消息，杨雄带燕青回梁山报信。在这里，喜鹊、文身，全都成为"续弦"之"鸾胶"。作者匠心独运，利用"巧合法"将两件本不相干的事连在一起，成为极妙的过接无痕之法。

总之，《水浒传》中运用巧合法处理情节的例子不胜枚举，并达到了多种效用。当然，"巧合法"也并非《水浒传》作者之专利，中国古代小说多用此法，尤其是话本小说中的《蒋兴哥重会珍珠衫》《十五贯戏言成巧祸》《黄秀才徼灵玉马坠》《吕大郎还金完骨肉》《陶家翁大雨留宾，蒋震卿片言得妇》《苏知县罗衫再合》《凶徒失妻失财，善士得妇得货》《狭路逢》《生我楼》诸篇，都是

---

① 陈曦钟，侯忠义，鲁玉川. 水浒传会评本 [M]. 北京：北京大学出版社，1981：1140-1141.

以"巧合"作为其中的"关键"。而章回小说如《疗妒缘》《合锦回文传》《春秋配》《飞花咏》《鸳鸯影》，等等，亦均善用巧合法。

四　就是要让读者着急

从某种意义上讲，小说创作的最高境界就是作者对读者不断进行"艺术折磨"。一个高明的作者，总是会通过高超的艺术手段将读者"折磨"得魂牵梦绕、死去活来。这些艺术手段，包括上面涉及的"悬念"设置，也包括下面要讲的"急惊风偏遇慢郎中"。这句话，在古代通俗文学中有大同小异的说法："〔丑〕啊呀。急惊风撞子个慢郎中。"①（《鸣凤记》第二十出）"此时富家子正是：急惊风，撞着了慢郎中。"②（《二刻拍案惊奇》卷三十三）"岳云辞了太太，回到书房，想道：'急惊风，撞着慢郎中！'"③（《说岳全传》第四十回）

"急惊风偏遇慢郎中"的意思是说急性子急于办事，偏偏碰上对方是个缓性人，慢条斯理地办着，让你急不可耐。我们在现实生活中当然会碰到这样的人和事。然而，在小说创作中它其实也是一种行之有效的方法。

《水浒传》中的"武松醉打蒋门神"是非常经典的片段，但是金圣叹在这回书的回前总批中却大谈特谈一个"酒"字：

> 此篇武松为施恩打蒋门神，其事也；武松饮酒，其文也。打蒋门神，其料也；饮酒，其珠玉锦绣之心也。故酒有酒人，景阳冈上打虎好汉，其千载第一酒人也。酒有酒场，出孟州东门，到快活林十四五里田地，其千载第一酒场也。酒有酒时，炎暑乍消，金风飒起，解开衣襟，微风相吹，其千载第一酒时也。酒有酒令，无三不过望，其千载第一酒令也。酒有酒监，连饮三碗，便起身走，其千载第一酒监也。酒有酒筹，十二三家卖酒

---

① 毛晋. 六十种曲第二册[M]. 北京：中华书局，1958：86.

② 凌濛初. 二刻拍案惊奇[M]. 郑州：中州古籍出版社，1996：357.

③ 钱彩等. 说岳全传[M]. 上海：上海古籍出版社，1980：351.

望竿，其千载第一酒筹也。酒有行酒人，未到望边，先已筛满，三碗既毕，急急奔去，其千载第一行酒人也。酒有下酒物，忽然想到亡兄而放声一哭，忽然恨到奸夫淫妇而拍案一叫，其千载第一下酒物也。酒有酒怀，记得宋公明在柴王孙庄上，其千载第一酒怀也。酒有酒风，少间蒋门神无复在孟州道上，其千载第一酒风也。酒有酒赞，河阳风月四字，醉里乾坤大，壶中日月长十字其千载第一酒赞也。酒有酒题，快活林其千载第一酒题也。凡若此者，是皆此篇之文也，并非此篇之事也。如以事而已矣，则施恩领却武松去打蒋门神，一路吃了三十五六碗酒，只依宋子京例，大书一行足矣，何为乎又烦耐庵撰此一篇也哉？①（金本《水浒》第二十八回）

金圣叹真正是施耐庵的千古知己，施耐庵在写作《水浒传》时用到的一些心机笔墨，往往会被金人瑞先生挑剔出来，公之于众。这里所说的就是一个典型事例：武松打蒋门神，是这一回书的"事"，但如果只是干瘪地描写武松打蒋门神，只需大书一行字：施恩领着武松去打蒋门神，武松打倒蒋门神，夺回快活林。如此而已！作者偏偏不直截了当地"开打"，而是一路写武松喝酒，然后，才"醉"打蒋门神。为了写武松之"醉"，作者慢条斯理地写"酒人""酒场""酒时""酒令""酒监""酒筹""行酒人""下酒物""酒怀""酒风""酒赞""酒题"，写得让人感觉如行山阴道中目不暇接。这些描写，似乎跑题，但却正是题中之旨，因为是"醉"打蒋门神呀！进而言之，这些描写，又恰是这段故事之"文"，也就是笔者所说的"艺术折磨"。读者越是急于想知道武松究竟能否打败蒋门神，施恩能否重霸快活林，作者就越发不慌不忙地写"酒"写"醉"，一直到将武松"醉"得酣畅淋漓之后，才写他"打"得五彩缤纷，于是，"武松醉打蒋门神"也就瓜熟蒂落地完成了。而读者，在经受艺术折磨之后也会禁不住拍案叫绝！

上面一例是作者不让读者知道事情结果的"急惊风偏遇慢郎中"的描写，而下面一例却是作者明明可以预见到事件的结局，而书中人物还在不明底里地

---

① 陈曦钟，侯忠义，鲁玉川. 水浒传会评本［M］. 北京：北京大学出版社，1981：540.

上当受骗，读者那个"急"呀，恨不得跳进书中对当事人大喝一声。但作者不管不顾，就是要让读者急得不可开交。

故事说的是黄信设计诱捕花荣，花荣认为同是武官，黄信为人应该像自己一样豪爽坦荡，于是，坦然赴会，一头钻进黄信的陷阱。这段文字较长，不便全录，我们先摘取花荣一片赤诚竟至有些傻乎乎的答话："有劳都监下临草寨。花荣将何以报。""深谢都监过爱。""且请都监少叙三杯了去。"接下去，我们再看在这场"鸿门宴"中花荣让人揪心的表现："当时两个并马而行，直来到大寨，下了马。黄信携着花荣的手，同上公厅来。只见刘高已自先在公厅上。三个人都相见了。黄信叫取酒来，从人已先自把花荣的马牵将出去，闭了寨门。花荣不知是计，只想黄信是一般武官，必无歹意。黄信擎一盏酒来，先劝刘高道：'知府为因听得你文武二官同僚不和，好生忧心。今日特委黄信到来，与你二公陪话。烦望只以报答朝廷为重，再后有事，和同商议。'刘高答道：'量刘高不才，颇识些理法。何足道哉，直教知府恩相如此挂心。我二人也无甚言语争执，此是外人妄传。'黄信大笑道：'妙哉！'刘高饮过酒，黄信又斟第二杯酒来劝花荣道：'虽然是刘知寨如此说了，想必是闲人妄传，故是如此。且请饮一杯。'花荣接过酒吃了。刘高拿副台盏，斟一盏酒，回劝黄信道：'动劳都监相公降临敝地，满饮此杯。'黄信接过酒来，拿在手里，把眼四下一看，有十数个军汉簇上厅来。黄信把酒盏望地下一掷，只听得后堂一声喊起，两边帐幕里走出三五十个壮健军汉，一发上，把花荣拿倒在厅前。"①（第三十三回）

黄信、刘高表演双簧，花荣木然不知，但是读者知道呀！而且，读者心里急呀！花荣啊花荣，你如此聪明之人，怎么会上镇三山黄信的当呢？这么点小儿科的诡计你怎么就看不透呢？你凭什么认为黄信也是"一般武官，必无歹意"呢？历史上、生活中害人的"武官"难道还少见吗？然而，无论读者怎样焦急，书中的花知寨却一点不急，还是那么文质彬彬，还是那么儒雅忠信。说到底，花荣的不知情的"不急"，是作者知情的"不急"有意安排的。施耐庵就是要

---

① 施耐庵，罗贯中. 水浒传 [M]. 北京：人民文学出版社，1975：451-452.

用花荣的麻痹大意、从容不迫来"急"死你这些迫不及待要唤醒小李广的读者，因为作者深知，在清风寨发生的这一系列故事中，绝大多数的读者的同情心都是在花荣这一边的。明知你同情花荣，作者却偏要让花荣深处险境而浑然不知，而读者又无法唤醒他，这真是令人备受煎熬的"艺术折磨"啊！

其实，花荣在这里还只是一只即将掉进陷阱的猎物，即便掉下去，离死亡还有一段距离，说不定一个突发的偶然因素他也会得救。更为凶险的则是那种被人用蒙汗药麻翻在地，即将被"开剥"肢解的英雄人物，那简直就是砧板上的活鱼生虾。这样凶险的事，宋公明就曾遇到过。而作者写他命悬一线的时间特别长，被救的过程尤其拖沓冗杂。那是在揭阳岭上，当宋江和两个解差被催命判官麻翻之后，李立准备开剥宋江等人了，就在这千钧一发之际，作者突然放慢了叙事节奏。何以如此？金圣叹深有体悟，我们不妨将金本《水浒》第三十五回人瑞先生相关的"夹批"连同正文一起发表如下：

> 那人看罢包裹，却再包了，且去门前，望几个火家归来开剥。立在门前看了一回，不见一个男女归来，只见岭下这边三个人奔上岭来。那人却认得，慌忙迎接道："大哥那里去来？"那三个内一个大汉应道："我们特地上岭来接一个人，料道是来的程途日期了。我每日出来，只在岭下等候，不见到，正不知在那里耽阁了。"那人道："大哥，却是等谁？"那大汉道："等个奢遮的好男子。"那人问道："甚么奢遮的好男子？"那大汉答道："你敢也闻他的大名？便是济州郓城县宋押司宋江。"那人道："莫不是江湖上的山东及时雨宋公明？"那大汉道："正是此人。"那人又问道："他却因甚打这里过？"那大汉道："我本不知。近日有个相识从济州来，说道：'郓城县宋江，不知为甚事发在济州府，断配江州牢城。'我料想他必从这里过来，别处又无路。他在郓城县时，我尚且要去和他厮会，今次正从这里经过，如何不结识他？因此在岭下连日等候，接了他四五日，并不见有一个囚徒过来。我今日同这两个兄弟信步蹀上山岭，来你这里买碗酒吃，就望你一望。近日你店里买卖如何？"（忽然将说话闲闲说开去，妙绝。不然，便像特特飞奔上岭来救宋江矣。）那人道："不瞒大哥说，这几个月里好生

没买卖,今日谢天地,捉得三个行货,又有些东西。"那大汉慌忙问道:"三个甚样人?"(慌忙妙。看他写一个慌忙张致,一个慢条斯理,笔笔入妙。)那人道:"两个公人和一个罪人。"(非是那汉慢条斯理,亦为不如此,不足以衬起大汉之慌故也。)那汉失惊道:"这囚徒莫非是黑肥胖的人?"那人应道:"真个不十分长大,面貌紫棠色。"那大汉连忙问道:"不曾动手么?"(连忙妙。看他用慌忙字,失惊字,连忙字,声情俱有。)那人答道:"方才拖进作房去,等火家未回,不曾开剥。"那大汉道:"等我认他一认!"(写至此句,有骏马下坡之势矣。入下叙又用认不得句,陡然一收,笔法奇拗不可言。)当下四个人进山岩边人肉作房里,只见剥人凳上挺着宋江和两个公人,颠倒头放在地下。那大汉看见宋江,却不认得。相他脸上金印,又不分晓。没可寻思处,猛想起道:"且取公人的包裹来,我看他公文便知。"那人道:"说得是。"便去房里取过公人的包裹打开,见了一锭大银,又有若干散碎银两。解开文书袋来,看了差批,众人只叫得:"惭愧!"那大汉便道:"天使令我今日上岭来,早是不曾动手,争些儿误了我哥哥性命。"①

这里的"那人"就是催命判官李立,这里的"那大汉"就是混江龙李俊,跟在李俊身后的就是童威、童猛兄弟二人。这段描写,是双重的"急惊风偏遇慢郎中"。一层是李俊"急惊风"而李立"慢郎中",另一层是读者"急惊风"而作者"慢郎中"。然而,这两个层次的表达却有很大的不同。李俊的"急惊风"是朦朦胧胧感觉有问题,急于弄清麻翻的是谁。相对而言,李立的"慢郎中"则是无意的,他根本没有想到刚才被自己麻翻在地的竟然是闻名天下的及时雨宋公明。另一层面,读者的"急惊风"却是明明白白知道麻翻的就是宋江,希望他赶快得到营救,而作者却偏偏有意"慢郎中",给宋江被救设置了重重障碍,让李立和李俊说了那么多的不相干的废话。这双重的"急惊风偏遇慢郎中"

---

① 陈曦钟,侯忠义,鲁玉川. 水浒传会评本[M]. 北京:北京大学出版社,1981:667-669.

逼着读者迫不及待地读下去，直到宋江被救醒为止。这到底是一种享受还是一种煎熬？只有天知道！

揭阳岭上的宋江命悬一线乃是因为误会，误会消除了以后宋江也就平安了，与之相比，江州城中的宋江和戴宗被绑上刑场准备开刀问斩的描写却更是情势紧张。第一，这不是误会，而是朝廷刑罚，明明白白，没有任何疑义，也不是解释一下、查看一下就能解决问题的。第二，这里不是荒郊野外，也不是江湖中的杀人越货，而是在江州这样的都市中的通衢大道、十字街头，是官府斩杀犯人。第三，在这样的情势下宋江与戴宗有可能被救吗？如果可能，他们将怎样被救呢？尤其是最后一点，读者急切地想知道。但是，对不起！在这样的关键时刻，作者能不"折磨"一下读者吗？怎么折磨？还是那个老办法，"急惊风偏遇慢郎中"。读者不是"急"吗？我施某人偏要"慢"，"慢"得要让你接收不了，"慢"得要让你全神贯注。怎么一个"慢"法？细细写来，"细化"到不能再细化的程度。但是，施耐庵的这些想法、做法仍然没有瞒过金圣叹，他还是在紧要的地方一一给他披露出来：

> 蔡九知府听罢，依准黄孔目之言，直待第六日早晨，先差人去十字路口，打扫了法场，（偏是急杀人事，偏要故意细细写出，以惊吓读者。盖读者惊吓，斯作者快活也。）饭后，点起士兵和刀仗剑子，（急杀人事。）约有五百余人，都在大牢门前伺候。巳牌时候，狱官禀了，知府亲自来做监斩官。（急杀人事。）黄孔目只得把犯由牌呈堂，当厅判了两个斩字。便将片芦席贴起来。（急杀人事，偏又写得细。）……当时打扮已了，就大牢里把宋江、戴宗两个搁扎起，（一发急杀人。）又将胶水刷了头发，绾个鹅梨角儿，（偏要细写，恶极。）各插上一朵红绫子纸花。（偏要细写，恶极。）驱至青面圣者神案前，（偏要细写。）各与了一碗长休饭，永别酒。（偏要细写。）……六七十个狱卒，早把宋江在前，戴宗在后，推拥出牢门前来。（越急杀人。）……押到市曹十字路口，团团枪棒围住，（越急杀人。）把宋江面南背北，将戴宗面北背南，（偏细。）两个纳坐下，只等午时三刻，监斩官到来开刀。（十八字句，真正急杀人。）那众人仰面看那犯由牌上写道：

"江州府犯人一名宋江，故吟反诗，妄造妖言，结连梁山泊强寇，通同造反，律斩。犯人一名戴宗，与宋江暗递私书，勾结梁山泊强寇，通同谋叛，律斩。监斩官江州府知府蔡某。"（已到法场上，只等午时到矣，却不便接午时三刻四字，却反生出众人看犯由牌一段，如得恶梦，偏不便醒，多挨一刻，即多吓一刻。吾常言写急事，须用缓笔，正此法也。）①（金本《水浒》第三十九回）

请注意金圣叹在这段评语中反反复复说过的那些话："偏是急杀人事，偏要故意细细写出，以惊吓读者。盖读者惊吓，斯作者快活也。""吾常言写急事，须用缓笔，正此法也。"还有那一连串的"急杀人"。金圣叹这里所谓惊吓读者，所谓"急杀人"，就是笔者所说的"艺术折磨"。而"写急事，须用缓笔"，也正是"急惊风偏遇慢郎中"的意思。试想，宋江与戴宗在法场上处于生死攸关的紧急时刻，读者急得不得了，思考着李逵哪儿去了？梁山好汉来了没有？宋江、戴宗能够虎口逃生吗？而作者却出奇的淡定，你忙我不忙，让你们着急去吧！他反而沉下心来大写打扫法场、集合队伍、下级汇报、当厅判斩、捆绑犯人、绾发扎角、插花戴朵，以及到神案前、吃长休饭、喝永别酒，然后送出牢门、押赴刑场、背面而坐，四周戒备森严，最后，还要将相当于今天之"布告"的"犯由牌"全文照录，甚至还有蔡九知府的署名。如此累赘不堪的笔墨，似乎完全没有必要。但在作者这儿，却至少有两大妙用。其一，杀人亦有程序，甚至于"风俗"，读者不知道吧，让我施某人告诉你。其二，你们不是急着要看李逵和梁山好汉怎样劫法场吗？对不起，先让本作者将这些与法场、与死刑犯相关的细节慢慢道来。如此一来，读者虽然着急，也不得不耐心看下去。

诸如此类的描写，在《水浒传》中还有很多，例如金本第四十一回，写宋江被郓城县都头赵能、赵得带着兵丁追赶，宋江慌乱之中躲进还道村一座古庙的神厨中，接下来的一段描写也是让读者惊吓不已："宋江在神厨里一头抖，一

---

① 陈曦钟，侯忠义，鲁玉川. 水浒传会评本 [M]. 北京：北京大学出版社，1981：741-742.

头偷眼看时，赵能、赵得引着四五十人，拿着火把，各到处照，看看照上殿来。宋江抖道：'我今番走了死路，望神明庇佑则个，神明庇佑！神明庇佑！'一个个都走过了，没人看着神厨里。宋江抖定道：'可怜天！'只见赵得将火把来神厨里一照，宋江抖得几乎死去。赵得一只手将朴刀杆挑起神帐，上下把火只一照，火烟冲将起来，冲下一片黑尘来，正落在赵得眼里，眯了眼，便将火把丢在地下，一脚踏灭了，走出殿门外来。"通过宋江眼中之所见来写他心中之所想，在写出一触即发的危险境遇的同时，也推动了故事情节的发展。在这一回的回前总评中，金圣叹又有评判："前半篇两赵来捉，宋江躲过，俗笔只一句可了。今看他写得一起一落，又一起又一落，再一起再一落，遂令宋江自在厨中，读者本在书外，却不知何故，一时便若打并一片，心魂共受若干惊吓者。灯昏窗响，壁动鬼出，笔墨之事，能令依正一齐震动，真奇绝也。"① 金圣叹真是可人，他居然将数百年前的作者的创作方法和数百年后读者的阅读感受一并说出，而且是那样真实合理。表面上看，这里只是写了书中人物宋江的惊恐感受，而实际上，宋江的所有感受都代表了作者的感受和读者的感受，因为这一段描写就是通过宋江的视角来完成的。阅读这段描写和金圣叹批语，我们深切感觉到，一部伟大的小说作品，往往是作者、批评者、读者共同完成的。

更为有趣的是，《水浒传》的作者不仅能通过视角转换来完成"急惊风偏遇慢郎中"的写法让读者着急，在有的时候，他甚至还可以通过情感错位的写法来让读者急不可耐。

例子在金本《水浒》第五十三回，梁山好汉为救小旋风费大力气、千辛万苦打下高唐州，无不以为救出柴进，易如探囊取物。不料，破城以后却找不到柴进去向。后来，调查到当牢节级蔺仁，才得知柴进被高廉丢在枯井之中，生死不明。这本是一件急促而又悲惨之事，宋江等人下面的任务就是尽快下井捞人，实施急救。殊不知作者此时又与读者玩起了"急惊风偏遇慢郎中"的伎俩，而且是用插科打诨的方式写悲哀惊恐的场面：

---

① 陈曦钟，侯忠义，鲁玉川．水浒传会评本［M］．北京：北京大学出版社，1981：771．

直到后牢枯井边望时，见里面黑洞洞地，不知多少深浅。上面叫时，那得人应？把索子放下去探时，约有八九丈深。宋江道："柴大官人眼见得都是没了！"宋江垂泪。吴学究道："主帅且休烦恼。谁人敢下去探望一遭，便见有无。"说犹未了，转过黑旋风李逵来，大叫道："等我下去！"宋江道："正好。当初也是你送了他，今日正宜报本。"李逵笑道："我下去不怕，你们莫要割断了绳索。"吴学究道："你却也忒奸猾！"且取一个大蒉箩，把索子络了，接长索头，扎起一个架子，把索挂在上面。李逵脱得赤条条的，手拿两把板斧，坐在箩里，却放下井里去。索上缚两个铜铃，渐渐放到底下，李逵却从箩里爬将出来，去井底下摸时，摸著一堆却是骸骨。李逵道："爷娘，甚鸟东西在这里！"又去这边摸时，底下湿漉漉，没下脚处。李逵把双斧拔放箩里，两手去摸底下，四面却宽；一摸摸着一个人，做一堆儿蹲在水坑里。李逵叫一声："柴大官人！"那里见动？（入监不见柴进是第一跌，下井摸着骸骨是第二跌，摸着叫唤不应是第三跌。此书之妙，莫妙于逐步作跌，而俗子偏学其科诨以为奇也。）把手去摸时，只觉口内微微声唤。李逵道："谢天地，恁地时，还有救性！"随即爬在箩里，摇动铜铃。众人扯将上来，却只李逵一个，（妙人妙绝，绝倒我也。）备细说了下面的事。宋江道："你可再下去，先把柴大官人放在箩里，先发上来，却再放箩下来取你。"李逵道："哥哥不知，我去蓟州着了两道儿，今番休撞第三遍。"宋江笑道："我如何肯弄你？你快下去。"李逵只得再坐箩里，又下井去。到得底下，李逵爬出箩去，把柴大官人抱在箩里，摇动索上铜铃。上面听得，早扯起来。到上面，众人大喜。①

明明柴大官人还在枯井之中生死未卜，他的几位朋友却在井上面的光明温暖的世界里互相取笑，李逵"真笑"了，吴用"假骂"了，及至李逵下井之后摸到柴进，却不将救助对象吊上来，而是将自己先送上来，这也是非常滑稽的

---

① 陈曦钟，侯忠义，鲁玉川. 水浒传会评本 [M]. 北京：北京大学出版社，1981：997-998.

行为，故而金圣叹要说"妙人妙绝，绝倒我也"。而当宋江要求李逵再次下井救人时，李逵却又提出不愿意被别人耍弄的要求，因为他前不久刚刚被戴宗和罗真人"涮"了几把。这种要求是合理的，但却是儿童心理的合理。此时，就连宋江也"笑"了。你看，面临着老朋友在枯井中奄奄一息的危机状况，这些"四海之中的兄弟"却在那儿相互打趣、相互取笑，似乎这也忒没心肝了。其实不然，作者这样写，使用插科打诨的手法来吊读者的胃口，让李逵粗人弄细的戏剧性行为来延俄柴进被救的时间，如此，方能对读者实施"艺术折磨"。用金圣叹先生的话说，这就是所谓"跌"："入监不见柴进是第一跌，下井摸着骸骨是第二跌，摸着叫唤不应是第三跌。此书之妙，莫妙于逐步作跌，而俗子偏学其科诨以为奇也。"此所谓"跌"，也就是我们平时所说的一波三折、好事多磨。当然，作者折磨的不仅仅是枯井中的小旋风柴进，更是书本外千千万万的读者。读这样的片段，如果将其纯粹视为作者的插科打诨，那他就是一个"呆鸟"。

总之，这种"就是要让读者着急"的艺术折磨，是《水浒传》作者创造故事、推动情节的有效手段之一。更有意味的是，自从在《水浒传》中出现了这种对读者进行"艺术折磨"的文字以后，通俗小说之模仿者便层出不穷。如《白牡丹》第三十二回写刘瑾急于出城而不得反而弄出一些小事故一段，①《官世界》第五回写纪氏"请托"时坐冷板凳以及其表姐办完事后不讲结果反而絮絮叨叨一段，②《傀儡记》第五回写赵中堂要得知儿子消息的急切心理和他的学生余逢吉得知骇人消息不敢对老师明言而吞吞吐吐一段，③ 均是极其成功的"让读者着急"的写法。

五　一样人，便还他一样说话

小说中的语言，其实只有两大类，一是作者叙述语言，一是书中人物语言。

---

① 洪琮. 白牡丹 [M]. 太原：山西人民出版社，1993：200-202.
② 蜀冈蠖叟. 官世界 [M]. 南昌：百花洲文艺出版社，1993：24-25.
③ 苏同. 傀儡记 [M]. 南昌：百花洲文艺出版社，1993：314-315.

这两种语言其实都是作者的"手笔",但相对而言,人物语言比叙述语言的难度更大。何以见得?因为叙述语言说到底不过是作者自己的,而人物语言却还需要作者去"模拟"书中所写到的每一个人的"口吻"。"自说自话"不算难,搞"模仿秀"难度可就大多了。

衡量一部小说作品中的人物形象塑造之成功与否,个性化特征是重要的指标之一。而要使笔下人物成为个性化艺术典型,语言的高度个性化应该被作者视为一种追求的目标。只有那些进入文学语言自由王国的小说作家,才能在充分运用好叙述语言的同时又使自己笔下的人物语言达到高度个性化的水平。施耐庵就是这样的行家里手,《水浒传》中的人物语言在中国古典小说中是最为出色的,能超乎其上者唯《红楼梦》而已。诚如金圣叹在《读第五才子书法》中说:"《水浒传》并无之乎者也等字,一样人,便还他一样说话,真是绝奇本事。"①

大体而言,《水浒传》中人物语言个性化特征,主要体现在能传达人物的内心,能体现人物的性格,并且能够由外在化的语言描写深入到内在化的人物心理、性格描写等方面。

对于这种小说中人物语言的个性化表现,古代小说评点家们有一个专门用语——"声口"。

金圣叹在《水浒传序三》中说:"《水浒》所叙,叙一百八人,人有其性情,人有其气质,人有其形状,人有其声口。"②

金圣叹而外,在其他的小说评点实践中也可以经常看到相类似的话语,亦可见得某些小说的某些人物塑造也达到语言个性化水平,例如:

天花藏主人在《平山冷燕》第十一回回前总评中说:"仕途中老奸巨滑声口,摹写酷肖。"③ 指的就是书中人物宴知府面对两位假才子宋信、张寅以及真

---

① 陈曦钟,侯忠义,鲁玉川. 水浒传会评本[M]. 北京:北京大学出版社,1981:17.
② 陈曦钟,侯忠义,鲁玉川. 水浒传会评本[M]. 北京:北京大学出版社,1981:9.
③ 荻岸散人. 平山冷燕[M]. 北京:人民文学出版社,1983:127.

才子燕白颔时的对话。

张竹坡在《金瓶梅》第七十五回连连夹批:"逼真,如闻其声口。""又逼真,如闻其声口。""又如闻其声口。"① 分别指的是唱曲的申二姐所说的"我没的赖在你家!"春梅的回答:"赖在我家,叫小厮把髩毛都捋光了你。"以及郁大姐"可不怎的"一句答话。

天目山樵张文虎在评点《儒林外史》的过程中,对书中人物"声口"问题尤为重视,这方面的批语颇多。针对陈礼所言:"那日晚生晓得老先生到庵,因前三日纯阳老祖师降坛,乩上写着这日午时三刻有一位贵人来到,那是老先生尚不曾高发,天机不可泄露,所以晚生就预先回避了。""天一评"夹批:"江湖术士声口宛然。"(第七回)针对船家所言:"老爷又认着了一个本家,要多赏小的们几个酒钱哩。""天一评"夹批:"宛是船家声口。"(第二十二回)针对差人说话:"我们办公事,只晓得照票子寻人。我们衙门里拿到了强盗、贼,穿着檀木靴还不肯招哩!""天二评"夹批:"是差人声口。"② (第四十五回夹批)

直到晚清,邹弢还在《青楼梦》第五十五回夹批中写道:"小儿声口。"③ 这里所针对的就是一个叫作吟梅的小孩子所说的一句话:"仙家也没有什么好玩,你们不要去。停几天,我同公公婆婆一同到西湖上去游玩,只怕好玩得多哩!"

在古代小说批评领域,也有将"声口"称之为"话语""口声""口角""口吻"者,意思大同小异,如:

---

① 王汝梅,李昭恂,于凤树.张竹坡批评第一奇书金瓶梅[M].济南:齐鲁书社,1987:1167-1168.

② 吴敬梓,李汉秋.儒林外史会校会评本[M].上海:上海古籍出版社,1984:107,306,607.

③ 慕真山人.青楼梦[M].西安:三秦出版社,1988:478.

"写篯片是个活篯片的身份话语，一毫不肯苟下笔。"[1]（《姑妄言》第十回林钝翁夹批）

"口声如闻。"[2]（《红楼梦》甲戌本第六回行间朱笔夹批）

"写小人口角，羡慕之言加一倍，逼肖！"[3]（《红楼梦》庚辰本第二十四回墨笔夹批）

"每于急语中，忽入以方言，酷肖杭人口吻。"[4]（《醋葫芦》第二回回末且笑广总评）

以上事例告诉我们，人物语言个性化的问题早已引起小说作家和批评家的关注，但要谈到在这方面做得最早而又兼之最好的，当然就是《水浒传》。

不妨举一个最简明的例子：《水浒传》中宋江是头号主要人物，书中有不少英雄人物在与宋大哥第一次见面时都会对他说出异乎寻常的话语，而且这些话语又往往能显示出每位英雄人物各自的性格。

柴进："端的想杀柴进！天幸今日甚风吹得到此，大慰平生渴仰之念。多幸，多幸！"[5]（第二十二回）

武松："我不是梦里么？与兄长相见！"[6]（第二十二回）

李逵："我那爷！你何不早说些个，也教铁牛欢喜！"[7]（第三十八回）

张顺："久闻大名，不想今日得会。多听的江湖上来往的人说兄长清德，扶危济困，仗义疏财。"[8]（第三十八回）

---

[1] 曹去晶. 姑妄言[M]. 北京：中国文联出版公司，1999：508.

[2] 曹雪芹. 脂砚斋甲戌抄阅再评石头记[M]. 上海：上海古籍出版社，1985：85.

[3] 曹雪芹，邓遂夫. 脂砚斋重评石头记庚辰校本[M]. 北京：作家出版社，2006：484.

[4] 西湖伏雌教主. 醋葫芦[M]. 北京：警官教育出版社，1993：22.

[5] 施耐庵，罗贯中. 水浒传[M]. 北京：人民文学出版社，1975：290.

[6] 施耐庵，罗贯中. 水浒传[M]. 北京：人民文学出版社，1975：292.

[7] 施耐庵，罗贯中. 水浒传[M]. 北京：人民文学出版社，1975：514.

[8] 施耐庵，罗贯中. 水浒传[M]. 北京：人民文学出版社，1975：524.

鲁智深:"久闻阿哥大名,无缘不曾拜会,今日且喜相认得阿哥。"①(第五十八回)

杨志:"杨志旧日经过梁山泊,多蒙山寨重意相留,为是洒家愚迷,不曾肯住。今日幸得义士壮观山寨,此是天下第一好事!"②(第五十八回)

柴进、武松、李逵、张顺、鲁智深、杨志,都是《水浒传》中的重要人物,同时也都是梁山上的一流好汉。然而,作者却没有用相同的笔墨来描写他们的语言,而是想方设法展示他们口吻的个性化。以上所列,就是他们初见宋江时对宋大哥所说的第一句话。然而,就是这面对宋大哥的"第一句话",却充分显示了他们各自的出身、教养、性格、脾气。

柴进是所谓"帝子王孙",社会地位远远高于宋江,即便就江湖地位而言,柴大官人也是仅次于宋押司的。故而,他面对宋江说第一句话时,尽管语气有些夸张,也显得很文气,但心底深处对宋江却只是一种"平视",外表热烈掩盖下的不过是"彼此彼此"的客套。

武松是个多年行走江湖的精明人儿,且仰慕宋江已久,突然相见,不敢相信,故定睛看了又看,方才吐出衷肠话语:"我不是梦里么?与兄长相见!"这种见面语,较之柴进要热忱得多。

李逵则除了一腔热忱之外,更有粗莽可爱之处,一声惊呼"我那爷",一声责备"何不早说些个",一声无所顾忌的"铁牛欢喜",活画出李山儿的天真烂漫、实诚透明。

张顺精明不让武松,但却缺少武松的热忱;勇武不下李逵,但却不及李逵天性豪爽。浪里白跳毕竟是"鱼牙主人",是生意人,因此他比较看重宋江的"仗义疏财"。

鲁智深虽然做了和尚,但为人依旧古道热肠,坦诚直率,一连两声"阿哥",足见其对宋江的亲热无间,又可见其自身性情开阔。

---

① 施耐庵,罗贯中.水浒传[M].北京:人民文学出版社,1975:806.
② 施耐庵,罗贯中.水浒传[M].北京:人民文学出版社,1975:806-807.

杨志则不然，他是杨家将的后裔，而且是特别的"官迷"，因此他看重的是功名，即便赞扬宋江也只是说他"壮观山寨"。这就是旧家子弟体，而且，还略带几分官场逢迎习气的遗留，与武松之热忱、鲁智深之亲切、李逵之粗莽相比，不可同日而语。

六位梁山上一顶一的英雄人物，与他们的精神领袖见面时所说的第一句话，竟然如此天差地别，各显性情。人物语言个性化，在《水浒传》这些细枝末节的地方展现了它无尽的艺术魅力。

《水浒传》中很多英雄人物的语言，都有其明显的主体特征，这种特征，其实就是精神品格的外化。以第四回鲁智深的语言为例，结合金圣叹的批语，我们可以更为明确地理解这一问题。当鲁智深提出要在桃花村刘太公女儿的闺房中给小霸王说因缘劝其不要强取刘小姐时，刘太公说："好却甚好，只是不要捋虎须。"鲁智深道："洒家的不是性命？"金圣叹夹批："是鲁达语，他人说不出。"而当鲁智深打走小霸王之后，刘太公一把扯住赤条条的和尚有话要说，鲁智深说道："休怪无礼。"金圣叹夹批："只四字，亦非鲁达说不出。"随即，刘太公生怕鲁智深离开，山大王回来寻仇，不肯放和尚走，鲁智深道："甚么闲话！俺死也不走！"金圣叹夹批："鲁达语。"再往后，桃花山二大王周通将大大王李忠搬来报仇时，不料，却与鲁智深认识。面对李忠，鲁智深说："既然兄弟在此，刘太公这头亲事再也休提！"金圣叹夹批："鲁达语，何等爽直。"最后，周通同意不再骚扰刘太公女儿，鲁智深却还要叮嘱一句："大丈夫做事却要休翻悔。"金圣叹夹批："爽快是鲁达天性，此偏多用勾勒，乃愈见其爽快，妙绝。"[①] 鲁智深古道热肠、快人快语的性格，在面对刘太公、李忠、周通等人的对话中表现得清清楚楚。

与鲁智深相比，李逵的语言更加爽直粗率、口无遮拦。如李逵看到陌生的宋江时，对戴宗说："哥哥，这黑汉子是谁？"戴宗对宋江笑道："押司，你看这

---

① 陈曦钟，侯忠义，鲁玉川. 水浒传会评本[M]. 北京：北京大学出版社，1981：128-137.

厮怎么粗卤全不识些体面。"李逵道:"我问大哥,怎地是粗卤?"金圣叹夹批:"连粗卤不知是何语,妙绝。读至此,始知鲁达自说粗卤,尚是后天之民,未及李大哥也。"①(第三十七回)一个人粗鲁到什么是"粗鲁"都不知道,那可是真正的"先天之民",是"中央之帝为浑沌"②(《庄子·应帝王》)。更有趣的是,这位大混沌的"黑爷爷"有一次被神行太保戴宗用甲马折磨得死去活来的时候,他对戴宗的称谓在极短的时间内变化频率极大:"由哥哥改作好哥哥,由好哥哥改作好爷爷,由好爷爷改作老爹,由老爹改作亲爹,可谓无伦无次,无所不叫矣。"③(金本《水浒》第五十二回夹批)

相比较而言,林冲当然比李逵、鲁智深更有文化,说话也更为文气一些,但正是这中间的一点"墨水",使得豹子头多多少少有一点酸气,远远不及花和尚、黑旋风的质朴可爱。如第十回写林冲向王伦等人的一番表白:"三位头领容复:小人'千里投名,万里投主',凭托柴大官人面皮,径投大寨入伙。林冲虽然不才。望赐收录。当以一死向前,并无谄佞。"金圣叹此处夹批云:"须知此四字,与前为人最朴忠句,虽非世间龌龊人语,然定非鲁达、李逵声口。故写林冲,另是一样笔墨。"④ 在王伦这样的小人面前自称"小人",这样的称谓对于鲁达、李逵而言,你就是打死他也不会说出口!更何况,在别人面前表白自己"并无谄佞",这本身虽然不至于"奸佞",但多多少少还是有点儿"谄媚"的。

不仅像鲁智深、李逵、林冲这些性格有差异的英雄人物说起话来各有特色,而且,就连一母同胞的兄弟说起话来也个性鲜明。书中第十四回,在吴用说阮氏三雄去劫生辰纲的过程中,当数阮小七的对话最有特色。吴用说:"你们三个敢上梁山泊捉这伙贼么?"阮小七道:"便捉得他们,那里去请赏?也吃江湖上

---

① 陈曦钟,侯忠义,鲁玉川. 水浒传会评本 [M]. 北京:北京大学出版社,1981:696.
② 黄瑞云. 庄子本原 [M]. 武汉:湖北人民出版社,2013:194.
③ 陈曦钟,侯忠义,鲁玉川. 水浒传会评本 [M]. 北京:北京大学出版社,1981:969.
④ 陈曦钟,侯忠义,鲁玉川. 水浒传会评本 [M]. 北京:北京大学出版社,1981:227.

好汉们笑话。"金圣叹夹批:"定是小七语,小二、小五说不出,爽快奇妙不可言。"当阮小二说王伦不能容人时,阮小七对吴用道:"他们若似老兄这等慷慨,爱我弟兄们便好。"金圣叹夹批:"小七语,天然不从小二、小五说口中出。"最后,当吴学究和盘托出取生辰纲的计划之后,阮小七跳起来道:"一世的指望,今日还了愿心!正是搔着我痒处!我们几时去?"金圣叹又有夹批:"五字天生是小七语,小二、小五不说。"① 由此可见,《水浒传》中的人物语言,不仅众梁山好汉的话语呈现出各自的个性而迥然有异,就是一母所生的亲兄弟之间,阮小七的言语也与两位哥哥大不相同。

不要说梁山好汉了,即便是次要人物的语言,《水浒传》的作者也能写得活灵活现,充满个性色彩。如书中第二十四回写郓哥与武大郎准备第二天去捉奸时,郓哥对武大说:"明朝你便少做些炊饼出来卖,我便在巷口等你。"此处,金圣叹夹批:"你便我便二字下,皆略用一顿,活是孩子迟声慢口。"又眉批云:"你便我便,犹如大珠小珠落盘乱走相似。"②

不管是市井小民还是英雄好汉,除了在日常生活中的口头语体现鲜明的个性而外,如果碰上特殊的环境,那种语言就更有意味了。

《水浒传》第三回,写鲁智深为买酒吃,谎称"俺是行脚僧人,游方到此"。店家回答说:"和尚,若是五台山寺里的师父,我却不敢卖与你吃。"金圣叹夹批:"既唤作和尚,又称云师父,一句而两头不照,活画庄家之轻他方而重五台也。"③此处,店家既称鲁智深是和尚,那是因为他自称游方和尚,接着,又称五台山的和尚为师父,这就充分体现了市井百姓对五台山和尚的特别敬重。这种细腻的描写,充分注意到了书中人物对话时的语言环境。

我们再看对醉汉语言的描写。第六回写鲁智深醉酒后带人帮助林冲打架,

---

① 陈曦钟,侯忠义,鲁玉川. 水浒传会评本 [M]. 北京:北京大学出版社,1981:279-282.

② 陈曦钟,侯忠义,鲁玉川. 水浒传会评本 [M]. 北京:北京大学出版社,1981:474.

③ 陈曦钟,侯忠义,鲁玉川. 水浒传会评本 [M]. 北京:北京大学出版社,1981:115.

不料，林冲却放走了高衙内。鲁智深与林冲夫妇告辞说："阿嫂休怪，莫要笑话。阿哥，明日再得相会。"金圣叹夹批："凡四句，却一句阿嫂，一句阿哥，中间两句，文无次第，又不连属，写醉人，然亦真鲁达也。"① 再如第十一回写牛二纠缠杨志，杨志其实一开始就说了宝刀三大好处："第一件，砍铜剁铁，刀口不卷；第二件，吹毛得过；第三件，杀人刀上没血。"而当杨志当众将一垛儿铜钱剁成两半之后，众人齐声喝彩。这时牛二忽然说道："喝什么鸟采！你且说第二件是甚么？"金圣叹夹批："又记得有第二件，又不记得是甚么，活泼皮、活醉人。"②

酒可以乱性，色亦可以乱性。一个人在色迷心窍时，说话往往有意无意间流露出心头的底蕴，此亦即古人所谓"情动于中而行于言"③（卜子夏《毛诗序》）。如长期以来在两性生活中没有得到真正满足的潘金莲，猛然之间发现打虎英雄武二郎原来是自己的小叔子，而且就与自己在一个屋檐下生活。她觉得幸福可能近在咫尺、伸手可得。于是，她以酒为媒，表现了自己不顾一切的"情感追求"。请看金圣叹对"金莲戏叔"一段潘金莲与武松之间对话时"称谓"的微妙变化的捕捉，先看眉批："一路叔叔之声多于嫂嫂，读之真欲绝倒。"接下去，潘金莲叫了近四十次"叔叔"以后，觉得时机成熟了，忽然改口称武松为"你"。这一细微的变化，又被金圣叹敏锐捕捉，连连夹批："写淫妇便是活淫妇。""以上凡叫过三十九个叔叔，至此忽然换作一你字，妙心妙笔。"④

更有甚者，施耐庵还善于写出处于生死攸关时刻的人物与平时迥然不同的语言。例如宋江，本是一个历经艰险、胸有成竹、沉着冷静之人，其语言

---

① 陈曦钟，侯忠义，鲁玉川. 水浒传会评本 [M]. 北京：北京大学出版社，1981：165.
② 陈曦钟，侯忠义，鲁玉川. 水浒传会评本 [M]. 北京：北京大学出版社，1981：239.
③ 萧统. 昭明文选 [M]. 郑州：中州古籍出版社，1990：636.
④ 陈曦钟，侯忠义，鲁玉川. 水浒传会评本 [M]. 北京：北京大学出版社，1981：436-441.

在正常情况下是深思熟虑而又有条不紊的。但是，在从揭阳镇到浔阳江一路上遭到穆弘、穆春兄弟夺命追赶之后，在渡船上又遭到张横的生死威逼。如此连环追杀，使宋江的思维脱离正常的轨道，变得紊乱、零碎，其语言也就显得十分反常。当他被混江龙李俊救了以后，竟然向李俊打听张横的姓氏："这个好汉是谁？请问高姓？"其实，张横此前已经多次表明自己姓"张"，只不过因为宋江一直处于高度紧张的心理态势没有注意而已。故而，金圣叹于此处有夹批云："半日有叫张大哥，有叫张兄弟，他又自叫张爷爷，张字之多，非一遍矣。此处宋江忽然又问高姓，活画出前文吓极。"① （金本《水浒》第三十六回）

　　写一个人的语言如此，写一群人的语言也同样具有个性化特征，而且符合当时的情境。金本《水浒》第五十五回主要写"时迁盗甲"，金圣叹在这一回的回前总批中说："写时迁一夜所听说话，是家常语，是恩爱语；是主人语，是使女语；是楼上语，是寒夜语；是当家语，是贪睡语；句句中间有限，两头有棱，不只死写几句而已。"② 我们且看这段"其声低，似听儿女语，小窗中，喁喁"③（《西厢记》第二本第四折）的精彩描写：

　　　　徐宁口里叫道："梅香，你来与我折了衣服。"……约至二更以后，徐宁收拾上床。娘子问道："明日随值也不？"徐宁道："明日正是天子驾幸龙符宫，须用早起五更去伺候。"娘子听了，便分付梅香道："官人明日要起五更，出去随班；你们四更起来烧汤，安排点心。"……看看伏到四更左侧，徐宁起来，便唤丫嬛起来烧汤。那两个使女从睡梦里起来，看房里没了灯，叫道："呵呀！今夜却没了灯！"徐宁道："你不去后面讨灯，等几时！"那个梅香开楼门，下胡梯响。……时迁听得两个梅香睡着了，在梁上把那芦管儿指灯一吹，那灯又早灭了。时迁却从梁上轻轻解了皮匣。正要

---

① 陈曦钟，侯忠义，鲁玉川. 水浒传会评本 [M]. 北京：北京大学出版社，1981：685.

② 陈曦钟，侯忠义，鲁玉川. 水浒传会评本 [M]. 北京：北京大学出版社，1981：1019.

③ 王实甫. 西厢记 [M]. 上海：上海古籍出版社，1978：87.

下来，徐宁的娘子觉来，听得响，叫梅香道："梁上甚么响？"时迁做老鼠叫。丫鬟道："娘子不听得是老鼠叫？因厮打，这般响。"时迁就便学老鼠厮打，溜将下来。①

以上这一段，写了金枪手徐宁家中平常的一幕。这里有官人徐宁的言语，有徐宁娘子的言语，还有丫鬟的言语，时间是寒冬的深夜，地点是金枪班教头的府第，每个人的语言都有自身特色，而且是此时此地、此情此境的个性化特色。更妙的是，这一切对话都是从鼓上蚤时迁的耳朵听来的。如此笔墨，堪称描写人物语言的化境。

闲中的人物对话描写，《水浒传》作者达到了"人有其声口""他人说不出"的个性化水平，徐宁家那天夜晚的一幕已经充分展示了这一点。那么，如果进一步提出更高的要求，作者能否写出书中人物处于特定的险恶环境中，而显示出其语言的特定性呢？施耐庵毫不含糊地回答：当然可以！谓予不信，请看"杨志押送生辰纲"中的描写：

杨志拿起藤条，劈头劈脑打去，打得这个起来，那个睡倒，杨志无可奈何。只见两个虞候和老都管气喘急急，也巴到冈子上松树下坐下喘气。看这杨志打那军健，老都管见了说道："提辖！端的热了走不得，休见他罪过。"杨志道："都管，你不知这里正是强人出没的去处，地名叫做黄泥冈。闲常太平时节，白日里兀自出来劫人，休道是这般光景。谁敢在这里停脚！"两个虞候听杨志说了，便道："我见你说好几遍了，只管把这话来惊吓人！"老都管道："权且教他们众人歇一歇，略过日中行如何？"杨志道："你也没分晓了！如何使得？这里下冈子去，兀自有七八里没人家。甚么去处。敢在此歇凉！"老都管道："我自坐一坐了走，你自去赶他众人先走。"杨志拿着藤条，喝道："一个不走的，吃俺二十棍。"众军汉一齐叫将起来，数内一个分说道："提辖，我们挑着百十斤担子，须不比你空手走的。你端

---

① 陈曦钟，侯忠义，鲁玉川. 水浒传会评本 [M]. 北京：北京大学出版社，1981：1023-1025.

的不把人当人!便是留守相公自来监押时,也容我们说一句,你好不知疼痒,只顾逞辩!"杨志骂道:"这畜生不怄死俺!只是打便了!"拿起藤条,劈脸又打去。老都管喝道:"杨提辖,且住!你听我说:我在东京太师府里做奶公时,门下军官,见了无千无万,都向着我喏喏连声。不是我口栈,量你是个遭死的军人,相公可怜抬举你做个提辖,比得芥菜子大小的官职,直得恁地逞能!休说我是相公家都管,便是村庄一个老的,也合依我劝一劝;只顾把他们打,是何看待!"杨志道:"都管,你须是城市里人,生长在相府里,那里知道途路上千难万难。"老都管道:"四川、两广也曾去来,不曾见你这般卖弄。"杨志道:"如今须不比太平时节。"都管道:"你说这话,该剜口割舌!今日天下怎地不太平?"杨志却待要回言,只见对面松林里影着一个人,在那里舒头探脑价望。杨志道:"俺说甚么?兀的不是歹人来了!"①（全本《水浒》第十五回）

在这里,杨志的口吻、老都管的口吻、虞候的口吻、众军士的口吻可谓各尽其妙。尤其是杨志和老都管的对话,更是带有特定情境下的个性化色彩,而且富于发展变化。一开始,两个人之间还保持着表面上的礼貌。老都管称杨志为"提辖",杨志称老都管为"都管";老都管的话带有劝说、和事的意味,杨志的回答则具有解释性意味。接下去,老都管对杨志省略称呼,敞口讲话,但还是商量口气:"略过日中行如何？"而杨志也把"都管"改称为"你",并用"如何使得"四字断然拒绝。但是,杨志答话中的"你也没分晓了"却惹怒了老都管。所幸老都管并没有直接发作,而是给杨志一个软钉子:"我自坐一坐了走,你自去赶他众人先走。"表面上中立,实际上有点儿"走着瞧"的意味。想不到杨志并没有见好就收,而是进一步鞭打众军士。在军汉们的愤怒即将爆发时,老都管再也忍不住了。一声断喝"杨提辖",在提辖前面加了一个"杨",道出其姓氏,既是不满,也是挑衅。接下来,便是显地位、摆资格,甚至贬低、

---

① 陈曦钟,侯忠义,鲁玉川. 水浒传会评本 [M]. 北京:北京大学出版社,1981:295-297页.

讽刺、辱骂杨志,搞人身攻击,所有的言语都是在向杨志示威。这些骂詈声使得杨志猛然醒悟,明白了眼下自己的位置,因此,他的答话又稍稍变得客气一点。一声"都管",两句解释,希望能得到对方的体谅,但中间又隐含着一点责备,可谓软中带硬。谁知老都管牛皮吹开以后再也回不去,却进一步表示自己见多识广,并对杨志反唇相讥。这样,就逼出了杨志那句触犯禁忌的话:"如今须不比太平时节。"老都管一听,彻底击垮杨志的机会来了,于是抓住这句话大声呵斥:"你说这话,该剜口割舌,今日天下怎地不太平?"对这样的呵斥,杨志简直无法回答。正在紧张之际,恰好对面松林里影着一个人,在那里舒头探脑价望,杨志随即借题发挥道:"俺说甚么?兀的不是歹人来了!"在这段对话描写中,老都管之倚老卖老、强词夺理,企图以"政治问题"的无限上纲来压倒杨志,而杨志则步步退让,在退无可退的情况下抓住眼前突发事件反击老都管,以求摆脱尴尬处境。二人的口吻、心理都写得非常恰切,尤其是杨志的"俺说甚么?兀的不是歹人来了"这一句话,是非常符合杨志此时此境的特殊心态的,不仅"他人"说不出,而且即使是杨志其人在"他处""他境"亦说不出,这正是在特殊场景中通过人物个性化语言来展现人物内心世界之极境。

第八讲 如火如荼的水浒文化

当我们对《水浒传》进行了文献的、文学的多层面研究之后，我们还有一个任务，对这本小说进行文化层面的研究。

水浒文化如火如荼，包含的范围十分广泛。在这一"讲"的篇幅中当然不可能全面介绍。这里，主要从"水浒系列小说""不灭的侠义精神""梁山好汉的穿越""水浒传说与旅游文化"这几个方面略作展开。

一　水浒系列小说

《水浒传》出现以后，其续书、仿作很多，甚至形成了章回小说中的"英雄传奇"一派。这一节，我们主要介绍其"续书"。

现存的辛亥革命之前的以《水浒传》续书自命的章回小说主要有如下几部：
青莲室主人《后水浒传》四十五回

太湖小结义（第一百十三回）

陈忱《水浒后传》四十回

俞万春《结水浒》七十一回（即《荡寇志》）

寰镜庐主人《新水浒》二回（未完）

冬青《新水浒》二十八回

陆士谔《新水浒》二十四回

上述六部小说视其具体情况可分为三类，第一类是《后水浒传》《水浒后传》《荡寇志》，这是正正规规的《水浒传》的续书；第二类是冬青和陆士谔分别撰写的《新水浒》，是借梁山好汉的名头传播自己新思想的作品，我们将它们放在"穿越"中去分析；第三类是寰镜庐主人《新水浒》，从现存的两回看来，还没有与梁山好汉扯上关系，后面情节如何，恐怕永远无从得知了。

我们先介绍一下这本尚未与《水浒传》沾边的《新水浒》。该书作者"寰镜庐主人"真实姓名不详，只知道他是晚清一位通俗文学作家，所著有传奇戏《鬼磷寒》、小说《桃花扇演义》以及译著《血泪花》《一线天》等。他残存二回的这本《新水浒》，于甲辰（1904）在《二十世纪大舞台》第一、第二期连载，书未完而辍止。该书前两回回目为：第一回："末路穷途神龙遭虎厄，逢凶化吉祥凤订鸳盟。"第二回："情伤故主孽子孤臣同一哭，谊重新君英雄豪杰并归心。"欧阳健曾为该书编写内容提要如次：

  书叙一亡国之君，敌兵杀来，知大事已去，只得丢下龙冠龙袍，扮了军士模样，骑上神马，含悲上路，只拣着荒避地方走去。过被落寺院，忽跳出一肥胖和尚，将其擒住，绑在柱上，按住了刀对着他心窝刺来，只见一道白光，从半空中跳下一女子，与和尚一场恶斗。正难分难解，和尚忽跳出圈外，问女子姓名。女子道是广东翠环师姑首徒夜光珠，和尚翻身剪了拂，自言九龙山白鹤禅师首徒赤发魔王。女子急用刀割断绳子，并告和尚此人就是九五之尊。和尚顿时泪如泉涌懊悔不已。于是三人下山，上马直奔大路而去。原来这和尚是广西人氏，其母分娩时，梦白虎扑进房来，相貌魁梧，聪明出众。到十二岁便把经书念完，往往搬驳先生。先生要责罚他，他就顶撞起来，故无人敢收他做徒弟。离了学校，益发无法无天，聚得七八十个孩子，挥拳弄棒，后来被一江期闲汉收为徒弟，传授武艺……①

看前面这两回的情节，这本刚刚开头就"夭折"的《新水浒》是一部英雄传奇而兼有武侠小说意味的作品，至于后来是否与晚清政治扯上关系，是否也借助梁山好汉玩一点"穿越"，那就不得而知了。

接下来，我们探究正正规规的《水浒传》三大续书，看它们各自具有何种文化内蕴，并且，它们又是怎样从不同的角度"续"《水浒传》的。

青莲室主人辑《后水浒传》四十五回，有清初刻本。该书以宋江投胎为杨

---

① 江苏省社会科学院明清小说研究中心. 中国通俗小说总目提要 [M]. 北京：中国文联出版公司，1990：914.

幺，卢俊义投胎为王摩，"妖魔"再世，用这种方法将北宋发生在北方的宋江造反和南宋发生在南方的杨幺造反联系起来。杨幺及其手下三十六员干将，乃《水浒传》中三十六天罡选其十五、七十二地煞选其二十二共三十七人一一对应投胎。同时，又有相关人物或反面人物六人投胎转世，其对应关系如下：

天魁星呼保义宋江，托生天柱曜星全义勇杨幺；

天罡星玉麒麟卢俊义，托生天任曜星金头凤王摩；

天机星智多星吴用，托生天心曜星广见识何能；

天闲星入云龙公孙胜，托生天英曜星活神仙贺云龙；

天勇星大刀关胜，托生牛金牛宿毛头狮劳捷；

天威星双鞭呼延灼，托生虚日鼠宿泼天火罗英；

天贵星小旋风柴进，托生天禽曜星小虬髯孙本；

天富星扑天鵰李应，托生亢金龙宿拦路虎沃泰；

天杀星黑旋风李逵，托生天蓬曜星刮地雷黑疯子马鹾；

天速星神行太保戴宗，托生星日马宿筋半云郑天佑；

天满星美髯公朱仝，托生尾火虎宿没拦挡隋举；

天败星活阎罗阮小七，托生箕水豹宿揭浪蛟岑用七；

天巧星浪子燕青，托生心月狐宿钻心虫遍地锦殷尚赤；

天寿星混江龙李俊，托生轸水蚓宿癞头龟侯朝；

天英星小李广花荣，托生斗木獬宿小天王花茂；

地魁星神机军师朱武，托生天辅曜星前知神袁武；

地煞星镇三山黄信，托生角木蛟宿镇天雄游六艺；

地勇星病尉迟孙立，托生张月鹿宿铁壳脸吕通；

地会星神算子蒋敬，托生天芮曜星鬼算计常况；

地然星混世魔王樊瑞，托生天冲曜星小太岁邰元；

地角星独角龙邹润，托生氐土貉宿探骊龙朱润；

地轴星轰天雷凌振，托生房日兔宿喧天闹向雷；

地灵星神医安道全，托生觜火猴宿赛卢医郭凡；

地进星出洞蛟童威，托生参水猿宿分水犀牛童良；

地退星翻江蜃童猛，托生壁水貐宿水底鳌鱼柯柄；

地俊星铁扇子宋清，托生胃水雉宿山海镇石青；

地正星铁面孔目裴宣，托生奎木狼宿八臂哪吒柏坚；

地损星一枝花蔡庆，托生娄金狗宿锦毛犬骆敬德；

地全星鬼脸儿杜兴，托生鬼金羊宿焦面鬼王信；

地数星小尉迟孙新，托生毕月乌宿飞过海滕云；

地暗星锦豹子杨林，托生柳土獐宿花斑豹柳林；

地阴星母大虫顾大嫂，托生女土蝠宿马上娇屠俏；

地巧星玉臂匠金大坚，托生昴日鸡宿一刀段撒开段忠；

地文星圣手书生萧让，托生危月蟒宿书记手章文用；

地兽星紫髯伯皇甫端，托生翼火蛇宿青竹蛇殳动；

地乐星铁叫子乐和，托生室火猪宿铁鹞子于德明；

地镇星小遮拦穆春，托生井木犴宿铁里蛀虫丁谦；

后一名王进，托生再萧何黄佐；

蔡京托生贺省；

童贯托生董索；

高俅托生夏霖；

杨戬托生王豹；

张文远托生岳阳官。

该书书首有"采虹桥上客题于天花藏"的序言，点明了该书创作主旨：

  天下犹一身也。天下之在一君，犹一身之在一心也。一心不能自主，则元气削弱，邪气妄行，遂使四肢百骸，不臃即肿。虽有良医，莫能救其死。如宋徽、钦二帝，无治世之才，任用奸佞，以致金人自北而南。一身尚无定位，岂有余力及于群盗。故前之梁山，后之洞庭，皆成水浒。以聚不平之义气。至于走险弄兵，扰乱东南半壁，则莫不正名分，指目为强梁跋扈，尽欲荡平。然究思其强梁跋扈之源，贺太尉不夺地造阡，则杨幺何由刺配；黑恶不逆首开封，则孙本岂致报仇；邰元之杀人，黄金奸月仙之所致也；谢公墩之被兵，王豹欺配军所致也。种种祸端，实起于贪秽之夫，不良之宵小，酝火于邓林之木，捋须于猛虎之颔，一时冤鸣若雷，怨积成党，突而噬肉焚林，岂不令鳌足难支，天维触折哉！请一思之，是谁之过欤！大都天心又将北眷，国运已入西山。庙堂大奸大诈，草野无法无天之人事，又并横行于世，而不知回避。当此之际，虽有贤臣能将吐胆竭忠，亦莫如之何矣！况妒贤嫉能，犹瞀惑不已。正如人之半身，气血已枯，萎如槁木。而只一手一足，尚不知惜，犹听信谗谀，日移日促，希图一日之安，即至沉晦丧亡。唯恐盗贼之侵绝，不悔自无才之失算也。嗟嗟！此大概也。分而论之，则杨幺之孝义可嘉，马霷之血性难泯，邰元一味真心，孙本百般好义，至于何能、袁武、贺云龙皆抱孙吴之雄才大略。设朝廷有识，使之当恢复之任，吾见唾手燕云，数人之功，又岂在武穆下哉！奈何君王不德，使一体之人，皆成敌国，岂不令人叹息，千古兴嗟，宋室之无人也。虽然，名教攸关，谁敢逾越前后？曰妖曰魔，作者之微意见矣。①

这段话，点明了《后水浒传》官逼民反、乱自上作的创作宗旨，这是与《水浒传》息息相通的。该书不仅思想内涵与前传一脉相承，基本手法也大体相近，以杨幺为中心组织故事，结构线索颇同于《水浒传》。故事以前传中的水浒英雄燕青为过渡人物，写他重游梁山，遇到罗真人和公孙胜。罗真人告诉他过去的梁山兄弟大都已经投胎转世。公孙胜与燕青下山，遇见一妇人带领两个不停啼哭的婴儿，分别叫作"妖儿""魔儿"，公孙胜用手给两个婴儿摩顶，并随口说道："烧茅屋，出母腹，思念生前三十六。真人已说妙机关，洞庭可作梁山筑。算来该是十八变，纷纷攘攘中原逐。公孙劫数未消清，多却一人做头目。逞豪强，冤可复，消劫功成尊武穆。我今说破去成人，莫似前番昼夜哭。"②（第二回）听此歌谣后，两个婴儿哑然嬉笑。后公孙胜、燕青不过半年，亦投胎

---

① 青莲室主人. 后水浒传 [M]. 沈阳：春风文艺出版社，1981：卷首.
② 青莲室主人. 后水浒传 [M]. 沈阳：春风文艺出版社，1981：13.

而去。兄弟二人中的"妖儿"后为杨幺,"魔儿"即为王摩,二人分而复合,并各自结交许多江湖朋友,做了许多惊天动地的事业。后来,各路豪杰齐至洞庭湖君山聚义,杨幺、王摩被举为大头领。他们见义勇为、诛杀恶官,声势极大。杨幺甚至直入临安苦谏宋高宗,但因秦桧阻挠,宋高宗决意围剿洞庭。杨幺等通过天书,得知三十七人前生后世。最终,岳飞率兵破杨幺,三十六人在公孙胜的后身贺云龙的引导下遁入轩辕井,凝聚为黑气,不复出矣!

书中写众英雄受难而起者,亦同《水浒》诸人。如邰元一节,尤为细致生动,叙孙本一节亦佳,皆近于《水浒》之武松、林冲故事。且看邰元江舟脱身一段:

> 一日吃得热闹间,因问道:"前面江水中远远的这座山是什么地方?"二人道:"这是江州地方。这一座是金山,下向这一座是焦山。"邰元看去,果见两山皆在水中。因又问道:"我们到东京可从这两山过去?"二人道:"往常只在金山对过,到了广陵,起早到东京。如今领了相公牌票,却是要走楚州起早。只这焦山下去,便到楚州不远。"邰元听了暗想道:"我今若不动手,到起早上了囚车,便就费力。"遂将酒劝二人。吃了半晌,此时日已西斜。见两人俱有醉意,又见前后往来的船只离得渐远。因说道:"我实不知趣,一时要大便起来。烦二位同到后艄照管些。"二人只得开锁,一个在前面牵着铁索,一个在后面跟来。到了艄上,便左右立着。见他蹲了下去,恐是秽气,各背转看着江景。邰元却是有心,见他到了忘情之际,又见艄公只看着前面,突立起身,即飞起左右两腿。说时迟那时快,早将两个押差各翻筋斗,"扑通"声一齐跌入江中。那艄公忽听见水响,忙回过头来。早被邰元赶近,举起手上铁肘,往脑袋上一劈,打得脑浆迸流,又一脚踢落水去。前面那水手看见,忙提木棍打来。邰元一脚踢开,抢近又一脚踢入水去。①(第十回)

至于主角杨幺,较宋江而言更加敢作敢当,而少忠君意识。其试君一节,

---

① 青莲室主人. 后水浒传 [M]. 沈阳: 春风文艺出版社, 1981: 104-105.

虽很新颖，但总觉得有些不符现实。另一主要人物王摩，较卢俊义更加生气勃勃，不仅武艺高强，而且在关键问题上是非分明有主见。在并不知杨幺为其兄长的时候，为了山寨兄弟的利益，他"探问"杨幺一节，显示了这位主要英雄人物头脑清醒：

> 只见王摩忽立起身，向杨幺问道："方才哥哥说出梁山泊好汉劫救宋江。只这宋江，哥哥可学他么？可说俺兄弟晓得。"杨幺也立起身说道："宋江的仗义疏财、结识弟兄，便可学得；宋江的懦弱没主见、带累弟兄遭人谋害，便不可学他。"王摩听得大快，忙来扶定杨幺，说道："俺王摩向来笑宋江没用。向日有言在先，若有人与王摩意见相同，就拜他做白云山寨主，前日听见哥哥面貌相同，许多好处，只不知哥哥主意可与王摩相同。故此方才只分宾主，还要慢慢商量。不期哥哥恰提着劫救宋江来比较。他们俱被宋江害得零落，自己也被人谋死。今日俺弟兄们救哥哥出来，恰与他一般模样。你若学了宋江，将你做了寨主，岂不将俺弟兄也要被你害得零落，岂不又是一场笑话？故此急要问你。你今主意却与王摩一样心肠，心同貌同，必能与众弟兄共得生死，做得事业。俺王摩今日同众弟兄拜你做哥哥，坐第一把交椅。"①（第二十七回）

这一段写来掷地有声。其实，杨幺与王摩的这段对话不仅代表了这兄弟二人的思想，也代表手下三十多人的集体意识形态。洞庭湖众英雄，多较梁山好汉造反意志坚定，从上到下，不愿投降。这些地方，说到底是体现了作者的思想。但是，故事最后，作者让岳鹏举降伏妖魔，杨幺、王摩顿时减色，这实际上也反映了作者的思想矛盾。青莲室主人一方面认为岳飞代表朝廷剿灭杨幺是正义的，另一方面又认为杨幺等人的造反行为可以理解。他既不愿意洞庭湖强盗被剿灭，又不愿意他们接受招安而投降，同时，他也不愿意像金圣叹那样用"梦幻结果法"来了结这批英雄好汉。于是，他采取了回避现实的做法，用一个更为虚幻的"神异结果法"来了结故事，甚至是搪塞读者，当然，也是为了自

---

① 青莲室主人. 后水浒传 [M]. 沈阳：春风文艺出版社，1981：273.

欺欺人地了结自己的思想矛盾。他在全书结尾处写杨幺、王摩等三十六人被岳飞赶到轩辕井中即将全部覆灭的时候，忽然空中掉下一片纸条，上面写着梁山泊与洞庭湖两次造反的缘由以及结局。岳飞大功告成，班师回朝。恶煞天罡们却走进作者安排的去处："这杨幺等一时进了石门，急走多时，忽见前面冲起一道黑烟，将三十六人一阵昏迷，扑地皆倒，过了半晌，各醒转立起身来，竟虚飘飘如若云雾。再回看地下，只见地下有许多尸骸堆叠，只不知缘故。忽见贺云龙领着一阵人，笑嘻嘻迎着走来，说道：'哥哥们俱已脱去骸壳，各现本来面目。吾奉真人法旨，指引众弟兄相聚于此。从今已后，不复世尘。'杨幺等听明恍然大悟。一时三十六天罡、七十二地煞相逢于穴中，化成黑气，凝结成团，不复出矣。"①（第四十五回）殊不知这样一来，却更能体现了作者思想矛盾的难以解决性。

《后水浒传》的作者解决造反英雄结局的思路已如上述，而《水浒后传》的作者则另辟蹊径，又提出一种新的解决思路。

《水浒后传》四十回，有康熙甲辰（1644）刊本，署名"古宋遗民著，雁宕山樵评"，其实二者都是陈忱。至于此书创作宗旨，雁宕山樵在《水浒后传序》中说得明白："嗟乎！我知古宋遗民之心矣。穷愁潦倒，满腹牢骚，胸中块磊，无酒可浇，故借此残局而著成之也。"② 陈忱还化名樵余在《水浒后传论略》中说："《水浒》，愤书也。宋鼎既迁，高贤遗老实切于中，假宋江之纵横而成此书，盖多寓言也。……《后传》为泄愤之书：愤宋江之忠义而见鸩于奸党，故复聚余人而救驾立功，开基创业；愤六贼之误国，而加之以流贬诛戮；愤诸贵幸之全身远害，而特表草野孤臣，重围冒险；愤官宦之嚼民饱橐，而故使其倾倒宦囊，倍偿民利；愤释道之淫奢诳诞，而有万庆寺之烧，还道村之斩也。"③

---

① 青莲室主人. 后水浒传 [M]. 沈阳：春风文艺出版社，1981：461-462.

② 陈忱. 水浒后传 [M]. 长沙：岳麓书社，1998：卷首.

③ 陈忱. 水浒后传 [M] 古本小说集成：第四辑. 上海：上海古籍出版社 1994：1-2.

《水浒后传》继承了《水浒传》"官逼民反""乱自上作"的思想，并有意识地增加了民族矛盾和斗争描写。说到底，这是一部借古人之酒杯，浇胸中之块垒，张扬续作者陈忱自己的民族意识的作品，因为陈忱本身就是一个明代遗民。相对于《水浒传》而言，《水浒后传》有三点值得注意：其一，继承前传者，仍是"以暴抗暴"的套路；其二，超越前传者，在于强烈的民族意识；其三，不及前传者，则是过分追求功名富贵的下层文人心态。《水浒后传》对于梁山好汉的结局描写具有理想化色彩。后传借前传第九十九回中李俊"后来为暹罗国之主"一句话，写混江龙率领梁山余部及某些梁山好汉的后裔等人扬帆出海，兴邦立国，搞海外割据，但仍奉宋朝正朔。且看书中第三十八回所描写的这个被朝廷册封的海外版"水泊梁山"的主要成员结构：

征东大元帅李俊，册立为暹罗王，赐上方剑，便宜行事。承制封拜，子孙世袭。赐黄金五百两，白金三千两，金印一颗，玉带一围，蟒段八表里，御酒三十瓶。

公孙胜秉一正教通真虚寂大国师。

柴进太子太保，礼部尚书，行暹罗国丞相事。

燕青太子少师，封文成侯，特赐金印一章，文曰"忠真济美"，仙鹤补衣一袭。

乐和参知政事，兼管太常寺正卿事。

裴宣吏部尚书，兼都察院左都御史。

朱武军师中郎将，兼大理寺正卿。

萧让秘书学士，兼中书舍人。

闻焕章国子监祭酒。

金大坚尚宝寺正卿。

安道全太医院正卿。

皇甫端大仆寺正卿。

宋清光禄寺正卿。

戴宗通政司使。

宋安平翰林院学士。

樊瑞伏魔护国真人。

王进、关胜、呼延灼、李应、栾廷玉五虎大将军，皆封列侯。

李应兼户部尚书，栾廷玉兼兵部尚书。

朱仝、阮小七、黄信、扈成、孙立兵马正总管，武烈将军，皆封伯爵。

花逢春暹罗国驸马都尉，兼骠骑将军。

呼延钰龙骧将军。

徐晟虎翼将军。

费保、高青、倪云、狄成、童猛水军正总管，武卫将军。

蒋敬度支盐铁使。穆春工部侍郎。杨林廉访使。邹润留守司。

孙新宣尉使，杜兴驿传道，俱兼兵马都统制，武毅将军。

蔡庆刑部侍郎，兼锦衣卫指挥使。

凌振火药正总管。

顾大嫂六宫防御，封恭人。

这些人物，相对于《水浒传》而言，有梁山旧部李俊、公孙胜、柴进、燕青、乐和、裴宣、朱武、萧让、金大坚、安道全、皇甫端、宋清、戴宗、樊瑞、关胜、呼延灼、李应、朱仝、阮小七、黄信、孙立、童猛、蒋敬、穆春、杨林、邹润、孙新、杜兴、蔡庆、凌振、顾大嫂三十一人，外加留在杭州六和寺的武松一共三十二人。还有梁山好汉的后裔宋清之子宋安平、花荣之子花逢春、呼延灼之子呼延钰、徐宁之子徐晟四人，还有与梁山相关的人物闻焕章、王进、栾廷玉、扈成、费保、高青、倪云、狄成八人。

作者创造这样一个海外岛国，究竟要表现什么？请看李俊帮助作者的代言："话说太尉宿元景奉钦差到暹罗，册立李俊为国王，其余四十三人，皆封显官，回朝复命，不在话下。却说李俊坐了元帅府，传各官俱到，相见坐定。李俊道：'某本一介，蒙众兄弟扶助，得权摄国事，今朝廷册立即真，可谓非分之福。才疏德薄，有失民望，还藉众位辅弼，匡救过失，庶不负朝廷负荷之重，某亦得全首领。众位的官爵，俱是朝廷论功颁授，非某有厚薄。自今以后，各供其职，若冒禄幸位,有干法纪,某亦不能念私情而旷国典也。'众皆顿首称谢。……诸事完备,把一个海外番邦化作声名文物之地了。"①(第三十九回)

其实,作者笔下这样一个充满理想色彩的结局,所体现的仍然是一种更加深刻的思想矛盾。李俊等人称王海外,却又奉宋朝正朔;梁山草寇当了贵族显官,日薄西山宋朝却送去颁授。如此,似乎造反者和统治者成了一家,他们共同的敌人变成了"外寇"。或以为陈忱这样写,是借宋而比喻明,借金而隐射清,甚至有人认为这位反清遗民所写的海外岛国隐指孤悬台湾的郑成功。这种说法有一定道理,反正书中的民族意识是非常浓烈的。另一方面,仔细思考一番,这种结局也是符合中国封建时代实际的。对于封建时代一般民众而言,长期以来所面对的只是各级贪官污吏,不是每一个百姓都有面对皇帝或者了解国策的机会,人民更多的只会具有"仇官"情结,而不至于"仇君"。一首民歌唱得好:"天高皇帝远,民少相公多。一日三遍打,不反待如何?"②(黄溥《闲中今古录》)因此,从来只听说过"官逼民反"而没有听说过"君逼民反"。有的时候,人民大众不仅不"仇君",甚至还希望君王能按律惩处那些虐害百姓的贪官污吏。如果圣聪被蒙蔽,那就只好通过卓有见识的强者来帮助君王肃清吏治。《水浒传》中的宋江就是这种人物的代表,他标举在梁山泊杏黄旗上的"替天行道"就是这个意思。《水浒后传》中的李俊的行为则是这种思想的扩大和延伸,他奉宋朝正朔也罢,发表就职宣言也罢,所体现的正是新形势下的海外版的"替天行道"。因此,梁山造反者居然到海外建立岛国这么一种描写,这么一种既新鲜刺激又带传统积淀,既具有时代气息又深藏文人情结描写,实在是一个发人深省的选择。

《水浒后传》写作方面最大的特点是结构严谨,情节曲折,诚如小说批评家蔡元放所言:"传中所叙诸人诸事,事非一时,人非一处,南北东西,远近不一。若每一人每一事即归并于一处,是为印板画片矣!且事冗人繁,亦复难于

---

① 陈忱. 水浒后传 [M]. 长沙:岳麓书社,1998:284-285.
② 商礼群. 古代民歌一百首 [M]. 上海:上海古籍出版社,1979:105.

安顿，故先于东南写一登云山，就于西北接写一饮马川；既有了二处作根基，然后诸人诸事凡近于东南者，悉归于登云，凡近于西北者，悉归于饮马。俟诸人收拾已全，然后写饮马住不得，只得并入登云；登云又住不得，然后思量泛海，如此谋篇，可谓制锦为衣、聚花作障之手。"①（《水浒后传读法》）至于该书人物塑造的成功，主要体现在两个方面：一是将前传次要人物"升格"为主要人物进行重笔描写，如阮小七、乐和等就写得比《水浒传》中更具风采；二是写梁山好汉后裔，依照其父亲的基本性格特征稍加发展变化，如徐晟、宋安平、呼延钰均乃如此，尤其是花逢春，更在神箭家传的基础上较之乃父花荣显得更加儒雅风流。当然，由于《水浒后传》是续《水浒传》之作，虽然在古代小说续书领域中较为成功，但要想超越原著却是一件非常困难的事，这一方面，作者陈忱的感触尤其深刻：

后传有难于前传处。前传镂空画影，增减自如；后传按谱填辞，高下不得；前传写第一流人，分外出色；后传为中材以下，苦心表微。②（《水浒后传论略》）

相对于以上二书而言，俞万春在《荡寇志》中对诸如梁山这样的造反英雄结局的描写最为干净利落，当然，同时也就最为残忍恐怖。且看那令人窒息的惨烈一幕："初五日庭讯，三法司及大将军汇奏：宋江、卢俊义、吴用、公孙胜，元凶渠魁，罪大恶极。其余三十二贼：……均属罪无可逭，合拟凌迟。天子依议，即于初六日恭诣太庙献俘毕，即将宋江、卢俊义、吴用、公孙胜、柴进、朱仝、雷横、史进、戴宗、刘唐、李逵、李俊、穆洪、张横、张顺、阮小二、阮小五、阮小七、朱武、黄信、宣赞、郝思文、单廷珪、魏定国、裴宣、欧鹏、燕顺、鲍旭、樊瑞、李忠、朱贵、李立、石勇、张青、孙二娘、段景住，一齐绑赴市曹，凌迟处死，首级分各门号令。"③（第一百三十八回）这还是最

---

① 黄霖，韩同文. 中国历代小说论著选 上 [M]. 南昌：江西人民出版社，1982：421.

② 陈忱. 水浒后传 [M] 古本小说集成：第四辑. 上海：上海古籍出版社，1994：27.

③ 俞万春. 荡寇志 [M]. 北京：人民文学出版社，1981：993-994.

后被处决的一批,在此之前,梁山一百八人中的三分之二已被朝廷军队剿灭杀害。

俞万春身处造反者风起云涌、清政府风雨飘摇的嘉庆、道光年间,而且在他年轻时曾经跟随父亲一起参加镇压人民大众的武装反抗,因此,完全可以说其政治立场是站在造反英雄的对立面的。表面看来,他对造反者必诛之而后快的态度是异常坚定的,似乎并没有丝毫的思想矛盾和情感纠结。其实,这只是一种片面的理解和认识。如果我们将《荡寇志》全书细细读过,就会发现作者思想的另一面——俞万春同样具有非常浓厚的"仇官"情结。《荡寇志》的前半部分,如"女飞卫发怒锄奸""丽卿痛打高衙内""女诸葛定计捉高封",乃至"豹子头惨烹高衙内"等片段,与《水浒传》前七十回的大部分内容几无二致。且看场面有些血腥的"丽卿痛打高衙内"一段:

> 丽卿道:"这般说,还略出口气。"便取下灯台去照着,飕飕的把高衙内两只耳朵血淋淋的割下,又把个鼻子也割下来。……丽卿把灯来照看,只见那衙内睁着眼朝他看。丽卿想到他那平素的可恶,便去弓箱内取出两枝旧弦,折叠着一把儿捏在手里,去那衙内的背上、腿上着力鞭打,骂道:"贼畜生,也有今日!你那风话说不说了?"打得那衙内一条青一条紫,血般往裤子外面渗出来,好似哑子吃了黄连,肚里说不出的那般苦,喉咙里只是阿阿阿的叫不响,身子乱动乱摆,那里强得?可怜从不曾吃过这般利害。①(第七十四回)

陈丽卿只不过曾经被高衙内调戏过而已,对这个官二代就有如此的深仇大恨,那么,《水浒传》中所写的被高俅父子害得家破人亡的林教头在《荡寇志》中又是怎样对待高衙内的呢?且看更令人触目惊心的一幕:

> 只见小喽啰已将高衙内四马攒蹄,捆缚献上。林冲见了衙内,眼睁睁看了半晌,却没摆布处,恨不得夹生的碎嚼了他。忽猛然得一个计较,便叫左右:"去访寻高衙内平日用的厨子,前来问话。"不一时,寻得厨子来。

---

① 俞万春.荡寇志[M].北京:人民文学出版社,1981:58-60.

林冲便问道："你主人平时吃猪羊肉怎样吃法？"厨子道："猪耳卷如饺，羊眼热油炒，羊肉做羊膏，猪肉做烧烤。"林冲道："好极。"便吩咐将衙内牵下去洗刮干净，再上来听用。宋江便吩咐撤去酒筵，当中供起林冲娘子的神位来。林冲逊谢。只见左右已将洗净的衙内箝口反缚献上，宋江便吩咐："先取三杯血酒来祭奠林娘子。"左右一声答应，衙内身上早已三个窟窿。左右将血酒捧上，宋江率众头领依次祭奠。林冲一一回谢了。……饮至三巡，林冲方命用羊眼熟炒之法，一个喽啰便把尖刀向衙内眼眶一挖，鲜血满面。又命取耳朵，只见喽啰持刀复向衙内去割，不知这耳朵不消割得，一扯便落。喽啰持着笑道："启禀头领：这耳朵是假的。"林冲笑道："怎么假的，敢是那个先割过了？"众头领哄堂大笑。看那衙内，早已魂归乌有。[1]（第九十八回）

想不到，在《水浒传》中林教头昼思夜想要做而没有做成的事，却在一部被大家普遍认为"反"《水浒传》的《荡寇志》中实现了。这岂非咄咄怪事？其实，只要我们平心静气地想一想，就可以明白这事一点都不奇怪。《水浒传》中林冲被逼上梁山的经历，除了逼他上山的人之外，其他人都会同情，这其中就包括江湖上的强盗和庙堂上的忠良，还有郁郁不得志的文化人。因此，从某种意义上讲，高俅父子其实是天下各阶层的"公敌"，因为这些贪官污吏及其"衙内"所欺负就是社会各阶层的人群。由此说来，陈丽卿痛打高衙内与豹子头惨烹高衙内在本质上是一样的，只是程度的不同。在这一点上，陈丽卿与林教头是同仇敌忾的。换一个角度看问题，《荡寇志》前半部分写陈希真父女的经历与《水浒传》中很多梁山好汉的经历颇为接近，所体现的无非是大贤处下，不肖处上，官逼民反，乱自上作的社会现实。另一方面，《荡寇志》的后半部，写各路官军、包括猿臂寨的武装力量共同剿灭梁山，又与《水浒传》写宋江征方腊内容如出一辙。当然，二者之间还是有区别的，《水浒传》将大部分的篇幅歌颂聚义造反，小部分的篇幅鼓吹荡寇剿贼，而《荡寇志》则小部分篇幅鼓吹聚

---

[1] 俞万春. 荡寇志 [M]. 北京：人民文学出版社, 1981: 430-431.

义造反，大部分篇幅歌颂荡寇剿贼。尽管我们经常说量变可以转化为质变，但《水浒传》与《荡寇志》两者之间却有一个绝大的共同点：思想矛盾。施耐庵是痛苦的，他不知道宋江等人接受招安以后应该是什么样的结局；俞万春也是痛苦的，他不明白陈希真那样的忠良为什么先要落草为寇然后才能"荡寇"。

《荡寇志》一书的思想内涵虽然充满矛盾，俞万春的描写艺术却在中国古代小说一二流作家之间。他所编撰的故事具有吸引力，情节展开也合情合理，场面描写则有张有弛，语言更是流畅生动富有表现力。作者亦善于写人，尤其是陈丽卿这个娇憨而又聪慧的女性形象写得跃然纸上。在中国古代小说女性形象的人物画廊中，就"娇憨"的天籁之美而言，唯有《聊斋志异》中的青凤、《红楼梦》中的史湘云方可与陈丽卿鼎足而三。谓予不信，且看在第七十七回这位"女飞卫"连续两次天真无邪、口无遮拦的例证：

> 刘广道："高封这厮，自己年轻时也从男风上得了功名，后来反把他孤老害杀。这等狠心，实是少有。"丽卿问希真道："爹爹，什么叫做南风？"希真笑喝道："女孩儿家，不省得，便闭了嘴！不许多说。"刘麒、刘麟、慧娘都忍不住暗笑。丽卿肚里想："不省得，便问声也不打紧，不值便骂。最可恨说这种市语！"……丽卿道："那云龙兄弟的武艺也好。那表人物，与二位哥哥相仿。秀妹妹好福气，得这般好老公，谁及得来！"慧娘被她说得脸儿没处藏，低下头去。希真喝道："你这丫头，认真疯了！路上怎的吩咐来？偌大年纪，打也不好看，只好缝住了你这张嘴。"丽卿被骂得笑着脸，不敢做声。①

这两个片段，都是陈丽卿带着童心童趣的问话或赞语，却遭到他父亲陈希真的呵斥。第一例中的"男风"，就是男人之间诉诸躯体的同性恋，也可以更为隐晦地称之为"南风"。男人之间那种不能公开的事，天真无邪的陈丽卿当然是不可能知道的，故而，她很自然地将姨夫与父亲对话中提及的"男风"听为"南风"，但又不明底里，故而向父亲发问，想不到遭到父亲的"笑喝"和表兄

---

① 俞万春. 荡寇志 [M]. 北京：人民文学出版社，1981：113-114.

表妹们的暗笑，而陈丽卿更加不满，心里埋怨这些人说话怎么老是讲这些云遮雾盖的"市语"黑话。在这个场景中，其他人都是沾染上俗气的市井中人，唯有陈丽卿是与山花和清泉一般天然绚烂和清澈见底。第二例更妙，刘慧娘是陈丽卿的表妹，当这位"女飞卫"回忆起曾经见过面的表妹未婚夫云龙之后，竟然情不自禁地表达了艳羡之情。这种表达方式如果在西方或者在今天的中国，人们或许可以接受，但是在封建时代的中国，一个尚未出嫁的女孩子居然当着表哥表妹、甚至两位长辈的面直截了当地赞扬妹夫的"那般人物"，公开羡慕表妹配得"这般好老公"，那可是大大丢面子的事，故而她父亲陈希真必须又一次呵斥她。然而，呵斥归呵斥，一个田野的鲜花、山间的清泉一般的娇憨女性形象却永远留下了中国古代小说史上。

二　不灭的侠义精神

何以谓之"侠"？工具书的解释与本节相关者有二。其一："旧时指有武艺、见义勇为、肯舍己助人的人。"其二："指见义勇为、肯舍己助人的性格、气质或行为。"① 前者可举例如："古布衣之侠，靡得而闻已。……以余所闻，汉兴有朱家、田仲、王公、剧孟、郭解之徒，虽时扞当世之文罔，然其私义廉絜退让，有足称者。"②（《史记·游侠列传》）后者举例如："嗣宗俶傥，故响逸而调远；叔夜俊侠，故兴高而采烈。"③（《文心雕龙·体性》）

何以谓之"义"？工具书的解释与本节相关者亦有二。其一："谓符合正义或道德规范。"④ 举例如《论语·述而》："不义而富且贵，于我如浮云。"⑤ 其

---

① 罗竹风. 汉语大词典第一卷［M］. 上海：上海辞书出版社，1986：1369.
② 司马迁. 史记［M］. 北京：中华书局，1959：3183.
③ 刘勰，詹锳. 文心雕龙义证［M］. 上海：上海古籍出版社，1989：1025.
④ 罗竹风. 汉语大词典第九卷［M］. 上海：汉语大词典出版社，1992：173.
⑤ 程树德. 论语集释［M］. 北京：中华书局，1990：465.

二：理应。《易·需》："象曰：需，须也，险在前也，刚健而不陷，其义不困穷矣。"高亨《周易大传今注·需》"附考"："《易传》常以义为宜。义、宜古通用。《旅·象传》曰：'以旅在上，其义焚也。'《释文》：'一本作宜其焚也。'此本书义、宜通用之证。"① 这段话的核心意思就是说，"义"者"宜"也，"义"是一种人类应该具有的品格。

何以谓之"侠义"？工具书的解释与本节相关的还是两条。其一："谓见义勇为，舍己助人。"其二："指见义勇为、舍己助人之士。"② 前者可举例如："忠臣侠忠，则扶颠持危，九死不悔；志士侠义，则临难自奋，之死靡他。"③（李贽《焚书》卷四）后者可举例如："孙节级在日，为友侠义，出入衙门，不知在手中行了多多少少方便的事。"④（《后水浒传》第二十五回）

《水浒传》毫无疑问是描写侠义之士的集大成之作，"侠义精神"是《水浒传》中梁山好汉的心灵共振，也是书里书外的人们评价一位英雄人物是否够格的首要标准。《水浒传》流行于社会以后，其中的精气神"侠义"对后世产生了巨大的影响。而在这种影响下孕育的文学艺术产品，又进一步扩散着侠义精神。如此一来，就形成了侠义精神的滚雪球般的愈来愈壮观的传播。其中，传播力度最大的主要有两方面的产品，一是由英雄传奇小说演变而成的侠义小说、武侠小说，二是将《水浒传》中某些英雄人物的故事廓而大之的评话小说。

章回小说中由《水浒传》发端的英雄传奇一类，由明入清，绵延不绝，完整保存至今者有数十部之多，除了上面涉及的《水浒传》续书之外，还有《南宋志传》《北宋志传》《于少保萃忠全传》《杨家府演义》《禅真逸史》《禅真后史》《隋史遗文》《说岳全传》《隋唐演义》《说唐演义全传》《说唐后传》《野叟曝言》《征西说唐三传》《飞龙全传》《说呼全传》《希夷梦》《草木春秋演

---

① 罗竹风. 汉语大词典第九卷 [M]. 上海：汉语大词典出版社，1992：173.
② 罗竹风. 汉语大词典第一卷 [M]. 上海：上海辞书出版社，1986：1870.
③ 李贽. 焚书 [M]. 长沙：岳麓书社，1990：191.
④ 青莲室主人. 后水浒传 [M]. 沈阳：春风文艺出版社，1981：250.

义》《粉妆楼全传》《五虎平西前传》《五虎平南后传》《万花楼》《绿牡丹》《永庆升平前传》《永庆升平后传》《兰花梦》《三门街前后传》等。其中，侠义精神的描写和表彰最为突出的有以下几部：

《杨家府通俗演义》八卷五十八则，与五十回的《北宋志传》是一事两传之作，其核心部分的故事情节基本上差不多。二书最能体现侠义品格的人物是焦赞、孟良，如焦赞杀谢金吾一段：

> 焦赞踏进前骂曰："弄权奸佞！今日认得焦赞么？"言罢，一刀从项下而过，谢金吾头已落地。众人看见，四散逃走。焦赞杀得手活，抢入房中，不分老幼，尽行屠戮。……将近三更，焦赞取筵中美味恣食一湌。临行自思曰："谢金吾一家被我杀死。他是朝廷显官，若知此事，岂不连累地方？不如留下数字，与人知是我杀，庶不祸及他人也。"即将鲜血大书二行于门曰："天上有六丁六甲，地中有金神七煞。若问杀者是谁，来寻焦七焦八。"题罢，复越墙而出。①（《北宋志传》第二十七回）

这段描写，酷似《水浒传》中"张都监血溅鸳鸯楼"一段，尤其是焦赞杀人后那种不影响他人，好汉做事好汉当的气概，实在与武二郎不相上下，而他蘸着鲜血写下的打油诗，较之武松蘸血题壁的"杀人者，打虎武松也"短短一句话而言，却更带有几分幽默诙谐。

方汝浩《禅真逸史》四十回，是英雄小说向着武侠小说转变的作品。书中颇多侠义描写，如第十五回，就写"强盗"薛志义深得百姓拥戴，因为他"专一怜贫济困，剪戮豪强，小民或被富家所欺，到他山寨中诉冤，反赠银两，或送布米，不拘远近，亲自带领人马，将恃强为恶之人登时杀戮，放火烧屋，掠劫一空，良民善士，毫无侵犯，过路单身客商全不加害。百两之内，一毫不取，百两之外，十取二三。英雄落难之士，必赠盘缠，故此远近尽皆悦服"②。这样具有侠义之风的"强盗"，其所作所为，毫无疑问是对梁山精神的发扬光大。

---

① 侯忠义. 明代小说辑刊第二辑之一 [M]. 成都：巴蜀书社，1995：469-470.
② 清水道人. 禅真逸史 [M]. 哈尔滨：黑龙江人民出版社，1986：223-224.

袁于令评改之《隋史遗文》六十回，以秦琼等草莽英雄事迹为中心。该书之侠义描写不少，如写秦琼烧捕批一段：

叔宝道："兄长，你知自己是豪杰，却藐视天下再无人物。"雄信道："兄是怪我的言语了。"叔宝道："小弟怎么敢怪兄，昔年在潞州颠沛险难，感兄活命之恩，图报无能。不要说尤俊达、程咬金是兄请往齐州来，替我家母做生日，就是他弟兄两个自己来的，咬金又与我髫年之友，适才闻了此事，就慷慨说将出来，小弟却没有拿他二人之理。如今口说，诸兄心不自安，却有个不语的中人，取出来与列位看一看，方才放心。"雄信道："请教。"叔宝在招文袋内，取出应捕批来与雄信。雄信与众目同观，上面止有陈达、尤金两个名字，并无他人。咬金道："刚刚是我两人，一些也不差。拜寿之后，同见刺史便了。"雄信把捕批交与叔宝。叔宝接过，豁的一声，双手扯得粉碎。其时李玄邃与柴嗣昌两个来夺时，早就在灯上烧了。自从烛焰烧批后，慷慨声名天下闻。①（第三十一回）

秦叔宝身为官府捕快，却在逮捕对象程咬金、尤俊达以及众多江湖兄弟面前将相当于今天的"逮捕证"的"捕批"撕做粉碎，并一把火烧了！这是比《水浒传》中宋公明私放晁天王更为严重的"犯罪行为"。或者说，秦叔宝为了追求侠义人格的自我完善，将朝廷法度和个人安危完全置于脑后。如此人物当然会得到广大读者的喜爱，当然就是《水浒传》侠义精神的延续和再现。

钱彩编次金丰修订之《说岳全传》八十回，该书是岳飞故事的集大成之作，书中几个主要人物思想性格鲜明，英雄人物多具侠义品格，尤以牛皋为甚，且看他"小校场私抢状元"一段：

却说牛皋一马跑到小校场门首，只听得叫道："好枪！"牛皋着了急，忙进校场，看那二人走马舞枪，正在酣战，就大叫一声："状元是俺大哥的！你两个敢在此夺么？看爷的铜锏！"耍的就是一铜，望那杨再兴顶梁上打来。杨再兴把枪一抬，觉道有些斤两，便道："兄弟，不知那里走出这个

---

① 袁于令. 隋史遗文[M]. 北京：北京大学出版社，1988：253.

野人来？你我原是弟兄，比甚武艺，倒不如将他来取笑取笑！"罗延庆道："说得有理。"遂把手中枪紧一紧，望牛皋心窝戳来。牛皋才架过一边，那杨再兴也一枪戳来。牛皋将两根银盘头护顶，架隔遮拦，后来看看有些招架不住了。你想牛皋出门以来，未曾逢着好汉。况且杨再兴英雄无敌，这杆烂银枪，有酒杯儿粗细；罗延庆力大无穷，使一杆鏊金枪，犹如天神一般。牛皋那里是二人的对手。幸是京城之内，二人不敢伤他的性命，只逼住他在此作乐。只听得牛皋大叫道："大哥若再不来，状元被别人抢去了！"杨、罗二人听了，又好笑，又好气："这个呆子叫什么大哥大哥？必定有个有本事的在那里，且等他来，会他一会看。"故此越把牛皋逼住，不放他走脱了。① （第十回）

在这带有浓厚的喜剧意味的场面中，牛皋对岳飞的赤胆忠心表现得淋漓酣畅。而这恰恰正是牛皋这种"李逵式"的人物最可爱的地方，待人一片赤诚，认准道理永远不变，为了兄弟的利益不顾个人的生死存亡、荣辱毁誉，当然，说到底，这也就是一种最为朴素的侠义精神。

《飞龙全传》六十回，清初作家吴璿修订而成，然而，该故事的源头可以追溯到明代小说《南宋志传》，但较之《南宋志传》更具民间传说色彩。书中写游荡江湖时的赵匡胤，颇多侠义表现，"三打韩通""千里送京娘"等都是不错的片段。且看赵匡胤同情弱女子京娘的悲惨遭遇并决定千里护送其回家的壮举：

> 匡胤见了，亦甚伤感，说道："京娘，你既是良家女子，无端被人抢掳，幸未被他所污。今乃有缘遇我，我当救你重回故土，休得啼哭。"京娘道："虽承公子美意，释放奴家脱离虎口，奈家乡有千里之遥，怎能到彼？这孤身弱质，只拼一死而已。奴家在此偷生，并非欲图苟且，一则恐累了观中的道士，二则空死无名，所以等这强人到来，然后殒命，怎肯失身以辱父母？"匡胤听了，不胜赞叹道："救人须救彻，俺今不辞千里，送你回

---

① 钱彩等. 说岳全传 [M]. 上海：上海古籍出版社，1980：77.

第八讲 如火如荼的水浒文化

去便了。"京娘听说，倒身下拜道："若蒙如此，便是重生父母。"①（第十八回）

赵匡胤后来果然千里护送京娘到家。《飞龙全传》中的这个片段，应该说是受到了《警世通言·赵太祖千里送京娘》的影响，所体现的是当时的市井好汉赵匡胤那种同情善良、锄强扶弱的侠肝义胆和光明磊落的英雄气质。

《绿牡丹》六十四回，一名《四望亭全传》，是英雄传奇小说的殿后之作，亦是后世武侠小说的滥觞之作。它的出现，标志着《水浒传》等英雄小说向着20世纪武侠小说的转化，杀富济贫、除暴安良是全书的主旨。书中描写英雄形象众多，余千是写得最成功的侠义英雄形象，他具有李逵式的率直天真而偏于细腻，具有武松式的精明强悍而偏于豪爽，具有鲁达式的古道热肠而偏于持重。且看他帮助主人骆宏勋的朋友任正千捉奸时的一段心理活动：

> 余千虽醉，心中却明白。听得这种声音不正，抬头一看，并无灯光。自己说道："我方才从厅上而来，看见任大爷已在睡乡，是何人在卧房中和女人调戏？且任大爷尚未进房，也不该熄灭灯火，其中必有原故。"他自言自语，左思右想地想了一回，忽然想起贺世赖、王伦俱不在席上，自己说道："是了，王伦是人面兽心，贺世赖乃见财如命，一定是王伦许贺世赖一些钱财，贺世赖代妹子拉马，把任、骆二位大爷灌醉，又支开了别人，就引王伦进房，与他的妹子胡闹。不料我余千进来，待我打开房门，进去捉奸，看这个匹夫逃往那里去？"又想道：作事不可鲁莽，如进去有人，那是奸情；倘若无人，为祸不小。才往后走几步，又停下细想：任大爷与我大爷有如同胞骨肉之交，且平昔待我甚厚，一旦有事，置之不管，乃无情之人也。再抬头一望，房内仍然漆黑，又想了一会儿：待我回到客厅，将任大爷唤醒，叫他们自进房来，有人无人，不干我事。举步又往前走了几步，又停住脚步，转念想道：不妥，不妥。等我回到客厅，又知任大爷睡觉如泥。即或唤他醒来，这奸夫淫妇，好事已完，就开门逃走了。俗语说得好，

---

① 东隅逸士. 飞龙全传 [M]. 北京：宝文堂书店，1982：144.

"撒手不为奸"。任大爷进得房内,如果无人,则反道我余千无故诬他妻子为非;我家大爷责我酒后妄为,叫我有口难言。因此,又回到贺氏房门口站住。

这一大段,作者以细腻的笔触,通过身为奴仆而又正义凛然的余千面对卑鄙龌龊之事时,既希望伸张正义又有些投鼠忌器,一会儿勇往直前一会儿又踌躇不决的心理描写,成功塑造了一个秉持正义而又胆大心细的侠义汉子的形象。如此细腻真切的心理描写,就是在《水浒传》中也不多见。

晚清的英雄传奇小说面临着一种巨大的堕落,无论是洒血沙场的英雄,还是纵横江湖的好汉,几乎全都是心怀魏阙之忠良、感恩戴德之义士,他们身上那些应该具有而且为广大民众喜爱有加的"侠义"品格几乎消失殆尽。如《大明正德皇游江南传》《前明正德白牡丹传》《银瓶梅》《蜃楼外史》《三门街前后传》《青龙传》《大汉三合明珠宝剑全传》《云钟雁三闹太平庄》《群英杰》《宋太祖三下南唐》均乃如此。

当然,晚清的英雄传奇小说也有较好的作品。如吴趼人的《情变》和李亮丞的《热血痕》,在保持《水浒传》中侠义精神的前提下,写出了一些新意,亦堪称古代英雄传奇小说到现代武侠小说过渡的桥梁。

清中后期英雄传奇小说向着现代武侠小说过渡的另一种情况就是"变种"之作——侠义公案小说。此类小说以《施公案》为滥觞,愈演愈烈,其中较为常见的有《儿女英雄传》《云钟雁三闹太平庄》《龙图耳录》《三侠五义》《忠烈小五义传》《续小五义》《续侠义传》《彭公案》《续儿女英雄传》《七剑十三侠》《仙侠五花剑》等。

这些作品虽然名为"侠义"小说,而实际上《水浒传》中侠义精神被它们暗中偷换。诸如《施公案》中施公这样的清官,已由断理民事案、刑事案的能手转化为替朝廷办理钦案、大案的荩臣。与此同时,某些原本横行于江湖的侠客,如改名施忠的黄天霸者流,亦投效于清官麾下成为其爪牙,清官加侠客构成了一个效忠朝廷的组合体,去对付那些与朝廷对立的各种政治力量。在这里,清官是皇帝的奴才,侠客则是清官的奴才。而像《七剑十三侠》《仙侠五花剑》

之类的作品，却回过头去从唐人传奇小说中的"剑侠"类作品中吸取营养，创造了一系列半人半仙的"剑侠"人物，往往充满剑气珠光，结果，路子越走越窄，只好等待着民国间兴起的"武侠"小说对它实行革命了。

上述作品中能在一定程度上保持《水浒传》侠义精神的是《龙图公案》到《续侠义传》系列作品，其中写得比较生动的是《三侠五义》。

除了清代由英雄传奇小说演变而成的侠义小说、武侠小说而外，《水浒传》侠义精神更大范围的传播则是将《水浒传》中某些英雄人物的故事廓而大之的评话小说。

早在20世纪30年代，陈汝衡就言及这方面的情况："扬州说《水浒》者，旧有鲁（鲁智深）十回，林（林冲）十回，武（武松）十回，宋（宋江）十回，卢（卢俊义）十回，共五十回书传世。"①（《说书小史》第十章）其中尤以评话世家王氏家族的演说影响最大。据中国艺术研究院曲艺研究所《说唱艺术简史》介绍：

> 王少堂（1887—1968），江苏扬州人，出身于评话世家。父王玉堂、伯父王金章都以演说《水浒》著称。他自七岁始即随父学艺，九岁登台，十二岁时已能独立演出。在艺术上，除继承家传之艺外，他博采众长，既接学了邓光斗派"跳打"《水浒》的精湛技艺，又汲取了宋承章派《水浒》"口风泼辣"的独特风格；与此同时，他还善于向现实生活学习，向前辈艺人及同辈艺人学习，并对自己的艺术进行不断提高和不断改进。基于此，因而在长期的艺术实践中，积累了丰富的艺术经验，形成了自己的独特艺术风格，他说表细腻、坚实，功力深厚，被人誉称为"王家《水浒》"。擅说《水浒》中的"武（松）、宋（江）、石（秀）、卢（俊义）"等四个"十回"，并对其进行了重大的改造、丰富和发展。②

时至今日，关于《水浒传》英雄人物的评话更是如雨后春笋一般不胜枚举，

---

① 陈汝衡. 说书小史 [M]. 北京：中华书局，1936：94.
② 中国艺术研究院曲艺研究所. 说唱艺术简史 [M]. 北京：文化艺术出版社，1988：155.

如：王少堂口述、扬州评话研究小组整理《武松》，江苏人民出版社 1959 年版。王少堂口述，孙龙父、陈达祚整理《宋江》，江苏人民出版社 1985 年版。王锦堂、徐少华编写《宋江演义》，浙江文艺出版社 1986 年版。王丽堂演出本、金江整理《武松》，中国曲艺出版社 1989 年版。袁阔成等编写《水浒外传》，春风文艺出版社 1996 年版。胡天如传述、刘操南纂修、徐钟穆记录《杨志演义》，浙江文艺出版社 1999 年版。刘操南、茅赛云编著《武松演义》，浙江文艺出版社 1999 年版。王筱堂口述、欣士敬整理《后水浒》，中国文联出版社 2002 年版。王丽堂口述《石秀》，中华书局 2007 年版。

相对于《水浒传》而言，这些评话艺人对行侠仗义的梁山好汉的故事进行了更为细化的描写。且看《宋江》中"救义兄李逵跳楼"一段：

只听见上头一声喊，哪个喊？还有哪个呀，李逵。李逵这一腿把短窗子打了旋掉了，随时右脚在前，左脚在后，两柄斧头分在左右，一个白鹤亮翅的架式，右手这一把斧头就在屋檐口露出，就把头和上身探出檐外，咧着大口，一把红须倒参颔下，朱砂眉笔竖，三角眼突出，嘴一张，斧就指住芦棚，嘴里一声（谐"升"）要抵一斗。他这条嗓子本来就是双料，他这一刻尽其所有，把中气都提足了。这一声如何威猛的法子？把三堂官吓了喋住了不算；把法场上护场的五百个兵，个个都吓住了，魇住了；这还不出奇，它还把梁山泊的些小大王也吓了喋住了！连头领都有几位心里懔了下子，连晁大爷都把锣槌子惊了停在半路上！……剑子手才把刀上红花拿掉，刀垂着才把架子摆起来，一声炮响就开刀了，忽听见一声喊，如同晴天起了个霹雳，一阵风声，好像有个大个子朝背后一落，就想掉脸望了。考较剑子手掉脸都没有来得及，你看李逵的手头子多快！爷爷人到，手到，斧头到！右手的斧子朝起一扬，快如闪电，嚓！斧起头落。轰通！哈唷——！尸倒血冒。……梁山泊众英雄，九江沿江各路好汉，早已等在法场准备动手，李逵不晓得哎，他还以为就是他一个人在这块独劫法场哩。这一刻他喊不好，不大好懂，因为他肚里有一大堆话没有说得出来：忘却带箩担了。我这个人太荒唐呀！如其是一位哥，背起来就走了，二位哥哥，不能背一个抱一个呀！我要背一个抱一个，两个手不能使斧头，如何杀得出去？本想好带副箩担来的呀！带副箩担来朝下一卸，一头坐一个哥哥，不是担起来就跑了嘛！李逵就站在宋江、戴宗的背后，他这一刻再去找箩担来不及了。①

与《水浒传》中内容相同的那一段描写相比，这里更加细腻。《水浒传》中李逵"大吼一声，却似半天起个霹雳"，在这里写了一大段；《水浒传》中李逵"手起斧落，早砍翻了两个行刑的刽子"，在这里又写了一大段。更妙的是，《水浒传》在这里并无李逵的心理描写，而《宋江》中却凭空写出李逵关于如何救两个哥哥的一大段心理活动。尽管这个李逵与《水浒传》中的李逵有一定程度上的出入，不像《水浒传》中那样粗豪、莽撞，跳下楼去以后只顾杀人，连救人的任务都忘了，但这个李逵却更有生活气息，与《水浒》相比，也算是各有千秋吧。尤其引人注目的是，这里的李逵不仅没有像《水浒传》里那样滥杀无辜，而且，在因为误会与刘唐大战一场之后又发生令人意想不到的变故。此时，宋江、戴宗被救，大家都暂时处于安全状态，梁山好汉却找不到李逵了。弄了半天，这位黑旋风爷爷竟然"回牢放难友"去了。作为小牢子的李逵，居然有不少牢房中的"难友"，而在大战以后，李逵不仅不是继续滥杀无辜，而是返身回牢房救难友。这精彩的一笔，应该是在《水浒传》的基础上进一步写出了李逵超乎寻常的"大侠义"！

同样是李逵劫法场的描写，到了《宋江演义》中变得颇具诙谐意味：

却说李逵从魁星楼上甩下石香炉，正好砸在"赤发鬼"刘唐的粪车上，将粪车砸得粉碎，溅得刘唐一身粪汁，臭不可闻。刘唐这时正要责问楼上之人，忽然又听得"刷"的一声，随着一阵黑雾，从楼上跳下一个人来。刘唐见那人浑身墨黑，便大声吼道："黑炭头，你为何砸了我的粪车？"李逵见一个青面獠牙、红须赤发的大汉在发话，也大唤一声道："呸！乌青

---

① 王少堂，孙龙父，陈达祚. 宋江 [M]. 南京：江苏人民出版社，1985：1316-1318.

胖，休得多言，我要救大哥、二哥去！"一个箭步朝法场冲杀过去。①（第十五回）

这样的描写，虽然诙谐得有点低级趣味，但是，李逵的侠义精神却熠熠生辉。你看他，一心只想到救大哥、二哥，自己的一切早已置之脑后。更重要的是，在江州劫法场这段描写中，《宋江演义》中的李逵如同《宋江》中的黑旋风一样，是没有抢起板斧向着老百姓排头儿砍去的。这种对"水浒精神"改造性地发扬光大，应该说正是文学创作的康庄大道。不仅李逵形象如此，其他英雄形象尤其是他们身上所具有的侠义品格也大都在这些评话小说中得到了继承、丰富和发展。我们不妨再看王丽堂在其《武松》中对《水浒传》"醉打蒋门神"一段的发挥和改造。在这里，武二郎醉打蒋门神的理由显得更为充分，也更为复杂：

英雄左手卡住他，右手晃动："蒋忠，你在此地以势欺人，横行霸道，欺压百姓，你这点本领就敢如此横行？我劝你从此改过，不可任意所为。你如不改过前非，我今天与你不得过身！你知道爷是谁？姓什么叫什么？我今日为什么来打你？你全然不知，你睡在下面听了：爷乃北直广平府清河县人。爷姓武名松，排行第二。咱曾路过景阳冈精拳捕虎，阳谷县参任都头。只因为我家遭不幸，跌了人命官司，才发配到孟州城。此地有一位施管驿，驿主公子叫施恩，他与我有一拜之交。施家兄弟待你情义好，拜你为师，每年还送你五百银。哪桩事也不亏负你。你为何要起狠毒心？快活林酒店你抢夺了去，大公子被你打死有冤无处伸。爷看你是一个寻常之辈，你为何行凶作恶欺良民？你有什么本事？讲把爷听，你不讲爷一拳砸破你的脑天门！你快说！快讲！"②（第五回）

若将这段描写与《水浒传》中相同的场面进行比较，就可发现武二郎的思想境界大有提高，因为他为什么将蒋门神打得一塌糊涂的理由不太一致。《水浒

---

① 王锦堂，徐少华. 宋江演义 [M]. 杭州：浙江文艺出版社，1986：204.
② 王丽堂，金江. 武松 [M]. 北京：中国曲艺出版社，1989：678-679.

传》中,武松是比较单纯的出自江湖义气为金眼彪施恩报仇,而且,他是得到管营父子的优待以后才去帮助施恩夺回快活林而醉打蒋门神的。且看《水浒传》中武松将蒋门神打翻在地以后的说辞:

> 话说当时武松踏住蒋门神在地下,指定门面道:"若要我饶你性命,只依我三件事,便罢!"蒋门神便道:"好汉但说。蒋忠都依。"武松道:"第一件,要你便离了快活林回乡去,将一应家火什物,随即交还原主金眼彪施恩。谁教你强夺他的?"蒋门神慌忙应道:"依得,依得!"武松道:"第二件,我如今饶了你起来,你便去央请快活林为头为脑的英雄豪杰,都来与施恩陪话。"蒋门神道:"小人也依得!"武松道:"第三件,你从今日交割还了,便要你离了这快活林,连夜回乡去,不许你在孟州住。在这里不回去时,我见一遍打你一遍,我见十遍打十遍!轻则打你半死,重则结果了你命!你依得么?"蒋门神听了,要挣扎性命,连声应道:"依得,依得!蒋忠都依!"①(第三十回)

两相比较,我们不得不说,《水浒传》中的武松实施的是"小侠义",因为那只是江湖好汉之间为朋友两肋插刀之侠义;而《武松》中武二郎实施的却是"大侠义",因为那中间除了江湖义气之外,还有为民除害的意思。

这些在《水浒传》影响下的梁山好汉系列评话小说有一个共同的特点,每每将英雄好汉们的江湖豪侠之气与为民除害联系在一起,上面讲到的"李逵江州劫法场"和"武松醉打蒋门神"均乃如此,而较之武松、李逵稍逊一筹的英雄人物也是这样。且看《杨志演义》中的"汴梁城杨志卖刀"一段中老丈对泼皮牛二的介绍:

> 只听整个街道气势汹汹地齐乱嚷道:"赶快躲了,老虎来了。"……杨志远远地眺望着却不见老虎的丝毫踪影。杨志转首便向路旁的老丈问道:"老丈,这老虎在哪儿啊?"老丈知道他误会了,便道:"客官,说的不是真虎啊!"杨志道:"难道虎有假的?"老丈道:"对啊!这是人的诨号。原来

---

① 施耐庵,罗贯中. 水浒传 [M]. 北京:人民文学出版社,1975:394.

这城里有一对恶煞神,是京师有名的破落户泼皮。一个诨名唤做没毛老虎牛二,一个唤做鸡毛张三。这两人专在街上撒泼行凶撞闹,像白露里的雨,到一处坏一处的。两人和衙门里都有结交,所以大家都惧怕他。现在说的是没毛老虎牛二,人家还唤他为'保弄大'呢。"杨志诧异道:"坏人怎么称他'包龙图'的?"老丈道:"客官,你弄错了。不是说他是开封府尹青天大老爷包龙图,而是詈他人家撞见了他保险把小事会酿成大祸的'保弄大'啊!"杨志方才明白,便道:"那么,这人是无恶不作的罗?"老丈道:"卖刀客啊,他比夜叉小鬼厉害。满怀鬼胎弄得你家破人亡。例如,他常买通巫婆,说三道四,唤人家上当受骗。老人一时迷惑,让家中的年轻妇女陷入佛堂;然后落入他的手中。他玩腻了,转手将这些妇女卖进妓院。不时唆使良家子弟赌钱,先给你些甜头;然后让你输光,弄得人家倾家荡产。有时,他在人家田里埋下死尸,找个人来哭诉认领,借此敲诈勒索。这泼皮经常装着三分酒醉,借此寻事。以此满城人见他来时,大家都慌忙躲了。"①

像这样为非作歹、十恶不赦的"人渣",对广大民众危害极大。牛二这种人物,在《水浒传》已有较为生动的描写,在这里借老丈之口将他的恶行更加细致化地一一道来。如此,就让读者对这种社会黑恶势力更加愤恨。进一步言之,牛二不是个体行为,他还有搭档,还有团伙作案,更为严重的是他还"和衙门里都有结交",而这衙门就是北宋都城所在地的开封府,是包龙图工作过的开封府。正因为如此,"所以大家都惧怕他"。同样,也正因为如此,面对官府治理不了或者不愿意治理的黑恶势力,人们只有寄希望于另外两种人——神仙和侠客来惩罚这些人间败类。但神仙可望而不可即,而侠客倒是经常光顾。武松不是打了蒋门神吗?李逵不是打了殷天锡吗?鲁达不是打了镇关西吗?这没毛老虎牛二,就只好借助"倒大霉"而又"撞大运"的青面兽杨志来解决了。杨志打死牛二,"倒大霉"的是他本人,而"撞大运"的则是天汉桥一带的居民百

---

① 胡天如,刘操南,徐钟穆. 杨志演义 [M]. 杭州:浙江文艺出版社,1999:28-29.

姓。此处所写的杨志怒杀牛二，是水浒英雄侠义精神的又一次辉煌亮相。

不要说在评话小说中像武松、李逵、杨志这些水泊梁山的"超级"英雄人物是怎样发扬光大着水浒侠义精神了，就连一百零八人中最为猥琐不堪的偷儿"鼓上蚤"时迁，在民间艺人的改造之下，也变得英雄豪气三千丈且百炼钢化作绕指柔。有一次，这位神偷在树林边解救了一个上吊自杀的妇女，又听了这位苦难女性的血泪哭诉之后，"时大哥"的表现实在是令人啧啧称赞：

> 听完妇人的讲述，鼓上蚤时迁差点儿气炸心肝肺，心中骂道："高俅老贼，你可真够狠的了，等有朝一日，时爷爷非收拾你不可！"他平息了一下怒气，对妇人说道："大嫂，不要寻短见，我这里有点儿钱，你拿去交捐吧。""好心的人哪，就是交了捐，我和双目失明的婆婆也活不下去呀，还不如早点儿死了。""大嫂，你要想开一点儿，这点儿零钱，你拿去交捐；我这儿还有十两银子，你都拿去吧。先给你婆婆治眼睛，剩下的钱，你们娘俩用来做个小买卖，维持度日吧。""哎呀，我可遇见好人了！恩公在上，请受小妇人一拜。"那妇人边说边跪下磕头，吓得时迁倒退好几步，连忙摆手说道："别的！别的！这是干什么哪？大嫂，快起来回家吧，免得你婆婆着急。我走了。"时迁几步蹿出树林，继续赶路。时迁做了件好事，心里美滋滋的，走起路来格外轻松。①（《水浒外传·大闹神州擂》第十四回）

仇官情结与杀富济贫的结合，是《水浒传》中梁山好汉侠义的本质内涵。这里时迁表现的正是原著中大英雄们所行的侠义之事。更为深刻的是，时迁在做了怜贫济困的好事以后，感到内心的满足、敞亮，这正是一种人格的升华，一种将"侠义"深入到骨髓的自觉不自觉状态。如果生活中每一个人都具备这种自觉不自觉的侠义品格，那么，世界将会变得无比美好。

上述而外，《水浒传》中所标榜的"侠义精神"还在明清的多种通俗文学样式中有所发扬光大，一直到近现代的武侠小说，大都是以"侠义"相号召的。可见，在《水浒传》中达到巅峰状态的侠义精神，在中国广大民众灵魂深处是

---

① 袁阔成等. 水浒外传 [M]. 沈阳：春风文艺出版社，1996：321-322.

永不磨灭的一道光闪。

三 梁山好汉的文化"穿越"

《水浒传》对后世的影响绝不仅止于其续书、仿作和评话,梁山好汉的身影也绝非仅仅出现在后世的文学作品之中。顺着时间隧道,水浒英雄向后世各个文化领域完成着他们的穿越:有的是"个体变身",有的是"数人搭配",有的甚至是"组团穿越"。

先看"个体变身",这方面最有代表性的人物是宋江和武松,其次是李逵和燕青,当然还有一些其他英雄人物。

宋江的"穿越"最为直截了当的是其名号被后世的强盗"借用"。这又分成"他称"和"自称"两种情况。前者如:"辛未,余偕同年盛子裁初上公车下第归。黄河中,为绿林所劫。时三月十四之夕,月明如昼。盗伙二十余人,皆手操杀人之器。金光闪昱,射人目睛。惟一为首者,年可三十,叉手无言,群盗呼为大哥。……群盗必欲杀之,大哥不应,乃免。余深感宋公明仁人大度也。"①(明·郑敷教《郑桐庵笔记·黄河遇盗》)后者如:"伪翼王石达开,故永安州书吏,自号小宋公明。"②(清·施建烈《纪县城失守克复本末》)

至于以"宋江"的名字指代"贼首"的例子就更多了,如:

今上壬辰平宁夏之役,其露布中云:"仿佛禄山之强,不灭宋江之勇。"盖取山以对江,几笑破士人之口。有友人云:"何不取徐海之强,以配宋江耶?"海即徐明山,胡总制所擒日本酋首也。虽系戏言,实是确对。③(《万历野获编》卷十)

他从前有个同山弟兄,叫做蔡金标,在扬镇一带开堂放票,贩卖私盐。

---

① 朱一玄,刘毓忱. 水浒传资料汇编 [M]. 天津:百花文艺出版社,1981:501.
② 朱一玄,刘毓忱. 水浒传资料汇编 [M]. 天津:百花文艺出版社,1981:501.
③ 沈德符. 万历野获编 [M]. 北京:文化艺术出版社,1998:288.

姓徐的从湖北犯案下来，就一径去投奔他。当时众弟兄都说，这个人收留不得，恐怕将来学宋江夺梁山泊的故事，反客为主。①（《冷眼观》第十二回）

以上两例，一是文言小说中记载的文字游戏，一是白话小说中反映的市井琐言，但却都是将"宋江"作为"盗魁"的代名词使用。宋江而外，梁山好汉中在后世个体变身的"穿越"最多者当数武二郎，尤其在民间戏曲、讲唱文学作品中，武松堪称家喻户晓、妇孺皆知，如："老生道：'玉花儿唱的《潘金莲戏叔》《武松杀嫂》，好做手，好身法，爷们爱看么？'"②（《歧路灯》第十八回）"祝母同夫人太太们见上面是各样杂戏，见那些武松打虎、长亭送别、僧尼会、水满金山人物水怪十分生动。"③（《红楼复梦》第九十七回）"武松独背擒方腊，灭了梁山那盏灯。"④（《小八义》第十二回）更有意味的是，一位票友因为在舞台上借助武松形象大显身手，居然引起了台下观剧的花魁娘子青睐：

照例"武松舞刀"一场，便要进去，此时秋谷见他看得认真，故意卖弄精神。好个章秋谷！另使出一番解数。把腰刀插在背后，空手开了一个"四门"，忽然左右开弓，连扑两交筋斗，翻过身来，脚跟尚未着地，把一把明晃晃的刀早掣在手中！此路刀法，与前更是不同，风声飒飒，冷气飕飕，刀光映着灯光，异常精采。……那知这一路刀虽然不打紧，却引出一个人的故事来，就是那喝采的女子。你道是谁？就是三年前盛名之下的大金月兰！⑤（《九尾龟》第二回）

《水浒传》中在男女问题上表现得最为纯洁的武二郎万万没有想到，他会在数百年后"穿越"到戏剧舞台上，并且充当"幌子"而帮助别人"吊膀子"。

---

① 阿英. 晚清文学丛钞小说四卷［M］. 北京：中华书局，1961：130.
② 李绿园. 歧路灯［M］. 郑州：中州书画社，1980：187-188.
③ 小和山樵南阳氏. 红楼复梦［M］. 沈阳：春风文艺出版社，1988：1131.
④ 佚名. 小八义［M］. 长春：吉林文史出版社，1995：57.
⑤ 漱六山房. 九尾龟［M］. 武汉：荆楚书社，1989：13.

当然，在"武松"被后人改造得近乎无聊的同时，他身上固有的文化遗存还是被"有幸"挖掘。据蒋瑞藻《小说考证》载："包倦翁《闸河日记》云：……土人颂之曰：'山东有二宝：东阿驴胶，阳谷虎皮。'虎皮今藏阳谷库，相传为武松打死于景阳冈者，景阳冈在阿城东南二十五里。"①（卷一引《佣余漫录》）最为有趣的是，民间还有学武松而惹出麻烦者。袁枚《新齐谐》中有这样一则故事：

> 杭州马观澜家，每四时必祭其门。予问："古礼：门为五祀之一，今此礼久不行，君家独行之，何也？"马曰："余家奴陈公祚好酒，每晚必醉敲门归。一日，闻户外喧哗声，往视之，奴扑地曰：'奴归，见门外一男一妇，俱无头，头持在手。妇呼曰："吾汝嫂也。吾淫属实，吾夫杀我可也。汝为小叔，不当杀我。夫杀我时，心软手嚛龊不下，汝夺刀代杀，此事岂汝所宜与耶？吾每来相寻，为汝主人家门神呵禁，今故伺汝于门外。"因大骂唾奴面。其男鬼掷头撞奴，奴倒地。闻人声，二鬼才散。'马氏众家人扶至床，自言少年曾有此事，当时看小说，慕武松之为人，不意遭此冤孽。或告之曰：'小说都无实事，何得妄学？且武松杀嫂，为嫂杀兄故也。若寻常犯奸，王法只杖决耳，汝何得代兄杀嫂？'言未终，奴张目作女声曰：'公道自在人心，何如何如。'向言者三叩头而死。"马氏以鬼言故祭门神甚敬，世其家。②（卷七《误学武松》）

这位小伙子，听"水浒"故事入了迷，对武松盲目崇拜，竟至在现实生活中越俎代庖，当王八哥哥舍不得下手之时，他挺身而出杀了有奸情的嫂子，还自认为是小小武二郎哩！结果，却遭到了变成鬼也不放过他的嫂子的"寻仇"。武二郎的"穿越"，真正是"穿"到了某些人的心底深处。

武松而外，李逵也是玩"穿越"最多的梁山好汉之一。但黑旋风与武二郎不同，他主要穿行在后世的通俗小说之中，多半是占山为王者以其名号相号召：

---

① 蒋瑞藻. 小说考证[M]. 上海：上海古籍出版社，1984：48.

② 袁枚. 新齐谐[M]. 北京：人民文学出版社，1996：161.

"那指挥叫做蒯捷,他有个结义的兄弟叫做赛李逵,也使两把锟铻铁的大板斧。"①(《女仙外史》第二十六回)"赛李逵蒋旺说:'你等先走,我要出恭。'"②(《彭公案》第八十九回)"那运钱的黑汉,正是张绳祖的鹰犬,专管着讨赌博账,敢打敢要,绰号儿叫做'假李逵'。"③(《歧路灯》第二十五回)"此山叫作沂岭,上是泰安府的大路,山上住着个草寇,绰号黑旋风,名李鬼,手使两把板斧,身高力大,招聚了上千的娄兵,啸聚山寨。"④(《三续金瓶梅》第三十七回)"吕又逵力气最大,性子最爽。"⑤(《蜃楼志全传》第十回)"〔西江月〕:最喜快人快语,说话全无隐藏。待人一片热心肠,不会当面撒谎。三国桓侯第一,梁山李奎最强。夹峰山上遇韩良,真是直截了当。"⑥(《小五义》第一百二回)可见,赛李逵、假李逵、黑旋风、吕又逵是如此瓜瓞绵绵。尤其是最后一则,为了说明"小五义"之一的韩良性格的豪爽——快人快语、直截了当,作者特地找来小说史上最典型的豪爽汉子张飞、李奎(逵)来做陪衬。这样就无意间体现了张飞、李逵这种英雄人物不仅是读者深为喜爱的,同时还是小说作者心目中这一类艺术形象中的典型。

　　在"穿越"后世的梁山好汉中,燕青的出镜率也是很高的,如:"夜既深,寂无声。店主人小燕青,盗魁也。窥牧辎重,乃预集群盗之杰者,各操利器,跃登后壁,伺便而入,余盗潜伏四周。先一人跃下,久而不出,曰:'何迟迟也?'又二三跃下,久又不出,乃相顾愕然。小燕青曰:'若辈了不长进,是何

---

① 吕熊. 女仙外史 [M]. 天津:百花文艺出版社,1985:292.
② 佚名. 彭公案 [M]. 北京:宝文堂书店,1986:487.
③ 李绿园. 歧路灯 [M]. 郑州:中州书画社,1980:243.
④ 讷音居士. 三续金瓶梅 [M] //古本小说集成第一辑:第078册. 上海:上海古籍出版社,1991:816-817.
⑤ 庾岭劳人. 蜃楼志全传 [M]. 天津:百花文艺出版社,1987:124.
⑥ 佚名. 小五义 [M] //古本小说集成第四辑:第103册. 上海:上海古籍出版社,1994:525.

大事，乃尚须劳乃公耶？'遂跃入院中。"①（《清稗类钞·侠义类·倪惠姑护主杀盗》）再如："正在吃酒之际，忽听外面有人来报，说有小霸王郭龙、赛燕青郭虎，乃是北路宣化府的英雄，来至此处，与黄三太送银。"②（《彭公案》第十九回）以上两例还只是借助燕青的名字弄出一个"小燕青""赛燕青"之类，而有的小说中可就比较重视燕青的"特技"跟随其姓名一起穿越了。例如：

  一个姓花，叫做花花子，善能射箭打弹，有袖中奇矢三枝，能伤人百步之外，浑名又叫"赛燕青"。③（《女仙外史》第五十一回）

  那少年拉开拳脚架子，练将起来。山东马并不认识，回头暗问顾焕章说："侯爷大哥，那叫什么拳脚名儿？"侯爷说："燕青拳。"④（《永庆升平全传》第五十回）

《水浒传》中燕青平生两大绝技——弩箭、拳脚在这里都得到了再现。这种有特点的穿越比一个简单的名字的模拟更有意思。而在有的时候，某些梁山好汉的身份、扮相乃至只言片语也会随着其姓名一起"穿越"。且看：

  看那来的番僧，怎生模样？但见他：削发拔缁，不会看经念佛；狠心恶胆，那知问道参禅？头上戴金箍，身穿布衣衲袄；手中提铁杖，脚登骏马雕鞍。初见时，好象梁山泊鲁智深无二；近前来，恰如五台山杨和尚一般。⑤（《说岳全传》第七十六回）

  这些和尚日日吃了安闲茶饭，又将肥肉大酒将养得肥肥胖胖，园里有的是嫩笋，将来煮狗肉吃。像鲁智深说得好："团鱼腹又大，肥了好吃。狗肉俺也吃，说甚么'善哉'？"虽然如此，却没有鲁智深这种心直口快之

---

① 徐珂. 清稗类钞第六册 [M]. 北京：中华书局，1986：2791.
② 佚名. 彭公案 [M]. 北京：宝文堂书店，1986：85.
③ 吕熊. 女仙外史 [M]. 天津：百花文艺出版社，1985：586.
④ 郭广瑞. 永庆升平全传 [M]. 北京：宝文堂书店，1988：266.
⑤ 钱彩等. 说岳全传 [M]. 上海：上海古籍出版社，1980：679.

性。①（《西湖二集》第三十三卷）

上一例是用鲁智深、杨五郎长相凶狠来比喻番僧，虽然对鲁智深而言，有点损坏其形象，但亦可见得其影响之深入人心。下一例则更是树起鲁智深的形象来贬那些饱食终日、无所用心的和尚，虽然他们在"好吃"方面继承花和尚的衣钵，但在心直口快之豪爽性情方面却较之鲁大师差了十万八千里。

上述人物之外，梁山一百八人中还有很多英雄人物都以各种姿态"穿越"后世，且看吴用、花荣、秦明三位："大家拍手称妙道：'到底是倪二哥有算计，怪不得人家比你做智多星吴用呢。'"②（《文明小史》第三十二回）"一唤赛花荣孟超，常用一杆烂银枪，虽不比冯云骁勇，却也不弱，惟是他的弩箭极其利害。"③（《七剑十三侠》第一百六回）"秦述明狼牙棒紧处，早把海亨打下马来，仍复一棒结果了性命。"④（《蜃楼志全传》第二十二回）吴用之智慧、花荣之神箭、秦明与狼牙棒，都在后世小说人物身上被克隆，无论这个人物是正面还是反面，总之是得其一点，不及其余。

除了某些英雄人物个人玩"穿越"而外，梁山好汉有时候还三三两两地出现在后世各类文献资料中，例如：

少林拳、太祖拳、通臂拳、大红拳、小红拳，二郎拳、路行拳、梅花拳、罗汉拳、地堂拳、关西拳，万古手、黄英手、三十看对手，打掌、谭腿、头进、六家势、廿四势、双实练、十八滚、短打、燕青、飞架、三步架、醉刘唐……⑤（《清稗类钞·技勇类·拳术各技》）

《尺牍新钞》卷八余集生《答心灯》云："须是多会几个武行者、浪子燕青，多扑打几场，方信得过。适见来教云：此事须自己信得过。恐是关

---

① 周清源. 西湖二集 [M]. 杭州：浙江人民出版社，1981：629.
② 李伯元. 文明小史 [M]. 上海：上海古籍出版社，1982：208.
③ 唐芸洲. 七剑十三侠 [M]. 沈阳：辽宁民族出版社，1988：520.
④ 庾岭劳人. 蜃楼志全传 [M]. 天津：百花文艺出版社，1987：286.
⑤ 徐珂. 清稗类钞第六册 [M]. 北京：中华书局，1986：3009.

了门,在自己屋里与自己撕扑。他日出得门时,蓦然撞见燕青、武松,未免自己要做蒋门神、任原去也。"则直用《水浒》之快活林,《后水浒》之神州会。①(平步青《霞外捃屑》卷七《小说不可用》)

这里是燕青和刘唐、武松共同进入了"拳术"或"扑打"的领域,能以某一人的字号命名某种拳术或扑打,也算得上是一种殊荣。但下面这个例子可就有点儿令梁山好汉们磕碜了:"姑娘,你没听《水浒》,像那林冲、武松、卢俊义这们主子都打不出解子的手掌哩!"②(《醒世姻缘传》第九十八回)豹子头、武二郎、玉麒麟三人都经历过"起解"的厄运,而且在起解的过程中都差一点被解差暗算,故而,在民众间他们就成了被押解的"倒霉蛋"的代名词。这种"丢人"的穿越,即便是这几位水泊梁山一顶一的高手也得承受。

还有更令人难堪的"借用"性穿越:"那张打狗的妻子名为狗婆,见门前敲门,知得是狗公回来,开门而瞧,不见狗公,只见一个大箱在门首,知是狗公所偷之物,觉得肥腻,急忙用力,就象母夜叉孙二娘抱武松的一般,拖扯而进,悄悄放在床下。"③(《西湖二集》第十九卷)

当然,人民大众对梁山好汉的记忆多半还是美好的,尤其是那些民众深爱的英雄人物,广大民众会通过各种方式让他们永远"活"下去。在后世小说中,梁山好汉三三两两的美好穿越更是随处可见:"时有杨逢圣者,性刚直,寓与石赤霞最近。两人交最深,群以杨雄、石秀目之。每逢二人偕坐,必问以'巧云安在'。"④(《笑笑录》卷五)"又看了十出戏……第二出,宋江杀死阎婆惜,冤有头而债有主……第十出,武松的妈妈坐在山顶上,看着儿子打虎。"⑤(《飞

---

① 平步青. 霞外捃屑 [M]. 上海:上海古籍出版社,1982:560.

② 西周生. 醒世姻缘传 [M]. 济南:齐鲁书社,1980:1291.

③ 周清源. 西湖二集 [M]. 杭州:浙江人民出版社,1981:370.

④ 独逸窝退士. 笑笑录 [M]//笔记小说大观:第二十三册. 扬州:江苏广陵古籍刻印社,1983:227.

⑤ 邹必显. 飞跎全传 [M]//古本小说集成第四辑:第085册. 上海:上海古籍出版社,1994:36-37.

砣全传》第三回)"艾金忙走进去,拿出母夜叉蒙汗药武松的样子来,向能氏笑嘻嘻的拍着手,道:'倒了倒了。'"①(《姑妄言》第二十四回)在这些充满戏谑意味的文字中,杨雄、石秀、宋江、孙二娘以及武松等英雄好汉都是被当作"俗典"使用的。

还有更大规模的"穿越",梁山好汉居然"组团"出现在后代文献中体现集体的"力量"和"风采"。请看:"公元一六三三年(明崇祯六年)《兵部题为恭报诛剿渠魁等事》:……认出有名贼头……张汝金混名燕青……许得住混名雷横……王忠孝混名宋江……公元一六三九年(明崇祯十二年)《兵部题为塘报湖广等处贼情事》……佛儿岭、熊家台、牛蹄畈,系掌盘子一丈青、曹操老营……公元一六四一年(明崇祯十四年)《山东总兵杨御蕃题为塘报畿省会兵合剿等事》:……共计剿杀有名贼首大胆黄文、燕青、焦赞等二十三名。……贼首宋江被火攻。……生擒贼首柴进。……同年《山东巡按李近古题为塘报防河事》:……土贼头目称宋江、一条龙等贼。……公元一六四四年(明崇祯十七年)《河道总督杨方兴揭为备陈兖属土寇情形并剿抚机宜事》……桑科集之插翅虎阎清宇。"②(北京大学文科研究所《明末农民起义史料》)梁山好汉燕青、雷横、宋江、一丈青、柴进、插翅虎等,在明末各路反王中全都成为盗魁的代号或诨名。

宋江等一大批梁山好汉不仅象征性地"活跃"在明末如火如荼的战场,而且还"穿越"到另一个"战场"——赌桌。众所周知,中国的"国赌"是麻将,但并非所有的人都知道,麻将的前身之一就是明代的"叶子戏"。而让宋江及其手下干将始料不及的是,他们竟然"组团"变成了当时昆山人手中"身价"不等的叶子牌。明人徐复祚曾回答别人:"又问:'今昆山纸牌,必一一缀以宋江诸人名,亦有说欤?'曰:'吾不知其故。或是市井中人所见所闻所乐道

---

① 曹去晶. 姑妄言 [M]. 北京:中国文联出版公司,1999:1229.
② 朱一玄,刘毓忱. 水浒传资料汇编 [M]. 天津:百花文艺出版社,1981:511.

者，止江等诸人姓氏，故取以配列，恐未有深意。'"①（《三家村老委谈·纸牌》）明人陆容的描述则更为详细："斗叶子之戏，吾昆城上自士夫，下至僮竖，皆能之。予游昆庠八年，独不解此，人以拙嗤之。近得阅其形制：一钱至九钱各一叶，一百至九百各一叶。自万贯以上，皆图人形：万万贯呼保义宋江，千万贯行者武松，百万贯阮小五，九十万贯活阎罗阮小七，八十万贯混江龙李进，七十万贯病尉迟孙立，六十万贯铁鞭呼延绰，五十万贯花和尚鲁智深，四十万贯赛关索王雄，三十万贯青面兽杨志，二十万贯一丈青张横，九万贯插翅虎雷横，八万贯急先锋索超，七万贯霹雳火秦明，六万贯混江龙李海，五万贯黑旋风李逵，四万贯小旋风柴进，三万贯大刀关胜，二万贯小李广花荣，一万贯浪子燕青。"②（《菽园杂记》卷十四）虽然其中有一个英雄人物的姓名绰号与《水浒传》稍有出入，但那只是流传系统的问题，不影响梁山好汉的"穿越"。

接下去的问题是，为什么宋江等人会有标志不等的若干"万贯"？清人王士禛是这样解释的："宋张文忠公叔夜招安梁山泺榜文云：'有赤身为国不避凶锋拿获宋江者，赏钱万万贯，双执花红；拿获李进义者，赏钱百万贯，双花红；拿获关胜、呼延绰、柴进、武松、张清等者，赏钱十万贯，花红；拿获董平、李进者，赏钱五万贯，有差。'今斗叶子戏，有万万贯、千万贯、百万贯、花红递降等采，用叔夜榜文中语也。"③（《居易录》卷二十四）这种解释是否合理，现已不得而知之，但宋江等人却实实在在地过了一把"万贯"的瘾。不知水泊梁山诸位好汉对此有何感想？

叶子戏之外，明清之际还有一种赌具叫作"水浒牌"，作者是当时的一位画家，晚明小品文大家张岱记载曰："古貌、古服、古兜鍪、古铠胄、古器械，章侯自写其所学所问已耳，而辄呼之曰宋江，曰吴用，而宋江、吴用亦无不应者，

---

① 朱一玄，刘毓忱.水浒传资料汇编［M］.天津：百花文艺出版社，1981：504.
② 陆容.菽园杂记［M］.北京：中华书局，1985：173-174.
③ 王士禛.居易录［M］//景印文渊阁四库全书：第869册.台北：台湾商务印书馆，1964：607.

以英雄忠义之气，郁郁芊芊，积于笔墨间也。周孔嘉丐余促章侯，孔嘉丐之，余促之，凡四阅月而成。余为作缘起曰：'余友章侯，才足挟天，笔能泣鬼，昌谷道上，婢囊呕血之诗，兰清寺中，僧秘开花之字。兼之力开画苑，遂能目无古人，有索必酬，无求不与。既蠲郭恕先之癖，喜周贾耘老之贫，画《水浒》四十人，为孔嘉八口计，遂使宋江兄弟，复睹汉官威仪。'"[1]（《陶庵梦忆》卷六《水浒牌》）如此宏大的队伍，一次性地出现于妙笔丹青之下，那可真是一次宋江麾下四十多人的集体"穿越"，请看牌桌上的他们：

  托塔天王晁盖：盗贼草劫，帝王气象。呼保义宋江：忠义满胸，机械满胸。行者武松：人顶骨，一百八，天罡地煞。短命二郎阮小五：仇首既得，玩之不释。活阎罗阮小七：蓼儿洼，碻石岸，惟鱼鳖是见。美髯翁朱仝：美髯翁，释曹操，走华容。病尉迟孙立：百战百胜谥曰鄂，尔其后身当不错。双鞭呼延灼：公侯之家，必复其祖。花和尚鲁智深：和尚斗气，皆其高弟。青面兽杨志：花石纲，生辰纲，予及汝偕亡。黑旋风李逵：面如铁，性如火。打东京，只两斧。一丈青扈三娘：娘子军，锦伞套，着者莫笑。两头蛇解珍：断竹续竹，飞土逐肉。霹雳火秦明：于思于思，弃甲复来。智多星吴用：网虎者，步步松，步步急。诸葛曹瞒，合而为一。入云龙公孙胜：松文剑，出雷电。插翅虎雷横：救吾母，杀一狐，胜杀四虎。急先锋索超：周公斧，召公钺，谁敢褒越？九纹龙史进：有高手，愿为牛马走。小旋风柴进：孟尝好客，其族几赤。混江龙李俊：有民人，有土地，大伙并不若小结义。大刀关胜：作者奇异，刻画关帝。浪子燕青：有其胆智，无其精细。小李广花荣：广射虎，荣射鸟，其至尔力中及巧。双枪将董平：两股明枪，不使暗箭。神机军师朱武：棋下于局，杀气满腹。没羽箭张清：唐琦石，忠于宋，满地皆是，人不能用。赤发鬼刘唐：尔则赤发，见蓝面则杀。神医安道全：能杀人，能活人。母大虫顾大嫂：既为虎，复为母，毒如盅。金枪手徐宁：一勾一搭，徐宁枪法。鼓上蚤时迁：其亡其

---

[1] 张岱. 陶庵梦忆 [M]. 上海：上海古籍出版社，1982：56.

亡，入我室，登我堂，颠倒我衣裳。浪里白跳张顺：苕溪水涨，逆流而上。双尾蝎解宝：尔有母遗，是狄梁公姨。金眼彪施恩：快活林，复霸业，能交人于缧绁。玉麒麟卢俊义：不敢轻诺，平分水泊。豹子头林冲：小夺泊，唐之李郭。矮脚虎王英：王矮虎，性粗卤，借尔娄猪，定吾艾豭。震天雷凌振：霹雳手，沙飞石走。混世魔王樊瑞：五雷玄妙，此子可教。扑天雕李应：一刺客，二游侠，三货殖，至尔身则一。神行太保戴宗：朝苍梧，暮碧落。拼命三郎石秀：战战兢兢，谁肯拼命？母夜叉孙二娘：击晋鄙，如豚豢，惟是屠者，其养可取。病关索杨雄：天生杨雄，以友为命。妇人之言，慎不可听。没遮拦穆弘：出吾跨，揭扬一霸。没面目焦挺：投身水国，倒有面目。圣手书生萧让：笔毫茂茂，陷水可活，陷文不可脱。①
（《琅嬛文集》卷五《水浒牌四十八人赞》）

以上所言，乃是明末的情况。而宋江等人一旦进入"牌桌"这么一个奇特的战场之后，绵延到清代，他们一直是赌具"明星"。有诗为证："我闻宋江辈，三十人有奇，横行遍天下，炎宋无能为。演为《水浒传》，加以铺张词。晚近叶子戏，粉本实因之。"②（清·马寿龄《金陵癸甲新乐府》）不过，此时宋江等"穿越明星"的脸谱和价值也发生了一些奇妙的变化，清代苕园主人在《掉谱集览》卷一附录《水浒人名》中告诉我们："空汤，矮脚虎王英；一钱，没面焦挺；半枝，豹子头林冲；二钱，金眼彪施恩（一作杨雄）；三钱，拼命三郎石秀；四钱，轰天雷凌振（一作没遮栏穆宏）；五钱，跳涧虎陈达（一作李立）；六钱，病关索杨雄（一作两头蛇解珍）；七钱，神机军师朱武（一作金大坚）；八钱，没羽箭张清；九钱，白花蛇杨春（一作朱武）；一索，一枝花蔡庆；二索，双尾蝎解宝；三索，镇三山黄信；四索，笑面虎朱富；五索催命判官李立（一作金枪手徐宁）；六索，母夜叉孙二娘（一作立地太岁阮小二）；七索，玉臂匠金大坚（一作神行太保戴宗）；八索，双枪将军董平；九索，九尾龟陶宗

---

① 张岱. 琅嬛文集 [M]. 长沙：岳麓书社，1985：252-260.
② 朱一玄，刘毓忱. 水浒传资料汇编 [M]. 天津：百花文艺出版社，1981：532.

旺；一贯，浪子燕青；二贯，小李广花荣；三贯，大刀关胜；四贯，小旋风柴进；五贯，混江龙李俊；六贯，九纹龙史进；七贯，霹雳火秦明；八贯，美髯公朱仝；九贯，插翅虎雷横；二十，一丈青扈三娘；三十，黑旋风李逵（一作杨志）；四十，青面兽杨志（一作李逵）；五十，花和尚鲁深；六十，双鞭呼延灼；七十，病尉迟孙立；八十，急先锋索超（一作朱仝）；九十，活阎罗阮小七；百子，短命二郎阮小五；千僧，行者武松；红万，呼保义宋江。"①

更有甚者，梁山好汉及其事迹，又被后世小说作家作为"戒赌"文字《哀角文》的调侃性补充材料运用于作品之中，而且还是集体大行动：

请出女儿璧娘来，与女婿相见。二人交拜对泣，各诉别后衷曲，再叙夫妇之情。正是：既知今是，始悔昨非。前日只顾手中的宋江、武松，那管家里的金莲、婆惜；今日忽然谢别了雷横、史进，不至屈死了秀英、交枝。前日几为鲁智深，险些向五台山皈依长老；今朝喜会红娘子，不致如小霸王空入罗帏。前一似林冲远行，不能保其妻子；今何幸秦明归去，依然会着浑家。……百老原为短命郎，前日几被活阎罗送了性命；四门本有都总管，今朝还让晁天王镇住妖魔。圣手书生的挥毫，写不出《哀角》一篇文字；玉臂匠的篆刻，印不就戒赌一段心肠。裴孔目铁面虽严，不如曲谕卿的周旋为妙；安道全神医无对，岂若冉化之的术数尤高。②（《五色石》第七卷《虎豹变》）

这一串"俗典"用得是如此得心应手、如数家珍，可见拟话本小说《五色石》的作者对"水浒故事"熟悉的程度。

宋江等人穿越到牌桌的同时，还穿越于酒场之中。俞敦培《酒令丛钞》卷四《水浒酒筹》载："李逵大闹浔阳江。（首二坐为宋江、戴宗，末坐为张顺。得筹为李逵，饮一大杯，宋、戴陪小杯，即与张顺猜十拳，张顺输则饮酒，李逵输饮开水）武松醉夺快活林。（无三不过望，先饮三杯。对面为蒋门神，要连

---

① 朱一玄，刘毓忱．水浒传资料汇编[M]．天津：百花文艺出版社，1981：530-532.
② 笔炼阁．五色石[M]．沈阳：春风文艺出版社，1985：182.

胜三拳方过，再打通关一转）鲁智深醉打山门。（先饮一大杯。首二坐为金刚，每人猜三拳）金翠莲酒楼卖唱。（首二三坐为鲁达、李忠、史进。得筹者或弹或歌，敬三人酒）一丈青擒王矮虎。（与并坐者猜拳，胜后牵巾饮三交杯，合席共贺一杯）景阳冈武松打虎。（三碗不过冈，先饮三大杯。与寅年生人或与姓名字带虎头者猜拳，以胜为度）请诸邻武松杀嫂。（以左右四座为四邻，各照三杯。年少无须者为嫂，猜拳以胜为度）梁山泊群雄聚义。（合席各饮三杯）"①

诸如此类的酒令，在通俗小说中更有具体细腻的描写，梁山好汉们作为酒筹，"穿越"于"才子名伶"的股掌之间：

次贤道："方才这副筹是《水浒传》上的人，各有饮酒的故事，我是随手数的，不知是那几个名字。"……大家看那一面时，刻着七个大字，下注两行小字：大字是："李逵大闹浔阳江。"注是："首二坐为宋江、戴宗，末座为张顺，李逵自饮一大杯，宋、戴陪饮一小杯，即与张顺豁十拳。李逵赢拳，张顺吃酒；张顺赢拳，李逵喝开水。"……那面是"武松醉夺快活林"，下注："无三不过岗，先满饮三杯。对面为蒋门神，要连胜三拳方过，再打通关一转。"……那面是"宋江怒杀阎婆惜"，注："饮两杯，并坐者为阎婆惜，宋江先自饮一杯，将一杯劝阎婆惜，婆惜不饮，仍是宋江自饮。"……上写着"潘金莲雪天戏叔"，注："三杯，并坐左边的为武松。第一杯要露出了胸，一手搭在武松肩上，叫声'叔叔，你饮这一杯'；第二杯要自吃半杯，又道：'叔叔，你若有心，就吃这半杯儿残酒。'第三杯要站起来，装作怒容自饮。合席陪饮三杯。"……那面是"鲁智深醉打山门"，注："先饮一大杯，首二座为金刚，每人豁三拳。"……那面是"金翠莲酒楼卖唱，要弹琵琶敬鲁达、李忠、史进各一杯"。……原来筹上写的是"一丈青捉王短虎"，注："后成夫妇，与并坐的手牵红巾饮三个交杯，合席共贺一杯。"……那面是："王婆楼上说风情"……令是三杯酒，第一杯是敬

---

① 俞敦培. 酒令丛钞［M］//笔记小说大观：第三十册. 扬州：江苏广陵古籍刻印社，1984：247.

右邻为西门庆，也做成挑帘的样了，将扇子打西门庆一下，敬这一杯；第二杯，要西门庆跪地，一手捏着金莲的鞋尖，敬金莲这一杯；第三杯，左邻是王婆，金莲福了一福，叫声："干娘饮这一杯。"……取来看时是"梁山泊群雄聚义，合席各饮三杯"。众人道："这却收得有趣，今日这个酒令，真倒像做成的一般。"①（《品花宝鉴》第二十回）

小说中还有大量切合书中人物的描写，文长不赘录。你看，这些柔弱的文人、戏子们"玩"起骁勇好战的梁山好汉来，玩得多么开心。这大概也算一种"以柔克刚"吧。不过，《水浒传》中的李逵、武松等人，如果看到他们会"穿越"到这些充满脂粉香味的男不男女不女的"优伶"手上，不知有何感想！

不过，梁山好汉们其实也用不着太愤怒，因为还有比他们高贵得多的孔夫子、孟夫子他们的经典著作《四书》居然在通俗小说中也陪同强盗们一起"穿越"哩！请看这种千古奇观的超常搭配：

柔仙道："我这个叫《四书》《水浒》令。你们愿意行，我就饮一杯宣令，说《四书》一句，或两句，再举五才人名一个。"龟士道："好，你先说起来。"柔仙命俊官专司斟酒，自己便先饮一杯，然后说道："日月逝矣。时迁。"……芝仙道："我说：箪食壶浆，以迎王师。燕顺。"……仲蔚饮了门面杯，说道："移其粟于河内，河东凶亦然。施恩。"大家又贺了。友梅饮了本酒，说道："桃之夭夭。花荣。"知三道："我说：使子羔为费宰。柴进。"……方听萧云说令："父为大夫，子为士，父为士，子为大夫。公孙胜。"柔仙道："有些勉强，我们不贺。"兰生饮了酒，说道："后生可畏。童威。"众人贺了。龟士饮了门面酒，说道："曾子曰唯。鲁达。"众人道好，又贺了。介侯饮了酒："不嗜杀人者能一之。魏定国。"众人道好，又贺了酒。伯琴喝了令杯，说："节彼南山。石秀。"柔仙道："也不甚好，不能贺。"莲民喝了酒，收令说道："金声而玉振之也。乐和。"大家说："收

---

① 陈森. 品花宝鉴 [M]. 北京：宝文堂书店，1989：285-289.

得好,该贺。"大家又贺了。①(《海上尘天影》第四十二回)

就这样,四书五经中的句子与梁山好汉的名字在一起"穿越"到了有闲文人酒酣耳热的场合,成为他们的一种"文化生活"。不仅在晚清小说中这种描写大量存在,就是在五四运动之后的白话小说中,仍然还有以梁山好汉的绰号和姓名相联系的酒场急口令,如巴金的《家》中就有觉新带着弟妹一起玩这种游戏的场景描写。

以上,宋江等人的"集体穿越"于牌局酒令之中,基本上还只是一种游戏或调侃,而更为严肃而又最具讽刺意味的则是梁山好汉的姓名绰号被后世各色人等随意"借用",甚至成为一种政治斗争的工具。且看:

《东林点将录》一卷(江苏巡抚采进本)明王绍徽撰。绍徽,陕西咸宁人,万历戊戌进士,官至吏部尚书,事迹具《明史·阉党传》。其书以《水浒传》晁盖、宋江等一百八人天罡、地煞之名,分配当时缙绅。……阎若璩《潜邱札记》亦有《与王宏撰书》曰"顷闻《点将录》果出贵乡王绍徽手否,先生以此书实出阮大铖。王偶失阉欢,谋所以解之术于阮。阮授以此书,而王上之,而世遂以名之。细思之,殊不然。儿时读《点将录》,记没遮拦穆弘乃大铖,岂有自作此《录》而窜入己姓名者"云云。②(《四库全书总目》卷六十二)

无论这本《东林点将录》是王绍徽所撰还是阮大铖所拟,总之都是当时阉党污蔑、打击东林党人的工具。这个版本后来又被韩敬增改。对此,明代文秉《先拨始志》有详细记载:"杨、左既逐,奸党益无忌惮,遂肆行诬陷。……绍徽复造《东林同志录》罗列诸贤姓名,又韩敬造《东林点将录》计一百八人,邮致都门,按籍搜索。于是诸贤受祸,无一人遗漏矣。《点将录》旧传王绍徽所作,而《同志录》未见抄传,或是韩敬因绍徽原本而增改之者耶?《东林点将录》:开山元帅托塔天王南京户部尚书李三才。总兵都头领二员:天魁星及时雨

---

① 邹弢. 海上尘天影 [M]. 南昌: 百花洲文艺出版社, 1993: 716-719.

② 永瑢等. 四库全书总目 [M]. 北京: 中华书局, 1965: 559.

大学士叶向高,天罡星玉麒麟吏部尚书赵南星。掌管机密军师二员:天机星智多星左谕德缪昌期,天闲星入云龙左都御史高攀龙。协同参赞军务头领一员:地机星神机军师礼部员外即顾大章。正先锋一员:天杀星黑旋风吏科都给事中魏大中。左右先锋二员:天暗星青面兽浙江道御史房可壮,地周星跳涧虎福建道御史周宗建。马军五虎将五员:天勇星大刀手左副都御史杨涟,天雄星豹子头左佥都御史左光斗,天猛星霹雳火大理寺少卿惠世扬,天威星双枪将太仆寺少卿周朝瑞,天立星双鞭将河南道御史袁化中。马军八骠骑八员:天英星小李广福建道御史李应昇,天捷星没羽箭陕西道御史蒋允仪,天空星急先锋山东道御史黄尊素,天退星插翅虎浙江道御史夏之令,天凶星没遮拦吏科给事中刘弘化,天满星美髯公刑科给事中解学龙,地狷星毛头星刑科给事中毛士龙,地镇星小遮拦工科给事中刘懋。总探声息走报机密头领二员:天速星神行太保尚宝司丞吴尔成,地速星中箭虎光禄寺少卿丁元荐。行文走檄调兵遣将头领一员:地囚星旱地忽律广西道御史游士任。掌管钱粮头领二员:天富星扑天雕礼部主事贺烺,地狗星锦毛犬尚宝司卿黄正宾。定功赏罚军政司头领二员:地正星铁面孔目左佥都御史程正己,地奴星催命判官左通政涂一榛。掌管行刑剑子手头领二员:地损星一枝花礼部尚书孙慎行,地平星铁臂膊刑部侍郎王之寀。捧把帅字旗将校一员:地贼星鼓上皂内阁中书汪文言。守护中军大将十二员:天寿星混江龙大学士刘一燝,天微星九纹龙大学士韩爌,地短星出林虎大学士孙承宗,地转星立地太岁吏部尚书周嘉谟,地角星独角龙吏部尚书张问达,天伤星武行者左都御史邹元标,天贵星小旋风右都御史曹于汴,地轴星轰天雷礼部尚书王图,天牢星病关索刑部尚书乔允升,地强星锦毛虎工部尚书冯从吾,地巧星笑面虎吏部左侍郎陈于廷,天巧星浪子左春坊左谕德钱谦益。四方打听邀接来宾头领十二员:地明星铁笛仙户部左侍郎郑三俊,地壮星母夜叉礼部右侍郎张䎿,地妖星摸着天光禄寺少卿史记事,地全星鬼脸儿光禄寺寺丞李炳恭,地文星圣手书生翰林院修撰文震孟,地阔星摩云金翅翰林院简讨姚希孟,地阴星母大虫翰林院检讨顾锡畴,地异星白面郎君翰林院庶吉士郑鄤,地满星玉幡竿吏部员外郎周顺昌,地兽星紫髯伯吏部员外郎张光前,地惠星一丈青吏部员外郎孙必显,地暗星锦豹子礼部主事荆养乔。马步三军头领四十六员:天慧星拼命三郎刑部尚书王纪,天孤星花和尚兵部左侍郎李瑾,天暴星两头蛇兵部右侍郎孙居相,地勇星病尉迟兵部右侍郎李邦华,地恶星没面目兵部右侍郎刘策,地佐星小温侯兵部右侍郎何士晋,地奇星圣水将户部右侍郎陈所学,天哭星双尾蝎左副都御史孙鼎相,天佑星金枪手右佥都御史徐良彦,地刑星菜园子右佥都御史周起元,地丑星石将军右佥都御史张凤翔,地火星独火星右佥都御史朱世守,地巧星玉臂匠右佥都御史程绍,地暴星丧门神右佥都御史王洽,地健星险道神右佥都御史李若星,天异星赤发鬼左通政使刘宗周,地俊星铁扇子大理寺少卿韦藩,地定星小霸王太常寺少卿韩继思,地会星神算子太常寺少卿赵时用,地佑星赛仁贵太常寺少卿李应魁,地阖星火眼狻猊太常寺少卿程註,地稽星操刀鬼光禄寺少卿沈应奎,地飞星八臂哪吒吏部郎中夏嘉遇,地走星飞天大圣吏部郎中邹维琏,地察星青眼虎吏科给事中陈良训,地煞星镇三山兵科给事中甄淑,地雄星井木犴户科给事中郝土膏,地杰星丑郡马兵科给事中沈惟炳,地幽星病大虫户科给事中薛文周,地孤星金钱豹子兵科给事中萧基,天罪星短命二郎湖广道御史刘芳,天败星活阎罗江西道御史方震孺,地僻星打虎将山东道御史李玄,地微星矮脚虎福建道御史魏光绪,地捷星花项虎四川道御史练国事,地威星百胜将河南道御史谢文锦,地数星小尉迟云南道御史李日宣,地猛星神火将贵州道御史张慎言,地乐星铁叫子山东道御史刘思诲,地伏星金眼彪湖南道御史刘其忠,地隐星白花蛇河南道御史杨新期,地耗星白日鼠湖广道御史刘大受,地遂星通臂猿山西道御史侯恂,地灵星神医手云南道御史胡良机,地魔星云里金刚四川道御史宋师襄,地理星九尾龟河南道御史熊则祯。镇守南京正将一员:地然星混世魔王操江右佥都御史熊明遇。分守南京汛地头领六员:天竟星船火儿南京广东道御史王允成,天损星浪里白跳南京吏部郎中王象春,地英星天目将南京江西道御史陈必谦,地进星出洞蛟南京山西道御史黄公辅,地退星翻江蜃南京四川道御史万言扬,地劣星活闪婆南京工科给事中徐宪卿。"① 你看，从中央大员到地方所司，从文坛泰斗到政治名流，但凡为阉党所嫉恨之清廉公正、刚直不阿的东林党人，都被打入这份"黑名单"。所有这些，都是借宋江等强盗的名号来攻击政敌。但是，无意之间却体现了《东林点将录》的编造者对《水浒传》极其浓厚的兴趣。

文人中间的这点事，很快就在通俗小说中得到反映，当时几部反映魏忠贤及阉党罪恶的小说，对此亦有描写：

> 这些人既把东林衣钵谱激怒这些做官的，却又撰一本，又说这些东林党人自比宋江三十六天罡、七十二地煞，把李三才做个晁盖，赵南星比做宋江，邹元标是卢俊义，缪昌期是吴用，高攀龙是公孙胜，魏大中是李逵，杨涟是八骠骑中的杨志，左光斗是五虎将中的关胜，只拣名宦及魏忠贤崔呈秀所恼的，都配入里边做强盗。②（《魏忠贤小说斥奸书》第十回）

> 一时如谕德缪昌期，御史周宗建、李应升等，都拿入东林党内，追夺诰敕，真是一网打尽。既做出《东林衣钵图》来激怒那些朝臣，又撰出一本《天罡图》来，说东林人自比《水浒传》上的三十六天罡，七十二地煞。李三才比做晁盖，赵南星是宋江，邹元标是卢俊义，缪昌期是吴用，高攀龙是公孙胜，魏大中是李逵，杨涟是杨志，左光斗是关胜。凡是魏忠贤、崔呈秀所恼之人，都比在内做强盗。③（《梼杌闲评》第三十二回）

以宋江等"强盗"来诬陷"东林党人"和政敌，阉党成员的做法还是可以理解的，但出人意料的是，清代居然有人将宋江等"盗贼"借来影射"诗坛名宿"。舒位《乾嘉诗坛点将录》写道："诗坛都头领三员：托塔天王沈归愚（德潜）、及时雨袁简斋（枚）、玉麒麟毕秋帆（沅）……"④ 在晚清小说中，甚至还有让梁山好汉"穿越"到维新党人的对应描写。如：

---

① 文秉. 先拨志始 [M] // 续修四库全书 437. 上海：上海古籍出版社，2002：615-618.
② 陆云龙. 魏忠贤小说斥奸书 [M]. 长春：时代文艺出版社，2003：53-54.
③ 佚名. 梼杌闲评 [M]. 北京：人民文学出版社，1983：372.
④ 舒位. 乾嘉诗坛点将录 [M]. 长沙：叶氏刊本，1907（光绪丁未）：5.

云仲开言道:"吾前日看明邹之麟的《点将录》,很有趣味,想将五年来著名的新党人物,照他比拟起来,以供谈助。"仲玉道:"这《点将录》不是洪亮吉已翻过了么?"云仲道:"不差,他是将袁简斋拟宋江的,吾想得几个,王闿运可拟白衣秀士王伦,翁同龢可拟托塔天王晁盖,寿富可拟小旋风柴进,那康有为兄弟不用说,就是及时雨、铁扇子了。"燕楼道:"还有李莲英可拟童贯,荣禄可拟蔡京,杨崇伊可拟黄文炳,这是助桀为虐的。"鹅斋道:"吾有一副牙筹,上面镌的都是《水浒》上人物,本是藏着顽的,今日却好取出行令,说个飞觞。飞到那人,那人吃了一杯酒,便向筒内抽一枝筹,看是什么人,就说出个维新党人来比拟他。说得好,大家贺一杯至三杯不等。说的不好,亦罚一杯至三杯不等。"众人听了,齐拍手道:"好极!好极!借此各人可以用用心思,将一百八人慢慢地找全了。"①(藤谷古香《轰天雷》第十四回)

这里有两重"糅合",一是将"水浒人物"与"维新党人"以及"牙筹飞觞"融合在一起,二是将《水浒传》中的梁山好汉和朝中奸贼融合在一起来"穿越"当时各方面的人物。可见晚清的文人是多么善于利用"有意味的形式"。直到民国年间,还有汪国垣编《光宣诗坛点将录》,以天魁星及时雨宋江对应陈三立,天罡星玉麒麟卢俊义对应郑孝胥,天机星智多星吴用对应陈宝琛,如此等等,不一而足,这真是一种令人百思不得其解的奇特审美表现。

然而,说句不客气的话,以上所展示的梁山好汉的某些"穿越",多多少少有些无聊或无耻,水浒英雄真正有意义的文化"穿越",却存在于晚清两部《水浒传》的续书之中。先看王汝梅对冬青《新水浒》的内容提要:

书叙侯蒙保奏,宋江受降,众位头领一致决定陆续下山,干个人营生,以个人自治、合群爱国为宗旨。吴用和雷横回到郓城东溪村,吴用办女学堂,编教科书。因地方自治先从警察入手,雷横就办警察练警兵。张顺下山创办渔业公司,汤隆要谋铁路事业,乐和出席音乐会演奏风琴,卢俊义

---

① 阿英. 晚清文学丛钞小说四卷 [M]. 北京:中华书局,1961:415.

将家产的三分之一来充作国民捐。樊瑞在松江侈谈妖怪学,有人反对,樊瑞道:"你说我符箓便是妖怪学,如今世界上那一件不是妖怪学,那一事不是使人迷信?"孙二娘、顾大嫂二人接受吴用的邀请兴办女学,孙二娘主张提倡女学,要讲中国礼法,不能崇拜西人,同顾大嫂一起拟定了女学六不许章程,如:男子非家长亲族不得来堂私相交谈等。顾大嫂到天足会上演讲,批判缠足的恶习。孙二娘宣传:"思想则务求其新,道德则宜从其旧。"鲁智深下山做了僧监督,安道全担任军医员。李逵在上海海国春吃番菜大出丑,王英在胡家宅恋上野鸡。扈三娘赴日本学习师范,雷横在上海错抓革命党。柴进在上海租界办招待所,石勇自办邮电局,戴宗拴上甲马追电车,西门阿九(西门庆之子)自制戒烟药自强丸,安道全化验各种伪制戒烟药,等等。①

冬青《新水浒》为光绪三十三年(1907)出版,这本《水浒传》续书确实是"新",因为梁山好汉竟然全都带上了新时代的色彩,全都具有了新时代的意识形态。这些人物,只不过具有《水浒传》原著中某些最基本的信息而已,诸如姓名、绰号、上梁山前的职业等等。根据这些基本信息,他们集体"穿越"到半殖民地半封建社会的中国,而像那个时代的某些人一样去生活、去创造、去表现。

无独有偶,在冬青的《新水浒》出版两年后,陆士谔的《新水浒》也于宣统元年(1909)刊行问世,这两部《新水浒》同声相应、同气相求,所表达的意念几乎一致。为了更好地说明问题,不妨节略唐继珍对陆士谔这部"奇书"的内容提要:

> 吴用遂派林冲、鲁智深、戴宗到东京探听消息。酒楼上,闻议论新法,谓百姓依然贫乏,国家依然软弱,不过为做官的,多开几条赚钱的门径而已。……三人取路回山,行经郓城地区,适逢选举议员,鲁智深改扮留学

---

① 江苏省社会科学院明清小说研究中心. 中国通俗小说总目提要 [M]. 北京:中国文联出版公司,1990:1005.

生,方得入内参观,颇悉选举情弊。……吴用因亦倡言变法,并说新世界盛行的是"文明面目,强盗心肠"。花荣建议众兄弟离开梁山泊,逞其所长去四方做事,以为本山谋利益。吴用又提议成立梁山会,各人所得利益,二成作为会费,二成作为公积,余六成即为本人薪金,众皆称妙。于是忠义堂初行选举,以宋江为会长,卢俊义为副会长,萧让为书记,花荣、柴进、董平、阮小七、石秀、燕青、朱武、朱贵为庶务员,吴用为庶务长,蒋敬为会计员。宋江乃指派众会员下山,经营各种新事业。……蒋敬与时迁合伙,开办忠义银行,营业十分发达。……郑天寿来在雄州,开办尚德女学堂。……郑天寿去拜访开设景虞女学堂的周通,又得知陶宗旺以大公馆作妓院,九尾龟名声大振;扈三娘开女总会,生意异常发达。侯健则在江州开办军衣铺,作场里有一千多名裁缝。而花荣即在江州起复为统带。又逢萧让,知金大坚开设书铺,李立、李俊发起揭阳岭矿务公司,又组织矿务保存会,与金国钦使开夜汗谈判废约。郑天寿又在江州开九云银楼。时迁得商会总董李应保荐,做了警察局侦探,九云楼遭骗,赖时迁悉心破案,既得贿赂,又记大功。汤隆、刘唐办理铁路,借款风潮起,二人至东京,以死力争,颇得众望,举为总理、协理,乃仿宋江经营梁山之法经营铁路,果然成效卓著。……张顺经营渔业公司,下分发行、制货、捕鱼三部,又设渔巡队。而李俊、李立驱逐金人,将矿务争回自办。吴用回乡报考优拔,因教谕索要贿赂,吴用乃往东京别寻门路,恰遇已任陆军学监督之林冲,遂为林冲拟定奖励章程,整顿学堂。……宋江与朱仝、雷横议立天灾筹赈公所,既得美名,又发了一注大财。……三阮屡次寄信存问,吴用便来石碣村与三阮相见。渔村经营得法,吴用叹服。又闻卢俊义独立筑造大名到白沟铁路,朝廷封为三品卿衔。吴用忽念办一报馆,请燕青为访事人员,萧让为新闻记者,遂来江州办一《呼天日报》,掊击时事,销路大畅,官场中传观色变,蔡九知府因派花荣以十万银子买下报馆。张青、孙二娘开夜花园,供人幽期密约。解宝已任裁判官,亦携女子来游。石秀等合买彩票,中了头彩。武松在清河举办运动会,梁山好汉陆续来观。重阳节过，梁山会年会已届会期，各人报告收益，由裴宣评判等级：扈三娘为女总会抽头，得银四十八万三千二百两有奇，孟康得着船政差使，浮支船银共得四十万两，卢俊义承办铁路，一年中可得净利七十二万两，三人评为最优等；陶宗旺、吴用等为优等；林冲、史进等为头等；乐和、萧让等为中等；周通、王定六为下等；李逵非特分文没有，反输掉许多银子，与顾大嫂、孙新列为下等。柴大官人亦为挥霍太甚，出入相抵，所余不多，列为中等，众人皆服。①

在这两部《新水浒》目迷五色的描写中，梁山好汉全都紧跟形势，穿上了新时代的新衣新履，甚至有的穿着西装却又戴着瓜皮帽，或者在梁山草莽气息的躯体上涂抹新时代的化妆品，一百零八人"咸与维新""与时俱进"了。冬青和陆士谔这样写究竟有什么深意，我们不知道。但是，这种描写却告诉我们，什么是真正意义上的"穿越"，什么是真正意义上的梁山好汉全体大动员的组团文化大穿越！

四　水浒传说与旅游文化

在《水浒传》成书以前，宋江及其手下英雄人物的故事就在民间广泛流传，《水浒传》成书之后，这种传说并没有停止，反而更加如火如荼，有声有色。而且，这些传说故事又造成了丰富多彩的水浒旅游文化。

谈到水浒传说和旅游文化问题，我们首先必须了解《水浒传》中的故事涉及哪些地区。《水浒传》中，宋江率领梁山军的活动范围虽然有限，但由于前面几十回写了某些英雄人物出身的故事，故而涉及面很广。下面，按照今天的行政区划将一百零八人行踪略作罗列。

陕西省：华阴县、延安府、京兆府、华州、凤翔府、泾原。

---

① 江苏省社会科学院明清小说研究中心.中国通俗小说总目提要［M］.北京：中国文联出版公司，1990：1145.

河南省：东京（今开封）、南京（今商丘）、孟州、洛阳、光州、彰德府、汝宁州、陈州、睢州、郑州、唐州、陈留县、许州、邓州、汝州、嵩州、卫州、怀州、原武县、辉县、宛州、禹州、陕州、新安、鲁州、汜水、颍昌州、安昌县、义阳县、巩州、宝丰。

江西省：信州、贵溪县、江州、无为军、洪都、南丰县、婺源。

安徽省：临淮县、定远县、濠州、庐州、颍州、寿春县、泗州、亳州、歙州、宣州。

河北省：邺城、北京（今大名）、沧州、清河县、恩州、真定州、中山府、涿州、安平、雄州、玉田县、文安县、永清县。

山西省：蒲州、代州、东潞州、上党郡、太原府、云中、沁源县、汾阳、陵川、阳城、高平、壶关、潞城、榆社、临县、介休、平遥、祁县、襄垣、浮山、孝义、武乡。

甘肃省：渭州、陇西、汉阳、天水。

山东省：青州、济州、沂水县、郓城县、阳谷县、东平府、莱州、泰安、高唐州、登州、茅州、东昌府、濮州、汶上县、滕州、单州、曹州、寿张县、琅玡、安德、兖州府。

天津市：蓟州。

江苏省：苏州、建康、徐州、邳县、彭城、润州、扬州、常州、淮安、丹徒、江阴、晋陵县、无锡县、吴江、昆山、楚州。

重庆市：开州。

四川省：达州。

湖南省：潭州、零陵。

湖北省：黄州、襄阳府、江夏、荆南、房州、上津县、竹山县、郧乡县、襄州、均州。

海南省：琼州。

上海市：华亭县、松江。

北京市：檀州、幽州、昌平县。

云南省：东川。

浙江省：睦州、清溪县、建德、严州、杭州、湖州、嘉兴、崇德、海宁、吴兴、秀州、德清县、诸暨县、越州、富阳县、海盐、临安、桐庐县、金华、兰溪县。

以上地名，有几点须作说明：其一，有些地名只是交代梁山好汉的籍贯，书中并没有描写发生在那儿的故事。其二，征大辽及"田王二传"中的地名，基本上与旅游文化关联不大。其三，地名中有府、州、县各级并列录入的现象。除去这三条，《水浒传》中那些为广大读者耳熟能详的故事主要发生在今天的山东、河南、河北、浙江四省，其次为陕西、山西、甘肃、江西、安徽、江苏、天津等地。故而这些地方梁山好汉的传说较多，而旅游开发的潜力也较大。

到目前为止，对于"水浒旅游文化"开发最好的应该是山东省，主要有如下内容：

梁山：《水浒传》中有一段专门针对梁山的描写："寨名水浒，泊号梁山。周回港汊数千条，四方周围八百里。东连海岛，西接咸阳，南通大冶金乡，北跨青齐兖郡。有七十二段港汊，藏千百只战舰艨艟；建三十六座雁台，屯百千万军粮马草。声闻宇宙，五千骁骑战争夫；名达天庭，三十六员英勇将。"①（第七十八回）历史上的梁山原名良山，因避汉武帝叔父刘良讳，改为梁山，在今梁山县境内、济水边上。《水经注》卷八载："济水又北径梁山东。"②《史记·梁孝王世家》："三十五年冬，复朝。上疏欲留，上弗许。归国，意忽忽不乐。北猎良山，有献牛，足出背上，孝王恶之。"《索隐》："《汉书》作'梁山'。《述征记》云'良山际清水'。今寿张县南有良山，服虔云是此山也。"《正义》："《括地志》云'梁山在郓州寿张县南三十五里'，即猎处也。"③ 宋代，寿张县属东平府。《宋史》卷八十五载："东平府，东平郡，天平军节度。

---

① 施耐庵，罗贯中. 水浒传 [M]. 北京：人民文学出版社，1975：1064.

② 郦道元. 水经注 [M]. 杭州：浙江古籍出版社，2001：126.

③ 司马迁. 史记 [M]. 北京：中华书局，1959：2086.

本郓州。庆历二年，初置京东西路安抚使。大观元年，升大都督府。政和四年，移安抚使于应天府。宣和元年，改为东平府。崇宁户一十三万三百五，口三十九万六千六十三。贡绢、阿胶。县六：须城、阳谷、中都、寿张、东阿、平阴。监一，东平。"① 东平府往南，就是济州。"济州，上，济阳郡，防御。户五万七百一十八，口一十五万九千一百三十七。贡阿胶。县四：巨野，任城，金乡，郓城。"② 梁山就在郓城县东北五十里处。今天的梁山于1949年设县，乃合并故寿张、旧郓城以及汶上三县各部分土地而成，属济宁市，在山东省西南部。与梁山相关的是梁山泊，这也是《水浒传》描写很精彩的地方。历史上梁山泊的形成有一个过程。自五代至北宋，黄河多次决口，其间，梁山周围之水与巨野泽、南旺湖、蜀山湖及周边环县诸陂塘连成一片，形成横无际涯的大水域。"筑山浈古巨野泽，绵亘数百里，济、郓数州，赖其蒲鱼之利。"③（《宋史·杨戬传》）时人有"梁山泊八百里水"的说法。到如今千年沧桑巨变，梁山附近已经没有水域，呈现出"不见蓼儿洼，梁山一带斜。黄河归故道，绿野任驱车"④的现象。现在的梁山，开发的旅游景点有"忠义堂""宋江寨""练武场""宋江马道""黑风口""黑风亭""断金亭""点将台""琉璃八角井""金沙滩""杏花村"等。此外，还有梁山县银山乡石庙村，传说是阮氏兄弟的石碣村，村中有"七贤庙"，塑造阮氏兄弟七人，"阮氏三雄"正在其中。

郓城：当地人尝言："水浒一百单八将，七十二人在郓城。"⑤ 尤其是《水浒传》中的宋江、晁盖、吴用、李应、刘唐、张青、孙二娘、扈三娘、燕青、白胜、时迁等梁山好汉，都是郓城人，他们的故事在这一带广为流传。郓城的旅游景点主要有：郓城西北二十公里的水堡乡的"宋江街"，郓城东南十五公里

---

① 脱脱等. 宋史［M］. 北京：中华书局，1977：2111.

② 脱脱等. 宋史［M］. 北京：中华书局，1977：2111.

③ 脱脱等. 宋史［M］. 北京：中华书局，1977：13664.

④ 吴济夫. 水泊梁山［J］. 文史知识，1993（1）：127.

⑤ 曹先锋. 水浒故地话水浒［M］. 长春：时代文艺出版社，2006：15.

的黄堆集"黄泥冈",郓城县内唐塔边的乌龙井所在地的"乌龙院",郓城东面四公里的苏庄北的"玄女庙"。此外,还有丁里长乡晁庄是晁盖住的村庄,黄堆集乡的白垓村传说是白胜居住的安乐村,更有与宋江相关的"宋江河""宋江碑""宋江钓鱼台"等地名。

东平:当地人赌博时,赌东唱道:"打了个一又是一,宋江杀了阎婆惜。来了八万叫朱仝,他的家乡在郓城,救宋江他两肋插刀,他是梁山上大英雄。"①东平的水浒旅游景点是以东平湖为中心的。据有关专家考证,今天的东平湖是古代的大野泽经过长时间变化而成,是古代八百里梁山泊的残留水域,周边有不少水浒文化旅游景点。

阳谷:据王士禛《香祖笔记》卷二十载:"俗人传讹袭谬,有绝可笑者。兖州阳谷县西北有冢,俗呼西门冢,有大族潘、吴二氏,自言是西门嫡室吴氏、妾潘氏之族。一日社会,登台演剧,吴之族使演《水浒记》,潘族谓辱其姑,聚众大哄,互控于县令。令大笑,各扑一二人,荷校通衢,朱批曰:'无耻犯人某某示众。'然二氏终不悟也。从侄鹓过阳谷,亲见之。"② 这则资料,应视为《水浒传》影响《金瓶梅》以后"再生性"的民间传说。此外,阳谷县的著名景点有:景阳冈,阳谷县城东南十几公里处,现仅存土山冈两个,北冈上有清代末年修建的"山神庙",庙内有武松打虎塑像,墙壁上还有十二幅壁画,叙述从"三碗不过冈"到"阳谷县虎会"的经过。庙前左侧有上书"景阳冈"三个大字的石碑。狮子楼,阳谷县城内十五米高的仿宋代歇山式建筑,楼高二层,古色古香,雕梁画栋,楼前四个神态各异、栩栩如生的石狮子,面对长街。还有紫石街,是《水浒传》描写的武大郎一家居住的地方和卖炊饼处。

青州:桃花山,今天与青州毗邻的临朐县西部山区寺头镇有桃花山,该镇还有一自然村名桃花村。二龙山,青州益都镇西南十五公里莲花盆乡东北部有二龙山,因东连大龙山,故名。

---

① 谌志生,任勇. 水浒传与东平 [J]. 文史知识,2001 (6):103.
② 王士禛. 香祖笔记 [M]. 上海:上海古籍出版社,1982:242-243.

泰安：东岳庙，燕青在此打擂，智扑擎天柱任原。《水浒传》第七十四回有一篇"赞子"，描写东岳庙及周围寺庙景象："庙居泰岱，山镇乾坤，为山岳之至尊，乃万神之领袖。山头伏槛，直望见弱水蓬莱；绝顶攀松，尽都是密云薄雾。楼台森耸，疑是金乌展翅飞来；殿角棱层，定觉玉兔腾身走到。雕梁画栋，碧瓦朱檐，凤扉亮槅映黄纱，龟背绣帘垂锦带。遥观圣像，九旒冕舜目尧眉；近睹神颜，衮龙袍汤肩禹背。九天司命，芙蓉冠掩映绛绡衣；炳灵圣公，赭黄袍偏称蓝田带。左侍下玉簪珠履，右侍下紫绶金章。阖殿威严，护驾三千金甲将；两廊猛勇，勤王十万铁衣兵。五岳楼相接东宫，仁安殿紧连北阙。蒿里山下，判官分七十二司；白骡庙中，土神按二十四气。管火池，铁面太尉月月通灵；掌生死，五道将军年年显圣。御香不断，天神飞马报丹书；祭祀依时，老幼望风皆获福。嘉宁殿，祥云杳霭，正阳门，瑞气盘旋。万民朝拜碧霞君，四远归依仁圣帝。"① 这里提到的多处名胜古迹，均可作为旅游胜地。

山东省各县市中，还有不少与"水浒文化"相关的传说故事和旅游景点，此不一一介绍。山东以外，水浒旅游开发较好的是浙江省，其主要内容如下：

杭州：《水浒传》第九十四回有两首词描写杭州，一是《水调歌词》："三吴都会地，千古羡无穷。凿开混沌，何年涌出水晶宫？春路如描桃杏发，秋赏金菊芙蓉，夏宴鲜藕池中。柳影六桥明月，花香十里熏风。也宜晴，也宜雨，也宜风，冬景淡妆浓。王孙公子，亭台阁内，管弦中。北岭寒梅破玉，南屏九里苍松。四面青山叠翠，侵汉二高峰。疑是蓬莱景，分开第一重。"一是《临江仙》："自古钱塘风景，西湖歌舞欢筵。游人终日玩花船，箫鼓夕阳不断。昭庆坛圣僧古迹，放生池千叶红莲。苏公堤红桃绿柳，林逋宅竹馆梅轩。雷峰塔上景萧然，清净慈门亭苑。三天竺晓霞低映，二高峰浓抹云烟。太子湾一泓秋水，佛国山翠蔼连绵。九里松青萝共翠，雨飞来龙井山边。西陵桥上水连天，六桥金线柳，缆住采莲船。断桥回首不堪观，一辈先人不见。"② 这两首词，涉及杭

---

① 施耐庵，罗贯中. 水浒传 [M]. 北京：人民文学出版社，1975：1018.
② 施耐庵，罗贯中. 水浒传 [M]. 北京：人民文学出版社，1975：1294.

州的菜市门、荐桥门、候潮门、嘉会门、钱湖门、清波门、涌金门、钱塘门、北关门、艮山门、昭庆坛、放生池、苏公堤、林逋宅、雷峰塔、净慈寺、三天竺、南高峰、北高峰、太子湾、佛国山、九里松、九井山、西陵桥、六桥、断桥等景致，这些绝大多数都保持到今天，亦可作为水浒旅游资源看待。另有关于鲁智深、宋江、武松、张顺等人的传说与遗迹："六和塔在进泷浦上，塔下旧有鲁智深像，今毁矣。当日听潮而圆，应在此处。进泷浦下有铁岭关，说是宋江藏兵处。昔江中有盗，劫得商舟财物，相与携而藏其中，为伏弩所射而毙。自是人不敢入。国初时，江浒人掘地得石碣，题曰武松之墓，当日进征青溪，用兵于此，稗乘所传，当不诬也。惟涌金门金华将军，俗传即张顺归神，则无稽矣。今又讹为青蛙将军。"①（清·朱梅叔《埋忧集》卷七）张顺归神之涌金门，在杭州城西，门外对西湖。又据清代梁章钜《浪迹丛谈》载："陆次云《湖壖杂记》谓六和塔下旧有鲁智深像，又言江浒人掘地得石碣，题曰'武松之墓'，当时进征青溪，或用兵于此，稗乘所传，不尽诬。"②（卷六《宋江》）今天的杭州六和寺中鲁智深的塑像依然存在。至于武松，则另有传说："据《西湖大观》所记，武松原是在杭州涌金门一带卖艺的江湖艺人，'被知州高权所见，悦其艺，招之为都头，逐渐以功擢提辖，后高以被劾去职，武亦辞事随之。未几，蔡京子鋆继任知州，借父势蹂躏杭民，上峰不能言，松独怒形于色，挟刃俟诸途，狙杀之，卒被捕，数日后死狱中'。过去杭州民间还流行着'武松独臂擒方腊'的传说，与《水浒传》不同，《水游传》说是鲁智深在乌龙岭的帮源洞擒获方腊的，而在杭州的传说中却说在杭州的万松岭方腊是被独臂武松擒获的。"③（杨子华《〈水浒传〉中所描写的杭州》）民国年间，杜月笙、虞洽

---

① 朱一玄，刘毓忱. 水浒传资料汇编[M]. 天津：百花文艺出版社，1981：540.

② 梁章钜. 浪迹丛谈[M]//笔记小说大观：第33册. 扬州：江苏广陵古籍刻印社，1983：81.

③ 杨子华.《水浒传》中所描写的杭州[M]//水浒争鸣第九辑. 西宁：青海人民出版社，2006：269-270.

卿在西湖的西泠桥边修建了"宋义士武松之墓",20世纪60年代,此墓被毁,2004年,在原址恢复。另外,杭州周边还有一些"水浒旅游景点"可供开发,如"独松关""范村""半墦山"等。

淳安:帮源洞,"帮源洞"并非指一个洞,而是方腊故乡洞源里村那一条山谷。村北有一岩洞,洞口小,里面可容百人,当地人称之为"帮源洞"。附近的洞源里村,至今还有大量古建筑遗迹。这里有"方腊洞""点将台""练兵场"等景点。

睦州:睦州即今之建德,《水浒传》涉及七里滩、乌龙山、乌龙岭、乌龙庙、万松林等地名,这里有乌龙庙、点将台、乌石关三大片若干旅游资源可供开发。

富阳:有金家岭,《水浒传》描写梁山军与方腊军车轮大战的地方。有白峰岭与新登双庙,《水浒传》写宋江曾经息兵于此,并做了两个"信息"相反的梦。

山东、浙江之外,河南省的水浒旅游资源也不少,主要集中在开封一带:这里有鲁智深挂单的大相国寺,杨志卖刀的州桥,林冲与陆谦饮酒的樊楼,尤其是《水浒传》第七十二回的两段描写,更是对开封景致进行了高度概括:"州名汴水,府号开封。逶迤按吴楚之邦,延亘连齐鲁之地。……层叠卧牛之势,按上界戊己中央;崔嵬伏虎之形,像周天二十八宿。……金明池上三春柳,小苑城边四季花。十万里鱼龙变化之乡,四百座军州辐辏之地。"① "一自梁王,初分晋地,双鱼正照夷门。卧牛城阔,相接四边村。多少金明陈迹,上林苑花发三春。绿杨外溶溶汴水,千里接龙津。潘樊楼上酒,九重宫殿,凤阙天阊。东风外,笙歌嘹亮堪闻。御路上公卿宰相,天街畔帝子王孙。堪图画,山河社稷,千古汴京尊。"② 这些所写到的景致,如夷门、卧牛城、四边村、金明池、上林苑、汴水、龙津桥、樊楼、大内宫殿、御路、天街等等,有很多遗迹和故

---

① 施耐庵,罗贯中. 水浒传 [M]. 北京:人民文学出版社,1975:989.
② 施耐庵,罗贯中. 水浒传 [M]. 北京:人民文学出版社,1975:992.

事留下来，可供旅游开发之用。

其他地方的水浒旅游资源虽然还有一些，但比较琐碎，没有形成规模，此不赘述。

总而言之，《水浒传》的成就并非仅仅在其自身，还有它巨大的文化传播力，如续书、如仿作、如戏曲、如通俗讲唱、如民间传说、如旅游开发，还有诗词歌赋、绘画书法、酒令灯谜、纸牌赌具，一直到民风民俗、衣食住行，一直到今天的电影、电视剧、动漫、电子游戏……

不读《水浒》，不知天下之奇！

不了解水浒文化，不知奇中之奇！

附 录

本书参考资料

（按汉语拼音顺序排列）

阿英. 晚清文学丛钞小说四卷［M］. 北京：中华书局，1961.

阿英. 晚清文学丛钞小说一卷［M］. 北京：中华书局，1960.

艾衲居士. 豆棚闲话［M］. 上海：上海古籍出版社，1983.

安平秋，章培恒. 中国禁书大观［M］. 上海：上海文化出版社，1990.

白化文. 汉化佛教与佛寺［M］. 北京：北京出版社，2003.

白化文. 三生石上旧精魂［M］. 北京：北京出版社，2005.

班固. 汉书［M］. 北京：中华书局，1962.

北京大学中文系. 中国小说史［M］. 北京：人民文学出版社，1978.

笔炼阁. 五色石［M］. 沈阳：春风文艺出版社，1985.

毕沅. 续资治通鉴［M］. 上海：上海古籍出版社，1987.

蔡铁鹰. 中国通俗小说百部精华［M］. 郑州：中州古籍出版社，1993.

残唐五代史演义传［M］. 北京：宝文堂书店，1983.

曹萌. 明清小说的文化批评：明代卷［M］. 北京：研究出版社，2001.

曹去晶. 姑妄言［M］. 北京：中国文联出版公司，1999.

曹先锋. 水浒故地话水浒［M］. 长春：时代文艺出版社，2006.

曹雪芹，邓遂夫. 脂砚斋重评石头记庚辰校本［M］. 北京：作家出版社，2006.

曹雪芹，高鹗. 红楼梦［M］. 北京：人民文学出版社，1982.

曹雪芹. 脂砚斋甲戌抄阅再评石头记［M］. 上海：上海古籍出版社，1985.

陈忱. 水浒后传 [M] //古本小说集成第四辑：第094册. 上海：上海古籍出版社，1994.

陈忱. 水浒后传 [M]. 长沙：岳麓书社，1998.

陈朗. 雪月梅传 [M]. 济南：齐鲁书社，1986.

陈平原. 中国小说叙事模式的转变 [M]. 上海：上海人民出版社，1988.

陈汝衡. 说书小史 [M]. 上海：中华书局，1936.

陈森. 品花宝鉴 [M]. 北京：宝文堂书店，1989.

陈曦钟，侯忠义，鲁玉川. 水浒传会评本 [M]. 北京：北京大学出版社，1981.

陈与郊. 灵宝刀传奇 [M] //傅惜华. 水浒戏曲集：第二集. 上海：上海古籍出版社，1985.

谌志生，任勇. 水浒传与东平 [J]. 文史知识，2001（6）.

程树德. 论语集释 [M]. 北京：中华书局，1990.

褚人获. 坚瓠集 [M] //续修四库全书：第1262册. 上海：上海古籍出版社，2002.

啜希忱. 罗贯中传奇 [M]. 北京：中国文史出版社，2011.

戴不凡. 小说见闻录 [M]. 杭州：浙江人民出版社，1980.

邓广铭. 稼轩词编年笺注 [M]. 上海：上海古籍出版社，1978.

狄公案 [M]. 北京：华夏出版社，1995.

荻岸散人平山冷燕 [M]. 北京：人民文学出版社，1983.

丁锡根. 中国历代小说序跋集 [M]. 北京：人民文学出版社，1996.

东隅逸士. 飞龙全传 [M]. 北京：宝文堂书店，1982.

独逸窝退士. 笑笑录 [M] //笔记小说大观：第23册. 扬州：江苏广陵古籍刻印社，1983.

杜贵晨，王守亮. 水浒学刊第二辑 [M]. 北京：中国戏剧出版社，2010.

杜贵晨，岳宗周，周晴. 水浒学刊第一辑 [M]. 北京：中国戏剧出版社，2010.

杜佑. 通典 [M] //景印文渊阁四库全书：第 603 册. 台北：台湾商务印书馆, 1963.

范晔. 后汉书 [M]. 北京：中华书局, 1965.

方勺. 泊宅编 [M]. 北京：中华书局, 1983.

方正耀. 中国小说批评史略 [M]. 北京：中国社会科学出版社, 1990.

冯梦龙, 蔡元放. 东周列国志 [M]. 长沙：岳麓书社, 2002.

冯梦龙. 醒世恒言 [M]. 北京：人民文学出版社, 1956.

冯汝常. 中国神魔小说文体研究 [M]. 上海：上海三联书店, 2009.

傅惜华. 水浒戏曲集第二集 [M]. 上海：上海古籍出版社, 1985.

高承. 事物纪原 [M] //景印文渊阁四库全书：第 920 册. 台北：台湾商务印书馆, 1964.

高儒. 百川书志 [M] //续修四库全书：第 919 册. 上海：上海古籍出版社, 2002.

辜美高. 明清小说研究集丛 [M]. 上海：汉语大词典出版社, 1997.

顾瑛. 草堂雅集 [M] //景印文渊阁四库全书：第 1369 册. 台北：台湾商务印书馆, 1965.

郭广瑞. 永庆升平前传 [M]. 北京：宝文堂书店, 1988.

郭庆藩. 庄子集释 [M]. 北京：中华书局, 1961.

郭豫适. 中国古代小说论集 [M]. 上海：华东师范大学出版社, 1985.

郭箴一. 中国小说史 [M]. 上海：上海书店, 1984.

何宁. 淮南子集释 [M]. 北京：中华书局, 1998.

何心. 水浒研究 [M]. 上海：上海古籍出版社, 1985.

洪琮. 白牡丹 [M]. 太原：山西人民出版社, 1993.

洪楩, 谭正璧. 清平山堂话本 [M]. 上海：上海古籍出版社, 1987.

侯忠义, 李勤学. 中国古代珍稀本小说续第五册 [M]. 沈阳：春风文艺出版社, 1997.

侯忠义. 明代小说辑刊第二辑 [M]. 成都：巴蜀书社, 1995.

后西游记[M].沈阳：春风文艺出版社，1981.

胡世厚，郑铁生.罗学第四辑[M].郑州：中州古籍出版社，2015.

胡适.中国章回小说考证[M].上海：上海书店，1979.

胡天如，刘操南，徐钟穆.杨志演义[M].杭州：浙江文艺出版社，1999.

胡应麟.少室山房笔丛[M].北京：中华书局，1958.

湖北省社会科学院文学研究所，湖北省水浒研究会.水浒争鸣第一辑[M].武汉：长江文艺出版社，1982.

花溪逸士.岭南逸史[M].天津：百花文艺出版社，1995.

黄晖.论衡校释[M].北京：中华书局，1990.

黄霖，韩同文.中国历代小说论著选[M].南昌：江西人民出版社，1982.

黄霖等.中国小说研究史[M].杭州：浙江古籍出版社，2002.

黄清泉，蒋松源，谭邦和.明清小说的艺术世界[M].武汉：华中师范大学出版社，1992.

黄瑞云.庄子本原[M].武汉：湖北人民出版社，2013.

寄生氏.五美缘[M].银川：宁夏人民出版社，1993.

贾文昭，徐召勋.中国古典小说艺术欣赏[M].合肥：安徽人民出版社，1982.

江苏省社会科学院明清小说研究中心.中国通俗小说总目提要[M].北京：中国文联出版公司，1990.

江苏省社会科学院文学研究所.明清小说研究第四辑[M].北京：中国文联出版公司，1986.

江苏省社会科学院文学研究所.施耐庵研究[M].南京：江苏古籍出版社，1984.

江阴香.九尾狐[M].南昌：百花洲文艺出版社，1991.

蒋瑞藻.小说考证[M].上海：上海古籍出版社，1984.

蒋松源，谭邦和.明清小说史[M].武汉：长江文艺出版社，1996.

焦循.剧说[M].上海：古典文学出版社，1957.

坑余生. 续济公传［M］. 杭州：浙江古籍出版社，1988.

孔另境. 中国小说史料［M］. 上海：上海古籍出版社，1982.

郎瑛. 七修类稿［M］. 上海：上海书店出版社，2009.

黎靖德. 朱子语类［M］. 北京：中华书局，1986.

李伯元. 文明小史［M］. 上海：上海古籍出版社，1982.

李福清. 古典小说与传说［M］. 北京：中华书局，2003.

李悔吾. 中国小说史漫稿［M］. 武汉：湖北教育出版社，1992.

李晶. 历史与文本的超越：小说价值学导论［M］. 上海：上海社会科学出版社，1992.

李绿园. 歧路灯［M］. 郑州：中州书画社，1980.

李若水. 忠愍集［M］//景印文渊阁四库全书：第1124册. 台北：台湾商务印书馆，1965.

李希凡. 论中国古典小说的艺术形象［M］. 上海：上海文艺出版社，1962.

李埴. 皇宋十朝纲要［M］//续修四库全书：第347册. 上海：上海古籍出版社，2002.

李贽. 焚书［M］. 长沙：岳麓书社，1990.

李廌. 济南集［M］//景印文渊阁四库全书：第1115册. 台北：台湾商务印书馆，1965.

李卓吾先生批评忠义水浒传［M］//古本小说集成第二辑：第127册，上海：上海古籍出版社，1992.

郦道元. 水经注［M］. 杭州：浙江古籍出版社，2001.

梁启雄. 韩子浅解［M］. 北京：中华书局，1960.

梁章钜. 浪迹丛谈［M］//笔记小说大观：第33册. 扬州：江苏广陵古籍刻印社，1983.

林骅. 稗海探艺录［M］. 延吉：延边大学出版社，2003.

凌濛初. 二刻拍案惊奇［M］. 郑州：中州古籍出版社，1996.

凌濛初. 拍案惊奇［M］. 郑州：中州古籍出版社，1996.

刘上生. 中国古代小说艺术史 [M]. 长沙：湖南师范大学出版社，1993.

刘世德. 中国古代小说研究：台湾香港论文选辑 [M]. 上海：上海古籍出版社，1983.

刘勰，詹锳. 文心雕龙义证 [M]. 上海：上海古籍出版社，1989.

刘歆，葛洪，向新阳. 西京杂记校注 [M]. 上海：上海古籍出版社，1991.

刘再复. 双典批判：对《水浒传》和《三国演义》的文化批判 [M]. 北京：生活·读书·新知三联书店，2010.

鲁德才. 古代白话小说形态发展史论 [M]. 天津：南开大学出版社，2002.

鲁迅. 中国小说史略 [M]. 北京：人民文学出版社，1973.

陆澹安. 小说词语汇释 [M]. 上海：上海古籍出版社，1979.

陆容. 菽园杂记 [M]. 北京：中华书局，1985.

陆士谔. 最近社会秘密史 [M]. 石家庄：花山文艺出版社，1996.

陆云龙. 魏忠贤小说斥奸书 [M]. 长春：时代文艺出版社，2003.

录鬼簿续编 [M] //中国古典戏曲论著集成二. 北京：中国戏曲出版社，1959.

路工. 访书见闻录 [M]. 上海：上海古籍出版社，1985.

栾星. 歧路灯研究资料 [M]. 郑州：中州书画社，1982.

罗大经. 鹤林玉露 [M]. 北京：中华书局，1983.

罗贯中，毛宗冈. 全图绣像三国演义 [M]. 呼和浩特：内蒙古人民出版社，1981.

罗贯中. 三国志通俗演义 [M]. 上海：上海古籍出版社，1980.

罗懋登. 三宝太监西洋记通俗演义 [M]. 上海：上海古籍出版社，1985.

罗竹风. 汉语大词典：第二卷 [M]. 上海：汉语大词典出版社，1988.

罗竹风. 汉语大词典：第九卷 [M]. 上海：汉语大词典出版社，1992.

罗竹风. 汉语大词典：第三卷 [M]. 上海：汉语大词典出版社，1989.

罗竹风. 汉语大词典：第四卷 [M]. 上海：汉语大词典出版社，1989.

罗竹风. 汉语大词典：第一卷 [M]. 上海：上海辞书出版社，1986.

吕不韦. 吕氏春秋［M］//景印文渊阁四库全书：第 848 册. 台北：台湾商务印书馆，1964.

吕熊. 女仙外史［M］. 天津：百花文艺出版社，1985.

马成生，王益庸. 水浒与杭州［M］. 北京：中央文献出版社，2009.

马成生. 杭州与水浒［M］. 北京：中央文献出版社，2009.

马成生. 水浒通论［M］. 杭州：浙江古籍出版社，1994.

马春阳. 施耐庵的传说［M］. 南京：江苏人民出版社，1984.

毛晋. 六十种曲［M］. 北京：中华书局，1958.

梅溪遇安氏. 后三国石珠演义［M］. 成都：巴蜀书社，2001.

孟昭连，宁宗一. 中国小说艺术史［M］. 杭州：浙江古籍出版社，2003.

墨翟. 墨子［M］. 北京：华龄出版社，2002.

慕真山人. 青楼梦［M］. 西安：三秦出版社，1988.

南开大学中文系. 中国小说史简编［M］. 北京：人民文学出版社，1979.

讷音居士. 三续金瓶梅［M］//古本小说集成第一辑：第 078 册. 上海：上海古籍出版社，1991.

聂绀弩. 中国古典小说论集［M］. 上海：上海古籍出版社，1981.

宁宗一，鲁德才. 论中国古典小说的艺术［M］. 天津：南开大学出版社，1984.

欧阳健，萧相恺. 水浒新议［M］. 重庆：重庆出版社，1983.

欧阳健. 古代小说作家漫话［M］. 沈阳：辽宁教育出版社，1992.

潘建国. 中国古代小说书目研究［M］. 上海：上海古籍出版社，2005.

彭公案［M］. 北京：宝文堂书店，1986.

平步青. 霞外捃屑［M］. 上海：上海古籍出版社，1982.

蒲松龄，张友鹤. 聊斋志异会校会注会评本［M］. 上海：上海古籍出版社，1978.

浦玉生. 千秋才人：施耐庵小传［M］. 香港：香港天马出版有限公司，2004.

齐裕焜，王子宽. 中国古代小说研究［M］. 福州：福建人民出版社，2005.

齐裕焜. 独创与通观：中国古代小说论集［M］. 上海：上海三联书店，2009.

钱彩等. 说岳全传［M］. 上海：上海古籍出版社，1980.

钱静方. 小说丛考［M］. 上海：古典文学出版社，1957.

青莲室主人. 后水浒传［M］. 沈阳：春风文艺出版社，1981.

青心才人. 金云翘传［M］. 沈阳：春风文艺出版社，1983.

清水道人. 禅真逸史［M］. 哈尔滨：黑龙江人民出版社，1986.

全唐诗［M］//景印文渊阁四库全书：第1429册. 台北：台湾商务印书馆，1965.

如莲居士. 说唐三传［M］. 北京：宝文堂书店，1987.

汝龙. 契诃夫小说选［M］. 北京：人民文学出版社，1960.

商礼群. 古代民歌一百首［M］. 上海：上海古籍出版社，1979.

尚书［M］. 长春：吉林人民出版社，1996.

佘大平. 草莽龙蛇话水浒［M］. 武汉：华中理工大学出版社，1994.

佘大平. 草莽英雄的悲剧人生：水浒传［M］. 昆明：云南人民出版社，1999.

佘大平. 忠义水浒论［M］. 西安：陕西旅游出版社，1992.

沈德符. 万历野获编［M］. 北京：文化艺术出版社，1998.

施公案［M］. 北京：宝文堂书店，1982.

施耐庵，罗贯中. 水浒传［M］. 北京：人民文学出版社，1975.

施耐庵，罗贯中. 水浒全传［M］. 上海：上海古籍出版社，1984.

施耐庵研究［M］. 南京：江苏古籍出版社，1984.

石麟. 说部门谈：中国古代小说论集［M］. 北京：中国文联出版社，2000.

石麟. 闲书谜趣：另类中国古代小说史［M］. 郑州：河南人民出版社，2010.

石麟. 章回小说通论［M］. 郑州：中州古籍出版社，1994.

石麟. 中国古代小说批评概说［M］. 天津：天津社会科学院出版社，2000.

石麟. 中国古代小说评点派研究［M］. 北京：中国社会科学出版社，2011.

石麟. 中国古代小说文本史［M］. 郑州：中州古籍出版社，2013.

石麟. 中华文化概论［M］. 郑州：中州古籍出版社，2007.

舒位. 乾嘉诗坛点将录［M］. 长沙：叶氏刊本，1907.

蜀冈蠼叟. 官世界［M］. 南昌：百花洲文艺出版社，1993.

漱六山房. 九尾龟［M］. 武汉：荆楚书社，1989.

水浒续集［M］. 海口：海南出版社，1996.

水浒争鸣第二辑［M］. 武汉：长江文艺出版社，1983.

水浒争鸣第三辑［M］. 武汉：长江文艺出版社，1984.

水浒争鸣第四辑［M］. 武汉：长江文艺出版社，1985.

水浒争鸣第一辑［M］. 武汉：长江文艺出版社，1982.

说唐后传［M］. 郑州：中州古籍出版社，1990.

说唐全传［M］. 郑州：中州古籍出版社，1989.

司马迁. 史记［M］. 北京：中华书局，1959.

宋常立. 中国古代小说文体论［M］. 天津：天津社会科学院出版社，2000.

宋克夫. 宋明理学与章回小说［M］. 武汉：武汉出版社，1995.

宋濂. 元史［M］. 北京：中华书局，1976.

苏同. 傀儡记［M］. 南昌：百花洲文艺出版社，1993.

隋树森. 元曲选外编［M］. 北京：中华书局，1959.

孙楷第. 小说旁证［M］. 北京：人民文学出版社，2000.

孙楷第. 中国通俗小说书目［M］. 北京：人民文学出版社，1982.

孙逊. 中国古代小说与宗教［M］. 上海：复旦大学出版社，2000.

谭邦和. 明清小说史［M］. 武汉：湖北人民出版社，2002.

谭帆. 中国小说评点研究［M］. 上海：华东师范大学出版社，2001.

唐圭璋. 全宋词［M］. 北京：中华书局，1965.

唐芸洲. 七剑十三侠［M］. 沈阳：辽宁民族出版社，1988.

陶君起. 京剧剧目初探［M］. 北京：中国戏剧出版社，1963.

梼杌闲评［M］. 北京：人民文学出版社，1983.

田汝成. 西湖游览志余［M］. 杭州：浙江人民出版社，1980.

脱脱等. 宋史［M］. 北京：中华书局，1977.

万民英. 星学大成［M］//景印文渊阁四库全书：第809册. 台北：台湾商务印书馆，1964.

汪应辰. 文定集［M］//景印文渊阁四库全书：第1138册. 台北：台湾商务印书馆，1965.

王偁. 东都事略［M］//景印文渊阁四库全书：第382册. 台北：台湾商务印书馆，1963.

王恒展. 中国小说发展史概论［M］. 济南：山东教育出版社，1996.

王洪. 毅斋集［M］//景印文渊阁四库全书：第1237册. 台北：台湾商务印书馆，1965.

王基. 诸家汴梁论水浒［M］. 郑州：中州古籍出版社，1993.

王锦堂，徐少华. 宋江演义［M］. 杭州：浙江文艺出版社，1986.

王立. 武侠文学母题与意象研究［M］. 大连：辽宁师范大学出版社，2005.

王立. 宗教民俗文献与小说母题［M］. 长春：吉林人民出版社，2001.

王丽堂，金江. 武松［M］. 北京：中国曲艺出版社，1989.

王平. 中国古代小说叙事研究［M］. 石家庄：河北人民出版社，2001.

王齐洲. 古典小说新探［M］. 杭州：浙江古籍出版社，1993.

王汝梅，李昭恂，于凤树. 张竹坡批评第一奇书金瓶梅［M］. 济南：齐鲁书社，1987.

王汝梅，张羽. 中国小说理论史［M］. 杭州：浙江古籍出版社，2001.

王少堂，孙龙父，陈达祚. 宋江［M］. 南京：江苏人民出版社，1985.

王实甫. 西厢记［M］. 上海：上海古籍出版社，1978.

王士禛. 居易录［M］//景印文渊阁四库全书：第869册. 台北：台湾商务印书馆，1964.

王士禛. 香祖笔记 [M]. 上海：上海古籍出版社，1982.

王旭川. 中国小说续书研究 [M]. 上海：学林出版社，2004.

王学泰. 论水浒传中的主导意识：游民意识 [J]. 文学遗产，1994（5）.

魏征等. 隋书 [M]. 北京：中华书局，1973.

文秉. 先拨志始 [M] //续修四库全书：第437册. 上海：上海古籍出版社，2002.

文学评论编辑部. 文学评论丛刊第五辑 [M]. 北京：中国社会科学出版社，1980.

吴承恩. 西游记 [M]. 北京：人民文学出版社，1955.

吴功正. 小说美学 [M]. 南京：江苏文艺出版社，1985.

吴济夫. 水泊梁山 [J]. 文史知识，1993（1）.

吴敬梓，李汉秋. 儒林外史会校会评本 [M]. 上海：上海古籍出版社，1984.

吴圣昔. 明清小说与中国文化 [M]. 南京：南京大学出版社，1991.

吴士余. 古典小说艺术琐谈 [M]. 武汉：长江文艺出版社，1985.

吴小如. 古典小说漫稿 [M]. 上海：上海古籍出版社，1982.

吴自牧. 梦粱录 [M]. 杭州：浙江人民出版社，1984.

五虎平西平南 [M]. 西安：三秦出版社，1988.

西湖伏雌教主. 醋葫芦 [M]. 北京：警官教育出版社，1993.

西周生. 醒世姻缘传 [M]. 济南：齐鲁书社，1980.

夏志清. 中国古典小说史论 [M]. 南昌：江西人民出版社，2001.

香城居士. 狐女传奇 [M]. 郑州：中州古籍出版社，1994.

萧善因. 清代戏曲选注 [M]. 上海：上海古籍出版社，1985.

萧统. 昭明文选 [M]. 郑州：中州古籍出版社，1990.

小八义 [M]. 长春：吉林文史出版社，1995.

小和山樵南阳氏. 红楼复梦 [M]. 沈阳：春风文艺出版社，1988.

小五义 [M] //古本小说集成第四辑：第103册. 上海：上海古籍出版

社, 1994.

谢伯阳. 全明散曲 [M]. 济南：齐鲁书社, 1994.

谢真元. 中国古代情爱小说的文化阐释 [M]. 天津：天津社会科学院出版社, 2000.

绣像绘图粉妆楼 [M]. 呼和浩特：内蒙古人民出版社, 1985.

徐积. 节孝集 [M] //景印文渊阁四库全书：第1101册. 台北：台湾商务印书馆, 1965.

徐珂. 清稗类钞 [M]. 北京：中华书局, 1986.

徐梦莘. 三朝北盟会编 [M] //景印文渊阁四库全书：第350册. 台北：台湾商务印书馆, 1963.

徐沁君. 新校元刊杂剧三十种 [M]. 北京：中华书局, 1980.

徐士銮. 宋艳 [M]. 杭州：浙江古籍出版社, 1987.

许景衡. 横塘集 [M] //景印文渊阁四库全书：第1127册. 台北：台湾商务印书馆, 1965.

许仲琳. 封神演义 [M]. 济南：齐鲁书社, 1980.

续西游记 [M]. 南京：江苏文艺出版社, 1986.

宣和遗事等两种 [M]. 南京：江苏古籍出版社, 1993.

杨慎. 词品 [M]. 北京：人民文学出版社, 1960.

杨义. 中国古典小说史论 [M]. 北京：人民出版社, 1998.

叶朗. 中国小说美学 [M]. 北京：北京大学出版社, 1982.

叶颙. 樵云独唱 [M] //景印文渊阁四库全书：第1219册. 台北：台湾商务印书馆, 1965.

倚云氏. 升仙传 [M]. 上海：上海古籍出版社, 1996.

吟梅山人. 兰花梦奇传 [M]. 济南：齐鲁书社, 1990.

英烈传 [M]. 上海：上海古籍出版社, 1981.

永瑢等. 四库全书总目 [M]. 北京：中华书局, 1965.

于光荣. 水浒公案论 [M]. 长沙：湖南人民出版社, 2005.

余嘉锡. 宋江三十六人考实［M］. 昆明：云南人民出版社，2005.

俞敦培. 酒令丛钞［M］//笔记小说大观：第30册. 扬州：江苏广陵古籍刻印社，1984.

俞万春. 荡寇志［M］. 北京：人民文学出版社，1981.

庾岭劳人. 蜃楼志全传［M］. 天津：百花文艺出版社，1987.

袁阔成等. 水浒外传［M］. 沈阳：春风文艺出版社，1996.

袁枚. 新齐谐［M］. 北京：人民文学出版社，1996.

袁于令. 隋史遗文［M］. 北京：北京大学出版社，1988.

臧晋叔. 元曲选［M］. 北京：中华书局，1958.

张岱. 琅嬛文集［M］. 长沙：岳麓书社，1985.

张岱. 陶庵梦忆［M］. 上海：上海古籍出版社，1982.

张国光，佘大平. 水浒争鸣第六辑［M］. 北京：光明日报出版社，2001.

张国光. 金圣叹评改本水浒［M］. 武汉：华中理工大学出版社，1998.

张国光. 水浒争鸣第五辑［M］. 武汉：武汉大学出版社，1987.

张虹，康传忠，曹先锋. 水浒争鸣第九辑［M］. 西宁：青海人民出版社，2006.

张虹，刘春龙. 水浒争鸣第十辑［M］. 武汉：崇文书局，2008.

张虹，刘启方. 水浒争鸣第八辑［M］. 武汉：崇文书局，2006.

张虹，马成生，王益庸. 水浒争鸣第十一辑［M］. 北京：中央文献出版社，2009.

张虹，浦玉生，窦应元. 水浒争鸣第十六辑［M］. 郑州：中州古籍出版社，2016.

张虹，浦玉生. 水浒争鸣第十二辑［M］. 北京：团结出版社，2010.

张虹，浦玉生. 水浒争鸣第十三辑［M］. 北京：团结出版社，2012.

张虹，浦玉生. 水浒争鸣第十四辑［M］. 北京：团结出版社，2014.

张虹，王益庸. 水浒争鸣第十五辑［M］. 沈阳：万卷出版公司，2014.

张虹，喻斌. 水浒争鸣第七辑［M］. 武汉：武汉出版社，2003.

张守. 毗陵集 [M] //景印文渊阁四库全书：第 1127 册. 台北：台湾商务印书馆，1965.

张袁祥，胡永霖. 施耐庵 [M]. 石家庄：河北少年儿童出版社，1993.

赵景深. 中国小说丛考 [M]. 济南：齐鲁书社，1980.

赵朴初. 佛教知识答问 [M]. 北京：北京出版社，2003.

赵晔. 吴越春秋 [M] //野史精品第一辑. 长沙：岳麓书社，1996.

甄伟等. 东西汉演义 [M]. 北京：华夏出版社，1995.

郑福田. 永乐大典精华 [M]. 呼和浩特：内蒙古大学出版社，1998.

郑公盾. 水浒传论文集 [M]. 银川：宁夏人民出版社，1983.

中国古代小说理论研究 [M]. 武汉：华中工学院出版社，1985.

中国艺术研究院曲艺研究所. 说唱艺术简史 [M]. 北京：文化艺术出版社，1988.

锺嗣成. 录鬼簿 [M] //中国古典戏曲论著集成二. 北京：中国戏曲出版社，1959.

锺兆华. 元刊全相平话五种校注 [M]. 成都：巴蜀书社，1990.

周光培，孙进己. 汉魏六朝笔记小说 [M]. 沈阳：辽沈书社，1990.

周行健，陈桂声，谭达人. 中国文学人物形象辞典 [M]. 重庆：重庆出版社，1994.

周钧韬，欧阳健，萧相恺. 中国通俗小说鉴赏辞典 [M]. 南京：南京大学出版社，1993.

周钧韬. 中国通俗小说家评传 [M]. 郑州：中州古籍出版社，1993.

周亮工. 书影 [M]. 上海：上海古籍出版社，1981.

周密. 癸辛杂识 [M]. 北京：中华书局，1988.

周清源. 西湖二集 [M]. 杭州：浙江人民出版社，1981.

周维培. 古典小说揽胜 [M]. 郑州：中州古籍出版社，1994.

朱权. 太和正音谱 [M] //中国古典戏曲论著集成三. 中国戏曲出版社，1959.

朱一玄，刘毓忱. 水浒传资料汇编［M］. 天津：百花文艺出版社，1981.

朱一玄. 明成化说唱词话丛刊［M］. 郑州：中州古籍出版社，1997.

庄一拂. 古典戏曲存目汇考［M］. 上海：上海古籍出版社，1982.

邹必显. 飞跎全传［M］//古本小说集成第四辑：第085册. 上海：上海古籍出版社，1994.

邹弢. 海上尘天影［M］. 南昌：百花洲文艺出版社，1993.

图书在版编目(CIP)数据

施耐庵与《水浒传》/ 石麟著. — 郑州：中州古籍出版社，2017.6
ISBN 978-7-5348-7123-8

Ⅰ.①施… Ⅱ.①石… Ⅲ.①《水浒》研究 Ⅳ.①I207.412

中国版本图书馆 CIP 数据核字(2017)第 126144 号

出版社：中州古籍出版社
（地址：郑州市经五路 66 号　邮政编码：450002）
发行单位：新华书店
承印单位：郑州市毛庄印刷厂
开本：710mm×1000mm　　1/16　　　印张：27.75
字数：408 千字　　　　　　　　　　印数：1—3 000 册
版次：2017 年 6 月第 1 版　　　　　印次：2017 年 6 月第 1 次印刷

定价：48.00 元
本书如有印装质量问题，由承印厂负责调换。